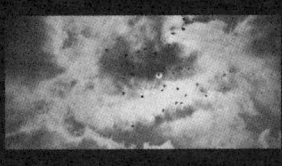

한밤의 아이들 1

**MIDNIGHT'S CHILDREN**
by Salman Rushdie

Copyright © Salman Rushdie, 1981
Korean translation copyright © MUNHAKDONGNE Publishing Corp., 2011
All rights reserved.

Korean translation rights by arrangement with The Wylie Agency Ltd.
through Shin Won Agency.

이 책의 한국어판 저작권은 신원 에이전시를 통해
The Wylie Agency 사와 독점 계약한 (주)문학동네에 있습니다.
저작권법에 의해 한국 내에서 보호를 받는 저작물이므로 무단 전재와 무단 복제를 금합니다.

이 도서의 국립중앙도서관 출판예정도서목록(CIP)은 서지정보유통지원시스템 홈페이지(http://seoji.nl.go.kr)와
국가자료공동목록시스템(http://www.nl.go.kr/kolisnet)에서 이용하실 수 있습니다.
(CIP제어번호: CIP2011002603)

세계문학전집
079

Salman Rushdie : Midnight's Children

# 한밤의 아이들 1

살만 루슈디 장편소설
김진준 옮김

문학동네

모두의 예상을 뒤엎고
오후에 태어난 자파르 루슈디에게

일러두기

1. 주석은 모두 옮긴이주이다.
2. 본문 중 고딕체는 원서에서 대문자나 이탤릭체로 강조한 부분이다.

## 작가 서문

1975년에 나는 첫 소설 『그리머스』를 출간하면서 받은 선금 칠백 파운드를 가지고 인도 여행을 하기로 결심했다. 그 돈이 떨어질 때까지 최대한 저렴하게, 최대한 오랫동안 돌아다니려고 마음먹었는데, 그때 열다섯 시간 동안 버스를 타기도 하고 허름한 여관에 묵기도 하는 과정에서 『한밤의 아이들』이 태어났다. 그해에 인도가 핵보유국 대열에 진입했고, 마거릿 대처가 보수당 당수로 선출되었고, 방글라데시를 개국한 셰이크 무지부르가 암살당했다. 슈투트가르트에서는 바더-마인호프 갱*에 대한 재판이 열렸고, 빌 클린턴과 힐러리 로댐이 결혼했고, 마지막까지 사이공에 남아 있던 미국인들이 모두 철수

---

* 1968년 창설된 독일의 좌파 테러 조직.

했고, 프랑코 총통이 사망했다. 캄보디아에서는 크메르 루주가 대학살을 시작했고, E. L. 닥터로가 『래그타임』을 출간했고, 데이비드 매멧이 『아메리칸 버펄로』를 집필했고, 에우제니오 몬탈레가 노벨 문학상을 수상했다. 그리고 내가 인도에서 돌아온 직후 인디라 간디* 여사가 선거법 위반으로 유죄 판결을 받았고, 내 스물여덟번째 생일이 지나고 일주일 뒤 그녀는 국가 비상사태를 선포하고 독재권력을 거머쥐었다. 1977년까지 이어진 기나긴 암흑기의 시작이었다. 나는 아직 구상 단계였던 새 작품 속에서 간디 여사가 핵심적인 역할을 맡으리라는 것을 그때 벌써 알아차렸다.

꽤 오래전부터 나는 봄베이에서 보낸 어린 시절의 추억을 바탕으로 유년기에 대한 소설을 쓰고 싶었다. 그러나 인도라는 우물의 물을 마음껏 마시고 돌아온 다음에는 더욱더 야심찬 계획을 품게 되었다. 나는 사산되어 팽개쳐둔 소설 「적대자」의 초고에 그리 중요하지 않은 인물로 등장했던 살림 시나이를 떠올렸다. 인도가 독립하는 순간, 즉 자정에 태어난 그를 새 작품의 심장부에 배치하면서 나는 그의 탄생 시각 때문에 작품 규모를 엄청나게 확대할 수밖에 없음을 깨달았다. 어차피 살림 시나이와 인도를 짝지어야 한다면 이들 쌍둥이의 사연을 모두 이야기해야 하기 때문이다. 그러자 언제나 존재의미를 찾으려고 노력하는 살림이 나에게 인도 현대사 전체가 결국 자기 때문에 벌어진 일이라고 말했다. 쌍둥이 형제의 삶, 즉 조국 인도의 역사가 **모두 자기 탓**이라는 주장이었다. 이 건방진 주장으로 소설의 분위기가 정해

---

* 인도 정치가(1917~1984). 독립 인도의 첫 총리였던 자와할랄 네루의 외동딸로 1966~77년과 1980~84년 두 차례에 걸쳐 총리로 집권했다.

지고 말았다. 우스꽝스러울 만큼 독단적이고 어마어마하게 수다스럽지만 화자의 과대망상증이 비극으로 치달으면서 차츰 비애감이 감도는 분위기 말이다. 나는 이 소년과 국가를 아예 일란성 쌍둥이로 만들어버렸다. 가학적인 지리 선생 에밀 자갈로가 아이들에게 '인문지리학'을 가르친답시고 살림의 코를 데칸 반도에 비유하는 그 농담의 잔인성은 자갈로의 일면인 동시에 나의 일면이기도 하다.

처음부터 끝까지 난관이 수두룩했다. 대부분은 문학적인 문제였지만 다급한 현실 문제도 더러 있었다. 우리가 인도에서 돌아왔을 때 나는 완전히 빈털터리였기 때문이다. 내 머릿속에 들어 있는 소설은 틀림없이 아주 길고 기이할 터였고, 따라서 집필 기간도 꽤 길어질 것이 분명한데 수중에는 돈이 전혀 없었다. 그래서 어쩔 수 없이 광고계로 되돌아가야 했다. 우리가 여행을 떠나기 전까지 나는 오길비 앤드 매더 광고사의 런던 지사에서 일 년 남짓 카피라이터로 근무했는데, 이 회사의 설립자 데이비드 오길비는 우리에게 "소비자는 팔푼이가 아니라 여러분의 아내"라는 불멸의 가르침을 내렸다. 내 직속상관이었던 제작국장 댄 엘러링턴은 루마니아 출신이라는 소문이 있었는데 영어에 대한 감각이 좀 특이하다고나 할까, 아무튼 사내에 떠도는 유쾌한 전설에 의하면 저 유명한 '드링커 파인터 밀커 데이(Drinka pinta milka day)' 캠페인의 후속편으로 지극히 루마니아적인 광고 문안—'우유는 스리슬슬* 넘어갑니다'—을 우유 수매국에 제출하려다가 저지되기도 했다고 한다. 요즘처럼 삭막하지 않았던 그 시절에 오길비

---

* 원문의 'like a dose of salts'는 '헤로인 분말처럼'이라는 의미로 해석할 수도 있다.

사는 창작에 종사하는 몇몇 괴짜를 시간제 직원으로 고용했는데, 덕분에 나도 재취업해 그 즐거운 무리에 다시 낄 수 있었다. 나는 매주 이삼일만 근무했다. 사실상 정규직 직원 한 명분의 업무를 다른 시간제 직원과 반분하는 형태였는데, 그때 나와 함께 일한 사람이 바로 『영국 유모 흥망사』의 작가 조너선 개손하디였다. 나는 금요일 밤이면 워털루 다리 부근에 위치한 광고사 사무실을 떠나 켄티시타운으로 돌아왔고, 뜨거운 물로 오랫동안 목욕을 하면서 한 주간 쌓인 장삿속의 흔적을 씻어내고 소설가의 본분을 되찾곤 했다(어쨌든 나는 그렇게 믿었다). 지금 돌이켜보면 젊은 시절 품었던 문학에 대한 열정이 새삼 자랑스럽다. 그 열정 덕분에 정신력을 잃지 않고 적들의 온갖 유혹과 감언이설에 저항할 수 있었다. 광고 나라의 세이렌들이 아무리 달콤하고 매혹적인 노래를 불러도 나는 돛대에 몸을 묶고 버텼다는 오디세우스를 떠올리며 항로를 유지했다.

하지만 한편으로 광고는 당면한 일을 꿋꿋하게 해낼 수 있는 자제력을 가르쳐주었고, 그 시절부터 나는 글쓰기도 단순히 내가 해치워야 하는 업무일 뿐이라고 생각하면서 예술가 기질에 수반되는 모든 (아니, 거의 모든) 향락을 절제했다. 새 소설의 제목을 뭐라고 붙여야 좋을지 몰라 고민하기 시작한 것도 오길비 사의 내 자리에 앉아 있을 때였다고 기억한다. 그때 이 문제를 해결하려고 나는 생크림 케이크('몸매는 나중에 걱정하자'), 에어로 초콜릿 바('참을 수 없는 부드러움'), 신문 〈데일리 미러〉('〈미러[*]〉를 보는 내 모습이 마음에 든다')

---

[*] 거울(Mirror).

등의 광고문을 지어내야 하는 중차대한 임무를 미뤄두고 몇 시간 동안이나 고민을 거듭했다. 결국 두 개의 제목으로 좁혀졌지만 도저히 둘 중 하나를 선택할 수가 없었다. '한밤의 아이들(Midnight's Children)'과 '자정의 아이들(Children of Midnight)'이었다. 두 제목을 번갈아가며 몇 번이나 써보다가 문득 고민할 필요가 조금도 없음을 깨달았다. '자정의 아이들'은 너무 진부했고 '한밤의 아이들'이 좋은 제목이었다. 제목을 알고 나면 작품을 더 잘 이해하게 되는데, 그 다음부터는 글쓰기도 한결, 조금이나마, 쉬워졌다.

나는 이미 여러 자리에서 말이나 글을 통해 인도의 구전문학 전통에 큰 빚을 졌다는 사실을 밝혔다. 그 밖에 인도의 위대한 소설가들과 더불어 제인 오스틴과 찰스 디킨스의 영향도 컸다. 오스틴은 똑똑한 여자들이 당대의 사회적 관습에 갇혀 이러지도 저러지도 못하는 모습을 묘사했는데, 내가 잘 아는 인도인 중에도 그런 여자들이 많았다. 디킨스의 경우에는 봄베이와 비슷한 대도시의 부패상을 묘사하면서 영웅적인 등장인물들을 제시했고, 예리한 관찰력을 바탕으로 극사실주의에 가까운 시대 배경을 그려내고 그 속에서 초현실적 이미지를 펼쳐 보였다. 그의 작품 속에는 희극적 요소와 환상적 요소가 유기적으로 녹아들어 현실 세계로부터 도피한다기보다 오히려 현실을 더욱 더 강조하는 듯했다. 그리고 내가 여러 언어가 뒤섞인 봄베이 거리의 통속어인 '밤바이야'와 '힝글리시'*의 특징에 인도의 여러 언어가 지닌 리듬과 사고방식을 결합시켜 나만의 문학적 언어를 창조하고 싶어

---

* 인도식 영어. 힌디어의 영향으로 경음을 많이 사용하는 것이 특징이다.

한다는 사실도 이미 여러 차례 밝힌 바 있다. 아울러 기억의 손실과 왜곡에 대한 관심도 독자들이 이 소설에서 쉽게 발견할 수 있을 것이다. 그러나 여기서는 우선 이 작품의 등장인물들을 탄생시킨 실존인물들에게 감사의 마음을 전하는 것이 순서일 듯싶다. 그들은 바로 내 가족과 내 보모였던 미스 메리 메네제스, 그리고 어린 시절의 친구들이다.

우리 아버지는 등장인물 '아흐메드 시나이'를 보고 분개하여 몇 달 동안이나 나에게 한마디도 안 하셨다. 그러다가 결국 나를 '용서'하셨는데, 이번에는 내가 그 말에 분개하여 몇 달 동안이나 아버지에게 한마디도 안 했다. 사실 나는 아버지보다 어머니의 반응을 더 걱정했는데 의외로 어머니는 금방 이해해주셨다. "이건 그냥 소설이잖니. 살림은 네가 아니고, 아미나는 내가 아니고, 모두 등장인물일 뿐이지." 그리하여 케임브리지 대학에서 영문학을 공부한 아버지보다 어머니가 훨씬 더 현명하다는 사실이 백일하에 드러났다. 어렸을 때 실제로 '놋쇠 잔나비'라고 불렸던 누이 사민도 내가 소재를 다룬 방식에 만족감을 표시했다. 그 소재의 일부는 그녀 자신이었는데도 말이다. 아리프 타야발리, 다라브와 푸들리 탈리아르칸, 키스 스티븐슨, 퍼시 카란지아 같은 어린 시절의 친구들이나 동창생들이 어떤 반응을 보였는지는 잘 모르겠지만 그들에게도 감사의 마음을 전해야겠다. 서니 이브라힘, '짝눈'과 '개기름', 뚱보 퍼스와 털보 키스 등의 등장인물 속에 그들의 모습이(종종 그리 아름답지 않은 모습까지) 들어 있기 때문이다. 에비 번스의 모델은 내가 난생처음 입맞춤을 했던 베벌리 번스라는 오스트레일리아 소녀였다. 그러나 진짜 베벌리는 자전거의 여왕도 아니었고 그녀가 오스트레일리아로 돌아간 뒤로는 연락마저 끊어졌다. 평영 챔피언 마샤 미오비치는 실존인물 알렌카 미오비치의 모습에서 일부를 빌려왔는데, 몇 년 전에 알렌카의 아버지가 세르비아에서 『한밤의 아이들』에 대해 써 보낸 편지에는 자기 딸이 봄베이에서 어린 시절을 보낼 때 나를 만났던 기억이 없다고 한다는 말이 조금 쌀쌀맞은 어조로 적혀 있었다. 어쩔 수 없는 일이다. 누군가를 흠모하는 사람과 그 흠모를 받는 사람 사이에는 적잖은 간극이 있기 마련이니까.

그리고 내 두번째 어머니였던 메리 메네제스에 대해 밝히자면 사실 그녀는 혁명가 기질을 가진 산부인과 직원을 사랑한 적도 없고 갓난아기들을 바꿔친 적도 없었다. 백 살까지 살면서 한 번도 결혼하지 않았지만 언제나 나를 아들이라고 불러주었는데, 일고여덟 개 언어를 사용하면서도 문맹이라서 이 책을 읽어보지 못했지만 1982년의 어느 날 오후 봄베이에서 나에게 이 소설이 큰 성공을 거두어 정말 자랑스럽다고 말해주었다. 혹시 자신을 모델로 삼은 등장인물의 행태에 불만이 있더라도 나에게는 아무 말도 하지 않았다.

나는 1979년 중반쯤에 『한밤의 아이들』을 완성하고 영국 조너선 케이프 출판사의 편집자이며 내 친구이기도 한 리즈 콜더에게 보냈다. 나중에 알게 된 일이지만 첫 검토자의 보고서는 간결하면서도 몹시 부정적이었다. "이 작품의 작가는 소설 형식을 제대로 익힐 때까지 단편소설에 집중해야 한다"는 평가였다. 리즈는 두번째 보고서를 요구했는데 이번에는 운이 좋았다. 두번째 검토자였던 수재나 클랩이 열광적인 반응을 보였기 때문이다. 그녀 다음에 원고를 읽어본 사람도 마찬가지였다. 역시 출판계에서 명성이 높은 편집자인 캐서린 카버였다. 결국 리즈는 이 책의 판권을 매입했고 머지않아 미국 앨프리드 크노프 출판사의 밥 고틀리브도 판권 계약을 제안했다. 나는 광고문을 작성하는 시간제 일자리를 그만두었다. (그때는 오길비 앤드 매더 광고사를 떠나 에어 바커 헤게만으로 옮긴 뒤였다.) 내가 사표를 내자 제작국장은 이렇게 말했다. "아, 임금을 올려 받고 싶어서 그러나?" 나는 그게 아니라 전업작가로 살아가기 위해 규정대로 사직 의사를 밝히는 거라고 대답했다. 그러자 국장이 말했다. "알겠네. 대폭 인상을 원하는 거였군." 그러나 『한밤의 아이들』로 부커상을 받던 날 그가 전문을 보내왔다. "성공을 축하하네."

　리즈 콜더의 편집 솜씨 덕분에 나는 적어도 두 개 이상의 심각한 실수를 피할 수 있었다. 처음에 제출한 원고에는 파드마에 이어 두번째 '청취자'라고 할 만한 등장인물이 있었다. 살림은 자신의 인생을 기록한 글을 '위대한 피클 일꾼' 파드마에게 읽어주기도 했지만 소설의 무대 바깥에 있는 어느 여기자에게 그 글을 보내주기도 했다. 그러나 내 원고를 읽어본 케이프 출판사 사람들은 한결같이 그 인물이 사족에 불과하다고 말했는데, 그때 그들의 충고에 따랐던 것을 지금도 대단히 기쁘게 생각한다. 리즈는 복잡하게 뒤엉킨 시간적 흐름을 바로잡는 일도 도와주었다. 내가 보낸 원고에서는 1965년의 인도-파키스탄 전쟁에서 갑자기 방글라데시 전쟁이 끝난 다음으로 건너뛰었다가 과거로 되돌아가서 전쟁 동안 살림이 파키스탄군의 항복에 관여했던 일을 설명하고 다시 이야기를 이어갔다. 리즈는 이 부분에 시간적 변화가 너무 잦아서 독자의 집중력이 흐트러진다고 생각했다. 그래서 나는 이야기의 시간적 흐름을 재구성하기로 했는데, 이번에도 그렇게 한 것이 천만다행이었다. 훌륭한 출판 편집자의 역할은 대단히 중요하지만 편집자의 겸손 때문에 잘 드러나지 않을 때가 많다. 어쨌든 리즈 콜더의 도움이 없었다면 『한밤의 아이들』은 지금보다 훨씬 부족한 모습으로 출간되었을 것이다.

몇 차례의 파업 때문에 출판이 지연되기는 했지만 결국 1981년 4월 초 런던에서 마침내 이 책이 처음 발행되었고, 4월 6일에 나의 첫 아내 클래리사 루어드와 나는 런던 코번트 가든의 랭글리 코트에 있던 우리 친구 토니 스토크스의 작은 화랑에서 축하 파티를 열었다. 나는 처음에 받은 초판본의 책갈피에 그날의 초대장을 아직도 간직하고 있는데, 당시의 내 기분은 무엇보다 안도감이 가장 컸던 것으로 기억한다. 이 책을 완성했을 때 나는 드디어 제법 괜찮은 작품을 써냈다고 생각했지만 다른 사람들도 내 생각에 동의할지는 확신할 수 없었고, 만약 이 책이 널리 호평을 받지 못한다면 내가 좋은 작품이 어떤 것인지 잘 모른다는 뜻이니까 글쓰기로 괜한 시간을 낭비하지 말아야 한다고 생각했다. 이 소설에 대한 반응에 내 장래가 걸려 있었던 것이다. 다행히 서평은 대개 호의적이었고, 그래서 코번트 가든에서 보낸 그 봄날 밤에는 기분이 아주 유쾌했다.

서양에서는 『한밤의 아이들』을 환상문학으로 보는 경향이 있지만 인도 사람들은 이 책이 역사책에 가까울 만큼 사실적인 작품이라고 생각한다. (1982년에 내가 인도에서 강연을 할 때 어떤 독자는 이렇게 말했다. "그 책은 제가 쓸 수도 있었어요. 저도 다 아는 이야기였거든요.") 어쨌든 기쁘게도 이 책은 세계 각지에서 두루 좋은 평가를 받으면서 작가의 삶을 송두리째 바꿔놓았다. 그러나 이 책을 싫어하는 사람도 없지 않았는데, 그중의 한 명이 인디라 간디 여사였다. 출간 후 3년이 지난 1984년, 다시 총리로 재직 중이던 간디 여사가 나에게 반격을 가했다. 이 책의 문장 하나 때문에 자신의 명예가 훼손되었다고 주장했던 것이다. 그 문장은 스물여덟번째 장 '어떤 결혼식'의 끝에서 세번째 문단에 실린 것으로, 살림이 간디 여사의 생애를 간략하게 요약한 부분이었다. 문제의 문장은 다음과 같았다. "떠도는 소문에 의하면 간디 여사의 둘째 아들 산자이*는 어머니가 아버지**에게 너무 무관심하여 결국 죽게 만들었다고 비난했는데, 그 일로 아들에게 약점을 잡힌 간디 여사는 그때부터 아들의 어떤 요구도 거절하지 못했다고 한다." 그리 대단찮은 내용이라고 생각할 수도 있겠다. 적어도 산전수전 다 겪어 낯가죽이 두꺼워진 정치가가 소설가를 고소할 만한 내용이라고 보기는 어렵고, 더구나 비상사태 당시 여사가 저지른 수많은 범죄행위를 신랄하게 비판한 책에서 하필 그 문장을 개전사유(開戰事由)로 삼다니 뜻밖의 선택이 아닐 수 없었다. 따지고 보면 이 내용은 당시 인도에서 사람들의 입에 흔히 오르내리던 이야기였고 예전에도 자주 활자화되었으며 특히 간디 여사가 명예훼손을 들먹이며 소송을 제기한 뒤에는 인도 언론이 대서특필하기도 했다. (어느 신문의 1면 헤드라인은 "간디 여사가 두려워하는 바로 그 문장"이었다.) 그런데도 그녀가 고소한 사람은 나뿐이었다.

이 책이 출판되기 전에 케이프 출판사의 변호사들은 간디 여사를

\* 인도 정치가(1946~1980). 비행기 사고로 사망.
\*\* 페로제 간디(1912~1960). 인도 정치가, 언론인. 심장마비로 사망.

비판한 부분에 대해 걱정하면서 이 책에 담긴 주장들을 뒷받침하는 편지를 써달라고 요구했다. 그 편지에서 나는 그들이 충분히 만족할 만한 근거를 제시했는데, 이미 말했듯이 한 문장만은 입증하기가 곤란했다. 세 명의 당사자 중 두 명은 이미 세상을 떠났고 남은 한 명은 장차 우리를 고소할 사람이었기 때문이다. 하지만 나는 분명히 이 정보가 소문이라고 밝혔으며 예전에도 활자화된 적이 있으니 아무 일도 없을 거라고 주장했다. 변호사들도 동의했다. 그런데 3년이 지난 후 바로 그 문장이 이 소설의 아킬레스건이 되었고 간디 여사가 그곳을 노리고 있었다. 내가 보기에는 결코 우연이 아니었다. 어쨌든 이 사건은 재판까지 가지 않았다. 명예훼손에 대한 법률은 대단히 구체적이고, 명예훼손에 해당하는 소문을 되풀이하기만 해도 명예훼손에 해당하므로 엄밀히 따지자면 잘못은 우리 쪽에 있었다. 간디 여사의 요구는 손해배상이 아니라 이 책을 다시 찍을 때 그 문장을 삭제하라는 것이었다. 우리가 내놓을 수 있는 유일한 변론은 위험소지가 다분했다. 비상사태 기간 동안 그녀가 벌인 활동이 매우 악질적이므로 그녀를 선량한 사람이라고 볼 수 없고, 따라서 명예훼손이 성립되지 않는다는 주장이었다. 다시 말하자면 우리는 사실상 그녀의 범죄행위를 재판에 회부해야 했던 것이다. 그러나 만약 영국 법정이 인도 총리는 선량한 사람이 아니라고 인정하지 않는다면 우리는 간단히 말해서 완전히 망해버릴 판국이었다. 케이프 출판사 측에서 그런 식으로 밀어붙이고 싶어 하지 않았던 것도 무리가 아니다. 그리고 간디 여사 쪽에서도 이 책에 대한 유일한 불만이 그 문장이라는 것을 기꺼이 인정하려 한다는 사실이 분명해졌을 때 나는 이 문제를 좋게 매듭짓는 데 합의했다. 『한밤의 아이들』에서 비상사태에 관련된 여러 장이 어떤 내용인지를 감안한다면 그녀가 그렇게 인정한다는 사실 자체가 사뭇 놀라웠다. 그런데도 기꺼이 그것을 인정한다는 것은 내가 보기에는 사실상 비상사태 시절에 대한 이 소설의 묘사가 정당하다는 증언과 다름없는 엄청난 일이었다. 이 합의에 대한 인도 국내의 반응은 총리에게 호의적이지 않았다. 그리고 불과 몇 주 후 그녀가 세상을 떠났다는 충격적인 소식이 전해졌다. 1984년 10월 31일, 자신의 시크교도 경호원들의 손에 암살당했던 것이다. 나는 어느 신문에 이렇게 기고했다. "인도를 사랑하는 우리 모두는 오늘 깊은 슬픔에 빠졌습니다." 우리가 비록 불화를 겪기는 했지만 그 말은 에누리 없는 진심이었다.

이제 그 일도 옛날이야기가 되었다. 여기서 그 일을 다시 거론하는 까닭은 우선 내가 처음부터 이렇게 당대의 '뜨거운' 현안을 소설 속에 집어넣는 것은 모험—법률적 모험이 아니라 문학적 모험—이라고 생각하며 걱정했기 때문이다. 언젠가는 간디 여사와 비상사태에 대한 내용이 더는 현안이 아닌 시대, 그래서 더는 사람들을 괴롭힐 수 없는 시대가 올 것을 알고 있었는데, 그때가 되면 내 소설이 지금보다 더 나빠지거나(왜냐하면 화제성이 사라질 테니까) 혹은 더 좋아질 거라고(왜냐하면 화제성이 사라진 뒤에는 소설의 문학적 구조가 더욱 돋보일 테고, 그래서 어쩌면 더 좋은 평가를 받을지도 모르니까) 생각했다. 물론 나는 후자이기를 바랐지만 어느 쪽도 확신할 길이 없었다. 따라서 『한밤의 아이들』을 처음 선보인 후 25년이 지난 지금까지도 사람들이 여전히 이 책에 관심을 갖는다는 사실은 매우 고무적이다.

1981년, 마거릿 대처가 영국 총리였고, 이란의 미국인 인질들이 석방되었고, 레이건 대통령이 충격으로 부상을 입었고, 영국 전역에서 인종 폭동이 일어났고, 교황이 충격으로 부상을 입었고, 피카소의 〈게르니카〉가 스페인에 반환되었고, 이집트의 사다트 대통령이 암살당했다. 또한 그해는 V. S. 나이폴의 『믿는 자들 사이에서』와 로버트 스톤의 『해돋이를 위한 깃발』과 존 업다이크의 『토끼는 부자다』가 출간된 해이기도 했다. 모든 소설이 그렇듯이 『한밤의 아이들』도 역사 속에 존재했던 한순간의 산물이고, 따라서 여러모로 그 시대의 영향을 받았을 것이다. 그러나 구체적으로 어떤 영향을 받았는지는 작가 자신도 완전히 파악할 수 없다. 그때와는 전혀 다른 시대가 되었는데도 이 책이 아직도 읽을 가치가 있는 듯하여 대단히 기쁘다. 앞으로 다시 한 세대 또는 두 세대의 시험을 견뎌낸다면 이 책은 더 오랫동안 남게 될 것이다. 물론 그때까지 내가 이승에 머물 리는 없다. 그래도 이 책이 첫 장애물을 뛰어넘는 순간을 목격할 수 있었으니 행복하다.

살만 루슈디, 2005년 12월 25일, 런던

# 차례

작가 서문  7

## 제1부

구멍 뚫린 침대보  25
머큐로크롬  58
타구 맞히기  86
카펫 밑에서  116
공개발표  143
머리가 여러 개 달린 괴물  173
메솔드  201
똑딱똑딱  233

## 제2부

어부의 손가락질  263
뱀과 사다리  295
빨래통 속에서 생긴 일  322
올 인디아 라디오  355
봄베이의 사랑  384
나의 열번째 생일  410
파이어니어 카페에서  439
알파와 오메가  468

**한밤의 아이들** _제2권

콜리노스 어린이
사바르마티 중령의 지휘봉
폭로
후추통 기동작전
배수와 사막
자밀라 싱어
살림이 순수해진 사연

## 제3부

붓다
순다르반에서
샘과 호랑이
성원의 그림자
어떤 결혼식
어둠의 시대
아브라카다브라

**해설** | 환상과 현실의 행복한 만남
**살만 루슈디 연보**

제1부

## 구멍 뚫린 침대보

나는 봄베이 시에서 태어났는데…… 옛날옛날 한 옛날이었다. 아니, 안 되겠다. 연월일을 생략할 수는 없다. 나는 1947년 8월 15일 나를리카르 산부인과에서 태어났다. 그런데 시간은? 시간도 중요하다. 그래, 좋다. 밤이었다. 아니, 좀 더 구체적으로…… 실은 밤 12시 정각이었다. 내가 나오는 순간, 마치 경의를 표하듯이 시곗바늘들이 하나로 포개졌다. 아, 더 자세히, 더 자세히 : 나는 인도가 독립하는 바로 그 순간 이 세상으로 굴러 나왔다. 사람들이 놀라서 헉 소리를 질렀다. 그리고 창밖에는 불꽃놀이와 군중이 있었다. 몇 초 후, 우리 아버지의 엄지발가락이 부러져버렸다. 그러나 그날 밤 그 순간에 나에게 일어난 일에 비하면 아버지의 이 사고는 하찮은 일이었다. 왜냐하면 덤덤하게 나를 맞이했던 그 시계들의 어떤 신비로운 횡포 때문에 나는 불가사의하게 역사에 손목이 묶여버렸고 나의 운명은 조국의 운명과 하나로 이어져 불가분의 관계가 되었기 때문이다. 그때부터 30여 년 동안은 벗어날 길이 없었다. 이미 점쟁이들이 나에 대한 예언을 했고, 신문들은 나의 탄생을 경축했고, 정치가들도 내가 틀림없는 진짜임을 추인해주었다. 그러나 정작 나 자신은 이 문제에서 아무런 발언권도 갖지 못했다. 그리하여 나 살림 시나이는—그 이후 '코찔찔이' '얼룩상판' '중대가리' '코홀쩍이' '붓다', 심지어 '달덩어리' 등등 다양한 별명을 얻었지만— 꼼짝없이 운명의 수레바퀴에 휘말리고 말았다. 아무리 좋은 시절에도 대단히 위험천만한 일이다. 게다가 그 당시 나는 혼자 콧물도 닦지 못하는 처지였다.

그러나 이제 시간이(이제는 내가 쓸모없으므로) 얼마 남지 않았다. 나는 곧 서른한 살이 된다. 재수가 좋으면. 즉 너무 혹사당해 부서져 가는 이 몸뚱이가 그때까지 버텨주기만 한다면. 그러나 목숨을 건질 가망은 전혀 없다. 나에게 과연 천 일 밤하고도 일 일 밤 정도라도 남아 있는지조차 확신할 수 없다. 내 삶에 어떤 의미를—그렇다, 의미를—부여하기 위해서는 부지런히, 셰에라자드보다 더 부지런히 서둘러야 한다. 솔직히 인정하겠다: 나는 그 무엇보다 허망한 죽음을 두려워한다.

하지만 해야 할 이야기는 아주 많고, 너무 많고, 그 속에는 수많은 인생 사건 기적 장소 소문 들이 서로 복잡하게 뒤얽혀 있고, 또한 평범한 일들과 도저히 있을 법하지 않은 일들이 마구 뒤섞여 있다! 나는 사람들의 인생을 먹어치우는 사람이었다. 그래서 나를 알려면, 나 하나를 알기 위해서는, 당신도 나처럼 그 모든 인생을 먹어치워야 한다.

그렇게 먹혀버린 수많은 사람들이 내 안에서 밀치락달치락 북적거린다. 그리고 한복판에 지름 18센티미터가량의 엉성한 구멍이 뚫린 희고 드넓은 침대보 한 장에 대한 기억을 유일한 길잡이로 삼아, 나의 부적이며 나의 '열려라 참깨'인 이 사각의 리넨 천, 구멍이 뚫려 훼손되어버린 이 천에 얽힌 꿈을 부둥켜안고, 나는 내 인생이 실제로 처음 시작된 시점에서부터 내 인생을 재구성하는 작업에 착수해야 한다. 그 시점은 시간에 지배당하고 범죄로 얼룩진 나의 탄생처럼 뚜렷하고 현실감 있는 일들이 일어나기 이전, 약 32년 전으로 거슬러 올라간다.

(말이 나온 김에 덧붙이자면 이 침대보에는 얼룩도 있었는데, 오래되어 색이 바랜 세 방울의 붉은 얼룩이었다. 쿠란에 이런 말이 있다: 암송하라, 너의 창조자, 한낱 핏덩이로부터 인간을 만드신 하느님의 이름으로 명하노라.)

1915년의 어느 이른 봄날 아침 카슈미르\*에서 우리 외할아버지 아담 아지즈는 기도를 올리려다가 딱딱하게 얼어붙은 흙두덩에 코를 부딪치고 말았다. 왼쪽 콧구멍에서 나온 세 방울의 피가 싸늘한 공기 속에서 순식간에 굳어지면서 루비로 변해 앞에 놓인 기도자리\*\* 위로 후드득 떨어졌다. 무릎을 꿇은 채 급히 몸을 일으켜 다시 고개를 치켜든 외할아버지는 자신의 두 눈에 맺힌 눈물도 벌써 응고되었음을 깨

---

\* 히말라야 산맥 서쪽 끝에 위치한 지역. 영국 식민지 치하에서 전제왕국의 지위를 가지고 있었으나 1947년 영국령 인도가 인도와 파키스탄으로 분리독립하게 되면서 어느 국가에 귀속되는지를 둘러싼 영토분쟁에 휘말리게 된다.
\*\* 이슬람교도가 예배를 드릴 때 사용하는 깔개.

달았다. 그 순간, 속눈썹에 붙어 있는 다이아몬드들을 경멸하듯이 털어내던 바로 그 순간, 외할아버지는 신 앞에서든 인간 앞에서든 두 번 다시 땅바닥에 입을 맞추지 않겠다고 마음먹었다. 그러나 이 결심은 그의 가슴속에 구덩이 하나를 파놓았고, 마음 깊은 곳에 도사리고 있는 이 텅 빈 공간 때문에 그는 역사와 여자들에게 약한 일면을 갖게 되었다. 최근에 의학 공부를 끝마친 그였지만 처음에는 미처 그 사실을 알아차리지 못했다. 그는 자리에서 일어나 기도자리를 굵은 여송연 모양으로 둘둘 말아 오른쪽 겨드랑이에 끼고 다이아몬드가 떨어져 나가 맑아진 눈으로 골짜기 안을 둘러보았다.

세상이 다시 새로워졌다. 겨우내 얼음에 뒤덮인 채 부화의 순간을 기다리던 골짜기도 이제 껍질을 깨고 그 누렇고 촉촉한 모습을 드러냈다. 지하에서는 새싹들이 저마다 때를 기다렸고 산들은 따뜻한 계절을 맞아 자기들의 피서지로 후퇴하고 있었다. (골짜기가 얼음 밑에서 몸을 움츠리는 겨울철에는 산들이 호숫가의 이 도시로 바싹 다가와 성난 이빨을 드러내며 으르렁거렸다.)

아직 라디오 송신탑이 설치되지 않았던 그 시절에는 황갈색 언덕 위에 검은 물집처럼 조그맣게 솟아오른 샹카라 아차리아 사원만이 스리나가르[*]의 호수와 거리를 굽어보고 있었다. 그 시절에는 호숫가에 군대 막사도 없었고, 뱀처럼 끝없이 이어지는 위장한 트럭이나 지프들의 행렬이 비좁은 산길을 막아버리는 일도 없었고, 바라물라와 굴마르그[**] 너머의 산마루 뒤에 군인들이 매복하는 일도 없었다. 그 시

---

[*] 현재 인도령 잠무카슈미르 주(州)의 여름 수도.
[**] 잠무카슈미르 주의 도시와 마을.

절에는 여행자들이 다리 사진을 찍다가 간첩으로 몰려 총살당하는 일도 없었고, 호수 위에 떠 있는 영국인들의 집배를 제외한다면 이 골짜기는 봄마다 이렇게 새로 태어나면서도 무굴제국* 이후로 달라진 점이 거의 없었다. 그러나 외할아버지의 눈동자는—다른 부분과 마찬가지로 그의 눈동자도 스물다섯 살이었다—모든 것을 전혀 다르게 보고 있었는데…… 게다가 코까지 가려워지기 시작했다.

외할아버지의 눈에 비친 세상의 모습이 달라져버린 이유, 그 비밀을 밝혀보자면: 그는 고향땅을 떠나서 5년을, 즉 다섯 번의 봄을 보냈다. (기도자리가 주름진 곳에 우연히 도사리고 있던 그 흙두덩이 중요한 역할을 하긴 했지만, 따지고 보면 그것은 하나의 기폭제에 불과했다.) 그리고 이제야 돌아온 그는 넓은 세상을 여행해본 사람의 눈으로 고향땅을 보고 있었다. 그리하여 거대한 이빨들에 둘러싸인 이 작은 골짜기의 아름다움보다 그 협소한 규모만 눈에 띄었고 지평선도 너무 가까워 보였다. 그래서 서글픔을 느꼈다. 고향에 돌아왔는데 이렇게 완전히 갇혀버린 기분이 들다니. 그리고—설명할 수는 없지만—교육을 받고 청진기를 목에 걸고 돌아온 그를 이 정든 땅이 어쩐지 달가워하지 않는 듯한 느낌도 들었다. 얼음에 덮였던 겨울 동안은 차가울망정 무심해 보일 뿐이었지만 지금은 의문의 여지가 없었다. 독일에서 살다 온 그에게 이곳은 적대적인 땅이었다. 그로부터 여러 해가 지났을 때, 그리하여 가슴속의 그 구덩이가 증오심으로 메워졌을 때, 그리고 언덕 위의 사원에 있는 검은 돌 신(神)** 의 제단에 자신을 제물

---

* 16세기부터 1858년 영국에 완전히 정복되기까지 인도를 통치한 마지막 이슬람 제국.
** 시바 신을 상징하는 남근상을 가리킨다.

로 바치러 왔을 때, 그는 어린 시절 이곳에서 보냈던 낙원 같은 봄들을, 즉 여행과 흙두덩과 탱크가 모든 것을 망쳐버리기 전에 보았던 이곳의 모습을 다시 떠올리게 될 터였다.

골짜기가 기도자리를 권투장갑 삼아 그의 콧잔등을 후려갈겼던 그날 아침만 하더라도 외할아버지는 그냥 아무것도 달라지지 않은 듯이 행동하면 된다는 터무니없는 생각을 했다. 그래서 4시 15분의 매서운 추위에도 불구하고 이부자리를 박차고 일어나서 정해진 율법대로 몸을 씻은 후 옷을 입고 당신의 아버지가 쓰던 아스트라한* 모자를 뒤집어썼다. 그러고는 여송연처럼 둘둘 말린 기도자리를 들고 자신과 가족이 살고 있는 낡고 시커먼 집 앞에 있는 호숫가의 작은 정원으로 나왔고, 그를 기다리고 있는 그 흙두덩 위에 기도자리를 펼쳐놓았던 것이다. 무릎에 닿은 땅바닥의 감촉은 속아 넘어가기 좋을 만큼 부드러워서 그는 왠지 미심쩍어하면서도 방심할 수밖에 없었다. "자비로우시고 자애로우신 하느님의 이름으로……"— 펼쳐놓은 책처럼 두 손을 맞대고 읊조리는 이 첫머리는 그의 마음 한구석을 편안하게 해주는 동시에 더 큰 부분을 불안하게 만들었고—"……창조주 하느님을 찬미하나이다……"—그러나 이때 하이델베르크가 뇌리를 파고들더니 곧 잉그리트가 나타났는데, 잠시나마 연인이었던 그녀의 얼굴에는 이렇게 메카를 향해 똑같은 말을 앵무새처럼 되풀이하는 그를 비웃는 기색이 역력했고, 또한 두 사람의 친구였던 무정부주의자 오스카어와 일제 루빈도 반(反)이데올로기를 내세우며 그의 기도를 조롱했고—

---

* 러시아 아스트라한 지방에서 나는 어린 양의 털가죽.

"……하느님은 자비로우시고 자애로우시며 심판의 날을 주관하시도다!……"—하이델베르크에서 그는 의학 및 정치학과 더불어 인도가—라듐처럼—유럽인들이 '발견'했다는 사실도 배웠고, 심지어 오스카어까지 바스쿠 다 가마\*를 극찬했는데, 아담 아지즈가 결국 친구들과 결별하게 된 것도 바로 그것, 즉 그를 자기네 조상들의 발명품처럼 생각하는 그들의 믿음 때문이었고—"……저희는 당신만을 섬기오며 당신께만 구원을 간구하오니……"—그리하여 지금 그는 아직도 뇌리에 남아 있는 그들을 애써 무시하면서 예전의 자신과 재결합하려고 노력 중이었는데, 그 시절의 그는 유럽인들의 영향을 무시했지만 꼭 알아야 할 것들은 모조리 알았고, 이를테면 복종\*\*이 무엇인지도 알았고 지금 그가 치르는 이 의식도 잘 알고 있었으니, 지금 이 순간에도 그의 두 손은 옛 기억에 의지하여 너울너울 날아올라 손가락을 활짝 편 채 양쪽 엄지로 두 귀를 지그시 누르고—"저희를 바른길로 인도하소서: 당신을 진노케 한 자들의 길도 아니요……" 그러나 소용없는 짓이었으니, 그는 이미 낯선 곳, 믿음과 불신 사이의 중간지대에 갇혀 오도 가도 못하는 신세였고 지금의 이 기도는 한낱 흉내에 지나지 않았는데—"……방황하는 자들의 길도 아니라, 다만 당신께서 어여삐 여기신 그들의 길로 인도하소서." 외할아버지는 땅을 향해 머리를 조아렸다. 외할아버지가 고개를 숙이는 순간 기도자리로 덮인 땅이 고개를 치켜들었다. 드디어 흙두덩에게 기회가 왔다. 마치 일제-

---

\* 포르투갈 항해가. 유럽에서 아프리카를 우회하는 인도 항로를 발견했다.
\*\* '이슬람(Islam)'이라는 말의 본뜻.

오스카어-잉그리트-하이델베르크와 골짜기-하느님이 동시에 퍼붓는 비난처럼 흙두덩은 그의 코끝을 정통으로 들이받았다. 세 방울이 떨어졌다. 루비와 다이아몬드가 만들어졌다. 그리고 외할아버지는 부리나케 허리를 펴면서 굳은 결심을 했다. 벌떡 일어섰다. 여송연을 도로 말았다. 호수를 바라보았다. 그리고 그때부터 영원히 중간지대에 처박혀 하느님을 섬기지도 못하고 그렇다고 하느님의 존재를 완전히 불신하지도 못하게 되었다. 영구적인 변화였다: 구멍이었다.

자격증을 갓 취득한 젊은 의사 아담 아지즈는 봄을 맞이한 호수를 마주 보며 변화의 냄새를 맡았다. 한편 그의 (지극히 꼿꼿한) 등은 더 많은 변화를 마주하고 있었다. 그가 해외에 머무는 동안 아버지가 뇌졸중으로 쓰러졌지만 어머니는 끝내 그 사실을 밝히지 않았다. 꼿꼿하게 속삭이는 어머니의 목소리: "……얘야, 네 공부가 무엇보다 중요했기 때문이란다." 한평생 푸르다*를 지켰던 어머니, 한평생 집 안에만 갇혀 살았던 어머니가 갑자기 어디서 그렇게 엄청난 힘을 얻었는지 분연히 떨치고 나와 작은 보석상(터키석, 루비, 다이아몬드)을 운영하면서 아담이 의대를 졸업할 때까지 뒷바라지를 했다. 물론 장학금도 보탬이 되었다. 그리하여 그는 고향에 돌아와서야 비로소 영원히 변하지 않을 듯싶었던 가정의 질서가 완전히 뒤바뀐 상황을 목격했다. 어머니는 밖으로 일하러 나가고 아버지는 뇌졸중이 머리에 덮어씌운 휘장 속에 숨어 지내고…… 어두컴컴한 방 안에서 나무의자에

---

* 이슬람 국가에서 부녀자가 남의 눈에 띄지 않도록 하는 관습. '휘장' 또는 '가리개'라는 뜻으로, 거처를 커튼으로 가리고 외출 시에는 부르카, 차도르, 히잡 등으로 얼굴과 몸을 가린다.

앉아 새소리를 냈다. 서른 종에 달하는 각양각색의 새들이 아버지를 찾아와서 덧문을 닫아놓은 창턱에 앉아 이런저런 이야기를 나누었다. 아버지는 충분히 행복해 보였다.

(……그리고 나는 이때 벌써 반복이 시작되었음을 알아차린다. 왜냐하면 우리 외증조할머니가 얻었던 그 엄청난…… 그리고 뇌졸중도 외증조할아버지만이 아니었고…… '놋쇠 잔나비'도 새들을 좋아했고…… 아무튼 저주는 이미 시작되었다. 아직 코 이야기는 꺼내지도 못했는데!)

호수에는 이제 얼음이 없었다. 예년과 다름없이 해빙은 급속히 진행되었고, 미처 알아차리지 못한 작은 거룻배 시카라들은 아직도 대부분 자고 있었는데 이 또한 정상이었다. 그러나 이 게으름뱅이들이 마른 땅에서 주인과 함께 평화롭게 코를 골며 자고 있을 때, 노인들이 흔히 그렇듯이 가장 오래된 배 한 척은 새벽녘부터 돌아다녔고, 그리하여 얼음이 풀린 호수를 가로지르는 첫번째 배가 되었다. 타이의 시카라…… 이 또한 예년과 다름없었다.

구부정한 자세로 뱃고물에 서 있는 늙은 뱃사공 타이가 안개 자욱한 수면을 가르며 얼마나 빨리 움직이는지 보라! 노란 장대 끝에 심장 모양의 나무 날개가 달린 노를 수초 속에 들이밀고 홱홱 내젓는다! 이 근방에서 그는 괴짜로 통하는데, 저렇게 선 채로 노를 젓기 때문이기도 하지만…… 그뿐만이 아니다. 급한 일로 닥터 아지즈를 데리러 오는 타이는 이제 막 역사의 흐름을 바꿔놓으려는 참인데…… 한편 아담은 물속을 들여다보며 오래전에 타이가 준 가르침을 떠올린다. "아담 바바*, 저 물의 거죽 바로 밑에는 언제나 얼음이 도사리고 있습죠." 아담의 눈은 해맑은 파란색이었다. 산마루에 걸린 하늘처럼 놀라운 파랑, 카슈미르 사내들의 눈동자를 종종 물들이는 바로 그 빛깔이었다. 그의 눈은 사물을 보는 능력을 잃지 않았다. 그의 눈은 본다 — 저기! 유령의 해골처럼, 달(Dal) 호수\*\*의 수면 바로 밑에! — 저 섬세한 무늬를, 무색투명한 선들이 종횡으로 엇갈리며 그려내는 정교한 그물을, 냉정하게 기다리는 미래의 혈관들을. 독일에 머무는 동안 많은 것이 희미해졌지만 사물을 보는 재능만은 세월도 빼앗아가지 못했다. 타이가 준 선물이었다. 아담은 고개를 들고 정면에서 V자 모양으로 다가오는 타이의 배를 바라보며 손을 흔들어 인사한다. 타이도 손을 들었지만 그 동작은 명령이다. '기다리쇼!' 외할아버지는 기다린다. 그리고 그가 이렇게 인생의 마지막 평화를, 어쩐지 칙칙하고 불길한 평화를 맛보는 동안 나는 잠시 그에 대해 몇 가지 설명을 덧붙이는 것이 좋겠다.

못생긴 남자가 대단히 인상적인 남자에게 느끼는 자연스러운 질투를 억누르면서, 나는 우선 닥터 아지즈의 키가 매우 컸다는 사실을 밝힌다. 그가 자기 집 벽에 몸을 찰싹 붙이고 서면 벽돌 스물다섯 장의 높이에 달했는데 — 나이 한 살을 먹을 때마다 벽돌 한 장만큼씩 자란 셈이다 — 바꿔 말하자면 190센티미터에 육박했다는 뜻이다. 게다가 힘도 장사였다. 수염은 숱이 많고 붉은색이라서 어머니를 언짢게 했는데, 그녀는 하지(Haji), 즉 메카 순례를 다녀온 사람만 그렇게 붉은

---

\* 원래는 '아버지'라는 뜻으로 귀족, 노인, 성직자 등의 이름에 붙이는 경칭이지만 나이와 신분을 막론하고 남자를 부르는 애칭으로 폭넓게 사용한다.
\*\* 스리나가르에 있는 호수.

수염을 기를 자격이 있다*고 말했다. 그러나 그의 머리카락은 좀 더 어두운 빛깔이었다. 하늘빛 눈동자에 대해서는 이미 밝힌 바 있다. 잉그리트는 이렇게 말했다. "신들이 네 얼굴을 만들 때는 색채 감각이 뒤죽박죽이었나봐." 그러나 우리 외할아버지의 외모에서 가장 두드러지는 특징은 빛깔도 키도 아니었고 튼튼한 팔이나 꼿꼿한 허리도 아니었다. 보라, 지금 수면에 반사된 그의 얼굴 한복판에서 성난 바나나처럼 너울거리는 저것을…… 아담 아지즈는 타이를 기다리면서 잔물결에 일렁이는 자신의 코를 내려다보았다. 아담처럼 인상적인 얼굴이 아니었다면 그 코가 얼굴 전체를 간단히 압도하고 말았을 것이다. 심지어 그의 경우에도 사람들이 제일 먼저 보고 제일 오래 기억하는 부분이 바로 이 코였다. "시라노즈**다." 일제 루빈이 말하자 오스카어도 거들었다. "프로보시시무스***야." 잉그리트는 이렇게 말했다. "저 코만 있으면 강을 건널 수도 있겠어." (콧마루도 다리처럼 널찍했다.)

우리 외할아버지의 코: 활짝 벌어진 콧구멍은 무용수처럼 우아한 곡선을 그렸다. 콧구멍과 콧구멍 사이에서 시작된 콧벽은 개선문의 아치처럼 비스듬히 올라가다가 곧 아래로 휘어지면서 윗입술을 가릴 만큼 뻗어 내려간 후, 지금은 빨갛게 물들어버린 위풍당당한 코끝에

---

\* 성지순례를 마친 사람은 헤나로 수염을 붉게 물들이는 풍습이 있다.
\*\* 남달리 코가 컸다는 '시라노 드 베르주라크'의 이름과 '코(nose)'를 합친 말장난. 시라노는 17세기 프랑스 시인으로 실존인물이지만 에드몽 로스탕의 희곡으로 더 유명하다.
\*\*\* 코끼리와 같은 동물의 긴 코를 뜻하는 '프로보시스(proboscis)'와 역시 코를 뜻하는 라틴어 '시무스(simus)'를 합친 말장난.

이르러 방향을 확 틀었다. 흙두덩에 부딪치기 딱 좋은 코였다. 여기서 나는 이 위대한 감각기관에 대한 감사의 마음을 기록해두고 싶은 바이니―그것이 없었다면 내가 어머니의 아들이며 외할아버지의 손자라는 사실을 그 누가 믿어주었으랴?―나중에 나도 이 거대한 살덩어리를 그대로 물려받았기 때문이다. 닥터 아지즈의 코는―오직 코끼리 머리를 한 가네샤* 신의 코에만 견줄 수 있는 이 코는―논쟁의 여지도 없이 그에게 가부장이 될 만한 권리를 부여했다. 아담에게 그 점을 일러준 사람도 타이였다. 어린 아담이 사춘기를 벗어나기도 전에 이 노쇠한 뱃사공은 이렇게 말했다. "우리 왕자님, 그 코야말로 한 가문을 일으킬 만한 코요. 후손들만 보아도 조상이 누구인지 단박에 알아차리겠구먼. 무굴제국의 황제들도 그런 코를 가질 수만 있다면 기꺼이 오른손과 맞바꿨을 게요. 그 코 속에 왕조의 씨앗이 깃들었소." 잘 나가다가 이 대목에서 타이는 그만 지저분한 말을 내뱉고 말았다. "코딱지처럼 말이우."

아담 아지즈의 얼굴에서 그 코는 과연 가부장다운 면모를 풍겼다. 우리 어머니의 얼굴에서는 고귀함과 동시에 오랜 인고의 분위기가 조금 느껴졌고, 에메랄드 이모의 얼굴에서는 속물근성, 알리아 이모의 얼굴에서는 지성이 느껴졌고, 하니프 외삼촌의 얼굴에서는 불운한 천재의 일부가 되었고, 무스타파 외삼촌은 그 코를 한낱 삼류인생의 냄새 맡는 기관으로 전락시켰고, '놋쇠 잔나비'는 그 코를 조금도 물려받지 않았다. 그런데 내 얼굴에서는―내 경우는 또 전혀 달랐다. 그

---

* 인도 신화에 나오는 파괴의 신 시바와 모신(母神) 파르바티의 아들로 지혜와 행운의 신.

러나 내 비밀을 한꺼번에 밝힐 수는 없다.

(타이가 점점 가까이 다가온다. 일찍이 코의 위력을 말해주었던 그가, 그리고 지금은 우리 외할아버지를 당신의 미래 속으로 던져 넣을 전갈을 가져오는 그가 시카라를 타고 이른 아침의 호수를 가르는데……)

타이의 젊은 시절을 기억하는 사람은 아무도 없었다. 그가 지금의 그 배를 타고 지금처럼 구부정하게 서서 달 호수와 나긴 호수를 누비기 시작한 것은…… 태곳적부터였다. 아니라고 말할 수 있는 사람도 없었다. 그는 낡고 비위생적인 판자촌 어딘가에 살았고 그의 아내는 봄철과 여름철마다 수면에 둥실둥실 떠다니는 수많은 '수상정원' 가운데 한 곳에서 연뿌리를 비롯하여 각종 진기한 식물들을 재배했다. 타이도 자기 나이를 모른다고 흔쾌히 인정했다. 그 점은 그의 아내도 마찬가지였는데, 두 사람이 결혼할 때 타이는 이미 쭈그렁할아범이었다고 한다. 그의 얼굴은 호수에 부는 바람이 새겨놓은 조각품이었다. 마치 가죽으로 만든 잔물결 같았다. 이빨은 달랑 금니 두 개가 전부였다. 이 도시에는 그의 친구가 별로 없었다. 그가 배를 몰고 시카라 계류장이나 호숫가에 즐비한 다 쓰러져가는 식품점이나 찻집 앞을 지나갈 때 어느 뱃사공이나 장사꾼이 물담배라도 함께 피우자고 불러 세우는 일도 거의 없었다.

타이에 대한 일반적인 의견은 보석상이었던 외증조할아버지, 즉 아담 아지즈의 아버지가 오래전에 했던 말로 요약할 수 있겠다. "그 양반은 이빨이 빠질 때 정신머리도 같이 빠져버렸어."(그러나 지금 아지즈 사히브*는 재잘거리는 새소리를 들으며 멍하니 앉아 있고 타이는 여전히 원기왕성하게 돌아다닌다.) 이 뱃사공이 남들에게 그런 인상을 심어주는 이유는 수다 때문이었다. 그는 몹시 과장되고 허무맹랑한 이야기를 끝없이 늘어놓았고 혼잣말을 하는 경우도 적지 않았다. 물 위에서는 소리가 멀리 퍼지기 마련이라서 호수 사람들은 그의 독백을 들으며 낄낄거리곤 했다. 그러나 경외심 때문에, 심지어 공포심 때문에 소리 죽여 웃었다. 경외심은 이 늙은 반편이가 그를 비웃는 그 누구보다도 이 근방의 호수와 산을 샅샅이 알기 때문이고, 공포심은 이루 헤아릴 수 없을 만큼 나이가 많다는 그의 주장 때문이기도 하거니와 닭모가지처럼 가느다란 목을 하고도 누구나 부러워할 만한 마누라를 얻고 아들을 넷이나 낳았기 때문인데…… 떠도는 소문에 의하면 호숫가의 다른 아낙들에게서 낳은 자식도 몇 명 더 있다고 했다. 시카라 계류장의 젊은이들은 타이가 어딘가에 돈을 산더미처럼 쌓아두었다고 믿는다. 어쩌면 값을 매길 수 없을 만큼 많은 금니를 긁어모아서 자루 속의 금니가 호두알처럼 덜거덕거릴지도 모른다는 말까지 나돌았다. 세월이 흘러 퍼프스 아저씨가 자기 딸의 생니를 모조리 뽑아내고 금니로 바꿔주겠다면서 나를 매수하려 들었을 때 나는 타이의 사라진 보물을 떠올렸고…… 어린 시절의 아담 아지즈는 타이를 사랑했다.

   재산이 많다는 소문에도 불구하고 타이는 건초와 염소와 야채와 땔나무 따위를 호수 건너편으로 실어다주고 뱃삯을 받는 평범한 뱃사공으로 살아갔다. 물론 사람도 태웠다. 수상택시 영업을 할 때는 시카라

---

\* '어르신' '나리' 등을 뜻하는 경칭.

중간쯤에 정자를 세웠는데 꽃무늬 지붕과 커튼을 달고 거기 어울리는 방석을 깔아서 화려하기 그지없었고, 게다가 냄새를 지우려고 배 안에 향까지 피웠다. 타이의 시카라가 커튼을 휘날리며 다가오는 광경은 닥터 아지즈에게 예나 지금이나 봄의 전령 가운데 하나로 보였다. 머지않아 영국인 나리들이 몰려올 테고 타이는 구부정한 자세로 이리저리 가리키고 수다를 떨면서 그들을 샬리마르 공원\*이나 킹스 스프링\*\*으로 데려다줄 터였다. 그는 변화의 필연성에 대한 오스카어-일제-잉그리트의 믿음을 반박하는 산 증거였고…… 조금 괴팍하지만 결코 변하지 않는, 한마디로 이 골짜기의 지박령(地縛靈) 같은 존재였다. 물에 사는 캘리밴\*\*\*이랄까, 카슈미르의 싸구려 독주를 너무 좋아해서 탈이기는 했다.

내 파란 침실에 대한 기억: 그 방에는 소년 롤리가 넋을 잃고 늙은 어부를 바라보는 그림\*\*\*\* 한 장이 총리의 편지 옆에 오랫동안 걸려 있었다. 어부는 붉은 도티\*\*\*\*\* 비슷한 옷을 걸치고 앉아―어디에 앉았을까?―물에 떠내려온 나무토막인가?―바다를 가리키며 터무니없는 이야기를 들려주는데…… 장차 우리 외할아버지가 될 소년 아담은 남들이 타이를 미쳤다고 생각하는 이유, 즉 황당무계한 장광설

---

\* 무굴제국의 황제들이 조성한 정원. 여기서는 달 호수 기슭에 있는 '샬리마르 바그'를 가리키는데, 제4대 황제인 자한기르가 아내 누르 자한을 위해 만들었다고 한다.
\*\* 스리나가르의 공원 차슈메 샤히의 영어명.
\*\*\* 셰익스피어의 희곡 『템페스트』에서 마법사 프로스페로가 부리는 추악한 괴물.
\*\*\*\* 영국 화가 존 에버렛 밀레이가 그린 〈롤리의 소년 시절〉. 영국 군인이며 탐험가인 월터 롤리를 그렸다.
\*\*\*\*\* 허리에 둘러 샅 사이로 빼내 입는 천 형태의 옷.

때문에 오히려 이 늙은 뱃사공에게 반해버렸다. 타이의 수다는 마법처럼 매혹적이었다. 바보가 돈을 흘리듯이 두 개의 금니 사이로 술술 흘러나오는 그의 이야기는 딸꾹질과 술 냄새에 섞여 과거의 머나먼 히말라야 산맥 어딘가로 떠나갔다가 별안간 자질구레한 현실로 돌아오곤 했는데, 이를테면 아담의 코가 지닌 의미를 마치 생쥐를 생체 해부하듯 낱낱이 분석하는 식이었다. 타이와의 우정 때문에 아담은 걸핏하면 뜨거운 물에 들어가야 했다. (펄펄 끓는 물이었다. 문자 그대로. 그의 어머니는 이렇게 말했다. "이러다가 너를 죽이는 한이 있어도 그 뱃사공 늙은이의 병균들은 기필코 죽여야겠다.") 그래도 늙은 독백가는 번번이 앞마당의 발가락에 해당하는 호숫가에 배를 대놓고 빈둥거렸고 그때마다 아담 아지즈는 타이의 발치에 앉아 시간을 보냈다. 그러다가 여러 사람의 목소리에 못 이겨 집으로 불려 들어가면 타이의 불결함과 그의 몸에 우글거리는 각종 병균에 대해 또 한바탕 잔소리를 듣기 마련이었다. 아담의 어머니는 세균의 온상 같은 노인의 몸에 붙은 세균들이 아들의 빳빳하게 풀 먹인 새하얀 파자마*로 일제히 뛰어내리는 광경을 상상했다. 그런데도 아담은 마법의 배를 타고 노를 저으며 마법에 걸린 듯한 아침 호수를 가르는 초라한 돌림쟁이의 구부정한 모습을 찾아보려고 아침마다 호숫가로 나가 안개 속을 이리저리 두리번거리곤 했다.

"그런데 타이 할아버지, 진짜 나이는 몇 살이에요?" (지금은 어른이 되어 붉은 수염을 기르고 미래를 향해 첫발을 내디딘 닥터 아지즈

---

* 허리춤을 끈으로 조이는 넉넉한 바지로 흔히 평상복으로 입는다.

는 감히 묻지 말아야 할 질문을 던지던 그날을 회상한다.) 그 순간 폭포 소리보다 시끄러운 침묵이 흘렀다. 독백은 중단되었다. 물속에서 노가 철썩거리는 소리. 그날 아담은 집에 가면 회초리와 욕조가 기다린다는 사실을 뻔히 알면서도 타이의 시카라에 올라 염소들과 짚단 더미 사이에 웅크리고 앉아 있었다. 이야기를 들으려고 따라나섰건만 쓸데없는 질문 하나로 오히려 이야기꾼의 입을 막아버린 꼴이었다.

"아니, 말해주세요, 타이 할아버지, **진짜** 몇 살이에요?" 그러자 난데없이 술병 하나가 불쑥 나타났다. 크고 푸근한 추가\* 외투 속에서 나온 술은 싸구려 독주였다. 그다음은 진저리, 트림, 이글거리는 눈초리. 번뜩이는 금니. 그리고―마침내!―말. "몇 살이냐고? 몇 살이냐고 물으셨나, 이마에 피도 안 마른 꼬마 도령이, 중뿔나게……" 나중에 내 방 벽에 걸릴 그림 속의 어부를 예고하듯이 타이는 산맥 쪽을 가리켰다. "저만큼 늙었수다, 나쿠!" 졸지에 나쿠, 즉 중뿔난 놈이 되어버린 아담은 타이가 가리키는 곳을 바라보았다. "저 산들이 태어나는 순간도 봤고 황제들이 몇 명이나 죽어나가는 것도 봤소. 잘 들으소, 잘 들으소, 나쿠……"―다시 술병, 그다음은 술기운이 거나한 목소리, 술보다 더 사람을 취하게 만드는 말들―"나는 이사\*\* 그리스도가 카슈미르에 오셨을 때 직접 보기도 했수다. 그래, 웃으소, 그래도 이놈의 머릿속에는 도련님이 역사라고 부를 만한 기억들이 들었소.

---

\* 긴 소매가 달린 가운 형태의 겉옷.
\*\* 예수. 이슬람교에서는 하느님의 아들이 아니라 노아, 아브라함, 모세, 무함마드와 함께 가장 존경받는 선지자 중 한 사람이다. 일부 이슬람교도는 예수가 예루살렘에서 죽지 않고 카슈미르 지방까지 여행했다고 믿는다.

지금은 없어졌지만 오래된 책에는 죄다 적혀 있었지. 옛날에는 구멍 뚫린 발모가지를 새겨놔서 해마다 한 번씩 피를 흘리는 비석이 있는 무덤이 어디 있는지도 알았소. 요즘은 나도 기억이 점점 가물가물해서 탈이지만, 내 비록 글은 못 읽어도 다 안단 말이오." 말 한마디에 문맹이 사소한 문제로 전락하고 성난 손짓 한 번에 문학이 무너져버렸다. 다시 추가 외투 속으로 들어간 손이 술병을 꺼내 추위로 갈라진 입술로 가져갔다. 타이의 입술은 옛날부터 꼭 여자 입술 같았다. "나쿠, 잘 들으소, 잘 들으소. 나는 많은 걸 봤소. 그 이사라는 양반이 오셨을 때는 정말 볼만했지. 수염이 불알까지 길게 늘어지고 머리는 달걀처럼 반질반질한 대머리였거든. 늙고 지친 꼬락서니였지만 예의범절은 깍듯했소. '먼저 들어가시죠, 타이 영감님, 어서 앉으세요, 타이 영감님.' 언제나 공손한 말투였고, 나를 미친놈이라고 하거나 너라고 부르는 일도 없었소. 언제나 영감님이라고 불렀지. 정중했단 말이오. 아시겠소? 그리고 먹성도 대단했지! 어찌나 잘 먹는지 정말 무서울 정도였소. 성자나 악마의 이름을 걸고 맹세해도 좋은데, 마음만 먹으면 앉은 자리에서 새끼염소 한 마리를 통째로 먹어치울 수도 있었을 게요. 그렇다고 무슨 문제겠수? 내가 그 양반한테 이랬지. 어서 드시우, 뻥 뚫린 구멍을 채우시구려, 카슈미르에 오는 사람은 인생을 즐기러 오거나 끝내러 오거나 아니면 둘 다니까. 그 양반의 일은 다 끝난 다음이었거든. 그래서 그냥 좀 놀러 온 거였지." 아담 아지즈가 이렇게 술에 취한 노인이 들려주는 게걸스러운 대머리 그리스도에 대한 이야기를 멍하니 넋을 잃고 듣다가 나중에 부모에게 가서 한마디도 빠뜨리지 않고 그대로 되풀이해 말해주었을 때, 보석 장사로 바빠서 좀처럼 '흰소리'

를 들어줄 여유가 없는 그들은 경악을 금치 못했다.

 "아하, 내 말을 못 믿으시겠다?"—웃음을 머금은 쓰라린 입술을 핥으면서, 전혀 그렇지 않다는 것을 뻔히 알면서, "한눈을 파신단 말이지?"—그러나 타이는 아담이 이번에도 어김없이 자신의 한 마디 한 마디를 얼마나 열심히 듣고 있는지 잘 알고 있었다. "지푸라기 때문에 볼기짝이 따끔거려서 그러시나? 아, 정말 미안하우, 도련님. 자한기르 황제께서 앉으셨던 방석처럼 금실로 수놓은 비단방석을 내드리지 못해서! 그런데 도련님은 아마 자한기르 황제를 한낱 정원사로 아시겠구먼." 타이는 우리 외할아버지에게 비난조로 말했다. "샬리마르를 만드셨으니 말이오. 맹하기는! 도대체 도련님이 아는 게 뭐가 있소? 그 이름은 '세계를 정복하는 자'라는 뜻이오. 이게 한낱 정원사의 이름이우? 요즘은 도대체 학교에서 뭘 가르치는지 모르겠단 말씀이야. 반면에 이 몸은"……여기서 자못 의기양양하게……"황제 폐하의 몸무게를 1톨라의 오차도 없이 정확히 알았소! 어디 몇 몬드 몇 시르*였는지 물어보시구려. 폐하는 행복할수록 무거워져서 카슈미르에 계실 때 제일 무거우셨지. 그때 나도 가마를 메고 다녔는데…… 아니, 아니, 저것 좀 보라지, 또 저렇게 못 믿겠다고 상판대기에 붙은 큼지막한 오이가 덜렁덜렁 흔들리고 파자마 속에 든 쪼끄마한 오이는 딸랑딸랑 흔들리네그려! 정 그렇다면, 자, 자, 어서 물어보소! 시험해보시라고! 가마 손잡이에 가죽끈을 몇 바퀴 감았는지 물어보소. 정답은 서른한 번이오. 그럼 폐하가 임종 때 마지막으로 하신 말씀이 뭐냐? '카

---

\* 톨라, 몬드, 시르 모두 인도의 옛 중량단위.

슈미르'였소. 입 냄새는 지독했지만 인정 많은 분이었지. 도대체 나를 뭐로 보는 거요? 거짓말이나 늘어놓는 무식쟁이 들개 같은 놈? 가소, 내 배에서 후딱 내리소, 그놈의 코가 너무 무거워서 노질하기 힘들어 죽겠구먼. 게다가 나리는 도련님을 흠씬 두들겨 패서 내 흰소리를 다 잊게 만들고 마님은 팔팔 끓는 물로 한 꺼풀 홀라당 벗겨내려고 기다리실 테니까."

나는 뱃사공 타이의 술병이 장차 우리 아버지가 마귀에게 사로잡힐 것을 예고했다고 보는데…… 그 밖에도 어느 대머리 외국인이 또 나타날 테고…… 타이의 흰소리는 다른 것도 예언했으니, 그것은 장차 우리 외할머니에게 늘그막의 위안이 되어줄 테고, 온갖 이야기를 가르쳐줄 테고…… 게다가 들개들도 멀리 있지 않고…… 그만하자. 말하는 나도 무섭다.

아무튼 회초리와 끓는 물에도 아랑곳하지 않고 아담 아지즈는 거듭거듭 타이와 함께 시카라를 타고 염소 건초 꽃 가구 연뿌리 틈에서—비록 영국인 나리들과 함께 탄 적은 한 번도 없었지만—둥실둥실 떠다녔고 매번 똑같은 그 무시무시한 질문 하나로 거듭거듭 신기한 답변을 듣곤 했다. "그런데 타이 할아버지, 몇 살이에요, 정말로?"

아담은 타이에게서 호수의 온갖 비밀을 배웠다. 물풀에 휘감겨 익사하지 않고 헤엄칠 수 있는 곳, 물뱀의 열한 가지 종류, 개구리가 알을 낳는 장소, 연뿌리 조리법, 그리고 몇 년 전에 영국 여자 세 명이 빠져 죽은 곳. 타이는 이렇게 말했다. "여기 이 물에 빠져 죽은 페링기*

---

* 외국인, 특히 유럽인을 뜻한다.

여자들이 천 명도 넘을 게요. 자기들은 알 때도 있고 모를 때도 있지만 나는 냄새만 맡아봐도 금방 알지. 대관절 뭘 피해서, 누구를 피해서 물속으로 숨어버리는지 모르겠지만…… 나를 피할 수야 없지, 아무렴!" 타이의 웃음소리는 아담에게도 전염되었다. 늙고 시들어버린 몸뚱이에서 그렇게 크고 쩌렁쩌렁한 웃음소리가 터져나올 때는 왠지 섬뜩했지만 거구를 자랑하는 우리 외할아버지가 그렇게 웃으면 더할 나위 없이 자연스러웠고, 그래서 나중에는 그 웃음이 원래 그의 것이 아니었다는 사실을 그 누구도 알 수 없었다. (우리 하니프 외삼촌도 그 웃음을 물려받았으니, 외삼촌이 죽기 전까지는 타이의 일부가 봄베이에 살아 있었던 셈이다.) 그리고 외할아버지는 타이에게서 코에 대한 이야기도 들었다.

타이가 아담의 왼쪽 콧구멍을 툭 건드렸다. "이게 뭔지 아쇼, 나쿠? 이건 몸속 세상이랑 몸밖 세상이랑 만나는 곳이라우. 두 세상이 사이 좋게 지내지 못하면 여기서 그걸 느끼지. 그래서 자꾸 근질거리니까 쩔쩔매면서 코를 비벼대는 게요. 이런 코는 굉장한 복덩어리요, 바보 도련님. 그러니 코를 믿으란 말이오. 코가 경고할 때 조심하지 않으면 끝장나는 줄 아시우. 코가 시키는 대로만 하면 크게 출세할 게요." 그는 헛기침을 하고 머나먼 과거의 산맥으로 눈길을 돌렸다. 아담 아지즈는 짚단 더미에 등을 기댔다. "예전에 내가 알던 어떤 장교가 있었지. 이스칸다르 대왕* 휘하의 군인이었는데 이름은 알 필요 없소. 그 친구도 도련님처럼 두 눈깔 사이에 큼직한 뿌리채소를 달고 있었다

---

* 알렉산드로스 대왕의 아랍어 표기.

우. 그런데 군대가 간다라* 근처에 머무를 때 그 동네 어느 잡년하고 눈이 맞아버린 거요. 그때부터 코가 미치도록 근질거렸지. 아무리 긁어도 소용이 없었다니까. 유칼립투스 잎을 으깨고 삶아서 김을 쐬기도 해봤지만 다 헛일이었단 말씀이야! 그렇게 가려워서 정말 돌아버릴 지경이었는데도 그 얼간이 녀석은 군대가 고향으로 돌아갈 때 따라가지 않고 그 요부 곁에 혼자 남았소. 그래서 어떻게 됐을까? 골빈 놈, 별 볼일 없는 놈, 이도 저도 아닌 얼치기가 돼서 마누라 잔소리에 시달리고 근질거리는 코에 시달리다가 결국 자기 칼로 자기 배때기를 찔러버렸지. 이거 어떻게 생각하시우?"

······1915년부터 루비와 다이아몬드 때문에 이도 저도 아닌 얼치기가 되어버린 닥터 아지즈는 목소리가 들릴 만큼 가까이 다가온 타이를 바라보며 그 이야기를 떠올린다. 아직도 코가 근질거린다. 그는 코를 비비고 어깻짓을 하고 머리를 흔들어본다. 그때 타이가 소리친다.

"어어이! 의사 나리! 가니 지주 댁 따님이 아프다는뎁쇼."

이 짤막한 전갈, 뱃사공이 5년 만에 만난 제자에게 오랜만이라는 인사도 없이 다짜고짜 수면 너머로 던진 그 말, 여자 같은 입술이 한 가닥의 미소도 없이 퉁명스럽게 툭 내뱉은 그 말이 시간을 빨리 돌려버리고, 그때부터 시간은 빙글빙글, 갈팡질팡, 뒤죽박죽······

······"생각 좀 해봐라, 애야." 아담의 어머니는 지치고 체념한 듯한 모습으로 탁트** 의자에 드러누워 신선한 라임수를 홀짝홀짝 마신다.

---

\* 파키스탄 북부에 있는 도시 페샤와르의 옛 이름. 기원전 327년 알렉산드로스 대왕이 인도 아대륙을 정벌할 때 지나갔던 곳이다.
\*\* '왕좌'를 뜻하는 페르시아어로, 여기서는 누울 수 있는 긴 의자를 가리킨다.

"세상이 얼마나 달라진 게냐. 그렇게 오랫동안 내 발목조차도 비밀이었는데 요즘은 가족도 아닌 낯선 이들까지 내 몸을 빤히 쳐다보게 됐으니 말이다."

······한편 지주 가니는 울퉁불퉁한 금박 액자 속에 들어 있는 사냥의 여신 디아나의 커다란 유화 아래 서 있다. 그는 검고 두꺼운 색안경을 끼고 살벌하다고 소문난 미소를 머금고 예술에 대해 이야기한다. "쫄딱 망해버린 어느 영국인한테서 산 그림일세, 의사 선생. 겨우 오백 루피라서 값을 깎으려고 하지도 않았어. 그까짓 오백이 대수겠나? 이래 봬도 내가 문화를 사랑하는 사람인데 말이야."

······"봐라, 아들아." 아담이 어머니를 진찰하기 시작하자 그녀는 이렇게 말한다. "어미가 자식을 위해 못 할 일이 뭐가 있겠니. 너는 의사니까······ 이 뾰루지들, 이 얼룩덜룩한 것들 좀 만져봐라. 내가 아침 점심 저녁 내내 두통에 시달린다는 사실을 알아다오. 물 좀 더 주려무나, 애야."

······그러나 젊은 의사는 뱃사공의 외침을 듣자마자 의사의 윤리와는 거리가 먼 이유로 잔뜩 흥분해서 소리친다. "당장 가겠습니다! 필요한 물건만 챙기면 돼요!" 시카라의 뱃머리가 정원 가장자리에 닿는다. 아담은 여송연처럼 돌돌 만 기도자리를 한쪽 겨드랑이에 끼고 부리나케 집 안으로 달려간다. 실내의 어둠 속으로 갑자기 뛰어든 탓에 파란 눈을 깜박거린다. 높은 선반에 차곡차곡 쌓아올린 〈포어베르츠〉\*와 레닌의 『무엇을 할 것인가?』를 비롯한 각종 소책자, 그 밖에도 벌

---

\* 독일 사회민주당 기관지.

써 먼지가 쌓인 채 희미해져가는 독일 생활의 흔적들 위에 여송연을 올려놓고 침대 밑에서 어머니가 '의원 보따리'라고 부르는 중고 가죽 가방을 꺼낸다. 그가 가방을 집어들고 벌떡 일어나 방을 뛰쳐나갈 때 가방 밑바닥의 가죽에 불도장으로 찍어놓은 '하이델베르크'라는 글자가 얼핏 보인다. 지주의 딸은 병들었다지만 의사로 성공하고 싶은 그에게는 희소식이 아닐 수 없다. 아니, 병들었기 때문에 희소식이다.

……지금 앵글포이즈 램프*의 불빛 아래 빈 피클병처럼 오도카니 앉아 있는 내 눈앞에는 여기 기록해둘 필요가 있는 63년 전 우리 외할아버지의 모습이 생생히 떠오르고, 내 콧구멍 속에는 그의 어머니가 온몸에 종기가 날 정도로 심하게 느꼈던 수치심의 매캐한 악취, 어머니가 두 번 다시 보석상에 나갈 필요가 없을 만큼 의사로서 성공하고 말겠다는 아담 아지즈의 굳은 결심이 내뿜는 식초처럼 시큼한 냄새, 그리고 젊은 의사가 서 있는 크고 어두컴컴한 저택 안의 퀴퀴한 곰팡내가 맴돈다. 아담 앞에 걸린 그림 속에는 비록 평범하게 생겼지만 눈가에 생기가 넘치는 젊은 여자가 있고 그녀의 등 뒤로 보이는 지평선에는 그녀가 쏜 화살에 맞은 수사슴 한 마리가 꼼짝 않고 서 있다. 우리 인생에서 가장 중요한 일은 대부분 우리가 없는 곳에서 일어난다. 하지만 내게는 내가 알 리가 없는 일들을 알아내는 재간이 어디선가 생긴 모양이고, 그래서 아주 세부적인 내용까지 모든 것이 내 머릿속에 들어 있는데, 이를테면 이른 아침의 대기 속에서 천천히 흘러내리는 듯한 그 안개도 그렇고…… 아무튼 나는 거미줄에 뒤덮인 채 그냥

---

* 연결 부위에 용수철을 장착하여 각도를 자유롭게 조절할 수 있는 탁상용 스탠드.

내버려두었다면 좋았을 낡은 양철 트렁크를 열었을 때 발견하게 되는 몇몇 실마리 정도가 아니라 모든 것을 알고 있다.

……아담은 어머니의 물잔을 다시 채우고 걱정스러운 표정으로 진찰을 계속한다. "이 뾰루지와 부스럼에는 연고를 좀 바르세요, 어머니. 그리고 두통에는 알약이 있어요. 종기는 째야겠네요. 하지만 가게에 앉아 계실 때는 푸르다를 쓰시면…… 무례한 사람들이 들여다볼 수 없을 텐데…… 이런 증상은 심리적 원인에서 올 때가 많으니까……"

……물속에서 노가 첨벙거리는 소리. 침 덩어리가 수면에 철썩 떨어지는 소리. 타이가 목청을 가다듬더니 성난 목소리로 툴툴거린다. "그래, 잘하는 짓이다. 머리에 피도 안 마른 나쿠 꼬맹이가 무엇 하나 제대로 배우기도 전에 훌쩍 떠나버리더니 이렇게 대단한 의사 나리가 돼서 큼지막한 가방에 외국 물건을 잔뜩 담아들고 돌아오셨지만 올빼미처럼 사리분간을 못 하기는 아직도 매한가지로구먼. 나 참, 이거야말로 한심한 노릇이지."

……곁에만 있어도 마음을 불편하게 만드는 지주의 미소에 주눅이 든 닥터 아지즈는 안절부절못하고 두 발을 번갈아 디디면서 자신의 남다른 외모에 대한 반사적인 반응을 기다린다. 그의 체구와 여러 색깔이 공존하는 얼굴, 그리고 코 때문에 사람들이 무심결에 보여주는 놀란 표정에는 이미 익숙해졌는데…… 웬일인지 가니는 아무런 반응도 보이지 않고, 그래서 젊은 의사도 불안한 마음을 드러내지 말아야겠다고 마음먹는다. 그는 주춤거리던 동작을 멈춘다. 두 사람은 상대방에 대한 첫인상의 표현을 (적어도 겉으로는) 억제하고 물끄러미 서로를 바라보며 미래의 관계를 위한 토대를 다져간다. 이제 가니는 예

술애호가에서 호탕한 사나이로 변신한다. "자네한테는 절호의 기회일세, 젊은이." 아지즈의 시선이 자기도 모르게 디아나에게 쏠린다. 그녀는 생채기가 난 분홍빛 맨살을 아주 많이 드러낸 모습이다.

……그의 어머니가 앓는 소리를 내며 고개를 절레절레 흔든다. "아니, 네가 뭘 안다고 그러냐. 이렇게 어엿한 의사 선생님이 됐지만 보석 장사는 또 다르단다. 시꺼먼 머리쓰개를 뒤집어쓴 여자한테서 누가 터키석을 사려고 하겠니? 우선 신뢰를 쌓아야 되는데 말이다. 그래서 손님들이 내 얼굴을 볼 수 있어야 하고, 그래서 내가 이렇게 두통과 종기에 시달리는 거야. 자, 어서 가보거라, 이 불쌍한 어미는 걱정하지 말고."

……"큰 인물이 되셨어." 타이가 호수에 침을 탁 뱉는다. "큰 가방, 큰 인물. 푸하! 이 나라에는 변변한 가방이 없어서 저렇게 쳐다보기만 해도 부정 타는 돼지가죽\* 가방을 가져오셨나? 그 속엔 또 뭐가 들었는지 모를 일이지." 꽃무늬 커튼과 향내에 둘러싸인 닥터 아지즈는 지금 호수 건너편에서 그를 기다리는 환자를 생각하다가 화들짝 놀라 상념에서 깨어난다. 타이의 신랄한 독백이 그의 의식 속으로 파고들어 얼얼한 충격을 주고 응급실 냄새 같은 것이 향내를 압도하는데…… 노인은 무엇인가에 격분해서 한없는 분노에 사로잡힌 것이 분명하고 그 분노는 예전에 그의 조수였던 아담을, 아니, 더 정확히 말하자면 희한하게도 아담의 가방을 향하고 있는 듯하다. 닥터 아지즈는 잡담을 시도해보고…… "할머니도 건강하시죠? 사람들이 요즘

---

\* 이슬람교도는 돼지를 부정한 동물로 여긴다.

도 할아버지가 가진 금니 자루에 대해 수군거리나요?"……옛 우정을 되살려보려고 노력한다. 그러나 타이는 이제 본격적으로 발동이 걸려 봇물 터지듯이 독설을 쏟아낸다. 하이델베르크 가방이 욕지거리의 폭포 밑에서 부들부들 떤다. "외국놈들 장난감이 잔뜩 든 염병할 놈의 돼지가죽 가방. 거창한 가방. 이젠 사람 팔이 부러져도 저 가방이 있으니 접골사가 나뭇잎을 붙이고 칭칭 동여매는 일은 없겠지. 이젠 마누라가 아프면 저 가방 옆에 눕혀놓고 칼로 이리저리 난도질하는 꼴을 지켜봐야겠지. 잘하는 짓이다. 그 외국놈들이 이 나라 젊은것들 머릿속에 도대체 뭘 집어넣는지 모르겠다니까. 나 참, 한심한 노릇이지. 죄 많은 놈들의 불알을 지옥불에 튀길 때 저 가방도 같이 튀겨버려야 하는데."

……지주 가니가 바지 멜빵에 엄지손가락을 걸어 탁 튕긴다. "절호의 기회지, 그렇고말고. 읍내에서도 다들 자네를 칭찬하더군. 훌륭한 의학교육을 받았다고. 훌륭한…… 그만하면 꽤 훌륭한…… 가문이라고. 게다가 우리 여의사 선생이 앓아눕는 바람에 자네한테 이런 기회가 온 거지. 그 여자가 요즘 걸핏하면 골골하는데, 내 생각엔 아무래도 너무 늙어서 그러는 게 아닌가 싶고 게다가 최신 기술을 따라가지도 못해서 쩔쩔매는 것 같단 말이야. 내 말인즉슨, 의사여, 너 자신부터 고쳐라* 이거지. 그리고 하나만 명심하게. 나는 업무관계에 대해서는 철저하게 객관적인 사람일세. 감정, 사랑, 그건 다 가족한테만 해당되는 말이지. 누가 내 일을 해주면서 최고의 솜씨를 보여주지 못

---

* 「누가복음」 4:23.

한다면 당장 내쫓아야지! 내 말 알아듣겠나? 그건 그렇고, 내 딸 나심이 지금 몸이 안 좋네. 자네가 잘 치료해주게. 나한테 친구들이 많다는 사실을 잊지 말게. 병은 빈부귀천을 안 가린다는 사실도."

……"요즘도 정력을 위해 물뱀술을 담그세요, 타이 할아버지? 요즘도 연뿌리는 양념을 안 치고 드세요?" 머뭇거리며 물어보지만 그의 질문은 타이가 쏟아내는 분노의 격류에 휩쓸려 무시당하고 만다. 닥터 아지즈는 원인 규명에 나선다. 뱃사공에게 이 가방은 외국을 상징한다. 낯선 물건이며 침략자이며 진보의 산물이다. 그리고 젊은 의사의 마음을 사로잡은 것도 사실이다. 그리고 그 속에 칼이 있고 콜레라와 말라리아와 천연두의 치료제가 있는 것도 사실이다. 그리고 이 가방이 의사와 뱃사공 사이에 놓여 두 사람을 적대관계로 만들어버린 것도 사실이다. 닥터 아지즈는 싸우기 시작한다. 슬픔에 대항하고 타이의 분노에 대항한다. 그 분노는 아담을 감염시켜 차츰 그의 분노가 되어가는데, 비록 폭발하는 일은 드물지만 일단 폭발할 때는 마음속 깊은 곳에서 예고도 없이 터져나와 눈에 보이는 모든 것을 휩쓸어버리고, 그것이 지나가고 나면 그는 다들 왜 그렇게 언짢아하는지 몰라 어리둥절해지고…… 가니의 집이 가까워진다. 작은 나무 잔교 위에 하인 한 명이 두 손을 맞잡고 서서 시카라를 기다린다. 아지즈는 당면한 일에 정신을 집중한다.

……"주치의께서 저를 불러도 된다고 동의하셨습니까, 가니 어르신?"……머뭇거리며 던진 질문은 이번에도 가볍게 무시당한다. 지주는 이렇게 대꾸한다. "아, 동의할 거야. 자, 나를 따라오게."

……하인이 잔교 위에서 기다린다. 아담이 가방을 들고 시카라에

서 내릴 때 배를 붙잡아준다. 바로 그때 타이가 드디어 우리 외할아버지에게 직접 말을 붙인다. 경멸이 가득한 표정으로 타이는 이렇게 묻는다. "하나만 말해보소, 의사 나리. 죽은 돼지로 만든 그 가방 속에 외국 의사들이 냄새 맡을 때 쓰는 그 기계도 들었소?" 아담은 무슨 뜻인지 몰라서 고개를 가로젓는다. 타이의 목소리에 담긴 혐오감이 한 층 더 깊어진다. "아시잖소, 코끼리 코처럼 생긴 그 물건." 아지즈는 그제야 무슨 말인지 알아듣고 이렇게 대답한다. "청진기 말입니까? 그야 물론이죠." 타이는 시카라를 잔교에서 밀어낸다. 침을 뱉는다. 노를 저어 떠나간다. "그럴 줄 알았수다. 이젠 큼직한 자기 코 대신에 그런 기계를 쓰시는구먼."

외할아버지는 청진기가 코보다는 귀에 더 가깝다는 사실을 굳이 설명하려 하지 않는다. 그는 지금 자신의 노여움을, 버림받은 아이의 원망 어린 분노를 억누르는 중이기 때문이다. 게다가 그를 기다리는 환자도 있다. 이윽고 시간이 안정을 되찾고 이 중요한 순간에 주의를 집중시킨다.

저택은 호화로웠지만 채광이 좋지 않았다. 가니는 홀아비였고 하인들이 그 점을 악용하는 것이 분명했다. 구석마다 거미줄투성이였고 선반마다 먼지가 켜켜이 쌓여 있었다. 두 사람은 긴 복도를 따라 걸어갔다. 문 하나가 빠끔 열려 있었는데 아지즈가 그 사이로 들여다본 방 안은 그야말로 무질서의 극치였다. 그 광경을 얼핏 보고 나서 반사된 빛이 번뜩이는 가니의 짙은 색안경을 연결 지어 생각해본 아지즈는 불현듯 지주가 앞을 못 본다는 사실을 알아차렸다. 이 깨달음은 그의 불안을 더욱 가중시켰다. 유럽의 미술품을 좋아한다고 주장하는 맹인? 그러나 한편으로는 가니가 어디에도 부딪히지 않고 잘 돌아다니는 것을 보고 감탄했는데…… 그들은 두툼한 티크나무 문 앞에서 걸음을 멈추었다. "여기서 2분만 기다려주게." 가니는 그렇게 말하고 문 너머에 있는 방으로 들어갔다.

먼 훗날 닥터 아담 아지즈는 지주 저택의 어둑어둑하고 거미줄이 즐비한 복도에 혼자 서 있던 그 2분 동안 당장 돌아서서 걸음아 날 살려라 도망치고 싶은 충동을 가까스로 참았다고 고백했다. 눈먼 미술애호가라는 수수께끼 때문에 마음이 어수선하고, 타이의 불평불만이 서서히 독을 퍼뜨려 작은 벌레들이 뱃속을 갉아먹는 듯 거북살스럽고, 틀림없이 성병에 걸렸다는 생각이 들 정도로 콧구멍이 근질근질했는데, 어느 순간 그는 문득 두 발이 저절로 움직여 마치 납덩이로 만든 장화를 신은 듯 천천히 돌아서는 것을 느꼈고, 관자놀이에서 마구 쿵쿵거리는 맥박을 느꼈고, 자신이 지금 영원히 돌이킬 수 없는 운명의 문턱에 서 있다는 직감이 너무 강렬해서 자칫하면 독일제 모직 바지에 오줌을 지릴 지경이었다. 그는 의식하지도 못했지만 얼굴이 시뻘겋게 물들었고, 바로 그때 어머니가 눈앞에 나타났는데, 앉은뱅이책상을 앞에 두고 방바닥에 앉아 있는 그녀의 얼굴에 뾰루지가 홍조처럼 퍼져가고 그녀는 터키석 한 개를 집어들어 불빛에 비춰보았다. 어머니의 얼굴은 경멸이 가득한 뱃사공 타이의 표정을 고스란히 담고 있었다. 그녀가 타이의 목소리로 말했다. "그래, 가라, 도망쳐라. 이 불쌍한 어미는 걱정하지 말고." 닥터 아지즈는 자기도 모르게 더듬더듬 말했다. "어머니 아들은 쓸모없는 놈이에요. 제 가슴 한복판에

뻥 뚫린 멜론만 한 구멍이 안 보이세요?" 그러자 어머니는 고통스러운 미소를 지었다. "너는 옛날부터 참 무정한 녀석이었지." 어머니가 한숨을 푹 쉬더니 도마뱀으로 변신해 복도 벽에 달라붙어서는 그를 향해 혀를 날름 내밀었다. 닥터 아지즈는 이제 어지럽지 않았고, 자기가 실제로 소리 내어 말했는지 알쏭달쏭했고, 구멍에 대한 말은 도대체 무슨 뜻인지 궁금했고, 두 발이 더는 달아나려 하지 않는다는 것을 알았고, 또한 누군가 자신을 지켜보고 있음을 깨달았다. 레슬링선수처럼 이두박근이 불룩한 여자가 빤히 쳐다보면서 방 안으로 따라오라고 손짓했다. 사리\*의 모양새로 보아 하녀인 듯했지만 굽실거리는 태도는 아니었다. "척 보기만 해도 풋내기 의사가 분명하네요. 젊은 의사들은 다 그래요. 낯선 집에만 들어오면 간이 콩알만 해지더군요. 들어오세요, 의사 선생님, 다들 기다리셔요." 아지즈는 가방 손잡이를 필요 이상으로 힘껏 움켜쥐고 여자를 따라 거무스름한 티크나무 문으로 들어갔다.

……그 방은 널찍한 침실이었는데 이 집의 다른 곳이 다 그렇듯이 여기도 채광이 부족했다. 다만 이 방에는 한쪽 벽면의 높은 곳에 부채꼴 채광창이 있어 한 줄기 햇빛이 자욱한 먼지를 비추고 있었다. 이 침침한 광선은 의사가 한평생 듣지도 보지도 못한 놀라운 장면을 보여주었는데, 단순히 기이하다는 말로는 부족한 이 괴상망측한 광경 때문에 그의 두 발은 또다시 문 쪽으로 도망치려고 움찔거리기 시작했다. 햇빛 속에는 먼젓번 여자처럼 체격이 프로레슬링선수 같은 여

---

\* 여성들이 허리와 어깨에 두르고 남은 부분으로 머리를 싸는 긴 천.

자가 두 명 더 있었는데, 그들은 희고 드넓은 침대보를 한 귀퉁이씩 붙잡고 두 팔을 높이 올려 커튼처럼 펼쳐든 채 뻣뻣하게 서 있었다. 햇빛이 비치는 침대보를 둘러싼 어둠 속에서 가니 씨가 불쑥 나타났지만 아담이 어찌할 바를 모르고 이 별난 광경을 멍하니 바라보는 약 30초 동안 말없이 기다려주었고, 아직 아무도 말문을 열지 않았을 때 의사는 한 가지 사실을 발견했다.

침대보 한복판에 지름 18센티미터가량의 원을 대충 잘라내서 만든 둥그런 구멍 하나가 뚫려 있었다.

"유모, 문 좀 닫아." 가니가 첫번째 여자 레슬링선수에게 지시하더니 아지즈를 돌아보며 속닥거렸다. "이 동네에 쓸모없는 놈들이 많은데 가끔 내 딸 방에 몰래 들어오려고 하거든. 그래서……" 그는 근육으로 똘똘 뭉친 여자 세 명을 턱짓으로 가리켰다. "보호자가 필요하다네."

아지즈는 아직도 구멍 뚫린 침대보를 보고 있었다. 가니가 말했다. "자, 그럼 이제 우리 나심을 진찰해주게. 어서."

우리 외할아버지는 방 안을 두리번거리다가 불쑥 이렇게 물었다. "그런데 따님은 어디 계십니까, 가니 어르신?" 그러자 여자 레슬링선수들이 거만한 표정을 짓더니 아지즈에게 허튼짓하지 말라고 경고하려는 듯이 근육에 불끈불끈 힘을 주었다.

"아, 어리둥절한 모양이구먼." 가니의 살벌한 미소가 만면에 번져갔다. "자네처럼 유럽에서 갓 돌아온 친구들이 종종 잊어버리는 게 있더군. 의사 선생, 굳이 말할 필요도 없겠지만 내 딸은 양갓집 규수일세. 외간 남자에게 몸을 내보일 수야 없지 않겠나. 자네에게도 보여줄 수 없으니 이해해주게. 무슨 일이 있어도 절대 안 되지. 그래서 저 침대보 뒤에 가 있으라고 했어. 딸아이는 지금 저 뒤에 다소곳이 서 있다네."

닥터 아지즈는 어처구니가 없었다. "가니 어르신, 따님을 보지도 않고 어떻게 진찰을 합니까?" 그래도 가니의 미소는 흔들리지 않았다.

"자네는 우리 딸내미 몸에서 어디를 살펴봐야 하는지만 말해주면 돼. 그러면 내가 딸아이한테 그 부분을 저기 저 구멍에 갖다 대라고 할 테니까. 그런 식으로 하면 만사형통 아니겠나."

"그건 그렇다 치고, 아가씨는 도대체 어디가 편찮으신 겁니까?" 우리 외할아버지의 목소리에는 체념한 기색이 역력했다. 그러자 가니 씨는 눈을 허옇게 치켜떴고, 미소가 일그러지면서 슬픔에 겨워 찡그린 표정으로 변했다. "불쌍한 녀석! 아주 심한, 정말 무시무시한 복통일세."

닥터 아지즈는 울분을 억누르며 이렇게 말했다. "그렇다면 배를 보여주라고 말씀해주시죠."

## 머큐로크롬

　파드마가—우리의 풍만한 파드마가—어마어마하게 토라졌다. (그녀는 글을 읽지 못하고, 생선을 좋아하는 사람들이 모두 그렇듯이 자기가 모르는 것을 남들이 알면 질색을 한다. 튼튼하고 명랑한 파드마, 내 생의 마지막 시절에 위안을 주는 여자. 그러나 심술쟁이임에는 틀림없다.) 그녀는 나를 책상에서 꾀어내리려고 수작을 부린다. "식사해요, 어서, 음식 다 식어요." 나는 종이를 앞에 두고 구부정하게 앉아 움직이지 않는다. 파드마는 화가 나서 오른손으로 오르락내리락 허공을 가르며 따져 묻는다. "도대체 뭐가 그리도 중요하다고 이렇게 갈팡질팡 써 갈긴대요?" 나는 대답한다: 내 탄생에 얽힌 내막을 속속들이 밝혔으니, 의사와 환자 사이에 구멍 뚫린 침대보가 있으니 이제 와서 그만둘 수는 없다고. 그러나 파드마는 콧방귀를 뀐다. 손목으로 이마를 철썩 때린다. "좋아요, 굶어요, 굶어. 내가 알 게 뭐람?" 다시 더 크고 단호한 콧방귀 소리…… 그러나 나는 그런 거동에도 아랑곳하지 않는다. 그녀는 부글거리는 피클통을 온종일 휘저으며 생계를 이어간다. 오늘 밤은 무엇인지 맵고 시큼한 양념이 그녀를 화나게 한 모양이다. 허리가 굵고 팔뚝에 털이 좀 많은 그녀가 혼자 파르르 떨고 손짓 발짓을 하다가 나가버린다. 가엾은 파드마. 온갖 일들이 걸핏하면 그녀를 언짢게 한다. 자신의 이름조차 예외가 아닌 듯싶다. 그도 그럴 것이, 그녀가 어렸을 때 어머니는 연꽃 여신의 이름을 땄다고 말해주었는데, 마을 사람들은 이 여신을 주로 '똥의 여신'이라고 불렀기 때문이다.\*

다시 찾아온 적막 속에서 나는 희미한 심황\*\* 냄새를 풍기는 종이에 다시 시선을 떨어뜨린다. 어제는 이야기를 어정쩡하게 끊어버렸는데—샤리아르 왕이 궁금해서 못 견디게 만들어야만 살아남을 수 있었던 셰에라자드가 밤이면 밤마다 그랬듯이!—어서 속 시원히 말해버리고 싶다. 곧바로 시작하자: 우선 우리 외할아버지가 복도에서 느꼈던 그 예감에는 근거가 없지 않았다는 사실부터 털어놓아야겠다. 그 후 몇 달이 가고 몇 년이 가는 동안 외할아버지는 줄곧 그 넓디넓은—그러나 아직은 얼룩이 없는—구멍 뚫린 천의 마법에 걸렸다고 말할 수밖에 없는 상태였다.

"또 오라더냐?" 아담의 어머니가 또르르 눈을 굴리면서 말했다.

---

\* 파드마는 부(富)와 행운의 여신 락슈미의 다른 이름이며 '똥의 여신'은 농업의 수호신으로서의 역할을 강조한 별칭 카리시니의 직역이다.
\*\* 생강과의 여러해살이풀. 노란 덩이뿌리는 카레의 주성분이며 약재로도 사용한다.

"얘야, 이 어미가 보기에 그 계집애가 그렇게 골골하는 건 아무래도 너무 편히 살아서 그래. 단것을 너무 많이 먹고 응석받이로 자라서 그렇다고. 그게 다 야무지게 맺고 끊는 어미가 없었기 때문이란다. 아무튼 어서 가서, 보이지도 않는 그 환자나 잘 돌봐줘라. 네 어미야 대수롭잖은 두통 말고는 말짱하니까."

그 시절, 아닌 게 아니라 지주의 딸 나심 가니는 놀라울 정도로 다양한 잔병에 시달렸고, 그때마다 시카라 뱃사공을 보내서 젊고 키 크고 코 크고 이 골짜기 일대에서 대단히 신망이 두터운 의사 선생을 모셔오게 했다. 그리하여 아담 아지즈는 한 줄기 햇살이 비치고 여자 레슬링선수 세 명이 버티고 있는 그 침실을 매주 한 번씩은 꼭 찾게 되었고, 그때마다 훼손된 침대보의 구멍으로 황송하게도 젊은 여자의 몸에서 지름 18센티미터가량을, 그것도 매번 다른 부위를 볼 수 있었다. 그녀가 처음에 호소했던 복통 다음은 아주 살짝 접질린 오른쪽 발목이었고, 그다음은 발톱이 살 속으로 파고드는 왼쪽 엄지발가락, 그다음은 왼쪽 종아리 아래쪽을 살짝 베인 상처였다. (지주는 이렇게 말했다. "파상풍에 걸리면 죽을 수도 있잖나, 의사 선생. 우리 나심이 이까짓 상처 때문에 죽어서야 쓰겠나.") 그녀의 오른쪽 무릎이 뻣뻣하게 굳은 적도 있었는데 그때도 의사는 침대보의 구멍을 통해 치료할 수밖에 없었고…… 얼마 후 이 병은 차마 말할 수 없는 부분을 훌쩍 건너뛰어 상반신 곳곳으로 옮겨다녔다. 그녀는 아버지가 '손가락 썩는 병'이라고 부르는 원인불명의 질병을 앓기도 했는데 손에서 자꾸 껍질이 벗겨지는 것이 그 증상이었다. 그녀의 손목뼈가 약해졌을 때 아담은 칼슘 정제를 처방했고, 변비가 심할 때는 관장을 하면 좋겠지만 감히 생각할 수도 없는 일이니 설사가 나게 하는 약을 먹였다. 때로는 열이 나고 때로는 정상체온을 밑돌았다. 그때마다 그는 체온계를 그녀의 겨드랑이에 끼웠는데, 이 방법은 상대적으로 부정확했지만[*] 그저 흠흠 허허 하는 소리로 불만을 표시할 뿐이었다. 한번은 그 반대쪽 겨드랑이에 가벼운 백선증이 생겨 노란 가루약을 뿌려주었고—이때 아지즈는 가벼우면서도 야무지게 가루약을 문질러 발랐는데, 나심 가니는 간지럼을 많이 탔으므로 침대보 뒤에 숨어 있는 보들보들하고 신비로운 육체가 부들부들 떨리고 흔들리더니 결국 참을 수 없는 웃음소리가 터져나왔다—이렇게 치료한 후 가려움증은 사라졌지만 나심은 곧 여러 가지 새로운 병을 찾아내곤 했다. 여름에는 빈혈, 겨울에는 기관지가 문제였다. (가니는 이렇게 설명했다. "기관지가 작은 피리처럼 아주 예민해서 그렇다네.") 머나먼 곳에서는 세계대전이 위기에서 위기로 치닫는 동안 닥터 아지즈는 거미줄투성이 집에서 부위별로 분할된 환자의 무수한 증상을 상대로 전면전을 치러야 했다. 그런데 이 전쟁 기간을 통틀어 나심은 단 한 번도 똑같은 병을 다시 앓지 않았다. 가니는 이렇게 말했다. "그게 다 자네가 명의라는 뜻이지. 자네가 고쳐주면 깨끗이 나아버리거든. 아무튼 슬픈 일이야!"—이마를 탁 치면서—"딸아이는 죽은 어미를 몹시 그리워한다네. 저 불쌍한 것이 그래서 자꾸 몸이 아픈 게지. 정이 너무 많아서 탈이야."

그리하여 닥터 아지즈는 차츰 나심의 모습을 마음속에 그려보게 되었는데, 그 영상은 따로따로 진찰했던 여러 부위를 엉성하게 맞춰놓

---

[*] 심부 체온을 측정하려면 체온계를 항문에 삽입해야 한다.

은 콜라주 사진 같았다. 이렇게 조각조각 분열된 여인의 환상이 그를 괴롭히기 시작했는데, 단순히 꿈속에만 나타나는 것도 아니었다. 그의 상상력이 이어붙인 이 여인은 그가 가는 곳마다 따라다니면서 그의 마음 한복판에 아예 둥지를 틀었고, 그래서 자나깨나 그의 손끝에는 간지럼 잘 타는 그녀의 보들보들한 살결과 가늘고 완벽한 손목, 그리고 아름다운 발목이 느껴졌고, 코끝에는 라벤더와 참벨리* 향기가 감돌았고, 귓전에는 그녀의 목소리와 참을 수 없어 터져나오는 어린 소녀 같은 웃음소리가 맴돌았다. 그러나 그녀에게는 머리가 없었다. 아직까지 얼굴을 본 적이 없기 때문이다.

아담의 어머니가 사지를 벌린 채 침대 위에 엎드려 있었다. "자, 이리 와서 안마 좀 해다오. 의사 아드님이 주물러주면 늙은 어미 몸이 확 풀릴 게다. 주물러, 주물러, 그렇게 꽉 막힌 바보 같은 표정으로 서 있지 말고." 아담은 어머니의 어깨를 주물렀다. 그녀가 끙끙거리고 꿈틀거리다가 긴장을 풀었다. "이제 좀 더 아래로. 이번엔 위로. 오른쪽. 그래, 좋구나. 지주 가니가 뭘 노리는지 알아차리지도 못하는 우리 명석한 아들. 이렇게 똑똑한데 어째서 그 계집애가 끝없이 잔병치레를 하는 이유는 짐작도 못하는지 원. 잘 들어라, 애야. 네 얼굴에 붙은 그 코를 한 번이라도 들여다봐라. 가니 그 양반은 네가 자기 딸한테 좋은 신랑감이라고 생각하는 거란다. 해외유학도 다녀왔겠다, 얼마나 좋으냐. 낯선 사내들이 눈으로 옷을 벗겨도 꾹 참고 장사를 한 덕분에 네가 나심 같은 아이와 결혼하게 됐구나! 어미 생각이 틀림없어. 그렇지

---

* 재스민. 파키스탄의 나라꽃이기도 하다.

않다면 그 양반이 우리 집안을 거들떠보기나 했겠니?" 아지즈는 어머니의 몸을 주물렀다. "아야야, 그만해라. 정곡을 찔렀다고 어미를 죽일 셈이냐!"

1918년을 즈음하여 아담 아지즈는 호수 건너편으로 정기왕진을 가는 날만 손꼽아 기다리게 되었다. 이때쯤에는 전보다 더욱더 열성적일 수밖에 없었는데, 그도 그럴 것이 꼬박 3년이 지난 지금 지주와 딸이 슬슬 모종의 제한을 풀어줄 낌새를 보였기 때문이다. 처음에 가니는 이렇게 말했다. "오른쪽 가슴에 멍울이 생겼다는군. 걱정할 일인가, 의사 선생? 어서 보게나. 잘 살펴봐." 구멍 속에는 그야말로 기막히게 사랑스럽고 완벽한 맵시를 자랑하는…… 아지즈는 간신히 이렇게 말했다. "만져봐야겠는데요." 그러자 가니가 그의 등을 탁 치면서 호탕하게 외쳤다. "만져봐, 만져보라고! 의사의 손인데 뭘! 병을 치료하는 손길이지. 안 그런가, 의사 선생?" 그래서 아지즈는 손을 뻗었고…… "이거 죄송한 질문이지만, 혹시 따님이 달거리를 하는 중입니까?"……여자 레슬링선수들의 얼굴에 은밀한 미소가 스쳐간다. 가니가 시원시원하게 고개를 끄덕인다. "잘 봤네. 여보게, 그렇게 쑥스러워하지 말게나. 자네는 이제 우리 집안 주치의가 아닌가." 아지즈는, "그럼 걱정하지 않으셔도 되겠습니다. 그 기간만 지나면 멍울도 없어질 테니까요."……그리고 다음번에는, "허벅지 뒤쪽 근육이 땅긴다네, 의사 선생. 굉장히 아프대!" 침대보 구멍 속에 두둥실 떠 있는 궁둥이가 둥글둥글하고 매혹적인 자태로 아지즈의 눈을 어지럽히고…… 아지즈는, "허락하신다면……" 그러자 가니의 명령 한마디, 침대보 너머에서 고분고분한 대답 한마디, 허리끈 푸는 소리, 흘러내리는 파자마, 탐스럽게 부풀어 올라 구멍을 가득 채우는 황홀한 볼깃살. 아담 아지즈는 의사의 본분을 잊지 말자 다짐하면서…… 손을 내밀고…… 만져본다. 그리고 깜짝 놀란다. 그의 손길이 닿는 순간 말랑말랑한 엉덩이가 부끄러움을 못 이겨 발그레하게 물드는 장면을 틀림없이 본 것 같았기 때문이다.

그날 저녁, 아담은 그 홍조에 대해 곰곰이 생각해보았다. 침대보의 마법은 구멍 안팎에 모두 작용하는 것일까? 그는 자신의 눈, 체온계, 청진기, 손가락으로 면밀한 검사를 받을 때마다 머리 없는 나심도 그의 모습을 그려보며 마음이 설렐 거라고 상상하면서 흥분을 느꼈다. 물론 그녀는 그의 손 말고는 아무것도 보지 못했으니 더욱더 불리한 입장인데…… 너무 안타까운 나머지 아담은 발칙하게도 나심 가니가 편두통을 앓거나 한 번도 보지 못한 턱에 찰과상을 입거나 해서 서로 얼굴을 보게 되기를 바랐다. 이런 생각이 의사의 본분에 어긋난다는 사실을 알면서도 굳이 억누르려 하지 않았다. 어차피 마음대로 되는 일도 아니었다. 그의 감정은 이미 독자적인 생명을 얻었기 때문이다. 간단히 말하자면: 우리 외할아버지는 사랑에 빠져버렸고 구멍 뚫린 침대보에 신성한 마력이 깃들었다고 믿었다. 왜냐하면 그 구멍을 통해서 본 것들은 그가 흙두덩에 콧잔등을 얻어맞고 뱃사공 타이에게 욕을 얻어먹었을 때 그의 마음속에 생겼던 구멍을 깨끗이 메워주었기 때문이다.

세계대전이 끝나던 바로 그날, 나심은 아담이 그토록 고대하던 두통에 시달렸다. 우리가 이 세상에서 살아가는 동안 이런 역사적 우연은 흔해빠진 일이었고 그것이 우리 가문을 오염시켰다고 말할 수도 있겠다.

아담은 침대보의 구멍 속에 나타난 얼굴을 똑바로 바라볼 엄두조차 내지 못했다. 어쩌면 너무 추하게 생겼는지도 몰라. 그래서 이렇게 희한한 짓을 하는지도…… 그는 마침내 보았다. 그녀의 보드라운 얼굴은 전혀 추하지 않았고 그 말랑말랑한 얼굴을 배경으로 금가루가 섞인 갈색 눈동자가 보석처럼 반짝거렸다. 호랑이의 눈이었다. 닥터 아지즈는 이제 완전히 사로잡히고 말았다. 그때 나심이 불쑥 소리쳤다. "의사 선생님, 맙소사, 코가 굉장히 크시네요!" 그러자 가니가 성난 목소리로, "얘, 그게 무슨……" 그러나 환자와 의사는 동시에 폭소를 터뜨렸고, 아지즈는 이렇게 말했다. "네, 네, 아주 특이한 물건이죠. 이 콧속에 왕조의 씨앗이 깃들었다는 말을 듣는데……" 그러다가 하마터면 '코딱지처럼'이라는 말을 덧붙일 뻔했음을 깨닫고 혀를 깨물었다.

그리고 기나긴 3년 동안 침대보 옆에 서 있었지만 그저 웃고 웃고 웃기만 하던 눈먼 가니가 다시 그 은밀한 미소를 머금었고 그 미소는 여자 레슬링선수들의 입술에도 그대로 반사되었다.

한편 뱃사공 타이는 몸을 씻지 않겠다고 까닭 모를 결심을 했다. 민물호수가 흔해서 찢어지게 가난한 사람들도 얼마든지 청결을 자랑할 수 있는 (그리고 실제로 청결하게 사는) 이 골짜기에서 타이는 악취를 풍기는 쪽을 선택했던 것이다. 그리하여 지금까지 꼬박 3년 동안 목욕은커녕 볼일을 보고 나서도 씻지 않았다. 옷 한 벌을 일 년 내내 입으면서 한 번도 빨지 않았다. 다만 겨울철에는 한 걸음 양보해서 썩은 냄새가 진동하는 파자마 위에 외투 한 벌을 더 걸칠 뿐이었다. 맹추위가 기승을 부릴 때는 카슈미르 지방의 관습대로 뜨거운 석탄을 담은 작은 바구니를 외투 속에 지니고 몸을 덥혔는데 석탄의 열기가 악취를 발산시켜 더욱더 지독하게 만들었다. 그는 걸핏하면 배를 타고 아지즈 일가의 집 앞을 천천히 지나가면서 작은 정원과 집 안 구석구석에 끔찍한 체취를 퍼뜨렸다. 꽃들은 죽어버렸고 아지즈 노인의 창턱에 앉아 있던 새들도 뿔뿔이 흩어졌다. 타이에게 손님이 끊긴 것은 당연한 일이었다. 특히 영국인들은 좀처럼 인간 시궁창의 배를 타려 하지 않았다. 갑자기 불결해진 남편을 보고 미칠 지경이 된 타이의 아내가 제발 이성을 찾으라고 애원했다는 소문이 호수 주변에 돌았다. 노인은 이렇게 대꾸했다고 한다. "외국에서 돌아온 의사 선생한테 물어봐. 그 나쿠, 그 독일인 아지즈한테 물어보라고." 그렇다면 타이의 행동은 극도로 예민한 (그러나 주인이 사랑에 도취되는 바람에 위험을 감지하고 근질거리던 증상이 다소 가라앉은 상태였던) 의사의 코를 자극하여 불쾌감을 주려는 의도였을까? 혹은 하이델베르크에서 가져온 의원 보따리가 못마땅해서 항의하는 뜻으로 자신의 불변성을 과시하는 것일까? 아지즈가 한번은 도대체 왜 그러시느냐고 단도직입적으로 물어보았지만 타이는 그에게 입김만 훅 내뿜고는 노를 저어 가버렸다. 아지즈는 그 입김에 하마터면 쓰러질 뻔했다. 도끼 못지않게 날카로운 입 냄새였다.

  1918년, 새들을 빼앗긴 닥터 아지즈의 아버지가 잠을 자다가 숨을 거두었다. 그러자 이번에는 아지즈의 어머니가 시름시름 앓아눕더니 남편을 애도하는 40일의 거상 기간이 끝나기도 전에 남편을 따라가버렸다. 아지즈가 의사로서 성공을 거둔 덕분에 보석상 운영권을 팔아버린 그녀는 남편이 죽었으므로 자신도 온갖 의무로부터 해방되었다고 생각했던 것이다. 그 무렵 전쟁을 끝마친 인도 군대가 속속 귀국했다. 닥터 아지즈는 이제 고아였고 자유인이었다. 다만 그의 마음은 지름 18센티미터가량의 구멍에 빠져 헤어나지 못했다.

타이의 행동이 빚은 우울한 결과: 호수에서 수상생활을 하는 사람들과 닥터 아지즈의 원만했던 관계가 깨져버렸다. 어릴 때부터 생선 파는 아낙네나 꽃장수들과 허심탄회한 대화를 나누었던 그가 의혹의 눈초리를 받게 되었다. "그 나쿠, 그 독일인 아지즈한테 물어보라고." 타이는 그를 이방인으로, 따라서 완전히 신뢰해서는 안 될 사람으로 낙인찍었다. 아지즈는 가난한 사람들에게 의심을 사고 심지어 따돌림까지 당했다. 마음이 몹시 아팠다. 그는 이제야 타이의 의중을 알아차렸다. 노인은 그를 이 골짜기에서 쫓아내려는 것이었다.

구멍 뚫린 침대보에 대한 이야기도 새어나갔다. 그 여자 레슬링선수들이 겉보기와 달리 입은 무겁지 않은 것이 분명했다. 아지즈는 사람들이 자신에게 손가락질하는 장면을 종종 보게 되었다. 여자들은 손바닥으로 입을 가린 채 킥킥거렸고……

아지즈가 말했다. "타이에게 패배를 인정하기로 했습니다." 여자 레슬링선수 두 명은 침대보를 들고 나머지 한 명은 문가에서 서성거렸는데, 그들 세 명은 솜으로 귀를 틀어막은 상태였으므로 아지즈의 말을 들으려고 신경을 잔뜩 곤두세웠다. (나심은 이렇게 설명했다. "제가 아빠한테 부탁했어요. 앞으로는 저 수다쟁이들이 이러쿵저러쿵 떠들지 못할 거예요.") 구멍 속에서 나심의 눈이 휘둥그레졌다.

……며칠 전에 아지즈의 눈도 그렇게 휘둥그레지는 일이 있었다. 시내를 걷다가 그해 겨울의 마지막 버스가 도착하는 장면을 보게 되었고, 여기저기 울긋불긋한 문구를 써놓은 이 버스에서—앞쪽에는 빨간색 그림자를 넣은 초록색 글자로 '오늘도 무사히!' 뒤쪽에는 파란색 그림자를 넣은 노란색 글자로 크게 외치는 듯한 '하느님 감사합니다!' 그리고 뻔뻔스러워 보이는 적갈색 글자로 '죄송합니다! 안녕히 가세요!'—한 여자가 내렸는데 얼굴에 못 보던 주름살이 자글자글해서 알아보기 힘들었지만 틀림없는 일제 루빈이었고……

요즘은 자주 가니가 귀마개를 한 보호자들에게 아지즈를 맡겨두고 자리를 떴다. "얘기 좀 나누게나. 의사와 환자의 관계는 아주 솔직하게 말할 수 있을수록 좋은 거니까. 이제야 그걸 깨달았다네. 예전의 무례를 용서하게." 요즘은 나심도 점점 거리낌 없이 말했다. "그게 무슨 소리예요? 당신은 뭐죠? 사내대장부예요, 생쥐예요? 냄새나는 시카라 뱃사공 때문에 고향을 떠나겠다니!"……

"오스카어가 죽었어." 일제는 아지즈의 어머니가 쓰던 탁트 의자에 누워 신선한 라임수를 홀짝거리면서 말했다. "코미디언처럼 죽었지. 군인들한테 얘기하러 가더니 다짜고짜 꼭두각시 노릇은 그만두라고 하더라. 그 바보는 그렇게 말하면 정말 군대가 총을 버리고 가버릴 거라고 믿었어. 우리는 어느 창가에서 그 장면을 지켜보면서 제발 군인들이 오스카어를 밟아 죽이지 않기만 빌었지. 그 연대는 발 맞춰 행진하는 훈련을 받아서 몰라보게 달라졌거든. 아무튼 오스카어가 연병장 건너편 길모퉁이를 지날 때 신발끈이 풀리는 바람에 도로 쪽으로 넘어졌어. 그래서 어느 장교의 차에 치여 죽었지. 신발끈도 제대로 못매는 멍청이……" 이때 그녀의 속눈썹에 다이아몬드 몇 개가 맺혔고…… "그런 녀석 때문에 무정부주의자들이 욕을 먹는다니까."

"좋아요." 나심이 말했다. "좋은 일자리를 얻을 기회라는 건 나도 인정해요. 아그라 대학, 유명하죠. 내가 그 정도도 모를 거라고는 생각하지 마세요. 대학교수! ……듣기 좋죠. 당신이 떠나려는 이유가 그것 때문이라면 또 문제가 달라요." 구멍 속에서 그녀가 속눈썹을 내리깔았다. "물론 보고 싶겠지만……"

"나 사랑에 빠졌어." 아담 아지즈가 일제 루빈에게 말했다. 그리고 잠시 후, "……그래서 침대보에 뚫린 구멍으로 한 번에 조금씩만 볼 수 있었는데, 정말 나심의 엉덩이가 붉어졌다니까."

일제가 말했다. "이 동네는 공중에 무슨 약을 뿌리는 모양이네."

"나심, 그 자리를 따냈어요!" 아담이 들뜬 목소리로 말했다. "오늘 편지가 왔어요. 1919년 4월부터래요. 아버님이 우리 집과 보석상을 인수할 사람을 찾아주겠다고 하셨어요."

"잘됐네요." 나심은 입을 삐죽거렸다. "그럼 나도 새 의사를 찾아봐야겠군요. 아니면 아무것도 모르는 그 할머니를 다시 부르거나."

닥터 아지즈가 말했다. "부모님이 돌아가셔서 제가 직접 나설 수밖에 없었습니다. 그래서 이렇게 왔습니다, 가니 어르신. 부르지도 않았는데 찾아뵙기는 이번이 처음이군요. 이번엔 의사로서 찾아온 게 아닙니다."

"잘 생각했네!" 가니는 아담의 등을 탁 쳤다. "당연히 자네가 내 딸과 결혼해야지. 지참금은 두둑하게 챙겨주겠네! 비용도 아끼지 않고!

올해 최고의 결혼식이 될 거야. 그래, 틀림없이, 아무렴!"

아지즈가 나심에게 말했다. "당신을 두고 나 혼자 떠날 수는 없어요." 그러자 가니가 말했다. "이제 광대놀이는 집어치우자! 우스꽝스러운 저 침대보도 필요 없다! 그거 저리 치워라, 이년들아, 이제 두 사람은 연인 사이니까!"

"드디어!" 아담 아지즈가 말했다. "드디어 당신을 온전히 보게 됐군요. 하지만 이제 가야겠어요. 왕진을 돌아야…… 그리고 옛 친구가 찾아와서 우리 집에 묵고 있는데 그 여자애한테도 말해줘야겠어요. 굉장히 기뻐할 거예요. 독일에서 만나던 친한 친구거든요."

아담의 하인이 말했다. "아뇨, 아담 도련님, 일제 아가씨는 아침나절 이후로 못 뵈었습니다요. 타이 늙은이의 시카라를 타고 가셨습죠."

타이가 공손한 말투로 중얼거렸다. "소인이 무슨 말씀을 드릴 수 있겠소, 나리? 이렇게 높으신 분이 댁으로 불러주시니 참말로 영광이지만서도, 그 아가씨는 무굴 정원을 보신다고, 호수가 얼어붙기 전에 가야겠다고 소인을 부릅디다. 말수가 적은 아가씨던데, 가는 동안 내내 한마디도 안 하셨소. 그래서 소인은 멍청한 늙은이처럼 또 쓰잘머리 없는 생각에 빠져버렸수. 그런데 퍼뜩 정신을 차리고 보니 그 아가씨가 자리에 안 계시지 뭐요. 나리, 우리 마누라 목을 걸고 맹세하겠지만 의자 등받이 너머는 볼 수가 없으니 내가 어떻게 알았겠소? 나리께서 어릴 때부터 친구처럼 여기셨던 이 불쌍한 늙은이를 믿어주시고……"

그때 늙은 하인이 말했다. "아담 도련님, 말씀 중에 죄송하지만 방금 아가씨 방 탁자에서 이 쪽지를 찾았습니다요."

닥터 아지즈는 타이를 노려보았다. "그애가 어디 있는지 나도 알고 있소. 할아범이 왜 자꾸 내 인생에 끼어드는지 모르겠지만 예전에 나한테 그곳을 보여준 적이 있었소. 그때 할아범은 이렇게 말했지. 외국 여자들이 와서 빠져 죽는 데가 바로 여기라고."

"소인이 말이오, 나리?" 타이는 악취를 풀풀 풍기면서 시치미를 떼고 놀란 표정을 지었다. "너무 슬퍼서 잠시 착각하신 모양이오! 소인이 그런 곳을 어떻게 알겠소?"

그리고 무표정한 얼굴의 뱃사공들이 호수 바닥을 샅샅이 훑어 물풀에 휘감긴 채 퉁퉁 불어버린 시체를 건져낸 후 타이는 시카라 계류장을 찾아가서 설사병을 앓는 황소처럼 지독한 입 냄새에 질색을 하는 뱃사공들에게 이렇게 말했다. "그 양반이 나를 원망하는데 그게 말이나 되는 소린가! 행실 나쁜 유럽년을 데려온 사람이 누군데 그년이 호수에 뛰어들었다고 내 탓을 하다니! ……내 묻겠는데, 그 양반은 시체를 어디 가서 찾아봐야 하는지 어떻게 알았을까? 그래, 물어봐, 그 나쿠 아지즈한테 물어보라고!"

그녀가 남긴 쪽지에는 이렇게 적혀 있었다: "내가 한 말은 진심이 아니었어."


나는 어떤 의견도 덧붙이지 않겠다. 비록 내 입에서 흘러나왔지만 희로애락에 흔들리고 서두르느라 뒤죽박죽이 되어버린 이런 사건들에 대해 이런저런 판단을 내리는 일은 내 몫이 아니다. 이제 본론으로 돌아가보자. 1918년과 1919년 사이의 길고 혹독했던 겨울에 타이는 지독한 피부병에 걸렸는데 유럽인들이 연주창(連珠瘡)이라고 부르는 병과 비슷한 증상이었다. 그러나 그는 닥터 아지즈를 찾지 않고 근방의 동종요법 치료사에게 치료를 받았다. 그리고 3월이 되어 호수가 녹았을 때 지주 가니의 마당에 설치된 대형 천막 안에서 결혼식이 열렸다. 결혼 계약에 따라 아담 아지즈는 아그라*에 가서 집을 구입하는 데 보탬이 될 상당액의 돈을 받았고 닥터 아지즈의 각별한 요청으로 이미 훼손된 침대보 한 장도 혼수품에 포함되었다. 젊은 신랑신부는 화환을 목에 걸고 단상에 앉아 추위에 떨었고 하객들은 줄지어 지나가면서 그들의 무릎에 루피화를 던져주었다. 그날 밤 우리 외할아버지는 구멍 뚫린 침대보를 깔고 잠자리에 들었고 이튿날 아침에는 그 침대보에 작은 삼각형 모양으로 핏방울 세 개가 찍혀 있었다. 그날 아침에 이 침대보는 만인에게 공개되었고 그렇게 결혼의 완성을 알리는 의식을 마쳤을 때 지주가 부른 리무진이 도착했다. 신혼부부는 그 차를 타고 암리차르에 가서 프런티어 메일**을 탈 예정이었다. 겹겹이 둘러싼 산들이 지켜보는 가운데 우리 외할아버지는 마지막으로 고향을 떠났다. (나중에 딱 한 번 돌아갔지만 다시 떠나지는 않았으니까.) 아지즈는 그들이 지나가는 모습을 보려고 뭍에 서 있는 늙은 뱃사공을 본 듯하다고 생각했지만 그때 타이는 병석에 누워 있었으니 아마도 착각이었을 것이다. 이슬람교도들이 탁티술라이만, 즉 '솔로몬의 왕좌'라고 부르는 샹카라 아차리아 정상의 물집처럼 생긴 사원은 그들에게 아무 관심도 없었다. 그들이 탄 차가 남쪽으로 달려갈 때는 겨울

---

\* 인도 북부 우타르프라데시 주의 도시.
\*\* 봄베이(지금의 뭄바이)와 페샤와르 사이를 운행하던 열차. 1947년 파키스탄이 분리 독립한 이후에는 암리차르가 종착역이 되었다.

을 보내고 아직 헐벗은 포플러나무들과 눈 덮인 사프란 밭들이 출렁출렁 지나갈 뿐이었다. 리무진의 트렁크 안에는 청진기와 침대보를 비롯한 여러 가지 물건이 들어 있는 낡은 가죽가방이 실렸고 닥터 아지즈는 뱃속 깊은 곳에서 무중력상태와 비슷한 느낌을 받았다.

혹은 추락하는 느낌.

(……그리고 이제 내가 유령 노릇을 해야겠다. 내가 아홉 살 때 우리 온 가족, 즉 아버지와 어머니, 그리고 '놋쇠 잔나비'와 나는 아그라의 외할아버지 댁에 머물고 있었다. 전통에 따라 손자손녀 모두가—나를 포함하여—신년 연극을 하게 되었고 나는 유령 역할을 맡았다. 그래서 유령으로 변장하는 데 필요한 의상을 찾으려고 집 안을 샅샅이—그러나 공연을 앞두고 비밀이 탄로 나지 않도록 은밀하게—뒤지고 다녔다. 외할아버지는 왕진을 도느라 외출 중이었다. 나는 외할아버지 방에 들어갔다. 장롱 위에 낡은 트렁크 하나가 놓여 있었다. 먼지가 잔뜩 쌓이고 거미들이 기어 다녔지만 잠겨 있지는 않았다. 그리고 그 속에 내 기도의 응답이 들어 있었다. 평범한 침대보도 아니고 이미 구멍까지 뚫어놓은 침대보라니! 자, 보라, 이 트렁크 속에, 그 속에 든 낡은 가죽가방 속에, 곰팡이가 핀 빅스(Vicks) 흡입기와 낡은 청진기 바로 위에…… 그 침대보는 우리 연극에 등장하여 큰 소동을 일으켰다. 외할아버지가 그것을 보자마자 고함을 지르며 벌떡 일어났다. 그리고 성큼성큼 무대로 올라오더니 모두가 보는 앞에서 내 유령 의상을 빼앗아버렸다. 외할머니는 입술이 보이지 않을 정도로 입을 앙다물었다. 그렇게 한 명은 먼 옛날의 어느 뱃사공 같은 목소리로 고래고래 소리치고 또 한 명은 사라져버린 입술로 분노를 표현하는 바

람에 무시무시한 유령은 결국 한낱 울보 어린애로 전락하고 말았다. 나는 영문도 모른 채 그 자리를 도망쳐 나와 작은 옥수수밭에 숨어버렸다. 몇 시간 동안이나 그곳에 앉아서—어쩌면 나디르 칸이 앉았던 바로 그 자리였는지도 모른다!—다시는 금지된 트렁크를 열지 않겠다고 거듭거듭 다짐했지만 애당초 잠겨 있지도 않았으니 조금은 억울하기도 했다. 어쨌든 두 분이 그렇게 노발대발하는 것으로 보아 그 침대보는 굉장히 중요한 물건임이 분명했다.)

 파드마가 나를 방해했다. 저녁식사를 가져오더니 주지는 않고 나를 윽박질렀다. "이렇게 온종일 눈이 빠지게 끼적거리기만 할 거면 적어도 나한테 읽어주기라도 해야죠." 나는 밥을 얻어먹기 위해서라도 주절주절 읊어댈 수밖에 없었다. 그러나 어쩌면 파드마가 나에게 도움이 될지도 모르겠다. 그녀는 한순간도 비판을 멈추지 못하는 여자이기 때문이다. 그녀는 내가 그녀의 이름을 언급한 부분에서 특히 화를 냈다. "도회지 사람이 뭘 안다고 그래요?" 그녀가 손날로 허공을 홱홱 가르며 소리쳤다. "우리 마을에서는 똥의 여신의 이름을 따도 전혀 부끄러운 일이 아니었다고요. 당장 잘못 알았다고 써요. 완전히 틀렸다고." 우리 연꽃 아가씨의 간곡한 소망에 따라 나는 이렇게 똥에 대한 짤막한 찬가를 덧붙이는 바이다.
 똥, 농작물에 양분을 주어 무럭무럭 자라게 하는 똥! 아직 싱싱하고 촉촉할 때 차파티* 처럼 얇게 빚어 마을의 건축가들에게 팔아넘기

---

* 효모 없이 반죽해 얇고 둥글게 밀어 구운 빵.

면 그들이 진흙으로 토담집을 지을 때 벽을 안전하고 튼튼하게 다지는 데 사용하는 똥! 소들의 꽁무니에서 지상으로 떨어지면서 그들의 거룩하고 신성한 지위에 대하여 많은 것을 설명해주는 똥! 아아, 그렇다, 내가 잘못했나니, 편견에 빠졌음을 인정하노라. 이는 필시 똥의 향기가 공교롭게도 내 예민한 코를 다소 자극하기 때문인바, '똥을 주는 여신'의 이름을 빌려 명명된다는 것은 얼마나 근사하고 한량없이 영광스러운 일인가!

……1919년 4월 6일, 성도(聖都) 암리차르에는 (거룩하게도, 파드마, 황홀하게도!) 배설물 냄새가 진동했다. 그리고 어쩌면 그 (아름다운!) 향기가 우리 외할아버지의 얼굴에 달린 '코님'을 자극하여 불쾌감을 주지는 않았을지도 모르겠다. 사실 카슈미르 사람들도 위에 설명한 것처럼 똥을 일종의 벽토처럼 사용했기 때문이다. 심지어 스리나가르 같은 도시에서도 둥글납작한 똥떡을 손수레에 싣고 다니는 행상들을 흔히 볼 수 있었다. 그러나 그때쯤에는 꾸덕꾸덕 말라서 냄새도 덜하고 쓸모 있는 물건으로 변모하기 마련이다. 그런데 암리차르의 똥은 싱싱했고 (더군다나) 주체할 수 없을 만큼 남아돌았다. 그것은 이 도시에 즐비한 통가, 이카, 가리\*를 끄는 말들의 궁둥이에서 왈칵왈칵 쏟아졌고, 노새와 인간과 개들도 자연의 부름에 기꺼이 응하며 분뇨로 뭉친 형제애를 과시했다. 그러나 그곳에는 소들도 있었다. 저마다 자기 영역을 가진 신성한 소들이 흙먼지 자욱한 길거리를 어슬렁어슬렁 순찰하면서 배설물을 증거로 자신의 소유권을 주장했다.

---

\* 인도에서 사용하는 각종 이륜마차.

그리고 파리 떼! 즐거운 듯 붕붕거리는 공공의 적 제1호가 마치 꽃가루를 옮기는 꿀벌처럼 김이 모락모락 피어오르는 이 똥에서 저 똥으로 날아다니며 아낌없이 퍼붓는 이 선물에 내려앉아 한바탕 잔치를 벌였다. 도시 전체가 파리 떼의 움직임을 반영하듯 이리저리 몰려다녔다. 닥터 아지즈가 호텔 창가에서 이 광경을 내려다보고 있을 때 복면을 쓴 자이나교* 승려가 지나갔다. 그는 개미는 물론이고 심지어 파리조차도 밟아 죽이지 않으려고 빗자루로 앞길을 쓸면서 걸었다. 길거리의 간식 손수레에서 매콤하고 달착지근한 냄새가 올라왔다. "따끈따끈한 파코라**, 파코라가 따끈따끈해요!" 길 건너 상점에서는 한 백인 여자가 비단을 사고 있었는데 터번을 두른 남자들이 그녀에게 추파를 던졌다. 나심은—이제 나심 아지즈라고 불러야겠다—두통이 심했다. 그녀가 같은 증상을 두 번 앓기는 이번이 처음으로, 조용한 골짜기를 떠난 생활이 충격을 준 탓이었다. 신선한 라임수를 담아 침대 곁에 놓아둔 주전자가 금방금방 바닥을 드러냈다. 아지즈는 창가에 서서 도시를 들이마셨다. 황금사원***의 뾰족탑이 햇빛에 빛났다. 그러나 코가 자꾸 근질거렸다. 이 도시에 뭔가 문제가 생겼다는 뜻이다.

우리 외할아버지의 오른손을 클로즈업해보면: 손톱 관절 손가락이 모두 생각보다 크다. 손등 가장자리를 따라 붉은 털이 무성하다. 엄지와 검지가 맞붙었는데 그 사이가 종이 한 장의 두께만큼 벌어졌다. 간

---

\* 불교와 비슷한 점이 많은 인도 종교로 모든 생물에 대한 비폭력을 강조한다. 복면을 쓰는 목적도 살생을 피하기 위해서다.
\*\* 고기나 채소를 넣은 튀김.
\*\*\* 암리차르에 있는 시크교의 성지.

단히 말하자면: 외할아버지는 전단지 한 장을 들고 있다. 그것은 그가 호텔 로비에 들어설 때 (이제 롱숏으로 바꿔야겠는데, 봄베이 출신이라면 누구나 이렇게 기본적인 영화 용어쯤은 알아둬야 한다) 그의 손에 쥐어졌다. 한 소년이 전단지를 흩뿌리며 허둥지둥 회전문을 빠져나가고 곧이어 호텔 수위가 뒤쫓는다. 회전문이 미친 듯이 빙글빙글 돈다. 이윽고 수위의 손도 클로즈업을 요구한다. 이번에도 엄지와 검지가 맞붙었는데 그 사이에 소년의 귀가 끼어 있기 때문이다. 쓰레기 같은 전단지를 살포하던 소년이 가차 없이 쫓겨난다. 그러나 외할아버지는 전단지를 버리지 않는다. 지금 창밖을 내다보니 건너편 벽에도, 저기 어느 모스크의 첨탑 위에도, 그리고 한 신문팔이가 겨드랑이에 낀 신문에도 검은색 활자로 똑같은 말이 적혔다. 전단지 신문 모스크 담벼락, 모두 똑같은 말을 부르짖는다. 하르탈! 문자 그대로 해석하자면 애도의 날, 멈춤의 날, 침묵의 날이라는 뜻이다. 그러나 지금의 인도는 마하트마의 전성기라서 언어마저 간디의 명령에 복종하고, 그래서 이 낱말도 그의 영향을 받아 새로운 의미를 갖게 되었다. 하르탈—4월 7일. 모스크 신문 담벼락 전단지, 모두가 동의한다. 왜냐하면 간디께서 그날을 인도 전역이 일제히 멈추는 파업의 날로 선포하셨기 때문이다. 여전히 계속되는 영국의 식민통치를 평화롭게 애도하기 위하여.

나심이 나지막이 울분을 토한다. "아무도 안 죽었는데 하르탈이라니 이해할 수가 없어요. 열차는 왜 쉰다는 거죠? 언제까지 여기서 꼼짝도 못하는 거예요?"

닥터 아지즈는 군인으로 보이는 젊은이가 지나가는 것을 보고 이런 생각을 한다. 인도인들은 영국을 위해 싸웠다. 그러는 동안 많은 이들이 바깥세상을 구경하고 외국의 풍속에 물들었다. 그들은 쉽사리 과거로 돌아가려 하지 않을 것이다. 영국이 시계를 거꾸로 돌리려는 것은 잘못이다. 아지즈는 이렇게 중얼거린다. "롤럿 법안*을 통과시킨 게 실수였어."

"롤럿이 뭐예요? 내가 보기엔 다 미친 짓이에요!"

"정치적 선동을 금지하는 법이오." 아지즈는 그렇게 설명하고 다시 상념에 잠긴다. 언젠가 타이가 말했다. "카슈미르 사람들은 좀 다르다우. 말하자면 겁쟁이들이지. 카슈미르 사람한테 총을 쥐봤자 총이 저절로 발사된다면 또 모를까. 제 손으로 방아쇠를 당기는 일은 절대로 없을 게요. 우리는 걸핏하면 싸움질이나 하는 인도놈들과는 다르니까." 머릿속에 타이가 들어앉은 아지즈는 스스로를 인도인이라고 생각하지 않는다. 엄격히 따지자면 카슈미르는 인도의 일부가 아니라 독립적인 토후국**이기 때문이다. 그는 전단지 모스크 담벼락 신문이 부르짖는 이 하르탈이 과연 자신의 싸움인지 아닌지 확신하지 못한다. 지금은 영국의 영토 안에 들어왔는데도. 그는 창가에서 돌아서서……

……베개에 얼굴을 묻고 흐느끼는 나심을 보았다. 둘째 날 밤에 아담이 그녀에게 조금만 움직여보라고 요구한 다음부터 나심은 걸핏하

---

* 1919년 3월 영국령 인도에서 통과된 치안법안. 영국을 비판하는 자를 체포, 구금하고 의심스러운 인도인을 재판 없이 투옥할 수 있게 하여 반발을 불러일으켰다.
** 인도에서 영국령에는 속하지 않으면서 영국의 지도와 감독 아래 현지인 전제군주가 통치하던 나라. 카슈미르가 대표적이다.

면 그렇게 울었다. 그날 그녀는 이렇게 되물었다. "어디로 움직이라는 거예요? 어떻게 움직여요?" 그는 겸연쩍어서 이렇게 대답했다. "그냥 움직여봐요, 내 말은, 여자답게……" 그러자 그녀가 경악의 비명을 질렀다. "맙소사, 내 남편이 이런 사람이었어? 당신처럼 유럽에서 돌아온 남자들이 어떤지 나도 알아요. 천박한 여자들만 보다가 와서 나 같은 사람까지 그런 여자로 만들려고 하지! 이것 보세요, 의사 선생님, 남편이든 뭐든, 나는 그렇게…… 차마 말할 수 없는 그런 여자가 아니라고요." 이 싸움에서 우리 외할아버지는 끝끝내 승리하지 못했고 그 싸움은 결혼생활의 분위기마저 바꿔놓았다. 그들의 삶은 급속히 전쟁터로 돌변하여 빈번하고 파괴적인 전투가 거듭되었고, 그 무시무시한 소용돌이 속에서 침대보 뒤의 아가씨와 눈치 없는 청년 의사는 예전과는 전혀 다른 낯선 사람들로 급속히 변해갔는데…… "여보, 이번엔 또 뭐요?" 아지즈가 묻는다. 나심은 여전히 베개에 얼굴을 묻고 있다. 베개 속에서 불분명한 목소리가 흘러나온다. "뭐긴 뭐예요? 당신 때문이지 뭐겠어요? 당신이 나한테 낯선 남자들 앞에서 알몸으로 돌아다니라고 했잖아요." (아담이 그녀에게 푸르다를 포기하라고 했기 때문이다.)

그는 이렇게 대꾸한다. "당신 윗옷이 목부터 손목까지 다 가리고 무릎까지 내려오잖소. 헐렁한 파자마는 발목까지 가려주고. 남은 부분은 두 발과 얼굴뿐이지. 여보, 얼굴과 발이 음란한 부분이오?" 그러나 나심은 길게 울부짖는다. "남자들은 그 이상을 본단 말예요! 제일 부끄러운 곳까지 다 들여다볼 거라고요!"

그리고 이때 어떤 사건이 일어나서 우리를 머큐로크롬의 세계로 안

내하게 되는데…… 분노를 참지 못한 아지즈는 아내의 트렁크 속에 있는 푸르다 베일을 모조리 끄집어내서 구루 나나크*의 모습이 그려진 양철 쓰레기통에 쑤셔 넣고 불을 붙인다. 깜짝 놀랄 정도로 불길이 세차게 타올라 커튼에 옮겨 붙는다. 싸구려 커튼이 활활 타오르자 아담은 황급히 문밖으로 달려 나가 도와달라고 소리치고…… 짐꾼 손님 세탁부가 줄줄이 달려와서 먼지떨이와 수건과 남의 빨래 따위를 가지고 불타는 커튼을 탁탁 때린다. 양동이까지 동원되어 마침내 불이 꺼진다. 연기가 자욱한 방 안에는 시크교도, 힌두교도, 불가촉천민 등이 서른다섯 명쯤이나 모여들어 북적거리고 나심은 침대 위에 웅크리고 있다. 마침내 사람들이 모두 나간 후 나심이 두 문장을 내뱉고 완강하게 입을 다물어버린다.

"당신은 미쳤어요. 라임수나 더 줘요."

외할아버지는 창문을 열어젖히고 새색시를 돌아본다. "연기가 빠지려면 시간이 좀 걸릴 테니 산책이나 해야겠소. 같이 가겠소?"

꾹 다문 입술, 질끈 감은 눈, 딱 한 번 격렬하게 흔들리는 머리: 싫어요! 그래서 외할아버지는 혼자 거리로 나간다. 떠나기 전에 한마디: "얌전한 카슈미르 여자가 되겠다는 생각은 버리시오. 이제 현대적인 인도 여자가 될 생각을 하란 말이오."

……한편 인도 주둔 영국군 사령부에서는 R. E. 다이어 준장이라는 군인이 콧수염에 밀랍을 바르고 있었다.

---

* 시크교 창시자.

1919년 4월 7일, 암리차르에서는 마하트마의 위대한 계획이 엉뚱하게 어긋나버린다. 상점마다 문을 닫고 철도역도 폐쇄되었지만 지금 폭도들이 난입하여 때려 부수는 중이다. 닥터 아지즈는 가죽가방을 들고 거리로 나가 도움이 필요한 사람들을 치료한다. 짓밟혀 쓰러진 사람들이 그 자리에 그대로 방치되었다. 그는 상처마다 머큐로크롬을 듬뿍 바르고 붕대를 감아준다. 머큐로크롬을 바르면 더욱더 피투성이처럼 보이지만 적어도 감염은 막을 수 있다. 마침내 붉은 얼룩으로 옷을 흠뻑 적신 채 호텔방에 돌아가자 나심이 놀라서 허둥지둥한다. "내가 돌봐줄게요, 내가 돌봐줄게요, 맙소사, 내 남편이 이런 사람이었다니, 뒷골목에서 불량배들과 싸움질이나 하는 사람이었다니!" 그녀는 물에 적신 솜뭉치를 들고 아담에게 덤벼든다. "당신은 왜 다른 의사들처럼 평범하게 못 사는지 모르겠어요. 중요한 병이나 치료하면서 점잖게 살면 어디가 덧나요? 맙소사, 온몸이 피범벅이네! 가만히, 가만히 좀 있어요, 하다못해 깨끗이 씻기라도 해야 하잖아요!"

"여보, 이건 피가 아니오."

"내가 눈뜬장님인 줄 알아요? 이렇게 다쳤으면서도 꼭 나를 바보 취급해야 속이 시원해요? 아내가 남편을 돌봐주지도 못해요?"

"이건 머큐로크롬이오, 나심. 빨간약이라고."

여기저기서 옷가지를 주워 모으고 수돗물을 틀고 하면서 회오리바람처럼 바삐 움직이던 나심이 순식간에 꽁꽁 얼어붙는다. "일부러 그랬군요. 나를 바보로 만들려고. 나는 바보가 아니에요. 책도 여러 권 읽었다고요."

4월 13일이 되었지만 그들은 여전히 암리차르에 머물고 있다. 아담 아지즈가 나심에게 말했다. "이번 일은 아직 안 끝났소. 우린 떠날 수 없단 말이오. 다시 의사가 필요할 테니까."

"그래서 세상이 끝나는 날까지 여기 죽치고 있어야 한다는 거예요?"

아담은 코를 비볐다. "아니, 그렇게 오래 걸리진 않을 것 같아 걱정이오."

그날 오후, 사람들이 갑자기 거리로 쏟아져 나와 일제히 한 방향으로 움직이면서 다이어가 새로 발표한 계엄령 규정을 규탄한다. 아담이 나심에게 말한다. "집회가 열리는 모양이오. 군대가 말썽을 일으킬 거요. 집회를 금지한다고 했거든."

"그런데 당신은 왜 가야 해요? 부를 때까지 기다려도 되잖아요?"

……공터는 황무지일 수도 있고 공원일 수도 있다. 암리차르에서 제일 넓은 공터는 잘리안왈라 바그\*라는 곳이다. 녹음이 우거진 곳은 아니다. 돌멩이 깡통 유리조각 기타 등등이 사방에 널려 있을 뿐이다. 그곳에 들어가려면 두 건물 사이의 아주 비좁은 골목을 지나가야 한다. 4월 13일, 수천 명의 인도인이 이 골목을 지나간다. 누군가 닥터 아지즈에게 말한다. "이건 비폭력 시위예요." 아담은 군중 속에 휩쓸려 골목 어귀에 이른다. 오른손에는 하이델베르크에서 가져온 가방을 들고 있다. (클로즈업은 필요 없다.) 나는 그가 몹시 두려워한다는 사실을 안다. 그가 두려워하는 이유는 그의 코가 어느 때보다 심하게 근질거리기 때문이다. 그러나 숙련된 의사인 그는 마음속의 두려움을

---

\* 1919년 4월 13일 '잘리안왈라 바그 학살사건'이 일어났던 곳. 1951년 인도 정부가 사적공원으로 지정했다.

지워버리고 공터 안으로 들어간다. 누군가 열변을 토하는 중이다. 볶은 차나콩과 과자를 파는 장사꾼들이 군중 속을 비집고 돌아다닌다. 공중에 흙먼지가 자욱하다. 우리 외할아버지는 사방을 둘러보지만 군다, 즉 폭력배는 눈에 띄지 않는다. 시크교도 한 무리가 땅바닥에 자리를 깔고 둘러앉아 음식을 먹는다. 대기 속에는 아직도 배설물 냄새가 진동한다. 아담 아지즈가 군중 한복판으로 파고들 때 R. E. 다이어 준장이 오십 명의 정예부대를 이끌고 골목 어귀에 도착한다. 그는 암리차르의 계엄사령관이다. 누가 뭐래도 중요한 인물이다. 밀랍을 바른 콧수염도 거드름을 부리는 듯 뻣뻣하다. 그들 오십일 명이 골목길을 따라 행진하며 다가올 때 할아버지의 콧속에서는 가려움이 간지럼으로 바뀐다. 오십일 명이 공터 안으로 들어와서 자리를 잡는다. 다이어의 오른쪽에 스물다섯 명, 왼쪽에 스물다섯 명. 도저히 참을 수 없을 만큼 간지럼이 심해져 아담 아지즈는 주변상황에 더는 정신을 집중하지 못한다. 다이어 준장이 명령을 내리는 순간 격렬한 재채기가 터져나온다. "에에에에 - 흐엣춰!" 재채기를 하는 순간 균형을 잃은 할아버지는 코를 따라 앞으로 쓰러지고 그 덕분에 목숨을 건진다. 의원 보따리가 벌컥 열린다. 약병, 연고, 주사기가 땅바닥에 나뒹군다. 그는 사람들의 발에 밟혀 뭉개지기 전에 의약품을 구하려고 미친 듯이 두 손으로 긁어모은다. 한겨울에 이가 따닥따닥 마주치는 듯한 소리가 들리더니 누군가 쓰러지면서 그의 몸을 덮친다. 셔츠가 붉게 물든다. 이제 여기저기서 흐느끼는 소리와 비명이 들리고 그사이에도 따닥거리는 이상한 소리는 계속 이어진다. 웬일인지 사람들이 자꾸 넘어져 할아버지 몸 위에 차곡차곡 쌓인다. 허리를 다칠까 걱정스럽다. 가방 죔

쇠가 깊이 파고들어 가슴이 시퍼렇게 멍들고 마는데, 얼마나 심하게 멍들었던지 오랜 세월이 흘러 외할아버지가 샹카라 아차리아, 즉 탁티 술라이만 언덕에서 숨을 거둔 뒤에도 그 신기한 자국은 사라지지 않는다. 할아버지의 코는 빨간 알약이 든 약병에 짓눌린다. 이윽고 따닥거리는 소리가 그치고 사람들과 새들의 소리가 들려온다. 교통 소음은 전혀 없는 듯하다. 다이어 준장의 부하 오십 명이 기관총을 거두고 떠난다. 그들은 무장하지 않은 군중을 향해 도합 1650발을 쏘았다. 그중 1516발이 명중하여 사람이 죽거나 다쳤다. 다이어가 부하들에게 말한다. "다들 잘 쐈다. 훌륭한 솜씨야."

그날 밤 할아버지가 호텔방에 돌아갔을 때 할머니는 남편을 기쁘게 해주려고 현대여성이 되기 위해 열심히 노력하는 중이었고, 그래서 할아버지의 모습을 보고도 눈 하나 깜짝하지 않고 상냥하게 말했다. "또 머큐로크롬을 흘렸군요. 덤벙거리기는."

"이건 피요." 할아버지가 대꾸하자 할머니는 그대로 기절해버렸다. 할아버지가 탄산암모늄을 써서 정신을 차리게 했을 때 할머니는 이렇게 물었다. "다쳤어요?"

"아니."

"맙소사, 당신 도대체 어디 갔다 온 거예요?"

"거긴 인간세상이 아니었소." 그렇게 대답하고 할아버지는 할머니의 품속에서 와들와들 떨기 시작했다.

고백하건대 내 손도 부들부들 떨린다. 방금 쓴 내용 때문만이 아니고 내 손목 피부 밑에 머리카락처럼 가느다란 실금이 비치는 것을 발견했기 때문인데…… 상관없다. 사람은 누구나 죽는다. 그러니 뱃사공 타이에 대하여 확인되지 않은 소문 하나를 언급하고 이 장을 끝맺기로 하자. 타이는 우리 외할아버지가 카슈미르를 떠난 직후에 연주창이 말끔히 나아서 오랫동안 멀쩡하게 살았다고 한다. 그러다가 (소문에 의하면) 1947년에 인도와 파키스탄이 자기가 사는 골짜기를 두고 옥신각신하는 꼴\*을 보고 노발대발한 그는 대치상태의 두 나라를 호되게 꾸짖어주겠다는 분명한 뜻을 품고 참브\*\*까지 걸어갔다. 카슈미르는 카슈미르인들의 것이다: 그것이 그의 주장이었다. 군인들이 그를 사살해버린 것도 무리가 아니다. 오스카아 루빈이 그 장면을 보았다면 타이의 의미심장한 행동에 찬사를 보냈을 테고 R. E. 다이어는 타이를 사살한 병사들의 사격 솜씨를 칭찬했을 것이다.

  나는 이제 자야겠다. 파드마가 기다린다. 나에게도 약간의 온기가 필요하다.

---

\* 이 책의 시대적 배경이 되는 기간 동안 인도와 파키스탄은 세 차례에 걸쳐 전쟁을 치르는데 1947년에 제1차 인도-파키스탄 전쟁이 일어났다.
\*\* 인도-파키스탄 전쟁의 격전지.

## 타구 맞히기

내가 산산이 부서져간다는 사실을 믿어주기 바란다.
이 말은 비유적 표현이 아니다. 감상적이고 알쏭달쏭하고 천박한 말재주로 동정을 얻으려는 수작도 아니다. 내 말은 다만 내 몸이 낡아빠진 항아리처럼 착착 갈라지기 시작했다는 뜻이다. 하나밖에 없는, 그러나 별로 사랑스럽지 않은, 역사에 너무 많이 두들겨 맞고 아래위로 배수(排水) 작업에 시달리고 문짝에 찍혀 훼손되고 타구(唾具)에 맞아 머리통이 깨지는 등 만신창이가 되어버린 이 가엾은 몸뚱이가 마침내 조각조각 쪼개지기 시작한 것이다. 간단히 말하자면 나는 문자 그대로 분해되는 중인데, 지금 당장은 천천히 진행되고 있지만 곧 가속화될 조짐도 보인다. 내가 바라는 것은 그저 내가 언젠가는 (대략) 6억 3천만 개의 고만고만한 미립자로 분해되어 결국 이름도 없고 기억도 없는 흙으로 돌아간다는 사실을 (내가 받아들였듯이) 여러분도 받아들여달라는 것뿐이다. 내가 다 잊어버리기 전에 이렇게 종이에 일일이 적어두기로 마음먹은 이유가 바로 그것이다(우리는 건망증이 심한 족속이니까).

두려움이 밀려올 때도 있지만 곧 지나간다. 숨을 쉬려고 수면으로 올라온 바다동물처럼 공포가 부글부글 거품을 내뿜으며 끓어오르지만 때가 되면 다시 심연으로 가라앉는다. 평정을 유지하는 것이 중요하다. 나는 빈랑자*를 씹고 놋쇠 빛깔의 싸구려 사발에 침을 뱉으면서 유서 깊은 타구 맞히기 놀이를 해본다. 이 놀이는 나디르 칸이 아그라의 노인들에게 배운 것으로…… 요즘은 이른바 '로켓 판'도 구할 수 있는데, 그것은 구장잎 속에 잇몸을 붉게 물들이는 빈랑자뿐만 아니라 마음을 편안하게 하는 코카인도 담았다. 그러나 놀이를 할 때 그런 판을 씹는 것은 부정행위다.

……내 원고에서 처트니** 냄새가 진하게 풍긴다. 그러니 더는 얼버무리지 않고 속 시원히 말해버리겠다. 역사상 가장 예민하고 섬세한 후각기관을 가진 나 살림 시나이는 요즘 각종 양념장을 대량생산하는 일을 하면서 산다. 지금쯤 여러분은 깜짝 놀랐을 것이다. '요리사였어? 별 볼일 없는 솥뚜껑 운전수였단 말이야? 어처구니가 없네!' 요리와 언어에 두루 통달한 사람이 극히 드물다는 점은 나도 인정

---

\* 종려나뭇과 빈랑나무의 씨앗으로 이것을 후춧과 풀인 구장의 잎에 향신료 등과 함께 싼 것을 '판'이라 한다. 식사 후 소화제, 구강청정제 용도로 이 판을 씹으며 벽돌색 침이 나오는 것이 특징이다.
\*\* 과일, 설탕, 향신료, 식초 등으로 만드는 걸쭉한 소스.

한다. 그러나 나는 그런 재능을 가졌다. 여러분은 경악했겠지만 나는 월급 이백 루피를 받는 하찮은 요리사 나부랭이가 아니라서 나만의 네온 여신상이 번갈아 비춰주는 노란색과 초록색 불빛 아래서 혼자 일하고 누구의 간섭도 받지 않는다. 그리고 내가 만드는 각종 처트니와 카손디*는 결국 야간의 글쓰기와도 관계가 있다. 낮에는 피클통 사이에서, 밤에는 이 종잇장 사이에서 나는 보존이라는 위대한 작업에 시간을 바친다. 그리하여 과일처럼 기억도 시간의 부패 작용을 이겨내게 된다.

그런데 여기 파드마가 내 곁에 바싹 붙어 다시 순차적인 이야기의 세계로, '그-다음엔-이랬더라'의 우주로 돌아가라고 들들 볶는다. 파드마는 이렇게 투덜거린다. "이 속도로 가다가는 당신 탄생에 대해 얘기하기도 전에 이백 살이 돼버리겠어요." 그녀는 불룩한 엉덩이를 자연스럽게 내 쪽으로 돌리고 짐짓 무관심한 체하지만 나는 속지 않는다. 겉으로는 온갖 불평을 늘어놓지만 사실은 내 이야기에 푹 빠졌음을 알기 때문이다. 의심의 여지가 없다: 내 이야기가 그녀의 마음을 완전히 사로잡았고, 그래서 별안간 잔소리가 뚝 그쳤다. 집에 좀 가라, 목욕 좀 자주 해라, 식초에 얼룩진 옷을 갈아입어라, 각종 향신료 냄새가 가시지 않는 이 어두컴컴한 피클공장에서 잠깐이라도 나가봐라 등등…… 이제 우리 '똥의 여신'은 말없이 이 사무실 한구석에 놓인 간이침대를 정돈하고 새까맣게 그을린 가스풍로 두 개로 내 식사를 준비한다. 내가 앵글포이즈 램프 밑에서 글을 쓰고 있을 때 그녀가

---

* 겨자, 고추, 마늘, 식초 등으로 만드는 매운 소스.

나를 방해하는 경우는 나에게 충고를 할 때뿐이다. "더 빨리 진행하지 않으면 당신은 태어나기도 전에 죽게 될 거예요." 나는 훌륭한 이야기꾼으로서 마땅히 가져야 할 자존심을 잠시 억누르고 그녀를 타일러본다. "사람도 마찬가지지만 모든 것이 자연스럽게 서로 스며들어야 하는 거야. 요리를 할 때 여러 가지 맛이 어우러지듯이. 예를 들자면 일제 루빈이 자살한 사건은 아담 할아버지의 가슴속에 스며들었고 할아버지가 하느님을 만날 때까지 그 속에 고스란히 고여 있었지." 나는 더욱더 진지하게 말을 잇는다. "마찬가지로 내 속에도 과거가 스며들었고…… 그래서 그 과거를 무시할 수 없으니까……" 그때 파드마가 어깨를 으쓱거려 내 말을 끊어버린다. 그 동작으로 그녀의 젖가슴이 보기 좋게 물결쳤기 때문이다. 파드마가 분연히 외친다. "자기 인생 이야기를 이런 식으로 하다니 내가 보기엔 미친 짓이에요! 당신 아버지와 어머니가 만나는 장면도 여태 안 나왔잖아요."

……파드마가 점점 내 안에 스며드는 것이 분명하다. 좍좍 금이 가버린 내 몸뚱이에서 역사가 새어나가는 동안 우리 연꽃 아가씨는 조용히 스며든다. 철저히 현실적인 사고방식에, 역설적으로 미신적인 성향에, 모순적으로 기상천외한 이야기를 좋아하는 버릇 등등. 그래서 지금부터 미안 압둘라의 죽음에 대한 이야기를 하는 것도 적절할 듯싶다. 비운의 허밍버드: 우리 시대의 전설.

……그리고 파드마는 마음이 넓은 여자다. 내가 해줄 수 있는 일이 별로 없는데도 이렇게 내 생애의 마지막 기간 동안 내 곁에 머물러준다. 그렇다―나디르 칸에 대한 이야기를 시작하기 전에 이 문제도 짚고 넘어가는 것이 옳을 듯싶어 하는 말인데―나는 남자구실을 못한

다. 파드마가 각양각색의 재주와 기교를 총동원해서 도와주어도 나는 그녀의 몸속에 스며들지 못한다. 그녀가 내 오른발에 자신의 왼발을 얹고 오른쪽 다리로 내 허리를 휘감고 얼굴을 들이대면서 신음 소리를 내도 소용없다. 하다못해 내 귓가에 이렇게 속삭여도 헛일이다. "자, 글쓰기가 끝났으면 이번엔 당신의 다른 연필도 쓸모가 있는지 확인해보자고요!" 그녀가 무슨 짓을 해도 나는 그녀의 타구를 명중시키지 못한다.

고백은 이 정도로 끝내자. 그-다음엔-어떻게-됐나요 하고 끈질기게 캐묻는 파드마의 압박에 못 이겨, 그리고 나에게 남은 시간이 유한하다는 사실을 감안하여, 나는 머큐로크롬의 시대를 떠나 단숨에 1942년으로 건너뛴다. (나도 우리 부모님을 빨리 만나게 해드리고 싶다.)

그해 늦여름에 우리 외할아버지 닥터 아담 아지즈는 대단히 위험한 형태의 낙관주의에 감염되었던 듯하다. 그는 자전거를 타고 아그라 일대를 돌아다니며 날카로운 소리로, 형편없는 솜씨로, 그러나 몹시 행복한 듯이 휘파람을 불었다. 그런 사람은 할아버지만이 아니었다. 관계당국이 낙관주의병을 박멸하려고 온갖 노력을 기울이는데도 이 악성 전염병은 그해 인도 전역에 걷잡을 수 없이 퍼져버렸고 그것을 통제하기 위해서는 근본적인 조치가 필요한 상황이었기 때문이다. 콘월리스 가(街)의 끄트머리에 위치한 판 가게 앞에 모인 노인들은 구장잎을 씹으면서 혹시 누군가의 계략이 아닐까 의심했다. 그중 최고령자가 말했다. "죽을 나이를 두 번이나 넘겼지만 요즘처럼 어려운 시기에 저렇게 많은 사람들이 저렇게 즐거워하는 모습은 처음 봤어." 그의 목소리는 낡은 라디오처럼 잡음이 심했다. 지나간 세월이 성대를 마구 긁어댔기 때문이다. "이건 악마의 농간이야." 아닌 게 아니라 저항력이 매우 강한 바이러스였다. 날씨 하나만 보더라도 그런 병균이 번식하기에는 부적당했다. 오랫동안 비가 내리지 않았기 때문이다. 땅이 쫙쫙 갈라졌다. 흙먼지가 도로 가장자리를 야금야금 파먹었고 어떤 날은 아스팔트를 깐 교차로 한복판에 거대한 균열이 생기기도 했다. 판 가게 앞에서 구장잎을 씹는 노인들은 온갖 흉조에 대해 이야기하기 시작했다. 타구 맞히기 놀이로 마음을 가라앉히면서 그들은 갈라진 땅속에서 이런저런 정체불명의 괴물들이 무수히 쏟아져 나올 거라고 말했다. 한창 뜨거웠던 어느 날 오후, 자전거 수리점에서 일하는 시크교도의 터번이 벗겨졌는데 그때 그의 머리카락이 아무 이유도 없이 꼿꼿하게 곤두섰다고 한다. 그 일에 비하면 평범한 편이지만 물 부족 사태가 너무 심해져 우유 장수들이 우유에 물을 타려고 해도 깨끗한 식수를 구할 수 없어 포기하는 지경에 이르렀고…… 머나먼 곳에서는 다시 세계대전이 벌어지고 있었다. 아그라에서는 더위가 기승을 부렸다. 그런데도 우리 외할아버지는 휘파람을 불었다. 판 가게의 노인들은 요즘 같은 시기에 휘파람을 불다니 악취미라고 생각했다.

(나도 그들처럼 침을 탁 뱉고 균열을 극복한다.)

자전거에 올라타고, 짐받이에 가죽가방을 동여매고, 외할아버지는 휘파람을 불었다. 코가 근질거려도 아랑곳하지 않고 입술을 오므렸다. 벌써 이십삼 년째 사라지지 않는 가슴의 멍 자국도 그의 유쾌한 기분을 망치지는 못했다. 그의 숨결이 입술 사이로 빠져나가면서 소리로 바뀌었다. 그는 오래된 독일 민요를 휘파람으로 불었다. 〈타넨바움〉.

이 낙관주의병의 유행은 한 인간에게서 비롯되었다. 그의 이름은 미안 압둘라였지만 그를 그렇게 부르는 사람은 신문기자들뿐이었다. 그 밖의 모든 사람들에게 그는 오로지 '허밍버드'였는데, 이미 존재하지 않았다면 도저히 있을 수 없다고 할 만한 인물이었다. 신문기자들은 이렇게 썼다. "마술사가 진짜 마법사로 변신했다. 미안 압둘라는 델리의 유명한 마술사 마을을 벗어나 인도 1억 무슬림의 희망이 되었다." 허밍버드는 '자유이슬람협회'의 창립자이며 회장인 동시에 협회 전체를 하나로 묶어주고 이끌어가는 중심인물이었다. 그리고 1942년, 아그라 광장에서는 협회의 제2차 연례총회를 앞두고 천막과 연단을 설치하는 작업이 한창이었다. 세월을 비롯한 여러 문제로 52세의 나이에 벌써 머리가 허옇게 세어버린 우리 외할아버지는 이 광장을 지나면서 휘파람을 불었다. 지금 그는 몸을 숙인 채 자전거를 비스듬히 눕혀 멋들어지게 모퉁이를 돌기도 하면서 소똥과 아이들 사이를 요리조리 비집고 달려가는데…… 지금과는 다른 시기, 다른 장소에서 그의 친구인 쿠치나힌\*의 라니\*\*에게 이런 말을 한 적이 있었다. "나는 카슈미르 사람으로 태어났지만 독실한 무슬림은 아니었소. 그러다가 가슴에 멍이 드는 바람에 인도인이 되었지. 지금도 독실한 무슬림은 아니지만 압둘라를 열렬히 지지하오. 나 대신 싸워주니까." 그의 눈동자는 여전히 카슈미르의 하늘처럼 파랗고…… 이윽고 집에 도착한 그는 여전히 흐뭇한 마음에 두 눈을 빛내면서도 곧 휘파람을 멈추었다. 사나운 거위 떼가 우글거리는 안마당에서 우리 외할머니 나

---

\* 가공의 지명으로 '나힌'은 없음을 뜻한다.
\*\* 인도 토후국의 왕비, 공주, 귀부인을 일컫는 호칭.

심 아지즈가 몹시 못마땅한 표정으로 그를 맞이했기 때문이다. 할아버지는 할머니를 부위별로 사랑하는 실수를 저질렀다. 하지만 그 모든 부위가 하나로 통합된 후 그녀는 무시무시한 사람으로 탈바꿈하여 한평생을 그렇게 살았고 한평생 '원장수녀님'이라는 특이한 호칭으로 불렸다.

할머니는 나이보다 빨리 늙었고 몸집이 펑퍼짐했으며 얼굴에는 마녀의 젖꼭지*처럼 커다란 사마귀 두 개가 있었다. 그녀는 눈에 보이지 않는 성을 쌓고 그 속에서 살았다. 온갖 전통과 확신으로 쌓아올린 난공불락의 요새였다. 그해 초에 아담 아지즈가 식구들의 사진을 실물 크기로 확대하여 거실 벽에 걸어두려고 한 적이 있었다. 세 딸과 두 아들은 그럭저럭 고분고분하게 포즈를 취했지만 원장수녀님 차례가 되었을 때 그녀가 반란을 일으켰다. 결국 사진사가 몰래 사진을 찍으려 했지만 원장수녀님이 카메라를 빼앗아 사진사의 머리통에 내리쳐 박살내고 말았다. 다행히 사진사는 죽지 않았지만 우리 외할머니의 사진은 지구상 어디에도 남아 있지 않게 되었다. 외할머니는 누군가의 시꺼먼 상자 속에 순순히 갇힐 분이 아니었다. 베일도 안 쓰고 뻔뻔스럽게 얼굴을 드러낸 채 살아야 한다는 사실만으로도 충분히 심란한데 증거물까지 남기다니 말도 안 되는 소리였다.

그녀가 그렇게 방어벽을 쌓고 숨어버린 것은 아마도 벌거숭이 얼굴을 드러내야 하는 의무와 그의 몸에 깔릴 때면 좀 움직여보라는 아지즈의 거듭된 요구가 합쳐진 결과였을 것이다. 그리고 그녀가 집안에

---

* 마녀에게는 별도의 젖꼭지가 있어서 그것으로 부리는 마귀에게 피를 먹인다고 한다.

타구 맞히기 93

서 정해놓은 여러 규칙은 절대로 깨뜨릴 수 없는 자기방어 체계였다. 무수히 시도했지만 아무런 성과도 보지 못해서 아담 아지즈는 결국 아내의 수많은 삼각보(三角堡)와 능보(稜堡)를 공격할 생각을 포기하다시피 했고, 그래서 그녀는 거대하고 거만한 거미처럼 자신이 선택한 영토를 마음대로 다스릴 수 있었다. (어쩌면 그것은 자기방어 체계가 아니라 그녀 자신을 가둬두기 위한 수단이었는지도 모른다.)

외할머니가 진입을 금지한 영역에는 정치에 관한 모든 문제도 포함되었다. 닥터 아지즈는 그런 문제에 대해 이야기하고 싶을 때마다 친구 라니를 찾아갔고, 그때마다 원장수녀님은 토라졌지만 남편이 다른 사람을 찾아간다는 사실 자체가 그녀의 승리였으므로 크게 화를 내지는 않았다.

그녀의 왕국에서 두 개의 심장부는 부엌과 찬방이었다. 부엌에는 한 번도 들어가보질 못했지만 언젠가 잠가놓은 망사문 사이로 찬방 안의 신비로운 세계를 엿보았던 기억이 난다. 파리 떼를 막으려고 리넨 보자기로 덮어 주렁주렁 매달아둔 철사 바구니들, 구르\*를 비롯한 각종 단것이 가득한 깡통들, 정사각형 이름표를 깔끔하게 붙이고 단단히 잠가둔 상자들, 그 밖에도 견과류와 순무와 곡식 자루들, 거위알과 나무 빗자루 따위가 즐비한 세계였다. 찬방과 부엌은 절대로 양도할 수 없는 할머니의 영토였고 할머니는 그 두 곳을 철저히 사수했다. 할머니가 막내딸, 즉 우리 이모 에메랄드를 임신했을 때 할아버지가 요리사를 감독하는 일을 대신해주겠다고 나선 적이 있었다. 할머니는

---

\* 정제하지 않은 설탕.

대꾸도 하지 않았다. 그러나 이튿날 할아버지가 부엌으로 다가가자 할머니가 두 손으로 쇠솥을 받쳐들고 나타나서 문앞을 가로막았다. 안 그래도 뚱뚱한 몸에 임신까지 했으니 문간으로 비집고 들어갈 틈이 별로 없었다. 아담 아지즈는 눈살을 찌푸렸다. "여보, 왜 그래?" 그러자 할머니가 대답했다. "이건, 거뭣이냐, 아주 무거운 솥이에요. 당신이 부엌에서 얼쩡거리다가 한 번이라도 내 눈에 띄는 날에는, 거뭣이냐, 당신 머리통을 이 속에 쑤셔 넣고 다히*를 뿌린 다음에, 거뭣이냐, 코르마**를 만들어버릴 테니까 명심해요." 할머니가 거뭣이냐라는 말을 후렴처럼 입에 달고 살게 된 까닭은 나도 모르겠지만 세월이 흐를수록 할머니는 그 말을 점점 더 많이 쓰게 되었다. 나는 그 말이 간절하게 도움을 청하는 무의식적 외침이라고 생각하는데…… 진심에서 우러난 진지한 질문이랄까. 아무튼 원장수녀님은 거대한 몸집과 존재감에도 불구하고 사실은 외로이 우주를 표류하는 신세임을 우리에게 넌지시 암시했던 것이다. 보다시피 할머니는 그런 상태를 뭐라고 불러야 좋을지 몰랐다.

 …… 외할머니는 식탁에서도 절대권력을 휘둘렀다. 식탁 위에는 음식을 차리지도 않고 접시를 놓아두지도 않았다. 카레와 그릇은 모두 그녀의 오른쪽에 놓인 나지막한 협탁 위에 가지런히 쌓여 있었고 아담 아지즈와 아이들은 그녀가 그릇에 덜어주는 음식만 먹을 수 있었다. 남편이 변비에 걸려 고생하는 동안에도 그녀는 한 번도 그에게 음식 선택권을 주지 않고 그 어떤 요청이나 조언에도 귀를 기울이지 않

---

\* 인도식 요구르트.
\*\* 요구르트나 크림에 견과류를 넣어 만든 카레.

았다는 사실만 보더라도 이러한 관례가 얼마나 확고부동했는지 짐작할 수 있다. 요새는 절대 흔들리지 않는다. 그 요새에 의존하여 살아가는 식구들이 어기적거리며 돌아다녀도 결코 예외란 없다.

나디르 칸이 숨어 지내던 오랜 기간 동안에도, 그리고 에메랄드와 사랑에 빠진 젊은 줄피카르가 콘월리스 가에 있는 그 집을 자주 찾던 기간에도, 그리고 방수포와 인조가죽 사업으로 성공을 거두었지만 우리 이모 알리아에게 크나큰 상처를 입혀 그녀가 스물다섯 해나 원한을 품고 있다가 결국 우리 어머니에게 잔인한 앙갚음을 하도록 만든 아흐메드 시나이라는 상인이 종종 찾아오던 기간에도 자신의 가정을 거머쥔 원장수녀님의 철권독재는 조금도 수그러들지 않았다. 나디르의 등장으로 장기 침묵이 시작되기 전에도 아담 아지즈는 그녀의 독재를 타도하려고 노력했으며 어쩔 수 없이 아내와 전쟁을 벌였다. (이 모든 일은 그의 낙관주의병이 실제로 얼마나 심각한 상태였는지를 말해주는 증거라고 하겠다.)

……그로부터 10년 전이었던 1932년, 그가 자식들의 교육 문제에 대한 결정권을 독차지했고 원장수녀님은 몹시 낙담했다. 그러나 전통적으로 아버지의 역할이었으니 반대할 수도 없었다. 당시 알리아는 열한 살, 둘째딸 뭄타즈는 거의 아홉 살이었다. 두 아들 하니프와 무스타파는 각각 여덟 살과 여섯 살이었고 막내 에메랄드는 아직 다섯 살도 안 되었을 때였다. 원장수녀님은 가족 요리사 다우드에게 걱정을 털어놓았다. "그이는 애들 머릿속에 어느 나라 말인지도 모를 외국어랑, 거뭣이냐, 온갖 쓸데없는 생각을 잔뜩 집어넣을 거야, 틀림없이." 다우드는 말없이 냄비를 휘저었고 원장수녀님은 이렇게 외쳤다.

"그거 알아, 거뭣이냐, 우리 막내가 자기 이름을 에메랄드라고 바꾼 거? 거뭣이냐, 영어로 말이야. 그 양반이 애들을 다 망쳐놓을 거라고. 커민*은 그렇게 많이 넣지 말고, 거뭣이냐, 남의 일에 간섭하지 말고 요리에나 좀 더 신경 쓰도록 해."

교육 문제에서 그녀는 딱 한 가지 단서를 달았다: 종교 교육. 불확실한 신앙심 때문에 번민하는 아담과 달리 원장수녀님은 언제나 변함없이 독실한 신자였다. 그녀가 남편에게 말했다. "당신한테는 허밍버드가 있지만 나한테는, 거뭣이냐, 하느님의 말씀이 있어요. 그 사람의 콧노래**보다, 거뭣이냐, 그쪽이 훨씬 더 듣기 좋아요." 그것은 그녀에게서 좀처럼 들을 수 없는 정치적 발언이었는데…… 어느 날 아담이 종교 선생을 내쫓았다. 엄지와 검지가 몰비***의 귀를 움켜쥐었다. 나심 아지즈는 자기 남편이 수염이 텁수룩한 율법학자를 질질 끌고 정원 담장의 문 쪽으로 가는 장면을 목격하고는 몹시 놀랐고, 곧이어 남편이 성직자의 살 많은 부위에 발길질을 하는 장면을 보고는 비명을 질렀다. 원장수녀님은 노발대발하며 당장 전투태세에 돌입했다.

"채신머리도 없는 인간!" 그녀가 남편에게 욕설을 퍼붓고, 다시, "거뭣이냐, **창피한 줄도 모르는 인간!**" 아이들은 안전한 뒤편 쪽마루에서 그 싸움을 구경했다. 그리고 아담은, "저 사람이 우리 애들한테 뭘 가르쳤는지 알기나 하시오?" 그러자 원장수녀님도 질문으로 되받아치는데, "도대체 우리한테, 거뭣이냐, 무슨 날벼락이 떨어지라고 이

---

\* 향신료의 일종.
\*\* hummingbird(허밍버드, 벌새)에서 'humming'은 '콧노래'라는 뜻이다.
\*\*\* 이슬람 율법학자.

래요?" 그러자 이번에는 아담이, "나스탈리크체\*를 가르친 줄 아시오? 응?" 그 말을 듣고 그의 아내는 더욱더 화를 내면서: "당신은, 거 뭣이냐, 돼지고기도 먹을 거예요? 쿠란에 침이라도 뱉을 거예요?" 그러자 의사도 언성을 높이면서 반격하기를, "아니면 '암소의 장(章)'\*\*에 나오는 구절을 가르쳤을까? 그렇게 생각하시오?"⋯⋯ 그러나 원장수녀님은 들은 체도 하지 않고 결정타를 날리는데: "당신은 딸내미들을 독일놈들한테 시집보낼 거예요!?" 그리고 나서 잠시 말을 끊고 숨을 고르는 틈을 타서 할아버지가 폭로하기를, "여보, 저 사람은 애들한테 증오를 가르쳤소. 힌두교도, 불교도, 자이나교도, 시크교도, 그 밖에 또 어떤 채식주의자들을 증오하라고 가르쳤는지 모르겠소. 당신은 우리 애들이 증오심을 잔뜩 품었으면 좋겠소?"

"그럼 당신은 우리 애들이 무신론자가 됐으면 좋겠어요?" 원장수녀님은 한밤중에 대천사 가브리엘의 군대가 내려와서 이교도가 되어버린 자식들을 지옥으로 끌고 가는 장면을 상상한다. 그녀는 지옥이 어떤 곳인지 잘 안다. 그곳은 6월의 라지푸타나\*\*\*처럼 뜨겁고 누구나 외국어를 일곱 개나 배워야 하는데⋯⋯ 우리 외할머니는 이렇게 말씀하셨다. "내가 맹세하는데, 거뭣이냐, 지금부터 내 부엌에서 나온 음식이 당신 입에 들어가는 일은 절대로 없을 줄 알아요. 아무렴, 차파티 한 개도 못 줘요. 당신이 율법 선생님을 도로 모셔와서, 거뭣이냐, 발등에 입을 맞추기 전에는!"

---

\* 아랍 문자의 주요 서체 중 하나.
\*\* 『쿠란』의 두번째 장.
\*\*\* 인도 서북부 라자스탄 주의 옛 이름. 타르 사막이 있다.

그날부터 시작된 굶주림의 전쟁은 목숨을 건 혈투를 방불케 했다. 원장수녀님은 약속대로 끼니때가 되어도 남편에게는 하다못해 빈 접시 한 개도 내주지 않았다. 닥터 아지즈는 외출했을 때조차 음식을 입에 대지 않음으로써 즉각적인 반격을 가했다. 날이면 날마다 아이들은 음식 그릇을 완강하게 사수하는 어머니와 조금씩 사라져가는 아버지를 지켜보았다. "아빠, 그러다가 완전히 없어져버릴 수도 있어?" 에메랄드가 궁금하다는 듯이 묻더니 곧 걱정스러운 얼굴로 덧붙였다. "다시 돌아오는 방법을 모르면 그러지 마." 아담의 얼굴은 분화구처럼 움푹움푹 꺼져버렸다. 심지어 코까지 점점 가늘어지는 듯했다. 그의 몸은 전쟁터가 되어 날마다 한 조각씩 날아가버렸다. 그는 영리한 맏딸에게 이렇게 말했다. "전쟁이 일어나면 양쪽 군대보다 전쟁터가 더 큰 피해를 보는 거란다. 자연스러운 일이지." 그는 왕진을 돌 때 릭샤\*를 타고 다니기 시작했다. 이제 릭샤왈라\*\* 함다르드까지 아담의 건강을 걱정했다.

쿠치나힌의 라니가 원장수녀님을 달래보려고 평화사절을 파견했다. "안 그래도 인도에는 굶주리는 사람이 너무 많지 않습니까?" 사절들이 그렇게 말하자 나심은 이미 전설처럼 유명해진 바실리스크\*\*\* 같은 눈초리를 던졌다. 맞잡은 두 손을 무릎에 얹고 머리에는 모슬린 두파타\*\*\*\*를 질끈 동여맨 채 그녀는 눈을 부릅뜨고 그들을 노려보았

---

\* 주로 인력을 이용한 인도의 교통수단.
\*\* 인력거꾼. '왈라'는 각종 장사꾼, 직업인을 뜻하는 접미사.
\*\*\* 노려보기만 해도 사람을 죽일 수 있다는 전설 속의 뱀.
\*\*\*\* 머리에 쓰는 긴 스카프.

다. 그들의 목소리는 돌이 되고 심장은 얼어붙었다. 혼자서 낯선 남자들과 한방에 앉아 있었지만 할머니는 기세등등하고 남자들은 모두 눈을 내리깔았다. 그녀가 당당하게 말했다. "거뭣이냐, 너무 많다고요? 글쎄, 그럴 수도 있겠죠. 아닐 수도 있고."

사실 나심 아지즈는 몹시 불안했다. 만약 아담이 굶어죽는다면 세상사에 대한 그의 생각보다 그녀의 생각이 옳다는 확실한 증거가 되겠지만 한낱 사고방식 때문에 과부가 되기는 싫었다. 하지만 패배를 인정하여 체면이 손상되는 일 없이 이 상황에서 벗어날 방도가 생각나지 않았다. 이미 낯을 드러내고 사는 데 익숙해졌더라도 조금이라도 낯이 깎이는 일은 도저히 참을 수 없었다.

영리한 알리아가 해결책을 찾아냈다. "꾀병을 부리면 되잖아?" 원장수녀님은 작전상 후퇴를 감행했다. 몸이 편찮다, 거뭣이냐, 정말 아파 죽겠다, 하고 선언한 후 침실로 들어가버렸다. 그녀가 자리를 비운 사이에 알리아는 아버지에게 평화의 표시로 닭고기 수프 한 그릇을 내밀었다. 원장수녀님은 평생 처음으로 남편의 진찰을 거부하다가 이틀 후 병석에서 일어나 권력을 되찾았고, 어깻짓 한 번으로 딸의 결정을 묵인하고 아무 일도 없었다는 듯이 남편에게 음식을 건넸다.

그것이 10년 전의 일이었다. 그러나 1942년, 판 가게 앞에 모인 노인들은 휘파람을 부는 의사를 보고 여전히 그때를 떠올리며 낄낄거린다. 저 친구, 마누라 때문에 하마터면 완전히 사라져버리는 재주를 부릴 뻔했잖아. 돌아오는 방법도 모르면서. 그들은 밤이 이슥하도록 서로 쿡쿡 찌르며 노닥거린다. "생각나냐, 그때……" 혹은 "……빨랫줄에 걸린 해골처럼 꼬치꼬치 말랐지! 오죽하면 자전거도 못 타서……"

혹은 "……여보게, 내가 장담하는데, 정말 무서운 힘을 가진 여자야. 자기 딸내미들이 꾸는 꿈을 같이 꿀 수 있다는 소문도 들었어. 딸내미들이 무슨 일을 꾸미는지 엿보려고 말이야!" 그러나 밤이 깊어지자 서로를 찌르던 손길도 차츰 뜸해진다. 이제 시합을 할 때가 되었기 때문이다. 그들은 말을 끊고 율동적으로 턱을 오물거린다. 그러다가 별안간 입술을 오므린다. 그러나 그 속에서 나오는 것은 숨결이-만든-소리가 아니다. 늙어 쪼글쪼글한 그들의 입술에서 튀어나오는 것은 휘파람이 아니라 붉은 구장즙이다. 긴 물줄기가 낡아빠진 놋쇠 타구를 향해 정확히 날아간다. 저마다 허벅지를 내리치며 자신의 솜씨에 감탄사를 연발한다. "이야, 저것 좀 봐!" 혹은 "이쯤은 돼야 명사수 소리를 듣지!" ……늙은이들의 주위에서도 도시 전체가 충동적인 밤의 유희에 빠져든다. 아이들은 굴렁쇠를 굴리거나 카바디* 시합을 하고 미안 압둘라의 포스터에 수염을 그리기도 한다. 이제 노인들은 길거리에 놓인 타구를 점점 더 멀리 옮겨놓고 쭈그려 앉아 점점 더 길게 물줄기를 내뿜는다. 액체는 여전히 정확하게 날아간다. "아, 좋았어, 친구!" 거리의 개구쟁이들이 붉은 물줄기 앞으로 뛰어들어 요리조리 피하는 장난을 치고, 그리하여 엄숙한 타구 맞히기 시합에 난데없이 담력 겨루기 놀이가 겹쳐지는데…… 그러나 이때 육군 장교의 차가 다가와서 개구쟁이들을 흩어놓고…… 푹푹 찌는 차 안에는 이 도시의 주둔군 사령관 도드슨 준장이 탔고…… 부관 줄피카르 소령이 그에게 수건을 건넨다. 도드슨이 얼굴을 닦고, 개구쟁이들이 흩어지고, 자동차가

---

* 고대 인도의 병법에 기원을 두고 격투기와 술래잡기를 결합시킨 형태의 단체경기.

타구를 쓰러뜨린다. 피 같은 덩어리가 섞인 검붉은 액체가 길바닥의 흙먼지 속에 스며들어 붉은 손 모양으로 굳어지면서 점점 멀어져가는 식민통치의 권력자를 비난하듯이 가리킨다.

곰팡이가 핀 사진(어쩌면 실물 크기의 확대사진 몇 장 때문에 머리가 깨져 목숨을 잃을 뻔했던 그 가엾은 사진사의 작품인지도 모른다) 한 장에 대한 기억: 낙관주의병의 열기로 얼굴이 벌겋게 달아오른 아담 아지즈가 예순 살 남짓한 남자와 악수를 나눈다. 팔팔하고 의욕적인 성격이 엿보이며 한 가닥 흉터처럼 이마에 늘어진 백발이 상냥한 마음씨를 말해주는 듯한 이 남자가 바로 허밍버드, 미안 압둘라다. ("의사 선생, 보시다시피 이렇게 건강하다오. 내 배를 한번 때려보겠소? 자, 어서. 내가 건강 하나는 자신 있소."……이 사진에서는 헐렁한 흰색 셔츠로 배를 가렸고, 우리 외할아버지의 손도 주먹을 쥐지 않고 전직 마술사의 손에 폭 잡혔다.) 그리고 이들 뒤에서 따뜻한 눈으로 지켜보는 쿠치나힌의 라니는 얼굴이 군데군데 하얗게 변해서 얼룩덜룩하다. 이 병은 나중에 역사 속에 스며들어 인도 독립 직후 엄청난 규모로 퍼져가는데…… 사진 속의 입술은 움직이지 않지만 라니는 이렇게 속삭이고 있다. "나는 피해자예요. 다른 문화에 대한 관심 때문에 이 꼴이 된 불행한 피해자예요. 내 피부는 내가 지향하는 국제주의*가 밖으로 표출된 결과니까요." 그렇다, 이 사진 속에서는 대화가 오간다. 낙관주의자들이 그들의 지도자를 만나서 노련한 복화술사들

---

* 국제적 협력을 통하여 세계평화를 실현하자는 사상.

처럼 대화를 나누는 중이다. 라니 옆에는—여기서 잘 들어야 하는데, 바야흐로 역사와 가문이 만나려는 순간이기 때문이다!—특이한 인물이 서 있다. 불룩하고 물렁물렁한 배, 고인 물처럼 흐리멍덩한 눈, 시인 같은 장발. 허밍버드의 개인비서 나디르 칸이다. 스냅사진 속에 갇히지만 않았다면 그는 당황해서 두 발을 이리저리 옮기며 쩔쩔맸을 것이다. 나디르 칸은 어색하고 바보 같은 미소를 머금고 중얼거린다. "사실입니다. 제가 시를 썼는데……" 그때 미안 압둘라가 끼어들어 뾰족뾰족한 이를 드러내며 우렁차게 외친다. "무슨 시가 그 모양이야? 아무리 봐도 운이 하나도 안 맞잖아!……" 그러자 라니가 상냥하게: "그럼 모더니즘 시인이세요?" 나디르는 수줍어하면서: "맞습니다." 움직임도 소리도 없는 장면 속에 흐르는 이 긴장감! 허밍버드의 말에 담긴 신랄한 조롱: "그게 무슨 상관인가. 예술은 마땅히 사람의 정신을 고양시키고 우리나라의 영광스러운 문학전통을 상기시켜줘야지!" ……이때 그의 비서의 이마에 스쳐가는 것은 그림자인가, 아니면 찡그림인가? …… 색 바랜 사진 속에서 낮디낮게 들려오는 나디르의 목소리: "저는 고급예술을 높이 평가하지 않습니다, 미안 선생님. 이제 예술은 모든 범주를 초월해야 합니다. 제 시는—음—타구 맞히기 놀이와 동격입니다." ……그러자 마음씨 착한 라니가 농담을 던진다. "그렇다면 제가 방 하나를 비워야겠네요. 판을 씹으면서 타구 맞히기라도 하게요. 저한테 청금석(靑金石)으로 상감세공을 한 예쁜 은제 타구가 있는데 다들 가서서 연습 좀 해보세요. 조준이 빗나가면 벽이 엉망진창이 되겠죠! 그래도 가식 없는 얼룩이니까 괜찮아요." 이제 사진 속의 대화는 다 끝났다. 나는 허밍버드가 우리 외할아버지의 어깨 너머로 사진 가장자리에 있는 문 쪽을 줄곧 바라보고 있었음을 이제야 마음의 눈으로 발견한다. 그 문 너머에서 역사가 소리쳐 부른다. 허밍버드는 빨리 달려 나가고 싶어 조바심을 내고…… 그러나 그는 지금까지 우리와 함께 있었고 그의 존재는 나를 평생 따라다닐 두 가지 줄거리를 제공했다: 마술사 마을로 이어지는 줄거리, 그리고 운율도 없고 동사도 없는 시를 쓰는 시인 나디르 칸과 귀중한 은제 타구에 얽힌 사연을 들려주는 줄거리.

"말도 안 되는 소리." 우리의 파드마가 말한다. "사진이 어떻게 말을 해요? 이제 그만하세요. 너무 피곤해서 머리가 잘 안 돌아가는 모양이네." 그러나 나는 미안 압둘라에게 끊임없이 콧노래를 부르는 특이한 버릇이 있었다고, 그런데 그의 콧노래는 아주 이상야릇해서 음악이라고 할 수도 없고 그렇다고 아니라고 할 수도 없고 다만 엔진이나 발전기가 윙윙거리는 소음처럼 어딘가 기계적인 소리였다고 설명한다. 그러자 파드마는 별문제 없이 내 말을 받아들이고 현명한 판단까지 곁들인다. "그야 워낙 활동적인 분이었으니까 별로 신기한 일도 아니죠." 그녀는 다시 열심히 귀를 기울인다. 그래서 나도 이 화제에 더욱더 열중해서 미안 압둘라의 콧노래는 그가 일하는 속도에 정비례하여 음정이 높아지기도 하고 낮아지기도 했다고 말해준다. 음정이 아주 낮아질 때는 듣는 사람이 치통을 느낄 정도였고, 최고조에 달해 미친 듯이 이어질 때는 가청거리 안에 든 모든 사람의 음경이 발기할 정도였다. ("어머, 세상에!" 파드마가 웃는다. "남자들한테 그렇게 인기가 많았던 것도 당연하네요!") 허밍버드의 비서 나디르 칸은 고용주가 흥얼거리는 진동 심한 콧노래에 끊임없이 시달렸다. 그의 귀 턱 음경은 쉬지 않고 허밍버드의 명령에 따라 반응했다. 그렇다면 나디르는 무엇 때문에 허밍버드 곁에 붙어 있었을까? 걸핏하면 낯선 사람들 앞에서 발기하는 통에 난처해지고, 걸핏하면 어금니가 쿡쿡 쑤시고, 게다가 스물네 시간 중 스물두 시간이나 일해야 하는 날이 수두룩했는데도 어째서 떠나지 않았을까? 내 생각은 이렇다. 역사적 사건의 중심에 가까이 머물면서 그것을 시로 승화시키는 것이 자신의 문학적 사명이라고 여겼기 때문은 아니었다. 그렇다고 명성을 얻기 위해서도 아니었다. 그런 게 아니라 나디르는 우리 외할아버지와 공통점이 하나 있었고, 그것으로 충분했다. 그 역시 낙관주의병 환자였던 것이다.

아담 아지즈처럼, 쿠치나힌의 라니처럼, 나디르 칸도 무슬림연맹[*]을 싫어했다. ("알랑쇠 패거리죠!" 라니가 외쳤다. 스키선수처럼 몇 옥타브를 단숨에 활강하는 은방울 같은 목소리였다. "기득권을 지키려고 전전긍긍하는 지주들이잖아요! 그 인간들이 무슬림과 무슨 관계가 있어요? 영국인들한테 빌붙어 아첨이나 하면서 영국인들 입맛에 맞는 정부를 만들려고 안달이죠. 요즘은 국회도 그런 짓은 안 하는데!" 바야흐로 '인도 철수' 결의안[**]의 해였다. 라니는 딱 잘라 이렇게 말했다. "더군다나 그자들은 다 정신병자예요. 그렇지 않다면 무슨 이유로 인도를 분할하자고 하겠어요?")

---

[*] 1906년 창설된 이슬람 정당. 간디와 네루가 이끈 국민회의당과 대립하면서 이슬람교도의 이익을 대변했다. 1947년 인도가 영국에서 독립할 때 이슬람 국가 파키스탄의 분리 독립을 주도했다.
[**] 1942년 8월 8일 인도 국회가 통과시킨 결의안. 인도의 완전한 독립과 영국인의 인도 철수를 요구하고 관철되지 않을 경우 전국적인 불복종 운동에 돌입하겠다고 선포했다.

허밍버드 미안 압둘라는 거의 단신으로 자유이슬람협회를 일으켜 세웠다. 그는 독단적이고 기득권에 연연하는 무슬림연맹을 대신할 수 있는 자유로운 동맹조직을 결성하자고 촉구하면서 몇십 개에 달하는 무슬림 분파의 지도자들을 불러들였다. 한 명도 빠짐없이 참석했으니 대단한 소환마법이었다. 그것이 라호르*에서 열린 1차 총회였고, 이제 곧 아그라에서 2차 총회가 열린다. 이 회의에는 전국의 농민운동단체, 도시노동자단체, 종교단체, 지역단체 등의 회원들이 모여들어 천막을 가득 메울 것이다. 그 자리에서는 1차 총회 때 발표했던 내용을 재확인할 예정이었다: 즉 인도를 분할하자고 말하는 무슬림연맹은 그 누구도 아니고 자기들의 잇속만 차린다는 것. 협회 포스터에는 이런 말이 적혀 있었다. "그들은 우리를 배신해놓고 이제 와서 우리가 자기들을 지지한다고 주장합니다!" 미안 압둘라는 인도 분할에 반대했다.

낙관주의병이 한창 기승을 부리는 상황에서 허밍버드의 후원자인 쿠치나힌의 라니는 다가오는 먹구름에 대해 일언반구도 하지 않았다. 아그라가 무슬림연맹의 중요한 거점이라는 사실도 언급하지 않았고 다만 이렇게 말했을 뿐이다. "이봐요, 아담. 허밍버드가 여기서 총회를 열고 싶다는데 굳이 알라하바드**로 가라고 할 수도 없잖아요." 그녀는 불평도 간섭도 하지 않고 행사 비용 전체를 부담하기로 했는데, 그래서 도시 안에 적을 만들게 되었다는 사실도 짚고 넘어가야겠다. 라니는 인도의 다른 왕족들처럼 살지 않았다. 티타르*** 사냥을 다니

---

\* 파키스탄령 펀자브 주의 주도.
\*\* 우타르프라데시 주에 위치한 도시로 독립운동의 중심지.
\*\*\* 자고새와 유사한 꿩과의 새.

기보다 학생들에게 장학금을 주었다. 호텔에서 추문을 일으키기보다 정치에 관심을 가졌다. 그래서 소문이 나돌기 시작했다. "그 장학금을 받는 남학생은 의무적으로 과외활동도 해야 한다는 사실을 모르는 사람이 없지. 학생들이 캄캄한 침실로 들어오면 그 마녀는 얼룩덜룩한 얼굴을 절대로 보여주지 않고 마법의 노래로 학생들을 홀려 침대로 끌어들인다는 거야!" 아담 아지즈는 마녀의 존재를 믿지 않았다. 그는 라니 곁에 모여드는 재기 넘치는 친구들과 함께 어울리기를 좋아했다. 그들은 독일어 못지않게 페르시아어도 능숙하게 구사했다. 그러나 라니에 대한 소문을 반신반의하는 나심 아지즈는 남편이 공주의 집을 찾아갈 때 절대로 따라가지 않았다. 그녀는 이렇게 주장했다. "사람이 여러 나라 말을 하길 바라셨다면 왜 하느님이 혀를 하나만 주셨겠어요?" 그리하여 허밍버드의 낙관주의자들은 그 누구도 그다음에 일어날 사건을 예상하지 못했다. 그들은 갈라진 땅을 무시하고 타구 맞히기 놀이에 열중했다.

전설이 현실화될 때도 있고 실제 사실보다 더 유용할 때도 있다. 전설에 따르면—즉 판 가게 앞에서 늙은이들이 주고받는 그럴싸한 숙덕공론에 의하면—미안 압둘라가 몰락한 원인은 나디르 칸이 불길한 물건이라고 말렸는데도 아그라 철도역에서 공작새 깃털로 만든 부채를 샀기 때문이었다.\* 게다가 초승달이 뜨는 밤에 나디르와 함께 일하다

---

\* 공작 깃털의 무늬가 재난을 부르는 흉안(凶眼)을 연상시킨다는 이유에서 불길하게 여겼다.

가 유리창 너머로 떠오른 달을 보게 되었다.\* 구장잎을 씹는 노인들은 이렇게 말한다. "그런 것들이 다 문제가 되는 게야. 우리처럼 오래 산 늙은이들은 다 알지." (파드마도 옳은 말이라고 고개를 주억거린다.)

협회 사무실은 대학 캠퍼스의 역사학부 교수실 건물 일층에 있었다. 압둘라와 나디르는 그날 밤에 해야 할 일을 마무리하는 중이었고, 그에 따라 허밍버드의 콧노래도 점점 낮아져 나디르는 이가 예민해진 상태였다. 사무실 벽에 포스터 한 장을 붙여놓았는데 거기에는 인도 분할에 반대하는 취지가 담겨 압둘라가 좋아하는 시인 이크발의 시구가 적혀 있었다. "하느님도 모르시는 땅이 어디 있으랴?" 그때 암살자들이 캠퍼스 안으로 들어왔다.

실제 사실: 압둘라에게는 적이 많았다. 영국인들이 그를 바라보는 시선은 명확하지 않았다. 도드슨 준장은 압둘라가 이 도시에 나타난 것을 못마땅하게 여겼다. 노크 소리가 들려 나디르가 문을 열었다. 초승달 여섯 개가 안으로 들어왔다. 초승달처럼 휘어진 칼을 들고 나타난 자들은 모두 검은 옷을 입고 얼굴을 가렸다. 두 남자가 나디르를 제지하는 사이에 나머지는 허밍버드 쪽으로 다가갔다.

구장잎을 씹는 노인들이 말한다. "바로 그 순간 허밍버드의 콧노래가 점점 높아졌어. 더 높이, 더 높이, 그러자 암살자들은 다들 바지 앞섶이 불룩 튀어나오는 꼴을 보고 눈이 휘둥그레졌지. 그때부터—맙소사, 바로 그때부터!—칼날들이 노래를 부르기 시작했고 압둘라도 더 크게 콧노래를 불렀어. 그렇게 높이높이 올라가기는 처음이었지.

---

\* 인도의 미신으로 유리창 너머로 초승달을 보면 재수가 없다고 한다.

압둘라의 몸뚱이는 아주 단단해서 길게 휘어진 칼로도 쉽게 죽일 수 없었어. 한 자루는 갈비뼈에 부딪혀 부러져버렸지만 나머지는 금방 선혈로 물들었어. 그런데 그때—잘 들어!—압둘라의 콧노래가 너무 높아져 인간의 귀로 들을 수 있는 범위를 벗어나버렸고 그 대신 시내에 사는 개들이 그 소리를 들었어. 아그라에 있는 들개들을 모두 합치면 대충 팔천사백이십 마리쯤 될 거야. 그날 밤에도 어떤 놈들은 밥을 처먹고, 어떤 놈들은 죽어가고, 어떤 놈들은 흘레질을 하고, 또 어떤 놈들은 그 소리를 못 들었겠지. 그게 이천 마리쯤이었다고 치면 육천사백이십 마리가 남는데, 그 똥개들이 일제히 돌아서서 대학 쪽으로 달려오기 시작한 거야. 그중에는 시내 건너편에 있다가 철도를 넘어 달려오는 놈들도 많았지. 누구나 다 아는 엄연한 사실이야. 그때 잠을 자던 사람들만 빼고 시내에 있던 사람들은 모두 그 광경을 목격했으니까. 들개들은 군대처럼 소란스럽게 몰려들었는데 그놈들이 지나간 자리에는 뼈다귀와 똥 덩어리와 털 뭉치가 수북했고…… 그동안에도 우리 압둘라는 콧노래를 부르고 또 부르고 칼날도 쌩쌩 노래를 불렀지. 그런데 바로 그때였어: 어느 살인자의 두 눈알이 쩍쩍 갈라지더니 눈구멍에서 쑥 빠져버린 거야. 나중에 보니 카펫에 유리조각이 박혀 있더래!"

"들개들이 나타났을 때 압둘라는 숨이 끊어지기 직전이었고 칼날은 모두 무뎌졌는데…… 개들은 미친 듯이 창턱을 뛰어넘었어. 창유리는 압둘라의 콧노래 때문에 벌써 산산이 깨져버린 뒤였고…… 개들은 또 나무 문짝에 몸을 부딪쳐 마침내 부숴버렸고…… 맙소사, 바바, 사방이 들개 천지였어! ……그중에는 다리가 없는 놈도 있고 털이 다 빠진 놈도 있었지만 대부분이 적어도 이빨 몇 개는 멀쩡했고 더러는 아주 날카로운 이빨이었는데…… 자, 이제 상상해보라고: 암살자들은 설마 누가 방해할 줄은 꿈에도 몰랐는지 망을 볼 놈을 따로 두지도 않았어. 그래서 개들이 불시에 들이닥치자 깜짝 놀랄 수밖에 없었고…… 나디르 칸, 그 줏대 없는 녀석을 붙잡고 있던 두 놈도 개 떼에 깔려 쓰러지고 말았는데, 자그마치 예순여덟 마리쯤 되는 개들이 그놈들의 목을 물고 늘어졌거든. 나중에 보니 살인자들이 모두 만신창이가 돼서 도대체 누가 누군지 분간할 수도 없었대."

"그 와중에 나디르는 창틀을 뛰어넘어 도망쳐버렸지. 개들과 암살자들은 다들 바빠서 나디르를 뒤쫓지도 않았어."

개 떼? 암살자들? ……내 말을 못 믿겠다면 확인해보라. 미안 압둘라와 협회에 대한 자료를 찾아보라. 우리가 그에 대한 이야기를 카펫 아래 묻어버렸다는 사실을 알게 되겠지만…… 그러고 나서 그의 비서 나디르 칸이 우리 집 깔개 밑에서 3년을 보낸 사연을 들어보라.

청년 시절에 그는 어느 화가와 한방을 썼는데, 그 화가는 자신의 그림 속에 인생사를 송두리째 담으려 했기 때문에 그림이 자꾸자꾸 커지기만 했다. 자살하기 직전에 화가는 이런 말을 남겼다. "내 꼴 좀 보게. 세밀화가가 되고 싶었는데 상피병(象皮病)*에 걸렸어!" 초승달 모양의 칼날이 난무하던 그날 밤, 엄청나게 커져버린 사건을 보면서 나디르 칸은 그 룸메이트를 떠올렸다. 심술궂은 인생이 또다시 실물 크기로 남아 있기를 거부하고 한바탕 신파극을 연출해 그를 당황하게

---

\* 열대 지방에 많은 풍토병. 사상충이나 세균 감염으로 환부가 거대하게 부풀고 딱딱해져 코끼리 피부처럼 변한다.

했다.

 그날 밤 나디르 칸이 도시를 가로질러 도망칠 때 어떻게 한 번도 남의 눈에 띄지 않았을까? 나는 그가 형편없는 시인이라고, 따라서 생존본능을 타고난 모양이라고 생각한다. 부랴부랴 도망치는 동안 그는 부끄러움을 느꼈고, 그의 몸은 철도역에서 행상인들이 더러는 팔기도 하고 또 더러는 감기, 장티푸스, 발기부전, 향수병, 가난 등을 치유한다는 약초로 만든 약을 살 때 덤으로 끼워주기도 하는 싸구려 스릴러물의 한 장면처럼 행동하는 자신에 대해 거듭거듭 사죄하는 듯했는데…… 콘윌리스 가의 밤은 따뜻했다. 줄지어 늘어선 인력거들 옆에 석탄화로가 있었지만 오늘 밤은 비어 있었다. 판 가게는 문을 닫았고 노인들은 지붕 위에서 내일의 시합을 꿈꾸며 잠이 들었다. 불면증 걸린 소 한 마리가 빨갛고 하얀 담뱃갑을 질겅질겅 씹으면서, 웅크리고 누운 노숙자 곁을 천천히 지나갔다. 그로 미루어 노숙자는 내일 아침도 무사히 눈을 뜰 것이 분명했는데, 왜냐하면 소들은 잠든 사람은 거들떠보지도 않지만 곧 죽을 사람이라면 사정이 다르기 때문이다. 그런 경우 소는 주둥이로 신중하게 건드려본다. 신성한 소들은 못 먹는 것이 없다.

 우리 외할아버지가 보석상을 판 돈과 눈먼 가니가 준 지참금으로 마련했던 오래된 석조주택이 어둠 속에 묻혀 있었다. 도로에서 적당히 떨어진 이 집의 뒤쪽에는 담장에 둘러싸인 정원이 있고, 정원문 옆에는 늙은 함다르드와 역시 릭샤를 끄는 아들 라시드에게 저렴하게 빌려준 나지막한 별챗집이 있었다. 이 별챗집 앞에는 소가 돌리는 수차가 딸린 우물이 있었고, 거기서 흘러나오는 물은 용수로를 타고 작은 옥수수밭으로 흘러갔고, 그 밭은 집 둘레를 빙 돌아서 콘월리스 가를 마주 보는 바깥담의 대문 앞까지 이어졌다. 집과 밭 사이에는 행인들과 릭샤가 지나갈 수 있는 작은 샛길이 있었다. 최근에 아그라에서는 사람이 직접 나무 끌채를 붙잡고 끌던 릭샤가 자전거 릭샤로 바뀌었다. 말이 끄는 통가를 찾는 손님도 있었지만 점점 줄어드는 추세였고…… 나디르 칸은 고개를 숙이며 대문을 들어서서 바깥담을 등지고 잠시 쭈그려 앉았다가 오줌을 누면서 얼굴을 붉혔다. 그러더니 문득 자신의 무례한 행동이 부끄러웠는지 부리나케 달려 나가 옥수수밭으로 뛰어들었다. 그리고 햇볕에 시들어가는 옥수숫대에 몸을 반쯤 숨기고 태아와 같은 자세로 웅크리고 누웠다.

인력거꾼 라시드는 열일곱 살이었고 영화관에서 집으로 돌아오는 길이었다. 그날 아침에 그는 나지막한 손수레를 밀고 가는 두 남자를 보았는데, 그 손수레에는 사람이 직접 그린 포스터 두 장이 서로 등을 맞대고 실려 있었다. 새로 들어온 영화 〈가이왈라〉의 광고판으로 라시드가 좋아하는 배우 데브도 출연했다. 포스터는 이렇게 외쳤다. 델리에서 50주간 절찬리에 상영! 봄베이에서도 63주간 열화 같은 반응! 뜨거운 장기 흥행 2년째! 이 영화는 동양판 서부극이었다. 주인공 데브는 날렵하지는 않았지만 혼자서 말을 타고 다니며 목장을 돌보았다. 그 목장은 인도-갠지스 평원과 매우 비슷해 보였다. 가이왈라는 '목동'이라는 뜻으로, 데브는 소 떼를 지키는 1인 자경단을 연기했다. 혈혈단신! 쌍권총의 사나이! 그는 소 떼를 도살장으로 몰고 가는 소몰이꾼들을 기습하여 신성한 짐승을 풀어주었다. (힌두교를 믿는 관객을 위해 만든 영화였는데, 델리에서는 이 영화 때문에 폭동이 일어나기도 했다. 무슬림연맹의 당원들이 소 떼를 몰고 도살장으로 가려고 극장 앞을 지나다가 폭도의 습격을 받았다.) 노래도 춤도 좋았고 아름다운 노치* 무희도 등장했지만 그녀가 초대형 카우보이모자 안에 들어가서 춤을 추지 않았다면 더 우아해 보였을 것이다. 라시드는 일층 정면의 일등석 벤치에 앉아서 다른 관객들과 함께 휘파람을 불고 환호성을 질렀다. 사모사**를 두 개나 사먹는 바람에 돈을 너무 많이 써버렸다. 어머니가 언짢아하겠지만 즐거운 시간을 보낼 수 있었다. 릭샤 페달을 밟으며 집으로 돌아오는 길에 라시드는 영화에서 본 멋진 기마술을 연습했다. 가이왈라가 적의 눈을 피하려고 말의 옆구리에 매달렸듯이 릭샤를 은폐물 삼아 한쪽 옆에 낮게 매달린 채 완만한 비탈길을 신나게 내달렸다. 이윽고 집 근처에 이르렀을 때 핸들을 돌리자 릭샤는 대문 문설주 사이를 기분 좋게 빠져나가 단숨에 옥수수밭 옆의 샛길로 접어들었다. 가이왈라가 숲 속에서 술을 마시며 도박에 여념이 없는 소몰이꾼들에게 몰래 접근할 때 써먹었던 묘기였다. 라시드는 브레이크를 잡으면서 옥수수밭으로 뛰어들었고, 공이치기를 뒤로 당긴 쌍권총을 양손에 움켜쥐고 아무것도 모르는 소몰이꾼들을 향해— **전속력으로!**—돌진했다. 그들의 모닥불 가까이 다가갔을 때 그들에게 겁을 주려고 '증오의 함성'을 질렀다. 이야아아아아! 물론 의사 나리 댁 근처에서 실제로 그렇게 큰 소리를 낼 수는 없었지만 입을 한껏 벌리고 달려가면서 소리 없는 총성을 터뜨렸다. 타앙! 타앙! 때마침 나디르 칸은 잠이 오지 않아서 눈을 뜨고 있었다. 그는—으아아악!—깡

---

\* 인도 전통춤.
\*\* 감자 등의 야채를 넣고 삼각형으로 빚어 튀긴 인도식 만두.

마른 그림자가 우편열차처럼 난폭하게 돌진해오는 모습을 보았는데, 그 남자는 목청껏 고함을 질렀지만 나디르는—어느새 귀머거리가 되었는지 아무 소리도!—들을 수 없었고, 나디르는 벌떡 일어섰고, 지나치게 두툼한 입술 사이에서 비명이 터져나오는 순간 라시드도 그를 발견하고 목소리를 되찾았다. 둘 다 기절초풍하여 외마디 소리를 지르고 허둥지둥 돌아서서 도망쳤다. 그러다가 상대방이 도망치는 기척을 알아차리고 둘 다 멈춰 서서 시들시들한 옥수숫대 사이로 서로를 바라보았다. 라시드는 나디르 칸의 얼굴을 알아보았고 그의 찢어진 옷을 보면서 몹시 걱정스러웠다.

나디르가 바보처럼 말했다. "나쁜 사람 아니다. 닥터 아지즈를 만나러 왔어."

"의사 나리는 주무실 텐데요. 옥수수밭에 계시지도 않고요." 라시드는 헛소리 좀 그만하고 정신 차리라고 자신을 꾸짖었다. 저 사람은 미안 압둘라의 친구잖아!······그러나 나디르는 라시드의 말을 의식하지도 못하는 듯했다. 잇새에 낀 닭고기 찌꺼기처럼 빠지지 않는 말을 끄집어내려고 애쓰느라 얼굴이 미친 듯이 씰룩거리더니······ 마침내 간신히 말을 꺼냈다. "내 목숨이 걸린 일이야."

여전히 가이왈라의 의협심에 사로잡혀 있던 라시드가 그 말을 듣고 구조에 나섰다. 그는 집 옆에 난 문으로 나디르를 데려갔다. 빗장을 지르고 자물쇠를 채워놓았지만 라시드가 잡아당기자 자물쇠가 그냥 쑥 빠져버렸다. "인도제거든요." 그는 그 말 한마디가 모든 것을 설명한다는 듯이 속삭였다. 나디르가 안으로 들어갈 때 라시드가 다시 속닥거렸다. "저를 믿으세요, 나리. 아무 말도 안 할게요! 우리 어머니

백발을 걸고 맹세해요."

그는 문밖에서 자물쇠를 제자리에 걸어놓았다. 내가 허밍버드의 오른팔을 구해주다니! ······그런데 무슨 일에서 구한 거지? 누구한테서? ······어쨌든 때로는 영화보다 현실이 낫다니까.

파드마가 조금 얼떨떨한 표정으로 묻는다. "바로 그 사람이에요? 그 덜떨어진 겁쟁이 뚱보? 그 사람이 나중에 당신 아버지가 되는 거예요?"

## 카펫 밑에서

낙관주의병의 유행은 그렇게 끝나버렸다. 아침이 밝았을 때 자유이슬람협회 사무실에 들어선 여자 청소부가 무수한 개 발자국과 갈기갈기 찢어진 살인자들의 살점에 둘러싸인 채 숨이 끊어진 허밍버드를 발견했다. 그녀는 비명을 질렀다. 그러나 관계당국이 다녀간 후 방을 청소하라는 지시를 받은 사람도 그녀였다. 헤아릴 수 없이 많은 개털을 쓸어내고 무수한 벼룩을 때려잡고 깨진 눈알의 유리 파편을 카펫에서 털어낸 후 그녀는 대학 관리처장에게 가서 만약 이런 일이 또 생긴다면 월급을 조금 올려 받아야겠다고 말했다. 그녀는 낙관주의 전염병의 마지막 환자였을 가능성이 높은데, 그녀의 경우에는 그 병이 그리 오래가지 않았다. 관리처장이 몹시 깐깐한 사람이라서 그 자리에서 그녀를 잘라버렸기 때문이다.

암살자들의 정체는 끝내 밝혀지지 않았고 그들을 사주한 자도 드러나지 않았다. 우리 외할아버지는 도드슨 준장의 부관 줄피카르 소령의 소환으로 캠퍼스에 불려가서 친구의 사망진단서를 써야 했다. 줄피카르 소령은 몇 가지 문제를 매듭짓기 위해 닥터 아지즈를 방문하겠다고 했다. 할아버지는 코를 풀고 그 자리를 떠났다. 광장에서는 구멍 뚫린 희망 같은 천막을 철거하는 중이었다. 이제 총회가 다시 열리는 일은 영영 없을 터였다. 쿠치나힌의 라니는 몸져누웠다. 평생 자신의 병을 무시하다가 마침내 무너져버린 것이다. 그녀는 그때부터 몇 년 동안 병석에 누워 점점 침대보와 똑같은 색으로 변해가는 자신의 모습을 지켜보았다. 한편 콘월리스 가의 낡은 집에서는 장차 내 어머니가 될지도 모르는 사람들과 아버지가 될지도 모르는 사람들 때문에 하루하루가 분주했다. 그래, 파드마: 이제 곧 알게 된다.

나는 코를 이용하여(왜냐하면 비록 최근에 역사를 만들어내는 능력을 잃기는 했지만 그 대가로 다른 능력을 얻었으니까)—즉 코를 내부로 돌림으로써—콧노래를 부르던 인도의 희망이 사망한 직후 우리 외할아버지 댁에 감돌던 분위기를 냄새로 알아낼 수 있었다. 긴 세월을 건너 나에게 솔솔 풍겨온 그 냄새는 막 싹트기 시작한 사랑의 향기, 그리고 우리 외할머니의 호기심과 힘이 내뿜는 강렬한 악취였고…… 적의 최후를 목격한 무슬림연맹이 (물론 비밀리에) 기뻐하는 동안 할아버지는 (내 코로 찾아보니) 아침마다 본인이 '천둥상자'[*]라고 부르는 물건에 걸터앉아 눈물을 흘려야 했다. 그러나 그것은 슬픔

---

[*] thunder box. 휴대용 변기를 뜻한다.

의 눈물이 아니었다. 아담 아지즈는 인도인이 되는 데 필요한 대가를 치르느라 극심한 변비에 시달리는 중이다. 그는 비참한 표정으로 화장실 벽에 걸린 관장기를 쳐다본다.

그런데 내가 왜 외할아버지의 사생활을 엿보았을까? 미안 압둘라가 죽은 후 아담은 일에만 몰두했다고, 철도변의 판자촌을 찾아가 병자들을 돌보았다고—그리하여 환자에게 고춧물을 주사하기도 하고 거미를 튀겨 먹으면 소경이 눈을 뜬다고 믿는 돌팔이 의사들로부터 구해주었다고—그러면서 대학교수로서의 소임도 충실히 수행했다고 말할 수도 있었건만, 그리고 할아버지와 둘째딸 뭄타즈 사이에서 자라기 시작한 깊은 사랑에 대해 자세히 설명할 수도 있었건만, 뭄타즈는 피부색이 검은 탓에 어머니에게 사랑받지는 못했지만 상냥하고 남을 배려하는 마음씨와 연약한 체질을 타고난 덕분에 아버지가 몹시도 소중하게 여기는 존재가 되었다고, 내면의 고통에 시달리던 아담에게는 그녀처럼 아무것도 따지지 않고 다정하게 보살펴주는 사람이 절실했다고 말할 수도 있었건만, 그리고 이제는 한시도 쉬지 않고 근질거리는 그의 코에 대해 이야기할 수도 있었건만, 어찌하여 나는 이렇게 화장실에서 똥냄새나 맡고 있을까? 왜냐하면 사망진단서에 서명을 하던 그날 오후에 할아버지는 바로 그곳에서 느닷없이 누군가의 목소리를 들었는데, 그것은 무운시를 쓰는 시인의 나지막하고 소심하고 당황한 목소리였고, 화장실 구석에 놓인 커다란 빨래통 속에서 그 목소리가 흘러나오는 순간 할아버지는 몹시 놀랐고, 그 충격이 변비 치료제 역할을 하여 벽에 걸린 관장기가 필요 없어졌기 때문이다. 인력거꾼 라시드의 안내로 청소부 출입문을 통해 들어온 나디르 칸이 하필 천둥상자실을 찾아 빨래통 속에 숨어 있었던 것이다. 할아버지의 놀란 괄약근이 긴장을 푸는 동안 그의 귀는 은신처를 마련해달라는 하소연을 들었는데, 빨래통을 가득 채운 침대보와 더러운 속옷과 낡은 셔츠, 그리고 말하는 사람의 부끄러움 때문에 간신히 들을 수 있을 만큼 작은 목소리였다. 아담 아지즈가 나디르 칸을 숨겨주기로 마음먹기까지의 과정은 그러했다.

이제 불화의 냄새가 다가온다. 나심 원장수녀님께서 따님들의 안전을 염려했기 때문이다. 이때 알리아는 스물한 살이었고, 검둥이 뭄타즈는 열아홉 살이었고, 예쁘고 변덕스러운 에메랄드는 아직 열다섯 살도 안 되었지만 눈빛만은 언니들보다 더 성숙했다. 이 도시의 타구 맞히기 선수들과 인력거꾼, 영화 포스터 손수레꾼, 그리고 대학생들은 모두 한결같이 이들 세 자매를 '틴 바티', 즉 '광명(光明) 세 자매'라고 불렀거늘…… 알리아의 진지함과 뭄타즈의 새까맣게 빛나는 살결과 에메랄드의 눈동자가 깃든 이 집에 어찌 외간 남자를 들일 수 있으랴? ……"당신 지금 제정신이 아니에요. 그 사람이 죽는 바람에 머리가 어떻게 됐나봐요." 그러나 아지즈는 단호하게: "그 친구는 못 내보내." 한편 지하에서는…… 왜냐하면 은폐는 인도 건축에서 대단히 중요한 고려사항이고, 그래서 아담 아지즈의 집에도 널찍널찍한 지하실이 여러 개 있었는데, 그리로 내려가려면 바닥에 겹겹이 쌓인 카펫과 깔개를 들추고 뚜껑문을 열어야 하고…… 그 밑에서 나디르 칸은 희미하게 들려오는 말다툼 소리를 들으며 자신의 운명을 근심한다. (나는 손에 땀을 쥔 시인의 생각을 냄새로 알아낸다.) 맙소사, 세상이 다 미쳐버렸구나…… 이 나라에 사는 우리는 인간일까? 짐승일까?

이 집을 떠나야 한다면 언제쯤 내 목에 칼이 떨어질까? ……그리고 그의 마음속에는 공작 깃털 부채와 유리창 너머로 보았던 초승달이 떠오르고, 그 달은 곧 피에 젖은 칼날로 변해 이리저리 날아들고…… 위층에서는 원장수녀님께서 말씀하시길, "집 안에, 거뭣이냐, 시집도 안 간 처녀들이 수두룩한데, 딸내미들의 안전을 이렇게 도외시해도 되는 거예요?" 그러자 인내심이 증발하는 냄새와 함께 아담 아지즈의 강력하고 파괴적인 분노가 폭발하는데, 어차피 나디르 칸은 카펫으로 가려진 지하실에 머물 테니 딸내미들의 몸을 더럽힐 가능성은 희박하다는 말 대신에, 동사를 쓰지 않는 저 시인은 남달리 예의범절이 분명해서 조금이라도 파렴치한 수작을 부린다면 꿈속에서도 얼굴을 붉힐 사람이니 걱정하지 말라는 증언 대신에, 그렇게 논리적인 설득 방법을 찾는 대신에 외할아버지는 다짜고짜 고함을 지른다. "조용히 좀 해, 이 여편네야! 은신처가 필요한 친구야. 못 내보내." 그 순간 돌이킬 수 없는 앙심의 냄새가 물씬 풍기고 캄캄한 먹구름 같은 결의가 외할머니를 휘감는다. "좋아요. 거뭣이냐, 입을 다물란 말이죠. 그렇다면, 거뭣이냐, 이제부터 한마디도 안 하겠어요." 그러자 아담 아지즈는 신음 소리를 흘리면서, "아, 염병할, 걸핏하면 얼빠진 맹세나 늘어놓고!"

그러나 원장수녀님의 입은 이미 굳게 닫히고 침묵이 흐른다. 썩은 거위알 같은 침묵의 냄새가 코를 찌른다. 그 냄새는 다른 모든 냄새를 압도하며 천지를 뒤덮는데…… 나디르 칸이 어슴푸레한 지하세계에 머무는 동안 그 집의 주인마님도 귀청이 떨어질 듯한 무음(無音)의 벽 뒤로 숨어버렸다. 처음에 외할아버지는 혹시 그 벽에 틈새가 있는지 샅샅이 살펴보았지만 단 하나도 발견하지 못했다. 그는 결국 포기하고, 구멍 뚫린 침대보를 통해 잠시나마 그녀의 몸을 부위별로 보게 되기를 갈망하던 그때처럼 이번에는 말을 통해 그녀의 마음을 듣게 되기를 기다렸다. 벽에서 벽까지, 바닥에서 천장까지, 적막이 온 집 안을 가득 채웠고, 그래서 파리조차도 붕붕거리기를 포기해버리고 모기조차도 피를 빨기 전에 앵앵거리기를 삼가는 듯했다. 그 적막은 안마당의 거위들마저 입을 다물게 했다. 자식들도 처음에는 속닥거리며 이야기를 나누다가 곧 조용해졌다. 한편 옥수수밭에서는 인력거꾼 라시드가 소리 없는 '증오의 함성'을 지를 뿐, 어머니의 머리카락을 걸었던 '침묵의 맹세'는 그대로 지켰다.

그러던 어느 날 저녁, 이 고요의 늪에 한 남자가 찾아왔다. 키가 작달막하고 머리는 그 위에 얹은 모자처럼 납작하고 두 다리는 바람에 날리는 갈대처럼 휘어진 남자였다. 그의 코는 구부러진 주걱턱에 닿을락 말락 하고, 따라서 목소리도 가늘고 날카로웠다. 호흡기관과 턱 사이의 비좁은 틈새를 통과해야 했으니 그럴 수밖에 없었는데…… 근시가 심해서 인생길을 한 번에 한 걸음씩 차근차근 걸어갈 수밖에 없고, 그래서 꼼꼼하지만 미욱하다는 평을 듣고, 그래서 상관들을 잘 모시면서도 위협적인 존재라는 느낌을 주지 않아서 총애를 받는 남자, 풀을 먹여 잘 다린 군복에서 블랭코 표백제와 강직함의 냄새가 짙게 풍기고 인형극에 등장하는 꼭두각시 같은 외모에도 불구하고 틀림없는 성공의 냄새를 발산하는 남자: 그렇게 장래가 촉망되는 사나이 줄피카르 소령이 약속대로 몇 가지 미흡한 문제를 매듭지으러 찾아왔던 것이다. 그는 압둘라 살인사건과 나디르 칸의 수상쩍은 실종 때문에 여념이 없기도 했거니와 아담 아지즈가 낙관주의병에 걸렸던 사실도 알았으므로 이 집의 적막을 조용한 애도의 의미로 오해하여 그리 오래 머물지 않았다. (나디르는 바퀴벌레들과 함께 숨을 죽였다.) 줄피카르 소령은 곁에 있는 텔레풍켄 사(社)의 라디오그램\* 위에 모자와 지팡이를 올려놓고 벽에 걸린 실물 크기의 사진 속에서 그를 내려다보는 아지즈 일가 젊은이들의 눈길을 한 몸에 받으며 아지즈의 다섯 자녀와 함께 거실에 조용히 앉아 있는 동안 사랑에 빠지고 말았다. 그는 근시였지만 장님은 아니었고, 그래서 '광명 세 자매' 중에서도 가장 눈부시게 빛나는 막내 에메랄드의 터무니없이 성숙한 시선을 보면서 그녀가 이미 그의 미래를 내다보았고 그 미래 때문에 그의 외모를 용서했다는 사실을 알아차렸다. 이 집을 나서기도 전에 그는 적당한 시기를 봐서 그녀와 결혼하겠노라 결심했다. (파드마가 대뜸 넘겨짚는다. "그분이에요? 그 바람난 아가씨가 당신 어머니예요?" 그러나 에메랄드 말고도 여러 어머니 후보와 아버지 지망생들이 침묵 속에서 묵묵히 기다리고 있다.)

아무 말도 없고 늪지대처럼 고요하기만 했던 그 시절, 엄숙한 맏딸 알리아의 명경지수 같은 마음에도 파문이 일었다. 그러나 찬방과 부엌에 갇힌 채 맹세 때문에 입을 봉하고 살아가는 원장수녀님은 자기 딸을 찾아오는 젊은 인조가죽 상인이 마음에 안 드는데도 말을 할 수 없었다. (아담 아지즈는 예전부터 딸들에게 남자친구를 사귈 기회를 줘야 한다고 주장했다.) 알리아는 아버지의 코를 그대로 물려받았는

---

\* 라디오 겸용 전축.

데, 그녀의 얼굴에서 그 코는 대단히 지혜로운 분위기를 풍겼다. 알리아는 대학에서 아흐메드 시나이를 만났는데—"아하!" 파드마가 이제야 알았다는 듯 의기양양하게 외친다—총명하고 학구적인 처녀에게 잘 어울릴 만큼 똑똑한 젊은이인 듯했다. 하지만 나심 아지즈는 스무 살 때 이혼한 경력이 있다는 이유로 그를 미심쩍어했다. ("누구나 한 번쯤 실수할 수도 있잖소." 아담의 그 말 때문에 하마터면 싸움이 벌어질 뻔했는데, 그의 어조에서 나심은 순간적으로 자신을 겨냥한 말이라는 느낌을 받았기 때문이다. 그러나 아담은 곧 이렇게 덧붙였다. "그 친구 이혼 이야기가 잠잠해질 때까지 1, 2년만 기다립시다. 그때 가서 이 집에서 최초의 결혼식을 올리는 거요. 정원에 큰 천막을 쳐놓고 가수도 부르고 음식도 차리고." 그 말이 다른 문제를 다 덮어버릴 만큼 나심의 마음에 쏙 들었다.) 아무튼 지금 아흐메드 시나이와 알리아는 담장에 둘러싸인 침묵의 정원을 거닐며 무언의 대화를 나누었다. 그러나 다들 그가 청혼하기를 기대하는데도 그 역시 이 집의 적막에 물들었는지 청혼의 말은 좀처럼 나오지 않았다. 그 시기에 알리아의 얼굴은 무겁게 늘어졌고, 그렇게 비관적이고 시무룩해진 성격은 나중에도 완전히 고쳐지지 않았다. (파드마가 나를 타이른다. "아니, 존경스러운 어머님인데 그런 식으로 말하면 안 되죠.")

한 가지만 더: 알리아는 모친으로부터 살이 잘 찌는 체질을 물려받았다. 그래서 세월이 흐를수록 펑퍼짐해진다.

그렇다면 어머니의 자궁에서 태어날 때부터 깊은 밤처럼 새까맸던 뭄타즈는 어땠을까? 뭄타즈는 그리 총명하지도 않았고 에메랄드처럼 아름답지도 않았다. 그러나 착하고 성실하고 또한 혼자였다. 언니나 여동생에 비해 아버지와 함께 보내는 시간이 많아서 요즘 들어 끊임없이 근질거리는 코 때문에 자꾸 치밀어오르는 짜증을 억누를 수 있도록 아버지를 도와주었다. 그리고 나디르 칸의 뒤치다꺼리도 자진해 도맡아서 날마다 음식 쟁반과 빗자루를 들고 그가 머무는 지하세계로 내려갔고, 심지어 나디르 전용 천둥상자까지 손수 비워주었으므로 변소 청소부조차도 그의 존재를 눈치채지 못했다. 그녀가 내려갈 때마다 나디르는 눈을 내리깔았고, 이 무언의 집에서 두 사람은 서로 한마디도 하지 않았다.

타구 맞히기 선수들이 나심 아지즈에 대해 뭐라고 했던가? '딸내미들이 무슨 일을 꾸미는지 알아내려고 그들의 꿈을 엿본다.' 그렇다. 그것 말고는 달리 설명할 길이 없고, 게다가 우리가 사는 이 나라에는 그보다 더 신기한 일도 많으니, 그냥 아무 신문이나 집어들고 날마다 이런저런 마을에서 일어나는 기적에 대한 토막기사들을 읽어보라. 아무튼 원장수녀님은 따님들의 꿈을 함께 꾸기 시작했다. (파드마는 눈 하나 깜짝하지 않고 그 말을 믿는다. 그러나 남들이 알사탕 먹듯 간단히 받아들일 만한 일을 파드마는 한사코 거부하기도 한다. 믿음에 대한 문제라면 누구에게나 특이한 부분이 있기 마련이다.) 자, 어쨌든: 원장수녀님은 밤마다 자신의 침대에 누워 에메랄드의 꿈나라를 방문했고, 그 속에서 또 하나의 꿈을 발견했다. 줄피카르 소령의 은밀한 소망이었는데, 그는 침대 옆에 욕조가 놓인 커다란 현대식 주택을 갖고 싶어 했다. 소령에게는 그것이 야망의 절정이었다. 같은 방법으로 원장수녀님은 자기 딸이 그동안 대화가 가능한 여러 장소에서 '줄피'를 남몰래 만났을 뿐만 아니라 에메랄드의 야망이 연인의 야망보다 더 크다는 사실도 알게 되었다. 그리고 (누가 말리랴?) 아담 아지즈의 꿈속에서는 복부에 주먹만 한 구멍이 뚫린 채 쓸쓸히 카슈미르의 어느 산을 오르는 남편의 모습을 보고 그의 애정이 식어간다는 사실을 짐작하는 동시에 그의 죽음을 예견했다. 그래서 오랜 세월이 흐른 후 그 소식을 들었을 때 그녀는 간단히 이렇게 말했다. "아, 나는 벌써부터 알고 있었다."

……원장수녀님은 이런 생각을 했다. 이제 머지않아 우리 에메랄드가 소령한테 지하실 손님에 대해 이야기할 테고, 그때는 나도 다시 말을 할 수 있겠구나. 그러나 어느 날 밤 그녀는 뭄타즈의 꿈속에도 들어갔다가 남인도의 생선 장수 아낙네 같은 피부색 때문에 좀처럼 사랑할 수 없었던 검둥이 딸의 꿈을 보면서 그렇게 간단히 끝날 문제가 아님을 깨달았다. 왜냐하면 뭄타즈 아지즈도—카펫 밑에서 그녀를 사모하는 그 남자처럼—차츰 사랑에 빠져드는 중이었기 때문이다.

그러나 증거가 없었다. 꿈속에 침입해서 알아냈다지만—혹은 어머니의 통찰력, 혹은 여자의 직감, 혹은 뭐라고 불러도 상관없지만—법정에서 설득력이 있을 리 없고, 자기 딸이 아버지의 지붕 밑에서 남부끄러운 짓을 한다고 비난하는 것이 매우 심각한 일이라는 것쯤은 원장수녀님도 알고 있었다. 게다가 이 무렵 원장수녀님의 마음속에는 냉혹한 무엇이 깃들었다. 그래서 그녀는 아담 아지즈가 자신의 현대적인 사고방식 때문에 자식들을 얼마나 망쳐놓았는지 저절로 알게 될 때까지 아무것도 하지 않고 침묵을 지키기로 마음먹었다. 한평생 내

점잖은 생각을 구석으로 몰아붙이며 입 다물라고 윽박질렀으니 스스로 깨달을 때까지 내버려두자. "심술궂은 노인네." 나도 파드마의 그 말에 동의한다.

파드마가 다그친다. "그래서요? 사실이에요?"

그렇다: 어느 정도는: 사실이었다.

"정말 둘이서 남부끄러운 짓을 했어요? 지하실에서? 보호자도 없는?"

상황을 생각해보라. 충분히 정상을 참작할 만한 상황이 아닌가. 밝은 햇빛 아래서는 어리석음이나 심지어 죄악으로 보이는 일도 지하에서는 괜찮아 보이기 마련이니.

"그 뚱보 시인이 가엾은 검둥이 아가씨한테 그 짓을 했어요? 정말 해버렸어요?"

게다가 그는 오랫동안 지하에서 살았다. 언젠가 누가 와서 나가라고 말할까봐 두려워하면서, 초승달 모양의 칼날과 울부짖는 개 떼 꿈을 꾸면서, 제발 허밍버드가 되살아나 그에게 할 일을 일러주기를 바라고 또 바라면서, 그는 날아다니는 바퀴벌레들에게 말을 걸게 될 만큼 오랫동안, 지하에서는 결코 시를 쓸 수 없음을 알게 될 만큼 오랫동안 그곳에 머물렀다. 그런데 젊은 아가씨가 와서 음식을 주고, 요강을 비우는 일도 마다하지 않고, 그때마다 눈을 내리깔았지만 발목이 보이는 것은 어쩔 수 없고, 지하실의 밤처럼 새까만 그 발목은 자비심으로 은은히 빛나는 듯하고……

"그 사람한테 그런 재주가 있는 줄은 몰랐네요." 파드마의 목소리에 감탄한 기색이 역력하다. "아무짝에도 쓸모없는 그 뚱보가!"

그래서 마침내, 얼굴 없는 적들을 피해 지하실에서 숨어 지내는 도망자를 포함하여 모든 사람의 혀가 바싹 말라 자꾸 입천장에 달라붙는 이 집에서, 심지어 두 아들조차도 이따금 옥수수밭에 들어가서 인력거꾼과 더불어 창녀들에 대한 농담을 주고받기도 하고 서로의 물건 길이를 비교하기도 하고 영화감독이 되고 싶다는 꿈을(그것은 하니프의 꿈이었는데, 그의 어머니는 영화도 매춘업의 연장일 뿐이라고 믿었으므로 그의 꿈을 들여다보고 경악했다) 넌지시 고백하기도 해야 조금이나마 갈증이 풀리는 이 집에서, 역사의 난입으로 삶이 기괴하게 변질되어버린 이 집에서, 그것도 어두컴컴한 지하세계에서, 마침내 나디르는 더는 참을 수 없는 지경에 이르고, 그래서 그의 두 눈이 자꾸 슬금슬금 위로 올라가는데, 섬세한 샌들을 지나고, 불룩한 파자마를 지나고, 헐렁한 쿠르타[*]를 지나고, 정숙한 여자의 상징 두파타를 지나고, 드디어 눈과 눈이 만나고, 그러자

"그러자? 어서요, 바바, 그러자 어떻게 됐어요?"

뭄타즈가 수줍은 미소를 짓는다.

"네?"

그때부터 지하세계에는 늘 미소가 흐른다. 뭔가 시작된 것이다.

"아, 그래서 어쨌다는 거예요? 그뿐이었다는 말은 아니죠, 설마?"

그뿐이었다. 나디르 칸이 우리 외할아버지에게 만남을 청하고—침묵의 안개 속에서 잘 들리지도 않는 목소리로—따님을 주십사 말씀드리던 그날까지.

---

[*] 헐렁한 셔츠 형태의 상의로 보통 무릎길이까지 내려온다.

파드마는 이렇게 결론을 내린다. "불쌍한 아가씨. 카슈미르 여자들은 대개 산꼭대기에 쌓인 눈처럼 새하얀데 혼자 까맣게 태어나다니. 그래요, 하기는, 그 피부색 때문에 어차피 좋은 신랑감을 만나긴 힘들었을지도 모르죠. 그리고 그 나디르도 바보는 아니었네요. 이젠 그 집에서 내쫓을 수도 없게 됐고, 먹여주고 재워주고 지켜줄 테니 살진 지렁이처럼 땅속에 숨어 살기만 하면 되잖아요. 네, 그 사람도 그다지 바보는 아니었어요."

외할아버지는 이제 위험은 지나갔다고 나디르 칸을 열심히 설득했다. 암살자들은 모두 죽었고 어차피 그들의 진짜 표적은 미안 압둘라였기 때문이다. 그러나 나디르 칸은 아직도 노래하는 칼날의 꿈을 꾸었고, 그래서 이렇게 애원했다. "아직 안 됩니다, 의사 어르신, 제발, 조금만 더요." 그리하여 1943년 어느 늦여름 밤—그해에도 가뭄이 들었다—외할아버지는 말이 오가는 일이 좀처럼 드문 이 집에서 아득하다 못해 섬뜩하게까지 들리는 목소리로 자녀들을 식구들의 사진이 걸린 거실로 불러들였다. 그들이 들어와 보니 어머니의 자리가 비어 있었다. 그녀는 침묵의 거미줄을 드리운 자기 방에 스스로 유폐되기를 선택했기 때문이다. 대신 그 자리에는 변호사가 있었고, 또한 (아담 아지즈로서는 내키지 않는 일이었지만 뭄타즈가 원했으므로) 물라*도 참석했다. 둘 다 병석에 있는 쿠치나힌의 라니가 보내준 사람들이었고 둘 다 '지극히 과묵한' 성품이라고 했다. 그리고 그들의 누

---

* 이슬람 율법학자의 경칭.

이 뭄타즈는 화려한 혼례복 차림이었고 그녀의 옆자리에는 뚱뚱하고 머리카락이 축 늘어진 나디르 칸이 라디오그램을 등지고 몹시 당황한 표정으로 앉아 있었다. 그리하여 이 집의 첫번째 결혼식은 천막도 없이, 가수도 없이, 음식도 없이, 최소한의 하객만 참석한 가운데 진행되었다. 그리고 예식이 다 끝나자 나디르 칸이 신부의 베일을 걷어 올렸고—그 순간 아담 아지즈는 큰 충격을 받았는데, 마치 젊은 시절로 돌아간 듯한 기분, 다시 카슈미르로 돌아가 단상 위에 앉아서 사람들이 무릎에 던져주는 루피화를 받는 듯한 기분이 들었다—외할아버지는 그 자리의 모든 사람에게 지하실에 그들의 새 매부가 있다는 사실을 누설하지 않겠다는 맹세를 시켰다. 에메랄드는 제일 끝으로, 그나마도 마지못해 약속했다.

그다음에 아담 아지즈는 두 아들과 함께 거실 바닥의 뚜껑문을 통해 온갖 가구를 지하실로 들어 날랐다. 커튼, 쿠션, 등불, 넓고 편안한 침대 등등. 그리고 마지막으로 나디르와 뭄타즈가 지하실로 내려갔다. 뚜껑문이 닫히고, 말아놓았던 카펫이 제자리로 돌아갔다. 그리하여 이 세상 어느 남자보다도 조심스럽게 아내를 사랑한 나디르 칸이 그녀를 자신의 지하세계로 데려갔다.

그때부터 뭄타즈 아지즈는 이중생활을 시작했다. 낮에는 미혼녀가 되어 부모 곁에서 조신하게 지내면서 비록 평범한 실력이지만 대학에서 공부도 하고 근면함, 고결함, 인내심 같은 덕목을 갈고닦았는데, 이때 형성된 성품은 평생 이어졌으니, 나중에 과거의 말하는 빨래통에게 시달림을 당하고 곧이어 빈대떡처럼 납작해질 때까지, 아니, 바로 그 순간에도 변함이 없었다. 그러나 밤에는 뚜껑문을 통해 등불을 밝힌 은밀한 신방으로 내려갔는데, 그녀의 비밀 남편은 이 방을 타지 마할이라고 불렀다. 왜냐하면 먼 옛날에 살았던 다른 뭄타즈, 즉 '세계의 왕'이라는 뜻의 이름을 가진 황제 샤자한*의 아내 뭄타즈 마할을 사람들은 타지 비비**라고 불렀기 때문이다. 아내가 세상을 떠나자 황제는 그녀를 위해 영묘 타지마할을 지었는데, 그곳은 이제 엽서와 초콜릿 상자에까지 인쇄되면서 불후의 명성을 얻었고, 그리하여 야외 회랑에는 지린내가 진동하고, 벽마다 낙서가 가득하고, 정숙을 요구하는 안내문을 세 가지 언어로 적어놓았는데도 관광 안내원들은 방문객들을 위해 메아리를 시험해본다. 샤자한과 그의 뭄타즈처럼 나디르와 새까만 아내도 나란히 누웠고 그들 곁에는 청금석 상감세공품이 함께 있었는데, 병석에서 죽어가는 쿠치나힌의 라니가 화려한 무늬를 아로새겨 청금석을 박아 넣고 보석으로 장식한 은제 타구를 결혼선물로 보내주었던 것이다. 등불을 밝힌 은거지에서 남편과 아내는 노인들의 놀이를 했다.

 뭄타즈는 나디르에게 판을 만들어주었지만 정작 자신은 그 맛을 좋아하지 않았다. 그녀는 니부파니\*\*\*를 뱉었다. 나디르의 물줄기는 붉은색이었고 그녀의 것은 라임색이었다. 뭄타즈의 일생에서 가장 행복한 시절이었다. 그리고 나중에 그녀는 오랜 침묵을 깨고 이렇게 말했다. "결국엔 우리도 아이들을 낳았을 거야. 다만 그때는 아직 때가 아니었을 뿐이지." 뭄타즈 아지즈는 한평생 변함없이 아이들을 사랑했다.

---

\* 무굴제국 제5대 황제.
\*\* 무슬림 여성의 경칭.
\*\*\* 인도식 레모네이드.

한편 원장수녀님은 몇 달이 지나도록 침묵에 사로잡힌 채 느릿느릿 돌아다녔다. 그 침묵은 아주 철저해서 하인들에게 지시를 내릴 때도 손짓발짓을 동원했는데, 한번은 요리사 다우드가 최면을 걸듯 현란한 외할머니의 몸짓을 바라보며 그 의미를 이해하려고 애쓰다가 미처 냄비를 보지 못하고 팔팔 끓는 고깃국물을 발등에 쏟는 바람에 살이 익어 발가락 다섯 개 달린 달걀처럼 부어오르는 일도 있었다. 그는 비명을 지르려고 입을 벌렸지만 아무 소리도 나오지 않았고, 그때부터 그는 이 할망구가 마법을 부린다고 믿게 되었으며 너무 무서워서 떠날 엄두도 내지 못했다. 다우드는 죽을 때까지 우리 외할머니를 모셨고 절뚝거리며 안마당을 돌아다니다가 거위 떼의 공격에 시달리곤 했다.

살기 좋은 시절은 아니었다. 가뭄 때문에 배급제가 실시되고 고기를 못 먹는 날과 밥을 굶는 날이 허다한 판국에 숨어 지내는 식구 한 명을 먹여 살리기란 결코 쉬운 일이 아니었다. 원장수녀님은 찬방 안의 식료품을 뒤질 수밖에 없었고, 그래서 마치 불에 올린 소스처럼 분노가 더욱더 걸쭉해졌다. 그녀의 얼굴에 난 사마귀에 털이 자라기 시작했다. 뭄타즈는 어머니가 다달이 부풀어 오르는 모습을 걱정스럽게 지켜보았다. 입 밖에 내지 못하는 말들이 내부에 쌓일수록 할머니는 점점 더 크게 부풀었고…… 뭄타즈는 어머니의 피부가 아슬아슬할 정도로 팽창했다고 느꼈다.

그리고 닥터 아지즈는 낮 시간에는 숨 막힐 듯한 적막을 피해 집 밖으로 나돌았고, 그래서 밤마다 지하에서 지내던 뭄타즈는 그 시절 사랑하는 아버지를 좀처럼 만나지 못했다. 그리고 에메랄드는 약속대로 소령에게 가족의 비밀에 대해 한마디도 하지 않았는데, 그 대신 소령과의 관계에 대해서도 가족에게 함구해야 공평하다고 생각했다. 그리고 무스타파와 하니프와 인력거꾼 라시드는 그 시절의 권태에 물들었다. 콘월리스 가의 그 집은 그렇게 세월을 보냈고, 그러다가 1945년 8월 9일에 이르러 마침내 상황이 돌변했다.

물론 가족의 역사에도 일정한 식사 규범이 존재하기 마련이다. 말하자면 가족사에서 허용되는 부분만, 즉 과거 속에서 붉은 피를 제거한 후 율법에 맞는 부분만 먹고 소화시켜야 한다는 규범이다. 하지만 아쉽게도 그렇게 하면 이야기의 맛을 잃게 된다. 그래서 나는 우리 집안에서 처음이자 마지막으로 그 식사 규범을 무시하려 한다. 바야흐로 차마 말할 수 없는 부분에 이르렀지만 이야기의 몸뚱이에서 피 한 방울도 빼지 않고 거침없이 나아가련다.

1945년 8월에 무슨 일이 있었나? 쿠치나힌의 라니가 죽었지만 내가 하려는 이야기는 그것이 아니고, 다만 세상을 떠날 무렵에 그녀는 아주 새하얗게 변해서 침대보와 구별하기조차 어려울 정도였는데, 어차피 내 이야기에 은제 타구를 등장시킨 것으로 자신의 역할을 다했으니 우아하게 퇴장해주었을 뿐이고…… 또한 1945년에도 장마철은 어김없이 찾아왔다. 버마의 밀림에서는 오드 윈게이트와 친디츠 부대[*], 그리고 일본군 편에서 싸우던 수바스 찬드라 보스[**]의 군대가 모

---

[*] 2차대전 당시 버마(지금의 미얀마)를 점령한 일본군에 대항했던 특수부대. 영국의 장교 윈게이트가 창설하였으며 인도인과 버마인이 포함되어 있었다.
[**] 인도 독립운동 지도자이자 인도국민군 최고 사령관. 급진적 성향으로 간디의 국민회의당에서 탈퇴, 인도 독립을 위한 대영전쟁을 지지하며 일본군과 동맹을 맺었다.

두 쏟아지는 비에 흠뻑 젖었다. 잘란다르에서 철도 위에 드러누워 비폭력 시위를 벌이던 사탸그라하\* 시위대도 물에 빠진 생쥐 꼴이 되었다. 오랫동안 메말라 갈라졌던 땅이 아물기 시작했다. 콘윌리스 가의 그 집에서는 문틈과 창틈을 수건으로 틀어막았는데 수시로 물을 짜내고 다시 막아야 했다. 길가에 즐비한 물웅덩이에서 모기떼가 자라났다. 그리고 뭄타즈의 타지마할, 즉 지하실에는 습기가 차서 결국 그녀가 병을 얻게 되었다. 며칠 동안 아무에게도 알리지 않다가 눈 주위가 붉게 물들고 열이 나서 부들부들 떨기 시작하자 폐렴을 우려한 나디르가 제발 아버지한테 가서 치료를 받으라고 애원했다. 그때부터 그녀는 미혼 때 쓰던 침대로 돌아가서 몇 주를 보냈고 아담 아지즈는 덜덜 떠는 딸의 머리맡에 앉아서 이마에 냉찜질을 해주었다. 8월 6일이 되자 뭄타즈의 병세가 호전되었다. 9일 아침에는 약간의 고형식을 넘길 수 있을 만큼 회복되었다.

그러자 외할아버지는 밑바닥에 '하이델베르크'라는 글자가 찍힌 낡은 가죽가방을 가져왔다. 딸이 너무 쇠약해져 철저한 건강검진이 필요하다고 판단했기 때문이다. 그가 가방의 쇠를 푸는 순간 뭄타즈가 울음을 터뜨렸다.

(자, 드디어 나온다. 파드마: 바로 이 부분이다.)

십 분 후, 기나긴 침묵의 시간이 영영 끝나버렸다. 외할아버지가 병실을 나서면서 버럭 고함을 질렀다. 그는 아내, 딸들, 아들들을 소리쳐 불렀다. 성량이 풍부한 그의 목소리는 지하실에 있는 나디르 칸에게

---

\* 간디가 주창한 비폭력 불복종 독립투쟁 철학.

도 잘 들렸다. 나디르는 이 소동의 원인을 어렵잖게 짐작했을 것이다.

 라디오그램이 있는 거실, 나이를 먹지 않는 사진들 아래 온 가족이 모였다. 아지즈가 뭄타즈를 안고 들어와 소파에 눕혔다. 그의 표정은 몹시 험상궂었다. 이때 그의 콧속은 어떤 상태였는지 상상할 수 있을까? 왜냐하면 그는 막 폭탄선언을 하려는 참이었기 때문이다: 요컨대 결혼한 지 2년이나 지났는데도 뭄타즈가 아직 처녀라는 사실.

 원장수녀님이 3년 만에 입을 열었다. "얘, 그게 정말이니?" 찢어진 거미줄처럼 집 안 구석구석에 걸렸던 침묵이 드디어 훨훨 날아가버렸다. 그러나 뭄타즈는 고개만 끄덕였다: 그래요. 사실이에요.

 이윽고 그녀가 말문을 열었다. 그녀는 남편을 사랑하며 언젠가는 이 문제도 잘 해결될 거라고 말했다. 나디르는 좋은 사람이고, 아이를 낳아도 괜찮은 때가 되면 그 짓을 해도 괜찮겠다 여길 거라고 했다. 뭄타즈는 결혼생활이 그 짓에만 의존해서는 안 된다고 생각하여 굳이 언급하고 싶지 않았을 뿐인데, 아버지가 그렇게 큰 소리로 모두에게 말해버린 것은 부당한 처사라고 했다. 그녀는 더 길게 말하려고 했지만 그 대목에서 원장수녀님이 분통을 터뜨렸다.

 3년 동안 쌓였던 말들이 한꺼번에 터져나왔다. (그러나 말을 저장하느라 불어났던 몸이 도로 줄어들지는 않았다.) 비난이 빗발치는 동안 외할아버지는 텔레풍켄 옆에 우두커니 서서 꼼짝도 하지 않았다. 이게 누구 생각이었죠? 거뭣이냐, 사내라고 할 수도 없는 그 겁쟁이를 이 집에 들이다니, 그렇게 멍청하고 어처구니없는 일을 벌인 사람이 누구였더라? 이 집에서, 거뭣이냐, 새처럼 자유롭게, 3년 동안이나 먹여주고 재워주고, 그러느라 고기 한 점도 못 먹는 날이 수두룩했는데 당신은 관심도 없고, 거뭣이냐, 쌀값이 얼마나 비싼지 알기나 해요? 이렇게 가당찮은 결혼을 허락해준 못난이, 거뭣이냐, 그래, 그 머리 허언 못난이가 누구였더라? 도대체 누가 자기 딸을 그런 불한당 놈의, 거뭣이냐, 침대에 넣어줬더라? 머릿속에 도무지 알아먹을 수도 없는 온갖 해괴망측한 생각이 가득한 사람, 거뭣이냐, 두뇌가 허무맹랑한 외국식 사고방식에 푹 찌들어 자기 자식한테 그렇게 비정상적인 결혼을 시킨 사람이 누구였더라? 누가 하느님을 모독하면서 평생을 보냈고, 그래서, 거뭣이냐, 이런 벌을 받게 됐을까? 자기 집에 재앙을 불러들인 사람이 누구더라…… 외할머니는 꼬박 한 시간 십구 분 동안 외할아버지를 타박했고, 그녀가 말을 끝냈을 때는 구름도 빗물을 다 쏟아부어 집 안 곳곳이 물바다였다. 그리고 외할머니의 말이 끝나기 전에 막내딸 에메랄드가 대단히 특이한 행동을 했다.

에메랄드의 두 손이 얼굴로 올라갔는데, 주먹을 불끈 쥐고 집게손가락만 편 상태였다. 두 집게손가락이 에메랄드의 귓구멍으로 들어가더니 마치 그녀를 번쩍 들어 올려 의자에서 일으켜 세우는 듯했고, 그녀는 곧 달리기 시작했는데, 손가락으로 귀를 틀어막은 채 두파타도 쓰지 않고 길거리로 ― **전속력으로!** ― 뛰쳐나가서, 물웅덩이를 건너고, 인력거 승강장을 지나고, 비가 그친 후 맑고 깨끗해진 대기 속으로 노인들이 지금 막 조심스럽게 걸음을 내딛는 판 가게 앞을 지났다. 구장즙을 요리조리 피하는 놀이를 시작하려고 출발선에 대기 중이던 개구쟁이들은 그녀의 속도에 깜짝 놀랐다. 젊은 아가씨가 혼자서, 더구나 '광명 세 자매' 가운데 한 명이 두파타를 어깨에 두르지도 않고 괴로운 듯이 손가락으로 귀를 틀어막은 채 비에 젖은 거리를 질주하는 모습은 일찍이 그 누구도 본 적이 없었다. 요즘은 도시마다 두파타를 쓰지 않는 현대적인 멋쟁이 아가씨들로 넘쳐나지만 그 시절에는 두파타를 쓰지 않은 여자는 자존심도 없는 여자로 여겼으므로 노인들은 저마다 한탄하며 혀를 끌끌 찼는데, 에메랄드 아가씨가 웬일로 자존심을 집에 두고 나왔을꼬? 늙은이들은 어리둥절했지만 에메랄드는 이유를 알고 있었다. 빗물에 씻긴 대기 속에서 그녀는 지하실에 살고 있는 그 겁쟁이 뚱보야말로 (그래, 파드마) 집안에 우환을 불러오는 골칫덩어리라는 사실을 맑고 깨끗하게 깨달았기 때문이다. 그 인간만 치워버리면 다시 모두가 행복해질 테니까…… 에메랄드는 군부대에 도착할 때까지 한 번도 쉬지 않고 냅다 달렸다. 군부대, 인도 주둔군이 있는 그곳에 가면 줄피카르 소령이 있을 것이다! 에메랄드 이모는 맹세를 깨뜨리고 소령의 집무실을 찾아갔다.

줄피카르라는 이름은 무슬림들 사이에서 유명했다. 선지자 무함마드의 조카 알리가 쓰던 두 갈래진 검의 이름이기 때문이다. 그것은 일찍이 존재하지 않았던 새로운 무기였다.

아, 맞다: 그날 세계에서는 다른 일도 벌어졌다. 일찍이 존재하지 않았던 새로운 무기가 일본 황인종들의 머리 위로 떨어져 내렸다. 그러나 아그라에서는 에메랄드가 자기만의 비밀무기를 사용했다. 그 무기는 밭장다리였고 땅딸보였고 납작머리였다. 코는 턱에 닿을락 말락 했다. 그 무기는 수도관을 연결한 욕조가 침대 바로 옆에 있는 커다란 현대식 주택을 꿈꾸었다.

줄피카르 소령은 나디르 칸이 허밍버드 암살사건의 배후 인물이라고 믿어야 할지 말아야 할지 확신하지 못했지만 진실을 밝혀낼 기회가 오기를 학수고대하고 있었다. 에메랄드가 아그라의 지하 타지마할에 대해 폭로했을 때 줄피카르는 너무 흥분해서 화를 내는 것조차 잊어버린 채 열다섯 명의 병력을 이끌고 부리나케 콘월리스 가로 달려갔다. 그들은 에메랄드를 앞세우고 거실로 들이닥쳤다. 에메랄드 이모: 헐렁한 분홍색 파자마를 입었을 뿐 두파타는 두르지 않은 아름다운 얼굴의 배신자. 군인들이 거실 카펫을 걷어내고 널찍한 뚜껑문을 열어젖히는 동안 아담 아지즈는 멍하니 바라보기만 하고 외할머니는 뭄타즈를 위로하려 했다. "모름지기 여자는 남자와 결혼해야지. 거뭣이냐, 쥐새끼 말고! 그런, 거뭣이냐, 버러지 같은 놈과 헤어지는 건 남부끄러운 일이 아니야." 그러나 뭄타즈는 울음을 그치지 않았다.

나디르가 지하세계에 없다! 아지즈가 처음에 내지른 호통 소리를 듣고 장맛비보다 세찬 당혹감에 흠씬 젖어버린 나디르는 그 길로 뺑소니를 쳤던 것이다. 화장실 한 칸의 뚜껑문이 열려 있었는데—그렇다, 왜 아니랴, 바로 그 화장실, 그가 빨래통 속에 숨어 닥터 아지즈에게 말을 걸었던 바로 그 화장실이었다. 나무로 만든 '천둥상자'가—그 '보좌'가—넘어지는 바람에 빈 법랑 요강이 야자껍질 깔개 위에 뒹굴고 있었다. 이 화장실에는 옥수수밭 옆의 샛길로 나가는 문이 있었는데 그 문도 열려 있었다. 원래는 바깥에서 잠가두었지만 인도제 자물쇠를 채워놓았을 뿐이라서 어렵잖게 열렸고…… 은거지 타지마할의 은은한 불빛 아래 반짝거리는 타구 하나가 있고 뭄타즈의 남편이 그녀에게 남긴 쪽지 한 장이 있었다. 낱말 세 개, 음절 아홉 개, 느낌표 세 개:

**탈라크! 탈라크! 탈라크!**

영어로 옮겨놓으면 우르두어\*의 청천벽력 같은 어감이 사라져버리지만 어쨌든 의미는 통한다. 이혼하노라. 이혼하노라. 이혼하노라.\*\*

나디르 칸이 모처럼 제법 남자다운 짓을 했다.

아으, 새가 이미 날아가버렸음을 깨달은 줄피 소령의 무시무시한 분노! 그의 눈앞에 떠오른 빛깔은: 빨강. 아으, 비록 꼴사나운 몸짓으로 표현되었으나 가히 외할아버지의 노기에 필적할 만한 울분! 줄피 소령은 처음에는 화를 못 이겨 팔짝팔짝 뛰다가 마침내 마음을 가라앉혔다. 그러더니 화장실을 지나고 보좌를 지나 뛰쳐나가서 옥수수밭을 따라 달리다가 바깥담의 대문을 빠져나갔다. 무운시를 쓰는 뚱뚱한 장발 시인이 허둥지둥 도망치는 모습은 보이지 않는다. 왼쪽을 돌아보니: 없다. 오른쪽은: 꽝. 분기탱천한 줄피는 마음을 정하고 자전거 릭샤 앞을 지나서 냅다 달려간다. 노인들이 타구 맞히기 시합을 하는 중이라서 타구가 길바닥에 놓여 있었다. 개구쟁이들이 구장즙 물줄기를 이리저리 피하며 뛰어다녔다. 줄피 소령은 달렸다: 앞으로앞으로앞으로. 그러다가 노인들과 그들의 표적 사이로 뛰어들었지만 줄피에게는 개구쟁이들과 같은 재간이 없었다. 이 얼마나 불행한 순간인가: 나지막이 날아드는 붉고 세찬 물줄기가 그의 사타구니에 명중했다. 손 모양의 얼룩이 전투복의 바짓가랑이를 붙잡고 늘어져 진행을 방해했다. 줄피 소령은 전지전능한 격분에 사로잡혀 걸음을 멈추었다. 아으, 그때 더욱더 불행한 사건이 일어났으니, 이 노발대발한 군인이 계

---

\* 인도–유럽어족에 속한 언어로 파키스탄과 인도의 공용어 중 하나.
\*\* 이슬람 율법에 따라 남편이 이혼한다고 세 번 외치면 이혼이 성립된다.

속 달려갈 거라고 예상한 두번째 선수가 두번째 물줄기를 뿜어냈던 것이다. 두번째 붉은 손이 첫번째 손을 철썩 맞잡으면서 줄피 소령의 진노는 마침내 절정에 이르렀고…… 그는 느리고 신중하게 타구 앞으로 다가가서 흙무더기를 향해 냅다 걸어찼다. 그 바람에 발을 다쳤지만 내색하지도 않고 펄쩍펄쩍 뛰면서 타구를 마구 짓밟아—한 번! 두 번! 다시!—납작하게 찌그러뜨렸다. 그러고 나서는 그럭저럭 위엄을 지키면서 우리 외할아버지의 집 앞에 서 있는 자동차 쪽으로 절뚝절뚝 걸어갔다. 노인들은 모진 꼴을 당한 그릇을 가져다가 두들겨 펴기 시작했다.

에메랄드가 뭄타즈에게 말했다. "이제 나도 결혼하게 됐는데 언니가 즐거운 시간을 보내려는 노력조차 안 한다면 너무 무례한 짓이잖아. 언니라면 나한테 조언도 해주고 그래야지." 그때 뭄타즈는 동생을 바라보며 미소를 지었지만 속으로는 에메랄드가 그런 말을 하다니 낯짝도 두껍다고 생각했다. 그리고 아마 의도적인 행동은 아니었겠지만 헤나 물감을 찍어 동생의 발바닥에 무늬를 그리던 연필에 힘을 주었다. 에메랄드가 비명을 질렀다. "아야! 그렇다고 화낼 것까진 없잖아! 난 그냥 화해하자는 뜻으로 한 말인데."

나디르 칸이 사라진 다음부터 자매 사이가 다소 서먹서먹했는데, 줄피카르 소령이 (우리 외할아버지가 수배자를 숨겨준 일을 문책하지 않고 도드슨 준장을 잘 구워삶은 덕분에) 에메랄드와 결혼하겠다면서 허락을 받아냈을 때도 뭄타즈는 못마땅하게 여겼다. 그녀는 이렇게 생각했다. '이건 공갈협박이야. 더군다나 알리아 언니는 어쩌라고? 맏딸이 마지막으로 결혼한다는 건 말도 안 되잖아. 언니가 요즘 그 장사꾼한테 얼마나 잘해주는지 보라니까.' 그러나 그녀는 아무 말도 하지 않았다. 그저 참을성 있게 웃으면서 타고난 근면함으로 결혼식 준비에 전념했고 나름대로 즐거운 시간을 보내도록 노력하겠다고 했다. 한편 알리아는 계속 아흐메드 시나이를 기다렸다. (파드마가 의견을 내놓는다. "한평생 기다리기만 할 것 같은데요." 정확한 추측이다.)

  1946년 1월. 천막, 음식, 하객들, 노래, 기절해버린 신부, 차렷 자세로 경직된 신랑. 아름다운 결혼식이었고⋯⋯ 그 자리에서 인조가죽 장사꾼 아흐메드 시나이는 최근 이혼한 뭄타즈를 만나서 깊은 대화에 빠져들었다. "아이들을 좋아하신다고요? 우연의 일치네요. 저도 좋아하는데⋯⋯" "그런데도 아직 한 명도 못 낳으셨다니 안쓰럽군요. 사실 제 전처는 아이를 낳을 수 없어서⋯⋯" "어머나, 저런. 많이 실망하셨겠네요. 부인도 몹시 괴로워하셨겠어요!" "⋯⋯아, 어찌나 지랄발광을⋯⋯ 죄송합니다. 감정이 격해져서 실언을 했습니다." "괜찮으니까 신경 쓰지 마세요. 그릇도 막 집어 던지고 그러셨나요?" "이만저만이 아니었죠. 한 달도 못 가서 음식을 신문지에 담아 먹었다니까요!" "설마 그랬을까. 거짓말도 잘하시네!" "역시 현명한 분이라서 안 넘어가시는군요. 어쨌든 전처가 접시를 집어 던진 건 사실입니다." "가엾기도 해라." "아니, 정말 가엾은 분은 그쪽이죠." 그러면서 그들은 이런 생각을 했다. '이렇게 재미있는 남자였는데 알리아 언니와 함께 있으면 언제나 따분한 표정이었다니⋯⋯' 그리고, '⋯⋯이 여자, 예전엔 거들떠보지도 않았는데 이제 보니 정말⋯⋯' 그리고, '⋯⋯누가 봐도 분명 아이들을 좋아하는데 그것만 보더라도 내가⋯⋯' 그리고, '……그래, 피부색 따위가 뭐 대수냐……' 그리하여 노래 시간이 되었을 때쯤 뭄타즈는 눈에 띄게 유쾌해져 모든 노래를 함께 불렀다. 그러나 알리아는 침묵을 지켰다. 그녀는 아버지가 잘리안왈라 바그에서 입었던 타박상보다 더 심한 상처를 받았지만 겉으로는 아무 흔적도 없었다.

"그래, 그토록 우울하던 애가 이제야 즐거워하는구나."

그해 6월 뭄타즈가 재혼했다. 그녀의 언니는—어머니의 행동을 본보기로 삼아—그때부터 시작해서 둘 다 세상을 떠나기 직전에 복수의 기회를 얻을 때까지 동생에게 말도 하지 않았다. 아담 아지즈와 원장수녀님이 알리아를 설득하려 했지만 헛일이었다. 살다보면 그런 일도 있는 법이잖니, 나중에 말썽이 생기느니 차라리 일찍 당하는 편이 낫지 않겠니, 게다가 뭄타즈는 마음을 크게 다쳤는데 그 상처가 나으려면 남자가 필요했고…… 게다가 너는 똑똑하니까 잘 이겨낼 수 있을 게다.

알리아는 이렇게 항변했다. "그렇지만, 그렇지만, 책과 결혼하는 사람은 아무도 없잖아요."

아흐메드 시나이가 말했다. "당신 이름을 바꿔요. 새 출발을 할 때니까. 뭄타즈와 나디르 칸은 다 잊어버립시다. 내가 새로운 이름을 골라줄게요. 아미나*. 아미나 시나이. 마음에 들어요?"

우리 어머니는 이렇게 대답했다. "당신 말대로 할게요."

현명한 딸 알리아는 일기장에 이렇게 썼다. "어쨌든 누가 결혼 따

---

* '정직한 여인'이라는 뜻. 선지자 무함마드의 어머니 이름도 아미나였다.

위로 얽매이길 원하기나 한대? 난 싫어. 절대 안 할래."

수많은 낙관주의자들에게 미안 압둘라는 처음부터 잘못된 출발이었고 그의 보좌관은 (우리 아버지의 집에서는 이름조차 입 밖에 낼 수 없었지만) 우리 어머니의 빗나간 선택이었다. 그러나 그때는 해마다 가뭄이 되풀이되던 시절이었다. 그 시절에는 농작물을 심어봤자 아무것도 거두지 못할 때가 많았다.

파드마가 짜증을 내면서 캐묻는다. "그 뚱보는 어떻게 됐어요? 설마 말도 안 하고 슬쩍 넘어가려는 건 아니겠죠?"

공개발표

그다음은 눈속임의 1월이었다. 겉으로는 아주 평온해서 마치 아직 1947년이 시작되지도 않은 듯했다. (그러나 물론 실제로는……) 그 무렵 늙은 페식로런스와 교활한 크립스와 씩씩한 A. V. 알렉산더 등으로 구성된 영국의 내각 사절단은 정권이양을 위한 자기들의 계획이 실패했음을 알았다.* (그러나 물론 실제로는 불과 6개월 후……) 그 무렵 웨이벌 총독은 자신의 시대가 지나갔음을, 끝장났음을, 생생한 우리말 표현을 빌리자면 '찬밥 신세'가 되었음을 깨달았다. (그러나

* 1946년 3월 영국은 인도 자치 정부의 임시정부 건설을 지원하고자 (위 서술 순서대로) 인도부장관, 상공회의소장, 해군장관으로 구성된 사절단을 파견했다. 하지만 이 과정에서 그해 8월 캘커타(지금의 콜카타)에서 대규모 학살이 자행되는 등 국민회의당과 무슬림연맹 간 갈등이 심화되어 1947년 6월 3일 인도의 분리독립안을 발표하게 된다.

물론 실제로는 오히려 일의 진척이 더 빨라져 마지막 총독이 임명되고 그는……) 그 무렵 애틀리 씨는 아웅산 씨와 버마의 미래를 결정하느라 여념이 없는 듯했다.* (그러나 물론 실제로는 마지막 총독의 임명을 발표하기에 앞서 그에게 지시사항을 전달했고 마지막 총독으로 임명된 사람은 국왕을 알현하고 전권을 위임받았으니 머지않아, 머지않아……) 그 무렵 개헌의회는 헌법개정안을 통과시키지 못하고 폐회를 선언했다. (그러나 물론 실제로는 마지막 총독 마운트배튼 백작이 곧 우리 곁으로 달려올 테고, 그때 냉혹한 똑딱똑딱 소리와 아대륙을 세 조각으로 자를 수 있는 군도軍刀를, 그리고 문을 걸어 잠근 화장실에서 남몰래 닭 가슴살을 먹어치우는 아내**를 함께 데려올 터였다.) 그리고 어디선가 거대한 기계가 붕붕거리며 돌아간다는 사실을 전혀 알아차릴 수 없는 거울 같은 적막 속에서 아미나 시나이라는 새 이름을 얻은 우리 어머니는 몸속에서 크나큰 변화가 일어나는데도 여전히 침착하고 변함없는 모습으로 어느 날 아침에 눈을 떴는데, 머리는 불면증으로 지끈거리고 혓바닥에는 미처 못 잔 잠이 백태처럼 낀 상태로 자기도 모르게 이렇게 소리쳤다. "맙소사, 해가 왜 저쪽에 있지? 해가 엉뚱한 쪽에서 떠올랐네!"

……여기서 잠시 말을 끊어야겠다. 오늘은 그러지 않으려고 했는데, 왜냐하면 내 이야기가 자의식에 사로잡힐 때마다, 그래서 서툰 인

---

* 1947년 1월 영국 총리 애틀리와 버마의 독립운동 지도자인 아웅산은 버마 독립을 위한 협정을 체결했다.
** 마운트배튼 백작부인이 인도의 총독 관저에 처음 도착하던 날 개들에게 줄 먹이를 청하자 하인들은 구운 닭 가슴살을 가져왔고, 부인은 이를 불필요한 낭비로 여겨 화장실로 가져가서 자기가 먹었다고 한다.

형극 공연자처럼 끄나풀을 쥔 손을 드러낼 때마다 파드마가 짜증을 내기 시작했기 때문이다. 그러나 나로서는 이 대목에서 한 가지 불만을 토로하지 않을 수 없다. 때마침 우연찮게 '공개발표'라고 명명된 이 장을 시작하면서 나는 (가장 격렬한 표현을 총동원하여) 다음과 같이 간략한 의료 경고를 발표하고자 한다: "N. Q. 발리가 박사라는 자는—나는 외치고 싶다, 지붕 위에서! 이슬람 성원 뾰족탑의 확성기에 대고!—돌팔이다. 감옥에 처넣고 의사 면허를 박탈해 매장시켜야 한다." 아니, 더 좋은 방법은: 자신의 엉터리 치료법에 따라 잘못된 약을 먹여 문둥병자처럼 부스럼투성이가 되게 해야 한다. 나는 강력히 단언한다. 그 얼간이는 자기 코앞에 있는 것조차 보지 못한다!

이렇게 화풀이를 했으니 이제 태양의 기이한 움직임을 걱정하는 어머니를 조금만 더 내버려두고 우선 파드마에 대해 설명해야겠다. 그녀는 내 몸이 쩍쩍 갈라진다는 말에 놀라서 남몰래 그 발리가라는 자에게—그 주술사에게! 그 사이비 약장수에게!—도움을 청했고, 그래서 그 돌팔이 의사가 왕진을 왔는데 굳이 생김새를 묘사할 가치도 없는 인간이니 생략하겠다. 아무튼 나는 그의 정체를 몰랐고 파드마를 위해서라도 진찰을 허락할 수밖에 없었다. 최악의 결과를 미리 예상했어야 옳았다. 그자가 한 짓은 정말 최악이었으니까. 이게 도대체 말이나 되는 일인가? 그 사기꾼은 내가 정상이라고 진단했던 것이다! 그는 아쉬운 듯이 중얼거렸다. "균열 따위는 안 보이는데요." 그자는 멀쩡한 눈이 한 개도 없다는 점에서 코펜하겐의 넬슨[*]과도 달랐고, 그

---

[*] 영국 제독. 1801년 코펜하겐 해전에서 애꾸눈을 핑계로 상관의 후퇴 명령을 무시하고 전투를 승리로 이끌었다.

자의 맹목성은 강인한 천재의 탁월한 선택이 아니라 어리석음에서 비롯된 불가피한 천형이었다! 그는 눈뜬장님처럼 나의 정신상태를 문제시하여 증인으로서의 신빙성을 의심하게 만들었고 그밖에또어떤피해를입혔는지모를일이다. '균열 따위는 안 보이는데요' 라니.

결국 그자를 쫓아버린 사람은 파드마였다. "걱정하지 마세요, 의사선생님. 저이는 제가 잘 보살필게요." 나는 그녀의 얼굴에서 자신의 실책을 깨달은 표정을 보았고…… 그리하여 발리가는 퇴장했고 다시는 이 책에 등장하지 않을 것이다. 그러나 이게 무슨 일인가! 의사라는 직업이—아담 아지즈의 천직이—이토록 타락했단 말인가? 발리가 같은 쓰레기들의 수준으로 떨어져버렸나? 만약 그렇다면 나중에는 차라리 의사들을 만나지 않는 편이 모두에게 더 유익할 텐데…… 그 말이 나온 김에 아미나 시나이가 어느 날 아침에 눈을 뜨고 다짜고짜 태양을 입에 올린 이유로 돌아가보자.

"해가 엉뚱한 쪽에서 떠올랐네!" 그녀는 자기도 모르게 외쳤다. 그러다가 밤잠을 제대로 못 자서 지끈거리던 머리가 차츰 맑아지면서 비로소 이 눈속임의 달에 자기가 착각에 빠진 까닭을 알아차렸다. 문제는 그녀가 델리에서 깨어났다는 사실이었다. 새 남편의 집은 해가 뜨는 동쪽을 향하고 있었다. 그러니까 사실대로 말하자면 태양은 올바른 방향에서 떠올랐고 다만 달라진 것은 그녀의 위치였는데…… 그러나 이 기본적인 사실을 깨닫고 그녀가 이곳으로 온 이후 지금까지 경험했던 비슷비슷한 착오와 더불어(태양에 대한 착각은 자주 되풀이되었는데, 마치 그녀의 상황이 달라지고 침대 위치도 지상으로 바뀌었다는 사실을 그녀의 정신이 받아들이지 않으려는 듯했다) 뇌리에서 지워버린 뒤에도 이 경험의 혼란스러운 영향력은 일부나마 지속되어 그녀는 결코 완전히 편안해질 수 없었다.

"누구나 언젠가는 아버지 없이 살게 된단다." 닥터 아지즈는 딸에게 작별인사를 하면서 그렇게 말했고, 원장수녀님은 이렇게 덧붙였다. "우리 집안에 고아가 한 명 늘었지만, 거뭣이냐, 신경 쓰지 마라. 무함마드께서도 고아였으니까. 그리고 네 남편 아흐메드 시나이로 말하자면, 거뭣이냐, 적어도 절반은 카슈미르인이잖니." 이윽고 닥터 아지즈는 아흐메드 시나이가 신부를 기다리는 열차 침대칸 안으로 녹색 양철 트렁크 하나를 손수 건네주었다. 그때 외할아버지는 이렇게 말씀하셨다. "지참금치고 그리 적지도 않고 많지도 않네. 자네도 알다시피 우린 백만장자가 아니니까. 하지만 이 정도면 넉넉히 챙겨준 셈이야. 부족한 부분은 아미나가 채워주겠지." 녹색 양철 트렁크 속에는: 은제 찻주전자 몇 개, 수단(繡緞) 사리 몇 벌, 환자들이 아담 아지즈에게 감사의 뜻으로 준 금화 몇 닢. 이 트렁크는 외할아버지가 치료해 준 질병과 살려준 목숨들을 모아놓은 박물관 같았다. 아담 아지즈는 지참금에 이어 자신의 딸을 (자신의 두 팔로) 안아 올려 그녀에게 새 이름을 지어준, 그리하여 그녀를 재창조한, 그러므로 어떤 의미에서는 그녀의 새 남편인 동시에 아버지이기도 한 사내에게 넘겨주었고…… 열차가 움직이자 그는 (자신의 두 다리로) 승강장을 따라 걸었다. 마치 자기가 맡은 구간을 끝까지 달린 릴레이 주자처럼, 이윽고 그는 자욱한 연기와 만화책 노점상에 둘러싸인 채, 공작 깃털 부채와 따끈따끈한 간식거리가 공존하는 어수선한 혼란 속에, 쭈그려 앉은 짐꾼들과 손수레에 실린 석고 인형들이 연출하는 나른한 북새통 속에 우두커니 서 있었다. 열차는 차츰 속력을 높여 수도(首都)로 향하는 이 경주의 다음 구간으로 접어들었다. 침대칸 안에는 새로 태어난 아미나 시나이가 (여전히 순결한 몸으로) 높이가 3센티미터쯤 남아서 좌석 밑에 들어가지 않는 녹색 양철 트렁크에 두 발을 얹고 오도카니 앉아 있었다. 그녀는 그렇게 아버지의 업적이 담긴 박물관을 샌들로 짓밟으며 새로운 삶을 향해 달려갔고, 뒤에 남겨진 아담 아지즈는 그때부터 동서양의 의술을 접목시키는 일에 몰두했는데, 이 도전이 차츰 그를 지치게 만들어 결국 인도에서는 미신과 우상을 비롯한 온갖 마술적 관습의 지배력이 영영 사라지지 않으리라는 결론을 내리게 되었다. 우선 의사들이 협조하지 않았기 때문이다. 그리고 좀 더 나이가 들어 세상의 현실감이 점점 약해지면서 그는 자신의 신념을 의심하기 시작했고, 그리하여 한평생 믿지도 못하고 안 믿지도 못하던 하느님을 목격할 무렵에는 아마도 그 일을 미리 예감했을 것이다.

열차가 역사를 빠져나갈 때 아흐메드 시나이가 벌떡 일어나더니 침대칸의 문에 빗장을 걸고 덧문까지 내리는 바람에 아미나는 깜짝 놀랐다. 그런데 그때 별안간 바깥에서 쿵쿵거리는 소리가 들리고 문고리가 달그락거리더니 여러 사람의 목소리가 들려왔다. "문 좀 열어주십쇼, 나리! 마님, 거기 계시면 나리께 문을 열어주라고 말씀 좀 해주십쇼." 이 이야기에 등장하는 모든 열차에는 반드시 그렇게 문을 두드리는 주먹들이 있었고 그렇게 애원하는 목소리들이 있었다. 봄베이행 프런티어 메일에서도 그랬고 지난 세월 동안 내가 타보았던 급행열차도 모두 마찬가지였다. 그것은 언제나 무시무시한 경험이었는데, 나중에 내가 바깥에서 죽자 살자 매달려 애원하는 입장이 되어보니 상황이 달라졌다. "여기요, 나리! 문 좀 열어주십쇼, 대인."

"무임승차자들이오." 아흐메드 시나이는 그렇게 말했지만 그들은 그 이상의 존재였다. 그들은 곧 예언이기도 했다. 그리고 머지않아 다른 예언들이 나올 터였다.

······그리고 바야흐로 태양이 엉뚱한 쪽에서 떠올랐다. 우리 어머니는 침대에 누워 불안감을 맛보았다. 그러나 한편으로는 자신의 몸속에서 일어난 사건에 마음이 설레기도 했는데, 그 일은 당분간 비밀이었다. 그녀 곁에서는 아흐메드 시나이가 요란하게 코를 골았다. 그에게 불면증 따위는 없었다. 골칫거리가 생기는 바람에 돈이 가득 든 회색 자루 하나를 집으로 가져왔고 아미나가 안 보는 줄 알고 침대 밑에 감춰놓고서도 잠은 쿨쿨 잘 잤다. 어머니의 가장 큰 재능을 이불처럼 덮고 아버지는 깊고 편안하게 잠들었는데, 그 재능은 녹색 양철 트렁크의 내용물보다 훨씬 더 값진 것이었다. 아미나 시나이는 아흐메드에게 끝없는 근면성을 선물했던 것이다.

아미나처럼 꼼꼼한 사람은 아무도 없었다. 새까만 피부와 빛나는 눈이 돋보이는 우리 어머니는 이 세상의 그 누구보다 세심한 성격을 타고나셨다. 그녀는 올드델리*에 있던 그 집의 방과 복도를 꽃으로 장식했다. 카펫도 한없이 까다롭게 엄선했다. 의자 하나의 위치를 정하는 데 꼬박 25분이 걸리기도 하는 분이었다. 그녀가 그렇게 이곳저곳을 매만지고 자잘한 변화를 주면서 집 단장을 마친 후 아흐메드 시나

---

\* 델리는 1649년부터 1857년까지 무굴제국의 수도였다. 1911년 영국령 인도의 수도가 캘커타에서 델리로 옮겨지면서 구도시(올드델리) 남쪽에 신도시(뉴델리)가 건설되었고, 1947년 독립한 후 뉴델리가 인도의 정식 수도가 되었다.

이는 일개 고아의 거처였던 곳이 어느새 따뜻하고 애정이 넘치는 집으로 변모한 것을 보았다. 아미나는 남편보다 일찍 일어났고 타고난 근면성을 가누지 못하여 구석구석 돌아다니며 먼지를 털었는데 심지어 대나무 발까지 샅샅이 청소했다(그래서 아흐메드는 결국 그 일을 전담할 하인을 고용하게 되었다). 그런데 아흐메드는 까맣게 몰랐던 사실이지만 그의 아내가 그 재능을 가장 열렬하고 집요하게 발휘한 분야는 생활의 겉모습이 아니라 바로 아흐메드 시나이 자신이었다.

그녀는 왜 아흐메드와 결혼했을까? 위안을 얻기 위해, 아이들을 얻기 위해. 그러나 처음에는 머리를 뒤덮은 불면증이 그녀의 첫번째 목표를 방해했다. 그리고 아이들도 마음만 먹으면 아무 때나 뚝딱 만들어지는 것이 아니다. 그래서 아미나는 꿈도 꾸지 말아야 할 시인의 얼굴을 꿈꾸다가 부르지 말아야 할 이름을 입술에 묻힌 채 잠에서 깨어났다. 그대는 묻는다: 그래서 어떻게 하셨나요? 나는 대답한다: 이를 악물고 마음을 바로잡으려 하셨지. 어머니는 자신을 타이르셨다: '고마운 줄도 모르는 바보야, 지금의 남편이 누구인지 아직도 몰라? 남편한테 그렇게밖에 못 하겠니?' 이런 질문에 대한 정답이 무엇이냐를 놓고 결론도 없는 논쟁을 벌이기는 싫으니까 한 가지만 밝혀두겠다. 어머니는 모름지기 지아비에게는 그저 무조건적인 충정과 진심에서 우러난 사랑을 아낌없이 바쳐야 한다고 생각하셨다. 그러나 어려움이 있었다. 나디르 칸과 불면증 때문에 마음이 어지러운 상태에서는 아흐메드 시나이에게 자연스럽게 그런 감정을 느끼기가 불가능하다는 사실을 깨달았던 것이다. 그래서 아미나는 자신의 근면성을 활용하여 남편을 사랑하도록 자신을 훈련시키기 시작했다. 그러기 위해서 우선 마음속으로 남편을 조각조각 해체했다. 그의 신체뿐만 아니라 행동까지 하나하나 분해하여 입술, 말버릇, 편견 등으로 구분하고…… 간단히 말하자면 남편을 조금씩조금씩 사랑해가겠다고 결심했으므로 일찍이 그녀의 부모가 그랬듯이 아미나도 구멍 뚫린 침대보의 마법에 걸렸던 것이다.

그녀는 날마다 아흐메드 시나이의 일부를 선택하고 완전히 익숙해질 때까지 그 부분만 골똘히 생각했다. 그러다 보면 어느덧 마음속에 호감이 싹트고 그것은 곧 애정으로 발전했다가 마침내 사랑이 되었다. 그런 식으로 그녀는 지나치게 시끄러워 고막을 괴롭히고 걸핏하면 부르르 떨게 만드는 그의 목소리를 사랑하게 되었고, 아침마다 기분이 좋다가도 면도만 하고 나면 곧 엄격하고 퉁명스럽고 사무적이고 쌀쌀맞게 돌변해버리는 그의 습성을, 그리고 시선이 너무 싸늘하고 불분명하지만 그 속에 선량함이 깃들었다고 믿는 독수리눈을, 그리고 윗입술보다 아랫입술이 조금 앞으로 튀어나온 모습을, 그리고 그녀에게 굽 높은 신을 신지 말라고 할 만큼 작은 키를 사랑하게 되었는데…… 어머니는 이런 생각을 하셨다. '놀랍구나, 한 남자에게 사랑할 만한 부분이 백만 가지도 넘는 듯하니!' 그러나 어머니는 낙담하지 않았다. 마음속으로 이렇게 생각했기 때문이다. '그래, 따지고 보면 그 누가 한 사람을 완벽하게 알 수 있으랴?' 그러면서 튀김 요리를 좋아하는 그의 식성을, 페르시아 시를 인용하는 능력을, 그리고 화가 났을 때 미간에 잡히는 주름살을 아끼고 사랑하는 법을 익혔고…… '이런 식으로 가면 언제나 그이의 새로운 일면을 사랑할 수 있겠구나. 그렇다면 우리의 결혼생활이 무미건조해지는 일은 없을 테지.' 그런 식으로 어머니는 구도시에서의 삶에 근면성실하게 적응해갔다. 양철 트렁크는 낡은 벽장 속에 처박아둔 채 열어보지도 않았다.

그리고 아흐메드는 알아차리기는커녕 의심조차 못했지만 아미나는 남편과 그의 삶을 조금씩 변화시켰다. 그리하여 그는 만나본 적도 없는 한 사내를 점점 닮아갔고 본 적도 없는 어느 지하실을 점점 닮아가는 곳에서 살게 되었다. 아주 어렴풋해서 아미나 자신도 의식하지 못했겠지만 그녀가 공들여 펼치는 마법의 힘 때문에 아흐메드 시나이는 차츰 머리숱이 줄어들었고 남은 머리카락도 가늘고 번질거렸다. 그는 머리를 길게 기르고 싶은 충동을 느꼈고 그의 머리는 슬금슬금 내려와서 귀를 덮었다. 그리고 점점 배가 나오더니 나중에는 아주 불룩하고 물렁물렁해졌다. 우리 중 누구도 아버지의 배를 나디르 칸의 뚱뚱한 배와 비교하지 않았지만, 적어도 의식적으로 그런 적은 없지만, 나는 종종 그 물렁살에 푹 파묻히곤 했다. 아흐메드의 먼 친척 여동생 조흐라는 교태를 부리며 이렇게 말했다. "살 좀 빼셔야겠어요, 오빠. 이러다간 오빠한테 뽀뽀도 못 하겠어!" 그러나 말해봤자 헛일이었고…… 올드델리에서 아미나는 푹신한 쿠션을 잔뜩 늘어놓고 커튼으로 창을 가려 햇빛을 최대한 차단시킨 하나의 세계를 조금씩 만들어갔는데…… 대나무 발에는 검은 천까지 둘렀다. 이렇게 자잘한 변화들은 그녀의 초인적 과업에도 도움이 되었는데, 그것은 새 남자를 사랑해야 하는 현실을 조금씩 받아들이는 일이었다. (그러나 여전히 꿈속에 나타나는 금지된 영상에는 속수무책이었고…… 그녀는 언제나 배가 나오거나 머리카락이 가늘고 긴 편인 남자들에게 매력을 느꼈다.)

구도시에서는 신도시를 볼 수 없었다. 신도시에는 분홍색 피부의 정복자들이 분홍색 돌로 지은 궁전들이 있었지만 구도시의 비좁은 골목에 빽빽이 들어선 집들은 어깨를 맞대고 밀치락달치락하면서 서로서로 시야를 가로막아 권력의 장밋빛 건축물들을 보지 못하게 했기 때문이다. 어차피 그쪽을 바라보는 사람도 없었다. 무슬림이 사는 무할라, 즉 동네는 주로 찬드니 초크* 주변에 형성되었는데, 그곳 사람들은 자기들의 생활공간, 즉 남의 시선이 닿지 않는 안뜰을 바라보는 것으로 만족했다. 그들은 창문과 베란다에 발을 드리웠다. 좁은 골목에서는 한가한 젊은이들이 만나기만 하면 서로 골반을 나란히 맞대고 동그랗게 둘러서서 안쪽을 향한 채 손을 잡거나 팔짱을 끼거나 입맞춤을 나누었다. 이곳에는 초목도 없고 소들도 얼씬거리지 않았다. 여기서는 자기들을 신성시하지 않는다는 사실을 알기 때문이다. 자전거 벨소리가 한시도 끊이지 않았다. 그리고 그 불협화음을 뚫고 과일 행상들의 외침이 울려 퍼졌다. "자, 모두들, 어서들 오세요, 대추야자 맛보세요!"

우리 어머니와 아버지가 서로에게 말하지 않은 비밀을 감추고 있던 1월의 그날 아침, 평소의 소음과 더불어 무스타파 케말 씨와 S. P. 부트 씨의 초조한 발소리가 들려왔고 리파파 다스가 다가다다가닥 끈덕지게 두드리는 작은북 소리도 한몫 거들었다.

무할라의 뒷골목에서 뚜벅거리는 발소리가 처음 들려왔을 때 리파

---

* 델리의 유명한 시장. '달빛의 거리'라는 뜻.

파 다스와 그의 요지경상자와 작은북은 아직 조금 떨어진 곳에 있었다. 뚜벅거리는 발들이 택시에서 내려 비좁은 골목으로 허둥지둥 들어섰다. 한편 길모퉁이에 있는 집에서 어머니는 부엌에서 아침식사로 먹을 키치리*를 휘저으며 아버지가 먼 친척 여동생 조흐라와 이야기하는 소리를 엿듣고 있었다. 뚜벅거리는 발소리가 과일 행상들을 지나고 손을 맞잡은 게으름뱅이들을 지났다. 어머니는 이런 말을 들었다. "……신혼부부를 자꾸 보고 싶어 견딜 수가 있어야죠. 어찌나 깨가 쏟아지는지 차마 눈 뜨고 못 보겠지만!" 발소리는 점점 다가오고 아버지는 실제로 얼굴을 붉혔다. 그 시절만 하더라도 아버지는 한창 매력이 넘쳤다. 아랫입술도 그리 많이 튀어나오지 않았고 미간의 주름살도 아직은 희미했는데…… 아미나는 키치리를 저으면서 조흐라의 새된 목소리를 들었다. "어머나, 얼굴이 빨개지셨네! 하긴, 오빠는 원래 안색이 훤하니까!……" 그런데 그는 조흐라가 식탁에서 올 인디아 라디오**를 듣는데도 그냥 내버려두었다. 아미나에게는 금지된 일이었다. 라타 망게슈카르***가 흐느끼는 듯한 연가를 부르는 동안 조흐라가 말을 이었다. "나처럼요. 안 그래요? 만약 우리가 맺어진다면 얼굴이 발그레한 아이들을 낳게 될 텐데, 안 그래요, 오빠? 하얗고 보기 좋은 한 쌍이겠죠?" 발소리는 뚜벅거리고 아미나가 냄비를 휘젓는 동안 그들의 대화는 계속되었다. "얼굴이 검으면 얼마나 끔찍할까, 오빠. 아침에 눈을 뜰 때마다 그런 얼굴을 봐야 하다니, 거울 속에 자기

---

* 쌀과 렌즈콩 등에 각종 향신료를 더해 끓인 음식.
** 인도의 국영 라디오 방송.
*** 인도 국민가수(1929~ ).

가 열등하다는 증거가 있으니 말이에요! 그런 사람들도 당연히 알죠. 하얀 피부가 더 좋다는 건 검둥이들도 알아요. 안 그래요?" 이제 발소리가 아주 가까워졌고 아미나는 냄비를 들고 발을 쿵쿵 구르면서 식당으로 들어갔다. 그녀는 가까스로 화를 참으면서 이런 생각을 했다. 저이한테 들려줄 소식이 있는데 저 여자는 왜 하필 오늘 온 거야? 게다가 저 여자가 보는 앞에서 돈 좀 달라고 부탁해야 하다니. 아흐메드 시나이는 아미나가 돈이 필요할 때마다 간절하게 애원하는 것을 좋아했다. 그에게서 돈을 얻어내려면 애무와 밀어를 섞어가며 살살 달래야 했는데, 나중에는 그의 파자마 속에서 뭔가 꿈틀거리기 시작하면서 무릎에 놓인 냅킨이 슬슬 솟아오르기 마련이었다. 아미나도 싫지 않았다. 노력으로 그런 일까지 사랑하게 되었기 때문이다. 그래서 돈이 필요할 때마다 남편을 어루만지며 감언이설로 꼬드겼다. "자눔*, 여보, 부탁이 있는데요······" 또는, "······맛있는 음식도 준비하고 청구서도 지불하게 조금만······" 또는, "당신이야 워낙 인심이 후하니까 주고 싶은 만큼만 줘도 충분할 거예요." ······길거리의 거지들이 흔히 써먹는 수법인데, 오늘은 눈을 휘둥그레 뜨고 키득거리며 검둥이가 어쩌고 떠들어대는 여자 앞에서 그런 짓을 해야 하는 것이다. 발소리는 거의 문앞에 당도했고, 식당 안에서 아미나가 천박한 조흐라의 머리에 뜨거운 키치리를 끼얹어버릴 기세로 바싹 다가서자 조흐라가 이렇게 외친다. "아, 물론 새언니는 예외죠, 당연히!" 아미나가 자기 말을 들었는지 못 들었는지 알 수 없어 선수를 치려는 수작이다.

---

\* '내 생명'이라는 뜻의 애칭.

"오, 아흐메드 오빠, 혹시 우리 예쁜 아미나 언니에 대한 얘기라고 오해했다면 정말 너무해요! 언니는 별로 까맣지도 않고 그저 그늘에 서 있는 백인 여자 정도로밖에 안 보이는데!" 그러는 동안 아미나는 냄비를 들고 곱게 단장한 머리통을 내려다보며 생각한다. 확 저질러버릴까? 내가 그럴 수 있을까? 그러다가 마음을 가라앉힌다. '오늘은 나한테 중요한 날이야. 그리고 이 여자가 아이들 문제를 미리 들먹였잖아. 덕분에 말을 꺼내기 쉬워졌으니까……' 그러나 이미 때가 늦었다. 라디오에서 흘러나오는 라타의 애처로운 노랫소리가 초인종 소리를 덮어버리는 바람에 그들은 늙은 하인 무사가 문 열어 가는 소리를 듣지 못했다. 라타는 뚜벅뚜벅 위층으로 올라오는 초조한 발소리까지 지워버렸다. 그러다가 그들이 불쑥 나타나고 무스타파 케말 씨와 S. P. 부트 씨의 발이 주춤거리며 멈춰 선다.

"그 불한당 놈들이 만행을 저질렀네!" 아미나 시나이가 만나본 중에 제일 깡마른 사람인 케말 씨가 야릇하게 고풍스러운 말투로(평소에 소송을 좋아해서 법정에서 사용하는 말투에 물들어버린 탓이다) 다짜고짜 외치는 바람에 깜짝 놀란 사람들이 우스꽝스러운 연쇄반응을 일으키는데, 이때 키가 작고 마치 척추가 없는 듯 흐느적거리고 눈동자 속에는 사나운 그 무엇이 원숭이처럼 미쳐 날뛰는 데다 목소리까지 깩깩거리는 S. P. 부트가 두 마디를 던져 분위기를 더욱더 악화시킨다. "그래, 방화범들!" 그러자 조흐라가 특이한 반사작용으로 라디오를 얼싸안고 라타의 노랫소리를 젖가슴으로 막고는 목청껏 소리친다. "맙소사, 맙소사, 방화범이라니, 어디서요? 이 집에서요? 맙소사, 벌써 뜨거워요!" 아미나는 키치리를 손에 든 채 얼어붙은 듯 우뚝 서서 정장 차림의 두 남자를 뚫어져라 바라보고, 아까 면도는 했지만 아직 정장으로 갈아입지 않은 아흐메드가 이제 비밀 따위는 아무래도 좋다는 듯이 벌떡 일어나면서 묻는다. "곳간 말입니까?"

곳간, 곳집, 창고, 뭐라고 불러도 좋지만 아흐메드 시나이가 그 질문을 던지자마자 실내에는 싸늘한 침묵이 흘렀다. 물론 라타 망게슈카르의 노랫소리는 조흐라의 가슴골을 타고 여전히 흘러나왔다. 사연인즉슨 이들 세 남자는 도시 변두리의 공업단지에 있는 커다란 건물 하나를 공동으로 사용했다. '하느님, 제발 곳간만은 아니기를.' 아미나는 소리 없이 기도했다. 요즘 방수포와 인조가죽 사업이 순조로웠기 때문에—지금은 델리에 있는 총사령부에서 부관으로 근무하는 줄피카르 소령을 통해 군대에 인조가죽 재킷과 방수 식탁보를 납품하는 계약을 따낸 덕분이다—두 사람의 인생이 걸린 막대한 양의 원자재가 그 창고에 쌓여 있었다. 조흐라가 젖가슴의 노래와 잘 어울리는 처량한 목소리로 한탄했다. "도대체 어떤 놈들이 그런 짓을 하죠? 세상이 어떻게 되려고 그런 미치광이들이 판치는 거예요?" ……그리하여 아미나는 남편이 숨겨왔던 이름을, 그리고 그 시절 많은 이들의 가슴에 두려움을 심어주었던 이름을 난생처음 듣게 되었다. S. P. 부트가 말했다. "라바나라고 합니다." ……그렇지만 라바나는 머리가 여러 개 달린 마귀의 이름인데, 혹시 마귀들이 지상에 출몰한다는 뜻일까? "그건 또 무슨 실없는 소리예요?" 아버지를 닮아 미신을 싫어하는 아미나가 따져 묻자 케말 씨가 대답했다. "돼먹지 못한 집단의 이름입니다, 부인. 방화를 일삼는 악당 패거리죠. 험한 세상이에요, 험한 세상."

곳간에는 둘둘 말린 인조가죽이 잔뜩 쌓여 있다. 그리고 케말 씨가 취급하는 상품인 쌀 차 렌즈콩도 있다. 그는 전국에서 농산물을 대량으로 사들여 쌓아두었는데, 대가리도 많고 아가리도 많은 대중이라는 이름의 탐욕스러운 괴물로부터 지키기 위한 일종의 방어수단이다. 그 괴물이 제멋대로 날뛰도록 내버려두면 물량이 풍부한 시기에는 가격이 너무 많이 떨어질 테고, 그렇게 되면 괴물은 살찌겠지만 점잖은 사업가들은 굶주리게 되고…… 케말 씨는 이런 주장을 펼친다. "경제의 핵심은 희소성이니까 내가 사재기를 하면 가격을 적당 수준으로 유지할 뿐만 아니라 경제구조 자체를 지탱하는 셈이지." 그리고 이 곳간에는 부트 씨의 재고품도 있는데 그것들은 아그 표(AAG BRAND)라는 글자가 찍힌 상자에 담겼다. 그대에게는 굳이 말할 필요도 없겠지만 여기서 '아그'라는 말은 불을 뜻한다. S. P. 부트는 성냥 제조업자였다.

케말 씨가 말한다. "우리가 아는 것은 그 일대에 불이 났다는 사실뿐일세. 어느 곳간이 탔는지는 아직 몰라."

아흐메드 시나이가 묻는다. "그게 우리 곳간일 리가 있습니까? 지불 기한이 아직 남았는데, 왜?"

아미나가 끼어든다. "지불 기한이라니? 누구한테 지불한다는 거예요? 얼마를 지불한다는 거예요? 여보, 도대체 무슨 일이에요?"…… 그러나 S. P. 부트가 "어서들 가보세" 하고 말하자 아흐메드 시나이는 구겨진 잠옷을 입은 채 깡마른 남자와 척추가 없는 듯한 남자를 따라 허둥지둥 뚜벅뚜벅 집을 나서고, 그 뒤에는 입도 안 댄 키치리, 눈이 휘둥그레진 여자들, 그리고 라타의 희미한 노랫소리만 남고, 허공에는 라바나라는 이름이 맴돌고…… "아무짝에도 쓸모없는 자들입니다, 부인. 한 놈도 빠짐없이 비열하고 무자비한 흉악범들이죠!"

그리고 S. P. 부트가 떨리는 음성으로 덧붙인 마지막 말: "무지몽매한 힌두 방화범들입니다, 부인. 하지만 우리 같은 무슬림한테 무슨 힘이 있습니까?"

라바나 패거리에 대해 알려진 사실은? 그들이 광신적인 반무슬림 운동을 표방한다는 사실인데, 분리주의 폭동을 앞두고 있던 그 시절, 금요성원*의 안뜰에 돼지 대가리를 던져놓아도 무사히 넘어갈 수 있었던 그 시절에는 그리 신기한 일도 아니었다. 그들이 한밤중에 구도시와 신도시를 가리지 않고 담벼락마다 구호를 갈겨썼다는 사실: 분리독립 결사반대! 무슬림은 아시아의 유대인들이다! 기타 등등. 그리고 무슬림이 소유한 공장, 상점, 곳간 등을 불태웠다는 사실. 그러나 그뿐만이 아니었는데, 널리 알려지지 않은 사실: 라바나 패거리는 겉으로만 인종적 증오를 내세울 뿐, 실제로는 기발한 착상에서 탄생한 영리기업이었다. 그들은 무슬림 사업가들에게 익명의 전화를 걸거나 신문에서 낱말을 오려붙여 작성한 편지를 보내서 한 번, 딱 한 번 일정 금액을 내놓든지 아니면 자신의 전 재산이 불타버리는 꼴을 당하든지 둘 중 하나를 선택하라고 강요했다. 흥미롭게도 이 패거리는 나름대로 윤리적이라는 사실이 드러났다. 그런 요구가 되풀이되는 일은 없었다. 그리고 협박도 진담이었다. 뇌물이 든 회색 자루를 내놓지 않으면 상점 공장 창고가 불길에 휩싸였다. 대부분의 사람들이 경찰에게

---

* 이슬람교에서는 금요일이 안식일이므로 정오를 기해 성원에 모여 예배를 본다. 그래서 '금요성원'이라는 말은 세계 각지에서 고유명사로 흔히 사용된다.

맡기는 위험천만한 도박을 하기보다 돈을 내놓는 쪽을 택했다. 1947년 당시의 경찰은 무슬림이 믿고 의지할 만한 존재가 아니었다. 그리고 (이 부분은 나도 확신할 수 없지만) 협박 편지 속에는 '결과에 만족하신 고객들', 즉 돈을 내놓은 덕분에 여전히 사업을 계속하고 있는 사람들의 명단이 포함되었다고 한다. 라바나 패거리는—전문가라면 누구나 그러듯이—참고 자료까지 제시했던 것이다.

정장 차림의 두 남자와 잠옷 바람의 한 남자는 무슬림 무할라의 비좁은 골목길을 따라 찬드니 초크에서 대기 중인 택시를 향해 부랴부랴 달려갔다. 그들은 다른 사람들의 이목을 끌었는데, 단순히 옷차림이 제각각이라서가 아니라 그들이 뛰지 않으려고 노력했기 때문이다. 케말 씨가 말했다. "당황한 기색을 보이지 말게. 다들 침착하라고." 그러나 그들의 발은 자꾸 통제를 벗어나 제멋대로 허둥지둥 내닫곤 했다. 그들은 잠깐씩 부리나케 서두르다가 다시 걷는 속도로 가까스로 몇 걸음을 옮기기도 하면서 무할라를 빠져나갔는데, 도중에 한 젊은이 앞을 지나게 되었다. 그는 바퀴가 달린 검은 쇠붙이로 만든 요지경 상자와 작은북을 갖고 있었다. 바야흐로 이 장의 제목으로 언급된 공개발표의 현장으로 다가가는 리파파 다스였다. 그는 작은북을 다가닥다가닥 두드리며 이렇게 외쳤다. "세상만사를 구경하세요, 세상만사를 구경하세요, 어서들 와서 구경하세요! 델리도 보고, 인도도 보고, 어서들 와서 구경하세요! 어서들 오세요, 어서들 오세요!"

그러나 아흐메드 시나이에게는 한시바삐 보고 싶은 것이 따로 있었다.

무할라의 아이들은 대부분의 동네사람들에게 별명을 붙였다. 그중에서도 이웃에 사는 세 사람을 뭉뚱그려 '쌈닭패'라고 불렀는데, 한 명은 신드인, 한 명은 벵골인 세대주였고, 두 집 사이에는 무할라에 몇 안 되는 힌두교도의 집 하나가 끼어 있었기 때문이다. 신드인과 벵골인 사이에는 공통점이 별로 없었다. 같은 언어를 사용하지도 않았고 같은 음식을 먹지도 않았다. 그러나 둘 다 무슬림이었고 둘 다 중간에 낀 힌두교도를 미워했다. 그들은 지붕 위에 올라가서 힌두교도의 집에 쓰레기를 던졌다. 창가에서 서로 다른 언어로 힌두교도에게 욕설을 퍼부었다. 힌두교도의 대문에 고기 찌꺼기를 던지기도 했고…… 한편 힌두교도 쪽에서는 개구쟁이들에게 돈을 주고 두 무슬림의 유리창에 쪽지로 싼 돌을 던지게 했는데, 쪽지에는 이런 말을 적어놓았다. "두고 봐라. 네놈들 차례가 올 테니까." ……무할라의 아이들은 우리 아버지도 별명을 지어 불렀다. 아이들에게 우리 아버지는 '자기 코끝도 못 따라가는 사람'[*]으로 통했다.

아흐메드 시나이는 방향감각이 형편없어서 혼자 내버려두면 자기가 사는 동네에서도 구불구불한 골목길에서 길을 잃기 일쑤였다. 골목길에 사는 아랍인 노숙자들은 그렇게 정처 없이 방황하는 아버지와 마주치는 일이 많았는데, 그럴 때마다 아버지는 그들에게 4아나짜리 차바니[**]를 주면서 집까지 데려다달라고 부탁했다. 내가 그 일을 언급하는 이유는 이렇게 길을 잘못 드는 재능이 한평생 아버지를 괴롭

---

[*] '똑바로 걷지 못하는 사람' 또는 '직감에 따라 행동하지 못하는 사람'이라는 뜻.
[**] 4아나, 즉 1/4 루피에 해당하는 동전. 인도인들은 동전의 액수를 말하기보다 판지, 다시, 빗, 차바니, 아타니 등의 별칭으로 부를 때가 많다.

히기만 한 것은 아니라고 믿기 때문이다. 아버지가 아미나 시나이에게 끌린 이유도 그 재능 덕분이었고(왜냐하면 나디르 칸의 일만 보더라도 알 수 있듯이 어머니 역시 길을 잘못 드는 재능을 가졌으니까) 게다가 자신의 코끝조차 따라가지 못하는 그 무능력은 나에게도 전해지면서 내가 다른 곳에서 물려받은 후각적 유전형질을 어느 정도 희석시켰는데, 결과적으로 나는 오랫동안 냄새로 올바른 길을 찾아낼 수 없었고…… 어쨌든 여기서는 이쯤 해두자. 이만하면 세 명의 사업가가 공업단지에 도착할 만한 시간을 주었기 때문이다. 다만 우리 아버지가 성공을 만끽하는 순간조차도 (내 생각에는 방향감각의 결핍에서 비롯된 직접적인 결과로) 그의 몸에서는 미래의 실패가 내뿜는 악취, 바로 길모퉁이에 도사리고 있는 잘못된 선택의 구린내가 진동했으며 그 냄새는 목욕을 자주 해도 씻어낼 수 없었다는 사실만 덧붙이겠다. 케말 씨도 그 냄새를 맡고 S. P. 부트에게 은밀히 속닥거렸다. "여보게, 저 친구처럼 카슈미르인들은 좀처럼 안 씻기로 유명하다네." 이런 오해로 우리는 뱃사공 타이를 연상하게 되는데…… 일찍이 타이도 자학적 분노에 사로잡혀 청결을 포기한 적이 있었기 때문이다.

공업단지의 야간 경비원들은 소방차들의 소음 속에서도 평온하게 자고 있었다. 왜? 어떻게? 경비원들은 라바나 패거리와 거래를 했고, 그들이 곧 들이닥친다는 귀띔을 들으면 미리 수면제를 먹고 차포이\*를 단지 내의 건물로부터 멀찍감치 옮겨놓았기 때문이다. 그런 방법으로 라바나 일당은 폭력사태를 피하고 경비원들은 부수입을 챙겨 쥐

---

\* 나무틀에 노끈 등을 엮어 만든 간이침대.

꼬리만 한 월급에 보탤 수 있었다. 자못 평화적이고 현명한 해결책이었다.

잠들어버린 경비원들 사이에서 케말 씨와 아버지와 S. P. 부트는 화형당한 자전거들이 검은 연기가 되어 무럭무럭 하늘로 올라가는 것을 보았다. 부트 아버지 케말*은 소방차 근처에 서서 밀려드는 안도감을 느꼈다. 불타는 창고는 '아르주나 인디아바이크'의 창고였기 때문이다. '아르주나'라는 상표명은 힌두 신화에 등장하는 영웅의 이름이었지만 이 회사의 주인이 무슬림이라는 사실을 감춰주지는 못했다. 아버지 케말 부트는 소각된 아르주나 인디아바이크가 가득한 공기를 들이마셨고, 재가 되어버린 자전거 바퀴의 독연과 기화해버린 체인 벨 안장가방 핸들바의 유령과 물성변화를 일으킨 뼈대 따위가 허파를 들락거릴 때마다 연신 콜록거리며 침을 튀겼다. 훨훨 타오르는 창고 앞의 한 전봇대에 마분지로 만든 조잡한 가면 하나가 못 박혀 있었는데, 얼굴이 여러 개인 이 가면은 으르렁거리는 얼굴마다 넓적한 입술이 일그러지고 콧구멍은 선홍색으로 이글거리는 악마 가면이었다. 머리가 여러 개 달린 괴물, 즉 마왕 라바나의 성난 얼굴들이 잠든 경비원들을 내려다보았다. 경비원들이 어찌나 곤하게 잠들었던지 소방관들도 케말도 부트도 아버지도 차마 그들을 깨우지 못했다. 하늘에서 자전거 페달과 타이어 튜브 따위가 타고 남은 잿가루가 경비원들의 몸뚱이에 나풀나풀 떨어져 내렸다.

케말 씨가 말했다. "정말 한심한 일이야." 그 말은 연민의 표현이 아

---

* '부트와 아버지와 케말'. 루슈디는 같은 품사 여러 개를 나열할 때 쉼표나 접속사를 생략할 때가 많다.

니었다. 그는 오히려 아르주나 인디아바이크 회사의 주인을 탓하고 있었다.

보라: (누군가에게는 안도감을 주는) 재앙의 먹구름이 무럭무럭 피어올라 변색된 아침 하늘에 공처럼 뭉쳐진다. 그 구름이 구도시의 심장부가 있는 서쪽으로 몰려가는 모습을 보라. 그것은, 맙소사, 마치 손가락처럼 저 아래 찬드니 초크 부근의 무슬림 무할라를 가리킨다! ……그리고 지금 그곳에서는 시나이 부부가 사는 바로 그 골목에서 리파파 다스가 목청껏 손님들을 불러 모은다.

"어서들 와서 구경하세요, 세상구경 하러 오세요, 어서들 오세요!"

이제 공개발표의 시간이 임박했다. 내가 흥분했다는 사실을 부인하지 않겠다. 내 이야기인데도 정작 나 자신은 너무 오랫동안 뒷전에서 맴돌았기 때문인데, 전면으로 나서려면 아직 조금 더 기다려야겠지만 이렇게 잠시 기웃거리기라도 하게 되었으니 기분 좋은 일이다. 그래서 크나큰 기대감에 부풀어 하늘에서 가리키는 손가락을 따라가서 부모님이 사는 동네를 내려다본다. 수많은 자전거들, 볶은 이집트콩을 종이 고깔에 담아놓고 먹어보라고 권하는 노점상들, 골목길에서 골반을 나란히 맞대고 손을 맞잡은 게으름뱅이들, 이리저리 날아다니는 종잇조각들, 과자점 주변을 회오리바람처럼 몰려다니는 파리 떼…… 높은 하늘에서 내려다보고 있어 모든 것이 조그맣게 보인다. 그곳에는 아이들도 있는데, 그들은 리파파 다스의 목소리와 마력을 가진 작은북 소리에 이끌려 골목 안으로 떼 지어 몰려든다. "두냐 데코(세상 구경 하러 오세요)!" 반바지도 입지 않은 사내애들, 셔츠도 안 걸친 계집애들, 하얀 교복 차림에 반바지가 흘러내리지 않도록 뱀처럼 S자 모양으로 구부러진 버클이 달린 고무줄 허리띠로 질끈 동여맨 말쑥한 아이들, 뚱뚱해서 손가락까지 포동포동한 소년들. 모두가 바퀴 달린 검은 상자 앞으로 모여드는데 그 속에 소녀 하나가 끼여 있다. 짙은 눈썹이 하나로 길게 이어져 두 눈에 그늘을 드리운 이 소녀가 누구냐 하면, 지금 이 순간 자기 집 지붕 위에서 아직은 허구에 불과한 나라 파키스탄의 국기를 게양하며 이웃에게 욕설을 퍼붓고 있는 무례한 신드인의 여덟 살 먹은 딸이다. 소녀는 차바니 동전을 손에 쥐고 골목 안으로 뛰어드는데 그 표정은 난쟁이 여왕* 같고 입매에서는 사나운 성미가 엿보인다. 이름이 뭐냐고? 나도 모르지만 그 눈썹은 낯이 익다.

리파파 다스는: 이 무슨 불운인지 검은 요지경상자를 하필 누군가 스와스티카**를 그려놓은 담벼락에 붙여놓았다. (그 시절에는 사방팔방에서 그 표시를 볼 수 있었다. 과격파 정당 R.S.S.S.***가 담벼락마다 그려놓았기 때문이다. 이 표시는 방향이 거꾸로 된 나치의 어금꺾쇠와 달리 고대 힌두교에서 유래한 힘의 상징이었다. 스바스티Svasti는 산스크리트어로 '선善'을 뜻한다.) ……내가 지금까지 몇 번이나 그의 등장을 알린 바 있는 이 리파파 다스라는 젊은이는 평소에는 눈에 잘 띄지 않다가도 미소를 짓기만 하면 아름답게 피어났고, 작은북

---

\* 『이상한 나라의 앨리스』에서 걸핏하면 처형 명령을 내리는 '하트의 여왕'을 가리킨다.
\*\* 만(卍)자를 뜻하는 산스크리트어.
\*\*\* Rashtriya Swayam-Sevak Sangh, 민족의용단. 1925년 창설된 반이슬람 극우 힌두교 단체.

을 다가닥다가닥 두드리기만 하면 아이들에게는 못 견디게 매혹적인 존재로 탈바꿈했다. 북재비패: 그들은 인도 전역에서 "딜리 데코!", 즉 "델리구경 하러 오세요!" 하고 외쳤다. 그러나 지금 있는 곳이 델리이기 때문에 리파파 다스는 그 말을 적당히 바꿨다. "세상구경 하러 오세요, 세상만사를 구경하세요!" 시간이 흐르면서 이 과장된 외침이 그의 마음을 괴롭히기 시작했다. 자신의 약속을 지키려고, 즉 요지경 상자 속에 세상만사를 송두리째 담아보려고 그는 그 상자 속에 점점 더 많은 그림엽서를 밀어 넣었다. (나는 문득 나디르 칸의 친구였던 그 화가를 떠올린다. 현실 전체를 고스란히 담아내고 싶어 하는 이 충동은 인도의 풍토병일까? 더 나아가서: 혹시 나도 그 병에 걸린 것일까?)

리파파 다스의 요지경상자 속에는 타지마할, 미나시 사원, 신성한 갠지스 강 등의 사진이 들어 있었다. 그러나 이 요지경놀이꾼은 그런 명소들의 사진뿐만 아니라 당대의 현실에 관련된 사진도 포함시키고 싶은 충동을 이겨내지 못했다. 네루 관저를 떠나는 스태퍼드 크립스[*], 불가촉천민들을 만져보는 장면, 수많은 지식인들이 철도 위에서 노숙하는 광경, 유럽의 어느 여배우가 머리 위에 과일을 산더미처럼 쌓아 올린 모습을 찍은 홍보용 사진—리파파 다스는 그녀를 '카르멘 베란다'[**]라고 불렀다—등등. 심지어 공업단지에서 일어난 화재를 찍은

---

[*] 1942년 일본이 전쟁에서 우위를 점하자 영국 정부는 네루와 친분이 있던 크립스를 사절로 파견, 종전 후 인도 자치령의 지위를 약속하고 협력을 요청하지만 국민회의당은 조건 없는 완전한 독립을 요구하여 이에 응하지 않았다.
[**] 포르투갈 태생의 브라질 가수인 카르멘 미란다를 가리킨다.

신문 사진을 오려 엽서에 붙이기까지 했다. 리파파 다스는 당대의 그리 유쾌하지 않은 일면으로부터 관객들을 보호하는 것이 그리 바람직하지 않다고 여겼는데…… 그래서 그가 이렇게 골목길에 들어설 때마다 그의 바퀴 달린 상자 속에 또 어떤 새로운 사진이 들었는지 구경하기 위해 아이들뿐만 아니라 종종 어른들까지 모여들었고, 그렇게 그를 자주 찾는 손님들 가운데 하나가 바로 아미나 시나이 마님이었다.

그런데 오늘은 공기 중에 심상찮은 기운이 감돈다. 무할라 상공에는 화장된 인디아바이크 자전거 연기가 무겁게 떠 있고 지상에는 금방이라도 터질 듯하고 위협적인 무엇이 내려앉았는데…… 지금 그것이 슬그머니 끈을 풀고 빠져나오는 순간 눈썹이 하나로 이어진 소녀가 빽 소리친다. 발음은 천진난만한 혀짤배기소리지만 그 기세는 천진함과는 거리가 멀다. "나 먼더 볼래! 더리 비켜…… 나도 볼래! 안 보이닳아!" 그러나 상자의 구멍마다 이미 들여다보는 눈이 있고, 이미 그림엽서의 행진에 넋을 잃은 아이들이 있고, 그래서 리파파 다스는 (일손을 멈추지 않고 상자 속의 엽서들을 움직이는 손잡이를 계속 돌리면서) 이렇게 말한다. "몇 분만 기다려, 꼬마 아가씨. 모두에게 차례가 돌아갈 테니까 잠깐만 기다리면 된단다." 그러자 일자눈썹의 난쟁이 여왕님은 이렇게 대꾸한다. "시더! 시더! 나 먼더 볼래!" 리파파는 미소를 지워버리고—그래서 다시 눈에 안 띄는 젊은이가 되어—나도 모르겠다는 듯이 어깨를 으쓱한다. 그러자 난쟁이 여왕님의 용안에 무시무시한 분노가 떠오른다. 그러더니 이번에는 모욕을 시도한다. 그녀의 입술이 파르르 떨리더니 치명적인 독가시가 튀어나온다. "우디 동네에 드더오다니 덩말 뻔뻔드럽네. 아더띠가 누군디 나두 알구 울 아빠두 알구 누구든디 다 안다. 아더띠는 힌두고도닿아!"

리파파 다스는 말없이 서서 상자 손잡이를 돌릴 뿐이다. 그러나 일자눈썹 꽁지머리 발키리*는 이제 그 오동통한 손으로 리파파를 손가락질하며 노래하듯이 소리치고 하얀 교복에 뱀 버클 허리띠를 맨 소년들도 곧 합세한다. "힌두교도! 힌두교도! 힌두교도!" 그러자 여기저기서 대나무 발이 홱홱 젖혀지더니 그중 어느 창가에서 소녀의 아버지가 새로운 표적을 향해 욕설을 퍼붓기 시작하고 곧이어 벵골인도 벵골어로 합세하는데…… "제 어미를 겁탈하는 놈! 우리 딸내미들을 욕보이는 놈!"……때는 바야흐로 무슬림 어린이들이 폭행을 당했다는 기사로 떠들썩하던 시절이었고, 그래서 별안간 누군가의 목소리가 비명처럼 터져나오는데, 여자 목소리, 어쩌면 바보 같은 조흐라의 목소리였는지도 모른다. "강간범이다! 저것 보세요, 나쁜 놈을 잡았어요! 저기 있잖아요!" 그러자 가리키는 손가락 같은 구름의 광기와 그 엉망진창이었던 시대의 비현실성이 무할라 전체를 휩쓸고, 집집마다 비명이 메아리처럼 울려 퍼지고, 어린 학생들은 무슨 뜻인지 잘 알지도 못하면서 노래하듯이 외친다. "가앙간범! 가앙간범! 강강강강 강간범!" 아이들은 어느새 리파파 다스로부터 멀찌감치 물러섰고, 리파파도 바퀴 달린 상자를 질질 끌면서 그 자리를 벗어나려고 애쓰지만 피를 부르는 목소리들에 둘러싸여 오도 가도 못하게 되었고, 길거리의 게으름뱅이들이 서서히 다가오고, 남자들이 하나둘씩 자전거에서 내리고, 허공을 가르며 날아든 화분 하나가 리파파 바로 옆의 담벼락

---

* 북유럽 신화의 오딘 신을 모시는 신녀들. 싸움터에서 죽을 자들을 미리 선택한다고 한다.

에 산산이 부서진다. 그가 어느 집 문짝을 등지고 서 있을 때 기름기가 번질거리는 앞머리를 빳빳하게 세운 사내가 다정하게 웃으면서 말한다. "그래, 바로 자네였나? 힌두교도 선생, 바로 네놈이 우리 딸내미들을 더럽혔단 말이지? 바로 네놈이 제 누이와 붙어먹는 우상숭배자란 말이지?" 그러자 리파파 다스는 바보처럼 웃으면서, "아닙니다, 제발 이러지들 마시고……" 바로 그때 그의 등 뒤에서 문이 벌컥 열리고, 그는 벌러덩 나자빠져 컴컴하고 시원한 복도로 나뒹굴고, 그 옆에는 우리 어머니 아미나 시나이가 우뚝 서 있다.

그날 아침에 어머니는 키득거리는 조흐라와 단둘이서 라바나라는 이름의 메아리와 더불어 시간을 보냈는데, 공업단지에서 무슨 일이 벌어지고 있는지는 확인할 길이 없고 다만 온 세상이 미쳐버린 것 같다는 생각이 뇌리를 떠나지 않았다. 그러다가 고함 소리가 시작되고 조흐라까지—미처 말릴 겨를도 없이—그 소동에 가세했을 때 그녀의 마음속에 문득 어떤 결심이 굳어졌는데, 그 아비에 그 딸이라는 깨달음 때문일까, 초승달 모양의 칼날을 피해 옥수수밭으로 숨어들었던 나디르 칸에 대한 어렴풋한 추억 때문일까, 혹은 콧구멍이 근질거리기 시작했기 때문일까, 아무튼 그녀는 조흐라의 날카로운 목소리에도 아랑곳없이 아래층으로 내려가서 구조에 나섰다. "어쩌려고 그래요, 새언니. 미친 짐승 같은 놈인데, 제발 집 안에 들이지 마요. 정신 나갔어요?"……어머니는 문을 열었고 리파파 다스가 굴러들었다.

그날 아침의 우리 어머니를 상상해보라. 아직 보이지도 않고 말하지도 않은 비밀 때문에 자궁이 터질 듯한 상태로 폭도와 그들의 목표물 사이에 우뚝 서 있는 어두운 그림자. "와아, 와아!" 그녀는 폭도에게 갈채를 보냈다. "굉장한 용사들이군요! 다들 참 용감하십니다, 정말 대단해요! 겨우 오십 명이 이렇게 무시무시한 괴물한테 덤벼들다니! 이거야 원, 여러분이 자랑스러워 가슴이 벅차네요."

······그리고 조흐라는, "빨리 들어와요, 새언니!" 그리고 번질거리는 앞머리의 사내는, "어쩌자고 저런 악당놈을 두둔하십니까, 부인? 올바른 처사가 아닙니다." 그리고 아미나는, "제가 아는 사람이에요. 점잖은 분이죠. 자, 어서들 나가세요. 다들 할 일이 그렇게도 없나요? 무슬림 무할라에서 사람을 찢어 죽이려는 거예요? 자, 빨리들 나가주세요." 그러나 놀라움이 가시자 폭도는 다시 다가오기 시작하는데······ 지금이다. 바로 지금이 그 순간이다.

어머니는 이렇게 외치셨다. "들어들 보세요! 잘 들어요. 저는 임신했어요. 곧 아기를 낳을 임산부인데도 이 사람한테 기꺼이 피난처를 제공하겠다는 거예요. 그러니 어디 마음대로 해보시죠. 꼭 사람을 죽여야 속이 시원하겠다면 임산부까지 한꺼번에 죽여서 여러분이 어떤 분들인지 만천하에 보여주세요!"

그리하여 머지않아 내가 탄생한다는 소식은—즉 살림 시나이의 강림 소식은—우리 아버지가 듣기 전에 그날 그 자리에 모인 군중 앞에서 먼저 발표되었다. 내가 잉태되는 순간부터 공유재산이었다는 생각이 들 지경이다.

그러나 어머니가 공개발표를 하던 그 순간에는 어머니의 말이 옳았지만 그것은 또한 틀린 말이기도 했다. 그 이유는 이렇다: 그때 그녀의 배 속에 있던 아기는 그녀의 아들이 아니었으니까.

어머니는 델리로 이사했고, 근면성실하게 남편을 사랑하는 일에 전념했고, 조호라와 키치리와 뚜벅거리는 발소리 때문에 남편에게 그 소식을 전하지 못했고, 고함 소리를 들었고, 공개발표를 했다. 이 방법은 소기의 목적을 이루었다. 나의 탄생을 알리는 수태고지가 한 생명을 구했던 것이다.

군중이 흩어진 후 늙은 하인 무사가 골목길로 나가 리파파 다스의 요지경상자를 구조해 오는 동안 아미나는 미소가 아름다운 젊은이에게 신선한 라임수를 몇 잔이나 연거푸 먹였다. 그날의 경험으로 수분뿐만 아니라 당분까지 빼앗겼는지 그는 흑설탕을 한 잔에 네 숟가락이나 넣어 마셨고, 그동안 조호라는 겁에 질려 소파 위에 잔뜩 웅크리고 있었다. 이윽고 (라임수로 수분을 보충하고 설탕으로 당분을 보충한) 리파파 다스가 말했다. "마님은 정말 대단한 분입니다. 허락하신다면 제가 이 댁에, 그리고 아직 태어나지 않은 아기씨께 복을 빌어드리겠습니다. 그리고 한 가지 더 해드리고 싶은데 꼭 허락해주셨으면 좋겠습니다."

어머니는 이렇게 대답했다. "고맙지만 아무것도 안 해도 돼요."

그러나 리파파 다스는 (설탕의 당분 때문에 달착지근한 혀로) 이렇게 말을 이었다. "우리 사촌형 슈리* 람람 세트는 용한 점쟁이입니다, 마님. 손금도 읽고 별점도 치고 운수도 보죠. 그 형한테 가시면 아드님의 앞날을 알려드릴 테니 꼭 찾아주세요."

---

\* '빛' 또는 '광명'을 뜻하는 산스크리트어로, 이름 앞에 붙이는 경칭.

예언자들이 나의 탄생을 예고했고…… 1947년 1월, 우리 어머니 아미나 시나이는 목숨을 선물한 보답으로 예언이라는 선물을 받게 되었다. 그리고 조흐라가, "저런 사람을 따라가다니 미친 짓이에요, 아미나 언니. 그런 생각은 꿈도 꾸지 마요. 요즘 같은 세상엔 그저 조심하는 게 상책이에요" 하며 한사코 말렸지만, 그리고 무신론자인 당신 아버지가 떠오르고 그의 엄지검지가 몰비의 귀를 움켜쥔 장면이 떠오르기도 했지만, 젊은이의 제안은 어머니의 마음 한구석을 건드려 결국 승낙을 받아냈다. 그녀 자신도 확신을 얻은 지 얼마 안 되었지만 임산부라는 새로운 신분에 대한 비논리적 경이감에 사로잡힌 채 어머니는 이렇게 대답했다. "좋아요, 리파파 다스, 그럼 며칠 있다가 레드 포트* 정문에서 만나기로 해요. 그때 사촌형이라는 분한테 데려다줘요."

"날마다 기다리겠습니다." 그는 합장을 하고 떠났다.

몹시 경악한 조흐라는 아흐메드 시나이가 집으로 돌아온 후 절레절레 고개를 흔들며 이렇게 말했다. "무슨 신혼부부가 저렇게들 제정신이 아닌지 원. 나는 갈 테니까 끼리끼리 잘 놀아요!"

늙은 하인 무사도 입을 열지 않았다. 그는 우리의 삶 속에 늘 배경처럼 머물렀지만 두 차례의 예외가 있었는데…… 한 번은 우리 곁을 떠났을 때, 또 한 번은 다시 돌아와서 우연히 세계를 파멸시켰을 때였다.

---

\* 샤자한 황제가 델리에 축조한 성. 적색사암으로 지어져 '붉은 성'이라는 뜻의 '랄 킬라'로도 불린다.

## 머리가 여러 개 달린 괴물

그러나 물론 우연 따위는 존재하지 않는다면 상황이 또 달라진다. 만약 그렇다면 무사는—고령과 노예근성에도 불구하고—그야말로 정해진 시간이 될 때까지 조용히 째깍거리는 시한폭탄인 셈이다. 만약 그렇다면—낙관적으로 생각할 경우—모든 일이 미리 예정되었으니 우리는 저마다 의미 있는 존재인 셈이고, 따라서 우리가 한낱 우연의 산물에 불과하고 '존재이유' 따위는 없다는 끔찍한 생각은 안 해도 되니까 일제히 일어나 환호할 수도 있고, 반면에—비관적으로 생각할 경우—우리가 어떤 생각을 하든지 달라질 것은 아무것도 없고 어차피 모든 일이 예정대로 펼쳐질 테니 일체의 사고 판단 행동이 부질없음을 깨닫고 그 자리에서 당장 포기해버릴 수도 있겠다. 만약 후자의 경우라면 낙관주의는 어디서 찾아야 하는가? 운명 속에서, 아니면 혼돈 속에서? 어머니가 (이미 동네 사람들 모두가 들어버린) 그 소식을 전했을 때, "내가 그럴 거라고 했잖소, 다 시간문제라고" 그렇게 대답했던 아버지는 그 순간 낙관론자였을까, 아니면 비관론자였을까? 어머니의 임신은 운명이었던 듯싶다. 하지만 나의 탄생은 적잖이 우발적인 사건이었다.

'다 시간문제라고.' 그렇게 말할 때 아버지는 어느 모로 보나 기뻐하는 표정이었다. 그러나 내 경험에 의하면 시간은 불안정한 것이므로 결코 신뢰하지 말아야 한다. 시간은 심지어 조각조각 분할되기도 한다: 파키스탄 시계는 인도 시계보다 반 시간 늦고…… 분리주의 운동이라면 질색을 하던 케말 씨는 종종 이렇게 말했다. "그게 어처구니없는 수작이라는 증거를 보여줄까? 분리주의자들은 자그마치 30분이나 떼어먹으려는 거라고!" 케말 씨는 힘주어 부르짖었다. "'시간은 분할할 수 없다', 바로 그 점을 강조해야지!" 그러면 S. P. 부트는 이렇게 따졌다. "시간을 그렇게 간단히 바꿔버릴 수 있다면 도대체 뭐가 현실이야? 어디 말해보게. 도대체 뭐가 진실이야?"

오늘은 거창한 질문이 거듭되는 날인 듯싶다. 분리주의 폭동 당시 목이 뎅강 잘리는 바람에 시간에 대한 흥미를 잃어버린 S. P. 부트에게 나는 신뢰할 수 없는 세월을 건너뛰어 이렇게 대답하겠다: "현실과 진실이 반드시 일치하는 것은 아닙니다." 내가 아주 어렸을 때부터 나에게 '진실'이란 메리 페레이라가 들려주는 온갖 이야기 속에 감춰진 무엇이었다. 나에게는 어머니 이상이기도 하고 어머니 이하이기도 했던 보모 메리, 우리 모두에 대해 모르는 것이 없었던 메리. 나에게 '진실'이란 내 방 벽에 걸린 그림 속의 어부가 소년 롤리에게 이야기를 들려주면서 손가락으로 가리키던 수평선 바로 뒤에 숨어 있는 어떤 것이었다. 지금 앵글포이즈 램프의 불빛 아래서 이 글을 쓰면서 나는 그러한 옛일에 비춰 진실을 가늠해본다: 메리라면 이런 식으로 말했을까? 나는 묻는다. 그 어부라면 이렇게 말했을까? ……그리고 그런 기준으로 본다면 1947년 1월 어느 날 우리 아버지가 마왕을 상대하는 동안 어머니는 내가 태어나기 6개월 전에 이미 나에 대한 모든 것을 알아버렸다는 것도 부인할 수 없는 진실이다.

아미나 시나이는 리파파 다스의 제안을 받아들이기 위해 적당한 때를 기다렸지만 인디아바이크 공장이 타버린 후 아흐메드 시나이는 마치 불쾌한 만남을 앞두고 마음을 다잡으려는 사람처럼 코노트 플레이스*의 사무실에 출근하지도 않고 꼬박 이틀을 집 안에서 지냈다. 그 이틀 동안 그 회색 돈자루는 부부의 침대에서 아흐메드가 사용하는 쪽의 상판 밑에 나름대로 은밀하게 감춰져 있었다. 아버지는 그 회색 자루가 그 자리에 있는 이유를 설명하려 하지 않았고, 그래서 아미나는 '그러거나 말거나 내가 알 게 뭐야?' 하고 생각했는데, 사실은 그녀에게도 비밀이 하나 있었고 그 비밀은 찬드니 초크의 레드포트 정문 앞에서 참을성 있게 그녀를 기다리고 있었다. 혼자 토라져 입술을 삐죽거리면서 어머니는 리파파 다스에 대한 비밀을 마음속에 묻어두었다. '저이가 무슨 짓을 하려는지 말해준다면 또 모를까, 그러기 전에는 나도 말해줄 필요 없잖아?' 그것이 그녀의 핑계였다.

그러다가 1월의 어느 쌀쌀한 저녁 무렵 아흐메드 시나이가 말했다.

---

* 뉴델리 중심가.

"오늘 밤은 좀 나가봐야겠소." 아미나가 "날도 추운데 병이라도 나면……" 하고 말려보았지만 그는 곧 정장을 차려입고 외투를 걸쳤다. 정체불명의 회색 자루 때문에 외투가 눈에 띄게 불룩해서 우스꽝스러울 정도였다. 그녀는 결국 "따뜻하게 감싸고 가요" 하고 그를 보내주면서 "늦게 와요?" 하고 물었다. 그러자 그는 "아마 그럴 거요" 하고 대답했다. 남편이 떠나고 5분쯤 지났을 때 아미나 시나이도 그녀의 모험이 기다리는 레드포트를 향해 출발했다.

한 여정은 어느 성에서 시작되었고, 또 어떤 여정은 어느 성에서 끝났어야 했는데 그러지 못했다. 한 사람이 미래를 예언했고, 또 한 사람은 그 미래의 지리적 위치를 결정했다. 한 여정에서는 원숭이들이 손님접대를 하듯이 춤을 추었고, 다른 곳에서는 원숭이 한 마리가 춤을 추었지만 그 결과는 참혹했다. 두 모험 모두에서 독수리들이 한몫을 했다. 그리고 두 여로의 끝에는 모두 대가리가 여러 개인 괴물이 도사리고 있었다.

자, 한 번에 하나씩…… 여기 레드포트의 높다란 성벽 아래 아미나 시나이가 있다. 일찍이 그곳에서 무굴제국의 황제들이 나라를 다스렸고 장차 그곳에서 새로운 국가의 탄생이 선포될 터인데…… 어머니는 제왕도 아니고 전령도 아니지만 (날씨와는 딴판으로) 따뜻한 환대를 받는다. 그날의 마지막 햇빛 아래서 리파파 다스가 환호성을 터뜨린다. "마님! 아, 정말 잘 오셨습니다!" 새까만 피부에 새하얀 사리를 두른 그녀가 리파파에게 택시 쪽으로 오라고 손짓한다. 리파파가 뒷문을 열려고 손을 내미는 순간 운전사가 툭 쏘아붙인다. "무슨 짓인가? 자네가 뭐라도 되는 줄 알아? 자, 마님은 뒷자리에 계시게 하고 자네는 잽싸게 앞자리에 앉아야지!" 그리하여 아미나는 바퀴 달린 검은 요지경상자와 나란히 앉게 되고 리파파 다스는 정중히 사과한다. "죄송합니다, 마님. 나쁜 뜻은 없었으니 불쾌하게 생각하지 마세요."

그러나 여기 제 차례가 올 때까지 얌전히 기다리기를 거부하는 다른 택시가 있으니, 다른 성 앞에 멈춰 선 이 차에서는 정장 차림에 저마다 외투 속에 두툼한 회색 자루를 품은 세 남자가 내리는데…… 첫번째 남자는 한평생처럼 길되 거짓말처럼 가냘프고, 두번째 남자는 척추가 없는 듯 흐느적거리고, 세번째 남자는 아랫입술이 튀어나오고 배는 물컹거릴 만큼 불룩하며 점점 벗어지는 머리는 기름기로 번질거리면서 슬금슬금 내려와 귀를 덮었고 미간에 잡힌 주름살로 미루어 짐작건대 좀 더 나이가 들어 주름살이 흉터처럼 깊어지면 성마르고 까다로운 노인의 얼굴로 굳어질 것이 분명했다. 택시 운전사는 추위에도 아랑곳없이 원기왕성하게 외친다. "푸라나 킬라\*! 다들 내리세요! 올드포트에 도착했습니다!" ……델리에서는 수많은 도시가 생겨나고 스러져갔지만 시꺼멓게 그을린 이 폐허 올드포트는 델리의 여러 모습 중에서도 특히 역사가 길다. 유서 깊은 올드델리조차도 이곳에 비하면 강보에 싸인 갓난아기에 지나지 않는다. 케말과 부트와 아흐메드 시나이가 까마득히 오랜 옛날에 생긴 이 폐허로 달려온 까닭은 익명의 전화로 하달된 명령 때문이다. "오늘 밤. 올드포트. 일몰 직후. 섣불리 경찰을 불렀다가는…… 곳간은 날아가는 거요!" 세 사람은 회

---

\* '옛성'이라는 뜻. '올드포트'라고도 불린다.

색 자루를 부둥켜안고 무너져가는 낡아빠진 세계로 들어선다.

어머니는 핸드백을 부둥켜안고 요지경상자 옆에 앉아 있고 리파파 다스는 앞좌석에서 어리둥절해하는 괄괄한 운전사와 나란히 앉아 중앙우체국 반대쪽에 있는 골목으로 안내한다. 가난이 가뭄처럼 길바닥을 갉아먹는 이 방죽길에 들어섰을 때, 사람들이 남의 눈에 보이지 않는 삶을 이어가는(왜냐하면 그들도 리파파 다스처럼 남의 눈에 안 보이는 저주에 걸렸는데 누구나 아름다운 미소를 지닌 것은 아니므로) 그곳에서 새로운 무엇이 어머니를 괴롭히기 시작한다. 시시각각 좁아지고 갈수록 혼잡해지는 이 거리의 중압감에 못 이겨 그녀는 '도시적 안목'을 잃어버렸다. 도시적 안목으로 바라보면 안 보이는 사람들은 보이지 않는다. 상피병에 걸려 고환이 부어오른 남자들과 바퀴 달린 상자를 타고 다니는 거지들도 마음에 걸리지 않고 장차 하수관으로 사용될 콘크리트 관들이 노숙자 합숙소처럼 보이지도 않는다. 그런데 지금 도시적 안목을 잃어버린 어머니는 보이는 것마다 새롭기만 해서 얼굴을 붉힌다. 그 새로움은 우박처럼 그녀의 뺨을 콕콕 찌른다. 저기, 맙소사, 아이들이 저렇게 예쁜데 이가 모두 시꺼멓다니! 저럴 수가…… 여자애들이 젖꼭지를 드러내다니! 놀랍구나, 정말! 그리고, 하느님 맙소사, 여자 청소부들은—아니!—정말 끔찍하구나!—척추가 구부러지고, 나뭇가지처럼 앙상한 사람들, 카스트 표시도 없고, 맙소사, 불가촉천민이구나! ……그리고 사방에 불구자들, 한평생 구걸로 돈벌이를 할 수 있게 해주려고 사랑하는 부모들이 손수 사지를 잘라준 사람들…… 그래, 바퀴 달린 상자에 올라탄 저 거지들, 몸은 어른인데 다리는 어린애 같은 사람들이 버려진 롤러스케이트와 낡은 망고 상자로 만든 바퀴상자를 타고 있구나. 어머니는 소리친다. "리파파 다스, 차 돌려요!"……그러나 리파파 다스는 아름다운 미소를 지으며 이렇게 대답한다. "여기서부터는 걸어가야 합니다." 돌아갈 수도 없음을 깨닫고 어머니는 택시 운전사에게 기다려달라고 부탁하고 심술궂은 운전사는 이렇게 툴툴거린다. "예, 물론입죠, 지체 높으신 마님께서 말씀하시니 기다릴 수밖에요, 그런데 마님께서 돌아오시면 큰길까지 줄곧 후진으로 나가야겠는뎁쇼, 여긴 차 돌릴 공간도 없어서요!"……아이들이 어머니의 사리 끝자락을 잡아당기고 사방에서 사람들이 그녀를 뚫어져라 쳐다본다. 마치 무시무시한 괴물에게 포위된 듯하구나, 헤아릴 수 없이 많은 머리 머리 머리를 가진 괴물 같구나. 그러나 그녀는 곧 생각을 고쳐먹는다. 아니, 물론 괴물이 아니지, 저 가엾디가엾은 사람들은—그럼 뭐지? 일종의 힘이랄까, 자기들의 힘을 깨닫지 못하는 세력이랄까, 비록 그 힘을 한 번도 써먹지 못한 까닭에 타락하여 무력해지고 말았지만…… 아니, 겉으로는 어떻게 보이든 간에 저들은 타락하지 않았다. '두렵구나.' 어머니가 자기도 모르게 그런 생각을 하는 순간 누군가의 손이 팔을 건드린다. 돌아선 그녀가 발견한 것은—설마!—백인 남자의 얼굴인데, 그는 거칠거칠한 손을 내밀고 외국 노래처럼 높은 음정으로, "적선합쇼, 마님……" 마치 헛도는 레코드판처럼 그 말을 몇 번이나 되풀이하는 동안 그녀는 긴 속눈썹과 구부러진 코가 귀족적으로 생긴 하얀 얼굴을 들여다보며 당혹감을 느끼는데, 당혹감의 이유는 이 거지가 백인이고 구걸은 백인이 할 짓이 아니기 때문이다. 남자가 말을 잇는다. "……캘커타에서부터 줄곧 걸어왔습니다, 마님, 보시다시피 이렇게 재투성이가 된 것은 그 학살 현장에 있었다는 사실이 부끄럽기 때문인데—기억하십니까, 마님, 작년 8월에 나흘 동안 수천 명이 칼에 찔려 비명을 지르면서……" 리파파 다스는 비록 거지일망정 백인 남자를 어떻게 대해야 할지 몰라 무력하게 서 있을 뿐이고, "……어느 유럽인에 대한 얘기 들으셨나요?" 거지가 묻는데, "……예, 그 살인자들 중에서요, 마님, 밤중에 피 묻은 옷을 입고 시내를 돌아다니던 사람인데, 동족들이 곧 파멸하고 말 거라는 생각에 미쳐버린 백인 남자 말인데요. 혹시 못 들으셨나요?" ……그리고 그 당혹스러운 노래 같은 목소리가 잠시 멈추더니, "그 사람이 제 남편이에요." 그제야 어머니는 누더기 아래 짓눌린 젖가슴을 발견하고…… "제 딱한 사정을 봐서라도 적선 좀 하세요." 그러면서 어머니의 팔을 잡아당긴다. 그러자 리파파 다스가 다른 팔을 잡아당기면서 속삭이는데, "히즈라예요, 성도착자라고요. 이리 오세요, 마님." 그렇게 양쪽에서 잡아당기는 바람에 한자리에 선 채로 아미나는 백인 여자에게, 볼일 좀 보고 올 테니까 잠시만 기다려요, 내가 당신을 집으로 데려가서 먹여주고 입혀주고 당신이 살던 세상으로 돌려보내줄게요, 하고 말하려 하는데, 바로 그 순간 여자가 어깨를 으쓱하더니 빈손으로 돌아서서 점점 좁아지는 길을 따라 점점 멀어져 점이 되었다가 마침내—지금!—아득하고 초라한 골목 안으로 사라져버린다. 그러자 리파파 다스가 야릇한 표정을 지으면서 말한다. "저 사람들은 끝장났어요! 완전히 망했다고요! 곧 다들 떠날 겁니다. 그다음엔 우리끼리 마음껏 죽고 죽이겠죠." 아미나는 한 손을 아랫배에 가볍게 얹고 리파파를 따라 어두운 문간을 들어서면서 얼굴이 화끈거리는 것을 느낀다.

……한편 올드포트에서는 아흐메드 시나이가 라바나를 기다린다. 해질녘의 아버지: 무너져가는 성벽 안에서, 한때는 방이었던 곳의 어두운 문간에 서서, 두툼한 아랫입술을 삐죽 내밀고, 두 손은 뒷짐을 지고, 돈 걱정으로 머리가 복잡하다. 아버지는 한 번도 행복했던 적이 없었다. 그는 늘 미래의 실패가 내뿜는 희미한 냄새를 맡았고 하인들을 학대했는데, 어쩌면 선친의 인조가죽 사업을 물려받는 대신에 자신의 꿈을 좇아 쿠란을 정확한 연대순으로 재배열하는 일에 뛰어들 용기가 있었다면 좋았을 거라고 생각했는지도 모른다. (언젠가 아버지가 나에게 말씀하셨다: "무함마드께서 예언을 하시면 사람들이 그 내용을 야자수잎에 받아적어 상자 속에 닥치는 대로 쑤셔 넣었지. 그러다가 무함마드께서 돌아가신 후 아부바크르\*를 비롯해서 여러 사람이 정확한 순서를 기억해내려고 애썼지만 다들 기억력이 별로 좋지 않았단다." 또 하나의 잘못된 선택이다. 신성한 책을 다시 쓰는 일 대신에 아버지는 폐허에 몸을 숨기고 마귀들을 기다렸다. 아버지가 행복하지 않았던 것도 무리가 아니다. 그리고 나도 도움이 되지 못했다. 태어나자마자 아버지의 엄지발가락을 부러뜨렸으니까.) ……다시 말하지만 불행했던 아버지는 돈 걱정으로 늘 마음이 언짢다. 그는 감언이설로 몇 루피씩 우려내고 밤중에 그의 호주머니를 뒤지는 아내를 생각한다. 그리고 이혼 협상이 끝났는데도 걸핏하면 편지를 보내 돈을 구걸하는 전처를 생각한다. (그녀는 결국 사고로 죽었는데, 낙타 마차의 마부와 말다툼을 하다가 낙타에게 목을 물리고 말았다.) 그리

---

\* 이슬람 초대 칼리프이자 무함마드의 후계자.

고 먼 친척 여동생 조흐라를 생각한다. 그녀는 그에게서 결혼 지참금을 얻어내려 하는데, 그래야 빨리 아이들을 낳아 기르고 그의 아이들과 결혼시켜 또 돈을 뜯어낼 수 있기 때문이다. 그리고 줄피카르 소령은 돈을 벌게 해주겠다고 한다. (이때까지만 하더라도 줄피 소령과 아버지는 아주 사이좋게 지냈다.) 소령은 이런 편지를 보내왔다. "때가 오면, 틀림없이 오겠지만, 반드시 파키스탄을 선택해야 합니다. 우리 같은 사람들한테는 금광이나 다름없을 겁니다. 제가 M. A. J.에게 소개해드릴 테니까……" 그러나 아흐메드 시나이는 무함마드 알리 진나\*를 신뢰하지 않았고 줄피의 제안을 끝내 받아들이지 않았다. 그래서 나중에 진나가 파키스탄 대통령이 되었을 때 또 하나의 잘못된 선택에 대해 생각해볼 것이다. 그리고 마지막으로, 아버지의 오랜 친구이며 산부인과 의사인 닥터 나를리카르가 봄베이에서 보내온 편지도 있다. "영국인들이 떼 지어 떠나가는 중일세, 시나이 바이\*\*. 부동산 가격이 완전히 바닥이야! 다 팔고 이쪽으로 건너와서 새로 사게나. 남은 인생을 호사스럽게 살아보는 거야!" 그렇게 돈 생각만 가득한 머릿속에는 쿠란의 구절이 들어설 자리가 없고…… 어쨌든 지금 그는 두 사람과 함께 이곳에 있다. S. P. 부트는 나중에 파키스탄행 열차 안에서 죽게 되고 무스타파 케말은 플래그스태프 가(街)의 대저택에서 앞가슴에 자기 피로 '제 어미 붙어먹는 사재기꾼'이라는 말이 적힌 채 폭력배에게 살해되는데…… 그렇게 죽음이 머지않은 두 남자와 함께

---

\* 무슬림연맹의 지도자로 인도 독립 당시 파키스탄 분리독립을 실현시켰고, 이후 영국 자치령 파키스탄의 초대 총독을 지냈다.
\*\* '형제'라는 뜻.

아버지는 폐허의 은밀한 그늘에 몸을 감추고 공갈범이 돈을 가지러 나타나기를 기다린다. 전화 목소리는 이렇게 말했다. "남서쪽 모퉁이. 망루. 내부 돌계단. 올라가시오. 꼭대기 층계참. 돈을 거기 놓으시오. 떠나시오. 알아들었소?" 그러나 세 사람은 명령을 무시하고 무너진 방에 숨어 있고 그들의 머리 위 어딘가의 망루 꼭대기 계단참에는 깊어가는 어둠 속에 회색 자루 세 개가 놓였다.

......답답한 계단통의 깊어가는 어둠 속에서 아미나 시나이는 예언을 향해 올라간다. 리파파 다스가 그녀를 달래준다. 택시를 타고 와서 이렇게 진퇴양난에 빠져 꼼짝없이 그에게 의지하는 신세가 되고 보니 자신의 결정에 후회가 밀려들었고 리파파도 그런 변화를 알아차렸기 때문이다. 계단을 오르면서 그는 아미나를 안심시킨다. 어두컴컴한 계단통에는 수많은 눈동자가 있다. 덧문을 닫은 문짝 너머에 숨어 계단을 오르는 새까만 귀부인을 구경하느라 번뜩이는 눈동자들, 고양이의 선명하고 까칠까칠한 혓바닥처럼 그녀의 몸을 구석구석 핥는 눈동자들. 그리고 리파파가 차분하게 말을 잇는 동안 어머니는 의지력이 차츰 사라져가는 것을 느낀다. 될 대로 되라지. 정신력과 현실감이 검은 스펀지 같은 계단통의 공기 속으로 빨려나가는 듯 점점 흐려진다. 그녀는 느릿느릿 걸음을 옮기며 리파파 다스를 따라 거대하고 음침한 연립주택의 위층으로 올라간다. 이 퇴락한 건물의 맨 꼭대기에 리파파 다스와 사촌들이 함께 사용하는 작은 공간이 있는데…… 꼭대기 층에 거의 도달했을 때 그녀는 침침한 불빛을 본다. 그 불빛이 줄지어 늘어선 불구자들의 머리를 비춰준다. 리파파 다스가 말한다. "둘째 사촌형이 접골사거든요." 어머니는 팔이 부러진 남자들과 발목이 터

무니없는 각도로 뒤틀려 뒤로 돌아가버린 여자들을 지나고, 일하다가 떨어진 유리창 청소부들과 뼈가 부러진 벽돌공들을 지난다. 의사의 딸은 지금 주사기와 병원이 등장하기 이전의 세계로 들어가는 중이다. 마침내 리파파 다스가, "다 왔습니다, 마님" 하고 말하면서 그녀를 데리고 접골사가 있는 방을 지나간다. 접골사는 박살나버린 팔다리에 막대기와 나뭇잎을 동여매고 깨진 머리를 야자수잎으로 감싸주는데, 그러고 나면 환자들의 모습은 인조 나무처럼 변해서 마치 다친 자리에서 싹이 트는 듯하고…… 이윽고 그 방을 빠져나가자 널찍하고 평평한 시멘트 옥상이 나타난다. 아미나는 어둠 속에서 눈부신 등불들을 바라보며 눈을 깜박거리다가 옥상 위에 흩어진 어처구니없는 형상들을 발견한다. 춤추는 원숭이들, 이리저리 날뛰는 몽구스들, 바구니 속에서 몸을 흔드는 뱀들, 그리고 난간 위에 앉은 커다란 새들의 모습이 실루엣으로 보이는데 몸뚱이도 부리도 구부러지고 냉혹해 보인다. 독수리들이다.

아미나가 소리친다. "맙소사, 나를 어디로 데려온 거예요?"

리파파 다스는 이렇게 대답한다. "아무것도 걱정하지 마세요, 마님. 이곳에도 제 사촌형들이 있습니다. 셋째와 넷째 사촌형이죠. 저쪽은 원숭이 조련사……"

그때 어떤 목소리가 들려온다. "연습 중입니다, 마님! 보세요: 원숭이가 전쟁터에 나가 조국을 위해 죽어갑니다!"

"……그리고 저쪽은 뱀과 몽구스 조련사죠."

"몽구스가 뛰어오르는 것 좀 보세요, 마님! 코브라가 춤추는 것도 보세요!"

"……그럼 저 새들은?……"

"아무것도 아닙니다, 마님. 바로 이 근처에 배화교의 침묵의 탑*이 있거든요. 그곳에 시체가 없을 때는 독수리들이 이리로 모여들죠. 지금은 다들 잠들었어요. 낮에는 사촌형들이 연습하는 모습을 구경하기 좋아하는 모양이에요."

옥상 건너편에 작은 방이 있다. 아미나가 들어서자 문에서는 불빛이 쏟아져 나오고…… 방 안에는 남편 또래의 한 남자가 있는데, 턱이 몇 겹이나 되는 이 육중한 남자는 얼룩진 흰색 바지에 붉은 바둑판 무늬 셔츠를 입고 맨발로 결가부좌를 틀고 앉아 아니스 열매를 씹으며 빔토** 한 병을 마시는 중이다. 방 안에는 벽마다 비슈누***의 여러 화신(化身)을 그린 그림을 걸고 글쓰기를 가르쳐드립니다, 방문 중 침을 뱉는 것은 아주 나쁜 버릇입니다 따위의 벽보를 붙여놓았다. 가구는 아무것도 없고…… 결가부좌를 틀고 앉은 슈리 람람 세트는 방바닥 위 15센티미터 상공에 둥둥 떠 있다.

여기서 솔직하게 밝혀야겠다: 부끄럽게도 어머니는 비명을 지르고 말았는데……

……한편 올드포트에서는 원숭이들이 성벽 위에서 비명을 지른다. 사람들이 떠나버린 이 폐허 도시는 이제 랑구르들의 서식지가 되었다. 꼬리가 길고 얼굴이 검은 이 원숭이들은 무엇보다 우선적인 사명

---

* 배화교도의 장례 장소로, 시체를 조장(鳥葬)시키기 위해 마련한 탑.
** 탄산음료 상표명.
*** 창조의 신 브라흐마, 파괴의 신 시바와 함께 힌두교의 삼대신(三大神)으로 세계의 질서를 유지하는 보존의 신.

감에 사로잡혔다. 그들은 위로위로위로 기어올라 폐허의 가장 높은 곳에서 자기들의 영토를 감시하다가 성 전체를 조각조각 해체하는 일에 몰두한다. 파드마, 이 말은 사실이다: 그대는 그곳에 가본 적도 없고, 해질녘 그곳에서 끙끙거리며 돌 하나하나를 집요하게 흔들고 당기고 또 흔들고 당기고 하면서 한 번에 하나씩 돌을 뽑아내느라 여념이 없는 그 털북숭이들을 지켜본 적도 없지만…… 날이면 날마다 원숭이들은 성벽 위에서 돌을 굴리고, 돌은 여기저기 튀어나온 귀퉁이와 모서리에 부딪히며 떨어져 내려 저 아래 시궁창 같은 해자(垓子)에 쿵 처박힌다. 언젠가는 올드포트 전체가 사라져버리고 한낱 돌무더기와 그 위에서 의기양양하게 깩깩거리는 원숭이 떼만 남을 터…… 그런데 지금 여기 성벽 위에서 갈팡질팡하는 원숭이 한 마리가 있다. 나는 라마 왕자\*가 진짜 라바나\*\*를 무찌를 때 도와주었다는 원숭이신, 하늘전차를 타고 다니는 하누만의 이름을 따서 그 원숭이를 하누만이라고 부르겠는데…… 지금 자신의 영역인 이 망루에 도착한 그의 모습을 보라: 자신의 왕국에서 이리저리 뛰어다니고 폴짝거리고 깩깩거리다가 돌덩이에 엉덩이를 비벼댄다. 그러다가 문득 동작을 멈추고 킁킁거리며 그곳에 있어서는 안 될 무엇인가의 냄새를 맡는데…… 하누만은 꼭대기 층계참의 후미진 구석으로 달려간다. 그곳에는 세 남자가 놓아둔 연회색의 낯선 물건이 있다. 우체국 뒤쪽의 어느 옥상 위에서 원숭이들이 춤추는 동안 원숭이 하누만은 분노의 춤을 춘다. 회색 물건들에 와락 덤벼든다. 그래, 충분히 헐거워졌구나,

---

\* 비슈누의 일곱번째 화신이자 고대 인도의 대서사시 『라마야나』의 주인공.
\*\* 『라마야나』에 등장하는 머리가 열 개 달린 마왕.

많이 흔들고 당기고 또 흔들고 당기고 하지 않아도 쉽게 빠지겠는데…… 이제 하누만의 거동을 보라: 연회색 돌들을 까마득히 높은 성벽의 바깥쪽 가장자리로 질질 끌고 간다. 그리고 그것들을 갈기갈기 찢어발긴다. 쫘악! 찌익! 째액! ……하누만이 그 회색 물건들 속에서 얼마나 능숙하게 종잇장을 끄집어내는지 보라. 그가 흩뿌리는 종잇장들이 빗방울처럼 너울너울 떨어져 내려 저 아래 시궁창에 처박힌 돌덩이들을 뒤덮는다! ……마지못해 떨어지는 듯 느리고 우아하게, 마치 어둠의 심연으로 가라앉는 아름다운 기억처럼 종잇장은 내려앉는다. 이번에는 발길질로, 뻥! 퍽! 다시, 뻥! 세 개의 연회색 돌은 성벽 가장자리를 벗어나 아래로아래로, 어둠 속으로 떨어지다가 마침내 조그맣고 쓸쓸하게 퐁당퐁당 하는 소리가 들린다. 할 일을 끝낸 하누만은 곧 흥미를 잃어버리고 자기 왕국의 어느 꼭대기로 허둥지둥 달려가서 돌을 흔들기 시작한다.

……한편 밑에서 아버지는 어둠 속에서 나타난 기괴한 형상을 보았다. 방금 머리 위에서 일어난 재앙에 대해서는 까맣게 모른 채 아버지는 무너진 방의 그늘 속에서 괴물을 지켜본다. 누더기 파자마를 입고 악마의 머리통을 뒤집어썼는데, 지점토로 만든 이 마귀탈은 사방에 징그럽게 웃는 얼굴이 있고…… 바로 라바나 패거리가 보낸 심부름꾼이다. 수금원이다. 세 사업가는 두근거리는 가슴을 안고 마치 시골뜨기의 악몽 속에서 튀어나온 듯한 이 요괴가 층계참으로 올라가는 계단통 안으로 사라지는 것을 바라본다. 잠시 후, 인적도 없는 밤의 적막을 뚫고 인간의 목소리와 똑같은 악마의 욕설이 들려온다. "제 어미 붙어먹을 놈들! 어디서 굴러먹던 내시 같은 놈들이!" ……세 사람

은 영문도 모르는 채 이윽고 그들을 괴롭혀온 괴상한 마귀가 다시 나타났다가 어둠 속으로 재빨리 사라지는 것을 본다. 마귀의 저주가…… "당나귀와 비역질을 칠 놈들! 돼지가 싸지른 새끼들! 제 똥을 처먹을 놈들!" ……산들바람을 타고 긴 여운을 남긴다. 그들은 어리둥절해서 정신을 차리지 못한 채 황급히 계단을 오른다. 부트가 찢어진 회색 헝겊 쪼가리를 발견하고, 무스타파 케말이 허리를 구부리고 구겨진 루피화 한 장을 내려다본다. 그리고 어쩌면, 그렇다, 왜 아니랴, 아버지는 휙 지나가는 원숭이의 어두운 그림자를 얼핏 보았는지도 모르겠는데…… 아무튼 그들은 곧 사정을 알아차린다.

 그리하여 일제히 신음 소리를 내고 부트 씨는 새된 소리로 욕지거리를 내뱉는데 마치 악마의 저주가 남긴 메아리 같다. 그리고 모두의 머릿속에서 소리 없는 싸움이 시작된다. 돈이냐 곳간이냐 돈이냐 곳간이냐? 두려움에 사로잡힌 채 사업가들은 이 중대한 난제를 놓고 말없이 고민해보는데—하지만 저 돈을 단념한다면, 그래서 쓰레기를 뒤지는 개 떼와 인간들이 마음대로 약탈하게 내버려둔다면 과연 방화범들의 범행을 막을 수 있을까?—비록 한마디도 오가지 않았지만 마침내 절대로 포기할 수 없는 '현금 우선의 원칙'이 설득력을 얻고, 세 사람은 허둥지둥 돌계단을 달려 내려가서, 잔디밭을 가로지르고, 무너져가는 성문을 지나, 드디어—**엎치락뒤치락!**—시궁창에 도착하여 허겁지겁 루피화를 호주머니에 주워 담기 시작하는데, 여기저기 흥건한 오줌과 썩은 과일마저 무시한 채 닥치는 대로 움켜쥐고 낚아채고 긁어모으고, 그러면서 가능성은 별로 없지만 제발 오늘 밤만은—하느님의 은총으로—제발 오늘 하룻밤만이라도 라바나 패거리가 약속했던 보복을 실행하지 못하기를 바랄 뿐이다. 그러나 물론……

……그러나 물론 점쟁이 람람이 실제로 바닥에서 15센티미터 상공에 둥둥 떠 있는 것은 아니었다. 비명이 잦아들고 눈동자의 초점이 제대로 맞았을 때 어머니는 벽면에서 튀어나온 작은 시렁을 발견했다. '시시한 속임수였구나.' 그리고 이런 생각도 했다. '내가 왜 잠자는 독수리 떼와 춤추는 원숭이 떼가 있는 이 한심한 곳을 찾아온 거지? 공중부양이랍시고 시렁 위에 앉아 있는 구루\*한테서 또 무슨 어처구니없는 말을 들으려고?'

아미나 시나이는 몰랐지만 그때가 역사상 두번째로 나의 존재가 알려지려는 순간이었다. (아니, 당시 그녀의 배 속에 들어 있던 가짜 올챙이처럼 생긴 그것이 아니라 진짜 나, 역사적 역할을 맡은 나, 일찍이 총리가 '……어떤 의미에서 너의 삶은 우리 모두의 삶을 비춰주는 거울'이라고 표현했던 나 말이다. 그날 밤은 막강한 신령들이 움직였고 그 자리에 있던 사람들은 모두 그들의 힘을 느끼고 두려움을 느낄 터였다.)

사촌들은—1번부터 4번까지—검은 귀부인의 비명 소리를 듣고 마치 촛불을 보고 날아드는 나방처럼 그녀가 방금 들어선 문간으로 모여들고…… 리파파 다스의 안내를 받으며 그리 믿음직스럽지 않은 점쟁이에게 다가가는 그녀를 접골사 코브라왈라 원숭이 조련사가 조용히 지켜본다. 이제 속닥거리며 응원하는 소리(그리고 거칠거칠한 손바닥으로 입을 가리며 낄낄거리는 소리도 들렸던가?): "아, 정말

---

\* 힌두교, 시크교 등에서 영적 지도자, 스승을 일컫는 말.

대단한 예언을 해줄 겝니다요, 마님!" 그리고, "어서 말해봐, 형, 숙녀분이 기다리시잖아!" ……그런데 이 람람이라는 자의 정체는? 협잡꾼, 엉터리 손금쟁이, 어리석은 여자들에게 근사한 미래를 들려주는 사기꾼이었을까—아니면 진짜배기 예언자, 천기를 읽을 줄 아는 자였을까? 그리고 리파파 다스는: 우리 어머니를 보면서 2루피짜리 사기꾼으로 만족할 여자라고 생각했을까, 아니면 더 깊은 곳, 그녀의 마음속 지하실에 감춰진 약점까지 꿰뚫어보았을까?—그리고 예언이 시작되었을 때 사촌들도 놀랐을까?—그리고 람람이 입에 물었던 게거품은? 그 일은 어떻게 생각해야 할까? 그리고 그 광란의 밤이 불러온 혼란 속에서 어머니는 평소와 달리 자아를 망각하고—아까 계단통에서 느꼈듯이 그녀의 의지력은 마치 스펀지에 스며들듯이 캄캄한 공기 속으로 사라지고 말았으니까—어떤 일이 벌어지더라도 그대로 믿어버리는 심리상태가 되었던 것일까? 그리고 또 하나, 더욱더 섬뜩한 가능성도 있다. 그러나 내가 품은 의혹을 입 밖에 내기 전에 우선 그날 실제로 일어난 일을 (비록 얇은 커튼이 드리워져 모호하기는 하지만) 최대한 사실에 가깝게 설명해야겠다. 먼저 어머니에 대해 설명해야 한다: 그녀는 다가오는 손금쟁이에게 손바닥을 비스듬히 내보이는데, 두 눈이 새다래* 눈처럼 휘둥그렇고 조금도 깜박거리지 않는다. 그리고 사촌들은 (낄낄거리면서?) "굉장한 예언을 듣게 되실 겁니다, 마님!" 그리고, "말해봐, 형, 어서 말씀드려!"—그런데 이때 다시 커튼이 내려오고, 그래서 나도 확신할 수 없는데—처음에 그는 곡

---

* 농어목의 바닷물고기. 인도인이 즐겨 먹는 생선으로 커다란 눈이 특징이다.

마단을 따라다니며 푼돈이나 받아먹는 점쟁이처럼 생명선이니 애정선이니 자녀분들이 갑부가 된다느니 하는 진부한 말들을 늘어놓고, 사촌들은 일제히 환호하면서 "와아 와아!" 혹은 "정말 족집게야!" 하고 소리쳤을까?―그러다가 갑자기 달라졌을까?―람람의 몸이 뻣뻣해지고 두 눈이 벌렁 뒤집혀 달걀처럼 새하얀 흰자위가 드러나더니 딴사람처럼 기이한 목소리로, "부인, 그곳을 만져봐도 되겠소이까?"―그러자 사촌들은 잠든 독수리 떼처럼 조용해지고―어머니도 기이한 목소리로, "네, 그러세요."―그리하여 그 점쟁이는 어머니의 일생에서 가족을 제외하면 겨우 세번째로 그녀의 몸을 만져본 남자가 되었을까?―그리고 바로 그때, 바로 그 순간, 포동포동한 손가락과 임신부의 피부 사이에 잠깐 따끔한 전류가 흘렀을까? 그러자 놀란 토끼 같은 표정으로 쳐다보는 어머니 앞에서 바둑판무늬 셔츠를 입은 예언자가 원을 그리며 빙글빙글 돌기 시작하는데, 그의 살진 얼굴에 박힌 두 눈은 여전히 달걀처럼 새하얗다. 그러다가 별안간 그의 몸이 부르르 떨리더니 입술 사이에서 그 높고 기이한 목소리가 다시 흘러나온다. (그 입술에 대해서도 설명해야겠지만 그건 나중에, 왜냐하면 지금은……) "아들이외다."

사촌들은 입을 다물고―끈에 묶인 원숭이들도 깩깩거리지 않고―코브라들은 바구니 속 뙤리를 틀고―빙글빙글 도는 예언자의 입을 통해 역사(歷史)가 말하기 시작한다. (그래서 이런 일이 벌어졌을까?) 시작은, "아들…… 대단한 아들이외다!" 그다음에는, "그 아들은 절대로 조국보다 나이를 더 먹지 못할 터―더 늦지도 않고 더 젊지도 않으리라." 그러자 뱀 조련사 몽구스 조련사 접골사 요지경놀이꾼은 진짜 두려움에 사로잡힌다. 람람이 이런 식으로 말하는 것을 한 번도 본 적이 없기 때문이다. 점쟁이는 높은 음정으로 단조롭게 말을 잇는다: "머리는 두 개인데—그대는 그중 하나만 보게 될 것이며—무릎과 코, 코와 무릎이 있으리라." 코와 무릎, 무릎과 코…… 잘 들어봐, 파드마. 그 작자의 말은 하나도 틀리지 않았으니까! "신문이 그를 칭송하고 두 어미가 그를 키우리라! 자전거 타는 이들이 그를 사랑하리라—그러나 군중이 그를 밀어내리라! 누이는 울고 코브라는 기어가며……" 람람은 더빨리더빨리 돌고 사촌들은 중얼거린다. "이건 또 웬일이래?" 그리고, "시바 신이여, 우리를 지켜주소서!" 한편 람람은, "빨래가 그를 감춰주고—목소리가 그를 인도하리라! 친구가 그의 몸을 훼손하고—피가 그의 정체를 폭로하리라!" 그리고 아미나 시나이는, "그 말이 무슨 뜻이죠? 알아들을 수가 없는데—리파파 다스—저분이 왜 저러는 거예요?" 그러나 두 눈이 계란처럼 허옇게 뒤집어진 람람 세트는 석상처럼 서 있는 그녀 주위를 빙글빙글 돌면서 아랑곳없이 말을 잇는다: "타구가 그의 머리를 때리고—의사가 그의 물을 빼내고—밀림이 그를 삼켜버리고—마녀가 그를 되찾으리라! 군인이 그를 심판하고—폭군이 그를 튀겨버리리라!" 아미나는 예언을 해석해달라고 부탁하지만 사촌들은 너무 놀라 어쩔 줄 모르고 손사래를 칠 뿐, 이미 어떤 존재가 람람 세트의 몸에 깃들었으니 하염없이 빙글빙글 돌면서 절정으로 치닫는 그를 아무도 감히 건드리지 못한다. "그는 아들을 낳지 않고도 아들을 얻으리라! 늙기 전에 이미 늙으리라! 그리고…… 죽기 전에 이미 죽으리라."

정말 그랬을까? 바로 그 순간 람람 세트 자신의 힘보다 훨씬 더 큰 힘이 일시에 빠져나가는 바람에 그는 갑자기 방바닥에 털썩 쓰러져 입에 거품을 물었을까? 그래서 몽구스 조련사가 와들와들 떨리는 그의 이빨에 막대기를 물려주었을까? 리파파 다스가, "마님, 이제 가셔야겠습니다. 형이 정상이 아니네요" 하고 말했을까?

그리고 마침내 코브라왈라가—혹은 원숭이 조련사가, 혹은 접골사가, 아니, 어쩌면 바퀴 달린 요지경상자의 주인인 리파파 다스가—이렇게 말한다. "예언을 너무 뻑적지근하게 해서 그래. 젠장, 오늘 밤은 우리 람람이 예언을 너무 거창하게 해버렸다고."

오랜 세월이 흐른 후, 어머니가 때 이른 노망이 나서 그녀의 과거로부터 튀어나온 온갖 유령들이 눈앞에서 오락가락 춤을 추기 시작했을 때, 어머니는 일찍이 나의 강림을 발표하여 목숨을 구해주었던 사내, 그 보답으로 너무 거창한 예언을 듣게 해주었던 그 요지경놀이꾼 사내를 다시 만나게 되었는데, 그날 어머니는 그를 원망하지 않고 담담하게 말했다. "돌아왔군요. 당신한테 할 말이 있어요. 그때 당신 사촌형이 했던 말이 무슨 뜻인지 알았더라면 얼마나 좋았을까 싶어요. 피니 무릎이니 코니 하는 얘기 말예요. 누가 알겠어요? 어쩌면 다른 아들을 얻게 됐을지도 모르죠."

우리 외할아버지가 처음에 거미줄이 주렁주렁 걸린 맹인의 집 복도에서 그랬고 나중에 말년에도 다시 그랬듯이, 그리고 메리 페레이라가 조지프를 잃고 나서 그랬듯이, 그리고 내가 그랬듯이, 우리 어머니도 유령을 자주 보셨다.

……아무튼 아직도 여러 질문과 불확실성이 남았으니 이제 몇 가지 의혹을 입 밖에 내야겠다. 의혹이라는 것도 머리가 너무 많이 달린

괴물이다. 그런데 나는 왜 그냥 묻어두지 못하고 그런 괴물을 우리 어머니에게 풀어놓으려는 것일까? ……나는 묻는다: 그 점쟁이의 배를 제대로 설명하려면 어떤 표현을 써야 할까? 그러자 기억이—나의 새로운 기억, 모든 것을 아는 기억, 어머니 아버지 외할아버지 외할머니 기타 모든 이들의 생애 대부분을 두루 망라하는 기억이—이렇게 대답해준다: 그 배는 옥수숫가루 푸딩처럼 부드럽고 말랑말랑했다. 나는 마지못해 다시 묻는다: 그의 입술은 어떤 모습이었나? 그러자 필연적인 대답이 돌아온다: 두툼하고 살이 좀 많고 시적이었다. 나는 내 기억에게 세번째 질문을 던진다: 그의 머리카락은? 답변: 숱이 적고 까맣고 가늘고 슬금슬금 내려와 귀를 덮었다. 이제 나의 분별없는 의혹은 마침내 궁극적인 질문을 던지는데…… 아미나는 실제로 흠잡을 데 없이 깨끗한 몸이었을까…… 나디르 칸을 닮은 남자들에게 약한 일면 때문에 혹시…… 그날의 심리상태가 좀 색다르기도 했거니와 쓰러진 점쟁이를 보고 마음이 흔들려 혹시…… "아니야!" 파드마가 노발대발 소리친다. "어떻게 그런 발칙한 상상을 해요? 그토록 착한 분인데—다른 사람도 아니고 자기 어머니인데? 어머님이 그런 짓을 했을 거라고? 아무것도 모르면서 어떻게 그런 말을 함부로 해요?" 언제나 그렇듯이 물론 그녀의 말이 옳다. 만약 파드마가 모든 것을 알았다면 그로부터 여러 해가 지난 후 내가 파이어니어 카페의 때 묻은 유리창 너머로 분명히 목격했던 아미나의 행동 때문에 화가 나서 앙갚음을 하려는 수작일 뿐이라고 말했을 것이다. 어쩌면 내 터무니없는 발상은 바로 그때부터 싹이 텄고 비록 비논리적이지만 시간을 거슬러 올라가면서 점점 자라다가 훨씬 더 앞선 그 모험의 날에 이르러—그렇다, 아마도 일말의 부끄러움도 없는 순수한 모험에 불과했을 것이다—완전히 성숙했는지도 모른다. 틀림없이 그랬을 것이다. 그러나 괴물은 고개를 숙이지 않고…… 오히려 이렇게 따진다. '아, 그렇지만 아미나가 발끈했던 일은 어떻게 설명할래? 아흐메드가 봄베이로 이사해야겠다고 말했을 때 벌컥 화를 냈잖아?' 그러면서 아미나의 말투를 흉내 낸다. '당신은—언제나 당신 혼자서 결정하는군요. 내 의견은 상관없어요? 내가 싫다면…… 이제야 집 단장을 끝냈는데 벌써……!' 자, 파드마: 그것은 부지런한 가정주부의 열정이었을까—아니면 연극이었을까?

그렇다—의혹이 좀처럼 떠나지 않는다. 괴물은 이렇게 묻는다: '그녀는 도대체 무엇 때문에 그날의 방문에 대해 남편에게 일언반구도 하지 않았을까?' 피고인의 답변은 (어머니가 안 계시므로 우리의 파드마가 대변인으로 나선다): "나 참, 아버님이 얼마나 화를 내셨을까 상상해봐요! 안 그래도 방화범 문제로 걱정이 태산이었는데 말예요! 낯선 남자들 틈에 여자 혼자 뛰어들다니, 아버님은 노발대발하셨을 거예요! 미친 듯이 화를 내셨을 거라고요!"

쓸데없는 의혹일 뿐…… 일단 덮어둬야겠다. 이런저런 비난은 나중으로 미뤄야겠다. 불확실성이 사라질 때까지, 시야를 가리는 커튼이 걷힐 때까지, 어머니가 나에게 확실하고 명료하고 변명의 여지도 없는 증거를 제공할 때까지.

……어찌 됐든 그날 밤늦게 아버지는 미래의 실패가 내뿜는, 평소의 악취를 압도할 만큼 지독한 시궁창 냄새를 풀풀 풍기며 집으로 돌

아왔고 그의 눈과 뺨은 재와 눈물로 얼룩덜룩했고 콧구멍에는 유황이 묻었고 머리 위에는 타버린 인조가죽의 회색 잿가루가 뽀얗게 쌓였는데…… 물론 라바나 패거리가 곳간을 홀랑 태워버렸기 때문이다.

"하지만 경비원들은?"—곯아떨어졌어, 파드마, 곯아떨어졌다고. 만일의 경우에 대비하여 미리 수면제를 먹어두라는 귀띔을 받았으니까…… 그 용맹스러운 친구들, 도시에서 태어나 카이바르를 본 적도 없는 파탄족* 전사들이 작은 종이 꾸러미를 풀고 냄비에서 부글부글 끓어오르는 찻물 속에 적갈색 가루약을 털어 넣었다. 그들은 우리 아버지의 곳간에서 떨어져 내릴 들보와 쏟아져 내릴 불똥을 피하기 위해 간이침대를 멀찌감치 옮겨놓고 밧줄로 엮은 침대에 누워 차를 마시다가 약에 취해 달콤씁쓸한 나락으로 빠져들었다. 처음에는 파슈토어**로 제각기 좋아하는 창녀들을 목청껏 찬양하며 소란을 피우더니 약 기운이 그 보들보들하고 나긋나긋한 손가락으로 옆구리를 간질이기 시작하자 미친 듯이 낄낄거렸고…… 이윽고 웃음이 잦아들면서 꿈이 시작되었고 그들은 약 기운의 말을 타고 약 기운의 국경 산길을 배회하다가 마침내 꿈도 없는 망각의 세계에 이르렀으니 약 기운이 떨어지기 전에는 무슨 일이 있어도 깨어나지 못할 터였다.

아흐메드와 부트와 케말은 택시를 타고 그곳에 도착했는데—시궁창에서 만났던 온갖 불쾌한 오물로 지옥보다 더 지독한 악취를 풍기는 구깃구깃한 지폐 다발을 잔뜩 움켜쥐고 나타난 세 남자의 모습에 질겁한 택시 운전사는 그들이 차비를 못 주겠다고 버티지만 않았다면

---

\* 파키스탄과 아프가니스탄의 국경지대인 카이바르에 거주하는 용맹한 민족.
\*\* 파탄족의 언어.

그 자리에서 기다려주지도 않았을 것이다. 운전사는 이렇게 애원했다. "제발 보내주십쇼, 나리님들, 저는 보잘것없는 놈입니다요. 제발 여기 붙잡아두지 마시고……" 그러나 그들은 이미 돌아서서 화재 현장으로 달려가고 있었다. 운전사는 토마토와 개똥으로 얼룩진 루피화를 움켜쥐고 달려가는 그들의 뒷모습을 멍하니 지켜보다가 입을 딱 벌린 채 불타는 창고와 밤하늘의 구름을 쳐다보았다. 그 자리에 있던 모든 사람이 그랬듯이 운전사도 불타는 인조가죽과 성냥개비와 쌀이 내뿜는 연기를 들이마시는 수밖에 없었다. 어울리지도 않게 콧수염을 기른 보잘것없는 택시 운전사가 두 손으로 눈을 가린 채 손가락 사이로 내다보니 미쳐버린 연필처럼 호리호리한 케말 씨가 잠든 경비원들에게 주먹질과 발길질을 퍼부었다. 그러다가 우리 아버지가 "조심해요!" 하고 외치는 순간 운전사는 더럭 겁이 나서 하마터면 차비고 뭐고 다 포기하고 부리나케 도망칠 뻔했지만…… 그래도 버티고 남아 있다가 날름거리는 붉은 혓바닥들의 힘을 견뎌내지 못한 창고가 와르르 무너져버리는 장면을 보았고, 창고 안에서 녹아버린 쌀 렌즈콩 병아리콩 방수재킷 성냥갑 피클 따위가 기상천외한 용암처럼 흘러나오는 장면을 보았고, 창고 안의 물건들이 까맣게 타버린 절망의 손처럼 누렇고 단단한 땅바닥에 좌르르 쏟아지는 순간 불길이 붉고 뜨거운 꽃송이처럼 하늘 높이 솟구치는 장면을 보았다. 그렇다, 물론 창고는 다 타버렸고, 재가 되어 하늘로 올라갔다가 사람들의 머리 위로 내려앉기도 하고, 여기저기 멍들었지만 여전히 코를 고는 경비원들의 벌어진 입속으로 뛰어들기도 하고…… "하느님, 왜 이러십니까." 부트 씨가 그렇게 말했지만 무스타파 케말은 더 실리적인 말로 대꾸했다.

"다들 보험을 넉넉히 들어놨으니 하느님께 감사드려야지."

"바로 그때였소." 나중에 아흐메드 시나이는 아내에게 이렇게 말했다. "바로 그 순간에 인조가죽 사업을 그만두겠다고 결심했소. 사무실도 팔고, 영업권도 팔고, 방수포 사업에 대해 내가 아는 모든 것을 잊어버리겠다고 말이오. 그리고 바로 그 순간에—그 이전도 아니고 그 이후도 아니고—당신 동생 에메랄드의 줄피가 떠들어대는 파키스탄에 대해서도 더는 고민하지 않기로 마음먹었소." 그러더니 아내가 발끈할 말을 꺼냈다. "그리고 그 화재의 열기 속에서 나는 봄베이로 가서 부동산 사업을 시작하겠다고 결심했소." 그러면서 아내의 항변이 시작되기 전에 이렇게 덧붙였다. "요즘 거기 부동산 가격이 완전히 바닥이거든. 나를리카르가 잘 알더라고."

(그러나 나중에 그는 나를리카르를 배신자라고 욕하게 된다.)

우리 집안은 누가 밀어내면 언제나 순순히 떠나버린다. 이 전통의 유일한 예외는 1948년의 결빙기뿐이었다. 뱃사공 타이가 우리 외할아버지를 카슈미르에서 쫓아냈고, 다시 머큐로크롬이 그를 암리차르에서도 쫓아냈고, 어머니는 카펫 밑에서의 삶이 끝나면서 곧 아그라를 떠나게 되었고, 머리가 여러 개 달린 괴물들이 아버지를 봄베이로 몰아내는 바람에 내가 그곳에서 태어나게 되었다. 그해 1월이 끝나갈 무렵까지 몇 차례에 걸쳐 밀치고 또 밀친 끝에 역사는 마침내 내가 등장해도 좋을 만한 시점에 이르렀던 것이다. 내가 태어나기 전에는 절대로 해결될 수 없는 수수께끼들이 있었는데…… 예를 들자면 슈리 람람의 알쏭달쏭한 발언도 그중 하나였다: "무릎과 코, 코와 무릎이 있으리라." 보험금이 나오고 1월이 지나갔다. 델리에서의 생활을 청산하고—산부인과 의사인 닥터 나를리카르가 잘 알고 있었듯이—일시적으로 부동산이 헐값으로 떨어져버린 도시로 이사하기까지의 기간 동안 어머니는 남편을 조각조각 분해해가며 사랑하는 일에만 전념했다. 그리하여 물음표처럼 생긴 그의 귀, 그리고 놀랄 만큼 깊숙해서 굳이 힘을 주지 않아도 그녀의 손가락 첫 마디가 다 들어갈 정도인 배꼽에 깊은 애정을 느끼게 되었고 혹덩어리처럼 툭 불거진 무릎도 사랑하게 되었다. 그러나 그녀가 아무리 노력해도(미심쩍기는 하지만 일단 어머니를 믿어보기로 했으니까 여기서는 굳이 그 이유에 대해 왈가왈부하지 않겠는데) 끝끝내 사랑할 수 없는 부분이 있었으니, 그것은 나디르 칸에게는 없는 것이 분명하고 아버지에게만 있는 물건이었고 완벽하게 정상적으로 작동했는데도 소용이 없었다. 아버지는 밤중에 어머니의 배 위로 올라갈 때마다—그때 그녀의 자궁 속에 있던 아기는 겨우 개구리만 한 크기였다—시원찮은 능력을 보였다.

……"아니, 그렇게 빨리 끝내지 말고, 여보, 조금만 더, 제발." 아미나가 그렇게 말하면 아흐메드는 시간을 끌어보려고 화재사건을 떠올리는데, 그 뜨거웠던 밤에 마지막으로 일어났던 일, 그가 그곳을 떠나려고 막 돌아서는 순간이었다. 문득 하늘에서 귀에 거슬리는 울음소리가 들려 고개를 들어보니 때마침 침묵의 탑에서 날아오른 독수리 한 마리가—한밤중에!—머리 위로 지나가는 중이었는데, 그가 그 모습을 발견하기가 무섭게 독수리가 떨어뜨린 어느 배화교도의 손 하나가, 거의 뜯어 먹지도 않은 오른손이—지금!—그의 얼굴을 정통으로 후려갈겼다. 한편 침대 위에서 그의 배에 깔린 아미나는 이렇게 자신을 꾸짖는다: 이 멍청한 여자야, 왜 좀 더 즐기지 못하는 거야, 이

제부터는 정말 **열심히** 노력해보란 말이야.

  6월 4일, 속궁합이 안 맞는 우리 부모님은 프런티어 메일을 타고 봄베이를 향해 출발했다. (바깥에는 주렁주렁 매달린 사람들이 있었고, 죽자 살자 매달리는 목소리들이 있었고, 목청껏 소리치는 주먹들이 있었다. "나리! 잠깐만 좀 열어주십쇼! 자비를 베푸십쇼, 대인, 부탁 좀 들어주십쇼!" 그리고 안에는—녹색 양철 트렁크 속의 혼수품 아래 감춰놓았지만—청금석을 상감해 정교하게 만든 금단의 은제 타구가 있었다.) 같은 날, 버마 백작 마운트배튼 경이 기자회견을 열어 인도 분할을 발표하고 카운트다운 달력을 벽에 걸었다. 정권 이양까지 70일…… 69일…… 68일…… 똑딱똑딱.

## 메솔드

그곳에 먼저 살던 사람들은 어부였다. 마운트배튼의 똑딱똑딱보다 먼저였고 괴물이나 공개발표보다 먼저였다. 지하세계의 결혼생활은 아직 상상 속에도 존재하지 않았고 타구도 사용되지 않았던 시절, 머큐로크롬도 없었던 시절, 여자 레슬링선수들이 구멍 뚫린 침대보를 치켜들었던 때보다 더 앞선 시대였다. 더 멀리멀리 거슬러 올라가서 댈하우지와 엘핀스톤*이 등장하기도 전이었고, 동인도회사가 성채를 건설하기도 전이었고, 초대(初代) 윌리엄 메솔드**가 태어나기도 전이었다. 시간의 여명기, 즉 봄베이가 아직도 허리가 잘록한 아령 모양의 섬이었던 시절, 그 가늘고 빛나는 지협(地峽) 너머로 아시아 전역

---

\* 각각 인도 총독(1848~1856), 봄베이 총독(1819~1827).
\*\* 영국 상인, 식민지 행정관. 봄베이를 전략적 요충지로 개발하고자 했다.

에서 가장 넓고 근사한 자연항을 볼 수 있었던 시절, 마자가온과 워를리, 마퉁가와 마힘, 살세테와 콜라바도 모두 섬이었던 시절—간단히 말하자면 간척사업을 시작하기 전, 테트라포드와 수중 말뚝이 일곱 개의 섬을 하나로 연결하여 마치 무엇을 움켜쥐려는 손처럼 서쪽의 아라비아 해로 길게 뻗어나간 반도로 만들어놓기 전이었다. 시계탑도 없었던 이 태고의 세계에서 '콜리'라고 불리는 어부들은 아랍식 다우<sup>*</sup>를 타고 저녁놀을 배경으로 붉은 돛을 활짝 펼쳐 바다를 항해했다. 그들은 새다래와 게를 잡았고, 그리하여 우리 모두를 생선 애호가로 만들어놓았다. (아니, 우리 대부분이라고 해야겠다. 파드마는 그들의 어류 마법에 굴복했지만, 우리 집안은 카슈미르의 하늘처럼 싸늘한 경계심이 깃든 카슈미르인의 이질적인 피에 오염되어 한 사람도 빠짐없이 여전히 육류를 더 좋아했다.)

그곳에는 코코넛과 쌀도 있었다. 그리고 무엇보다 사람들은 자비로운 뭄바데비<sup>**</sup> 여신을 모셨고, 따라서 그 여신의 이름이—뭄바데비, 뭄바바이, 뭄바이—마땅히 이 도시의 이름이 되어야 했다. 하지만 포르투갈인들은 새다래 어부들이 섬기는 여신의 이름을 따기보다 좋은 항구가 있다는 뜻으로 '봉 바히아(Bom Bahia)'라고 불렀고…… 최초의 침략자였던 포르투갈인들은 그 항구에 상선과 군함을 정박시켰다. 그러다가 1633년 어느 날, 동인도회사의 간부 메솔드가 환상을 보았다. 이 환상은—요새화되어 인도의 서부를 모든 적으로부터 지켜주는 영국령 봄베이의 꿈이었다—시간을 움직일 정도로 크나큰 힘을

---

\* 삼각돛을 단 연안 항행용 범선.
\*\* 힌두교의 모신(母神)으로 어부들의 수호신.

지니고 있었다. 역사가 힘차게 흘러갔고 메솔드는 세상을 떠났다. 그리고 1660년 영국의 찰스 2세가 포르투갈 브라간사 가문의 카타리나와 약혼했는데, 그녀가 바로 귤장수 넬*의 그늘에 묻혀 한평생 뒷전에서 살아야 했던 캐서린 왕비였다. 그러나 그녀에게도 한 가지 위안이 있었는데, 그것은 봄베이가 그녀의 결혼 지참금이 되어 (어쩌면 녹색 양철 트렁크에 담겨) 영국인들의 손으로 넘어왔고 그 덕분에 메솔드의 환상이 현실로 한 걸음 더 다가설 수 있었다는 사실이었다. 그로부터 그리 오래지 않은 1668년 9월 21일, 마침내 동인도회사가 이 섬을 손에 넣었고…… 그 후 그들은 성채를 짓고 매립공사를 벌여 눈 깜짝할 사이에 도시 하나를 뚝딱 만들어냈는데, 그것이 바로 옛 노래에서 다음과 같이 칭송했던 봄베이였다.

인디아의 으뜸,
인도의 관문이여,
서쪽을 바라보는
동방의 별이여.**

그게 우리의 봄베이였다, 파드마! 그때만 하더라도 지금과는 많이 달라서 나이트클럽도 없고 피클공장도 오베로이 셰러턴 호텔도 영화 촬영소도 없었지만 도시는 눈부신 속도로 성장을 거듭하여 어느새 대

---

\* 넬 귄. 극장에서 귤을 팔다가 배우가 되었고 이후 찰스 2세의 총비(寵妃)가 되었다.
\*\* 루슈디의 모교 교가.

성당이 들어서고 마라타 전사왕(戰士王) 시바지\*의 기마상도 생겼는데, 이 석상은 밤마다 살아나서(우리는 그렇게 상상하곤 했다) 위풍당당하게 이 도시의 거리 곳곳을 누비고 다녔다. 마린 드라이브\*\*에도 가고! 초파티 해변에도 가고! 말라바르 언덕의 대저택들을 지나고 캠프스 코너를 돌고 해안선을 따라 스캔들 포인트까지 신나게 달려도 보고! 그래, 내친김에 계속 달려 내가 살았던 워든 가를 지나고, 브리치 캔디의 배타적인 수영장도 지나고, 마침내 거대한 마할락슈미 신전과 유서 깊은 윌링던 클럽\*\*\*까지…… 내 어린 시절 봄베이에서는 난세가 닥칠 때마다 잠 못 이루고 밤길을 거닐던 사람들이 그렇게 돌아다니는 석상을 보았다고 증언하곤 했다. 내가 청춘을 보낸 이 도시에서는 재앙도 잿빛 돌로 만들어진 말발굽의 신비로운 음악에 맞춰 춤을 추었다.

그런데 이 땅에 살았던 최초의 주민들은 지금 어떻게 되었을까? 그들 중에서 제일 잘 풀린 것은 코코넛이었다. 코코넛은 지금도 초파티 해변에서 날마다 목이 잘린다. 주후 해변의 선앤샌드 호텔에서는 시큰둥하게 구경하는 영화배우들 앞에서 지금도 어린 소년들이 야자수를 타고 올라가 털 달린 열매를 떨어뜨린다. 코코넛을 위한 축제까지 있다. 바로 코코넛의 날인데, 시기적으로 내 생일과 비슷하지만 며칠 빠르다. 코코넛에 대해서는 안심해도 좋을 듯싶다. 그러나 쌀은 그렇게 운이 좋지 못했다. 논은 콘크리트 아래 깔렸고 벼가 바다를 바라보

---

\* 17세기 인도 중부를 지배했던 마라타 왕국의 태조.
\*\* 봄베이의 백 베이(Back Bay)를 매립해 만든 해안도로.
\*\*\* 1933년 봄베이 총독이었던 윌링던 경이 설립한 회원제 스포츠 클럽.

며 물결치던 곳에는 연립주택이 들어섰다. 그래도 이 도시에서는 여전히 쌀을 많이 먹는다. 파트나종, 바스마티종, 카슈미리종 쌀이 날마다 이 대도시로 들어온다. 원래 이곳에 살았던 우르종 쌀이 우리에게 흔적을 남긴 셈이니 헛되이 죽지는 않았다고 말할 수 있겠다. 뭄바데비의 경우는—요즘은 인기가 별로 없다. 코끼리 머리가 달린 가네샤가 사람들의 애정을 빼앗아갔기 때문이다. 축제 달력만 보더라도 여신의 몰락을 짐작할 수 있다: 가네샤—'간파티* 바바'—에게는 가네샤 차투르티**가 있는데, 그날은 거대한 행렬이 석고 신상을 모시고 초파티까지 가서 바다에 던진다. 가네샤의 날은 기우제 의식인데, 그렇게 해야 우기가 시작된다고 한다. 똑딱똑딱 카운트다운이 끝나고 내가 태어나기 며칠 전에도 이 축제가 있었다. 그런데 뭄바데비의 날은 언제일까? 달력에는 없다. 새다래와 게를 잡던 사람들의 기도와 신앙심은 어떻게 되었을까? ……이 땅에 살았던 최초의 주민들 중에서도 최악의 운명을 맞이한 것은 콜리 어부들이다. 지금 그들은 손처럼 생긴 반도의 엄지손가락 부분에 있는 조그마한 마을로 밀려나고 말았다. 물론 '콜라바'라는 구역 이름에 그들의 흔적이 남기는 했지만 콜라바 방죽길을 따라—싸구려 옷가게와 이란 식당과 교사 기자 점원 들이 사는 볼품없는 아파트를 지나서—끝까지 가보면 해군기지와 바다 사이에 갇혀버린 그들을 볼 수 있다. 그리고 콜라바 버스 정류장에 가면 이따금 손에서 새다래 내장과 게살 냄새를 물씬 풍기는 콜리

---

* 가네샤 신의 다른 이름.
** 힌두력(태음태양력)으로 4일(차투르티)부터 시작되는 열흘간의 축제. 대개 양력 8월 20일에서 9월 22일 사이에 열린다.

여자들이 남부끄럽지도 않은지 심홍색(또는 자주색) 사리를 다리 사이로 추켜올린 채 거들먹거리며 새치기를 하는 모습을 볼 수 있는데, 생선 눈깔을 닮은 그들의 퉁방울눈에서 오랜 옛날의 패배와 약탈에 대한 원한이 표독스럽게 번뜩이곤 한다. 처음에는 요새가, 나중에는 도시가 그들의 땅을 빼앗았으며, 예전에는 항타기(杭打機)가 그들의 바다를 한 조각씩 훔쳐냈고 앞으로는 테트라포드가 훔쳐낼 것이다. 그러나 아랍식 범선들은 아직도 남아서 저녁놀을 배경으로 돛을 펼치는데…… 아무튼 고기잡이 그물과 코코넛과 쌀과 뭄바데비가 지배하던 시대는 지나가버렸고, 1947년 8월이 되면 이번에는 영국인들이 떠날 차례였다. 영원한 지배는 없다.

그리고 6월 19일, 프런티어 메일을 타고 봄베이에 도착한 지 2주째 되던 그날, 우리 부모님은 그렇게 떠나야 하는 어느 영국인과 기묘한 거래를 했다. 그의 이름은 윌리엄 메솔드였다.

메솔드 주택단지로 가는 길은 (이제 우리는 바야흐로 나의 왕국에 들어서서 내 어린 시절의 심장부를 찾아가는 중인데 문득 가슴이 벅차고 목이 멘다) 워든 가에서 버스 정류장과 몇 개의 가게 사이로 빠지는 갈림길이다. 그곳에는 치말케르 완구점, 리더스 파라다이스 서점, 치만보이 파트보이 보석상, 그리고 무엇보다 봄벨리 제과점이 있었다. 그 집의 마퀴스 케이크, 그리고 1미터 초콜릿! 이름만 들어도 군침이 돌지만 지금은 그럴 시간이 없다. 밴드박스 세탁소 앞에서 인사를 건네는 마분지 사환 인형을 지나서 계속 그 길을 따라가면 우리 집이 나온다. 그 시절에는 나를리카르 일가의 여자들이 세운 분홍색

고층빌딩(스리나가르의 라디오 송신탑을 연상시키는 그 흉물)도 아직 존재하지 않았고, 길은 이층집 정도의 높이에 불과한 나지막한 언덕을 타고 올라갔다. 그러다가 둥글게 휘어져 바다 쪽을 향하는데, 그곳에 서면 브리치 캔디 수영장이 한눈에 내려다보였다. 영국령 인도와 같은 모양으로 만들어진 이 수영장에서는 분홍색 피부를 가진 사람들이 검은 피부와 스칠 염려 없이 마음껏 수영을 즐길 수 있었다. 그리고 바로 그곳, 작은 환상교차로 주위에 우뚝우뚝 서 있는 위풍당당한 건물들이 바로 윌리엄 메솔드의 궁전이었다. 그곳에는 팻말이 걸려 있었는데, 오랜 세월이 흐른 후—나 때문에—다시 내걸리게 되는 이 팻말에는 두 단어가 적혀 있었고, 겨우 두 단어였지만 아무것도 모르는 부모님을 유혹해 메솔드의 괴팍한 장난에 끌어들이기에는 충분했다: 집 팝니다.

메솔드 단지: 똑같이 생긴 건물 네 채를 원래의 거주자들에게 걸맞은 모습으로 지었다(정복자들의 집! 로마식 저택으로, 왜소한 카일라스\* 같은 이층집 높이의 올림포스 산에 우뚝 서 있는 신들의 삼층집!)—웅장하고 튼튼한 이 저택들은 붉은 박공지붕을 덮고 귀퉁이마다 망루를 세웠는데, 상아처럼 하얀 망루 위에는 붉은 타일을 붙인 뾰족한 모자를 씌웠다(공주들을 가둬두기 딱 좋은 탑이다!)—베란다도 있고, 건물 뒤쪽에 감춰진 나선형 철제 계단을 오르면 하인들의 거처가 나온다. 이 네 개의 건물에 윌리엄 메솔드는 거창하게도 유럽에 있는 여러 궁전의 이름을 붙여놓았다. 베르사유 빌라, 버킹엄 빌라, 에

---

\* 히말라야 산맥에 속한 산. 힌두 신화에서 시바 신이 사는 곳으로 여겨 신성시한다.

스코리알 빌라, 상수시 빌라. 단지 전체에 부겐빌레아 덩굴이 우거지고, 연푸른 연못에는 금붕어가 헤엄치고, 바위 정원에는 선인장이 자라고, 타마린드 나무 밑에는 작은 봉선화가 무리 지어 피어나고, 잔디밭에는 나비 떼와 장미와 등나무 의자가 있었다. 그리고 6월 중순의 그날 메솔드 씨는 텅 빈 궁전들을 터무니없는 헐값에 팔아넘겼다. 단, 조건이 붙었다. 이제 더 시간 끌지 않고 그를 소개하겠다. 가운뎃가르마를 탄 머리까지 하나도 빠짐없이…… 메솔드는 육 척 장신이었고 장미 같은 분홍빛 얼굴은 영원한 젊음을 간직하고 있었다. 숱 많은 흑발에 머릿기름을 바르고 정중앙에 가르마를 탔다. 이 가운뎃가르마에 대해서는 나중에 다시 말하겠지만 쇠꼬챙이처럼 곧고 가지런해서 못 견디게 매혹적이라 여자들은 그 머리를 헝클어뜨리고 싶은 충동을 억제하지 못했는데…… 그렇게 가운뎃가르마를 탄 메솔드의 머리는 나의 시작과도 밀접한 관계가 있다. 요컨대 역사와 성욕이 줄타기곡예사처럼 따라다니는 가르마였다. (그러나 무슨 일이 있었건 간에 심지어 나조차도 그를 한 번도 만나지 못했고 나른하게 빛나는 치아와 흠잡을 데 없이 완벽하게 빗어넘긴 머리를 본 적도 없으니 그에게 원한을 품을 수는 없는 노릇이다.)

그리고 그의 코는? 어떻게 생겼을까? 오뚝했을까? 그래, 틀림없이 그랬을 것이다. 그 코는 프랑스 귀족이었던—시라노 드 베르주라크를 닮은!—어느 할머니의 유산이었을까. 아무튼 그가 물려받은 피는 그의 혈관 속에서 청록색\*으로 흐르면서 그의 점잖은 매력을 어둡게

---

\* 원문에서는 '청록색(aquamarine)'으로 표현했지만 영어에서 귀족 혈통은 '푸른 피(blue blood)'라고 부른다.

만들었고 좀 더 잔인한, 이를테면 압생트처럼 감미로우면서도 살인적인 빛깔로 물들였다.

메솔드 단지의 매각 조건은 두 가지였다: 건물 안의 모든 물건을 하나도 빠짐없이 송두리째 구입해야 하며 새로운 주인은 그 모든 품목을 그대로 보존해야 한다는 것, 그리고 실제로 소유권을 양도하는 시점은 8월 15일 자정으로 미룬다는 것.

아미나 시나이가 물었다. "전부 다 말예요? 그럼 숟가락 하나도 못 버린다는 건가요? 맙소사, 저 등갓은…… 하다못해 빗 한 개도 버리면 안 돼요?"

메솔드가 대답했다. "어느 것 하나도 안 됩니다. 그게 제 조건이에요. 장난기가 발동한 거죠. 시나이 씨…… 곧 떠나갈 영국인한테 이렇게 하찮은 놀이 하나쯤은 허락해주시겠죠? 우리 영국인들은 이제 이런 장난 말고는 할 일이 별로 없거든요."

아흐메드는 나중에 이렇게 말했다. "자, 내 말 좀 들어봐요, 아미나. 영원히 이 호텔방에 머물고 싶소? 집값이 환상적이잖소. 그래, 환상적이고말고. 게다가 권리증을 넘긴 다음에야 그 사람이 뭘 어쩌겠소? 그때 가서는 등갓이든 뭐든 마음대로 버려요. 겨우 두 달도 안 남았는데……"

메솔드가 말한다. "정원에 나가서 칵테일 한 잔 드시겠습니까? 매일 저녁 여섯시예요. 칵테일 시간이죠. 20년 동안 한 번도 바뀌지 않았습니다."

"그래도 그렇지, 맙소사, 그 페인트는…… 그리고 벽장 안에는 낡은 옷들이 가득해요, 여보…… 우리는 옷 한 벌 걸어둘 자리도 없어서 트렁크에서 꺼내 입어야 한단 말이에요!"

"한심한 일입니다, 시나이 씨." 메솔드가 선인장과 장미 사이에서 스카치위스키를 홀짝거린다. "이런 일은 보도 듣도 못했어요. 몇백 년 동안 꽤 괜찮은 정부를 유지했는데 별안간 툭툭 털고 떠나게 됐으니 말입니다. 우리가 나쁜 짓만 하진 않았다는 건 선생도 인정하실 겁니다. 도로도 만들어줬겠다, 학교에, 열차에, 의회제도까지, 다 좋은 것들이잖아요. 타지마할도 영국인이 나서기 전까지는 속절없이 무너져가는 상태였어요. 그런데 이제 와서 갑자기 독립이라네요. 70일 안에 나가랍니다. 저는 한사코 반대하는 입장이지만 어쩔 도리가 있나요?"

"……그리고 여보, 카펫에 저 얼룩 좀 봐요. 우리가 앞으로 두 달이나 영국인들처럼 살아야 하나요? 화장실에 가봤어요? 변기 옆에 물도 없더라고요. 전에는 안 믿었는데, 맙소사, 그 사람들이 휴지만 가지고 뒤를 닦는다는 말이 사실이었어요!……"

"말씀해주세요, 메솔드 씨." 아흐메드 시나이의 말투가 달라졌다. 영국인과 한자리에 있다 보니 모음을 길게 늘이는 옥스퍼드 말투를 어설프게 흉내 내게 된 탓이다. "왜 이렇게 미루자고 하시는 겁니까? 누가 뭐래도 물건은 빨리 팔아치우는 게 상책인데 말입니다. 깨끗이 마무리하는 게 제일 좋잖아요."

"……그리고 여보, 늙은 영국 여자들 초상화를 사방에 걸어놨어요! 벽에 우리 아버지 사진 한 장 걸어둘 자리도 없고……"

"제 생각엔 말입니다, 시나이 씨……" 태양이 브리치 캔디 수영장 너머의 아라비아 해로 떨어져갈 때 메솔드 씨가 술잔을 다시 채운다.

"몸은 뻣뻣한 영국인이지만 마음만은 인도인처럼 우화를 좋아하는 모양입니다."

"그리고 여보, 술을 너무 많이 마시는데…… 그것도 별로 안 좋아요."

"저는 그 말씀이―메솔드 씨, 아―정확히 무슨 뜻인지……"

"……아, 그건 말입니다. 어떻게 보면 저도 정권을 이양하는 셈이잖아요. 그래서 기왕이면 영국의 통치가 끝나는 순간에 그러고 싶다는 충동을 느낀 거죠. 말씀드렸다시피 장난이에요. 그 정도는 맞춰주실 수 있겠죠, 시나이 씨? 선생도 인정하셨듯이 가격은 나쁘지 않잖아요."

"그 사람 혹시 머리가 좀 이상한 거 아니에요, 여보? 당신은 어떻게 생각해요? 미친 사람과 거래를 해도 괜찮을까요?"

아흐메드 시나이는 이렇게 대답했다. "잘 들어요, 여보, 그 얘기는 이 정도로 끝냅시다. 메솔드 씨는 좋은 사람이오. 교양도 있고 신의를 지킬 줄 아는 사람이지. 나는 그 사람을 헐뜯거나…… 더구나 다른 구매자들도 별로 불평하지 않을 테고…… 아무튼 내가 그 사람한테 승낙했으니 이미 끝난 일이오."

"크래커 하나 드시죠." 메솔드 씨가 접시를 내민다. "드세요, 시나이 씨. 그래요, 희한한 일이죠. 보도 듣도 못한 일입니다. 얼마 전까지 여기 살던 사람들이 있었는데, 모두 인도를 잘 아는 사람들이었어요. 그런데 별안간 툭툭 털고 떠나버리더군요. 어처구니없는 일이죠. 인도에 넌더리가 났다는 거예요. 하루아침에. 저처럼 단순한 사람한테는 어리둥절한 일이었어요. 깨끗이 미련을 버렸는지 무엇 하나도 가져가려 하지 않더라고요. '그냥 버리자', 그러더군요. 고향에 돌아가서 처음부터 새로 시작하자는 거죠. 물론 돈이 없어 쩔쩔매는 사람들은 아니었지만, 그래도 괴상하잖아요. 아무튼 그렇게 저한테 떠맡겨 버렸어요. 그래서 그런 생각을 하게 된 겁니다."

"⋯⋯그래요, 마음대로 해요, 당신 마음대로!" 아미나가 쏘아붙인다. "아기 때문에 이렇게 멍하니 앉아만 있는 내가 뭘 어쩌겠어요? 아기는 점점 자라는데 생판 남의 집에서 살아야겠지만 그거야 뭐 아무러면 어때요? ⋯⋯아, 당신 때문에 내가 정말 이렇게까지⋯⋯"

"울지 마요." 아흐메드는 당황하여 호텔방 안을 서성거린다. "좋은 집이잖소. 당신도 그 집을 좋아하고. 게다가 겨우 두 달인데⋯⋯ 두 달도 안 남았는데⋯⋯ 아니, 아기가 찼소? 나도 좀 만져볼까⋯⋯ 어디요? 여기?"

아미나는 콧물을 닦는다. "거기예요. 발길질이 아주 힘차네요."

메솔드 씨가 지는 해를 바라보며 설명한다. "재산을 내 방식대로 처분할 생각입니다. 다 남겨두고 떠나겠다는 건데, 아시겠습니까? 이곳에 어울리는 사람들을 골라서—시나이 씨 같은 분 말입니다!—모든 것을 고스란히 넘겨주겠다는 거죠. 나무랄 데 없이 완벽한 상태로 말입니다. 주위를 둘러보세요. 모두 상태가 참 좋습니다. 안 그래요? 우리가 흔히 쓰던 표현대로 그냥 끝내줍니다. 힌두스타니어* 표현을 빌리자면 '삽쿠치 틱탁 헤'죠. 만사형통이로다."

"집을 사는 사람들도 다 좋은 사람들이오." 아흐메드는 아미나에게

---

* 무굴제국의 궁정어였으며 북인도 일대 상류 계급의 교양어.

손수건을 건넨다. "좋은 이웃이 될 테고…… 베르사유 빌라에 들어온 호미 카트락 씨는 배화교도지만 경주마도 기른대. 영화감독도 하고 그런다더군. 그리고 상수시 빌라에 들어온 이브라힘 부부도 있지. 누시 이브라힘도 곧 출산한다니까 당신 친구가 될 수도 있고…… 이브라힘의 아버지는 아프리카에 아주 넓은 용설란 농장이 몇 군데나 있대. 좋은 집안이라고."

"……나중에는 그 집을 내 마음대로 해도 되고……?"

"그래, 나중에는, 당연하잖소, 그 사람은 가버리고……"

"……모든 일이 완벽하게 들어맞아요." 윌리엄 메솔드가 말한다. "이 도시를 건설할 구상을 했던 사람이 바로 우리 선조였다는 사실을 아십니까? 말하자면 봄베이의 래플스*였던 셈이죠. 이 중요한 시점에 그분의 후손으로서 저도, 뭐랄까, 한몫을 하고 싶어서 말입니다. 그래요, 완벽하게…… 언제 입주하시겠습니까? 말씀만 하시면 저는 타지(Taj) 호텔로 옮기겠습니다. 내일? 좋습니다. 삽쿠치 틱탁 헤."

내가 어린 시절을 함께 보낸 사람들은 다음과 같다: 영화계 거물이며 경주마 마주였던 호미 카트락 씨, 간호사를 붙여 집 안에 가둬놓아야 했던 그의 백치 딸 톡시, 그리고 내가 아는 여자들 중에서 가장 무시무시했던 간호사 비아파. 상수시에 살았던 이브라힘 일가로는 염소수염을 기르고 용설란을 재배한다는 이브라힘 이브라힘 노인, 그의 두 아들 이스마일과 이스하크. 뒤뚱거리는 걸음걸이 때문에 누구나

---

* 영국 식민지 행정관. 싱가포르를 점령하고 무역항을 건설했다.

'오리궁둥이 누시'라고 불렸던, 이스마일의 조그맣고 운수 사납고 안절부절못하던 아내 누시, 그리고 당시 그녀의 자궁 속에서 자라면서 산부인과용 집게와의 불행한 만남을 향해 조금씩 다가가던 내 친구 서니가 있었고…… 에스코리알 빌라는 층별로 분양되었다. 일층에는 두바시 부부가 살았는데, 남편은 장차 트롬바이 원자력 연구소의 횃불이 될 물리학자, 아내는 여백 속에 진정한 종교적 광신을 감춰놓은 암호문 같은 여자였지만 여기서는 그냥 넘어가기로 하고, 다만 그들이 (비록 잉태되려면 아직도 몇 달 남았지만) 학교 연극에서는 여자 역할을 맡았고 주로 '키루스 대왕'* 이라는 별명으로 불렸으며 나의 첫 스승이기도 했던 키루스의 부모였다는 사실만 언급하겠다. 그 위층은 우리 아버지의 친구인 닥터 나를리카르가 사들여 입주했는데…… 그는 우리 어머니 못지않게 새까맸고, 흥분하거나 화를 낼 때마다 환하게 빛나는 재주를 가졌고, 우리를 세상으로 꺼내주었으면서도 아이들을 싫어했는데, 장차 그가 죽은 다음에는 무슨 짓이든 가리지 않고 어떤 장애물 앞에서도 물러서지 않는 여자들이 이 도시에 우르르 쏟아져 나오게 된다. 마지막으로 삼층에는 사바르마티 중령과 릴라가 살았는데, 사바르마티는 해군에서 으뜸가는 비행사 중 하나였고 그의 아내는 사치스러운 취향을 가진 여자였다. 그래서 그는 그토록 헐값으로 아내에게 집을 마련해줄 수 있다는 행운에 좋아서 어쩔 줄 몰랐다. 그들에게는 두 아들이 있었는데, 나이는 각각 생후 18개월과 4개월이었고 장차 아둔하고 난폭한 아이들로 자라서 '짝눈'과 '개기름'이

---

* 페르시아 제국을 건설한 키루스 2세를 가리킨다.

라는 별명을 갖게 될 터였다. 그리고 두 아이는 전혀 몰랐지만(어찌 알 도리가 있었으랴?) 내가 그들의 삶을 파멸시킬 운명이었고……윌리엄 메솔드가 선정하여 앞으로 내 세계의 중심을 형성하게 될 이 사람들은 기꺼이 메솔드 단지에 입주했고 그 영국인의 괴상한 장난기를 받아주었다. 왜냐하면 가격이 워낙 좋았으니까.

……정권 이양까지 30일이 남았을 때 릴라 사바르마티가 전화통화를 한다. "누시는 어떻게 참고 살아요? 우리 집은 방마다 말하는 잉꼬가 있고 벽장 속에는 좀먹은 드레스랑 누가 쓰던 브래지어가 들었더라고요!" ……그리고 누시는 아미나에게 이렇게 말한다. "금붕어 말예요, 맙소사, 난 그것들을 꼴도 보기 싫은데 메솔드 씨가 날마다 찾아와서 먹이를 주고…… 반쯤 남은 보브릴* 몇 병도 있던데 메솔드 씨는 버리지 말라고…… 이건 미친 짓이에요, 아미나 자매님, 우리가 왜 이렇게 살아야 되죠?" ……그리고 이브라힘 노인은 자기 방 천장에 달린 선풍기를 절대로 켜지 않고 이렇게 툴툴거린다. "저놈의 기계가 언젠가는 떨어질 거야. 한밤중에 내 모가지를 뎅강 잘라버릴 거라고. 저렇게 무거운 게 언제까지 천장에 붙어 있겠나?" ……그리고 고행자 기질이 다분한 호미 카트락은 오히려 넓고 푹신한 매트리스에 누울 수밖에 없는데, 그래서인지 날마다 요통과 불면증에 시달리고 근친혼**으로 생긴 눈가의 검은 고리를 불면으로 생긴 소용돌이가 겹겹이 둘러싸서 그의 하인이 이런 말을 할 정도였다. "외국인 나리들이 다 가버린 것도 당연합니다요, 나리, 다들 자고 싶어서 죽을 지경이었

---

\* 요리용으로 쓰이는 소고기 육수 농축액의 상표명.
\*\* 배화교의 오랜 관행.

겠네요." 그래도 모두 꾹 참고 버티는 중이다. 그리고 골칫거리만 있는 게 아니라 혜택도 있다. 릴라 사바르마티의 말을 들어보자. (어머니는 그녀를 이렇게 표현했다. "그 여자―너무 예뻐서 얼굴값 좀 하겠네.") ……"자동피아노예요, 아미나 자매님! 게다가 제대로 작동하더라고요! 난 하루 종일 죽치고 앉아서 온갖 노래를 다 들어요! '공원 옆에서 내가 사랑했던 하얀 손들이여'* 도 나오고…… 정말 너무너무 재미있어요, 그냥 페달만 밟으면 되거든요!" 그리고 아흐메드 시나이는 버킹엄 빌라에서(우리 집이 되기 전에는 메솔드가 살던 집이었다) 주류 진열장을 발견하고 고급 스카치위스키가 주는 즐거움을 깨달아가는 중이다. "그래서 어쨌다는 거요? 메솔드 씨는 약간 괴짜일 뿐이라고. 기분 좀 맞춰준다고 나쁠 거 있나? 우리에게도 고대문명이 있었는데 우리도 그 사람처럼 세련되게 살아보면 안 될 거 있소?" ……그러면서 단숨에 술잔을 비워버린다. 장점과 단점: 릴라 사바르마티가 투덜거린다. "이 많은 개들을 돌봐야 하다니, 누시 자매님, 저는 개라면 딱 질색인데. 그리고 우리 고양이, 고 귀여운 것이 무서워서 벌벌 떤단 말이에요!" ……그리고 닥터 나를리카르는 화가 나서 이글이글 빛나면서, "내 침대 위에! 아이들 사진이 걸렸다고, 시나이 형제! 그뿐이면 말도 안 해. 뚱뚱하지! 발그레하지! 세 명이지! 이래도 되는 거야?" ……그러나 이제 20일밖에 안 남았으니 분위기가 차츰 안정을 되찾고 날카롭게 곤두섰던 신경도 무뎌져간다. 그래서 무슨 일이 벌어지고 있는지 아무도 알아차리지 못했지만 사실은 이

---

\* 영국 작곡가 에이미 우드포드핀턴이 1902년 발표한 〈카슈미르의 노래〉 첫 구절.

주택단지가, 메솔드 단지가 그들을 조금씩 변화시키는 중이다. 날마다 저녁 여섯시만 되면 다들 정원으로 몰려나와 칵테일 시간을 즐기고, 윌리엄 메솔드가 찾아올 때마다 별다른 노력도 없이 일제히 모음을 길게 늘여 옥스퍼드 말투를 흉내 낸다. 그리고 그들은 천장 선풍기와 가스 조리기구와 잉꼬들에게 필요한 올바른 먹이 따위를 하나하나 익혀가는 중인데, 메솔드가 그들의 탈바꿈을 지도하면서 작은 소리로 중얼거린다. 잘 들어보자. 뭐라고 말하는 것일까? 그래, 바로 그거다. 윌리엄 메솔드는 이렇게 중얼거린다. "삽쿠치 틱탁 헤." 만사형통이로다.

봄베이판 〈타임스 오브 인디아〉가 다가오는 광복을 위한 축하 행사의 하나로 인간적 흥미를 끌 만한 일을 찾다가 정확히 새 나라가 탄생하는 바로 그 순간에 아기를 낳는 봄베이 산모에게 상금을 준다고 발표했을 때, 마침 파리 끈끈이가 등장하는 신비로운 꿈을 꾸다가 막 깨어난 아미나 시나이는 신문에서 눈을 떼지 못했다. 그녀는 아흐메드 시나이의 코앞에 신문을 들이밀고 의기양양하게 손가락으로 지면을 쿡쿡 찌르면서 확신에 찬 어조로 이렇게 선언했다.
"봤죠, 여보? 이 상금은 내 차지예요."
대문짝만 한 기사 제목—'신생아 시나이의 매혹적인 자태: 영광의 순간에 태어난 아기!'—그리고 1면을 가득 채운 특대형 고화질의 신생아 사진이 두 사람 눈앞에 생생히 떠올랐다. 그러나 곧 아흐메드가 이견을 내놓았다. "여보, 아무래도 가능성이 별로 없잖소." 그래도 아미나는 고집스럽게 입을 악다물고 같은 말을 되풀이했다. "보나마나 내 차지니까 이러쿵저러쿵하지 마요. 틀림없이 내 차지라는 걸 내가 아니까. 어떻게 아느냐고는 묻지 마요."

칵테일 시간에 아흐메드가 윌리엄 메솔드에게 아내의 예언을 이야기하자 메솔드는 웃으면서 이렇게 말했다. "여자들의 직감은 정말 놀랍죠, 시나이 부인! 하지만 설마 그런 일이……" 그래도 아미나는 흔들리지 않았다. 역시 임신 중이었고 역시 〈타임스 오브 인디아〉를 읽어본 이웃집의 오리궁둥이 누시가 못마땅한 표정으로 노려봤지만 아미나는 전혀 물러서지 않았다. 람람의 예언이 그녀의 마음속에 깊이 새겨졌기 때문이다.

여기서 진실을 밝히자면 달이 찰수록 아미나는 그 점쟁이의 말이 자신의 어깨를, 머리를, 그리고 풍선처럼 부풀어 오르는 배를 무겁게 짓누르는 것을 느꼈고, 그래서 머리가 두 개 달린 아이를 낳게 될지도 모른다는 근심의 거미줄에 사로잡혔고, 그 덕분에 요행히 메솔드 단지의 교묘한 마법에 걸리지 않았고, 따라서 칵테일 시간과 잉꼬와 자동피아노와 영국식 말투 따위에 오염되지도 않았는데…… 처음에는 신문사가 내건 상금을 자신이 차지하게 될 거라는 확신이 다소 모호했지만 만약 점쟁이의 예언 중에서 이 부분이 실현된다면 나머지도 무슨 뜻이건 간에 들어맞을 거라고 믿게 되었다. 그래서 어머니는 순전히 자존심이나 예감만 가지고 장담하는 것이 아니었다. "직감 따위가 아니에요, 메솔드 씨. 이건 확실한 사실이라고요."

그러면서 마음속으로 이렇게 덧붙였다. '그리고 하나 더: 나는 아들을 낳을 거야. 그런데 그 아이를 잘 보살피지 않으면……'

내가 보기에는 그 무렵 어머니의 혈관 속 깊은 곳, 아마도 본인이 알아차리지도 못할 만큼 깊은 곳에서 나심 아지즈의 초자연적 사고방식이 어머니의 생각과 행동에 영향을 미치기 시작한 듯싶다. 이를테면 비행기는 악마의 발명품이고, 카메라는 사람의 영혼을 훔쳐내고, 유령도 천국처럼 틀림없이 존재하고, 엄지와 검지로 신성한 귀를 움켜쥐는 짓은 명실공히 죄악이라는 '원장수녀님'의 발상이 따님의 몽롱한 머릿속에서 끊임없이 속닥거렸다. 그래서 아미나는 이렇게 생각했다. '우리가 지금 이렇게 영국인들의 잡동사니에 둘러싸여 살고 있지만 이곳은 분명히 인도야. 람람 세트 같은 사람이 미래를 안다고 말할 때는 정말 아는 거라고.' 그리하여 그녀가 사랑하는 아버지의 회의론적 사고방식은 뭐든지 믿어버리는 우리 외할머니의 고지식한 사고방식에 자리를 내주게 되었고, 그와 동시에 아미나가 닥터 아지즈로부터 물려받은 모험적 기질의 불꽃은 꺼져버리고 그 대신 똑같은 힘을 가진 또 하나의 기질이 고개를 들었다.

　6월 말로 접어들어 장맛비가 내리기 시작할 무렵 태아는 자궁 속에서 완전한 형태를 갖추었다. 무릎과 코도 생겨났고 몇 개이든 간에 머리도 이미 자리를 잡았다. 기껏해야 (처음에는) 마침표만 한 크기에 불과했던 것이 점점 커지면서 쉼표로, 낱말로, 문장으로, 문단으로, 장(章)으로 성장했고, 지금은 한층 더 복잡한 발달단계를 거치면서 급속히 팽창하여 한 권의 책으로—이를테면 백과사전으로—심지어 하나의 언어 전체라고 표현해도 될 만한 규모로 성장해가는 중이었는데…… 다시 말하자면 어머니의 배 속에 들어 있는 그 살덩어리가 어찌나 크고 무거워졌던지, 이층집 높이의 우리 언덕 밑에서는 워든 가가 누렇고 지저분한 빗물에 침수되는 바람에 오도 가도 못 하게 된 버스가 차츰 녹슬기 시작하고 출렁거리는 길에서 아이들이 헤엄을 치고 흠뻑 젖은 신문지가 물속으로 가라앉을 무렵, 아미나는 망루 일층의 원형 방에서 납덩이같은 풍선의 무게에 짓눌려 거의 움직이지도 못할 지경이었다.

끝없이 내리는 비. 스테인드글라스 튤립들이 너울거리는 격자 유리창 밑으로 스며드는 물. 창틈을 일일이 막아두었지만 물을 흠뻑 빨아들여 점점 무거워지고 쓸모없게 된 수건들. 저 멀리 뻗어나가다가 좁아진 수평선에 이르러 비구름과 만나는 육중한 잿빛 바다. 끊임없이 어머니의 귀를 두드리면서 점쟁이와 남의 말을 잘 믿는 모정(母情)과 낯선 물건들이 주는 위화감 때문에 생긴 혼란을 더욱더 가중시키고 온갖 기이한 일들을 상상하게 만드는 빗소리. 점점 자라는 아기의 무게에 짓눌린 채 아미나는 자기가 무굴제국 시대에 유죄 판결을 받은 살인자라고 상상했는데, 그 시대에는 범인을 바위로 짓눌러 죽이는 처형 방법이 흔히 사용되었고…… 그때 이후로 아미나는 어머니가 되기 이전의 시절을 마감하던 그 시절, 카운트다운 달력의 똑딱똑딱 소리가 모든 이들을 이끌고 8월 15일을 향해 치닫던 그 시절을 회상할 때마다 이렇게 말하곤 했다: "그게 다 무슨 소린지 난 아무것도 몰라요. 나한테는 시간이 완전히 멎어버린 것 같았거든요. 내 배 속에 든 아기가 시계를 다 멎게 한 거죠. 난 그렇게 믿어요. 웃지 마요. 언덕 끝에 있던 시계탑 생각나죠? 그 장마가 지나간 다음부터 그 시계는 영영 움직이지 않았다고요."

……그리고 봄베이까지 우리 부모님을 따라온 아버지의 늙은 하인 무사는 붉은 타일을 붙인 여러 궁전의 부엌에서, 혹은 베르사유와 에

스코리알과 상수시 뒤쪽의 하인 거처에서 다른 하인들에게 말했다: "정말 우람한 아기가 태어날 거야. 그렇고말고! 새다래처럼 큼지막한 초특급 우량아일 테니까 두고 보라고!" 하인들도 기뻐했다. 탄생은 경사로운 일이고 특히 크고 건강한 아기라면 더 바랄 나위가 없으니까……

……그리고 시계까지 멎게 한 배의 주인공 아미나는 망루방에서 꼼짝도 못하면서 남편에게 말했다. "여기다 손을 대고 만져봐요…… 자, 느꼈어요? ……이렇게 크고 튼튼한 아들…… 우리 달덩어리예요."

이윽고 장마가 끝나고 아미나의 몸이 너무 무거워져 두 남자 하인이 그녀를 들어 올리기 위해 의자를 따로 만들어야 했을 때, 그리고 위 윌리 윙키가 네 채의 저택 사이에 있는 원형광장에서 노래를 부르려고 다시 나타났을 때, 그때 비로소 아미나는 〈타임스 오브 인디아〉의 상금을 노리는 만만찮은 경쟁자가 한 명도 아니고 두 명이나(그녀가 아는 범위에서만 보더라도 두 명이나) 된다는 사실을 알게 되었는데, 예언이야 어찌 됐든 간에 막판에 매우 치열한 접전이 벌어질 전망이었다.

"이놈은 위 윌리 윙키라고 합니다요. 노래로 밥벌이를 하면서 명성을 얻었습죠!"

전직 마술사, 요지경놀이꾼, 가수…… 내가 태어나기도 전에 벌써 이렇게 틀이 만들어졌다. 예능인들이 내 인생을 좌지우지할 운명이었다.

"다들 죽을 준비하셨죠? ……저는 밥을 준비했습니다. 아, 농담, 농담입니다. 신사숙녀 여러분, 이 대목에서 신나게 웃어주세요!"

훤칠가무잡잡잘생긴 어릿광대가 손풍금을 들고 원형광장에 서 있었다. 버킹엄 빌라의 정원에서는 아버지의 엄지발가락이 (아홉 동료와 더불어) 윌리엄 메솔드의 가운뎃가르마와 나란히, 그러나 좀 더 낮은 곳에서 거닐었는데…… 샌들을 신은 이 둥글둥글한 발가락은 자신에게 닥쳐올 운명을 알지 못했다. 그리고 위 윌리 윙키는(우리는 그의 본명을 몰랐다) 농담을 늘어놓고 노래를 불렀다. 아미나는 일층 베란다에서 구경하면서 귀를 기울였다. 그러면서 이웃집 베란다에서 날아오는 오리궁둥이 누시의 시선, 질투심과 경쟁심이 섞인 따가운 시선을 느꼈다.

……한편 책상 앞에 앉은 나는 파드마의 조바심 때문에 얼굴이 따갑다. (가끔은 좀 더 분별력 있는 청취자가 있었으면 좋겠다는 생각이 들기도 하는데, 적당한 리듬과 속도 조절이 필요하다는 사실을 이해하고 때로는 중간에 슬쩍 집어넣은 단음계가 점점 부풀고 발전하여 나중에는 주선율을 장악하기도 한다는 사실을 이해할 수 있는 사람, 예를 들자면 아기의 체중과 장맛비가 메솔드 단지 시계탑의 시계를 잠재우기는 했지만 마운트배튼의 똑딱똑딱 소리는 여전히 줄기차게, 나지막하지만 인정사정없이 계속되고 있으며 언젠가 그 규칙적인 소리가 북소리처럼 우렁찬 음악이 되어 우리의 귓속에 쩌렁쩌렁 울려퍼지는 것도 시간문제에 불과하다는 사실을 알아차릴 수 있는 사람 말이다.) 파드마는 이렇게 말한다: "난 지금 그 윙키라는 사람에 대해서는 알고 싶지도 않아요. 벌써 며칠 밤낮을 기다렸는데 당신은 아직

태어나지도 못했잖아요!" 그러나 나는 인내심을 가지라고 충고하면서 세상만사에는 다 때가 있다고 나의 똥-연꽃 아가씨를 타이른다. 왜냐하면 윙키에게도 때가 있고 존재의미가 있기 때문인데, 지금 그는 베란다에 자리한 임신부들을 놀려주려고 잠시 노래를 멈추고 이렇게 말한다. "여러 마님들, 그 상금 얘기 들으셨나요? 저도 들었습죠. 우리 바니타도 해산날이 머지않았습니다요. 금방, 금방입죠. 어쩌면 마님들이 아니라 바니타 사진이 신문에 실릴지도 모르는 일입니다요!"……그래서 아미나는 눈살을 찌푸리고, 메솔드는 가운뎃가르마 밑에서 미소를(억지 미소였을까? 그렇다면 왜?) 짓고, 아버지의 엄지발가락은 산책을 계속하지만 정작 아버지는 신중하게 입술을 내밀고 이렇게 중얼거린다. "건방진 녀석이군요. 말이 좀 지나치네요." 그러나 메솔드는 흡사 당황한 듯한—어쩌면 죄책감인지도 모를!—표정으로 아흐메드 시나이에게 훈계한다. "괜한 말씀입니다. 저건 어릿광대의 관례잖아요. 저렇게 청중을 도발하고 조롱할 권리를 가진 친구들이니까요. 중요한 사회적 안전판이죠." 그러자 아버지는 어깨를 으쓱거리면서, "흠." 그러나 윙키는 영리한 사람이라서 금방 사태를 수습한다. "탄생은 경사로운 일이고 둘이 태어나면 두 배로 경사로운 일입죠. 여기서 '배'는 배때기라는 뜻인데요, 마님들, 이거 농담입니다. 아시죠?" 그러면서 인상적인 의견을 내놓아 분위기를 확 바꿔놓는데, 아주 감동적이고 중요한 발상이었다. "신사숙녀 여러분, 메솔드 나리의 기나긴 과거가 그대로 남아 있는 이곳에서 여러분이 어떻게 편안할 수 있겠습니까? 이놈이 장담하건대 보나마나 꿈인지 생시인지 낯설기만 할 겝니다요. 그렇지만 신사숙녀 여러분, 이제 이곳은 새로운 땅입니다. 새로운 땅이 현실이 되려면 먼저 탄생을 목격해야죠. 최초의 탄생을 목격하고 나면 비로소 이곳이 고향처럼 편안해질 겁니다.” 그다음은 노래: “데이지, 데이지……” 그러자 메솔드 씨도 따라 부르는데, 이마에는 여전히 어두운 그늘이 가득하고……

……여기서 요점은 다음과 같다: 메솔드의 표정은, 그렇다, 죄책감이었다. 왜냐하면 윙키가 영리하고 익살맞은 사람이기는 하지만 그 영리함이 충분하지는 않았고, 바야흐로 윌리엄 메솔드의 가운뎃가르마에 얽힌 첫번째 비밀을 밝힐 때가 되었기 때문이다. 왜냐하면 지금 그 비밀이 자꾸 뚝뚝 떨어져 그의 낯빛을 물들이니까. 그래서 말인데, 똑딱똑딱 소리와 어느것하나도버릴수없는 부동산 거래가 시작되기 훨씬 전에 메솔드 씨는 개인적으로 윙키와 그의 아내 바니타를 불러 지금은 우리 부모님의 거실이 된 방에서 노래를 해달라고 청했다. 그리고 얼마 후 이렇게 말했다. “여보게, 위 윌리, 내 부탁 하나만 들어주게나. 이 처방전으로 약을 사야겠는데, 두통이 너무 심해서 말이야. 이걸 가지고 캠프스 코너에 가서 약사한테 약 좀 달라고 하게. 하인들이 전부 감기로 앓아누워서 그래.” 가난한 윙키는 그저 예 나리 잽싸게 다녀옵죠 나리 하면서 그 자리를 떠날 수밖에 없었고, 홀로 남은 바니타는 자꾸 손가락을 끌어당기는 가운뎃가르마의 흡인력을 견디어낼 수 없었고, 메솔드는 가벼운 크림색 정장을 입고 옷깃에 장미 한 송이를 꽂은 채 등나무 의자에 앉아 움직이지 않았고, 그래서 바니타는 자기도 모르게 손을 내밀면서 그에게 다가갔고, 손가락이 머리카락을 어루만지는 감촉을 느꼈고, 가운뎃가르마를 찾아냈고, 마침내 메솔드의 머리를 마구 헝클어뜨리기 시작했다.

그리하여 그로부터 아홉 달이 지난 지금, 위 윌리 윙키는 아내가 머지않아 낳을 아기에 대해 농담을 늘어놓고 영국인의 이마에는 그늘이 드리워지게 되었던 것이다.

"그래서요?" 파드마가 따진다. "그래서 그 윙키라는 사람한테, 그리고 어떤 여자인지 당신이 아직 말해주지도 않은 그 사람 마누라한테 내가 왜 관심을 가져야 되죠?"

이렇게 도무지 만족할 줄 모르는 사람도 있다. 그렇지만 파드마는 곧 만족하게 될 것이다.

그러나 그 전에 그녀는 더욱더 실망을 맛보아야 한다. 왜냐하면 지금 나는 메솔드 단지에서 기나긴 나선형을 그리며 서서히 고조되는 일련의 사건들을 떠나서, 금붕어와 개들과 신생아 경연 대회와 가운뎃가르마를 떠나서, 그리고 엄지발가락과 타일 지붕을 떠나서, 바야흐로 장맛비에 씻겨 맑고 깨끗해진 이 도시의 하늘을 가로질러 훨훨 날아가는 중이기 때문이다. 아흐메드와 아미나는 위 윌리 윙키의 노래나 듣고 있게 내버려두고, 나는 고성(古城) 지역을 향해 너울너울 날아가다가 이윽고 플로라 분수대를 지나 어느 커다란 건물에 도착하는데, 왜냐하면 천박한 조명이 희미하게 빛나고 흔들거리는 향로에서 은은한 향내가 진동하는 이곳 성(聖) 도마 대성당에서 지금 미스 메리 페레이라가 주님의 피부색에 대해 공부하고 있기 때문이다.

"파란색입니다." 젊은 신부가 진지하게 말한다. "지금까지 전해진 증언을 종합한다면 말입니다. 자매님, 우리 주 예수 그리스도는 수정처럼 해맑고 아름답기 그지없는 하늘색이셨어요."

그러자 몸집이 작은 여인이 나무로 만든 격자창 너머에서 잠시 침묵을 지킨다. 수심이 가득하고 생각이 많은 침묵이다. 이윽고: "어떻게 그래요, 신부님? 사람들은 파란색이 아니잖아요. 피부색이 파란 사람은 세상천지에 아무도 없다고요!"

작은 여인은 어리둥절한 표정이고 사제는 당황해서 쩔쩔매는데…… 왜냐하면 여인의 이런 반응은 뜻밖이기 때문이다. 일찍이 주교님이 말씀하셨다. "요즘 개종하는 신도들한테 문제가 좀 있는데…… 그 사람들이 색깔에 대해서 물어볼 때는 십중팔구…… 그러니까 우선 다리를 놓아야지." 주교님은 이렇게 설명하셨다. "명심하게나. 하느님은 사랑일세. 힌두교에서는 사랑의 신 크리슈나를 반드시 파란색으로 그린다네. 그러니까 파란색이라고 대답하게. 그게 믿음과 믿음을 잇는 다리 역할을 해줄 게야. 다만 조심스럽게 말해야겠지. 그리고 파란색은 중립적인 색이기도 하다네. 흔해빠진 색깔 논쟁을 피하고 흑백 갈등을 건너뛸 수 있으니까. 그래, 나는 대체로 그 색깔이 제일 좋다고 생각한다네." 젊은 신부는 주교님도 실수하실 때가 있는 모양이라고 생각했다. 어쨌든 지금 당장은 신부가 궁지에 몰린 상황인데, 왜냐하면 작은 여인은 흥분한 기색이 역력했고 나무 창살 너머로 맹렬히 질책을 퍼붓기 시작했기 때문이다. "파란색이라니, 무슨 대답이 그래요, 신부님, 그런 말을 제가 어떻게 믿어요? 로마에 계신 교황 성하께 편지를 보내서 여쭤보시면 금방 바로잡아주실 거예요. 어쨌든 예나 지금이나 피부색이 파란 사람은 없다는 것쯤은 교황 성하가 아니라도 누구나 아는 사실이잖아요!" 젊은 신부는 눈을 감고 심호흡을 하고 나서 더듬더듬 반격을 시작한다. "그 피부색은 파란색으로 물들인 거죠. 픽트족\*도 그랬고 아랍의 청색 유목민\*\*들도 그랬어요. 자매님도 교육의 혜택을 받고 나면 아시겠지만……" 그런데 이때 세찬 콧방귀 소리가 고해실 안에 메아리친다. "뭐라고요, 신부님? 지금 우리 주님을 그런 야만인들과 비교하시는 거예요? 오, 주님, 이 치욕을 참을 수 없으니 귀를 막아야 하겠나이다!" ……그녀의 말은 거기서 끝나지 않고 더 오래오래 이어지는데, 그동안 젊은 신부는 극심한 위경련에 시달리다가 불현듯 영감을 얻어 이 파란색 문제의 이면에는 더욱더 중요한 다른 문제가 숨어 있음을 깨닫고 질문을 던지고, 그러기가 무섭게 여인의 장광설은 눈물로 바뀌어 펑펑 쏟아지고, 젊은 신부는 허둥대면서, "자, 자, 우리 주님의 거룩한 광휘를 한낱 물감 따위로 설명할 수 있겠습니까?" ……그러자 소금물의 홍수를 뚫고 여인의 목소리가 들려온다: "그래요, 신부님도 그리 나쁜 분은 아니었네요. 저도 그 사람한테 그렇게 말했는데, 바로 그 말을 했을 뿐인데, 그 사람은 무례한 말을 마구 내뱉으면서 내 말은 들으려고 하지도 않고……" 자, 드디어 나왔다. 드디어 **그 사람**이 이야기 속에 등장했고, 그때부터 모든 사연이 줄줄이 쏟아지는데, 조그맣고 순결하고 번민에 시달리는 미스 메리 페레이라의 고해성사로 우리는 내가 태어나던 그날 밤에 그녀가 벌인 사건, 다시 말하자면 우리 외할아버지가 콧방아를 찧던 날부터 내가 어른이 될 때까지의 기간을 통틀어 그녀가 인도의 20세기 역사에 기여했던 마지막 행동이면서 가장 중요한

---

\* 10세기경 스코틀랜드에 흡수된 고대 부족. 픽트족 전사들이 온몸에 파란색 문신을 했다.
\*\* 레구이바트족을 비롯한 북아프리카 일대의 여러 부족을 가리킨다. 터번과 옷을 물들인 남색 물감이 피부에 묻어나서 '청색인'이라 불렀다.

행동이기도 했던 그 사건의 동기에 대한 결정적인 단서를 얻게 된다.

메리 페레이라의 고백: 모든 메리에게 그랬듯이 그녀에게도 조지프가 있었는데,* 이름하여 조지프 드코스타. 그는 페더 가에 위치한 나를리카르 산부인과의 잡역부였다. ("아하!" 파드마가 마침내 연관성을 알아차린다) 그 병원은 메리가 조산사로 일하는 곳이기도 했다. 처음에는 모든 일이 순조로웠다. 그는 그녀를 데리고 나가 홍차나 라시**나 팔루다***를 사주면서 달콤한 말을 속삭였다. 두 눈은 도로공사용 착암기처럼 냉혹해서 금방이라도 드르르 굉음이 터질 듯했지만 목소리는 잔잔하고 말솜씨도 좋았다. 조그맣고 통통하고 순결한 메리는 그의 관심을 마음껏 즐겼다. 그런데 이제 모든 것이 변해버렸다.

"갑자기, 갑자기 그 사람이 자꾸 킁킁거리기 시작했어요. 코를 높이 치켜들고 아주 이상하게 말이에요. 그래서 물었죠. '감기라도 걸렸어, 조?' 그랬더니 아니래요. 그게 아니라 북풍 냄새를 맡는 거라나. 그래서 제가 이랬죠. 조, 봄베이는 바람이 바다 쪽에서 불어오는데, 그래서 모두 서풍인데, 조……" 메리 페레이라는 힘없는 목소리로 그 다음에 이어진 조지프 드코스타의 분노를 묘사했는데, 그때 그는 이렇게 말했다고 한다. "넌 아무것도 몰라, 메리, 지금은 북풍이 부는데 그 속에 죽음이 가득하다고. 이 해방은 부자들을 위한 해방일 뿐이고 가난한 사람들은 서로 파리 떼처럼 죽일 수밖에 없단 말이야. 펀자브에서도, 벵골에서도. 그저 폭동, 또 폭동, 빈민과 빈민의 싸움뿐이지.

---

* 메리와 조지프는 성모 마리아와 남편 요셉의 영어식 발음이다.
** 요구르트에 소금, 향신료 등을 넣은 인도의 전통 음료.
*** 우유에 장미시럽과 타피오카 등을 넣은 여름철 음료.

이 바람에서 그게 느껴져."

그래서 메리는: "그게 무슨 헛소리야, 조. 왜 그렇게 나쁜 일만 생각하면서 걱정을 해? 그래도 우린 조용히 살아갈 수 있잖아, 안 그래?"

"그만두자, 넌 아무것도 몰라."

"하지만 조지프, 학살에 대한 소문이 사실이라고 해도 모두 힌두교인이나 이슬람교인뿐이잖아. 선량한 기독교인이 그런 싸움에 휘말릴 리가 있겠어? 그 사람들은 옛날부터 그렇게 서로 죽고 죽이면서 살아왔잖아."

"그리스도 얘기라면 집어치워. 그게 백인들의 종교란 걸 아직도 모르겠니? 희멀건 하느님은 희멀건 놈들이나 믿으라고 해. 지금 이 순간에도 우리 동포들이 죽어간단 말이야. 우리도 맞서 싸워야 돼. 서로 싸우지 말고 누구와 싸워야 하는지 동포들한테 가르쳐줘야 한다고, 알아?"

그리고 메리는, "그래서 피부색에 대해 여쭤봤던 거예요, 신부님…… 그리고 제가 조지프한테 싸움은 나쁜 거라고, 그렇게 야만적인 생각은 버리라고 했는데, 그렇게 말하고 또 말했는데, 결국 그 사람은 저하고 말도 안 섞으려 하면서 위험한 부류와 어울려 다니기 시작하더니 이젠 그 사람에 대한 소문까지 나돌기 시작했어요, 신부님, 듣자니 고급 차에 벽돌을 던진다는 말도 있고 화염병도 던진다던데, 그 사람이 미쳤나봐요, 신부님, 사람들 말로는 그 사람이 버스를 불태우거나 전차를 폭파하는 일까지 한몫 거들었다는데 그 밖에 또 무슨 짓을 하는지 모르겠어요. 어떻게 해야 하나요, 신부님, 제가 여동생한테 다 털어놨어요. 제 동생 앨리스는 정말 착한 애거든요. 신부님, 제

가 이랬어요: '조는 도살장 근처에 사는데 어쩌면 그 냄새를 맡고 갈팡질팡하는지도 몰라.' 그랬더니 앨리스가 '내가 얘기해볼게' 하면서 그 사람을 찾아갔어요. 그랬는데 글쎄, 맙소사, 세상이 어떻게 되려고 그러는지…… 사실대로 말씀드릴게요, 신부님…… 어떻게 그런 일이……" 그때부터 한 마디 한 마디가 홍수에 휩쓸려 가라앉아버리고 그녀의 비밀은 소금기를 머금고 눈에서 흘러나온다. 왜냐하면 앨리스가 조지프를 만나고 돌아오더니 자기가 보기에는 오히려 메리가 잘못했다고, 동포들을 계몽하겠다는 애국적 사명감에 불타는 그를 격려하지는 못할망정 쓸데없이 잔소리만 늘어놓아 정이 뚝 떨어지게 만든 탓이라고 말했기 때문이다. 앨리스는 메리보다 어렸고 더 예뻤다. 그날 이후 다시 소문이 나돌기 시작했는데 이번에는 앨리스와 조지프의 관계에 대한 이야기였고, 메리는 어떻게 해야 좋을지 몰랐다.

메리가 말했다. "그 계집애. 걸핏하면 정치정치 하는데 그게 뭔지 그년이 어떻게 알겠어요? 우리 조지프를 꽁꽁 옭아매려고 멍청한 구관조처럼 그 사람이 하는 말이라면 무슨 헛소리든 가리지 않고 줄줄 읊어댈 뿐이죠. 맹세코 말씀드리는데요, 신부님……"

"조심하세요, 자매님. 그러다가 불경스러운 말씀이라도 하시면……"

"아뇨, 신부님, 정말 하느님께 맹세코 말씀드리는데요, 그 남자를 되찾을 수만 있다면 무슨 짓이라도 하겠어요. 정말이에요. 지난 일은 다 잊고…… 그 사람이 무슨 짓을 했…… 아이고, 아이고오!"

소금물이 고해실 바닥을 휩쓸고…… 이제 젊은 신부에게 새로운 딜레마가 생겼을까? 위장이 뒤집히는 듯한 고통을 참아가면서 조지프 드코스타 같은 사람이 문명사회에 끼치는 해악과 고해실의 존엄성을 보이지 않는 저울에 달아보았을까? 그래서 실제로 메리에게 조지프의 주소를 물어보고 그 비밀을 폭로해서⋯⋯ 요컨대 주교에게 꼼짝 못하고 위장병에 시달리는 젊은 신부는 〈나는 고백한다〉*에 출연한 몽고메리 클리프트처럼 행동했을까, 그러지 않았을까? (몇 년 전에 뉴엠파이어 영화관에서 그 영화를 보았지만 판단이 서지 않았다.) 아니, 이러지 말자. 아무래도 나는 이번에도 근거 없는 의혹을 접어야겠다.

조지프에게 일어난 일은 어차피 일어날 수밖에 없었을 것이다. 그리고 젊은 신부가 내 이야기에 관련된 부분은 아마도 조지프 드코스타가 부자들을 지독하게 증오한다는 사실과 메리 페레이라의 깊은 슬픔을 알게 된 최초의 외부인이었다는 점이 전부일 것이다.

내일 나는 목욕과 면도를 해야겠다. 풀을 먹인 깨끗한 새 쿠르타와 그 옷에 어울리는 파자마를 입고, 앞코를 둥글게 말아 올리고 반짝이를 붙인 슬리퍼를 신고, 머리는 (가운뎃가르마를 하지는 않겠지만) 깔끔하게 빗고, 이도 반짝거리게 닦고⋯⋯ 간단히 말해서 최고로 멋을 부려야겠다. ("제발 그러세요." 파드마가 입을 삐죽거린다.)

내일은 내가 마음속 깊은 곳의 혼란 속에서 끄집어내야 하는 이야기들을 마침내 끝맺게 될 것이다. 왜냐하면 마운트배튼의 카운트다운 달력이 들려주는 메트로놈 소리를 더는 무시할 수 없기 때문이다. 메

---

* 앨프리드 히치콕 감독의 영화. 몽고메리 클리프트가 살인범의 고해성사를 듣고 갈등하는 신부를 연기했다.

솔드 단지에서는 늙은 무사가 여전히 시한폭탄처럼 째깍거리지만 그 소리는 전혀 들리지 않는다. 지금 귀청이 터질 듯 우렁차고 끈덕진 다른 소리가 점점 커지고 있기 때문이다. 1초 1초가 지나가는 소리, 피할 수 없는 자정이 점점 다가오는 소리다.

## 똑딱똑딱

파드마도 그 소리를 듣는다. 긴장감을 고조시키는 데는 카운트다운을 따라갈 것이 없다. 나는 오늘 우리 똥꽃 아가씨가 일하는 모습을 지켜보았는데, 그녀는 마치 시간을 더 빨리 돌리려는 듯 격렬하게 피클통 속을 휘저었다. (어쩌면 정말 시간이 더 빨리 흘렀는지도 모른다. 내 경험에 의하면 시간은 봄베이의 전력공급처럼 불안정하고 변화무쌍하다. 내 말을 못 믿겠다면 시간 안내 서비스에 전화를 걸어보라. 이 서비스도 전기를 사용하기 때문에 몇 시간씩 틀리기 일쑤다. 물론 반대로 우리가 틀릴 수도 있겠지만…… 아무튼 '어제'를 뜻하는 말과 '내일'을 뜻하는 말로 똑같은 단어\*를 사용하는 사람들이 시간을

---

\* 힌디어의 특징이다. '칼(kal)'이라는 단어가 어제와 내일을 모두 뜻하므로 문맥에 따라 의미를 판단해야 한다.

제대로 안다고 말하기는 어려운 노릇이다.)

그러나 오늘 파드마는 마운트배튼의 똑딱똑딱 소리를 들었는데…… 그 소리는 영국제라서 무자비하게 정확하다. 그리고 지금은 공장이 텅 비었다. 냄새는 빠지지 않았지만 피클통은 모두 조용하다. 그리고 나는 약속대로 화려하게 차려입고 내 책상으로 달려오는 파드마를 맞이한다. 그녀가 내 곁에 털썩 주저앉아 명령을 내린다. "시작하세요." 나는 슬며시 만족의 미소를 머금는다. 한밤의 아이들이 내 머릿속에 줄지어 늘어서서 콜리 생선 장수 아낙네들처럼 밀치락달치락하는 것이 느껴진다. 그들에게 나는 오래 걸리지 않을 테니 기다리라고 말한다. 목청을 가다듬고 펜을 살짝 흔들어보고 곧 시작한다.

권력 이양의 해로부터 32년 전에 우리 외할아버지가 카슈미르의 대지에 콧방아를 찧었다. 루비와 다이아몬드가 있었다. 물의 거죽 밑에서 미래의 얼음이 기다리고 있었다. 신이든 인간이든 누구에게도 머리를 조아리지 않겠다는 맹세가 있었다. 그 맹세는 구멍 하나를 만들었고 구멍 뚫린 침대보 뒤의 여인이 그 구멍을 일시적으로 메워주었다. 외할아버지의 콧속에 왕조의 씨앗이 깃들었다고 예언했던 뱃사공이 그를 태우고 호수를 건너가면서 화를 냈다. 눈먼 지주와 여자 레슬링선수들이 있었다. 그리고 어둑어둑한 방에 침대보가 있었다. 바로 그날부터 내가 물려받을 유산이 형성되기 시작했다. 외할아버지의 눈동자에 스며들었던 카슈미르의 푸른 하늘, 우리 어머니에게는 참을성으로, 말년의 나심 아지즈에게는 완고함으로 전해진 우리 외증조할머니의 오랜 고난, 종잡을 수 없는 혈통을 거쳐 내 동생 놋쇠 잔나비의 혈관으로 이어진, 새들과 대화를 나눌 수 있었던 외증조할아버지의 재능, 외할아버지의 회의론과 외할머니의 고지식함 사이의 갈등, 그리고 무엇보다 구멍 뚫린 침대보의 어렴풋한 실존. 바로 그것 때문에 우리 어머니는 한 남자를 조각조각 분할해가며 사랑할 수밖에 없었고, 그것 때문에 나는 나의 삶을—내 삶의 의미를, 내 삶의 구조를—역시 단편적으로 파악할 수밖에 없었고, 그 결과로 내가 마침내 내 삶을 이해했을 때는 이미 너무 늦어버리고 말았다.

세월이 흐를수록 내 유산도 불어났다. 이제 나에게는 뱃사공 타이의 전설적인 금니도 있고, 우리 아버지가 발견한 술독의 마귀를 미리 예고했던 타이의 술병도 있고, 자살해버린 일제 루빈도 있고, 정력을 위한 뱀술도 있고, 진보를 원했던 아담과 현상 유지를 원했던 타이도 있고, 또한 우리 외조부모님을 남쪽으로 내몰아 결국 봄베이로 가게 만든, 씻지 않은 뱃사공의 체취도 있다.

……그리고 나는 이제 파드마와 똑딱똑딱에 쫓기면서 계속 나아가 마하트마 간디와 그의 하르탈을 얻고, 엄지검지를 섭취하고, 아담 아지즈가 카슈미르인인지 인도인인지 자신도 몰랐던 순간을 꿀꺽 삼켜버리고, 쏟아진 구장즙으로 장차 다시 나타나게 되는 손 모양의 얼룩과 머큐로크롬을 들이마시고, 다이어 준장을 콧수염까지 통째로 먹어치운다. 우리 외할아버지는 코 덕분에 목숨을 건지고 그의 가슴팍에는 영영 지워지지 않을 피멍이 생긴다. 그래서 외할아버지와 나는 끊임없이 욱신거리는 그 피멍에서 인도인이냐 카슈미르인이냐 하는 질문의 답을 발견한다. 하이델베르크 가방의 쥠쇠가 남긴 피멍으로 얼룩진 채 우리는 인도와 운명을 같이한다. 그러나 푸른 눈동자는 여전히 이국적이다. 타이는 죽었지만 그의 마법은 아직도 우리 곁에 남아

서 우리 두 사람을 특별하게 만들어준다.

……나는 정신없이 질주하다가 잠시 멈추고 타구 맞히기 놀이를 익힌다. 한 나라의 탄생을 5년 앞두고 나의 유산은 또 불어나서 내 시대에 다시 만연하게 되는 낙관주의병을 흡수하고, 장차 내 피부에서 다시 나타나게 되는 대지의 균열을 흡수하고, 내 인생에 늘 따라다니는 거리 예능인들의 기나긴 행렬에서 선봉에 섰던 전직 마술사 허밍 버드를 흡수하고, 우리 외할머니의 마녀 젖꼭지 같은 사마귀들과 사진에 대한 적개심과 거뭇이냐를 흡수하고, 굶주림과 침묵의 전쟁을 흡수하고, 독신생활과 원한으로 변했다가 마침내 무시무시한 보복으로 폭발하고야 마는 알리아 이모의 지혜를 흡수하고, 내가 혁명을 일으킬 수 있도록 도와줄 줄피카르와 에메랄드의 사랑을 흡수하고, 우리 어머니가 나에게 붙여준 애칭, 우리 착한 찬드카투크라, 그 다정한 별명 '달덩어리'에서 다시 나타나게 되는 초승달 모양의 칼날, 그 치명적인 달들을 흡수하고…… 나는 과거라는 양수 속을 떠다니면서 개들이 구해주러 달려올 때까지 더높이더높이 올라가는 콧노래를 먹고, 옥수수밭으로 도피했던 탈출 사건도 먹고, 가이왈라 흉내를 낸답시고 소리 없는 함성을 지르며—전속력으로!—돌진했다가 인도제 자물쇠의 비밀을 폭로하면서 빨래통이 있는 화장실로 나디르 칸을 안내했던 릭샤왈라 라시드의 구조 활동도 먹으면서 무럭무럭 자란다. 그렇다, 나는 시시각각 무거워진다. 무운시를 쓰는 시인과 뭄타즈가 카펫 밑에서 나누는 사랑을 먹고 빨래통을 먹으면서 또 살이 찌고, 침대 옆에 욕조가 놓인 줄피카르 소령의 꿈과 지하 타지마할과 청금석을 상감한 은제 타구를 먹으면서 더 뚱뚱해진다. 누군가의 결혼생활

이 파탄에 이르러 나의 먹이가 되고, 한 이모가 배신자가 되어 자존심도 버린 채 아그라의 거리를 달려가다가 역시 나의 먹이가 된다. 이제 잘못된 출발은 지나갔고, 아미나는 더는 뭄타즈가 아니고, 아흐메드 시나이는 그녀의 남편인 동시에 어떤 의미에서는 아버지가 되었는데…… 그래서 나의 유산에는 필요할 때마다 새로운 부모를 만들어 내는 재능도 포함되었다. 아버지들과 어머니들을 낳을 수 있는 능력: 아흐메드도 원했지만 끝내 얻지 못했던 능력이다.

나는 탯줄을 통해 무임승차자들을 빨아들이고 공작 깃털 부채의 위험성을 빨아들인다. 아미나의 근면성도, 비교적 불길한 것들도—이를테면 뚜벅거리는 발소리도, 아버지의 무릎에 놓인 냅킨이 흔들리기 시작하여 작은 천막이 될 때까지 돈을 애걸해야 하는 어머니의 절실함도—아르주나 인디아바이크가 타고 남은 재도, 리파파 다스가 세상만사를 담아보려 했던 요지경상자도, 그리고 만행을 저지르는 불한당들도 그렇게 내 몸에 스며든다. 머리가 여러 개 달린 괴물들이 내 안에서 부풀어오른다: 가면을 쓴 라바나 패거리, 혀짤배기소리를 내는 여덟 살 먹은 일자눈썹 소녀, '강간범'이라고 외치는 폭도 등등. 내가 때를 기다리며 점점 자라는 동안 공개발표가 나의 자양분이 된다. 이제 겨우 7개월 남았다.

우리는 태어나면서 얼마나 많은 것들을 사람들을 생각들을 이 세상에 가져오고 또 얼마나 많은 가능성들을, 그리고 가능성의 한계들을 가져오는가! 왜냐하면 그 모두가 그날 자정에 태어난 아이의 부모였고, 자정의 아이들 하나하나에게는 그만큼 더 많은 부모들이 있었기 때문이다. 자정의 부모들 중에는: 내각 사절단의 계획 실패가 있었고,

죽어가면서도 살아생전에 파키스탄의 탄생을 보고 싶어 했고 그것을 실현하기 위해서라면 무슨 짓이든 하려고 했던 M. A. 진나—우리 아버지가 평소처럼 갈림길을 놓치는 줄 모르고 만나보기를 거부했던 바로 그 진나— 의 의지가 있었고, 굉장히 성급했던 마운트배튼과 닭 가슴살을 먹는 아내가 있었고, 그 밖에도 수두룩했다. 레드포트와 올드포트, 손을 떨어뜨리는 독수리와 원숭이들, 백인 성도착자, 접골사와 몽구스 조련사, 예언을 너무 많이 해버린 슈리 람람 세트. 그리고 쿠란을 재배열하고 싶어 했던 아버지의 꿈도 한 자리를 차지했고, 그를 인조가죽 장사꾼에서 부동산업자로 바꿔놓은 곳간 화재도 그랬고, 아미나가 도저히 사랑할 수 없었던 아흐메드의 한 부분도 그랬다. 한 사람의 인생을 이해하기 위해서는 세계를 통째로 삼켜야만 한다. 내가 이미 했던 말이다.

그리고 어부들, 그리고 브라간사 가문의 카타리나, 그리고 뭄바데비 코코넛 쌀, 시바지의 석상과 메솔드 단지, 영국령 인도와 같은 모양의 수영장과 이층집 높이의 언덕, 가운뎃가르마와 시라노 드 베르주라크를 닮은 코, 고장 난 시계탑과 작은 원형광장, 인도의 우화에 대한 영국인의 갈망과 손풍금 연주자 아내의 유혹. 잉꼬, 천장 선풍기, 〈타임스 오브 인디아〉. 그 모든 것이 내가 태어나면서 이 세상에 가져온 짐이었고…… 그런데도 내가 무거운 아이였던 이유가 궁금할까? 파란색 예수 그리스도가 내 안으로 파고들었고, 메리의 절망도, 조지프의 혁명적 난폭성도, 앨리스 페레이라의 경솔함도…… 그 모든 것이 나를 만들었다.

혹시 내가 좀 기괴해 보인다면 부디 내가 물려받은 유산이 그토록 많았음을 상기하고…… 어쩌면 한 인간이 엄청난 다수 속에서도 한 개인으로 남고 싶다면 스스로 괴상해져야 하는지도 모른다.

파드마가 만족스럽다는 듯이 말한다. "드디어 당신도 정말 빠르게 이야기하는 요령을 배웠군요."

1947년 8월 13일: 하늘에는 불안이 가득하다. 목성과 토성과 금성의 분위기가 험악하다. 더구나 불행을 가져오는 세 개의 별이 하필이면 가장 불길한 별자리로 들어가려는 참이다. 베나레스\*의 점성술사들이 그 별자리의 이름을 말하면서 두려워한다. "카람스탄! 별들이 카람스탄으로 들어간다!"

점성술사들이 겁에 질려 국민회의당 지도자들에게 상황을 설명하는 동안 우리 어머니는 낮잠을 자려고 눕는다. 마운트배튼 백작이 자신의 참모진에 유능한 점쟁이가 없음을 개탄하는 동안 천천히 도는 천장 선풍기의 그림자가 아미나를 어루만져 잠들게 한다. 인도가 독립하기까지는 아직도 서른다섯 시간이 남았지만 파키스탄은 그보다 하루 일찍 독립하므로 겨우 열한 시간이 남았다는 사실을 잘 아는 M. A. 진나가 점성술사 나부랭이들의 항의를 들으면서도 재미있다는 듯 머리를 흔들고 느긋하게 코웃음만 치는 동안 아미나의 머리도 이쪽저쪽으로 움직인다.

아미나는 잠들었다. 그리고 바위가 짓누르는 듯한 만삭의 몸으로 벌써 며칠째 잘 때마다 파리 끈끈이가 등장하는 알쏭달쏭한 꿈에 시

---

\* 인도 북동부 갠지스 강 연안 도시 바라나시의 옛 이름. 힌두교 제일의 성지이다.

달렸는데…… 꿈속에서 벌써 몇 번이나 그랬듯이 지금도 그녀는 수정구(水晶球)에 갇혀 이리저리 헤맨다. 그 속에는 끈적끈적한 갈색 물질이 묻은 종이띠가 주렁주렁 걸렸는데, 도저히 뚫고 지나갈 수 없는 이 숲에서 허우적거리며 나아갈 때마다 종이띠가 자꾸 달라붙어 옷이 벗겨진다. 아무리 몸부림을 쳐도 종이띠는 떨어지지 않고 그녀는 결국 알몸이 되고 만다. 배 속에서는 아기가 발길질을 하고, 긴 덩굴손 같은 파리 끈끈이가 줄줄이 뻗어 나와 출렁거리는 자궁을 휘감아버리고, 머리카락 코 이 가슴 허벅지에도 종이띠가 철썩철썩 달라붙고, 고함을 지르려고 입을 벌리는 순간 끈끈한 갈색 종이띠가 재갈을 물리듯 입을 막아버리고……

 "아미나 마님!" 무사의 음성이다. "일어나십쇼! 악몽입니다요, 마님!"

 이렇게 마지막 몇 시간 사이에 일어난 일들이 내가 물려받을 유산의 마지막 부스러기들이다. 서른다섯 시간이 남았을 때 어머니는 파리처럼 갈색 종이띠에 달라붙어 꼼짝도 못하는 꿈을 꾸었다. 그리고 칵테일 시간에(서른 시간이 남았을 때) 윌리엄 메솔드가 버킹엄 빌라의 정원으로 아버지를 찾아왔다. 가운뎃가르마는 엄지발가락과 나란히, 그러나 좀 더 높은 곳에서 거닐었고, 메솔드 씨는 옛일을 회상했다. 이 도시를 꿈꾸었고 결국은 현실로 만든 최초의 메솔드에 대한 이야기가 마지막에서 두번째 저녁놀에 물든 하늘에 울려 퍼졌다. 그러자 아버지는—옥스퍼드 말투를 흉내 내면서, 그리고 곧 떠나갈 영국인에게 깊은 인상을 심어주려고 안달하면서—이렇게 응수했다. "사실은 우리 집안도 꽤 유명합니다." 메솔드가 귀를 기울인다: 머리는 갸우뚱, 크림색 옷깃에는 붉은 장미, 가르마 탄 머리는 챙 넓은 모자로 가리고, 눈가에는 어렴풋이 재미있어하는 기색…… 위스키에 얼큰하게 취한 데다 자존심까지 발동한 아흐메드 시나이가 더욱더 열을 올린다. "사실은 무굴제국의 왕족이거든요." 그러자 메솔드는, "설마! 정말입니까? 저를 놀리시는 거죠?" 이미 내뱉은 말을 주워담을 수도 없고, 아흐메드는 계속 밀어붙일 수밖에 없다. "물론 서자의 혈통이긴 하지만 왕족은 맞습니다."

그리하여 내가 태어나기 서른 시간 전에 아버지도 가공의 조상들을 원했다는 사실이 밝혀졌고…… 그리하여 이후 아버지는 위스키 때문에 기억력이 무뎌지고 술독의 마귀 때문에 판단력이 흐려져 현실이 흔적도 없이 지워질 때마다 가문의 혈통을 날조하게 되었고…… 그리하여 자신의 주장을 뒷받침하려고 우리의 삶에 가문의 저주라는 발상까지 끌어들였던 것이다.

웃음기 없는 진지한 표정으로 머리를 갸우뚱하는 메솔드에게 아버지는 이렇게 말했다. "그렇습니다! 유서 깊은 가문들은 흔히 그런 주술을 알고 있어요. 우리 집안에서는 대대로 장자들에게만 전해지는데─반드시 글로 전해야 합니다. 주문을 입 밖에 내기만 해도 저주의 효력이 발생하니까요." 그러자 메솔드는: "놀랍군요! 그래서 그 주문을 알고 계십니까?" 아버지는 입술을 내밀고 발가락은 멈추고 강조를 위해 이마를 톡톡 치면서 고개를 끄덕인다. "전부 이 속에 있습니다. 다 외워버렸죠. 우리 조상님 한 분이 바부르 황제*와 마찰을 빚었을

---

* 무굴제국의 태조.

때 그 아들 후마윤에게 저주를 걸었던 일이 마지막이었는데…… 끔찍하지만 학교 다니는 애들도 다 아는 얘깁니다."

그리고 나중에 현실세계로부터 완전히 멀어졌을 때 아버지는 스스로 푸른 방에 틀어박혀 먼 옛날 어느 날 저녁에 자기 집 정원에서 윌리엄 메솔드의 후손과 나란히 서서 관자놀이를 톡톡 두드리며 꾸며냈던 저주의 주문을 생각해내려고 애썼다.

그리하여 이제 파리 끈끈이 꿈과 가공의 조상들까지 짊어진 내가 이 세상에 태어나기까지는 아직도 하루 이상이 남았는데…… 인정사정없는 똑딱똑딱 소리는 줄기차게 이어진다: 앞으로 스물아홉 시간, 스물여덟 시간, 스물일곱……

그 마지막 밤에 또 어떤 꿈들이 있었을까? 자신의 병원에서 머지않아 극적인 사건이 일어나리라는 사실을 까맣게 모르는 닥터 나를리카르가 처음으로 테트라포드에 대한 꿈을 꾸었던 것이―그래, 왜 아니랴―바로 그날 밤이었을까? 그 마지막 밤에―봄베이 북서쪽에서는 파키스탄이 태어나고 있을 때―(누나처럼) 봄베이로 건너와서 피아라는 이름의 (일찍이 『일러스트레이티드 위클리』가 '얼굴이 재산!'이라고 표현했던) 아름다운 여배우와 사랑에 빠진 하니프 외삼촌은 머지않아 그에게 대성공을 안겨줄 세 편의 영화 가운데 첫번째 작품의 아이디어를 처음으로 생각해냈을까? ……그랬을 가능성이 높다. 온갖 신화와 악몽과 환상이 충만한 밤이었으니까. 어쨌든 이것만은 확실하다: 그 마지막 밤에 콘월리스 가의 커다란 집에 홀로 남은―물론 아담 아지즈가 세월의 무게로 시들어가는 동안 오히려 의지력이 점점 더 강해지는 듯한 아내도 있었고 그 후 18년이 넘도록 쓰라린 순결을 지키다가 결국 폭탄에 두 토막이 나고 마는 딸 알리아도 있었지만—외할아버지는 문득 굵은 쇠테 같은 향수에 사로잡혔는데, 가슴을 짓누르는 그리움 때문에 잠을 못 이루다가 8월 14일 새벽 다섯시에—열아홉 시간이 남았을 때—마침내 보이지 않는 어떤 힘에 이끌려 침대를 벗어나서 낡은 양철 트렁크 앞으로 다가갔다. 뚜껑을 열어보니 그 속에는: 낡은 독일 잡지 몇 권, 레닌의 『무엇을 할 것인가?』, 접어놓은 기도자리 한 장, 그리고 마지막으로 외할아버지가 한 번 더 보고 싶은 충동을 억누를 수 없었던 바로 그 물건이 있었는데—차곡차곡 개켜놓은 하얀 것, 새벽빛을 받아 희미하게 빛나는 것—외할아버지는 자신의 과거가 담긴 양철 트렁크 속에서 얼룩이 지고 구멍이 뚫린 침대보를 끄집어냈고 구멍이 더 커진 것을 발견했다. 그 주변에도 작은 구멍이 여러 개 있었다. 외할아버지는 향수가 불러일으키는 사나운 분노에 사로잡혀 아내를 흔들어 깨우고는 그녀의 코앞에 그녀의 역사를 들이밀고 흔들어대면서 버럭 고함을 질러 그녀를 놀라게 했다.

"좀먹었어! 이것 좀 봐, 여보: 좀먹었잖아! 당신이 나프탈렌을 안 넣어놔서 이 꼴이 됐다고!"

그래도 카운트다운은 막을 수 없고…… 앞으로 열여덟 시간, 열일곱, 열여섯…… 그리고 나를리카르 산부인과에서는 벌써 한 여인이 산고를 겪으며 내지르는 비명을 들을 수 있다. 위 윌리 윙키와 그의 아내 바니타가 그곳에 있다. 그녀는 벌써 여덟 시간째 계속되는 비생산적인 고통에 시달렸다. 첫번째 진통이 그녀를 덮치는 순간 몇백 킬로미터 밖에서는 M. A. 진나가 자정을 기해 무슬림 국가의 탄생을 선포했고…… 그러나 그녀는 아직도 나를리카르 산부인과의 (빈민들의 출산을 위해 따로 마련된) '자선병동' 침대에서 몸부림치는 중인데…… 부릅뜬 두 눈이 금방이라도 튀어나올 듯하고 온몸이 땀에 젖어 번질거리지만 아기는 좀처럼 나올 기미가 보이지 않고 아기의 친아버지도 나타나지 않는다. 이미 아침 여덟시가 되었지만 이런저런 정황을 보아하니 이 아기가 자정까지 버티는 것도 충분히 가능한 일이겠다.

도시 안에 퍼져가는 소문들: "간밤에 석상이 말을 타고 돌아다녔대!"……"천기가 불길하대!"……그러나 이런 흉조에도 아랑곳없이 도시는 동요하지 않고 사람들의 눈가에는 새로운 신화가 반짝거린다. 봄베이의 8월은 축제의 달이다. 크리슈나 탄신일과 코코넛의 날이 있는 달이고, 올해는 또 하나의 축제가 달력에 올라서—앞으로 열네 시간, 열셋, 열둘—새로운 신화를 축하하게 되었으니, 바야흐로 지금까지 존재하지 않았던 나라가 자유를 얻어 우리 모두를 새로운 세계로 내던지려는 참이다. 그것은 이미 반만년의 역사를 지녔고 체스를 발명했으며 이집트 중기왕국\*과 교역하기도 했지만 지금까지는 한낱 공상에 지나지 않았던 나라, 전설의 나라, 어마어마한 집단적 의지와 노력이 없다면 결코 존재할 수 없는 나라, 우리 모두가 합의하여 함께 꾸는 꿈속에서만 가능한 나라였다. 그것은 벵골인과 펀자브인, 마드라스인과 자트인이 저마다 다르게 상상했으며 때때로 피의 의식을 통해서만 가능한 정화와 부활의 과정을 반드시 거쳐야 하는 집단적 환

---

\* 이집트 역사에서 제11왕조부터 제14왕조까지의 시대(BC 2055~BC 1650)를 일컫는다.

상이었다. 새로운 신화, 인도는 그 속에서라면 무엇이든 가능한 집단
적 허구였고 하나의 우화였다. 그것에 필적할 만한 것이라고는 오직
두 개의 막강한 환상, 즉 돈과 신뿐이었다.

나도 한때는 이 집단적 몽상의 경이로움을 말해주는 산 증거였다.
그러나 지금 당장은 그렇게 집단 전체에 보편화된 관념들을 잠시 접
어두고 좀 더 개인적인 의식에 집중해야겠다. 따라서 분할된 펀자브
의 국경지대에서 진행 중인 대대적인 유혈극*에 대해서도 묘사하지
않고(이번에 분리된 두 나라는 그곳에서 서로의 피로 몸을 씻는 중이
고 어릿광대 같은 얼굴의 줄피카르 소령은 도피자들의 재산을 터무니
없는 헐값에 사들여 장차 하이데라바드**의 니잠과 맞먹을 만한 갑부
가 될 밑천을 마련하는 중이다) 벵골에서 일어난 폭력사태와 마하트
마 간디의 기나긴 평화행진도 외면하겠다. 이기적이라고? 편협하다
고? 글쎄, 그럴 수도 있겠지만 내가 보기에는 충분히 이해할 만한 일
이다. 어쨌든 사람이 태어나는 일은 평생에 한 번뿐이니까.

앞으로 열두 시간. 파리 끈끈이의 악몽을 꾸다가 깨어났던 아미
나 시나이가 다시 잠들 때쯤에는 이미…… 그녀의 머릿속에는 온통 람
람 세트에 대한 생각뿐이다. 그녀는 흥분의 파도와 깊고 아찔하고 캄
캄한 공포의 낭떠러지가 번갈아 밀려드는 사나운 바다를 표류한다.
그러나 그 와중에 다른 일도 진행 중이다. 그녀의 두 손을 보라—주

---
\* 펀자브 지방은 인도와 파키스탄의 분리독립에 즈음하여 동서로 분할되었는데 시크교
도와 힌두교도는 인도로, 이슬람교도는 파키스탄으로 각각 이주하는 과정에서 대규모
폭동이 발생했다.
\*\* 인도의 옛 왕국. '니잠'은 군주의 호칭으로 다이아몬드 광산 등으로 막대한 부를 축적
하여 대대로 부자의 대명사가 되었다.

인의 의식적인 명령도 없건만 자궁을 힘껏 꾹꾹 누른다. 그녀의 입술을 보라, 주인도 모르게 중얼거린다: "어서어서 나와라, 느림보야, 우물쭈물하다가는 신문에 못 실린다!"

앞으로 여덟 시간…… 그날 오후 네시에 윌리엄 메솔드는 1946년식 검은색 로버를 몰고 이층집 높이의 언덕을 올라간다. 이윽고 위풍당당한 네 빌라 사이의 원형광장에 차를 세운다. 그러나 오늘은 금붕어가 있는 연못이나 선인장 정원으로 가지도 않고, 평소와 달리 릴라 사바르마티에게 "자동피아노는 어때요? 제대로 작동하죠?" 하고 묻지도 않고, 일층 베란다 그늘에서 흔들의자를 흔들며 용설란을 생각하는 이브라힘 노인에게 인사를 건네지도 않고, 카트락이나 시나이도 거들떠보지 않고 묵묵히 원형광장 한복판에 자리를 잡는다. 옷깃에는 장미 한 송이, 가슴팍에 빳빳하게 갖다 댄 크림색 모자, 오후의 햇빛 아래 반짝거리는 가운뎃가르마. 윌리엄 메솔드는 그렇게 경례 자세로 서서 똑바로 앞을 본다. 시계탑과 워든 가 너머, 지도 모양의 브리치 캔디 수영장 너머, 오후 네시의 황금빛 파도 너머 어딘가를 물끄러미 바라본다. 한편 수평선 위에서는 태양이 바다를 향해 기나긴 하강을 시작한다.

앞으로 여섯 시간. 칵테일 시간이다. 윌리엄 메솔드의 후계자들이 정원에 모였다. 다만 아미나는 망루방에 앉아서 약간의 경쟁심이 깃든 옆집 누시의 시선을 애써 외면하는데, 어쩌면 지금쯤 누시도 아들 서니에게 어서 내려가 그녀의 다리 사이로 빠져나오라고 재촉하는 중인지도 모른다. 사람들은 호기심에 가득 찬 눈으로 영국인을 지켜본다. 그는 일찍이 우리가 그의 가운뎃가르마를 설명할 때 비유했던 쇠꼬챙이처럼 꼿꼿하게 서서 꼼짝도 하지 않는다. 이윽고 새로운 인물이 등장하여 사람들의 시선을 사로잡는다. 키가 크고 깡마른 남자인데 목에는 염주 세 줄을 걸고 허리춤에는 닭뼈로 만든 허리띠를 둘렀다. 가무잡잡한 피부에는 재를 바르고 머리카락은 길게 풀어헤쳤다. 염주와 재 말고는 알몸으로 나타난 사두\*가 붉은 타일을 붙인 저택들 쪽으로 성큼성큼 다가온다. 늙은 하인 무사가 얼른 쫓아내려고 달려갔지만 차마 성자에게 이래라저래라 할 수 없어 머뭇거린다. 고행승은 무사의 망설임을 베일처럼 가르며 버킹엄 빌라의 정원으로 들어오더니 놀란 눈으로 쳐다보는 아버지 앞을 거침없이 지나쳐 물방울이 똑똑 떨어지는 수도꼭지 밑에 결가부좌를 틀고 앉는다.

"무슨 일로 오셨습니까요, 사두?" 무사가 존경심을 감추지 못하면서 그렇게 묻자 고행승은 호수처럼 잔잔한 목소리로, "그분의 탄생을 기다리려고 왔네. 무바라크, 축복받은 자 말이야. 이제 얼마 남지 않았다네."

믿거나 말거나: 나의 탄생은 이렇게 두 번이나 예언되었다! 그리고 모든 일이 놀랍도록 적시에 일어났던 그날, 어머니의 시간관념은 그녀를 실망시키지 않았다. 고행승의 마지막 한 마디가 끝나자마자 창문에 유리 튤립들이 너울거리는 일층 망루방에서 날카로운 절규가 터져나왔는데, 두려움과 설렘과 승리감이 골고루 섞인 칵테일 같은 그 외침은······ "여보, 아흐메드!" 아미나 시나이가 소리쳤다. "여보, 아기가! 진통이 시작됐어요—시간 딱 맞춰서!"

---

\* 힌두교의 고행승, 성인, 현자.

열광의 파문이 메솔드 단지를 휩쓸고…… 그때 얼굴이 수척하고 눈이 움푹 꺼진 호미 카트락이 부리나케 달려온다. "제 스튜드베이커를 쓰세요, 시나이 씨. 지금 당장 올라타고 빨리 가보세요!"……그리하여 아직도 다섯 시간 삼십 분이 남았을 때 시나이 부부는 차를 빌려 타고 이층집 높이의 언덕을 내려간다. 아버지의 엄지발가락이 가속페달을 힘껏 밟고, 어머니의 두 손이 보름달 같은 배를 힘껏 누르고, 그렇게 그들은 굽잇길을 돌아 시야에서 사라진다. 두 사람은 밴드박스 세탁소와 리더스 파라다이스 서점을 지나고, 파트보이 보석상과 치말케르 완구점을 지나고, 1미터 초콜릿과 브리치 캔디의 대문들을 지나서 나를리카르 산부인과로 달려가는데, 지금 그곳의 자선병동에서는 위 윌리의 아내 바니타가 여전히 눈을 부릅뜨고 허리를 활처럼 구부려가며 안간힘을 쓰는 중이고, 메리 페레이라라는 이름의 조산사도 때를 기다리는 중이고…… 그리하여 메솔드 단지 너머로 마침내 해가 질 무렵에는 튀어나온 입술과 물렁물렁한 배와 가공의 조상들을 가진 아흐메드도 그 자리에 없었고 예언의 포로가 되어버린 아미나도 없었지만, 태양이 수평선 너머로 완전히 사라지는 바로 그 순간―앞으로 다섯 시간하고도 이 분―윌리엄 메솔드가 길고 하얀 팔을 머리 위로 들어 올렸다. 하얀 손이 머릿기름을 바른 흑발 위에서 잠시 멈추더니 끝으로 갈수록 점점 가늘어지는 길고 하얀 손가락들이 꿈틀거리며 가운뎃가르마를 향해 서서히 내려가고, 그리하여 메솔드의 두번째이자 마지막 비밀이 밝혀졌는데, 손가락들이 구부러져 머리카락을 움켜쥐었다가 다시 머리 위로 올라갔지만 중간에 그 전리품을 놓아주지 않는 바람에 일몰 직후의 그 순간 메솔드 씨는 저녁놀에 물든 단지 안에서 가발을 손에 쥐고 우뚝 서 있었던 것이다.

"대머리였구나!" 파드마가 부르짖는다. "그 반질반질한 머리카락이…… 내 그럴 줄 알았어요. 진짜라고 보기엔 너무 완벽했으니까!"

대머리, 대머리, 반짝반짝 대머리! 드디어 백일하에 드러났다: 손풍금 연주자의 아내를 사로잡았던 속임수가. 삼손처럼 윌리엄 메솔드의 힘도 그의 머리카락에 깃들어 있었다. 그런데 지금 그는 황혼에 빛나는 대머리를 훤히 드러낸 채 자신의 승용차 차창 안으로 가발을 휙 집어던지더니 미리 서명해놓은 권리증, 즉 자신의 궁전들에 대한 증서들을 별 관심도 없다는 듯 무덤덤하게 이리저리 나눠주고 곧바로 떠나버린다. 그 후 메솔드 단지의 입주자들은 두 번 다시 그를 볼 수 없었다. 하지만 나는 한 번도 본 적이 없는 그를 절대로 잊지 못한다.

갑자기 세상천지가 노란색과 초록색으로 뒤덮인다. 아미나 시나이는 벽은 노란색, 목재 부분은 초록색으로 칠한 병실에 들었다. 옆방에는 위 윌리 윙키의 아내 바니타가 있는데 피부는 푸르뎅뎅하고 눈의 흰자위는 노리끼리하다. 그녀의 아기가 드디어 체내의 통로를 따라 내려오기 시작했는데 보나마나 그 산도(産道) 역시 비슷하게 알록달록했을 것이다. 벽에 걸린 시계마다 노란색 분침과 초록색 초침이 째깍째깍 움직인다. 나를리카르 산부인과 밖에서는 불꽃놀이가 한창이고 군중들이 모였는데 그들도 저마다 그 밤의 빛깔을 따라 어우러진다. 노란색으로 날아오르는 불꽃들, 초록색으로 반짝거리며 쏟아져 내리는 불꽃들, 샛노란 사프란색 셔츠를 입은 남자들, 푸른 라임색 사리를 두른 여자들. 노란색과 초록색이 섞인 카펫 위에서 닥터 나를리카르가 아흐메드 시나이와 이야기를 나눈다. "자네 부인은 내가 직접 돌봐주겠네." 그 밤의 빛깔처럼 따뜻한 음성이다. "아무것도 걱정하지 말게. 자네는 여기서 기다리면 돼. 서성거릴 공간은 충분하니까." 닥터 나를리카르는 아기들을 싫어하지만 산부인과 의사로서는 유능한 사람이다. 여가 시간에는 피임 문제에 대해 강연도 하고 소책자도 집필하면서 국가 정책을 비판한다. 그는 이렇게 주장한다. "산아제한은 공익을 위한 최우선 과제일세. 내 언젠가는 반드시 우리 아둔한 국민들도 그 사실을 절실히 깨닫게 만들겠네. 그날이 오면 나는 실업자가 되겠지만." 아흐메드 시나이는 안절부절못하면서 어색한 미소를 짓는다. "오늘 밤만이라도 설교는 그만두고 우리 애나 잘 좀 받아주게나."

자정까지 29분 남았다. 나를리카르 산부인과는 최소한의 인원으로 버티는 중이다. 결근한 직원들이 많기 때문인데, 오늘 밤은 아기들의 탄생을 거들기보다 곧 태어날 국가의 탄생을 축하하는 쪽을 선택했던 것이다. 사람들은 노란색 셔츠와 초록색 치마 차림으로 대낮처럼 환한 거리에 모여든다. 이 도시에 다닥다닥 끝없이 이어진 발코니마다 '디아'라는 작은 질그릇 등잔이 놓이고, 그 속에는 신비로운 기름이 들었다. 발코니마다 지붕마다 빠짐없이 놓아둔 이 등잔 속에는 심지가 하나씩 떠 있는데 이 심지도 우리의 이색(二色) 구도와 일치하고, 그래서 등잔의 절반은 노란색으로 타고 나머지 절반은 초록색으로 일렁인다.

머리가 여러 개 달린 괴물 같은 군중 속에 경찰차 한 대가 이리저리 돌아다니는데 그 안에 타고 있는 사람들의 제복도 등불의 오묘한 빛에 물들어 노란색과 초록색으로 보인다. (지금 우리가 있는 곳은 콜라바 방죽길인데, 이렇게 잠시나마 이곳에 머무는 이유는 자정을 27분 앞두고 경찰이 어느 위험한 범죄자를 찾는 중이라는 사실을 밝히기 위해서다. 그의 이름은: 조지프 드코스타. 이 병원 잡역부는 감쪽같이 사라져 벌써 며칠째 행방이 묘연한데, 산부인과에도 없고 도살장 근처의 셋방에도 없고 번민에 시달리는 처녀 메리의 삶 속에도 나타나지 않는다.)

그로부터 20분이 흐르는 동안 아미나 시나이가 아아아 하는 소리는 시시각각 커지고 빨라지는데 기진맥진한 옆방 바니타가 아아아 하는 소리는 그저 힘없이 이어질 뿐이다. 길거리의 괴물은 벌써 축하 행사를 시작했다. 괴물의 혈관 속에도 피 대신 새로운 신화가 흐르고 그 속에는 노란색 피톨과 초록색 피톨이 떠다닌다. 그리고 델리에서는 강인하고 진지해 보이는 한 사내가 국회의사당에 앉아 연설 준비를 한다. 메솔드 단지에서는 금붕어가 연못 속에 고요히 떠 있고 입주자들은 피스타치오 과자를 들고 집집마다 돌아다니며 서로 부둥켜안고 입맞춤을 나누고 초록색 피스타치오와 노란색 라두* 경단을 먹는다. 두 아기가 은밀한 통로를 따라 내려오는 동안 아그라에서는 늙어가는 의사가 얼굴에 마녀 젖꼭지 같은 사마귀 두 개가 있는 아내와 함께 우두커니 앉아 있는데, 잠들어버린 거위 떼와 좀먹은 추억의 한복판에서 두 사람은 왠지 할 말을 찾지 못하고 그저 침묵을 지킬 뿐이다. 그리고 모든 도시 모든 소읍 모든 마을의 창턱 현관 툇마루마다 작은 등

---

* 밀가루나 코코넛가루로 만든 달콤한 과자로 경사가 있을 때 즐겨 먹는다.

잔이 놓이고, 한편 펀자브에서는 열차가 불타는데 페인트에 기포가 생기면서 초록색 불꽃이 일어나고 불붙은 연료는 노란색으로 이글거려 마치 세상에서 제일 큰 등불을 밝힌 듯하다.

라호르 시도 불길에 휩싸였다.*

강인하고 진지한 사내가 자리에서 일어나려고 한다. 탄조르 강의 신성한 물로 성별(聖別)하고 이마에는 축성(祝聖)된 재를 바른 사내가 몸을 일으키면서 목청을 가다듬는다. 손에는 연설 원고도 없고, 그렇다고 할 말을 미리 준비해서 외워두지도 않은 채 자와할랄 네루는 이렇게 말문을 연다. "……오래전에 우리는 운명과 한 가지 약속을 했습니다. 이제 그 맹세를 지킬 때가 되었습니다. 비록 완전하지도 충분하지도 않지만 대단히 소중한 성과가 아닐 수 없습니다."**

열두시 2분 전이다. 나를리카르 산부인과에서는 새까맣지만 환하게 빛나는 의사가 날씬하고 상냥하지만 별로 중요하지 않은 플로리라는 조산사를 데리고 아미나 시나이를 격려한다: "힘줘요! 더 힘껏! …… 머리가 보입니다! ……" 한편 옆방에서는 닥터 보스가—미스 메리 페레이라와 함께—장장 스물네 시간에 육박하는 바니타의 산고를 마무리하려는 참인데…… "그래요, 지금, 마지막으로 한 번만 더, 어서요, 딱 한 번이면 끝납니다!……" 여자들은 비명을 지르며 울부짖고 남자들은 다른 방에서 침묵을 지킨다. 위 윌리 윙키는—노래도

---

\* 16~17세기 무굴제국의 수도였던 라호르는 파키스탄의 분리독립 당시 대규모 폭동이 빈발하여 수많은 사상자가 나고 중요한 문화재들이 크게 손상되었다.
\*\* 독립 인도의 초대 총리 네루가 1947년 8월 14일 제헌의회에서 했던 유명한 연설 '운명과의 약속'의 첫머리.

부르지 못하고—구석에 쭈그리고 앉아서 몸을 앞뒤로 흔들흔들, 흔들흔들…… 그리고 아흐메드 시나이는 의자를 찾는 중이다. 그러나 그 방에는 의자가 하나도 없다. 초조하게 서성거리라고 마련한 방이기 때문이다. 그래서 아흐메드 시나이는 문을 열고 나갔다가 아무도 없는 접수대에 놓인 의자를 발견하고, 곧 그것을 집어들고 서성거리는 방으로 돌아온다. 그동안에도 위 윌리 윙키는 흔들흔들, 흔들흔들, 두 눈이 장님의 눈처럼 게슴츠레한데…… 바니타가 살까? 못 살까? ……그리고 이제, 드디어, 자정이 된다.

길거리의 괴물이 괴성을 지르기 시작하고 델리에서는 강인한 사내가 말을 잇는다. "……자정을 알리는 종이 울릴 때, 세계는 잠들었지만 인도는 깨어나서 삶과 자유를 만끽합니다. ……" 그리고 괴물의 울부짖음에 섞여 두 가닥의 소리가 희미하게 들려오는데, 외침, 고함, 부르짖음, 그것은 이 세상에 갓 태어난 아기들의 울음소리였지만 그들의 가냘픈 절규는 밤하늘에 노란색과 초록색으로 울려 퍼지는 독립의 환호성에 묻혀버리고…… "마침내 그 순간이 왔습니다. 역사상 유례가 드문 이 순간 우리는 낡음을 떠나 새로움을 향해 첫발을 내딛고, 이 순간 한 시대가 끝나고, 이 순간 오랫동안 억눌렸던 한 나라의 영혼이 우렁찬 포효를 터뜨립니다. ……" 한편 노란색과 초록색의 카펫이 깔린 방에서는 아흐메드 시나이가 여전히 의자를 들고 있을 때 닥터 나를리카르가 들어와서 그에게 말해준다: "자정이 되는 순간에, 시나이 형제, 자네 부인이 크고 건강한 아이를 출산하셨네. 아들이야!" 그러자 아버지는 내 모습을 상상하기 시작했고(그러나 까맣게 몰랐던 사실은……) 내 얼굴의 영상이 눈앞에 생생하게 떠오르는 순간 의자에 대해서는 깨끗이 잊어버린 채 오로지 나를 향한 사랑에 가슴이 벅찼고(그러나 아쉽게도……) 그 사랑이 머리끝에서 손끝으로 전해지는 바람에 그는 그만 의자를 떨어뜨리고 말았다.

그래, 내 잘못이었는데(누가 뭐래도)…… 내 얼굴의 힘, 다른 누구도 아니고 내 얼굴이 가진 힘 때문에 아흐메드 시나이의 손은 의자를 놓쳐버렸고, 그래서 의자는 아래로 떨어졌고, 초당 9.8미터의 가속도가 붙었고, 그래서 국회의사당의 자와할랄 네루가 "오늘 우리는 불행의 시대를 마감합니다"라고 말하고 곧이어 자유의 소식을 알리는 소라나팔 소리가 울려 퍼지는 바로 그 순간 아버지도 함께 비명을 지른 것은 결국 나 때문이었다. 쏜살같이 추락한 의자가 아버지의 엄지발가락을 박살내버렸기 때문이다.

이제 때가 무르익었다. 아버지의 비명 소리를 듣고 사방에서 사람들이 달려왔다. 아버지와 그의 부상은 고통에 시달리는 두 산모와 자정과 동시에 태어난 두 생명을 제치고 잠깐 동안이나마 주목을 끌었다. 바니타도 마침내 몸집이 만만찮은 아기를 낳았던 것이다. 닥터 보스는 이렇게 말했다. "내 눈을 믿을 수가 없더라니까. 애가 꾸역꾸역 나오는데 도대체 어디가 끝인지 모르겠더라고. 정말 초특급 우량아야!" 나를리카르도 손을 씻으면서: "우리 쪽도 그랬어." 그러나 그것은 조금 뒤의 일이고, 지금 당장은 나를리카르도 보스도 아흐메드 시나이의 발가락을 치료하느라 여념이 없었다. 두 신생아를 씻기고 포대기를 둘러주는 일은 조산사들에게 떨어졌고, 그리하여 미스 메리 페레이라가 이 이야기에 한몫을 하게 되었다.

메리는 가엾은 플로리에게 이렇게 말했다. "어서 가서 도와드릴 일은 없는지 찾아봐. 여기 일은 내가 알아서 할 테니까."

그리하여 혼자 남게 되었을 때—두 아기를 양손에 나눠 들고—두 인생을 손아귀에 쥐고—메리는 조지프를 위해 개인적인 혁명 작전을 감행했는데, '이렇게 하면 그이가 나를 사랑해줄 거야' 하고 생각하면서 거대한 두 아기의 이름표를 바꿔놓았고, 그리하여 가난한 집의 아기에게는 풍요로운 삶을 선물하고, 부잣집에 태어난 아기에게는 손풍금과 가난을 선물하고…… '나를 사랑해줘, 조지프!' 메리 페레이라는 그렇게 기원하면서 그 일을 해치웠다. 그녀는 눈동자가 카슈미르의 하늘처럼—혹은 메솔드의 눈동자처럼—파랗고 코가 카슈미르의 외할아버지처럼—혹은 프랑스 할머니처럼—인상적인 초특급 우량아의 발목에 이 이름표를 걸어주었다: 시나이.

메리 페레이라의 범죄 덕분에 나는 노란색 포대기를 두르고 한밤의 아이들 중에서도 선택받은 아이가 되었고, 그리하여 내 부모는 내 부모가 아니게 되었고, 내 아들은 내 아들이 아니게 되었고…… 메리는 우리 어머니의 자궁에서 태어났지만 그녀의 아들이 될 수 없는 아이를 안아들었는데, 그 아이도 초특급 우량아였지만 두 눈동자는 벌써 갈색으로 변해가는 중이고, 두 무릎은 아흐메드 시나이의 무릎을 닮아 혹덩이처럼 툭 불거졌는데, 메리는 그 아이에게 초록색 포대기를 둘러주고 위 윌리 윙키에게 데려갔지만 그는 장님처럼 게슴츠레한 눈으로 멍하니 메리를 쳐다볼 뿐, 가운뎃가르마에 대해서는 아무것도 모르면서 갓 태어난 자기 아들에게는 제대로 눈길조차 안 주는데…… 왜냐하면 방금 위 윌리 윙키는 바니타가 결국 산고를 이겨내지 못했다는 사실을 알게 되었기 때문이다. 두 의사가 부러진 발가락 하나에

호들갑을 떠는 사이에 바니타는 과다출혈로 숨을 거두고 말았다.

그리하여 나는 어머니의 품에 안겼고 어머니는 내가 친아들임을 한순간도 의심하지 않았다. 발가락에 부목을 댄 아흐메드 시나이가 그녀의 침대에 걸터앉아 있을 때 어머니가 말했다. "얘 좀 봐요, 여보. 가엾게도 하필이면 외할아버지 코를 닮았네요." 어머니가 아기의 머리가 하나뿐인지 확인하는 동안 아버지는 어리둥절한 표정으로 지켜보았다. 이윽고 어머니는 점쟁이들의 예지력에도 한계가 있음을 깨닫고 비로소 완전히 마음을 놓았다.

어머니가 들뜬 어조로 말했다. "여보, 기자들한테 연락해야겠어요. 〈타임스 오브 인디아〉 기자들한테 연락해요. 내가 뭐랬어요? 상금은 내 차지라고 했잖아요."

자와할랄 네루가 국회의원들에게 말했다. "……지금은 옹졸하고 파괴적인 비판에 매달릴 때도 아니고 증오심을 품을 때도 아닙니다. 우리는 조국의 자녀들이 모두 함께 살 수 있는 웅장한 집, 자유로운 인도를 건설해야 합니다." 깃발 하나가 펄럭인다. 깃발은 노란색과 흰색과 초록색\*이다.

파드마가 경악하여 큰 소리로 외친다. "영국인? 도대체 이게 무슨 소리예요? 당신이 영국인과 인도인의 튀기란 말이에요? 당신 성도 이름도 가짜였어요?"

나는 이렇게 대답한다. "내 이름은 살림 시나이야. 코찔찔이, 얼룩

---

\* 인도 국기의 삼색.

상판, 코홀쩍이, 중대가리, 달덩어리. 그런데 무슨 소리야, 가짜라니?"

파드마는 분개하면서 이렇게 한탄한다. "당신은 지금까지 나를 속였어요. 아미나 시나이를 '우리 어머니'라고 불렀죠. 우리 아버지, 우리 외할아버지, 우리 이모. 자기 친부모에 대한 진실을 감추다니 무슨 사람이 그래요? 친어머니가 당신을 낳다가 죽었는데 아무렇지도 않아요? 친아버지가 지금도 어딘가에 살아 계시고 돈 한 푼 없는 가난뱅이일지도 모르는데 그래도 괜찮아요? 당신이야말로 괴물 아닌가요?"

아니, 나는 괴물이 아니다. 속이지도 않았다. 지금까지 이런저런 단서를 제공했으니까⋯⋯ 그러나 그보다 더 중요한 사실이 있다. 그것은 다음과 같다. 우리가 결국 메리 페레이라의 범죄행위를 알게 되었을 때 우리 모두는 깨달았다: **달라질 것은 아무것도 없다!** 나는 여전히 그들의 아들이었고 그들은 변함없이 내 부모였다. 일종의 집단적 상상력 결핍이랄까. 간단히 말하자면 우리는 우리의 과거로부터 벗어날 방법을 찾아낼 수 없었고⋯⋯ 만약 그때 누가 우리 아버지에게 아들이 누구냐고 물었더라도 (온갖 일을 겪어야 했던 아버지조차도!) 세상이 뒤집힐망정 손풍금 연주자의 꾀죄죄한 안짱다리 아들을 가리키지는 않았을 것이다. 그 시바라는 녀석이 자라서 영웅 비슷한 것이 되었어도 결과는 마찬가지였을 것이다.

아무튼: 무릎과 코, 코와 무릎이 있었다. 사실 우리 모두의 꿈이었던 신생국 인도 전역에서 나처럼 부분적으로만 자기 부모의 자식인 아이들이 속속 태어나고 있었다. 왜냐하면 한밤의 아이들은 **시대의 아**

이들이기도 했기 때문이다. 다시 말해서 역사가 그들의 아버지였다. 충분히 있을 수 있는 일이다. 특히 그 자체가 하나의 꿈이라고 말할 수 있는 나라에서는 더욱더 그렇다.

"됐네요." 파드마가 샐쭉거린다. "듣고 싶지도 않아요." 머리가 두 개 달린 아이를 기대했는데 전혀 다른 이야기가 나와서 실망한 모양이다. 그녀가 듣거나 말거나 나는 나대로 기록해둬야 할 일들이 있다.

내가 태어나고 사흘이 지났을 때 메리 페레이라는 양심의 가책에 시달렸다. 수색 중인 경찰차에 쫓겨 이리저리 도망치던 조지프 드코스타는 메리뿐만 아니라 그녀의 동생 앨리스까지 떼어버려야 했는데, 조그맣고 포동포동한 메리는—두려워서 차마 자신의 범죄행위를 자백하지는 못하지만—자기가 어리석었음을 깨달았다. '내가 바보였어!' 그렇게 자신을 욕하면서도 비밀을 털어놓지는 않았다. 그 대신 다른 방법으로 속죄하겠다는 결심을 했다. 그녀는 산부인과 일을 그만두고 아미나 시나이에게 접근했다. "마님, 지난번에 아드님을 딱 한 번 봤는데도 정이 푹 들었어요. 혹시 보모가 필요하지 않으세요?" 그러자 아미나는 모성애로 눈을 빛내면서, "필요해요." 그 순간부터 메리 페레이라는 ("차라리 그분을 어머니라고 불러요." 파드마가 불쑥 내뱉는다. 아직도 관심을 버리지 못했다는 뜻이다. "어쨌든 지금의 당신을 만든 분이니까.") 나를 키우는 일에 일생을 바쳤고, 그리하여 자신의 범죄에 대한 기억을 간직한 채 여생을 보냈다.

8월 20일, 누시 이브라힘이 우리 어머니를 따라 페더 가의 산부인과를 찾았고, 그곳에서 신생아 서니가 내 뒤를 이어 세상에 태어났다.

그러나 그가 얼른 태어나고 싶어 하지 않는 통에 집게를 들이밀어 억지로 끄집어내야 했다. 그런데 닥터 보스가 급박한 상황에서 조금 세게 누르는 바람에 서니의 관자놀이 부근에 옴폭 팬 자국이 생겼고, 집게에 살짝 눌린 이 자국은 영국인 윌리엄 메솔드의 가발처럼 오히려 서니에게 못 견디게 강렬한 매력을 부여했다. 여자애들은(에비, 놋쇠 잔나비, 기타 등등) 걸핏하면 그의 작은 고랑을 만져보았고…… 그래서 우리 사이에 말썽이 일어나기도 했다.

그러나 나는 가장 흥미진진한 일을 마지막까지 아껴두었다. 이제 그 일을 밝히겠는데, 내가 태어난 다음날, 어머니와 내가 있는 노란색과 초록색의 병실로 〈타임스 오브 인디아〉(봄베이판)의 기자 둘이 찾아왔다. 나는 노란색 포대기를 두르고 초록색 아기침대에 누워 그들을 쳐다보았다. 한 명은 취재기자였는데 그 사람은 어머니를 인터뷰하면서 시간을 보냈고, 키가 크고 매부리코를 가진 사진기자는 나에게 관심을 보였다. 이튿날 신문에는 기사뿐만 아니라 사진도 함께 실렸고……

아주 최근에 나는 먼 옛날 양철로 만든 장난감 지구본을 묻어놓았던 선인장 정원을 찾아갔는데, 여기저기 심하게 찌그러지고 스카치테이프를 덕지덕지 붙여 고정시킨 이 지구본 속에서 내가 그 당시 넣어두었던 물건들을 꺼냈다. 지금 이 글을 쓰면서 나는 왼손에 그것들을 쥐고 들여다보는데—비록 누렇게 변색되고 곰팡이가 피었지만—하나는 인도 총리가 나에게 보낸 사적인 편지, 또 하나는 신문에서 오려낸 기사 한 토막이다.

제목은: 자정에 탄생한 아기.

본문은: '지난밤 정확히 우리나라가 독립하는 순간에 태어난 신생아 시나이의 매혹적인 자태! 영광의 순간에 태어난 행운아!'

그리고 큼직한 사진 한 장: 1면을 가득 채운 특대형 고화질의 신생아 사진인데, 아기의 두 뺨을 물들인 모반(母斑)과 콧물로 번질거리는 코를 지금도 뚜렷이 알아볼 수 있다. (사진 밑에는 설명이 붙었다: 촬영 칼리다스 굽타.)

제목과 본문과 사진이야 어쨌든 간에 나는 우리를 찾아왔던 그 손님들에게 상황을 경시한 잘못을 따져야겠다. 한낱 기자에 불과했던 그들에게는 다음날의 신문이 유일한 관심사였고, 그래서 자기들이 얼마나 중요한 사건을 취재하는 중인지 전혀 몰랐다. 그들에게는 그 일이 인간적 흥미를 끌 만한 극적인 사건에 지나지 않았다.

내가 그걸 어떻게 아느냐고? 인터뷰가 끝나고 나서 사진기자가 어머니에게 수표 한 장을 건넸기 때문이다. 백 루피였다.

백 루피라니! 이보다 더 시시하고 보잘것없는 금액을 상상할 수 있을까? 잘 생각해보면 누구라도 모욕을 느낄 만한 금액이다. 어쨌든 나는 그들이 나의 탄생을 축하해주었다는 사실에 감사할 뿐, 진정한 역사적 통찰력을 못 가진 점에 대해서는 너그럽게 용서하겠다.

"우쭐거리지 마세요." 파드마가 퉁명스럽게 내뱉는다. "백 루피가 그렇게 적은 돈도 아니에요. 게다가 누구나 한 번은 태어나잖아요. 그렇게 대단한 일은 아니라고요."

## 제2부

## 어부의 손가락질

 글로 쓴 말에 질투심을 느낄 수도 있을까? 야밤에 끼적거린 글을 보면서 마치 살아 숨 쉬는 성적 라이벌이라도 되는 양 분개할 수도 있을까? 아무리 생각해봐도 그것 말고는 파드마의 유별난 행동을 납득할 길이 없다. 그리고 적어도 이 해석에는 오늘 밤 그녀가 보여준 분노만큼이나 괴이쩍다는 장점이 있다. 아무튼 나는 하지 말았어야 할 말을 글로 쓰는(그리고 소리 내어 읽는) 실수를 저질렀고…… 지난번에 그 돌팔이 의사가 찾아왔던 사건 이후로 나는 파드마에게서 이상한 불만의 낌새를 알아차렸는데, 그 불만은 그녀의 에크린샘에서(혹은 아포크린샘*에서) 불가사의한 냄새로 발산되고 있었다. 어

---

\* 땀샘의 두 종류.

쩌면 한밤중에 내 '다른 연필', 즉 바지 속에 감춰진 쓸모없는 오이를 소생시켜보려는 노력이 번번이 수포로 돌아가서 낙심한 나머지 점점 짜증이 났는지도 모른다. (그리고 어젯밤에 내가 내 탄생에 얽힌 비밀을 밝혔을 때도 그녀는 못마땅하다는 반응을 보였고 내가 백 루피라는 금액을 경시한 데 대해서도 불쾌감을 표시했다.) 내 잘못이다: 자전적 이야기를 쓰는 일에 몰두한 나머지 미처 그녀의 감정을 헤아리지 못했고 오늘 밤은 처음부터 몹시 비위에 거슬리는 짓을 해버렸다.

"구멍 뚫린 침대보 때문에 나도 파편의 삶을 살아갈 운명이었으나 외할아버지보다 훌륭하게 대처했다." 나는 그렇게 쓰고 소리 내어 읽었다. "아담 아지즈는 침대보의 피해자에 불과했지만 나는 그것의 주인이 되었기 때문이다. 그리고 지금 그 침대보의 마법에 걸린 사람은 파드마다. 나는 마력이 깃든 어둠 속에 앉아 날마다 내 모습을 조금씩 보여주고, 그녀는 쪼그리고 앉아 내 모습을 우러러보며 넋을 잃는다. 마치 목덜미를 우산처럼 펼친 독사가 좌우로 흔들거리며 눈도 깜박이지 않고 노려보는 시선 앞에서 얼어붙어 꼼짝도 하지 못하는 몽구스처럼 그녀는—그렇다—사랑 때문에 몸이 마비되어버렸다."

바로 그 낱말 때문이었다: 사랑. 내가 그 말을 쓰고 읽었을 때 파드마는 굉장히 높고 날카로운 목소리를 냈다. 그 말 때문에 그녀의 입에서 폭언이 튀어나왔는데, 내가 아직도 말 때문에 상처받는 사람이었다면 크게 다쳤을 것이다. 우리의 파드마는 비웃듯이 외쳤다. "당신을 사랑한다고? 맙소사, 내가 왜요? 당신이 무슨 쓸모가 있나요, 별 볼일 없는 왕자님?"—그러면서 최후의 일격을 가했다—"연인으로서 말이에요." 파드마가 팔을 쭉 뻗자 팔뚝에 무성한 털이 불빛을 받아 빛났다. 그녀는 집게손가락을 펴고 실제로 제구실을 못하는 내 사타구니를 경멸하듯이 가리켰다. 길고 굵직한 손가락, 질투로 빳빳하게 굳어진 손가락, 그러나 아쉽게도 그 손가락은 내가 오랫동안 잊고 있던 다른 손가락을 생각나게 했을 뿐…… 그래서 파드마는 자신의 화살이 빗나갔음을 알아차리고 빽 소리쳤다. "얼빠진 정신병자! 그 의사 말이 맞았어!" 그러더니 미친 듯이 방에서 뛰쳐나갔다. 쿵쾅쿵쾅 철제 계단을 밟으며 공장이 있는 아래층으로 내려가는 발소리, 검은 덮개를 씌워놓은 피클통 사이로 달려가는 발소리, 그리고 문을 열었다가 다시 쾅 닫는 소리가 들렸다.

그렇게 버림받은 나는 달리 할 일도 없어서 다시 일을 시작했다.

어부의 손가락질: 버킹엄 빌라의 하늘색 벽에 걸려 있던 그림, 한밤의 아이인 아기 살림이 인생의 첫 시절을 보낸 하늘색 아기침대 바로 위에 걸렸던 그 그림에서 이 손가락은 도저히 잊을 수 없는 관심의 초점이었다. 티크나무 액자 속에서 소년 롤리는—그리고 또 누가 있었을까?—그물을 손질하는 늙고 주름진—그리고 바다코끼리 같은 콧수염을 길렀을까?—어부의 발치에 앉아 있고 어부는 오른팔을 길게 뻗어 수평선 쪽을 가리켰다. 그의 청산유수 같은 이야기들은 롤리의—그리고 또 누구의?—넋을 빼앗았다. 그림 속에는 분명히 소년이 한 명 더 있었다. 그는 목에 주름장식을 달고 앞 단추를 채운 튜닉 차림으로 책상다리를 하고 앉았는데…… 이제야 기억이 되살아난다: 자랑스러워하는 어머니와 똑같이 자랑스러워하는 보모가 생일파티를 앞두고 거대한 코를 가진 아이에게 그림과 똑같이 주름장식이 달린 튜닉을 입혀주었다. 그 하늘색 방에서는 재봉사가 어부의 손가락 아

래 앉아 영국 신사들의 옷차림을 모방했고…… "보세요, 너무너무 귀엽잖아요!" 나는 창피해서 죽을 지경인데 릴라 사바르마티가 외쳤다. "저 그림 속에서 방금 튀어나온 것 같네요!"

침실 벽에 걸린 그림 속에서 나는 월터 롤리와 나란히 앉아 어부의 손가락을 따라 시선을 옮겼다. 나는 눈을 가늘게 뜨고 수평선 쪽을 바라보았는데, 그 너머에는—무엇이었을까?—아마도 내 미래가 있었을 것이다. 그 하늘색 방에는 그렇게 내가 처음부터 알고 있었던 나의 특별한 운명이 마치 가물거리는 잿빛 유령처럼 도사리고 있었는데, 처음에는 희미했지만 결코 무시할 수 없었으니…… 왜냐하면 어부의 손가락은 가물거리는 수평선보다 더 먼 곳을 가리켰는데, 그 손가락이 티크나무 액자를 지나고 폭이 얼마 안 되는 하늘색 벽면을 가로질러 내 시선을 잡아당기는 그곳에는 또 하나의 액자가 있었고, 그 속에는 나의 불가피한 운명이 유리에 갇힌 채 영원히 붙박여 있었다. 그것은 예언적 설명이 붙은 특대형 아기 사진이었고 그 옆에는 고급 모조 양피지에 쓴 편지가 있었는데, 다르마 차크라\* 위에 사르나트의 사자들\*\*이 우뚝 서 있는 국새(國璽)가 도드라지게 찍힌 이 편지는 총리가 보낸 것이었고 〈타임스 오브 인디아〉의 1면에 내 사진이 실린 후 일주일이 지났을 때 우편배달부 비슈와나트가 전해주었다.

신문이 나를 찬양했고, 정치가들이 내 신분을 확인해주었고, 자와할랄 네루는 이렇게 썼다: "사랑하는 아기 살림에게. 너의 탄생이라는

---

\* 부처의 가르침을 의미하는 바퀴 모양의 상징인 법륜(法輪).
\*\* 기원전 250년경 인도 마우리아 왕조의 아소카 왕이 건립한 석주 상단의 조각상. 사자 네 마리가 사방을 바라보며 둘러선 모습으로 인도의 국장(國章)이다.

경사를 맞이하여 뒤늦게나마 이렇게 축하인사를 보낸다! 너는 오랜 역사를 지닌 동시에 영원한 젊음을 간직한 우리 인도를 대표하는 가장 어린 얼굴이란다. 우리는 너의 삶을 유심히 지켜보겠다. 어떤 의미에서 너의 삶은 우리 모두의 삶을 비춰주는 거울이니까."

그리고 메리 페레이라는 경외감에 사로잡혀, "정부에서 말이에요, 마님? 우리 도련님을 감시한다고요? 하지만 왜죠, 마님? 도련님이 무슨 잘못을 했는데요?" 그러자 아미나는 보모의 목소리에 깃든 두려움의 원인을 알아차리지 못한 채: "그 말은 그냥 표현일 뿐이야, 메리. 실제로 그러겠다는 뜻이 아니고." 그래도 메리는 안심하지 못하고, 그래서 아기방에 들어갈 때마다 겁에 질린 눈으로 액자 속의 편지를 쳐다보고 주위를 두리번거리며 혹시 정부가 감시하는 중인지 살핀다. 그녀의 눈은 알고 싶어 한다: 정부에서 어디까지 알고 있을까? 혹시 누가 봤을까? ……나 역시도 자라면서 어머니의 설명을 곧이곧대로 믿지 않게 되었다. 하지만 그 설명 때문에 안심해도 된다고 착각했던 것도 사실이다. 그래서 메리의 의심이 나에게도 어느 정도는 스며들었는데도 방심하다가 나중에 허를 찔려 깜짝 놀랄 수밖에 없었는데……

어쩌면 어부의 손가락은 액자 속의 편지를 가리키는 게 아니었는지도 모른다. 편지보다 더 멀리 손가락을 따라가면 창문을 지나고 이층집 높이의 언덕을 내려가고 워든 가를 건너고 브리치 캔디 수영장을 넘어서 그림 속의 바다가 아닌 또 하나의 바다로 이어지기 때문이다. 콜리 범선의 돛이 저녁놀에 물들어 진홍색으로 빛나는 바다…… 그렇다면 그 손가락은 우리에게 이 도시의 소외된 이웃들을 바라보라고 요구하는 비난의 손가락인지도 모른다.

그리고 어쩌면—이 생각만 하면 더위에도 불구하고 한기가 느껴지지만—오히려 손가락 자체를 주목하라고 요구하는 경고의 손가락인지도 모른다. 그래, 왜 아니냐. 어쩌면 그 손가락은 그것과 별로 다르지 않은 또 하나의 손가락, 장차 이 이야기에 등장하여 알파와 오메가라는 무시무시한 논리를 발동시킬 손가락을 예고했는지도 모르겠는데…… 맙소사, 이 얼마나 놀라운 생각인가! 아기침대 위에 주렁주렁 걸린 채 내가 이해하기만을 기다리고 있던 미래가 얼마나 많았던가? 나는 얼마나 많은 경고를 받았으며 또 얼마나 많이 무시해버렸던가? ……그러나 싫다. 파드마의 생생한 표현처럼 '얼빠진 정신병자'가 되지는 않겠다. 무수히 쩍쩍 갈라진 이야기의 갈림길에 굴복하지 않겠다. 어쨌든 균열에 대항할 힘이 아직 남아 있는 동안은 한사코 버텨보겠다.

아미나 시나이와 아기 살림을 빌린 스튜드베이커에 태우고 집으로 돌아갈 때 아흐메드 시나이는 마닐라지 봉투 한 개도 함께 가져갔다. 봉투 속에는: 원래는 라임 카손디가 들어 있었지만 깨끗이 비우고 잘 씻고 팔팔 끓여 소독한 후 이제 다른 것을 담아놓은 피클병 한 개. 양철 뚜껑을 덮고 고무막을 씌우고 고무줄로 꽁꽁 묶어 철저히 밀봉했다. 유리병에 넣고 고무막으로 밀봉한 뒤 마닐라지 봉투 속에 감춰놓은 내용물이 무엇이었을까? 바로 이것이다: 아버지와 어머니와 아기가 집으로 돌아가는 길에 동행했던 그것은 일정량의 소금물이었고 그 속에 살랑살랑 흔들리며 떠 있는 것은 탯줄이었다. (그 탯줄은 내 것이었을까 아니면 다른 아이의 것이었을까? 그것만은 나도 말해줄 길이 없다.) 새로 고용된 보모 메리 페레이라가 버스를 타고 메솔드 단지를 찾아오는 동안 탯줄은 영화계 거물이 소유한 스튜드베이커의 글러브박스 속에 들어앉아 호화판 여행을 즐겼다. 아기 살림이 어른으로 성장해가는 동안에도 탯줄은 변함없이 티크나무 벽장 안쪽에 자리 잡은 유리병 속 소금물에 잠겨 있었다. 그리고 세월이 흘러 우리 가족이 '순수의 땅'\*에서 망명생활을 시작하고 내가 허우적거리며 순수성을 향하여 나아갈 때 이 탯줄은 잠깐 동안이나마 다시 빛을 보게 된다.

버려진 것은 아무것도 없다. 아기도 탯줄도 그대로 남았다. 둘 다 무사히 메솔드 단지에 도착했고 둘 다 때를 기다렸다.

나는 그리 예쁜 아기는 아니었다. 아기 때의 사진만 보더라도 커다란 달덩어리 같은 얼굴은 너무 컸고 너무 완벽하게 둥글었다. 턱 쪽에도 아쉬운 부분이 있었다. 얼굴 피부는 하얀 편이었지만 모반 때문에 보기 흉했다. 서구적인 머리 선 밑에 검은 얼룩들이 퍼지고 동양적인 귀도 검은 반점으로 물들었다. 그리고 관자놀이 부분은 너무 튀어나와서 비잔틴 양식의 둥근 지붕처럼 불룩했다. (서니 이브라힘과 나는 태어날 때부터 친구가 될 운명이었다. 우리가 머리를 나란히 맞대면 집게에 눌려 생긴 서니의 우묵한 홈에 내 불룩한 관자놀이가 딱 맞아떨어져 목수가 깎아놓은 이음매처럼 정확히 일치했다.) 그러나 내 머리가 하나뿐이라는 사실에 크게 안도하여 더욱더 큰 모성애를 품게 된 아미나 시나이는 두 눈에 콩깍지가 씌어 모든 것을 아름답게만 보

---

\* 파키스탄 국명의 어원적 의미.

았고, 그래서 얼음처럼 싸늘하고 기이한 하늘색 눈동자도, 자라다 만 뿔처럼 불룩한 관자놀이도, 심지어 오이처럼 무지막지하게 생긴 코마저도 무시해버렸다.

아기 살림의 코는: 거대했다. 그리고 콧물이 줄줄 흘렀다.

내 어린 시절의 흥미진진한 일면들: 예쁘지도 않고 그저 몸집만 컸던 나는 좀처럼 현실에 만족하지 못한 듯싶다. 그래서 태어나는 순간부터 자기확장이라는 위대한 과업에 착수했다. (마치 미래의 삶이 가져다줄 짐을 감당하기 위해서는 몸집이 꽤 커야 함을 미리 알기라도 한 듯이.) 9월 중순쯤에는 그리 작지도 않은 어머니의 젖가슴에서 모유를 다 빨아먹고 말았다. 그래서 잠시 유모를 고용하기도 했지만 겨우 2주 만에 그 여자도 사막처럼 바싹 말라서 아기 살림이 이도 없는 잇몸으로 자기 젖꼭지를 물어뜯으려 한다고 비난하면서 떠나버렸다. 그때부터 나는 젖병으로 넘어가서 어마어마한 양의 분유를 먹어치웠는데, 젖병의 젖꼭지도 시련을 겪어 유모의 불평이 사실이었음을 증언해주었다. 당시 자세한 육아일기가 작성되었는데, 그 내용을 살펴보면 내가 육안으로 확인할 수 있을 만큼 하루가 다르게 성장했음을 알 수 있다. 그러나 안타깝게도 코를 측정한 기록은 없어서 내 후각기관이 신체의 다른 부분에 비례하여 자랐는지 아니면 더 빨리 자랐는지는 확인할 길이 없다. 어쨌든 신진대사가 활발했다는 사실은 밝혀둬야겠다. 신체의 각종 구멍으로 막대한 양의 배설물이 배출되었고 콧구멍에서도 반짝거리는 콧물이 폭포처럼 쏟아졌다. 집채만큼 많은 손수건과 산더미 같은 기저귀가 어머니의 화장실에 놓인 커다란 빨래통으로 직행했는데…… 그렇게 여러 출구로 온갖 분비물을 내보내면서도 유독 눈만은 좀처럼 적시는 일이 없었다. 메리 페레이라는 이렇게 말했다. "도련님은 정말 착해요, 마님. 눈물은 한 방울도 안 흘리잖아요."

착한 아기 살림은 조용한 아이였다. 자주 웃었지만 소리는 내지 않았다. (내 아들처럼 나도 옹알이를 시작하기 전에, 그리고 좀 더 나중에는 말을 하기 전에 우선 잘 들으면서 상황을 파악했다.) 한동안 아미나와 메리는 아이가 벙어리인가 싶어 걱정했다. 그러나 두 사람이 막 아버지에게 그 말을 꺼내려는 순간에(그때까지 그들은 아버지에게 그런 걱정을 내색하지 않고 비밀로 해두었는데, 불완전한 아들을 좋아할 아버지는 없기 때문이다) 아기가 별안간 소리를 내기 시작하면서 적어도 그 부분에서는 완전히 정상이라는 사실이 입증되었다. 아미나가 메리에게 속삭였다. "마치 얘가 우리를 안심시키려고 마음먹은 것 같잖아."

심각한 문제가 하나 더 있었다. 아미나와 메리는 며칠이 지나서야 그 문제를 알아차렸다. 머리 둘 달린 어머니로 변신해가는 거창하고 복잡한 과정을 밟느라 여념이 없고 더구나 악취를 풍기는 속옷에서 피어오르는 안개 때문에 시야가 가려진 두 사람은 내 눈꺼풀이 움직이지 않는다는 사실을 얼른 눈치채지 못했다. 아미나는 임신 중이었을 때 태아의 체중 때문에 마치 생명이 없는 초록색 연못처럼 시간이 고요히 멎어버렸던 일을 떠올리면서 혹시 이번에는 그 반대의 현상이 일어난 것은 아닐까 생각하기 시작했다. 다시 말하자면 아기에게 자기 주변의 시간을 다스리는 마법의 힘이 있어 시간을 더 빨리 흐르게 만드는 것이 아닐까, 그래서 엄마-보모가 해야 할 일들을 처리할 시간이 늘 부족하기만 하고 아기는 이렇게 눈부신 속도로 자라는 것이 아닐까? 그렇게 시간에 대한 공상에 빠진 어머니는 미처 내 문제점을 깨닫지 못했다. 그러다가 결국 그런 생각을 버리고 워낙 덩치도 크고 먹성도 좋으니까 남달리 빨리 자랄 뿐이라는 결론을 내렸을 때 비로소 모성애의 베일이 벗겨지면서 아미나와 메리는 동시에 이렇게 소리쳤다. "맙소사, 저것! 보세요, 마님! 저것 좀 봐, 메리! 이 꼬마 도련님은 한 번도 눈을 깜박거리지 않네요!"

눈동자는 너무 파랬다. 카슈미르의 파랑, 체인질링*의 파랑, 흘리지 않은 눈물의 무게가 실린 파랑, 눈을 깜박거리기에는 너무 파란 파랑. 분유를 먹은 뒤에도 내 눈꺼풀은 전혀 움직이지 않았다. 순결한 메리가 나를 어깨 위에 올려놓으면서 "어이쿠, 맙소사, 무겁기도 해라!" 하고 외칠 때도 나는 눈 하나 깜짝하지 않고 트림을 했다. 아흐메드 시나이가 부목을 댄 발가락으로 절뚝거리며 내 침대로 다가와서 튀어나온 입술로 입맞춤을 해줄 때도 나는 눈을 깜박거리지 않고 뚫어져라 쳐다보기만 했고…… 메리는 이런 의견을 내놓았다. "어쩌면 오해인지도 몰라요, 마님. 도련님이 우리 흉내를 내려고 우리가 눈을 깜박거릴 때마다 같이 깜박거리는지도 모르잖아요." 그러자 아미나는: "둘이서 번갈아 깜박거리면서 확인해보자." 그들은 교대로 눈을 떴다 감았다 하면서 얼음처럼 파란 내 눈을 관찰했다. 그러나 내 눈은 미동조차 하지 않았다. 마침내 아미나가 문제를 직접 해결해보려고 손을 내밀어 내 눈꺼풀을 쓸어내렸다. 눈이 감겼다. 그 순간 내 숨소

---

* 서유럽 민담에서 요정이나 난쟁이가 인간의 아이를 훔쳐가면서 대신 놓아둔다는 아이.

리가 달라지면서 편안하게 잠들었을 때의 규칙적인 호흡이 시작되었다. 그날부터 몇 달 동안 어머니와 보모는 번갈아가며 내 눈꺼풀을 올렸다 내렸다 해주었다. 메리는 이렇게 아미나를 안심시켰다. "도련님도 곧 배울 거예요, 마님. 착하고 말 잘 듣는 도련님이니까 언젠가는 틀림없이 요령을 터득하겠죠." 나는 배웠다: 내 생애 첫번째 교훈: 눈을 줄곧 뜬 채 세상을 바라볼 수 있는 사람은 아무도 없다.

지금 아기의 눈으로 그 시절을 돌이켜보니 모든 것이 완벽하게 보인다. 노력하기만 하면 얼마나 많은 것을 기억할 수 있는지 그저 놀라울 따름이다. 내가 볼 수 있는 것은: 한여름의 더위 속에서 흡혈도마뱀처럼 햇볕을 쬐는 도시. 우리의 봄베이: 생김새는 손을 닮았지만 사실은 하나의 입인데, 언제나 열려 있고 언제나 굶주린 그 아가리는 인도 방방곡곡에서 들어오는 온갖 음식과 재능을 넙죽넙죽 받아먹는다. 영화 부시셔츠* 생선 말고는 아무것도 생산하지 않는 매혹적인 거머리랄까…… 나는 분리독립의 여파 속에서 자전거를 타고 이층집 높이의 언덕을 향해 달려오는 우편배달부 비슈와나트를 본다. 안장가방 속에는 모조 양피지로 만든 편지봉투가 들었다. 그의 낡아빠진 아르주나 인디아바이크가 녹슬어가는 버스 앞을 지난다. 그 버스의 운전사는 어느 날 갑자기 파키스탄으로 가야겠다고 마음먹었는데, 결심이 서자마자 시동을 끄고 그대로 떠나버리는 바람에 버스 안에도 타고 차창에도 매달리고 지붕 짐받이에도 올라가고 출입구에도 넘쳐나던

---

\* 주머니가 여럿 달린 면 셔츠.

수많은 승객들이 오도 가도 못하게 되었고…… 나는 그들의 욕지거리를 듣는다: 돼지 같은 놈, 멍청한 새끼. 그러면서도 그들은 어렵게 얻은 자리를 포기할 수 없어 두 시간이나 버티다가 결국 그 버스를 운명에 맡겨두고 뿔뿔이 흩어졌다. 그리고, 그리고: 영불해협을 헤엄쳐 건넌 최초의 인도인 푸슈파 로이 씨가 브리치 캔디 수영장 입구에 도착한다. 노란색 수영모를 쓰고 초록색 수영복을 입고 국기와 같은 색상의 타월을 두르고 나타난 푸슈파는 백인들만 받아주는 수영장 방침에 전쟁을 선포했다. 그는 마이소르 백단향 비누 한 개를 손에 쥐고 어깨를 활짝 편 채 당당히 행진하여 정문을 통과하고…… 그러자 수영장에 고용된 파탄족 전사들이 그를 붙잡는데, 여느 때처럼 인도인의 반란은 유럽인을 대신해 인도인이 진압하고, 푸슈파는 몸부림치며 용감하게 반항해보지만 팔다리를 붙잡힌 채 문밖으로 들려 나가 워든 가의 흙먼지 속에 나뒹굴고 만다. 해협을 건넌 수영선수는 낙타 택시 자전거를 아슬아슬하게 피하면서 (비슈와나트도 푸슈파의 비누를 피하려고 황급히 핸들을 꺾는다) 길바닥에 다이빙을 하고…… 그러나 푸슈파는 거기서 단념하지 않는다. 몸을 일으키고 먼지를 툭툭 털더니 내일 다시 오겠다고 약속한다. 내 어린 시절 내내 하루하루의 생활에 활력소가 되었던 것은 노란 수영모를 쓰고 국기와 같은 빛깔의 타월을 두르고 나타난 수영선수 푸슈파가 본의 아니게 워든 가의 길바닥에 다이빙을 하는 광경이었다. 그리고 그 불굴의 투쟁은 결국 승리를 거두었는데, 오늘날 그 수영장은 일부—'비교적 선량한'—인도인들이 지도 모양의 물속에 들어가는 것을 허용하고 있다. 그러나 푸슈파는 비교적 선량한 부류에 속하지 않는다. 지금은 노인이 되어 잊힌 그는 멀리서 수영장을 바라볼 뿐이고…… 이제 점점 더 많은 사람들이 내 안으로 밀려든다. 예를 들자면 그 시절에 가장 유명한 여자 레슬링선수였고 언제나 남자들만 상대했지만 자신을 꺾는 사람과 결혼하겠다고 위협했기 때문에 한 번도 패배하지 않았던 바노 데비도 있고, (이제 집 근처에서 찾아보자면) 우리 집 정원의 수도꼭지 밑에 앉아 있던 고행승도 있는데, 본명은 푸루쇼탐이었지만 우리가(즉 서니, 짝눈, 개기름, 키루스, 그리고 내가) 언제나 '구루 푸루'라고 불렀던 그는 내가 무바라크, 즉 축복받은 자라고 믿었기 때문에 나를 지켜보는 일에 여생을 바쳤는데, 소일 삼아 우리 아버지에게 손금 보는 법을 가르치기도 하고 주술로 어머니의 티눈을 없애주기도 하면서 하루하루를 보냈고, 그다음에는 늙은 하인 무사와 새로 들어온 보모 메리의 경쟁관계도 있는데, 두 사람 사이는 줄곧 악화 일로를 걷다가 마침내 폭발하고 만다. 아무튼 간단히 말하자면 1947년 연말쯤 봄베이에서의 삶은 언제나 그랬듯이 풍요롭고 혼란스럽고 도무지 걷잡을 수 없을 만큼 다채로웠는데…… 다만 달라진 점이 있다면 내가 태어났다는 사실이었다. 나는 벌써부터 우주의 중심에 자리를 잡기 시작했는데, 그 작업이 끝날 때쯤에는 내가 우주 전체에 의미를 부여하는 존재가 될 터였다. 내 말을 못 믿겠다고? 들어보라: 내 침대 곁에서 메리 페레이라가 짤막한 노래를 부른다:

그대가 원한다면 뭐든지 될 수 있네.
마음만 먹는다면 뭐든지 할 수 있네.

고왈리아 저수지 길의 로열 이발소에서 불려온 언청이 이발사가 할례를 해줄 무렵(생후 2개월을 갓 넘겼을 때였다) 나는 벌써 메솔드 단지에서 꽤나 인기가 좋았다. (말이 나온 김에 포경수술에 대해 한마디: 맹세코 나는 그날 미친 듯이 기어가는 뱀처럼 마구 꿈틀거리는 내 남근의 포피를 붙잡고 빙그레 웃던 이발사의 얼굴과 슬그머니 다가오던 면도칼과 아찔한 고통을 지금도 생생히 기억한다. 그러나 그 순간에도 나는 눈 하나 깜짝 않더라고 들었다.)

그래, 나는 인기가 많은 아이였다. 특히 나의 두 어머니 아미나와 메리는 나와 함께 있는 시간이 아무리 길어도 만족하지 못했다. 거의 모든 면에서 두 분 사이는 한없이 친밀한 협력관계였다. 할례가 끝난 후 나를 씻겨주며 목욕물 속에서 성난 듯이 꿈틀거리는 내 훼손된 남근을 구경하면서 함께 킥킥거렸다. 메리가 외설적인 말을 꺼냈다. "우리가 도련님을 잘 지켜야겠어요, 마님. 고추가 제멋대로 살아 움직이잖아요!" 그러자 아미나는, "쯧쯧, 메리, 못 말리겠구나, 정말……" 그래도 메리는 웃음을 참지 못하고 끅끅거리면서, "글쎄 마님, 저 불쌍한 풋고추 좀 보시라니까요!" 왜냐하면 그 물건이 다시 몸부림을 치면서 목 잘린 닭처럼 이리저리 날뛰었으니까…… 두 분은 그렇게 힘을 모아 나를 잘 보살폈지만 애정 문제에서만은 지독한 경쟁관계였다. 한번은 그들이 나를 유모차에 태우고 말라바르 언덕의 공중정원을 산책할 때 메리가 다른 보모들에게 하는 말을 아미나가 우연히 엿듣고— "보세요: 우리 아들이에요"—야릇한 위기감을 느끼기도 했다. 그날 이후로 아기 살림은 두 사람이 사랑을 겨루는 싸움터가 되었다. 그들은 서로 더 큰 애정을 과시하려고 안간힘을 썼다. 한편 이제야 눈을 깜박거리기 시작한 아기 살림은 큰 소리로 옹알이를 하고 그들의 애정을 마음껏 받아먹으면서 그 힘으로 더욱더 성장을 촉진시키고 끊임없이 이어지는 포옹 입맞춤 턱쓰다듬기 따위를 넙죽넙죽 집어삼켜 팽창을 거듭하면서 장차 인간의 기본적 특징 하나를 지니게 될 그 순간을 향해 용맹정진했다. 다시 말해서 날이면 날마다 (드물게나마 어부의 손가락 아래 나 홀로 남게 되는 순간에만) 침대에서 몸을 일으켜 직립하려고 노력했던 것이다.

(그리고 내가 그렇게 두 발로 일어서려는 헛된 노력을 계속하는 동안 아미나도 부질없는 결심의 포로가 되었는데, 그것은 이름조차 말할 수 없는 남편에 대한 꿈을 마음속에서 몰아내려는 노력이었다. 내가 태어나던 날 밤부터 파리 끈끈이의 꿈 대신 나타나기 시작한 그 꿈은 숨이 막힐 정도로 생생해서 깨어 있는 동안에도 좀처럼 뇌리에서 떠나지 않았다. 꿈속에서 나디르 칸이 그녀의 침대에 들어 그녀를 임신시켰다. 너무 심술궂고 해로운 꿈이라서 아미나는 자기 아이의 핏줄에 혼란을 느낄 정도였고, 그리하여 한밤의 아이인 나에게 윙키와 메술드와 아흐메드 시나이에 이어 네번째 아버지를 안겨주었다. 안절부절못하면서도 꿈의 마수에 사로잡혀 어쩔 줄 모르던 어머니 아미나는 그때부터 죄의식의 안개를 뿜어내기 시작했고 세월이 흐른 뒤에도 그 안개는 검은 화환처럼 그녀의 머리를 둘러싸고 있었다.)

나는 한창때의 위 윌리 윙키가 부르는 노래를 들어본 적이 없다. 장님처럼 게슴츠레한 눈으로 아내와 사별한 후 그의 시력은 차츰 회복되었지만 목소리는 왠지 귀에 거슬리고 처량하게 변해버렸다. 그는 우리에게 천식 때문이라고 설명하면서 변함없이 일주일에 한 번씩 메솔드 단지를 찾아와 노래를 불렀는데, 윙키 자신이 그랬듯이 그의 노래도 메솔드 시대의 유물이었다. 그는 〈잘 자요, 아가씨들〉을 불렀고, 유행에 뒤떨어지지 않으려고 〈먹구름은 곧 물러가리니〉를 공연목록에 추가하더니 오래잖아 〈창가에 있는 저 강아지 얼마예요?〉까지 추가했다. 원형광장에서 그는 몸집이 상당하고 안짱다리가 위협적인 아기를 작은 멍석에 눕혀놓고 그리움이 가득한 노래를 불렀기 때문에 아무도 차마 그를 쫓아낼 엄두를 내지 못했다. 윌리엄 메솔드 시대의 유물 중에서 살아남은 것들은 윙키와 어부의 손가락을 비롯해 몇 가지에 불과했는데, 그 영국인이 사라진 후 메솔드의 후계자들은 그의 궁전에 남겨진 물건들을 거의 다 처분해버렸기 때문이다. 다만 릴라 사바르마티는 자동피아노를 버리지 않았고, 아흐메드 시나이는 주류 진열장을 간직했고, 이브라힘 노인은 천장 선풍기에 익숙해졌다. 그러나 금붕어는 다 죽어버렸는데, 더러는 굶주림 때문이었지만 더러는 그 반대로 무지막지하게 과식을 한 끝에 배가 터져버렸고 미처 소화되지 않은 물고기 먹이와 비늘이 작은 구름처럼 피어올랐다. 개들은 들개가 되어갔고 나중에는 단지 안을 배회하는 일도 없어졌다. 그리고 낡은 벽장 속의 색 바랜 옷들은 단지 안의 여자 청소부들을 비롯한 하인들이 나눠 가졌다. 그래서 그때부터 여러 해 동안 남녀 하인들은 점점 너덜너덜 해져가는 옛 주인의 셔츠와 날염한 순면 드레스 따위를 입고 윌리엄 메솔드의 후계자들을 모셨다. 그러나 윙키와 내 방에 걸린 그림은 살아남았다. 버리기에는 이미 너무도 확고한 습관으로 자리 잡은 칵테일 시간처럼 가수와 어부도 우리 삶의 일부가 되었다.

윙키는 이렇게 노래했다. "눈물도 슬픔도 그대를 내 곁에 더 가까이 데려올 뿐……" 그리고 그의 목소리는 날이 갈수록 악화되어 나중에는 래커칠을 한 호박으로 만든 울림통을 쥐가 갉아먹어 구멍이 뚫린 시타르* 같은 소리가 났다. 그래도 그는 고집스럽게 우겼다. "천식 때문입니다요." 윙키는 죽기 전에 목소리를 완전히 잃고 말았는데, 의사들은 그의 주장을 묵살하고 식도암 때문이라고 진단했다. 그러나 의사들의 말도 틀렸다. 윙키는 병으로 죽은 게 아니라 아내를 잃은 슬픔 때문에 죽었다. 그는 아내의 간통 사실을 끝까지 몰랐다. 출산과 파괴의 신 시바의 이름을 딴 그의 아들은 어릴 때부터 윙키의 발치에 앉아서 자기가 아버지의 느릿느릿한 몰락의 원인이 되었다는(어쨌든 시바는 그렇게 생각했다) 무거운 부담을 묵묵히 견뎌냈다. 그리고 세월이 흐르면서 우리는 시바의 눈에 말로는 표현할 수 없는 분노가 점점 커져가는 것을 지켜보았다. 우리는 그가 두 주먹에 조약돌을 움켜쥐고 허공으로 냅다 던지는 것을 보았는데, 처음에는 힘이 별로 없었지만 나이가 들수록 돌은 점점 더 무서운 기세로 날아갔다. 릴라 사바르마티의 맏아들이 여덟 살이 되었을 때 어린 시바의 시무룩한 표정과 풀 먹이지 않은 반바지와 혹덩어리 같은 무릎을 놀려대기 시작했다. 그러자 메리의 범죄 때문에 가난과 손풍금의 운명에 처한 소년은 자신을 괴롭히는 아이에게 납작하고 뾰족하고 면도칼처럼 날이 선 돌을 집어던져 오른쪽 눈을 멀게 했다. 이 짝눈 폭행사건 이후로 위 윌리 윙키는 메솔드 단지에 혼자 나타났고 그의 아들은 오직 전쟁만이 구

* 목이 길고 울림통이 불룩한 인도의 현악기.

해줄 수 있는 캄캄한 미궁 속으로 빠져들었다.

위 윌리 윙키의 목소리가 점점 망가지고 그의 아들은 폭력을 휘둘렀는데도 메솔드 단지가 그를 계속 묵인해준 이유는: 언젠가 그가 주민들의 삶에 대한 중요한 단서를 제공했기 때문이다. 그때 윙키는 이렇게 말했다. "최초의 탄생이 이곳을 현실로 만들어줄 겝니다요."

윙키의 단서가 낳은 직접적인 결과로 나는 태어나면서부터 인기가 많았다. 아미나와 메리도 서로 내 관심을 끌려고 경쟁했지만 단지 내의 모든 집에 사는 사람들이 나를 만나고 싶어 했다. 그래서 아미나는 나의 인기가 자랑스러운 나머지 결국 나를 시야에 묶어두고 싶은 마음을 억누르고 일종의 순번제로 언덕 위의 여러 가정에 나를 빌려주는 데 동의했다. 그리하여 나는 메리 페레이라가 밀어주는 하늘색 유모차를 타고 붉은 타일을 붙인 여러 궁전을 위풍당당하게 돌아다니기 시작했다. 그래서 지금 아기 살림의 눈으로 그때를 돌이켜보면서 내가 마음만 먹으면 당시의 이웃들이 감추고 있던 비밀을 거의 다 폭로할 수 있다. 어른들은 내가 지켜보는데도 아무 걱정 없이 평소대로 살아갔는데, 세월이 흐른 후 누군가 아기의 눈으로 그때를 돌아보고 그들의 비밀을 누설하게 될 줄은 몰랐기 때문이다.

자, 우선 이브라힘 노인의 경우를 보자. 그는 아프리카의 각국 정부가 그의 용설란 농장을 속속 국유화하는 바람에 걱정이 태산이다. 그의 맏아들 이스하크는 빚더미에 올라앉은 호텔 사업 때문에 전전긍긍하는 중이라서 인근 폭력조직의 돈을 빌려야 하는 처지가 되었다. 동생의 아내를 탐하는 이스하크의 눈을 보라. 오리궁둥이 누시 같은 여자에게 성적 매력을 느끼는 사람도 있다니 수수께끼가 아닐 수 없다.

그리고 누시의 남편, 즉 변호사 이스마일을 보라. 집게에 잡혀 태어난 아들 덕분에 중요한 교훈을 얻은 그는 오리 같은 아내에게 이렇게 말한다: "억지로 끌어내지 않으면 아무것도 얻지 못하는 게 인생이야." 그는 이런 인생관을 업무에도 적용하여 판사들을 매수하고 배심원들을 포섭한다. 모든 아이는 이렇게 부모를 변화시키는 힘을 가졌는데, 서니는 자기 아버지를 대단히 성공적인 범죄자로 탈바꿈시켰다. 그리고 에스코리알 빌라 쪽으로 건너가면 집 안 한구석에 제단을 차려놓고 가네샤 신을 모시는 두바시 부인이 있는데, 그 집은 그야말로 초자연적으로 어수선해서 우리 집에서는 '두바시'라는 말이 '난장판을 만들다'라는 뜻의 동사가 되었고…… 메리는 이렇게 부르짖곤 한다. "아, 살림 도련님, 또 방 안을 두바시했군요, 이 말썽꾸러기!" 지금 그런 난장판의 원흉이 유모차 지붕 너머로 손을 내밀어 내 턱밑을 톡톡 건드린다. 바로 원자력과 어지르기의 천재인 물리학자 아디 두바시다. 이미 키루스 대왕을 잉태한 두바시 부인은 멀찌감치 물러서서 배 속의 아기를 기르느라 여념이 없는데, 벌써부터 눈가에 광신적인 빛을 번뜩이며 때가 오기를 기다리는 중이다. 그러나 날마다 세상에서 가장 위험한 물질을 다루며 살아가던 두바시 씨가 아내가 미처 씨를 발라내지 않은 오렌지를 먹다가 질식사하는 바람에 그 아기는 유복자로 태어나게 된다. 나는 아이들을 싫어하는 산부인과 의사 닥터 나를리카르가 사는 집에는 한 번도 초대받지 못했지만 릴라 사바르마티의 집과 호미 카트락의 집에서는 관음증 환자가 되어 릴라가 저지르는 무수한 간통의 현장을 엿보았으며 나중에는 해군장교의 아내와 영화계 거물 겸 마주의 불륜이 시작되는 과정을 처음부터 목격할 수 있었다. 때가 되면 그런 일도 내가 어떤 보복을 계획할 때 큰 도움이 될 것이다.

신생아도 자신을 정의하는 문제에 직면할 때가 있다. 그리고 내가 어렸을 때 누렸던 인기에도 골치 아픈 측면이 있었음을 밝혀야겠다. 왜냐하면 그 문제와 관련해 나는 온갖 혼란스러운 견해의 융단폭격을 당했기 때문이다. 수도꼭지 밑의 구루에게는 축복받은 자였고 릴라 사바르마티에게는 관음증 환자였고 오리궁둥이 누시의 눈에는 자기 아들 서니의 경쟁자, 그것도 더 우세한 경쟁자였고(그래도 나에게 반감을 드러내는 일은 없었고 남들처럼 나를 빌려달라고 부탁했다는 점은 높이 평가해야겠다) 머리가 둘 달린 어머니에게는 온갖 유치한 말로 표현되는 존재였다. 그들은 나를 주누무누, 뿌찌뿌찌, 달덩어리 등으로 불렀다.

그러나 갓난아기의 입장에서는 그 모든 것을 감수하고 나중에 이해하기를 기대하는 수밖에 없지 않은가? 그래서 나는 눈물 한 방울 흘리지 않고 참을성 있게 네루의 편지와 윙키의 예언을 그대로 받아들였다. 그러나 무엇보다 깊은 인상을 심어준 것은 어느 날 호미 카트락의 백치 딸이 원형광장 너머에서 어린 나의 머릿속에 자신의 생각을 전송했을 때였다.

머리통은 너무 크고 입에서는 침을 질질 흘리던 톡시 카트락, 쇠창살로 막아놓은 창가에 알몸으로 서서 철두철미한 자기혐오가 담긴 동작으로 자위를 하던 톡시, 걸핏하면 쇠창살 사이로 힘껏 침을 뱉다가 종종 우리 머리를 맞히기도 했던 톡시…… 그녀는 스물한 살이었지만 수세대에 걸친 근친혼의 결과로 뜻 모를 말을 횡설수설하는 반편이였다. 그러나 내가 생각하는 그녀는 아름다웠다. 모든 아기가 지니고 태어나지만 살아가면서 점점 잃어버리는 재능을 그녀는 그대로 간직했기 때문이다. 톡시가 나에게 생각을 전하면서 속삭였던 말들을 나는 아무것도 기억하지 못한다. 어차피 꾸르륵거리거나 침을 뱉는 소리에 불과했을 것이다. 그러나 그녀는 내 정신의 문을 건드려 살짝 열어주었고, 그래서 빨래통 속에서 벌어진 어떤 사건도 아마 톡시 덕분에 가능했을 것이다.

아기 살림의 신생아 시절에 대해서는 일단 이 정도에서 마치도록 하자. 그러나 그때 벌써 나의 존재 자체가 역사에 영향을 미치기 시작했고 그때 벌써 아기 살림은 주변 사람들에게 변화를 일으켰는데, 특히 우리 아버지의 경우에는 무절제한 생활로 몰아넣어 결국(어쩌면 불가피하게) 무시무시한 결빙기로 돌입하게 만든 사람도 바로 나였다고 확신한다.


아흐메드 시나이는 아들이 자신의 발가락을 부러뜨린 일을 끝내 용서하지 않았다. 부목을 떼어낸 뒤에도 그는 조금씩 절뚝거렸다. 아버지는 아기침대에 누운 나를 내려다보며 이렇게 말했다. "그래, 내 아들, 처음부터 참 잘하는 짓이다. 벌써부터 불쌍한 아빠를 이렇게 골탕 먹이냐!" 내가 보기에 그 말은 농담 반 진담 반이었다. 왜냐하면 내가 태어나면서부터 아흐메드 시나이의 처지가 완전히 달라졌기 때문이다. 내가 등장함으로써 가정에서 그의 지위가 크게 손상되었다. 갑자기 아미나의 근면성에 다른 목표가 생겼기 때문이다. 그녀는 이제 아흐메드에게 감언이설을 늘어놓으며 돈을 우려내려 하지도 않았고, 아침 식탁에서 그의 무릎에 놓인 냅킨은 옛날을 그리워하며 슬픔과 아쉬움을 느껴야 했다. 지금은 이런 식이었다: "당신 아들한테 이것하고 저것이 필요해요." 또는, "여보, 요것하고 조것을 사야 하니까 돈 좀 줘야겠어요." 아흐메드 시나이는 체면이 말이 아니라고 생각했다. 우리 아버지는 자부심이 강한 분이었다.

그래서 내가 태어난 후 아흐메드 시나이가 장차 자신을 파멸시킬 두 가지 환상—즉 마귀*들이 출몰하는 가공의 세계와 바다 밑의 땅—에 빠져들게 된 것도 결국 나 때문이었다.

선선한 계절의 어느 날 저녁(그때 나는 일곱 살이었다) 아버지가 내 침대에 걸터앉아 조금 혀 꼬부라진 소리로 이야기를 들려주던 기억: 어느 어부가 해변으로 밀려온 병 속에서 마귀를 발견했는데…… "마귀의 약속은 절대로 믿지 마라, 아들아! 마귀를 병에서 꺼내주면 너를 잡아먹을 테니까!" 그래서 나는—아버지의 숨결에서 위험의 냄새를 맡았기 때문에—겁에 질린 목소리로: "그런데 아빠, 마귀가 정말 병 속에서 살 수 있어?" 그러자 아버지는 순식간에 기분이 돌변해서 껄껄 웃으며 방을 나가더니 흰색 상표가 붙은 진초록색 병 하나를 들고 돌아왔다. 그리고 쩌렁쩌렁한 목소리로 말했다. "자! 이 속에 든 마귀를 보고 싶니?" "싫어!" 나는 겁에 질려 그렇게 소리쳤지만 옆 침대의 내 동생 놋쇠 잔나비는 "좋아!" 하고 소리쳤고…… 둘 다 흥분과 두려움으로 몸을 움츠리고 지켜볼 때 아버지가 병마개를 열더니 과장된 동작으로 손바닥을 내려 주둥이를 틀어막았다. 이번에는 다른 손

---

* 이슬람 문화권에서 '마귀'를 뜻하는 진(djinn)과, 증류주 진(gin)을 동시에 가리킨 것. 작품 안에서 종종 중의적 의미로 사용된다.

에 담배 라이터가 나타났다. "못된 마귀들은 다 사라져라!" 아버지가 그렇게 외치고 손바닥을 치우더니 라이터 불을 병 주둥이에 들이댔다. 잔나비와 나는 경외감에 사로잡힌 채 파란색-초록색-노란색으로 으스스하게 빛나는 불꽃이 병 내벽을 타고 서서히 원을 그리며 내려가는 광경을 지켜보았다. 이윽고 바닥에 도착한 불꽃은 잠깐 화르르 타오르다가 꺼져버렸다. 이튿날 나는 서니와 짝눈과 개기름의 웃음거리가 되고 말았다. "우리 아빠는 마귀들하고 싸운다. 아빠가 다 이겨. 진짜야!"······사실이었다. 감언이설과 관심을 빼앗긴 아흐메드 시나이는 내가 태어난 직후부터 평생에 걸쳐 마귀병과 싸우기 시작했다. 그러나 한 가지는 내 생각이 틀렸다: 아버지는 이기지 못했다.

주류 진열장이 아버지의 입맛을 자극하기도 했지만 그렇게 술을 퍼마시게 된 것은 내가 태어났기 때문인데······ 그 시절의 봄베이는 금주법을 시행했다. 술을 구하는 유일한 방법은 자신이 알코올중독자라는 사실을 증명하는 것뿐이었다. 그래서 '술 박사'라는 신종 의사들이 생겨났는데, 옆집의 호미 카트락이 아버지에게 닥터 샤라비라는 술 박사를 소개해주었다. 그때부터 매달 초하룻날마다 아버지와 카트락 씨는 이 도시에서 가장 존경받는 여러 사람과 함께 얼룩덜룩한 유리창이 있는 닥터 샤라비의 진료실 문앞에 줄을 섰다가 차례차례 안으로 들어가서 알코올중독을 증명하는 작은 분홍색 전표를 받아들고 나왔다. 그러나 아버지에게 필요한 양에 비하면 배급량이 턱없이 부족했다. 그래서 아버지는 하인들도 그곳으로 보내기 시작했는데, 정원사, 짐꾼, 운전사는 물론이고(그 무렵에는 우리 집에도 승용차가 있었는데 윌리엄 메솔드의 차와 똑같은 1946년식 로버였다) 심지어 늙은 무사와 메리 페레이라까지 동원되어 점점 더 많은 분홍색 전표를 아버지에게 갖다바쳤고, 아버지는 그것을 고왈리아 저수지 길의 할례 전문 이발소 건너편에 있는 비자이 주류상으로 가져가서 알코올중독자를 위한 갈색 종이봉지와 교환했다. 봉지 속에는 땡강땡강 소리가 나고 마귀가 가득한 초록색 병들이 들어 있었다. 그중에는 위스키도 있었다. 아흐메드 시나이는 하인들 몫의 초록색 병과 빨간색 상표들을 들이마시고 거나하게 취하곤 했다. 달리 팔아치울 것이 별로 없는 가난한 사람들은 작은 분홍색 쪽지에 적힌 자신의 신분을 팔아넘겼고 아버지는 그것들을 액체로 바꿔 홀라당 마셔버렸다.

매일 저녁 여섯시가 되면 아흐메드 시나이는 마귀들의 세계로 들어갔고, 아침이 오면 밤새도록 이어진 싸움에 지쳐 눈은 벌겋게 충혈되고 머리는 지끈거리는 상태로 면도조차 하지 않고 식탁에 앉았다. 예전에는 그나마 면도하기 전까지는 기분이 좋았지만 그렇게 세월을 보내면서 병 속의 마귀들과 전쟁을 치르느라 기진맥진하여 걸핏하면 짜증을 내게 되었다.

아침식사가 끝나면 그는 아래층으로 내려갔다. 방향감각은 예나 지금이나 형편없고 출근길에 봄베이에서 길을 잃고 헤매기도 싫어서 일층에 있는 방 두 개를 사무실로 사용했다. 아무리 아버지라도 계단 몇 개를 내려가는 정도는 할 수 있었기 때문이다. 그는 알딸딸한 상태에서 부동산 거래를 했다. 그리고 자식에게만 전념하는 아내 때문에 쌓여가는 분노를 해소할 새로운 배출구를 사무실에서 발견했다. 아흐메드 시나이는 비서들을 희롱하기 시작했다. 밤마다 술병들과 싸우다가 이따금 험한 말을 내뱉기도 했는데—"내가 마누라 하나는 잘 만났어! 차라리 돈으로 아들 한 놈 사고 보모를 고용하는 게 낫지. 도대체 무슨 차이가 있어?" 그러면 아미나는 눈물을 흘리면서, "아, 여보, 나 좀 괴롭히지 마요!" 그러면 아버지는 더욱더 화가 나서, "괴롭히기는 개뿔! 남자가 마누라한테 관심 좀 가져달라는 게 괴롭히는 거야? 멍청한 여자들은 어쩔 수 없다니까!"—그런 밤을 보내고 나면 절뚝거리며 아래층으로 내려가서 콜라바의 아가씨들을 곁눈질했다. 그리고 얼마 후 아미나는 남편의 비서들이 한결같이 오래 버티지 못하고 갑자기 그만두거나 예고도 없이 온 길을 따라 부리나케 달아나버린다는 사실을 알게 되었다. 그래도 못 본 체하기로 마음먹었는지 아니면 자신이 감수해야 할 형벌이라고 생각했는지는 모를 일이지만 어쨌든 아미나는 아무런 조치도 취하지 않고 변함없이 나에게 모든 시간을 바쳤다. 그녀가 그 일을 안다는 표시를 한 것은 그 아가씨들을 싸잡아 부르는 명칭을 제시한 것뿐이었다. 어머니는 약간의 속물근성을 드러내면서 메리에게 말했다. "그 외국년들은 이름이 다 괴상하더라. 페르난다니 알론소니, 게다가 맙소사, 성은 또 얼마나 웃기는지! 술라카니 콜라코니, 또 뭐가 있었는지 기억도 안 나네. 그런 년들한테 내가 신경 쓸 게 뭐야? 다 싸구려 계집애들인데. 난 그년들을 코카콜라 걸이라고 불러. 이름이 전부 그렇게 들리니까."

오랫동안 아흐메드는 아가씨들의 엉덩이를 꼬집어대고 아미나는 괴로워했지만, 그녀가 신경 쓰는 내색이라도 했다면 아흐메드도 기뻐했을 것이다.

메리 페레이라는 이렇게 대답했다. "그렇게 웃기는 이름들은 아니에요, 마님. 죄송하지만 멀쩡한 기독교식 이름이거든요." 그러자 아미나는 아흐메드의 친척 여동생 조흐라가 자신의 검은 피부를 비웃던 일을 떠올리고 황급히 사과하려다가 오히려 조흐라의 실수를 되풀이하고 말았다: "아, 네 얘기가 아니야, 메리, 어떻게 내가 너를 비웃는다고 생각할 수 있어?"

뿔 같은 관자놀이와 오이 같은 코를 가진 나는 아기침대에 누워 귀를 기울였는데, 그 시절에 일어난 일은 모두 나 때문에 일어난 일이었고…… 1948년 1월 어느 날 오후 다섯시에 닥터 나를리카르가 아버지를 찾아왔다. 그들은 평소처럼 서로 얼싸안고 등을 두드렸다. 이윽고 아버지가 입버릇처럼 물었다. "체스 한 판 둘까?" 이런 만남이 벌써 습관이 되었기 때문이다. 두 사람은 늘 인도의 전통놀이 샤트란지의 규칙에 따라 체스를 두었는데, 체스판의 단순미 덕분에 복잡다단한 인생을 잠시나마 잊게 된 아흐메드는 그때부터 한 시간 동안 쿠란을 재구성한다는 백일몽에 빠져들고…… 그러다 보면 어느새 여섯시, 칵테일 시간, 마귀들의 시간이 오고…… 그러나 오늘 저녁은 나를리카르가 이렇게 대답했다. "아닐세." 그러자 아흐메드는, "아니라고? 아니라니, 이게 무슨 소리야? 자, 어서 앉아서 체스도 두고 잡담도 하고……" 그러나 나를리카르가 그의 말을 가로막으면서, "오늘 밤은 말이야, 시나이 형제, 자네한테 보여줄 게 있네." 이제 두 사람은 1946년식 로버를 탄다. 나를리카르가 크랭크를 돌리고 나서 훌쩍 뛰어오르고, 그들은 위든 가를 따라 북쪽으로 달리면서 왼쪽의 마할락슈미 신전을 지나고 오른쪽의 윌링던 클럽 골프장을 지나고 다시 경마장을 뒤로하고 해안을 따라 뻗어나간 혼비 방파제 위를 달려간다. 발라바이 파텔 경기장이 시야에 들어오고 판지를 잘라서 만든 거대한 레슬링선수들의 모습도 보이는데, 무적의 여인 바노 데비와 최강의 레슬링선수 다라 싱도 있고…… 차나콩 노점상도 있고 바닷가를 거닐며 개를 산책시키는 사람들도 있다. "여기." 나를리카르가 명령하고 두 사람은 차에서 내린다. 그들은 바다 쪽을 바라본다. 바닷바람이 얼굴을 식혀준다. 파도를 가르며 바다로 뻗어나간 좁다란 시멘트 길의 끄트머리에 섬 하나가 떠 있고 그곳에 신비주의자 하지 알리의 무덤이 우뚝 서 있다. 순례자들이 방파제와 무덤 사이를 바삐 오간다.

나를리카르가 손가락으로 가리킨다. "저어기, 뭐가 보이나?" 아흐메드는 어리둥절해서, "아무것도 없는데. 무덤. 사람들. 여보게, 도대체 무슨 일인가?" 그러자 나를리카르는, "그런 거 말고. *저기* 말이야!" 그제야 아흐메드는 나를리카르의 손가락이 시멘트 길을 가리킨다는 사실을 깨닫고…… "산책로 말인가? 그게 어쨌다는 건데? 몇 분만 지나면 밀물이 들어와서 길이 끊어지겠지만 그거야 누구나 아는 일이고……" 나를리카르의 피부가 횃불처럼 밝게 빛나더니 달관한 듯한 어조로, "바로 그거야, 아흐메드 형제, 바로 그거라고. 육지와 바다, 바다와 육지. 영원한 투쟁 아닌가?" 아흐메드는 알쏭달쏭해서 침묵을 지킨다. 나를리카르가 옛일을 상기시킨다. "원래는 일곱 섬이 있었지. 워를리, 마힘, 살세테, 마퉁가, 콜라바, 마자가온, 봄베이. 영국인들이 그 섬들을 모두 연결했어. 아흐메드 형제, 바다가 육지로 변했단 말이야. 육지가 솟아올라서 물에 잠기지 않게 됐다고!" 아흐메드는 빨리 술을 마시고 싶어 안달이 났다. 순례자들이 종종걸음을 치며 좁은 길을 따라 오가는 동안 그의 입술은 점점 튀어나온다. "그래서 요점이 뭔데?" 아흐메드가 따져 묻자 나를리카르는 더욱더 눈부시게 빛나면

서: "요점은 말이지, 아흐메드 형제, 바로 이거야!"

그것은 나를리카르의 호주머니 속에서 나타난다: 소석고(燒石膏)로 만든 5센티미터 높이의 모형: 테트라포드! 마치 메르세데스 벤츠의 상징을 3차원으로 표현한 듯한 모형의 세 다리가 나를리카르의 손바닥 위에 놓였고 네번째 다리는 저녁 하늘을 향해 남근상처럼 우뚝 서 있다. 아버지는 넋을 잃고 그것을 들여다본다. "이게 뭔데?" 그러자 나를리카르가 대답한다: "바로 요놈이 우리를 하이데라바드의 군주보다 더 큰 부자로 만들어줄 물건일세, 형제! 이 귀여운 놈만 있으면 자네가, 자네와 내가, 저걸 지배하게 된다고!" 그는 인적이 끊어진 시멘트 길을 넘나드는 파도 쪽을 가리키고…… "저 바다 밑에 육지가 있단 말이야, 친구! 우린 이런 것들을 몇천 개씩, 아니, 몇만 개씩 찍어내야 돼! 그래서 매립공사를 수주하면 어마어마한 돈이 굴러 들어올 거야. 절대로 놓치지 말라고, 형제, 이건 일생일대의 기회니까!"

어째서 아버지는 산부인과 의사의 꿈같은 사업에 동참하기로 했을까? 어째서 실물 크기로 만들어진 콘크리트 테트라포드가 해변 산책로를 넘어 행군하여 네발 달린 정복자들처럼 바다를 뒤덮는 환상에 조금씩 빠져들다가 마침내 빛나는 의사처럼 완전히 사로잡히고 말았을까? 어째서 그때부터 여러 해 동안 아흐메드는 섬 주민들이 한결같이 꿈꾸는 환상, 즉 바다를 정복한다는 전설 같은 이야기에 자신을 바쳤을까? 어쩌면 그는 또 하나의 갈림길을 놓치게 될까봐 두려웠는지도 모른다. 어쩌면 샤트란지를 함께 즐기는 친구이기 때문일 수도 있고 어쩌면 나를리카르의 말솜씨 때문일 수도 있다. "자네가 자금을 대고 내가 연줄을 동원한다면, 아흐메드 형제, 도대체 무슨 문제가 있겠나? 이 도시에서 힘깨나 쓰는 사람들은 모조리 내가 아들을 받아준 적이 있는 사람들이라고. 아무도 나를 문전박대하진 않을 거야. 자네는 물건을 만들고 나는 계약을 따내겠네! 오십 대 오십으로 공평하게 나누자고!" 그러나 나는 더 간단한 설명도 가능하다고 생각한다. 아내의 관심을 아들에게 빼앗기고 위스키와 마귀에 취해 살던 아버지는 이 세상에서 자신의 지위를 되찾으려고 노력했는데 테트라포드의 꿈이 기회를 약속했던 것이다. 그래서 그는 흔쾌히 크나큰 실수를 저지르고 말았다. 여기저기 편지를 보내고 이집저집 문을 두드리고 검은 돈을 닥치는 대로 빌렸다. 그러는 과정에서 아흐메드 시나이라는 이름은 사치발라야*의 복도에서 유명해졌는데, 주정부 청사의 복도를 오가는 사람들은 누구나 돈을 물처럼 쓰는 무슬림에 대한 소문을 들었던 것이다. 그런데도 날마다 술을 마시고 곯아떨어지는 아흐메드 시나이는 자신이 처한 위험을 알아차리지 못했다.

그 시기에 우리의 삶을 좌지우지한 것은 서신왕래였다. 내가 겨우 생후 7일째 되던 날 총리의 편지가 왔고, 혼자서는 콧물조차 닦을 수 없을 때 〈타임스 오브 인디아〉 독자들의 팬레터가 날아들었다. 그리고 1월의 어느 날 아침, 아흐메드 시나이도 영원히 잊지 못할 편지 한 통을 받았다.

충혈된 눈으로 아침식사, 평일이니까 면도. 저벅저벅 계단을 내려가는 발소리, 깜짝 놀라 키득거리는 코카콜라 걸의 웃음소리. 끼익, 초

---

* 주정부 청사의 옛 이름. 지금은 '만트랄라야'라고 한다.

록색 인조가죽을 덮은 책상 앞으로 의자를 끌어가는 소리. 쨍그랑, 금속제 종이칼을 집어들다가 잠시 전화기에 부딪혀 들려오는 쇳소리. 찌익, 쇠붙이로 편지봉투를 자르는 짤막한 소리. 그리고 1분 후. 아흐메드는 다시 계단을 뛰어오르면서 우리 어머니에게 버럭버럭 고함을 질렀다.

"아미나! 이리 와봐, 여보! 개새끼들이 내 불알을 얼음통에 처박았어!"

아흐메드가 그의 자산 전부를 동결한다는 내용의 공문서를 받은 그날부터 온 세상이 한꺼번에 떠들어대기 시작했고……"제발, 여보, 고운 말 좀 써요!" 아미나가 말했다. 그런데 하늘색 아기침대 속에서 아기가 얼굴을 붉힌 것은 내 착각이었을까 아니면 정말 그랬을까?

그리고 구슬땀을 흘리며 들이닥친 나를리카르는, "전적으로 내 잘못일세. 우리가 너무 공개적으로 나갔어. 요즘은 어려운 시절이야, 시나이 형제. 무슬림의 재산을 동결시키면 그 재산을 다 남겨두고 파키스탄으로 달아날 수밖에 없다는 거지. 도마뱀의 꼬리를 붙잡으면 끊어버리고 도망치듯이! 소위 정교분리(政敎分離) 국가라더니 꽤나 약삭빠른 수작을 부리는군."

아흐메드 시나이는 이렇게 말한다. "전부 다야. 은행계좌, 채권, 쿠를라에 있는 부동산에서 들어오던 임대료까지, 전부 차단되고 동결됐다고. 이 편지에는 명령한다고 썼더군. 나한테는 단돈 4아나도 내주지 말라고 명령한다는 거야, 여보. 차바니 동전 한 개도 없어서 요지경상자 구경조차 못할 지경이라고!"

아미나는 이런 판단을 내린다: "신문에 실린 사진 때문이에요. 벼락출세한 조사관들이 아무리 똑똑해도 그 사진만 없었다면 누구를 기소해야 좋을지 어떻게 알았겠어요? 맙소사, 여보, 이건 내 잘못……"

그때 아흐메드 시나이가 이렇게 덧붙인다: "차나콩 한 봉지 사먹을 10파이사도 없고, 거지한테 적선할 1아나도 없고. 완전히 동결됐어. 냉동실처럼 꽁꽁!"

"내 잘못이야." 이스마일 이브라힘이 말한다. "내가 미리 알려줬어야 했어, 시나이 형제. 이런 자산동결에 대해서 들었는데 말이야. 부유한 무슬림만 노린다고 하더군, 당연한 일이지만. 이럴 때는 싸워야……"

"……필사적으로!" 호미 카트락이 역설한다. "사자처럼 맹렬히! 아우랑제브\*처럼—자네 조상님 아닌가?— 잔시의 라니\*\*처럼! 그러다 보면 우리가 사는 이 나라가 어떤 나라인지 알게 되겠지!"

이스마일 이브라힘이 말을 잇는다. "우리 주에도 법정은 있다네." 오리궁둥이 누시가 서니에게 젖을 먹이며 암소 같은 미소를 짓는다. 그녀는 멍하니 아들의 집게 자국을 쓰다듬는데, 올라갔다 내려갔다, 올라갔다 내려갔다, 일정한 리듬에 따라 규칙적으로…… 이스마일이 아흐메드에게 말한다. "법률자문은 내가 해주지. 완전히 무료로 말이야, 친구. 아니, 아니, 그런 말은 꺼내지도 말라고. 어떻게 그럴 수가 있나? 우린 이웃사촌이잖아."

아흐메드가 말한다. "빈틸터리야, 물처럼 꽁꽁 얼어붙었다고."

---

\* 무굴제국 제6대 황제.
\*\* 제후국 잔시의 왕비 락슈미바이를 가리킨다. 동인도회사를 앞세운 영국의 식민지 정책에 저항, 1857년 인도 독립전쟁에 참전하여 군대를 이끌었다.

아미나가 말을 가로막는다. "자, 그만해요." 아미나의 헌신적 사랑이 한 단계 더 상승하고 그녀는 남편을 이끌고 침실로 향하는데……"여보, 잠깐이라도 좀 누워봐요." 그러자 아흐메드는: "이거 왜 이래, 여보? 오늘 같은 날—모조리 빼앗겼는데, 끝장이 났는데, 얼음처럼 산산조각이 나버렸는데—이 상황에서 당신은 고작 생각한다는 게……" 그러나 아미나는 이미 문을 닫아버렸고, 슬리퍼가 이리저리 날아가고, 두 팔이 남편에게 다가가고, 잠시 후 그녀의 두 손이 점점 아래로 아래로 아래로, 그러다가, "맙소사, 여보, 당신이 상스러운 말을 한다고만 생각했는데 이제 보니 사실이었군요! 너무 차가워요, 하느님 맙소사, 너어무너무 차가워요, 둥글둥글한 얼음덩어리처럼!"

그런 일도 있는 법이다. 주정부가 아버지의 자산을 동결시킨 다음부터 어머니는 그것들이 점점 더 차갑게 식어가는 것을 느꼈다. 그 첫날에 놋쇠 잔나비가 잉태된 것이 천만다행이었다. 그날 이후에도 아미나는 남편의 몸을 덥혀주려고 밤마다 곁에 누웠지만, 사타구니에서부터 슬금슬금 위로 올라오는 분노와 무력감의 얼음장 같은 손가락 때문에 남편이 부르르 떨 때마다 더 찰싹 달라붙었지만, 그의 얼음덩어리가 너무 차갑게 얼어붙어 더는 손을 내밀어 만질 수도 없었기 때문이다.

그들은—우리는—곧 나쁜 일이 벌어질 것을 짐작했어야 했다. 그해 1월, 초파티 해변을 비롯하여 주후 해변과 트롬바이 해변에도 떼죽음을 당한 새다래의 섬뜩한 사체가 무수히 밀려왔는데, 배를 뒤집고 둥둥 떠다니는 모습이 마치 비늘로 덮인 손가락 같았다.

# 뱀과 사다리

그리고 다른 조짐도 있었다: 백 베이 상공에서 혜성이 폭발하는 장면이 목격되었고, 꽃들이 진짜 피를 흘렸다는 보도도 있었고, 2월에는 샤프슈테커 연구소에서 뱀들이 탈출했다. 벵골의 어느 미치광이 투브리왈라, 즉 뱀 조련사가 사랑하는 고향 '황금빛 벵골'이 분할된 데 대한 분풀이로 방방곡곡을 떠돌면서 마치 하멜른의 피리 부는 사나이처럼 사육장에(예를 들자면 뱀독의 의학적 효용을 연구하고 항사독소抗蛇毒素를 개발하는 샤프슈테커 연구소 같은 곳에) 갇힌 뱀들을 피리로 매혹시켜 꾀어낸다는 소문이 나돌았다. 얼마 후에는 그 투브리왈라가 칠척장신이며 피부색이 새파랗다는 정보도 추가되었다. 그는 인간을 응징하러 내려온 크리슈나 신이었고 선교사들이 말하는 하늘색 예수였다.

나는 무서운 속도로 성장했지만 태어나자마자 바꿈질을 당한 결과로 그 무렵부터 잘못될 만한 부분은 모조리 잘못되기 시작했던 것 같다. 1948년 초, 그러니까 뱀의 겨울, 그리고 그다음에 이어진 뜨거운 계절과 장마철까지 이런저런 사건들이 겹겹이 쌓여갔고, 놋쇠 잔나비가 태어나던 9월 무렵에는 우리 모두가 기진맥진해서 그저 몇 년쯤 푹 쉬고 싶을 정도였다.

탈출한 코브라들은 이 도시의 하수도 속으로 사라져버렸다. 버스에서 띠우산코브라가 발견되었다. 종교 지도자들은 뱀의 탈출을 일종의 경고로 보았다. 국가가 공식적으로 신들을 폐기처분한 데 대한 징계로 나가 신*이 내려왔다고 주장했다. ("우리나라는 정교분리 국가입니다." 네루가 그렇게 선포했고 모라르지와 파텔과 메논도** 모두 동의했다. 그러나 아흐메드 시나이는 냉동증의 영향으로 여전히 떨고 있었다.) 그러던 어느 날 메리가 "이제 우린 어떻게 살아요, 마님?" 하고 물었을 때 호미 카트락이 우리에게 샤프슈테커 박사를 소개해주었다. 그는 여든한 살이었는데 종잇장처럼 얇은 입술 사이로 끊임없이 혀를 날름거렸다. 그리고 아라비아 해가 한눈에 내려다보이는 꼭대기층을 쓰게 해준다면 집세를 현금으로 치르겠다고 했다. 그 무렵 아흐메드 시나이는 아예 몸져누운 상태였다. 얼음장 같은 냉기가 침대보에도 스며들었다. 약용으로 막대한 양의 위스키를 들이켜도 몸이 따뜻해지지 않았고…… 그래서 아미나가 남편을 대신하여 버킹엄 빌

---

\* 힌두교 및 불교 신화에 등장하는 거대한 뱀. 특히 킹코브라 형상의 신으로 상반신은 인간의 모습으로 묘사하기도 한다.
\*\* 인도 독립에 핵심적인 역할을 했던 정치인들.

라의 위층을 늙은 뱀 박사에게 빌려주기로 했다. 그리하여 2월 말에는 뱀독이 우리 삶의 일부가 되었다.

샤프슈테커 박사에 대해서는 황당무계한 이야기가 수두룩했다. 그의 연구소에 근무하는 비교적 미신을 믿는 잡역부들은 박사가 밤마다 뱀에 물리는 꿈을 꿀 수 있고 그래서 면역이 되어 독사에게 물려도 멀쩡하다고 단언했다. 다른 사람들은 그가 여자와 코브라의 부자연한 결합에서 탄생하여 절반은 뱀이라고 했다. 띠우산코브라―붕가루스 파스키아투스―의 독에 대한 그의 집착은 전설에 가까웠다. 붕가루스의 독을 치유하는 항사독소는 알려진 바 없지만 샤프슈테커는 이를 개발하는 데 인생을 걸었다. 그는 카트락의 마구간에서(그리고 다른 곳에서도) 쓸모없게 된 말을 구입하여 소량의 독을 주사했는데, 말들은 번번이 항체를 만들지도 못하고 선 채로 입에 거품을 물고 죽어버리는 바람에 고작 아교를 만드는 데 쓰일 뿐 아무런 도움도 되지 못했다. 샤프슈테커 박사―'샵스티케르 나리'―는 이제 피하주사기를 들고 접근하기만 해도 말들을 죽일 수 있는 능력을 갖게 되었고…… 그러나 아미나는 이렇게 터무니없는 이야기를 귀담아듣지 않았다. 메리 페레이라에게 그녀는 이렇게 말했다. "늙은 신사분일 뿐이야. 남들이 험담을 하든 말든 우리가 신경 쓸 필요가 있어? 집세도 꼬박꼬박 내고 우리한테 피해를 주지도 않잖아." 아미나는 유럽인 뱀 박사가 고마울 따름이었고 특히 아흐메드가 싸울 용기조차 없는 듯했던 결빙기 동안은 더욱더 그랬다.

아미나는 편지를 썼다. '사랑하는 엄마 아빠께. 제 눈과 목을 걸고 말씀드리지만 도대체 우리한테 왜 이런 일이 생기는지 정말 알다가도 모르겠어요. ……아흐메드는 좋은 사람이지만 이번 일로 큰 타격을 받았어요. 두 분의 조언이 정말 절실해요.' 이 편지를 받고 사흘 뒤 아담 아지즈와 원장수녀님은 프런티어 메일을 타고 봄베이 중앙역에 도착했다. 아미나는 두 분을 1946년식 로버에 모시고 집으로 돌아가다가 차창 밖의 마할락슈미 경마장을 보게 되었다. 그때부터 무모한 계획이 싹트기 시작했다.

원장수녀님이 말했다. "너희처럼 젊은 것들한테는, 거뭣이냐, 이런 현대식 디자인도 괜찮겠지. 하지만 나는 옛날식 탁트에 앉게 해줬으면 좋겠구나. 이런 의자는 너무 푹신푹신해서, 거뭣이냐, 자꾸 밑으로 떨어지는 기분이거든."

아담 아지즈가 물었다. "네 서방은 병이 난 게냐? 아비가 진찰해보고 약을 처방해줄까?"

원장수녀님의 의견은 이랬다. "요즘 같은 때 이불 속에만 숨어 있어서야 쓰겠니? 지금이야말로 남자답게, 거뭣이냐, 남자가 할 일을 해야지."

"두 분 다 건강해 보이시네요!" 아미나는 그렇게 외쳤지만 속으로는 아버지가 어느새 노인이 되고 키도 줄어든 것 같다고 생각했다. 반면에 원장수녀님은 오히려 더 뚱뚱해져 푹신푹신한 안락의자가 그 체중을 견디기 힘들어 삐걱거릴 정도였고…… 그리고 불빛 때문에 잘못 보았는지도 모르지만 아미나는 아버지의 가슴 한복판에서 구멍 같은 그림자를 본 듯하다고 생각했다.

원장수녀님이 손날로 허공을 가르면서 말했다. "지금 인도에 남은 게 뭔가? 떠나게나, 훌훌 털고 파키스탄으로 가버려. 줄피카르가 얼마나 잘사는지 보라고. 처음에는 그 동서가 도와줄 거야. 여보게, 남자답게 벌떡 일어나서 다시 시작해야지!"

아미나가 말했다. "지금은 말할 기분이 아닌가봐요. 저이는 좀 쉬어야 돼요."

그러자 아담 아지즈가 호통을 쳤다. "쉬다니? 아예 물컹이가 돼버렸잖냐!"

원장수녀님이 말했다. "하다못해 알리아 같은 애도, 거뭣이냐, 혈혈단신 파키스탄으로 건너갔어. 그런 애도 버젓한 학교에서 가르치면서 남부럽지 않게 산단 말이야. 사람들 말로는 금방 교장이 될 거라더라."

"쉬이, 엄마, 저이가 자고 싶어 하니까…… 우리가 옆방으로……"

"자야 할 때가 따로 있고, 거뭣이냐, 깨야 할 때가 따로 있지! 들어봐라: 무스타파는, 거뭣이냐, 공무원 생활을 하면서 월급을 몇백 루피나 받는단다. 그런데 네 남편은 뭐냐? 너무 잘나서 일도 못한대?"

"엄마, 저이가 너무 낙심해서 그래요. 체온이 너무 떨어지고……"

"도대체 어떤 음식을 먹이는데 그러니? 오늘부터는, 거뭣이냐, 부엌살림을 내가 해야겠다. 요즘 젊은 것들은, 거뭣이냐, 다 철부지 같다니까!"

"좋으실 대로 하세요, 엄마."

"말이야 바른 말이지, 거뭣이냐, 이게 다 신문에 실린 사진 때문이야. 편지에도 썼지만—내가 그렇게 썼지?—좋을 게 하나도 없어. 사진은 사람의 일부를 훔쳐내거든. 맙소사, 거뭣이냐, 내가 네 사진을 봤더니 얼굴이 아예 투명해져서 뒷면에 찍힌 글자가 훤히 비치더라!"

"하지만 그건……"
"나한테, 거뭣이냐, 거짓말할 생각은 하지도 마라! 그게 다 사진 때문인데 지금이라도 멀쩡해졌으니 천만다행이지!"
그날 이후 아미나는 집안일에서 해방되었다. 원장수녀님이 식탁 상석에 앉아 음식을 나눠주었다. (아흐메드에게는 아미나가 음식 접시를 갖다주었는데, 그는 여전히 자리보전을 하면서 이따금 이렇게 탄식했다. "박살났어, 여보! 고드름처럼 부러져버렸다고!") 한편 부엌에서는 메리 페레이라가 손님들을 위해 시간을 내서 세계 제일의 맛과 향을 자랑하는 망고 피클과 라임 처트니와 오이 카손디를 만들었다. 그리고 이제 자신의 집에서 딸의 자리를 되찾은 아미나는 다른 사람들이 만들어주는 음식에 담긴 감정들이 차츰 몸속으로 스며드는 것을 느꼈다. 접시마다 음식을 만든 사람의 성격이 듬뿍 들었기 때문인데 원장수녀님은 비타협적 태도가 담긴 카레와 미트볼 등을 나눠주었다. 아미나는 고집스러움이 깃든 생선 살란*도 먹고 의지력이 깃든 비리아니**도 먹었다. 그리고 비록 메리의 피클이 부분적으로나마 중화해주었지만—그 속에도 메리의 마음속에 도사린 죄의식과 발각에 대한 두려움이 섞인 탓에 맛은 좋았어도 그것을 먹고 나면 정체불명의 불안을 느끼고 비난의 손가락질을 받는 꿈을 꾸게 만드는 효력이 있었다—원장수녀님이 만들어주는 음식은 아미나에게 일종의 분노를 심어주었고 심지어 좌절해버린 아흐메드도 조금은 회복되는 듯했다. 그리하여 마침내 어느 날, 아미나는 욕조 안에서 백단향으로 만든 장

---

\* 각종 육수에 향신료를 넣어 만든 소스.
\*\* 고기와 야채를 넣은 인도식 볶음밥.

난감 목마들을 가지고 어설프게 놀면서 목욕물에서 풍기는 감미로운 백단향 냄새를 맡고 있는 나를 물끄러미 바라보다가 그동안 자신의 마음속에 잠들었던 모험적 기질을 재발견하게 되었다. 그녀가 시들어 가는 아버지로부터 물려받은 이 기질은 일찍이 아담 아지즈가 과감하게 산골짜기를 벗어나게 만들었던 바로 그 기질이기도 했다. 아미나는 메리 페레이라를 돌아보면서 이렇게 말했다. "참을 만큼 참았어. 이 상황을 바로잡을 사람이 집구석에 아무도 없다면 나라도 나서는 수밖에!"

내 몸을 말려주는 일은 메리에게 맡겨두고 씩씩하게 자신의 침실로 향하는 아미나의 눈앞에 장난감 목마들이 질주하는 광경이 생생하게 나타났다. 그녀는 이미 머릿속 한복판에 자리 잡은 마할락슈미 경마장의 모습을 떠올리면서 사리와 속치마들을 이리저리 걷어냈다. 이윽고 무모한 계획이 불러온 흥분으로 두 뺨이 붉게 달아오른 채 낡은 양철 트렁크의 뚜껑을 열고…… 고마워하는 환자들과 결혼식 하객들이 준 금화와 루피 지폐를 닥치는 대로 지갑 속에 쑤셔 넣고 어머니는 경마장으로 향했다.

배 속에 놋쇠 잔나비를 품은 채 어머니는 부의 여신의 이름을 딴 경마장에서 예시장(豫示場)*을 두루 둘러보았다. 이른 아침의 입덧과 정맥류의 고통마저 무릅쓰고 그녀는 마권판매소 창구 앞에 줄을 서서 승산이 거의 없는 똥말에 삼마(三馬) 적승식**으로 돈을 걸었다. 경마에 대해서는 아무것도 몰랐던 어머니는 장거리 경주인데도 체력이 부

---

* 경주가 시작되기 전 출주마를 선보여 말의 건강상태 등을 관찰하게 하는 곳.
** 세 경기의 우승마를 모두 맞혀야 배당을 받는 방식.

실한 말에 돈을 걸었고, 기수의 미소가 마음에 든다는 이유로 돈을 걸기도 했다. 외할머니가 트렁크 속에 넣어준 이후 지금까지 건드리지도 않았던 지참금으로 두둑하게 채운 지갑을 움켜쥐고 어머니는 샤프슈테커 연구소로 직행하는 게 더 어울릴 만한 말들을 골라가며 마구 돈을 걸었는데…… 이기고 또 이기고 또 이겼다.

"잘 생각하셨습니다." 이스마일 이브라힘이 말한다. "저는 늘 두 분이 그 못된 놈들과 싸우셔야 한다고 생각했죠. 제가 당장 소송절차를 밟겠습니다. 그런데…… 돈이 필요해요, 아미나. 그만한 돈이 있습니까?"

"돈은 마련할 수 있어요."

"제 몫을 달라는 게 아닙니다." 이스마일이 설명한다. "말씀드렸다시피 제 수임료는 공짜예요. 그런데 죄송하지만 어떤 상황인지 이해해주셔야 합니다. 일이 순조롭게 풀리려면 사람들한테 작은 선물이라도 줘야 하고……"

"받으세요." 아미나가 이스마일에게 봉투 하나를 건넨다. "지금 당장은 이 정도면 되겠어요?"

"맙소사!" 이스마일 이브라힘이 깜짝 놀라 봉투를 떨어뜨리자 고액권 루피화가 바닥에 우수수 흩어진다. "어디서 이런 거액을……"

그러자 아미나는, "묻지 마세요. 저도 이 돈을 어디에다 쓰셨는지 따지지 않을 테니까요."

샤프슈테커가 내는 집세로 식비 정도는 해결할 수 있었지만 우리의 전쟁은 말들의 몫이었다. 어머니는 경마장에서 연달아 행운을 거머쥐었는데, 행운이 너무 오랫동안 계속되고 소득도 너무 많아서 그런 일이 실제로 일어나지 않았다면 도저히 믿지 못할 정도였으니…… 몇 달 동안이나 어머니는 어느 기수의 깔끔하고 단정한 헤어스타일이나 어느 얼룩빼기 경주마의 예쁜 무늬 따위를 기준으로 돈을 걸었지만 그때마다 지폐가 가득한 큰 봉투를 들고 경마장을 나섰다.

이스마일 이브라힘이 그녀에게 말했다. "일이 잘 풀리네요. 하지만 아미나 자매님, 하느님은 우리가 무슨 짓을 하는지 다 아십니다. 정당한 일입니까? 합법적인 일이에요?" 그러면 아미나는: "걱정하지 마세요. 고치지 못할 병이라면 참는 수밖에 없죠. 저는 해야 할 일을 할 뿐이에요."

그렇게 놀라운 승리가 거듭되는 동안 어머니는 단 한 번도 기쁨을 느껴보지 못했다. 아기뿐만 아니라 또 하나의 짐이 그녀를 짓눌렀기 때문인데—케케묵은 편견이 듬뿍 담긴 원장수녀님의 카레를 먹은 탓으로 어머니는 이 세상에서 술 다음으로 나쁜 것이 도박이라고 믿었고, 그래서 범죄자가 아니면서도 죄의식에 시달렸다.

티눈이 어머니의 두 발을 괴롭혔다. 무성하게 뒤엉킨 머리카락에 물방울이 똑똑 떨어져 그 부분이 대머리가 될 때까지 우리 집 정원의 수도꼭지 밑에 하염없이 앉아 있던 고행승 푸루쇼탐이 티눈을 없애는 주술에도 능통했지만 어머니에게는 잘 통하지 않았다. 그런데도 어머니는 뱀의 겨울과 뜨거운 여름이 지나갈 때까지 줄기차게 남편의 싸움을 대신 싸웠다.

그대는 이렇게 따진다: 그게 어떻게 가능하지? 아무리 부지런하고 아무리 의지가 강해도 그렇지, 어떻게 가정주부가 날이면 날마다, 달이면 달마다 경마로 떼돈을 벌 수 있을까? 그래서 이렇게 생각할 수

도 있다: 아하, 호미 카트락, 그 사람이 경주마를 길렀겠다, 그리고 대부분의 경주에서 승부를 조작한다는 것쯤은 삼척동자도 아는 사실이고, 그렇다면 아미나가 이웃에게 최신 정보를 물어봤겠구나! 그럴듯한 생각이지만 카트락 씨도 이기고 지는 확률이 엇비슷했고 경마장에서 아미나와 마주쳤을 때 그녀의 결실을 보고 깜짝 놀랐다. (아미나는 그에게 애원했다. "부탁이에요, 카트락 씨, 이 일은 비밀로 해주세요. 도박은 나쁜 짓이잖아요. 우리 어머니가 아시면 제가 얼굴을 들 수 없어요." 그러자 카트락은 얼떨떨한 표정으로 고개를 끄덕였다. "원하시는 대로 해드리죠.") 그러므로 그 배화교도는 이 일과 무관했다. 그러나 내가 다른 설명을 제시할 수 있다. 자, 여기, 벽에 걸린 그림 속에서 어부가 손가락질을 하는 하늘색 방에 하늘색 아기침대가 있다. 어머니가 비밀이 가득한 지갑을 움켜쥐고 외출할 때마다 아기 살림은 그곳에서 무엇인가에 깊이 몰두한 표정을 짓는데, 무서운 집중력으로 한 가지 목적만 골똘히 생각하느라 두 눈이 짙은 감색으로 변하고 코도 기이하게 씰룩거린다. 마치 먼 곳에서 일어나는 어떤 일을 지켜보면서 마치 달이 밀물과 썰물을 다스리듯이 그 일을 원격조종하고 있는 듯한 모습이다.

이스마일 이브라힘이 말했다. "곧 법정으로 넘어갑니다. 제 생각엔 웬만큼 마음을 놓으셔도…… 맙소사, 아미나, '솔로몬 왕의 금광'*이라도 찾으신 겁니까?"

---

\* 영국 소설가 헨리 라이더 해거드의 동명 모험소설에 대한 언급.

말판놀이를 즐길 만한 나이가 되었을 때 나는 '뱀과 사다리'*에 푹 빠졌다. 아으, 상과 벌의 완벽한 균형이여! 아으, 굴러가는 주사위가 만들어내는, 일견 무작위로 보이는 선택이여! 사다리를 기어오르기도 하고 뱀을 타고 미끄러지기도 하면서 나는 내 생애에서 가장 행복했던 시절로 손꼽을 만한 나날을 보냈다. 나에게 시련기가 닥쳤을 때 아버지가 나에게 샤트란지를 익히라고 한 적이 있었는데, 그때 나는 그것 대신에 우리를 물어뜯으려고 덤비는 뱀과 사다리 사이에서 운수를 시험해보자고 청해서 아버지를 화나게 했다.

모든 놀이에는 교훈이 따르는 법인데, 뱀과 사다리에는 다른 어떤 놀이에서도 찾아볼 수 없는 교훈이 있다. 이 놀이는 사다리 하나를 오를 때마다 바로 그 너머에는 뱀이 기다리고 있으며 뱀 한 마리를 만날 때마다 곧 사다리가 보상해준다는 영원한 진리를 가르쳐준다. 그러나 이것은 당근과 채찍이라는 단순한 논리가 아니다. 이 놀이는 모든 일에 수반되는 불변의 양면성, 즉 오르막길이 있으면 내리막길도 있고 선이 있으면 악도 있는 이원성을 암시한다. 사다리의 든든한 합리성은 뱀의 신비로운 유연성과 균형을 이루고, 계단과 코브라의 대립 속에서 우리는 알파와 오메가, 아버지와 어머니처럼 우리가 상상할 수 있는 모든 대립관계의 은유를 발견한다. 자, 여기 메리와 무사의 전쟁이 있고, 무릎과 코의 대결이 있고…… 그러나 나는 아주 어렸을 때

---

* 옛 인도의 어린이용 말판놀이. 빈칸마다 그림으로 표시한 선행 또는 악행에 따라 몇 칸씩 상승하거나 추락하는 방식이다. 힌두교 학자들이 권선징악을 가르치기 위해 만들었다고 하며 빅토리아 시대 영국에 도입된 후 세계적으로 퍼졌다. 선행과 악행의 내용은 문화권에 따라 달라지며 '낙하산과 사다리' 또는 '미끄럼틀과 사다리'로 변형되기도 했다.

벌써 이 놀이에 한 가지 중요한 요소, 즉 양면성이 빠졌다는 사실을 깨달았다. 왜냐하면 앞으로 일어날 여러 사건에서 알 수 있듯이 때로는 사다리를 타고 미끄러질 수도 있고, 때로는 뱀의 독을 이겨내고 기어올라 승리를 거둘 수도 있고…… 그러나 지금 당장은 이야기를 단순하게 풀어가는 편이 낫겠고, 따라서 어머니가 경마장에서 행운을 거머쥐면서 승리를 향한 사다리를 발견하기가 무섭게 이 나라의 시궁창에는 아직도 뱀들이 우글거린다는 것을 새삼 깨닫게 되었다는 사실만 여기 기록해둔다.

아미나의 남동생 하니프는 파키스탄으로 가지 않았다. 어린 시절 아그라의 옥수수밭에서 인력거꾼 라시드에게 속삭였던 꿈을 이뤄보려고 봄베이로 건너온 하니프는 대형 영화사에 취직하려고 했다. 나이에 비해 자신만만했던 그는 인도영화 역사를 통틀어 최연소 영화감독이 되는 데 성공했을 뿐만 아니라 영화계의 하늘에서 가장 밝게 빛나는 별 가운데 하나였던 아름다운 피아에게 구혼해 결혼까지 했다. 그녀에게는 얼굴이 재산이었고, 그녀가 입은 사리는 디자이너들이 인류에게 알려진 모든 색상을 단 하나의 무늬에 포함시키는 일도 가능하다는 점을 증명하려고 아예 작정하고 만든 천으로 지은 것이었다. 원장수녀님은 아름다운 피아를 탐탁지 않게 여겼지만 하니프는 우리 집안에서 유일하게 외할머니의 구속력을 이겨낼 수 있는 사람이었다. 유쾌하고 건장하며 뱃사공 타이의 쩌렁쩌렁한 웃음소리와 아버지 아담 아지즈의 폭발적이지만 순박한 분노를 물려받은 하니프는 피아를 데리고 영화계에 어울리지 않게 마린 드라이브에 위치한 아파트에 조촐하게 살림을 차렸는데, 그때 그는 이렇게 말했다. "황제 같은 생활은 내가 유명해진 다음에 시작해도 되니까." 피아도 순순히 따랐다. 그녀는 하니프의 첫 작품에서 주연을 맡았는데, 호미 카트락과 D. W. 라마 영화사의 공동투자로 제작된 이 영화의 제목은 〈카슈미르의 연인들〉이었다. 아미나 시나이는 한창 경마장을 드나들던 시기에 그 영화의 시사회에 참석했다. 그러나 아미나의 부모님은 함께 가지 않았는데, 원장수녀님이 워낙 영화를 싫어했으며 아담 아지즈도 그녀에게 대항할 기력이 없었기 때문이다. 일찍이 미안 압둘라와 함께 파키스탄의 분리독립에 반대하며 투쟁했던 그가 지금은 그 나라를 찬양하는 아내의 말에 반박도 못하고 다만 그곳으로 이주하는 것만은 한사코 거부하면서 겨우겨우 버티는 정도가 고작이었다. 그러나 장모의 요리 덕분에 기운을 되찾았으면서도 그녀가 떠나지 않고 눌러앉은 것을 못마땅하게 여기던 아흐메드 시나이는 벌떡 일어나서 아내와 동행했다. 두 사람은 하니프와 피아, 그리고 영화에서 남자 주인공을 맡았던 배우와 나란히 앉았는데, 그 배우가 바로 인도에서도 손꼽히는 '꽃미남' I. S. 나이야르였다. 그리고 그들은 몰랐지만 이때 무대 뒤에는 뱀 한 마리가 숨어 있었는데…… 어쨌든 지금 당장은 하니프 아지즈가 영광의 순간을 만끽하도록 내버려두자. 왜냐하면 〈카슈미르의 연인들〉에서 구현된 발상 하나가 우리 외삼촌에게 잠시나마 굉장한 승리감을 맛보게 해주기 때문이다. 그 시절에는 화면 속 꽃미남과 주연 여배우의 신체접촉이 자국의 젊은이들을 타락시킬까 우려한 나머지 배우들이 서로를 건드리지도 못하게 했는데…… 〈연인들〉이 시작되고 33분이 지났을 때 시사회 관객들은 충격을 감추지 못하고 나지막이 웅성거리기 시작했다. 피아와 나이야르가 입맞춤을 했기 때문이다. 서로의 입술이 아니라 사물에.

피아는 립스틱을 바른 도톰한 입술을 아낌없이 던져 사과 한 알에 육감적인 입맞춤을 했다. 그러고 나서 사과를 나이야르에게 건네주었고, 나이야르는 그 반대쪽에 힘차고 열정적인 입맞춤을 퍼부었다. 이른바 간접키스라는 관행이 탄생하는 순간이었다. 요즘 영화의 표현 방식에 비하면 이 얼마나 세련된 발상인가! 숨 가쁜 갈망과 에로티시즘이 느껴지지 않는가! 관객들은 (요즘은 젊은 남녀 한 쌍이 수풀 속으로 뛰어들고 곧이어 수풀이 우스꽝스럽게 흔들리기 시작하면 일제히 떠들썩한 환호성을 지르는데, 상황을 넌지시 암시하는 재간이 그토록 천박해졌다) 스크린에서 눈을 떼지 못하고 달 호수와 얼음처럼 파란 카슈미르의 하늘을 배경으로 펼쳐지는 피아와 나이야르의 사랑을 지켜보았다. 두 사람은 분홍색 카슈미르산 홍차가 담긴 찻잔에 입을 맞추기도 하고, 샬리마르의 분수대 앞에서 칼에 입맞춤을 하기도 하고…… 그런데 이때, 하니프 아지즈의 승리감이 절정에 달했을 때, 뱀이 더는 기다리지 않고 모습을 드러냈다. 뱀이 미친 영향: 객석 조명이 켜졌다. 실물보다 훨씬 더 큰 피아와 나이야르가 스피커에서 흘러나오는 음악에 맞춰 입만 뻥긋거리며 망고에 입맞춤을 할 때, 어울리지도 않는 수염을 기른 소심해 보이는 남자가 마이크를 들고 스크린 아래의 무대로 걸어 나왔다. 뱀신은 종종 이렇게 전혀 예기치 못한 형상으로 나타나는데, 이번에는 무능한 영화관 지배인의 모습으로 둔갑해 독을 내뿜었다. 피아와 나이야르의 모습이 흐려지다가 완전히 사라지더니 수염을 기른 남자의 증폭된 목소리가 울려 퍼졌다: "신사숙녀 여러분, 대단히 죄송하지만 끔찍한 소식이 들어왔습니다." 그의 목소리가 갈라지더니—독니에 힘을 보태려고 뱀신이 흐느끼는 소리!—다시 말을 이었다. "오늘 오후에 델리의 비를라 하우스\*에서 경애하는 마하트마께서 암살되셨습니다. 어느 미치광이가 복부에 총을 쏘았답니다. 신사숙녀 여러분 — 우리 바푸\*\*께서 돌아가셨어요!"

그의 말이 끝나기도 전에 관객들이 비명을 지르기 시작했다. 한 마디 한 마디에 담긴 독이 그들의 혈관 속으로 흘러들었다. 다 큰 남자들이 통로에서 배를 움켜쥐고 뒹굴었는데 그들은 웃는 게 아니라 **헤 람! 헤 람!**\*\*\* 울부짖는 중이었고 여자들은 머리카락을 쥐어뜯었다. 이 도시에서 가장 화려하게 치장했던 머리카락이 중독된 여자들의 귓가에 마구 흐트러졌다. 쟁쟁한 여배우들이 생선 장수처럼 고함을 질러대고 공기 중에는 왠지 무시무시한 냄새가 감돌았다. 하니프가 속삭였다. "빨리 빠져나가, 누나! 무슬림이 저지른 짓이라면 한바탕 난리가 날 거야."

사다리가 있으면 반드시 뱀도 있기 마련이고…… 〈카슈미르의 연인들〉이 결말도 없이 끝나버린 후 우리 가족은 마흔여덟 시간 동안 버킹엄 빌라 안에만 갇혀 지냈다. (원장수녀님이 명령하셨다: "가구로 문을 다 막아버려! 하인들 중에서 힌두교도는 모두 집으로 보내고!") 그리고 아미나는 감히 경마장으로 나가지 못했다.

그러나 뱀이 있으면 반드시 사다리도 있기 마련이고, 마침내 라디

---

\* 마하트마 간디가 살던 집으로 지금은 간디 박물관이 되었다.
\*\* '아버지'라는 뜻으로 인도에서 간디를 일컫는 호칭.
\*\*\* '아, 신이여'라는 뜻으로 간디가 죽기 전에 마지막으로 남겼다는 말.

뱀과 사다리

오가 우리에게 이름 하나를 말해주었다. 나투람 고드세*. 아미나가 외쳤다. "하느님, 감사합니다! 무슬림 이름이 아니네요!"

그러자 간디의 죽음에 대한 소식으로 또 하나의 시대적 부담을 짊어지게 된 아담이 말했다: "고드세라는 놈이 고맙기는 뭐가 고맙다는 거냐!"

그러나 아미나는 안도감에 흠뻑 취해서 기나긴 안도감의 사다리를 타고 까마득히 올라가느라 제정신이 아니었고…… "뭐 어때요? 어쨌든 그 사람이 고드세라서 우리 목숨을 살린 셈이잖아요!"

아흐메드 시나이는 이른바 병상에서 일어난 뒤에도 계속 환자처럼 굴었다. 그가 흐릿한 유리 같은 목소리로 아미나에게 말했다. "그래, 당신이 이스마일한테 법정까지 가보자고 했단 말이지. 좋아, 다 좋은데, 보나마나 우리가 질 거야. 요즘 법정에서는 판사들을 매수해야 하는데……" 그러자 아미나는 이스마일에게 달려가서, "절대로—무슨 일이 있어도—아흐메드한테는 그 돈에 대해서 아무 말도 하지 마세요. 남자의 자존심은 지켜줘야 하니까요." 그리고 나중에, "아뇨, 여보, 난 아무 데도 안 가요. 아뇨, 아기 때문에 피곤하진 않아요. 당신은 좀 쉬어요. 난 잠깐 장 보러 가야 하는데 어쩌면 하니프를 만나러 갈지도 모르겠어요. 당신도 알다시피 우리 여자들은 하루를 알차게 보내야 하니까요!"

---

* 극우 힌두교 단체 R.S.S.S 소속으로, 인도 분단을 막기 위해 이슬람교와의 화해를 노력하던 간디에게 불만을 품고 1948년 1월 30일 총으로 암살했다.

그러고는 루피화가 가득 든 봉투를 가지고 돌아와서……"받으세요, 이스마일, 이제 그이가 일어났으니 우리가 더 신속하고 신중하게 행동해야겠어요!" 그러고는 저녁때마다 어머니 곁에 얌전히 앉아서, "네, 물론 엄마 말씀이 옳아요. 아흐메드도 금방 부자가 될 테니까 두고 보세요!"

그러나 재판은 끝없이 연기되기만 하고, 봉투들은 비어가고, 태아는 점점 자라서 아미나가 1946년식 로버의 운전석에 앉지도 못하게 될 순간이 점점 다가오는데, 과연 그녀의 행운이 계속 이어질 것인가? 그리고 늙은 호랑이들처럼 아옹다옹하는 무사와 메리가 있다.

무엇이 싸움을 일으키는가?

메리의 내장 속에 남아 있는 어떤 죄책감 두려움 부끄러움이 그녀로 하여금 기꺼이? 마지못해? 온갖 방법을 총동원하여 늙은 하인을 자극하게 만드는가? 자신의 우월한 지위를 과시하려는 듯이 콧대를 세우기도 하고, 독실한 무슬림의 코앞에서 도전적으로 묵주를 세기도 하고, 무사가 자신의 지위에 위협을 느낀다는 사실을 알면서도 단지 내의 다른 하인들이 붙여준 모시, 즉 '이모님'이라는 호칭을 묵인하기도 하고, 마님에게 지나치게 친밀하게 굴면서 무사가 듣도록 키득거리고 속닥거려 정중하고 예절 바르고 격식을 따지는 무사는 왠지 손해 본 듯한 기분이 들게 만들기도 하는 이유가 도대체 무엇일까?

지금 늙은 하인을 엄습한 노령의 바다에서 도대체 어떤 작디작은 모래알 하나가 그의 입술에 끼었다가 점점 자라서 증오의 흑진주가 되었으며, 무사는 또 어떤 특이한 무력증에 빠졌기에 손과 발이 모두 둔해져 걸핏하면 꽃병을 깨뜨리고 재떨이를 뒤엎었으며, 그리하여 머지않아 해고되고 말 거라는—메리의 의식적인 혹은 무의식적인 입에서 나온?—은근한 암시가 강박적인 두려움으로 자라나서 결국 그 두려움의 원인 제공자에게 보복을 하게 되었을까?

그리고 (사회적 요인도 빠뜨리면 안 되니까) 하인이라는 신분이 어떤 작용을 했고, 메리가 갓난아기 곁에 돗자리를 깔고 고상하게 주무실 때 무사는 검은 화덕이 있는 부엌 뒤편의 하인방에서 정원사와 임시로 일하는 아이와 짐꾼과 함께 자야 했던 것은 또 어떤 영향을 미쳤기에 사람이 그토록 모질어졌을까?

그리고 과연 메리는 잘못이 있었을까 없었을까? 성당에 갈 수 없는 현실이—왜냐하면 성당에는 고해실이 있고 고해실에 들어가면 비밀을 지킬 수 없으니까—마음속에서 점점 부패되고 그 결과로 그녀가 다소 신랄해지고 다소 심술궂어졌을까?

아니, 심리학 따위는 집어치우고 차라리 지금 뱀 한 마리가 메리를 기다리는 중이며 무사는 사다리의 양면성을 깨닫게 될 운명이라는 등의 진술로 해답을 찾아야 할까? 혹은 더 나아가서, 뱀과 사다리를 넘어서, 우리는 그들의 싸움 속에서 '운명의 손길'을 발견하고, 그래서 무사가 폭발적인 유령이 되어 돌아오도록 하려면, 그리하여 '봄베이의 폭탄'\*이라는 역할을 맡기려면 우선 그곳을 떠나게 만들 필요가 있었다고 말해야 할지…… 혹은 그렇게 고차원적인 수준에서 별안간 우스꽝스러운 수준으로 내려와서, 혹시 아흐메드 시나이가—위스키 때문에 흥분하고 마귀 때문에 지나치게 무례해진 나머지—늙은 하인

---

\* Bomb-in-Bombay. 유사한 발음을 이용한 언어유희.

을 성나게 했고, 그래서 노인은 상처받은 자존심과 모멸감 때문에 범죄를 저질렀고, 따라서 메리와는 아무 상관도 없는 일이었다고 해야 할까?

질문은 이 정도로 끝내고 나는 확실한 사실만 이야기하겠다: 무사와 메리는 끊임없이 서로 적대시했다. 그리고 맞다: 아흐메드는 무사를 모욕했고, 아미나가 달래보려 했지만 소용이 없었는지도 모른다. 그리고 맞다: 노령의 그림자는 무사의 머리를 혼란스럽게 만들어 금방이라도 예고 없이 쫓겨날 거라는 확신을 심어주었고, 그리하여 8월 어느 날 아침에 아미나는 집에 도둑이 들었다는 사실을 알게 되었다.

경찰이 도착했다. 아미나는 없어진 물건들을 신고했다: 청금석을 상감한 은제 타구, 금화 몇 닢, 보석으로 장식한 찻주전자 몇 개, 은제 찻잔 세트. 녹색 양철 트렁크 속에 들었던 물건들이다. 하인들이 복도에 한 줄로 늘어서서 조니 바킬 형사에게 협박을 당했다. "자, 어서 불어!"—경찰봉으로 자기 다리를 탁 내리치면서—"안 그러면 우리가 못할 짓이 없다는 걸 알게 될 테니까. 온종일 한 발로 서 있고 싶나? 온몸에 펄펄 끓는 물을 부었다가 얼음장 같은 물을 부었다가 해볼까? 우리 경찰은 온갖 수법을 다 아는데……" 그러자 하인들은 중구난방으로 떠들기 시작했다: 저는 아닙니다요, 형사 나리, 정직한 놈인뎁쇼! 제발 제 물건들을 뒤져보세요, 나리! 그러자 아미나가: "너무 심하시네요, 형사님, 말씀이 지나치세요. 어쨌든 우리 메리는 결백하다는 걸 제가 알아요. 메리가 심문을 받게 할 수는 없어요." 경찰관은 짜증을 억누른다. 소지품 검사가 시작된다. "혹시 또 모르니까요, 부인. 저런 놈들은 지능이 모자라기도 하고, 부인께서 도난 사실을 매우 일찍 발견하셔서 범인이 미처 장물을 빼돌릴 틈이 없었을지도 모르니까요!"

수색한 보람이 있다. 늙은 하인 무사의 침낭 속에는: 은제 타구. 그의 보잘것없는 옷 보따리 속에 잘 싸둔 것은: 금화 몇 개와 은제 찻주전자 한 개. 그의 간이침대 밑에 감춰둔 것은: 사라졌던 찻잔 세트. 그러자 무사는 아흐메드 시나이의 발밑에 몸을 던지고 싹싹 빈다. "용서하십쇼, 나리! 이놈이 잠깐 미쳤습니다요. 나리께서 저를 길거리로 내쫓으실 것 같아서요!" 그러나 아흐메드 시나이는 들은 체도 안 한다. 냉동증으로 꽁꽁 얼었기 때문이다. "기운이 하나도 없군." 그러면서 방에서 나가버리고, 아미나는 기가 막혀 이렇게 묻는다: "그런데 무사, 왜 그렇게 무서운 맹세를 했어요?"

……왜냐하면 복도에 한 줄로 늘어선 다음부터 하인들의 거처에서 물건이 발견되기 전까지 그사이에 무사가 주인에게 이렇게 말했기 때문이다: "저는 아닙니다요, 나리. 이놈이 나리 물건에 손을 댔다면 문둥이가 되어도 좋습니다요! 이 늙은 가죽이 헐어서 고름이 질질 흘러도 좋습니다요!"

아미나는 경악한 표정으로 무사의 대답을 기다린다. 늙은 하인의 얼굴이 분노의 가면처럼 일그러지더니 한 마디 한 마디를 씹어 뱉듯이 말한다. "마님, 이놈은 두 분의 귀중품을 훔쳤을 뿐이지만 마님은, 그리고 나리는, 그리고 나리의 아버님은 제 인생을 통째로 빼앗으셨습니다요. 그리고 이런 늘그막에 기독교인 보모한테 모욕까지 당하게 하셨습죠."

버킹엄 빌라에 침묵이 흐른다. 아미나는 기소하지 않겠다고 했지만 무사는 떠나려 한다. 침낭을 등에 지고 나선형 철제계단을 내려가면서 사다리는 언제나 타고 오르기만 하는 게 아니라 내려가는 일도 있음을 깨닫는다. 그는 이 집에 저주를 퍼붓고 작은 언덕을 터덜터덜 내려간다.

그리고 (무사의 저주 때문이었을까?) 메리 페레이라는 설령 싸움에서 승리하더라도, 설령 계단이 자신에게 유리하게 작용하더라도 뱀을 피할 수는 없다는 사실을 곧 깨닫게 된다.

아미나가 말한다. "이제 돈을 더 드리기는 힘들겠어요, 이브라힘 씨. 지금까지 드린 돈으로 충분할까요?" 그러자 이스마일은, "그랬으면 좋겠지만 그야 알 수 없는 일이죠. 그러니까 혹시 어디서라도……?" 그러나 아미나는: "문제는 말이죠, 이제 배가 너무 불러 운전을 못 한다는 거예요. 어떻게든 그 돈으로 해결해야죠."

……아미나의 시간이 다시 느려진다. 이번에도 그녀는 푸른 꽃대에 핀 붉은 튤립들이 일제히 춤추는 격자 유리창 너머로 바깥을 내다보고, 이번에도 그녀의 시선은 1947년 장마철 이후로 작동하지 않는 시계탑에 머물고, 이번에도 비가 내리고 있다. 경마 시즌은 끝났다.

연푸른 시계탑: 땅딸막하고, 칠이 벗겨져 너덜너덜하고, 고장이 났다. 이 시계탑은 원형광장이 끝나는 지점, 검은 타르를 칠한 콘크리트 위에 우뚝 서 있었는데, 그곳은 워든 가를 따라 늘어선 건물의 꼭대기 층을 덮고 있는 평평한 지붕이었고, 이 지붕은 이층집 높이의 우리 언덕에 가까이 붙어 있어서 버킹엄 빌라의 담장 위로 올라가면 평평하고 검은 타르 바닥이 발밑에 내려다보였다. 그리고 검은 타르 밑에는

브리치 캔디 유치원이 있었는데, 학기 중에는 날마다 오후만 되면 그곳에서 해리슨 선생님이 언제나 똑같은 어린 시절의 노래를 피아노로 연주하는 소리가 땡땡거리며 들려왔다. 그리고 유치원 밑에는 가게가 있었는데, 리더스 파라다이스 서점, 파트보이 보석상, 치말케르 완구점, 그리고 진열창에 1미터 초콜릿이 가득한 봄벨리 제과점 등이었다. 시계탑 안으로 들어가는 문은 잠가두었지만 그 문에 걸린 자물쇠는 나디르 칸도 한눈에 알 수 있는 싸구려였다: 메이드 인 인디아. 그리고 내 첫돌을 앞둔 사흘간 메리 페레이라는 밤마다 내 방 창가에 서 있다가 두 손에 형체를 알 수 없는 물건들을 잔뜩 들고 지붕 위로 둥실둥실 지나가는 검은 그림자를 목격했는데, 이 그림자는 메리에게 정체 모를 두려움을 안겨주었다. 사흘째 밤이 지난 후 메리는 우리 어머니에게 그 사실을 이야기했고, 경찰에 신고가 들어갔고, 바킬 형사가 메솔드 단지에 다시 나타났는데 이번에는 특출한 경찰관들만 가려뽑은 특수기동대까지 대동했고—"모두 탁월한 명사수들입니다, 부인. 저희만 믿으세요!"—청소부로 변장한 그들은 누더기 속에 총을 감추고 원형광장의 흙먼지를 쓸어내는 체하면서 시계탑을 주시했다.

밤이 되었다. 메솔드 단지의 주민들은 두려움에 떨면서 커튼이나 발 뒤에 숨어 시계탑 쪽을 내다보았다. 어처구니없는 일이지만 청소부들은 어둠 속에서도 일을 계속했다. 조니 바킬은 우리 집 베란다에 자리를 잡고 바깥에서 보이지 않도록 소총을 살짝 감춰두었는데…… 이윽고 자정이 되었을 때 그림자 하나가 한쪽 어깨에 자루를 둘러메고 브리치 캔디 유치원의 측면 벽을 타고 올라와 시계탑 쪽으로 다가갔고…… "그놈이 들어갈 때까지 기다려야 합니다." 바킬이 아미나에게 미리 해둔 말이다. "진짜 범인인지 일단 확인해야 하니까요." 범인이 평평한 타르 지붕을 살금살금 가로질러 시계탑 앞에 도착했다. 안으로 들어갔다.

"형사님, 지금 뭘 기다리시는 거죠?"

"쉬이, 마님, 이건 경찰이 할 일이니까 안으로 좀 들어가세요. 놈이 나올 때 붙잡을 겁니다. 제 말을 기억해두세요." 바킬이 흐뭇한 듯이 말했다. "덫에 걸린 쥐새끼처럼 꼼짝없이 잡히겠죠."

"그런데 저게 누굴까요?"

"그걸 누가 알겠습니까?" 바킬은 어깨를 으쓱거렸다. "어쨌든 보나마나 나쁜 놈이죠. 요즘은 천지사방에 인간쓰레기가 넘쳐난다니까요."

……그때 문득 짤막한 한 가닥 비명이 밤의 적막을 우유처럼 좌르르 쏟아버리고, 시계탑 안에서 누군가 비틀거리며 문짝에 몸을 던지고, 문이 벌컥 열리고, 쾅당 소리가 들리고, 검은 아스팔트 위로 무엇인가 쏜살같이 지나간다. 바킬 형사가 벌떡 일어나 소총을 휘리릭 들어 올리더니 존 웨인처럼 허리춤에 대고 발사한다. 청소부들이 빗자루에 감췄던 저격용 무기를 꺼내 마구 쏘아대고…… 흥분한 여자들의 비명 소리, 하인들의 고함 소리…… 적막.

검은 아스팔트 위에 쓰러진 갈색과 검은색의 물체, 띠가 있고 뱀처럼 생긴 저 물체는 무엇일까? 시꺼먼 피를 흘리는 저것이 무엇이기에 그곳을 훤히 내려다볼 수 있는 꼭대기층에서 샤프슈테커 박사가 고래고래 소리를 지를까? "이 정신 나간 얼간이들아! 바퀴벌레 같은 놈들아! 변태가 싸지른 새끼들아!"……바킬이 타르칠을 한 지붕 쪽으로

뱀과 사다리

부리나케 달려가는 동안 혀를 날름거리며 죽어가는 그것은 도대체 무엇일까?

그리고 시계탑 안쪽은? 얼마나 무거운 것이 쓰러졌기에 그토록 엄청난 굉음이 들렸을까? 누구의 손이 문을 벌컥 열었으며, 누구의 발꿈치에 붉은 구멍 두 개가 뚫려 피가 흐르고 그 속에는 항사독소조차 알려진 바 없는 독, 일찍이 마구간 몇 개를 채울 만큼 수많은 지친 말들을 죽였던 무서운 독이 스며들었을까? 사복형사들이 시계탑 안에서 들고 나온 저 시체, 가짜 청소부들이 관도 없이 운구행렬을 지어 운반해가는 저 시체는 누구일까? 달빛이 죽은 자의 얼굴을 비추었을 때 메리 페레이라는 왜 또 별안간 눈을 까뒤집고 감자 포대처럼 바닥에 털썩 쓰러져 극적으로 기절해버렸을까?

그리고 시계탑 내벽에 즐비한 것들: 싸구려 시계를 장착한 저 이상한 장치들은 무엇이며 주둥이를 넝마로 틀어막은 병은 왜 또 저렇게 많을까?

"저희를 부르신 게 정말 다행이었습니다, 마님." 바킬 형사가 말한다. "저건 조지프 드코스타라는 놈입니다. 특급 수배자 명단에 오른 놈이죠. 벌써 일 년쯤 전부터 저놈을 뒤쫓았습니다. 정말 속속들이 썩어빠진 악질이죠. 저 시계탑 안쪽을 보시면 깜짝 놀라실 겁니다! 바닥에서 천장까지 닿는 선반이 있는데 사제폭탄이 잔뜩 쌓였더군요. 그 정도 화력이면 이 언덕을 바다까지 날려 보내고도 남을 겁니다!"

멜로드라마에 멜로드라마가 겹치고, 삶은 봄베이 영화 같은 색채를 띠고, 사다리에 이어 뱀이 나타나고 뱀 다음에는 다시 사다리가 나타나고, 너무 많은 일들이 꼬리를 물고 일어나는 와중에 아기 살림이 앓아누웠다. 마치 사건이 너무 많아서 도저히 감당할 수 없다는 듯이 그는 눈을 감고 빨갛게 달아올랐다. 아미나가 주정부를 상대로 이스마일이 제기한 소송의 결과를 기다리는 동안, 그녀의 배 속에서 놋쇠 잔나비가 자라는 동안, 메리가 장차 조지프의 유령이 나타나기 전까지 완전히 회복되지 못할 쇼크 상태에 빠져 지내는 동안, 탯줄은 피클병 속에 떠 있고 우리는 메리의 처트니를 먹고 손가락질받는 꿈을 꾸는 동안, 그리고 원장수녀님이 부엌살림을 꾸려가는 동안, 외할아버지는 나를 진찰해보고 이렇게 말씀하셨다. "안타깝지만 의심의 여지가 없구나. 이 불쌍한 녀석이 장티푸스에 걸렸어."

"오, 하느님!" 원장수녀님이 부르짖었다. "도대체 어떤 사악한 악마가, 거뭣이냐, 이 집안을 덮쳤단 말입니까?"

하마터면 내가 시작하기도 전에 끝나버릴 뻔했던 그 병에 대해 들은 이야기는 다음과 같다: 1948년 8월 말에 어머니와 외할아버지는 밤낮으로 나를 간호했고, 메리는 죄책감을 애써 밀어내면서 내 이마에 시원한 수건을 얹어주었고, 원장수녀님은 나에게 자장가를 불러주거나 음식을 떠먹여주었고, 심지어 아버지도 자신의 괴로움을 잠시나마 잊어버리고 힘없이 축 늘어진 채 문간에 서 있었다. 그러나 다시 밤이 되었을 때 닥터 아지즈가 늙은 말처럼 기진맥진한 모습으로 말했다. "나로서는 더이상 어쩔 도리가 없구나. 내일 아침까지 살기도 어렵겠다." 그러자 여자들은 일제히 대성통곡을 하고 어머니는 슬픔을 못 이겨 진통 초기에 돌입하고 메리는 머리카락을 마구 쥐어뜯을 때 문득 문을 두드리는 소리가 들렸고, 하인이 샤프슈테커 박사가 찾아왔음을 알렸고, 박사는 외할아버지에게 작은 병 하나를 내밀며 이렇게 말했다. "솔직히 말씀드리겠소: 이건 죽기 아니면 살기요. 정확히 두 방울만 쓰고 기다려보시오."

두 손으로 머리를 움켜쥐고 한꺼번에 무너져버린 의학 지식의 폐허 속에 우두커니 앉아 있던 외할아버지가 물었다. "이게 뭡니까?" 그러자 여든두 살을 목전에 둔 샤프슈테커 박사가 양쪽 입가로 혀를 날름거리면서: "킹코브라의 독을 희석한 거요. 효험이 있다고 알려진 약이외다."

사다리를 타고 추락하는 일도 있듯이 뱀이 오히려 승리를 가져다주기도 한다: 내가 어차피 죽게 될 것을 알았던 외할아버지는 내게 코브라의 독을 주사했다. 뱀독이 아이의 온몸에 퍼지는 동안 식구들은 둘러서서 지켜보았고…… 여섯 시간이 지나자 체온이 정상으로 돌아왔다. 그날 이후로 나의 경이로운 성장속도는 다소 둔화되었다. 그러나 잃는 것이 있으면 얻는 것도 있는 법: 목숨, 그리고 뱀의 양면성에 대한 이른 깨달음.

내 체온이 차츰 내려가는 동안 나를리카르 산부인과에서는 내 여동생이 나오고 있었다. 그날이 9월 1일이었다. 그리고 그 탄생은 별로 힘들이지도 않고 별다른 말썽도 없이 이루어졌으므로 메솔드 단지 내에서는 사실상 아무런 주목도 받지 못했다. 왜냐하면 바로 그날 이스마일 이브라힘이 병원에 있던 부모님을 찾아와서 소송에 이겼다고 말했으니까…… 이스마일이 축하인사를 건넬 때 나는 침대 난간을 움켜쥐었고, 그가 "이제 자산동결은 끝났네! 자네 재산을 되찾았다고! 고등법원의 명령으로!" 하고 외칠 때 나는 얼굴이 새빨개질 정도로 힘을 주면서 중력과 싸웠고, 이스마일이 애써 태연한 표정으로 "시나이 형제, 드디어 법치주의가 멋지게 승리한 걸세!" 하고 말하면서 기쁨과 승리감에 취한 어머니의 시선을 피할 때, 정확히 생후 일 년하고도 이 주하고도 하루가 지난 나 아기 살림은 마침내 침대 위에 우뚝 일어서고야 말았다.

그날의 사건들은 두 가지 결과를 낳았다: 나는 너무 일찍 직립한 탓에 두 다리가 돌이킬 수 없을 만큼 휘어진 채로 자라게 되었고, 놋쇠 잔나비는(초가지붕처럼 숱 많은 구릿빛 머리카락 때문에 붙은 별명인데 그 머리는 아홉 살이 되어서야 비로소 어두운 색으로 변했다) 살면서 조금이라도 관심을 얻으려면 꽤나 요란을 떨어야 한다는 사실을 깨닫게 되었다.

## 빨래통 속에서 생긴 일

파드마가 내 삶에서 뛰쳐나간 지 꼬박 이틀이 지났다. 그 이틀 동안 망고 카손디 통을 돌보는 일은 다른 여자가 맡았고—그 여자도 허리가 굵고 팔뚝에 털이 많았지만 결코 파드마를 대신할 수 없었다!—우리 똥-연꽃 아가씨는 내가 모르는 어딘가로 잠적해버렸다. 그래서 어떤 균형이 깨져버렸다. 내 몸 전체로 퍼진 균열이 점점 넓어지는 듯하다. 갑자기 홀로 덩그러니 남겨진 탓에 내 말을 들어줄 귀가 없으니 아무래도 만족스럽지 않기 때문이다. 갑작스레 분노의 손아귀에 사로잡힌다. 내가 왜 하나뿐인 신봉자에게 이토록 부당한 대우를 받아야 하는가? 나 말고도 일찍이 이야기를 암송한 사람들이 있었지만 그들은 이렇게 충동적으로 버림받지 않았다. 『라마야나』의 저자 발미키가 코끼리 머리의 가네샤 신에게 자신의 걸작을 구술할 때 그 신이 중간에 훌쩍 떠나버렸던가? 당연히 그런 일은 없었다. (내가 비록 무슬림 집안에서 성장했지만 봄베이 출신답게 힌두교 쪽의 이야기도 잘 안다는 사실에 주목하라. 실제로 나는 그 이미지를 아주 좋아한다. 넓적한 귀와 기다란 코를 늘어뜨린 가네샤 신이 엄숙하게 시를 받아쓰는 장면!)

파드마가 없어졌으니 이를 어쩌면 좋을까? 모든 것을 아는 내가 들려주는 이야기, 온갖 기적이 난무하는 이 이야기에 중심을 잡아주는 평형추 역할을 했던 그녀의 무지와 미신을 어떻게 포기할 수 있을까? 내 두 발이 지상을 떠나지 않게 해주는—해주던?—그녀의 불합리하면서도 현실적인 성품을 잃어버렸으니 앞으로 어떻게 꾸려가야 할까? 지금까지 나는 이를테면 기억이라는 난폭한 신과 현재를 주관하는 연꽃 여신이 좌우에서 똑같이 지탱해주는 이등변삼각형의 꼭짓점이었건만…… 이제부터는 편협하고 1차원적인 직선으로 만족해야 한단 말인가?

어쩌면 나는 지금 이런 질문들을 던져놓고 그 뒤에 숨으려는 속셈인지도 모른다. 그래, 아마 그럴 것이다. 이제 물음표의 망토를 던져버리고 솔직하게 말해야겠다: 우리의 파드마는 떠나버렸고 나는 그녀가 그립다. 그래, 그것이 나의 진심이다.

그러나 할 일이 남았다. 예를 들자면:

1956년 여름, 세상에 존재하는 것들의 대부분이 여전히 나보다 더 크던 시절, 내 누이 놋쇠 잔나비는 신발에 불을 붙이는 별난 버릇을 갖게 되었다. 나세르가 수에즈 운하에 배를 가라앉혀 모든 배가 희망봉을 돌아 이동하게 함으로써 세계의 움직임을 늦추는 동안\* 누이도 우리의 전진을 방해하려 했던 것이다. 주목받으려면 싸워야 했고 좋은 일로든 나쁜 일로든 언제나 관심의 초점이 되어야만 속이 시원했던 그녀는(명색이 내 동생이건만 총리가 편지를 보내오는 일도 없고 고행승이 정원 수도꼭지 밑에서 지켜보는 일도 없고 예언도 없고 사진도 없었으니 그녀의 삶은 처음부터 투쟁의 연속이었다) 자신의 전쟁을 신발류의 세계로 확대시켰는데, 그렇게 우리 신발을 불태워 잠시나마 움직이지 못하게 함으로써 자신의 존재를 알리고 싶었는지도 모르겠고…… 아무튼 그녀는 범죄를 은폐하려 하지도 않았다. 아버지가 안방에서 당신의 검은색 정장구두가 훨훨 타는 장면을 목격했을 때도 놋쇠 잔나비는 성냥을 든 채로 현장에 서 있었다. 아버지의 콧구멍은 불타는 가죽구두와 '체리 블라섬' 구두약과 약간의 '스리인원' 기름 냄새가 마구 뒤섞인 전무후무한 악취의 공격을 받았고…… 잔나비는 귀엽게 재잘거렸다. "이거 봐, 아빠! 얼마나 예쁜지—내 머리색이랑 똑같잖아!"

사전에 아무리 조심해도 누이의 강박관념은 그 여름 내내 붉고 화려한 꽃을 피워냈다. 그 꽃은 오리궁둥이 누시의 샌들에도 피고 영화계 거물 호미 카트락의 구두에도 피었다. 머리카락과 같은 빛깔의 불꽃이 두바시 씨의 낡아빠진 스웨이드 신발도 핥고 릴라 사바르마티의 스틸레토 힐도 핥았다. 성냥을 감춰버리고 하인들이 철저히 경계해도, 그리고 아무리 벌을 주고 을러대도 놋쇠 잔나비는 굴하지 않고 어

---

* 이집트 대통령 나세르가 1956년 7월 수에즈 운하 국유화를 선언하자 소유권을 가지고 있던 영국과 프랑스가 이스라엘과 함께 이집트를 공격하며 수에즈전쟁이 발발했다. 이때 나세르는 배 50여 척을 침몰시켜 운하를 봉쇄했다.

떻게든 방법을 찾아냈다. 그리하여 일 년에 걸쳐 메솔드 단지는 시시때때로 불타는 신발의 연기에 휩싸였는데, 나중에 그녀의 머리카락 빛깔이 점점 어두워져 별로 눈에 띄지 않는 갈색으로 변한 다음에야 비로소 그녀는 성냥에 대한 관심을 버린 듯했다.

자식을 때린다는 것은 상상조차 못하고 천성적으로 언성을 높이지도 못하던 아미나 시나이는 이런 상황에서 어찌할 바를 몰랐다. 그래서 잔나비는 걸핏하면 침묵하라는 판결을 받았다. 그것이 어머니가 선택한 징계 방법이었다. 차마 우리를 때릴 수 없어 입을 봉하라고 명령했던 것이다. 그때 아미나의 귓속에는 일찍이 친정어머니가 아담 아지즈를 고문하는 방법으로 써먹었던 거대한 침묵이 다시 메아리쳤음이 분명하다. 왜냐하면 침묵에도 메아리가 있고 그 메아리는 다른 어떤 소리의 울림보다 더 공허하고 더 오래가기 때문이다. 그리고 어머니가 "뚝!" 하고 힘주어 말하면서 입술에 손가락을 갖다 대고 입을 다물라고 명령할 때마다 나는 어김없이 겁을 먹고 복종할 수밖에 없었다. 그러나 놋쇠 잔나비는 나처럼 무르지 않았다. 그녀는 외할머니처럼 입을 굳게 다물고 아무 소리도 내지 않으면서 다시 가죽을 소각할 계략을 꾸몄다. 먼 옛날 어떤 도시의 어떤 원숭이 한 마리가 가죽 창고 하나를 불타게 만들었듯이……

놋쇠 잔나비는 (다소 야위기는 했지만) 못생긴 나와 달리 아름다웠다. 그러나 처음부터 회오리바람처럼 종잡을 수 없고 군중처럼 소란스러운 아이였다. 그녀가 실수인-척-고의로 깨뜨린 유리창과 꽃병들을 세어보라. 어려운 일이겠지만 그녀의 접시에서 음식이 저절로 날아올라 귀중한 페르시아 양탄자에 남긴 얼룩들을 헤아려보라! 잔나비가 받은 벌 중에서 침묵이 가장 가혹한 벌이었지만 부서진 의자와 박살난 장식품의 잔해 속에서도 그녀는 아무 잘못도 없다는 듯 천진난만한 얼굴로 명랑하게 참아냈다.

메리 페레이라가 말했다. "저 아가씨! 잔나비 아가씨! 차라리 네발짐승으로 태어났으면 더 좋았겠어요!" 그러나 하마터면 머리 둘 달린 아들을 낳을 뻔했던 일을 지금도 잊지 못하는 아미나는 이렇게 외쳤다. "메리! 그게 무슨 소리야! 그렇게 끔찍한 일은 생각도 하지 마!" ……어머니는 그렇게 이의를 달았지만 놋쇠 잔나비가 인간과 짐승의 중간쯤에 해당하는 아이였던 것은 사실이다. 메솔드 단지의 하인들과 아이들이 다 알았듯이 그녀에게는 새나 고양이와 대화를 나누는 재능이 있었다. 원래는 개들과도 이야기를 나누었지만 여섯 살 때 미친개로 보이는 떠돌이개에게 물려 3주 동안 매일 오후마다 발버둥을 치고 비명을 지르며 브리치 캔디 종합병원으로 끌려가서 배에 주사를 맞은 다음부터는 개들의 언어를 잊어버렸거나 더는 상종하지 않겠다고 결심한 모양이었다. 그녀는 새들에게 노래를 배우고 고양이들에게서는 다소 사나운 독립심을 배웠다. 놋쇠 잔나비는 누가 사랑이 담긴 다정한 말을 건넬 때마다 몹시 화를 내면서 펄펄 뛰었다. 늘 사랑을 독차지하는 나의 그늘에 묻혀 애정을 갈구하면서도 막상 자기가 원하는 것을 누가 주려고 하면 오히려 반발하는 버릇이 있었는데, 혹시 속임수일지도 모르니까 미리 대비하려는 듯했다.

……예를 들면 서니 이브라힘이 겨우 용기를 내어 그녀에게 말을 걸었을 때도 그랬다. "어이, 있잖아, 살림 동생—너 참 화끈하더라. 내가 말이지, 음, 저기, 너를 참 좋아하는데……" 그러자 잔나비는 상

수시 빌라의 정원에서 라시를 마시던 서니의 아버지와 어머니에게 냉큼 달려가서 이렇게 말했다. "누시 아줌마, 서니가 무슨 장난을 하려고 저러는지 모르겠어요. 제가 방금 수풀 뒤에서 서니랑 키루스를 봤는데요, 둘이서 고추를 막 비비면서 이상한 짓을 하더라고요!"……

놋쇠 잔나비는 식탁예절도 형편없었고 꽃밭을 마구 짓밟았고 문제아라는 꼬리표를 달고 다녔지만 나와는 아주 사이가 좋았다. 델리에서 날아온 편지가 든 액자와 수도꼭지 밑의 고행승도 문제가 되지 않았다. 나는 처음부터 잔나비를 경쟁자가 아니라 협력자로 대하기로 마음먹었고, 그 결과 그녀도 우리 집안에서 내가 차지한 독보적인 위치를 두고 단 한 번도 나를 원망하지 않았다. "원망할 게 뭐가 있어? 다들 오빠가 그렇게 잘났다고 생각하는 게 오빠 잘못이야?"(하지만 세월이 지난 후 내가 서니와 똑같은 실수를 저지르자 그녀는 나도 똑같이 대우했다.)

그리고 어느 날 잘못 걸려온 전화를 받음으로써 결국 내가 널빤지로 만든 하얀 빨래통 속에서 뜻밖의 재난을 당하게 만든 사람도 잔나비였다.

나는 거의아홉 살의 나이에 벌써 모두가 나를 기다린다는 사실을 깨달았다. 자정과 아기 사진, 예언자와 총리, 그 모든 것이 만들어낸 기대감이 찬란한 안개처럼 나를 에워싸서 한시도 벗어날 길이 없었고…… 그래서 아버지는 선선한 칵테일 시간에 나를 부둥켜안고 그 물렁물렁한 뱃살에 푹 파묻으며 이렇게 말하곤 했다. "위대한 사람이 되는 거야! 우리 아들이 마음만 먹으면 뭘 못 하겠니? 위대한 업적,

위대한 인생!" 그때마다 엄지발가락과 튀어나온 입술 사이에서 버둥거리던 나는 끊임없이 흐르는 콧물로 아버지의 셔츠를 적시면서 얼굴이 빨개져 이렇게 소리쳤다. "놔줘, 아빠! 다들 쳐다보잖아!" 그러면 아버지는 우렁찬 목소리로 나를 몹시 당황하게 만들었다. "볼 테면 보라지! 내가 우리 아들을 얼마나 사랑하는지 온 세상이 다 보라고 해!" ……그리고 외할머니도 어느 겨울 우리 집에 왔을 때 이렇게 조언했다. "너는 양말만 늘어지지 않게 당겨 신으면, 거뭣이냐, 온 세상 누구보다 뛰어난 사람이 될 게다!"……그렇게 기대감의 안개 속에서 살아가던 나는 그때 벌써 내 속에 형체 없는 짐승이 꿈틀거리는 것을 처음 느꼈는데, 그 짐승은 파드마 없는 밤을 보내야 하는 지금도 내 뱃속을 마구 할퀴고 갉아먹는다. 수많은 희망과 별명이 따라다닐 운명이었기에(그 시절에 이미 코찔찔이와 코훌쩍이라는 별명이 붙은 뒤였다) 나는 모든 사람들의 생각이 틀렸을까봐, 즉 그토록 떠들썩하게 태어난 내가 아무짝에도 쓸모없고 존재의미도 없는 한심한 놈이 될까봐 걱정했다. 그리고 그 짐승에게서 도망치려고 어릴 때부터 어머니의 크고 하얀 빨래통 속에 몸을 숨기곤 했다. 비록 그 짐승은 내 안에 있었지만 더러운 세탁물 속에 편안하게 파묻혀 있노라면 짐승도 어느새 잠이 드는 듯했기 때문이다.

　빨래통 바깥에서는 숨 막힐 정도로 목적의식이 뚜렷한 사람들에게 둘러싸여 살아가야 했기에 나는 동화의 세계에 몰두했다. 거의아홉 살까지 하팀 타이*와 배트맨, 슈퍼맨과 신드바드에게 푹 빠져 지냈

---

* 6세기경의 아랍 시인. 관대한 성품과 모험담으로 각종 서적, 영화, 텔레비전 시리즈 등의 소재가 되었다.

다. 메리 페레이라와 장을 보러 다닐 때는—닭의 모가지를 보고 나이를 판단하는 그녀의 능력과 죽은 새다래의 눈을 뚫어지게 들여다보는 집요함에 경외감마저 느끼면서—신기한 동굴 속을 탐험하는 알라딘이 되었고, 하인들이 열심히 항아리의 먼지를 터는 모습을 지켜볼 때는 비록 하찮은 일이지만 사뭇 장엄해 보이기까지 해서 그 항아리 속에 알리바바와 40인의 도둑이 숨었다고 상상하기도 했고, 정원에서 물방울에 침식되어가는 고행승 푸루쇼탐을 바라볼 때는 등잔 속에 갇힌 마귀가 되었다. 그런 상상을 하다보면 자기가 어떤 사람이 되어야 하고 어떻게 행동해야 하는지 모르는 사람은 세상천지에 오직 나뿐인 듯한 끔찍한 생각을 잠시나마 잊을 수 있었다. 목적의식: 그것은 내 방 창가에 서서 바다 근처에 있는 지도 모양의 수영장에서 뛰노는 유럽인 소녀들을 내려다보고 있을 때 등 뒤에서 살금살금 다가오곤 했다. "도대체 그건 어디서 찾아야 돼?" 내가 갑자기 버럭 소리치는 바람에 당시 내 하늘색 방을 함께 쓰던 놋쇠 잔나비가 소스라치게 놀라기도 했다. 그때 나는 거의여덟 살이었고, 그녀는 대략일곱 살이었다. 존재이유 때문에 쩔쩔매기에는 너무 이른 나이였다.

그러나 하인들도 빨래통 속에는 들어오지 않고, 통학버스에도 없다. 거의아홉 살 때부터 나는 올드포트 지역의 아웃램 가에 있는 존 코넌 대성당 남자 고등학교\*에 다니기 시작했다. 아침마다 깨끗이 씻고 빗질하고, 하얀 반바지에 뱀 모양 버클이 달린 파란 줄무늬의 고

---

\* 1860년 봄베이에 설립된 인도 최고의 명문 사립학교. 살만 루슈디도 이 학교를 졸업했다. '고등학교'의 개념은 인도 내에서도 주에 따라 달라지는데 하급학교를 포함한 명칭일 때가 많다.

무줄 허리띠를 매고, 어깨에는 책가방을 둘러메고, 오이처럼 거대한 코에서 콧물이 질질 흐르는 평소의 모습으로 이층집 높이의 언덕 기슭에 서 있었다. 짝눈과 개기름과 서니 이브라힘과 나이에 비해 조숙한 키루스 대왕도 그곳에서 기다렸다. 그러다가 버스에 올라타면 덜컹거리는 의자와 여기저기 금이 가서 향수를 불러일으키는 유리창 사이에서 얼마나 많은 확신을 보게 되는가! 거의아홉 살들이 피력하는 미래에 대한 확신이라니! 서니의 호언장담: "나는 투우사가 될 거야. 스페인! 예쁜 여자애들! 어이, 황소야, 황소야!" 그가 책가방을 마놀레테\*의 붉은 천처럼 치켜들고 미래의 자기 모습을 선보이는 동안 버스는 덜거덕거리며 켐프스 코너를 돌고 토머스 켐프 상회(약국)를 지나고 에어인디아 항공사의 광고판에 그려진 라자\*\* 밑을 지나는데("나중에 또 만나요! 나는 에어인디아를 타고 런던으로 떠납니다!") 그 옆에 있는 또 다른 광고판에는 콜리노스 어린이가 내 어린 시절 내내 자리하고 있었다. 엽록소 같은 초록색 요정 모자를 쓰고 반짝거리는 이를 자랑하는 이 꼬마요정은 이렇게 콜리노스 치약의 효능을 선전했다: "치아를 희고 깨끗하게! 콜리노스 치약으로 새하얀 치아를 지키세요!" 광고판의 아이와 버스 안의 아이들: 그들은 자신의 존재이유를 알았고 그 확신 때문에 단순했고 1차원적이었다. 가령 갑상선 기능 이상으로 몸이 풍선처럼 부풀고 입술 위에는 벌써 수염이 덥수룩한 털보 키스 콜라코를 보라: "난 우리 아빠 영화관을 물려받을 거야. 너희들, 영화 보고 싶으면 나한테 와서 자리 하나 달

---

\* 스페인의 전설적인 투우사.
\*\* 인도 토후국의 왕을 일컫는 호칭.

라고 졸라야 할걸!" …… 그러면 몸에는 아무 이상도 없지만 그저 지나치게 먹어대서 비만아가 되었고 털보 키스와 함께 교실에서 불량배의 특권을 누리는 뚱보 퍼스 피슈왈라가 이렇게 대꾸한다: "푸하! 그 정도는 아무것도 아니야! 나는 다이아몬드랑 에메랄드랑 월장석(月長石)을 잔뜩 가질 거라고! 내 불알만 한 진주까지!" 뚱보 퍼스의 아버지는 이 도시에서 보석상을 운영했다. 퍼스의 숙적은 파트보이 씨의 아들인데 몸집이 작고 이지적이라서 진주 불알을 가진 아이들 사이의 전쟁에서 불리한 입장이고…… 짝눈은 한쪽 눈알이 없다는 결점을 용감하게 무시하면서 크리켓 국가대표가 되겠다고 선언하고, 머리가 헝클어지고 곱슬곱슬한 형과 달리 기름을 발라 말쑥하게 빗어넘긴 개기름은 이렇게 말한다: "다들 너무 이기적이잖아! 나는 우리 아빠처럼 해군에 입대해서 나라를 지킬 거야!" 그 말이 떨어지기가 무섭게 자막대기와 컴퍼스와 잉크에 적신 종이총알이 소나기처럼 날아들고…… 통학버스가 덜컹덜컹 초파티 해변을 지나고 좌회전하여 마린 드라이브를 벗어나서 내가 좋아하는 하니프 외삼촌의 아파트 옆을 지나고 다시 빅토리아 터미널을 지나 플로라 분수대 쪽으로 달리다가 처치게이트 역과 크로퍼드 시장을 지나는 동안 나는 잠자코 앉아 있을 뿐이다. 온화한 성격의 클라크 켄트가 되어 정체를 감춰야 하기 때문이다. 그런데 도대체 내 정체가 뭘까? 그때 털보 키스가 소리친다. "야, 코찔찔이! 얘들아, 우리 코홀쩍이는 나중에 뭐가 될까?" 그러자 뚱보 퍼스 피슈왈라가 소리친다. "피노키오!" 그러자 다른 아이들도 합세해서 떠들썩하게 합창을 한다. "내 몸에는 끄나풀이 하나도 없네!"* …… 한편 키루스 대왕은 천재답게 조용히 앉아서 국내 최고의 핵물리학 연구소를 이끌어갈 미래를 구상한다.

그리고 집에서는 놋쇠 잔나비가 신발을 태우고, 아버지는 절망의 깊은 수렁을 벗어나자마자 이번에는 테트라포드라는 우행에 빠져들고…… "도대체 그건 어디서 찾아야 돼?" 나는 창가에서 그렇게 물어보지만 어부의 손가락은 생뚱맞게 바다를 가리킬 뿐이다.

빨래통 속에 들어가면: "피노키오! 오이코! 코찔찔이!" 하고 외치는 소리도 들리지 않는다. 그렇게 은신처에 숨어 있으면 브리치 캔디 유치원에 처음 등교하던 날 카파디아 선생님이 칠판 앞에서 돌아서서 인사를 하려다가 내 코를 보고 깜짝 놀라 칠판지우개를 떨어뜨렸던 일, 그래서 엄지발가락 발톱을 호되게 찧는 바람에 비록 성량은 부족했지만 아버지의 유명한 재난을 연상시키는 비명을 질렀던 일도 생각나지 않았다. 더러운 손수건과 구겨진 파자마 속에 파묻혀 내 못생긴 꼬락서니를 잠시나마 잊을 수 있었다.

내가 장티푸스에 걸렸을 때 띠우산코브라의 독으로 치료했고, 태어날 때부터 지나치게 빨랐던 성장속도가 둔화되었다. 그래서 거의 아홉 살이 될 무렵에는 서니 이브라힘이 오히려 나보다 4센티미터나 컸다. 그러나 아기 살림의 일부분은 질병에도 뱀독에도 면역성이 있는 모양이었다. 그것은 눈과 눈 사이에서 앞으로 아래로 무럭무럭 자랐는데, 마치 내 몸의 다른 부분에서 쫓겨난 성장력이 한곳으로 집중되어 어디 끝장을 보자고 작정이라도 한 듯했고…… 눈과 눈 사이에서 입술 위까지 내 코는 호박처럼 왕성하게 자라났다. (그러나 다행히 사랑니

---

\* 디즈니 만화영화 〈피노키오〉 삽입곡의 가사.

는 안 생겼다. 사람은 자신의 행운을 고맙게 여길 줄 알아야 한다.)

콧속에는 무엇이 있는가? 일반적인 대답은: "간단하다. 호흡기관, 후각기관, 털." 그러나 내 경우는 한층 더 간단했는데, 다소 혐오감을 주는 대답이라는 점은 나도 인정한다: 내 콧속에는 콧물이 있었다. 미안한 일이지만 안타깝게도 더 자세히 설명할 수밖에 없다. 콧속이 꽉 막혀 입으로 숨을 쉬어야 했고, 그래서 헐떡거리는 금붕어처럼 보였다. 일 년 내내 콧속이 막혀 있으니 어린 시절 동안 어떤 향기도 맡을 수 없었고 사향과 재스민과 망고 카손디와 집에서 만든 아이스크림의 냄새도 모르고 지냈다. 더러운 세탁물 냄새도 마찬가지였다. 빨래통 바깥의 세계에서는 장애였지만 일단 안에만 들어가면 확실한 장점이었다. 그러나 그 속에 있는 동안만 그랬다.

목적의식에 대한 강박관념에 사로잡힌 나는 내 코에 대해서도 걱정했다. 교장이 된 알리아 이모가 정기적으로 보내주는 원한 서린 옷을 입고 학교에 가서 약식 크리켓도 하고 싸움도 하고 동화 속으로 들어가기도 하고…… 그러면서 걱정했다. (그 시절 알리아 이모는 솔기마다 노처녀의 우울증을 함께 꿰매 넣은 아동복을 보내주었다. 놋쇠 잔나비와 나는 늘 이모의 선물을 입고 다녔는데 처음에는 슬픔이 담긴 유아복이었다가 원한이 담긴 내리닫이로 바뀌었다. 그 후 나는 질투의 풀을 먹인 흰색 반바지를 입고 성장했으며 잔나비는 조금도 줄어들지 않은 알리아의 시샘이 담긴 예쁜 꽃무늬 드레스를 입어야 했고…… 알리아가 옷으로 우리를 보복의 거미줄에 묶어두려 한다는 사실을 까맣게 모른 채 우리는 그렇게 옷을 잘 입으면서 살았다.) 나는 내 코가 가네샤의 코끼리 코처럼 생겼으니 마땅히 숨도 잘 쉬고 우리 식으로 표현하자면 천하무적으로 냄새도 잘 맡아야 한다고 생각했다. 하지만 내 코는 언제나 변함없이 꽉 막혀 나무로 만든 케밥처럼 무용지물이었다.

그만하자. 나는 빨래통에 들어앉아 내 코를 잊어버렸고 1953년의 에베레스트 정복에 대해서도—그때 지저분한 짝눈은 낄낄거리면서 "어이, 애들아! 그 텐징*이 코홀쩍이 얼굴도 정복할 수 있을까?" 하고 말했다—그리고 내 코 때문에 부모님 사이에서 벌어진 싸움에 대해서도 잊어버렸다. 아흐메드 시나이는 지치지도 않고 아미나의 아버지를 원망했다: "우리 집안에 저런 코는 절대로 없었다고! 다들 코가 참 잘생겼지. 자랑할 만한 코, 왕족의 코란 말이야, 이 여편네야!" 그때 벌써 아흐메드 시나이는 윌리엄 메솔드에게 들려주었던 상상의 혈통을 스스로 믿고 있었던 것이다. 술에 취하기만 하면 자신의 혈관에 흐르는 무굴 왕족의 피를 상상했고…… 나는 내가 여덟 살 반이었던 어느 날 밤 아버지가 입에서 마귀 냄새를 풀풀 풍기며 내 방에 들어와서 침대보를 확 걷어내고 다짜고짜 따지던 일도 잊어버렸다: "지금 무슨 짓을 하는 거냐? 돼지! 이 돼지 같은 놈아?" 그때 나는 졸린 표정이었고 아무 잘못도 없었고 어리둥절하기만 했다. 아버지는 이렇게 호통을 쳤다. "지지야! 더럽다고! 그런 짓을 하는 애들은 하느님이 벌을 주신단 말이야! 벌써 네 코를 포플러나무처럼 길쭉하게 만드셨잖아. 그런 짓을 하면 하느님이 키도 못 자라게 하고 고추도 오그라들게 하신다!" 그때 어머니가 화들짝 놀란 방에 잠옷 바람으로 들어와서,

---

* 힐러리 경과 함께 최초로 에베레스트에 오른 셰르파.

"여보, 제발 그만 좀 해요. 자는 애를 왜 괴롭혀요." 그러자 아버지를 완전히 사로잡은 마귀가 으르렁거린다: "저 얼굴 좀 보라고! 잠만 자는데 코가 왜 저래?"

빨래통 속에는 거울이 없다. 짓궂은 농담도 조롱하는 손가락도 들어오지 못한다. 아버지의 성난 음성도 더러운 침대보와 벗어던진 브래지어가 다 막아준다. 빨래통은 세상 속의 구멍이고 문명의 울타리를 벗어난 곳이다. 그래서 최적의 은신처다. 빨래통 속에서 나는 지하세계의 나디르 칸처럼 모든 핍박으로부터 안전하고, 부모와 역사의 온갖 요구도 피할 수 있고……

……아버지가 나를 잡아당겨 그 물렁물렁한 뱃살에 파묻으면서 순간적인 격정에 사로잡혀 목이 멘 음성으로 말한다: "그래, 그래, 자아, 자, 너는 착한 아들이야. 원하기만 하면 뭐든지 될 수 있어. 네가 원한다면 뭐든지 될 수 있다고!" 그때 벌써 나는 우리 가족이 은연중 사업에 성공하는 요령을 터득했다고 생각했다. 그들은 나에게 투자한 만큼 푸짐한 수익이 돌아오기를 기대했다. 아이들은 음식 집 용돈 방학 사랑 따위를 마음껏 누리는데, 이 어린 바보들은 얼핏 보면 공짜인 듯한 그 모든 것이 자기가 태어난 데 대한 응분의 보상이라고 생각한다. "내 몸에는 끈나풀이 하나도 없네!" 아이들은 그렇게 노래했지만 나 피노키오는 끈나풀을 보았다. 부모들도 이윤동기에 따라 움직이기 때문이다. 그 이상도 그 이하도 아니다. 관심의 대가로 그들은 나에게서 위대함이라는 거액의 배당금을 기대했다. 내 말을 오해하지 말기 바란다. 내가 못마땅하게 여겼다는 뜻이 아니다. 그 당시에는 나도 말 잘 듣는 아이였다. 그들이 원하는 것, 예언자들과 액자 속의 편지가

그들에게 약속했던 것을 주고 싶었다. 다만 방법을 몰랐을 뿐이다. 위대함은 어디서 오는가? 어떻게 얻어야 하는가? 언제? ……내가 일곱 살이 되었을 때 아담 아지즈와 원장수녀님이 우리 집에 왔다. 일곱번째 생일날 나는 어부 그림 속의 소년들과 같은 옷을 고분고분 입었다. 그 이상한 옷 때문에 덥고 답답했지만 벙실벙실 웃고 또 웃었다. "우리 달덩어리 좀 봐!" 설탕으로 만든 가축이 즐비한 케이크를 자르면서 아미나가 외쳤다. "정말 귀여워! 눈물 한 방울도 안 흘리고!" 내 눈동자 바로 밑에 철철 흐르는 눈물의 홍수를 억지로 틀어막으면서, 더위와 거북스러움, 그리고 내 선물 더미 속에 1미터 초콜릿이 없다는 사실에 대한 서운함의 눈물을 억누르면서 나는 병석에 누운 원장수녀님에게 케이크 한 조각을 갖다주었다. 그날 나는 선물로 받은 청진기를 목에 걸고 있었다. 외할머니가 당신을 진찰해도 좋다고 허락했다. 나는 운동을 더 해야 한다고 처방했다. "할머니, 방 안에서 자꾸 걸어 다녀야 해. 날마다 한 번씩 저 벽장까지 갔다가 돌아오는 거야. 나한테 좀 기대도 돼. 난 의사니까." 청진기를 목에 건 영국 신사가 마녀 사마귀가 돋아난 외할머니를 모시고 방 안을 돌아다녔다. 할머니는 절뚝거리고 삐걱거리면서도 순순히 따라주었다. 이 치료법을 석 달 동안 계속하자 할머니는 완치되었다. 이웃들이 라스굴라\*와 굴랍자만\*\*을 비롯한 과자류를 들고 축하해주러 왔다. 원장수녀님이 거실 탁트에 당당하게 앉아서 말했다: "우리 손자 보이지? 거뭣이냐, 저애가 나를 치료해줬어. 천재라니까! 천재, 거뭣이냐, 하늘이 내린 재능이라고."

---

\* 치즈와 전분을 반죽해 설탕 시럽에 끓여낸 디저트.
\*\* 분유와 밀가루를 동그랗게 반죽해 튀긴 후 설탕 시럽을 바른 디저트.

바로 그거였나? 그렇다면 걱정은 그만해도 될까? 천재성이란 스스로 원하거나 배우거나 익히거나 아는 일과는 아무 상관도 없는 것이었나? 그래서 마치 지극히 섬세하고 완벽하게 짠 파시미나 숄처럼 때가 되면 저절로 내 어깨에 사뿐히 내려앉는 것이었나? 망토처럼 내려오는 위대함: 그것은 세탁소에 보낼 필요도 없다. 천재성은 빨랫돌에 얹어놓고 두드릴 필요도 없고…… 바로 그 실마리 하나, 할머니가 우연히 내뱉은 문장 하나가 나의 유일한 희망이었다. 그리고 알고 보니 할머니의 그 말도 크게 틀린 것은 아니었다. (사고의 순간이 목전에 다가왔고, 지금 한밤의 아이들이 기다리는 중이다.)

세월이 흐른 후 파키스탄에서 아미나 시나이의 머리 위로 지붕이 내려앉아 그녀를 빈대떡처럼 납작하게 뭉개버리던 바로 그날 밤 어머니는 환상 속에서 예전의 그 빨래통을 보았다. 눈꺼풀 안쪽에 불현듯 빨래통이 나타났을 때 그녀는 그리 달갑지 않은 친척을 맞이하듯이 인사를 했다. "그래, 네가 또 왔구나. 하긴, 왜 아니겠니? 요즘은 자꾸 이것저것 다시 나타나던데 말이야. 지나간 일도 그냥 잊어버릴 수는 없는 모양이지." 우리 집안 여자들이 다 그렇듯이 어머니도 나이에 비해 빨리 늙어버렸다. 어머니에게 그 빨래통은 노년기가 처음으로 닥쳐오던 해를 생각나게 했다. 1956년의 불볕더위가—메리 페레이라는 눈에 보이지 않는 작고 뜨거운 벌레들 때문에 날씨가 그렇게 더워진다고 했다—다시 그녀의 귓가에서 붕붕거렸다. "그때는 티눈 때문에 죽을 지경이었지." 어머니는 소리 내어 그렇게 말했고, 그날 등화관제를 종용하러 찾아왔던 민방위 공무원은 혼자 쓸쓸한 미소를 지으면서 노인들은 전쟁 때마다 과거라는 장막 속으로 숨어드는 모양이라고 생각했다. 그렇게 하면 필요할 때 언제든지 죽을 준비가 된 셈이니까. 그는 여기저기 산더미처럼 쌓여 집 안 대부분의 공간을 차지한 불량품 수건 사이로 살금살금 빠져나갔고, 홀로 남은 아미나는 더러운 빨래에 대해 이야기하는데…… 누시 이브라힘은—즉 오리궁둥이 누시는—아미나에게 감탄하곤 했다. "아미나는 자세가 참 좋아요! 분위기도 좋고! 나로서는 그저 놀라울 뿐이에요. 마치 안 보이는 수레에 올라탄 사람처럼 미끄러지듯이 다니잖아요!" 그러나 더위벌레가 나타났던 그해 여름에 우리 우아한 어머니는 마침내 티눈과의 싸움에 패배하고 말았다. 고행승 푸루쇼탐이 갑자기 마력을 잃어버렸기 때문이다. 그의 머리는 물방울 때문에 원형탈모가 생겼고, 그는 오랜 세월 동안 꾸준히 떨어지는 물방울에 지쳐버렸다. 축복받은 아이 무바라크에 대해서도 환멸을 느꼈을까? 그의 주문이 마력을 잃어버린 것도 나 때문이었을까? 그는 몹시 힘든 표정으로 우리 어머니에게 말했다: "걱정 말고 기다려보시오. 내가 틀림없이 그 발을 고쳐드릴 테니까." 그러나 아미나의 티눈은 점점 더 심해지기만 했다. 그녀는 의사를 찾아가서 드라이아이스로 티눈을 절대영도까지 꽁꽁 얼려보기도 했지만 그러고 나면 티눈은 오히려 더 극성을 부렸고, 그래서 다리를 절기 시작하여 우아하게 미끄러지던 시절은 영영 끝나버렸다. 그리고 그녀는 의심의 여지도 없는 노년기의 인사를 받았다. (환상에 푹 빠져 살던 나는 어머니를 실키\*로 둔갑시켰다. "엄마는 원래 인어였는데 남

---

\* 유럽 신화에 등장하는 생물. 평소에는 바다표범의 모습이지만 가죽을 벗으면 인간으로 변신한다고 한다.

자를 사랑해서 인간으로 변신했는지도 몰라. 그래서 한 걸음 한 걸음 걸을 때마다 칼날을 밟는 것처럼 아픈 거라고!" 어머니는 미소를 지었지만 소리 내어 웃지는 않았다.)

1956년, 아흐메드 시나이와 닥터 나를리카르는 체스를 두면서 논쟁을 벌였다. 아버지는 나세르를 신랄하게 비난했고 나를리카르는 공공연히 찬양했기 때문이다. 아흐메드가 말했다. "사업에 해로운 사람이야." 그러자 나를리카르가 열정적으로 빛을 내면서 이렇게 대꾸했다. "그래도 멋있잖아. 아무도 그 사람을 마음대로 휘두르지 못하니까." 바로 그 순간 자와할랄 네루는 다시 찾아온 카람스탄을 피해보려고 점성가들을 만나 인도 5개년 계획*에 대해 의논하는 중이었고, 세계가 공격성과 신비주의를 결합시키는 동안 나는 이제 너무 작아져서 별로 편안하지도 않은 빨래통 속에 숨어 있었다. 그리고 아미나 시나이는 죄책감에 시달렸다.

그녀는 벌써부터 경마장에서 벌였던 모험을 마음속에서 몰아내려고 노력하고 있었다. 하지만 외할머니의 요리가 심어준 죄의식은 피할 길이 없었다. 그래서 티눈을 일종의 형벌로 여기게 된 것도 무리가 아니었는데…… 오래전에 마할락슈미 경마장에서 저질렀던 탈선뿐만 아니라 남편을 알코올중독의 분홍색 전표로부터 구해주지 못한 것도 그녀의 잘못이고, 여자답지 못하고 사납기만 한 놋쇠 잔나비도 그렇고, 하나뿐인 아들의 코 크기도 그랬다. 지금 그때의 어머니를 돌이켜보니 죄의식의 안개가 그녀의 머리를 둘러싸기 시작했던 듯하다.

---

* 인도의 정치와 경제는 1951년부터 실행한 5개년 계획을 중심으로 움직인다.

검은 피부에서 피어오르는 검은 구름이 그녀의 눈앞에 떠 있었다. (파드마는 내 말을 믿어줄 텐데, 파드마라면 내 말이 무슨 뜻인지 알 텐데!) 그리고 죄의식이 커질수록 안개도 짙어져―그래, 왜 아니랴?―목 위로 머리 전체가 안 보이는 날도 있었다! ……아미나는 온 세상의 짐을 한 몸에 짊어지려는 희귀한 사람들 가운데 하나가 되었다. 그녀는 자진해서 죄를 뒤집어쓴 사람 특유의 흡인력을 뿜어내기 시작했고, 그때부터 그녀를 만나는 사람마다 자신의 은밀한 죄를 고백하고 싶은 강렬한 충동에 사로잡혔다. 그들이 그녀의 마력에 굴복하면 어머니는 상냥하고 슬프고 어렴풋한 미소를 지었고 사람들은 자신의 짐을 그녀의 어깨 위에 내려놓고 한결 가벼워진 마음으로 그 자리를 떠났다. 그때마다 죄의식의 안개는 더욱 짙어졌다. 아미나는 하인들이 매를 맞고 공무원들이 매수당한 이야기를 들었다. 하니프 외삼촌과 아름다운 아내 피아도 찾아와서 자기들의 말다툼에 대해 미주알고주알 털어놓았다. 기꺼이 이야기를 들어주느라 오랫동안 시달린 어머니의 우아한 귀에 대고 릴라 사바르마티는 간통 사실을 고백했다. 메리 페레이라도 자신의 범죄를 실토해버리고 싶은 참을 수 없는 유혹과 끊임없이 싸워야 했다.

세상의 온갖 죄를 만날 때마다 어머니는 어렴풋한 미소를 지으며 두 눈을 질끈 감았고 지붕이 그녀의 머리 위에 내려앉을 때쯤에는 시력이 몹시 나빠진 뒤였지만 그래도 빨래통 정도는 볼 수 있었다.

어머니의 죄의식 밑바닥에는 실제로 무엇이 도사리고 있었을까? 아니, 티눈과 마귀와 고백 밑에 실제로 있었던 것은 무엇일까? 그것은 도저히 밝힐 수 없는 불안이었고 절대로 입 밖에 낼 수 없는 번민이었는데, 더는 지하세계의 남편이 등장하는 꿈에만 국한되지도 않았고…… 어머니는 (아버지도 곧 그렇게 되겠지만) 전화기의 마력에 사로잡히고 말았다.

그해 여름에는 오후마다, 물수건처럼 뜨거운 오후마다 전화벨이 울렸다. 아흐메드 시나이가 베개 밑에는 열쇠를 감춰두고 벽장 속에는 탯줄들을 놓아둔 채 자기 방에서 잠들었을 때 더위벌레의 붕붕거리는 소음을 뚫고 전화기의 날카로운 외침이 울려 퍼지면 어머니는 티눈 때문에 절뚝거리며 복도로 나가 전화를 받았다. 그런데 그때마다 그녀의 얼굴을 말라붙은 핏물 같은 색으로 물들이는 저 표정은 무엇일까? ……누가 지켜본다는 사실도 모르고 물고기처럼 뻐끔거리는 저 입술은 무엇이며 목이 졸린 듯 입을 우물거리는 저 동작은 또 무엇일까? ……그리고 꼬박 오 분 동안 듣기만 하던 어머니가 깨진 유리 같은 목소리로, "죄송하지만 잘못 거셨네요" 하고 말하는 이유는 또 무엇일까? 어째서 그녀의 눈꺼풀에 다이아몬드가 반짝거릴까? ……놋쇠 잔나비가 나에게 속삭였다. "다음에 또 전화가 오면 확인해보자."

닷새 후. 이번에도 오후 시간이지만 오늘은 아미나가 오리궁둥이 누시를 만나러 나가느라 집을 비웠을 때 전화기가 관심을 요구한다. "빨리! 빨리 안 받으면 아빠가 깨겠어!" 아흐메드 시나이가 코를 고는 소리의 리듬이 달라지기도 전에 별명처럼 재빠른 잔나비가 수화기를 집어들고…… "여보세요? 네에? 70561번입니다. 여보세요?" 온 신경을 곤두세우고 귀를 기울여봤지만 아무 소리도 들리지 않는다. 그러다가 막 포기하려는 찰나에 목소리가 들려온다. "……아……

예……여보세요……" 그러자 잔나비가 거의 외치다시피, "여보세요? 실례지만 누구세요?" 다시 침묵. 도저히 말하지 않고는 견딜 수 없었던 목소리가 대답을 고민하는 중이다. 이윽고, "……여보세요…… 거기가 샨티 프라사드 트럭 임대회사 맞나요?……" 그러자 잔나비가 번개처럼 재빠르게: "네, 무슨 일로 전화하셨어요?" 다시 침묵, 그리고 당황한 듯한 목소리가 거의 변명조로: "트럭 한 대 빌리고 싶어서요."

아으, 전화 속 목소리의 어설픈 핑계여! 아으, 속이 빤히 들여다보이는 유령들의 허튼소리여! 전화 속 목소리는 트럭을 빌리려는 사람의 목소리가 아니었다. 시인의 목소리처럼 조용하고 조금은 살찐 듯한 목소리…… 그러나 그 후에도 전화벨은 규칙적으로 울렸다. 어떤 날은 어머니가 받았는데 그때마다 물고기처럼 소리 없이 입만 뻐끔거리며 듣고 있다가 마침내 너무 뒤늦게 "죄송하지만 잘못 거셨네요" 하고 말할 뿐이었고, 또 어떤 날은 잔나비와 내가 바싹 다가서서 둘다 수화기에 귀를 댔는데 그때마다 잔나비는 트럭 주문을 받을 뿐이었다. 나는 궁금했다: "야, 잔나비, 네 생각은 어때? 그 사람은 트럭이 왜 안 도착하는지 궁금하지도 않은가봐?" 그러자 잔나비는 눈을 크게 뜨고 떨리는 목소리로: "오빠, 혹시 어쩌면…… 도착하는지도 몰라!"

그러나 나는 어떻게 그럴 수가 있는지 이해할 수 없었고 마음속에 작디작은 의혹의 씨앗이 싹텄다. 어머니에게 비밀이 있을지도 모른다는―우리 엄마에게! 언제나 우리에게, "마음속에 비밀을 감춰두면 그게 점점 썩는단다. 그래서 말을 해버리지 않으면 배가 아프게 되는 거야!" 하고 말하던 엄마에게!―어렴풋한 생각이었다. 이 조그마한 불꽃은 내가 빨래통 속에서 겪게 되는 일 때문에 결국 산불로 번지고 만다(왜냐하면 이번에는 어머니가 나에게 증거를 제공했으니까).

그리고 이제, 드디어, 더러운 세탁물의 때가 왔다. 메리 페레이라는 나에게 종종 이렇게 말했다. "위대한 사람이 되고 싶으면요, 도련님, 아주 깨끗해야 돼요." 그러면서 이렇게 충고했다. "옷도 자주 갈아입고 목욕도 자주 해요. 빨리 안 가면 세탁소에 보내서 빨랫돌에 엎어놓고 두들겨 빨아달라고 할 거예요." 벌레를 들먹이며 위협하기도 했다. "좋아요, 그냥 지저분하게 살아봐요. 파리 떼 말고는 아무도 좋아하지 않을 테니까. 도련님이 자고 있을 때 파리 떼가 내려앉아 살 속에 알을 낳는단 말이에요!" 그러므로 내가 선택한 은신처는 일종의 반항이기도 했다. 세탁부와 집파리를 향한 도전이었다. 나는 불결한 곳에 몸을 숨겼고 침대보와 수건으로부터 용기와 위안을 얻었다. 빨랫돌로 직행하게 될 세탁물에 내 콧물이 마구 떨어졌다. 그리고 내가 이 나무 고래의 배 속에서 다시 세상으로 나갈 때마다 더러운 세탁물이 일러준 서글프고 어른스러운 지혜가 나를 따라와서 언제나 침착해야 하고 무슨 일이 있어도 품위를 지켜야 한다는 달관의 경지를 가르쳐주고 비누를 피할 수는 없다는 끔찍한 현실을 일깨워주었다.

6월 어느 날 오후, 나는 발끝으로 걸으며 모두가 잠든 우리 집 복도를 지나서 내가 선택한 은신처로 향했다. 잠들어버린 어머니 곁을 살금살금 지나서 하얀 타일이 깔린 목욕탕의 적막 속으로 들어선 후 목표물의 뚜껑을 들어 올리고 그 푹신푹신한 (흰색이 지배적인) 직물의 세계 속으로 뛰어들었다. 그 세계는 내가 그전에 몇 번이나 찾아왔다는 사실을 기억할 뿐이었다. 나는 조용히 한숨을 내쉬면서 뚜껑을 닫고, 살아 있음과 목적 없음과 거의 아홉 살이라는 사실의 괴로움을 어루만져주는 바지와 조끼들에게 몸을 맡겼다.

공기 중에 흐르는 전류. 벌 떼처럼 붕붕거리는 더위. 하늘 어딘가에 머물면서 내 어깨에 사뿐히 내려앉을 순간을 기다리는 망토…… 어딘가에서 손가락 하나가 다이얼을 돌리고, 다이얼이 찌잉 소리를 내면서 돌고 또 돌고, 몇 번의 전파가 전화선을 따라 쏜살같이 흐른다: 7, 0, 5, 6, 1. 전화벨이 울린다. 날카롭지만 음량이 많이 줄어든 벨소리가 거의아홉살이 된 소년이 숨어 있는 빨래통 안으로 파고들고…… 나 살림은 혹시 들키기라도 할까봐 몸이 굳어버린다. 왜냐하면 이제 여러 가지 소리가 통 안으로 스며들기 때문이다: 침대 스프링이 삐걱거리는 소리, 복도를 따라 조용히 타달거리는 슬리퍼 소리, 중간에 뚝 끊어져버리는 전화벨 소리, 그리고—혹시 상상이었을까? 그녀의 목소리가 너무 작아서 안 들렸을까?—여느 때처럼 너무 뒤늦은 말: "죄송하지만 잘못 거셨네요."

그리고 이제 절뚝거리며 침실로 돌아가는 발소리. 그러나 다음 순간, 숨어 있는 소년의 가장 큰 두려움이 현실화된다. 문고리가 돌아가는 소리가 소년에게 조심하라고 울부짖고, 희고 서늘한 타일을 밟으며 다가오는 면도날처럼 날카로운 발소리가 소년을 마구 난도질한다. 그는 얼음처럼 꽁꽁 얼어붙고 막대기처럼 뻣뻣해진다. 더러운 옷가지에 콧물이 소리 없이 떨어진다. 파자마 끈 하나가—파멸을 예고하는 뱀처럼!—왼쪽 콧구멍으로 파고든다. 콧물을 들이마시면 죽음뿐이다. 그는 그런 생각조차 거부해버린다.

……공포의 손아귀에 꼼짝없이 붙잡힌 채 그는 문득 더러운 세탁

물 사이에 생긴 틈새 하나를 발견하고…… 화장실에서 울고 있는 여인을 본다. 두툼한 먹구름에서 떨어지는 빗방울. 이윽고 다른 소리, 다른 움직임: 어머니의 목소리가 말하기 시작했는데 단 세 음절을 거듭거듭 되풀이하고 그녀의 두 손도 움직이기 시작한다. 속옷 속에 묻힌 채 소리를 붙잡으려고 쫑긋거리는 귀—바로 이 소리: 디르? 비르? 딜?—그리고 이 소리: 하? 라? 아니다—'나'. '하'와 '라'는 버려진다. '딜'과 '비르'도 영원히 추방된다. 마침내 소년은 일찍이 뭄타즈 아지즈가 아미나 시나이가 된 이후 한 번도 입 밖에 내지 않았던 이름을 자신의 귓속에서 듣는다: 나디르. 나디르. 나. 디. 르. 나.

그리고 그녀의 두 손이 움직인다. 다른 시절의 기억, 아그라의 어느 지하실에서 타구 맞히기 놀이를 한 다음에 일어났던 일의 기억에 깊이 빠져버린 두 손이 반갑다는 듯 그녀의 두 뺨으로 날아오르고, 브래지어보다 더 단단히 젖가슴을 움켜쥐고, 이제 맨살이 드러난 허리를 어루만지다가 아래로 내려가고…… 그래, 예전에 우리가 이랬는데, 내 사랑, 그것으로 충분했는데, 내게는 충분했는데, 비록 우리 아버지 때문에 우리가, 그래서 당신은 도망쳤고, 이제 전화로, 나디르나디르나디르나디르나디르나디르…… 수화기를 잡았던 두 손이 이제 맨살을 붙잡고, 다른 곳에서는 다른 손이 무엇을 하고 있나? 수화기를 내려놓은 다른 손은 또 무슨 짓을 꾸미고 있나? ……상관없다. 왜냐하면 여기, 이미 들켜버린 이 개인적인 공간에서 아미나 시나이는 오래전의 이름 하나를 거듭거듭 되풀이하다가 마침내 이런 탄성을 터뜨리기 때문이다. "아아, 나디르 칸, 어디 있다가 이제야 나타났어요?"

비밀. 남자의 이름. 일찍이-한-번도-본-적-없는 손동작. 소년의 마음속에는 형체도 없는 생각들이 가득 차오르고 언어로 구체화되기를 거부하는 상념들이 그를 괴롭히는데…… 그리고 지금—아으, 부끄러움도 모르는 어머니여! 이중성을 드러낸 여인, 가정생활에서 보여서는 안 될 감정들을 드러내버린 여인, 그리고 하나 더: 아으, 뻔뻔스럽게도 검은 망고의 베일을 벗겨버린 여인이여!—아미나 시나이는 눈물을 닦은 후 다시 한 가지 사소한 욕구의 호출을 받고, 아들의 오른쪽 눈이 빨래통 꼭대기의 나무 틈새로 바깥을 내다보는 동안 어머니는 사리를 풀어내린다! 한편 나는 빨래통 속에서 소리 없이: "그러지 마 그러지 마 그러지!"……그러나 눈을 감아버리지도 못한다. 깜박거리지도 않는 눈동자가 바닥을 향해 떨어지는 사리의 뒤집힌 영상을 지켜보고, 그 영상은 여느 때처럼 마음속에서 다시 뒤집히고, 얼음처럼 파란 눈으로 나는 사리를 뒤따라가는 슬립을 보고, 그다음에는—아으, 이 경악!—세탁물과 벌어진 널빤지 사이에서 어머니는 옷을 집으려고 허리를 굽힌다! 그러자 보라, 내 망막을 지글지글 태우며 파고드는 어머니의 엉덩이, 밤처럼 새까맣고 둥글고 풍만한 엉덩이의 영상, 이 지상에서 그것과 가장 닮은 것은 거대하고 새까만 알폰소망고! 빨래통 속에서 나는 필사적으로 자신과 싸우는데…… 자제력은 불가결한 동시에 불가능하고…… 검은 망고의 청천벽력 같은 영향력 앞에서 부동심이 무너지고, 파자마 끈이 승리를 거두고, 아미나 시나이가 변기에 걸터앉는 순간 나는…… 뭘까? 재채기는 아니다. 재채기보다는 작았다. 그렇다고 경련도 아니다. 그것보다는 컸다. 이제 알아듣기 쉽게 말해야겠다: 세 음절짜리 목소리와 너울거리는 손 때문에 기진맥진하고 검은 망고 때문에 망연자실한 살림 시나이의 코는 어미의 이중성을 보여주는 증거에 반응하고 어미의 둔부가 지닌 존재감에 전율하다가 마침내 파자마 끈에 굴복하여 지각변동 같은—천지개벽 같은—되돌릴 수 없는 크응. 파자마 끈이 1센티미터쯤 상승하면서 콧구멍을 고통스럽게 찌른다. 그러나 다른 것도 함께 상승한다. 열띤 흡입에 힘입어 콧속의 액체가 가차 없이 솟구치면서 위로 위로 위로, 중력을 무시하고, 자연의 법칙을 무시하고 거꾸로 흐른다. 부비강(副鼻腔)에 견딜 수 없는 압력이 가해지고…… 마침내 거의아홉살이 된 두개골 속에서 무엇인가 터져버린다. 콧물이 순식간에 둑을 무너뜨리고 캄캄한 새 통로를 질주한다. 점액은 애당초 점액이 올라갈 수 있도록 정해진 높이보다 훨씬 더 위로 올라간다. 그 체액은 아마도 두뇌의 경계선쯤에 도달한 듯한데…… 그때 충격이 발생한다. 무엇인지 전기를 띤 부분이 젖어버렸기 때문이다.

고통.

그다음은 소음, 고막이찢어질듯한 수많은혓바닥을가진 무시무시한 소음이, 머릿속에서! ……하얀 나무 빨래통 속에서, 내 두개골 속의 캄캄한 강당 안에서, 내 코가 노래하기 시작했다.

그러나 지금 당장은 그 노래를 들어볼 여유가 없다. 왜냐하면 아주 가까운 곳에서 한 목소리가 들렸기 때문이다. 아미나 시나이가 빨래통의 아랫문을 벌컥 열어젖히고 나는 머리에 세탁물을 양막처럼 뒤집어쓴 채 아래로아래로 굴러떨어진다. 파자마 끈이 내 콧속에서 왈칵 빠져나가고 이제 어머니를 둘러싼 먹구름 속에서 번갯불이 번쩍거린다. 은신처를 영영 잃고 말았다.

"안 봤어!" 나는 양말과 침대보에 휘감긴 채 울부짖었다. "아무것도 안 봤어, 엄마, 진짜야!"

세월이 흐른 후, 라디오에서 과장된 승전보가 흘러나올 때 반품된 수건들 사이에 놓인 등나무 의자에 앉아서 아미나는 언젠가 거짓말을 늘어놓는 아들의 귀를 엄지와 검지로 움켜쥐고, 평소처럼 하늘색 방에 깔린 등나무 돗자리에서 자고 있는 메리 페레이라에게 질질 끌고 갔던 일을 회상한다. 그날 아미나가 했던 말은, "이 바보 녀석, 이 쓸모없는 골칫거리 녀석이 하루 종일 아무 말도 못 하게 해." ……그리고 지붕이 그녀를 덮치기 직전에 그녀는 소리 내어 이렇게 말한다. "내 잘못이었어. 내가 그애를 잘못 키운 거야." 폭탄이 터지는 소리가 대기를 가르는 순간 그녀는 유령 빨래통에게 상냥하지만 단호하게 지상에서의 마지막 말을 던진다: "이제 사라져라. 다시는 꼴도 보기 싫다."

선지자 무사, 즉 모세는 시나이 산에서 육체로부터 분리된 목소리가 일러주는 율법을 들었고, 선지자 무함마드는(모하메드, 마호메트, 끝에서두번째*, 또는 마훈드는) 히라 산에서 대천사와(가브리엘이든 지브릴이든 마음대로 골라잡으시라) 대화를 나누었다. 그리고 내 친구 키루스 대왕은 앵글로스코티시 교육협회 '후원'으로 운영되는 존 코넌 대성당 남자 고등학교의 무대 위에서 여느 때처럼 여자 역할을 하다가 버나드 쇼의 문장을 말하는 성녀 조앤**의 목소리를 들었다.

---

* Last-But-One. 이슬람교에서는 쿠란에 거론된 25명의 선지자를 중요시하며 그중 마지막이 무함마드였다고 믿는다. 그러나 종말 직전에 마지막으로 새로운 선지자가 나타날 것이라는 믿음을 기준으로 보면 무함마드는 '끝에서 두번째'가 된다.
** 잔 다르크의 영어식 표기로 버나드 쇼의 동명 희곡.

그러나 키루스 대왕은 특이한 경우였다. 성녀 조앤의 목소리는 평지에서 들려왔지만 무사, 즉 모세처럼 그리고 거꾸로이등 무함마드처럼 나도 언덕 위에서 목소리를 들었기 때문이다.

무함마드는(그 이름에 평화가 깃드소서, 하고 덧붙여야겠다. 아무에게도 불쾌감을 주고 싶지 않으니까) "암송하라!" 하고 외치는 목소리를 듣고 자기가 미쳤다고 생각했다. 내가 처음에 들었던 소리는 주파수를 제대로 맞추지 않은 라디오처럼 재잘거리는 여러 목소리가 마구 뒤섞여 머리가 어지러울 정도였지만 어머니의 명령에 따라 입이 봉해진 상태였으므로 다른 사람에게서 위안을 얻을 수도 없었다. 무함마드는 마흔 살의 나이에 아내와 친구들로부터 확신을 얻으려 했고 결국 그런 확신을 얻었다. 그들은 이렇게 대답했다. "진실로 그대는 하느님의 사자(使者)이십니다." 하지만 나는 거의아홉 살의 나이에 벌을 받느라 놋쇠 잔나비에게 도움을 청할 수도 없었고 메리 페레이라에게 위로의 말을 들을 수도 없었다. 그래서 저녁과 밤과 오전 내내 침묵을 지키면서 나에게 무슨 일이 벌어졌는지 이해하려고 혼자 끙끙거려야 했다. 그러다가 마침내 수를 놓은 나비처럼 너울너울 내려오는 천재성의 숄을, 그렇게 내 어깨에 내려앉는 위대함의 망토를 보게 되었다.

고요한 밤의 열기 속에서 (나는 침묵을 지켰지만 나와 무관하게 저 멀리서 종이가 바스락거리는 듯한 파도 소리, 새들만의 악몽에 시달리며 울부짖는 까마귀 소리, 워든 가 쪽에서 때늦게 도착한 택시가 탈탈거리며 다가오는 소리, 그리고 놋쇠 잔나비가 호기심이 가득한 표정으로 가면처럼 굳어버린 얼굴을 하고 잠들기 전에 애원하는 소리 따위가 끊임없이 들려왔고: "말해봐, 살림 오빠, 아무도 안 듣잖아, 도대체 무슨 짓을 한 거야? 말해봐 말해봐 말해봐!"……한편 내 머릿속에서는 목소리들이 두개골 내벽에 이리저리 부딪히며 메아리쳤다) 나는 뜨거운 흥분의 손아귀에 사로잡혔고 뱃속에서도 흥분의 벌레들이 마구 날뛰어 속이 울렁거릴 정도였다. 왜냐하면 그때까지만 해도 내가 완전히 이해하지 못했던 어떤 과정을 거쳐 언젠가 톡시 카트락이 살짝 열어주었던 내 머릿속의 문이 마침내 활짝 열렸고 그 문을 통해 나는—아직은 좀 어렴풋하고 막연하고 알쏭달쏭했지만—내가 태어난 이유를 깨달았기 때문이다.

지브릴, 즉 가브리엘이 무함마드에게 말했다: "암송하라!" 그리하여 아랍어로 '알 쿠란'이라 일컫는 '암송'이 시작되었다.\* "암송하라: 너의 창조자, 한낱 핏덩이로부터 인간을 만드신 하느님의 이름으로 명하노니……" 메카 샤리프\*\* 외곽의 히라 산에서 일어난 일이었다. 그리고 브리치 캔디 수영장 맞은편에 있는 이층집 높이의 언덕에서 들려온 여러 목소리도 나에게 암송하라고 지시했다: '내일이다!' 나는 흥분을 가누지 못한 채 속으로 생각했다. '내일이다!'

해가 뜰 무렵에 나는 그 목소리들을 제어할 수 있다는 사실을 알게 되었다. 나는 라디오 수신기와 같아서 음량을 높이거나 낮출 수도 있고, 개개의 목소리를 선택할 수도 있고, 심지어 새로 발견한 내면의 귀를 내 의지로 꺼버릴 수도 있었다. 두려움이 그토록 빨리 사라지다니 놀라운 일이었다. 아침이 되었을 때 나는 이렇게 생각했다. '그래,

---

\* 쿠란의 어원적 의미는 '암송'이라는 뜻이다.
\*\* '거룩한 메카' '성도(聖都) 메카'라는 뜻.

이게 올 인디아 라디오보다 좋고 라디오 실론보다 좋잖아!'

누이의 충정을 잘 보여주는 일화 한 토막: 정확히 스물네 시간이 경과하는 순간 놋쇠 잔나비가 어머니의 방으로 달려갔다. (학교에 가지 않았으니 아마 일요일이었을 것이다. 아니었을지도 모른다. 그해 여름에는 걸핏하면 언어 시위가 벌어졌으므로 버스 노선에서 폭력사태가 발생할 경우를 우려해 학교마다 쉬는 날이 많았기 때문이다.)

"시간 지났어!" 놋쇠 잔나비가 어머니를 흔들어 깨우면서 소리쳤다. "엄마, 일어나! 시간 지났으니까 이제 오빠가 말해도 되지?"

어머니는 하늘색 방으로 들어와서 나를 안아주었다. "그래, 이제 용서해줄게. 하지만 다시는 그 속에 숨지 말고……"

나는 간절한 표정으로 말했다. "엄마, 엄마, 내 말 좀 들어봐. 할 얘기가 있어. 아주 굉장한 일이야. 하지만 제발 제발, 우선 아빠부터 깨워줘."

그리고 나서 잠시 동안 "뭔데?" "왜?" "그럴 리가 없잖아" 따위의 대화가 오간 후 어머니는 내 눈에서 뭔가 심상찮은 낌새를 알아차리고 조마조마한 마음으로 아흐메드 시나이를 깨우러 갔다. "여보, 빨리 와봐요. 살림이 왜 저러는지 모르겠어요."

온 가족과 보모가 거실에 모였다. 나는 회전하는 천장 선풍기의 그림자 밑에서 페르시아 양탄자를 밟고 서서 컷글라스 꽃병들과 불룩한 쿠션들에 둘러싸인 채 그들의 초조한 눈빛을 둘러보고 미소를 지으며 중대발표를 준비했다. 바로 이것이 그들의 투자에 대한 최초의 보답이다. 바로 이것이 내가 주는 첫 배당금이다. 그리고 나는 앞으로도 많은 배당금을 주게 될 거라고 확신했는데…… 검은 어머니, 입술이 튀어나온 아버지, 잔나비 같은 누이, 그리고 범죄를 은폐한 보모가 몹시 어리둥절한 표정으로 기다리고 있었다.

빨리 말해버리자. 잘난 체하지 말고 솔직담백하게. "식구들한테 제일 먼저 말해주고 싶었어." 나는 어른스럽게 말하려고 노력했다. 그리고 이렇게 말을 이었다. "어제 내가 어떤 목소리를 들었어. 내 머릿속에서 여러 사람이 나한테 말을 걸었다니까. 내 생각에는—엄마, 아빠, 난 정말 그렇게 생각하는데—대천사들이 나한테 말을 하기 시작한 것 같아."

자, 됐다! 나는 그렇게 생각했다. 자! 말해버렸다! 이제 다들 내 등을 두드려주고 과자도 주고 공개발표도 하고 어쩌면 사진도 찍겠지. 이제 다들 내가 자랑스러워 가슴이 벅차겠지. 아으, 어린 시절의 맹목적인 순진함이여! 솔직했던 죄로—모두에게 기쁨을 주고 싶은 마음이 간절해서 허심탄회하게 털어놓은 죄로—나는 사방에서 맹공격을 받게 되었다. 심지어 잔나비까지: "어머 세상에, 살림 오빠, 재미도 없는 농담이나 하려고 그렇게 호들갑을 떨었어?" 메리 페레이라는 잔나비보다 더 심했다: "아이고 예수님! 주여, 저희를 굽어살피소서! 로마에 계신 교황 성하, 오늘 제가 엄청난 신성모독을 들었나이다!" 어머니 아미나 시나이는 메리 페레이라보다 더 심했다: 이제 검은 망고는 가려졌지만 불러서는 안 되는 그 이름의 온기가 아직도 채 가시지 않은 입술로 어머니는 이렇게 외쳤다. "하느님 맙소사! 이 녀석 때문에 우리 집 지붕이 무너지겠구나!" (그렇다면 그 일도 나 때문이었을까?) 어머니가 다시 말을 이었다. "마귀 같은 녀석! 개망나니! 아, 살림, 네가 정신이 나갔니? 내 귀여운 아들은 어디로 가고—어쩌다가 미치광이가 돼버렸니—왜 이렇게 엄마를 괴롭혀!?" 그리고 어머니의 악다구니보다 더 심했던 것은 아버지의 침묵이었고, 어머니의 두려움보다 더 심했던 것은 아버지의 이마에 내려앉은 사나운 분노였고, 그중에서도 최악은 느닷없이 튀어나와 내 뺨을 냅다 후려갈긴 아버지의 손바닥이었는데, 손가락도 굵고 손마디도 두툼하고 황소처럼 힘센 그 손바닥 때문에 그날 이후로 왼쪽 귀가 잘 들리지 않게 되었고, 그 순간 모두가 화들짝 놀라는 가운데 나는 분기탱천한 공기를 가르며 옆으로 픽 쓰러지면서 불투명한 유리로 된 녹색 탁자를 산산이 깨뜨렸고, 그리하여 난생처음 자신감을 얻기가 무섭게 시퍼런 칼날이 난무하는 흐릿한 녹색의 세계로 단숨에 곤두박질치고 말았는데, 그 세계에서 나는 가장 소중한 사람들에게조차 내 머릿속에서 일어나는 일들을 더는 말할 수 없게 되었고, 내가 그 소용돌이치는 우주 속으로 들어서는 순간 녹색 파편들이 내 손을 갈가리 찢어놓았고, 그곳에서 나는 너무 늦어버릴 때까지 끊임없이 나의 '존재이유'에 대한 의문에 시달릴 운명이었다.

하얀 타일이 깔린 화장실에서, 빨래통 옆에서, 어머니가 내 상처에 머큐로크롬을 바르고 거즈를 붙여주는 동안 문밖에서는 아버지의 불호령이 들려왔다. "여보, 오늘은 저놈한테 아무것도 주지 마. 내 말 들었어? 쫄쫄 굶으면서도 그런 농담이 나오는지 어디 두고 보자고!"

그날 밤 아미나 시나이는 꿈속에서 두 눈을 까뒤집어 달걀 같은 흰자위를 드러내고 방바닥에서 15센티미터 상공에 둥둥 뜬 채 횡설수설하는 람람 세트를 만나게 될 터였다. "빨래가 그를 감춰주고…… 목소리가 그를 인도하리라."……그러나 그 꿈이 며칠 동안 어머니의 어깨 위에 걸터앉아 그녀가 가는 곳마다 졸졸 따라다닌 후 마침내 용기를 내어 망신당한 아들에게 그 터무니없는 주장에 대해 좀 더 자세히 물어보았을 때 살림은 차마 흘리지도 못한 어린 시절의 눈물처럼 억눌린 목소리로 이렇게 대답했다. "그냥 장난이었어, 엄마. 엄마 말대로 시시한 농담이었다니까."

그로부터 9년 후 어머니는 끝내 진실을 알지 못한 채 돌아가셨다.

## 올 인디아 라디오

현실은 관점에 따라 달라진다. 과거로부터 멀어질수록 현실은 점점 더 구체화되고 그럴듯해지는 반면 현재에 접근할수록 오히려 점점 더 믿기 어려워지는 듯하다. 가령 어느 대형 영화관에서 처음에는 맨 뒷줄에 앉았다가 한 줄씩 앞으로 이동해 스크린에 코가 맞닿을 정도로 바싹 접근한다고 가정해보자. 이때 배우들의 얼굴은 춤추는 무수한 점들로 낱낱이 해체되고, 자잘하고 세부적인 것들이 어마어마한 크기로 확대되면서 환상은 깨진다. 아니, 환상 그 자체도 현실이라는 사실이 분명해진다고 말할 수도 있겠는데⋯⋯ 우리는 1915년부터 1956년까지 서서히 이동해서 이제는 스크린에 많이 가까워졌고⋯⋯ 그러니 이제 비유 따위는 집어치우고 일말의 부끄러움도 없이 나는 이 황당무계한 주장을 되풀이해야겠다: 빨래통 속에서 신기한 사건을 겪은 후 나는 일종의 라디오가 되었다.

……그러나 오늘은 마음이 혼란스럽다. 파드마가 아직도 돌아오지 않았는데—경찰에 신고해야 할까? 혹시 '행방불명'이 된 것은 아닐까?—그녀가 없으니 자꾸 자신감이 줄어든다. 심지어 내 코마저 나를 속이려 든다. 낮 동안 한결같이 튼튼하고 팔뚝에 털이 무성하고 대단히 유능한 여자 일꾼들이 돌보는 피클통 사이를 거닐던 나는 레몬 냄새와 라임 냄새조차 구별할 수 없다는 사실을 알게 되었다. 일꾼들이 손으로 입을 가리고 킥킥거렸다. 우리 나리께서 가엾게도 일이 잘 안 풀리나본데—뭘까?—설마 사랑은 아니겠지? ……파드마, 그리고 내 배꼽에서 시작되어 거미줄처럼 방사상으로 뻗어가며 온몸으로 퍼진 균열, 그리고 더위…… 이런 상황이니 약간의 혼란쯤은 누구나 이해할 수 있을 것이다. 나는 내 원고를 다시 읽다가 연대적 순서의 착오를 발견했다. 원고 속에는 마하트마 간디의 암살 날짜가 잘못 적혀 있다.* 그러나 지금의 나로서는 여러 사건의 실제 순서를 정확히 파악하기가 어렵고, 따라서 나의 인도에서는 간디가 계속 엉뚱한 시기에 죽을 수밖에 없다.

실수 하나가 이야기 전체를 무효로 만들어버릴까? 내 상태가 그토록 심해졌나? 내 삶의 의미를 찾는 데 급급한 나머지 단순히 나 자신을 핵심적 위치에 올려놓기 위해 내 시대의 역사 전체를 재구성하고 모든 것을 왜곡시켰을까? 오늘은 너무 혼란스러워 제대로 판단할 수가 없다. 그 문제는 다른 사람들에게 일임해야겠다. 나는 다시 앞으로

---

\* '뱀과 사다리'의 장에서 간디가 한여름에 암살당한 것처럼 처리되었으나 실제 날짜는 1948년 1월 30일이다.

돌아갈 수 없다. 시작한 일을 끝내야 하기 때문이다. 설령 그 일이 끝날 때쯤에는 불가피하게 처음에 계획했던 것과는 전혀 다른 이야기가 되어버리더라도……

예 아카슈바니 헤*. 여기는 올 인디아 라디오입니다.

펄펄 끓는 듯한 거리로 나가 가까운 이란식 카페에서 간단한 식사를 하고 돌아온 나는 밤마다 그랬듯이 앵글포이즈 램프의 불빛 아래에 다시 앉았다. 싸구려 트랜지스터가 내 유일한 벗이다. 무더운 밤, 조용해진 피클통에서 새어나오는 온갖 냄새로 부글거리는 공기, 그리고 어둠 속의 목소리들. 더위 때문에 숨이 막힐 듯 답답한 피클 냄새가 기억을 자극하면서 지금과 그때의 유사점과 차이점을 더욱더 두드러지게 하는데…… 그때도 더웠고 지금도 (계절에 어울리지 않게) 덥다. 그때도 그랬듯이 지금도 누군가 잠을 이루지 못하고 어둠 속에서 육체와 분리된 목소리들을 듣는다. 그때도 그랬듯이 지금도 한쪽 귀가 들리지 않는다. 그리고 더위 속에서 점점 부풀어 오르는 두려움…… 그러나 두려운 것은 (그때나 지금이나) 목소리들이 아니다. 그때의 어린 살림은 어떤 생각을 두려워했는데, 그것은 부모의 분노가 곧 사랑의 철회로 이어지지는 않을까 하는 생각, 그리고 만약 그들이 그의 말을 믿게 되더라도 그의 재능을 남부끄러운 결함으로 여기지는 않을까 하는 생각이었고…… 반면에 파드마를 잃어버린 지금의 나는 이 말들을 어둠 속으로 놓아 보내면서 사람들이 내 말을 믿지 않을까봐 두려워한다. 그와 나, 나와 그 …… 이제 나에게는 그가 가졌

---

* '아카슈바니'는 천상의 소리, 즉 신탁(神託)을 뜻하는 산스크리트어로서 영어명 '올 인디아 라디오(AIR)'의 정식 명칭이다.

던 재능이 없고 그에게는 나의 재능이 없었다. 때로는 마치 그가 낯선 사람처럼 느껴지기도 하는데…… 그에게는 균열이 없었다. 더위 속에서 온몸으로 퍼져가는 거미줄이 없었다.

파드마라면 내 말을 믿어주겠지만 지금은 파드마가 없다. 그때도 그랬듯이 지금도 갈망이 있다. 그러나 종류가 다르다. 그때는 못 얻어먹은 밥에 대한 갈망이었지만 지금은 나의 사라진 요리사에 대한 갈망이다.

그리고 또 하나, 더욱더 뚜렷한 차이점이 있다: 그때는 목소리들이 트랜지스터의 진동판을 통해 들려오지 않았다. (전 세계에서도 우리가 사는 이곳에서만큼은 트랜지스터가 영원히 불임의 상징일 것이다. 공짜 트랜지스터를 미끼로 불임수술을 받게 했던 악명 높은 사건[*] 이후로 이 삑삑거리는 기계는 무엇인가를 가위로 싹둑 자르고 매듭을 질끈 동여매기 위해 인간이 얼마나 간교해질 수 있는지를 말해주는 대표적인 상징물이 되었다.) ……그때 한밤중에 침대에 누워 있던 거의아홉살짜리에게 기계 따위는 필요 없었다.

다르기도 하고 비슷하기도 한 우리를 묶어주는 것은 이 더위다. 그때나 지금이나 뜨겁게 가물거리는 아지랑이가 그의 그때와 나의 지금을 하나로 이어주고…… 이 불볕더위를 겪으면서 내가 느끼는 혼란은 곧 그의 혼란이기도 하다.

더울 때 잘 자라는 것은: 사탕수수, 야자수, 바즈라와 라기와 조와르[**] 같은 기장류, 아마(亞麻), 그리고 (물만 충분하다면) 차와 벼. 우

---

[*] 인도에서는 자전거와 트랜지스터라디오 등을 대가로 불임수술을 유도하기도 했다.
[**] 각각 진주조, 손가락조, 수수를 가리킨다.

리가 사는 뜨거운 땅은 세계 2위의 목화 생산지이기도 하다. 어쨌든 내가 에밀 자갈로 선생님의 광기 서린 눈초리와 액자 속에 담긴 어느 스페인 정복자의 더욱더 싸늘한 시선 앞에서 지리 공부를 할 때는 그렇게 배웠다. 그러나 열대의 여름은 더 신기한 열매도 길러낸다: 땀이 비 오듯 하는 답답한 밤에는 상상이라는 이국적인 꽃들이 만발하여 사향처럼 강렬한 향기를 뿌리고, 그래서 사람들이 암담하고 불만 가득한 꿈을 꾸게 만들고…… 지금도 그랬듯이 그때도 대기 속에 불안이 팽배했다. 언어 시위자들은 봄베이 주를 언어권에 따라 분할하라고 요구했다.* 어떤 행렬은 마하라슈트라의 꿈이 선두에 섰고 또 어떤 행렬은 구자라트의 몽상이 이끌었다. 마음속에서 환상과 현실의 분별력을 갉아먹는 더위 때문에 무슨 일이든 가능해 보였다. 오후의 낮잠이 불러오는 몽롱한 혼돈이 사람들의 두뇌를 흐리게 했고 대기는 온통 깨어난 갈망들로 가득 차 끈적거렸다.

더울 때 잘 자라는 것은: 환상, 부조리, 욕망.

1956년 그때는 언어들이 대낮에도 호전적으로 거리를 활보했고 밤에는 내 머릿속에서 소동을 일으켰다. 우리는 너의 삶을 유심히 지켜보겠다. 어떤 의미에서 너의 삶은 우리 모두의 삶을 비춰주는 거울이니까.

이제 그 목소리들에 대해 말할 때가 되었다.

그나저나 우리 파드마가 내 곁에 있다면 좋으련만……

---

* 봄베이 주는 독립 이후 주민 간의 언어 차이로 갈등을 빚다가 1960년 5월 1일부터 남부의 마하라슈트라 주와 북부의 구자라트 주로 분할되었고 마라티어와 구자라트어가 각 주의 공식 언어로 채택되었다.

물론 대천사들에 대해서는 내 생각이 틀렸다. 아버지의 손바닥은 ―언젠가 그의 얼굴을 정통으로 후려갈겼던 또 하나의 손, 몸뚱이 없는 손을 (의식적으로? 무심코?) 모방이라도 하듯이 내 귀싸대기를 호되게 후려갈긴 그 손바닥은―적어도 한 가지 유익한 결과를 낳았다: 그 일로 나는 처음에 계획했던 예언자 흉내를 재고해보고 결국 포기하게 되었기 때문이다. 개망신을 당했던 바로 그날 밤에 나는 침대 위에서 깊은 상념에 빠져들었고 놋쇠 잔나비가 성가신 질문을 퍼부어 우리의 푸른 방을 가득 채워도 아랑곳하지 않았다. "그런데 그런 짓을 한 이유가 도대체 뭐야, 살림 오빠? 오빠는 언제나 너무 착해서 탈이었잖아?" ……이윽고 그녀는 만족하지 못한 채 여전히 소리 없이 입을 움직이면서 잠들었고 나는 아버지의 폭력이 남긴 메아리와 함께 혼자가 되었다. 그 메아리는 내 왼쪽 귓속에서 윙윙거리며 이렇게 속삭였다. "미카엘도 아니고 아나엘도 아니고, 그렇다고 가브리엘도 아니고, 카시엘도 사치엘도 사마엘도 다 아니야! 요즘은 대천사들이 인간에게 말을 걸지 않거든. 암송은 먼 옛날 아라비아에서 다 끝났으니까. 마지막 예언자는 종말의 날을 예고하러 나타날 거야." 그날 밤, 내 머릿속에서 들려오는 목소리들이 천사들의 숫자보다 훨씬 더 많다는 사실을 알아차린 나는 어쨌든 내가 세상의 종말을 관장하는 일에 선택된 것은 아니라는 판단을 내리고 안도감을 느꼈다. 알고 보니 내가 들은 목소리들은 신성하기는커녕 오히려 불경스러웠고 바닷가 모래알처럼 많았다.

그렇다면 텔레파시: 선정적인 잡지에서 흔히 읽을 수 있는 정신감응 말이다. 그러나 나는 인내를 요구하겠다. 기다려라. 일단 기다려보

라. 그것은 텔레파시였다. 그러나 또한 텔레파시 이상이었다. 나를 너무 쉽게 단념하지 말라.

그렇다면 텔레파시: 상류층과 중하류층을 아우르는 이른바 억만대중의 내적 독백이 내 머릿속에서 서로 자리를 차지하려고 복닥거렸다. 처음에는—즉 내가 아직 **행동**을 취하지 않고 그저 청취자의 역할에 만족했을 때는—언어 문제가 있었다. 목소리들은 말라얄람어에서부터 나가어의 각종 방언까지, 그리고 러크나우의 순수한 우르두어에서부터 발음이 불분명한 남부의 타밀어에 이르기까지 온갖 언어로 재잘거렸다. 나는 두개골 내벽 안에서 들려오는 모든 말 중에서 일부만 알아들을 수 있었다. 그러다가 나중에 더 자세히 탐구해보고 나서야 비로소 그 표면적 음성신호—내가 처음에 수신했던 이 신호는 그들 의식의 전면에 떠오른 생각들이었다—의 저변으로 내려가면 개개의 언어는 사라져버리고 말보다 훨씬 더 우수해서 누구나 보편적으로 이해할 수 있는 사고형태가 나타난다는 사실을 알게 되었고…… 그러나 그것은 내 머릿속에서 들려오는 수많은 언어의 도가니탕 속에서 그 새로운 형태의 귀중한 신호를 포착한 다음이었는데, 다른 것들과는 전혀 딴판인 이 신호는 대부분 머나먼 북소리처럼 희미하고 아득했지만 끈덕지게 고동치다가 마침내 수많은 목소리들의 어시장 같은 불협화음을 뚫고 들려왔고…… 밤마다 들려오는 은밀한 외침들, 동류가 동류를 부르는 소리들…… 그것은 한밤의 아이들이 무의식적으로 켜놓은 발신기에서 나오는 소리였고 그 목적은 오로지 자신의 존재를 알리는 것이었으며 그들이 전송하는 말은 아주 간단했다: "나." 멀리 동쪽에서도, "나." 그리고 서쪽 남쪽 북쪽에서도: "나." "나."

"나도."

그러나 너무 성급하게 앞질러 나가지 말아야겠다. 처음에는, 즉 텔레파시 이상의 단계로 넘어가기 전에는 그저 듣는 것만으로 만족했다. 그러다가 곧 내면의 귀를 '동조(同調)'시켜 내가 이해할 수 있는 특정한 목소리를 따로 들을 수 있게 되었다. 그리고 그 군중 속에서 우리 가족과 메리 페레이라, 친구들, 동급생들, 선생님들의 목소리를 가려내는 데도 그리 오래 걸리지 않았다. 길거리에 지나가는 낯선 사람들의 희로애락을 구별하는 방법도 알게 되었는데, 이렇게 초자연적인 영역에서도 도플러 효과의 법칙은 어김없이 작용해서 사람들이 지나갈 때 목소리가 점점 높아지다가 다시 점점 낮아지곤 했다.

나는 그 모든 일을 대체로 혼자만 알고 있었다. 날마다 아버지의 분노를 떠올리면서(왼쪽 귀, 즉 그른쪽* 귀가 늘 윙윙거렸으니까) 옳은 쪽 귀만이라도 온전하게 지키고 싶어 입을 굳게 다물었다. 아홉 살 먹은 소년의 입장에서 자기가 뻔히 아는 것을 감추기란 불가능에 가까울 만큼 어려운 일이었지만 다행히 나에게 가장 가깝고 소중한 사람들은 진실을 감추고 싶어 하는 내 마음 못지않게 모두 내 잘못을 잊어버리고 싶어 했다. "아, 살림 도련님! 어제는 정말 나쁜 말을 한 거예요! 부끄러운 줄 아세요, 도련님. 어서 가서 비누로 입을 씻는 게 좋겠어요!" ……내가 망신당한 다음날 아침에 메리 페레이라는 몹시 분개하며 자기가 만든 젤리처럼 파르르 떨면서도 내게 명예를 회복할 수 있는 완벽한 방법을 일러주었다. 나는 참회하는 태도로 고개를 푹 숙

---

* 원문의 단어인 'sinister(그른, 불길한)'는 라틴어 'sinistra(왼쪽, 왼손)'에서 유래한 것이다.

인 채 군말 없이 화장실로 들어갔고, 그곳에서 보모와 잔나비의 놀란 눈길을 한 몸에 받으면서 콜타르 비누의 독하고 역겨운 거품을 잔뜩 묻힌 칫솔로 이 혀 입천장 잇몸을 벅벅 문질러 닦았다. 메리와 잔나비는 이 극적인 속죄의 소식을 순식간에 집 안 전체로 퍼뜨렸고 어머니가 나를 얼싸안았다. "그래, 착하구나. 그 애길랑 다시는 꺼내지 말자." 그리고 아흐메드 시나이는 아침 식탁에서 무뚝뚝하게 고개를 끄덕이면서, "어쨌든 자기가 너무 심했다는 걸 인정할 용기는 있는 녀석이구나."

유리조각에 다친 상처가 희미해질 때쯤에는 내 폭탄선언도 함께 지워지는 듯했고, 아홉번째 생일을 맞이할 무렵에는 내가 대천사들을 함부로 들먹였던 그날을 조금이라도 기억하는 사람은 나 말고 아무도 없었다. 살균 비누의 맛은 몇 주 동안이나 내 혀끝에 남아서 비밀엄수의 필요성을 일깨워주었다.

회개하는 척하는 나의 연기는 놋쇠 잔나비까지 만족시켰다. 그녀는 내가 정상으로 돌아와서 예전처럼 다시 우리 집 바른생활 어린이가 되었다고 생각했다. 그리고 기존 질서를 재확립하려는 의지를 과시하기 위해 어머니가 제일 아끼는 슬리퍼에 불을 지르고 원래대로 우리 집 말썽꾸러기의 자리를 되찾았다. 게다가 외부인들 사이에서는—그런 말괄량이가 그토록 보수적일 줄은 아무도 몰랐을 것이다—부모님과 일심동체가 되어 자기 친구들과 내 친구들에게도 내 단 한 번의 탈선을 비밀로 했다.

육체적으로든 정신적으로든 아이에게 조금이라도 특이한 부분이 있으면 집안의 큰 수치로 여기는 나라에서 우리 부모님은 내 얼굴의 모반과 오이코와 밭장다리에는 이미 익숙해졌지만 나에게서 남부끄러운 부분을 더 발견하는 것만은 한사코 거부했고, 내 쪽에서도 귓속에서 들리는 윙윙거리는 잡음과 귀가 아주 못 쓰게 되려는지 이따금 울려 퍼지는 종소리와 간헐적인 통증에 대해 아무 말도 하지 않았다. 비밀이 반드시 나쁜 것만은 아니라는 사실을 알게 되었기 때문이다.

그러나 내 머릿속에서 벌어지던 혼란을 상상해보라! 그곳에, 꼴사나운 얼굴 뒤에, 비누 맛이 느껴지는 혓바닥 위에, 구멍 뚫린 고막 바로 옆에 그리 정돈되지 않은 정신이 숨어 있었는데, 마치 아홉 살짜리의 호주머니처럼 잡동사니가 가득하고…… 상상해보라, 지금 그대가 어떻게든 내 몸속에 들어와서 내 눈을 통해 바깥을 내다보고 그 소음을, 그 목소리들을 듣는다면 어떠할지, 그리고 이제 사람들에게 들키지 말아야 한다는 부담감도 있고, 제일 어려운 일은 놀라는 척해야 한다는 것인데, 가령 어머니가 애 살림 맞혀봐라 우리 지금 아레이 축산공원*에 소풍 갈 거란다, 그러면 나는 그녀가 말하지도 않은 내면의 목소리를 듣고 이미 다 알면서도 이야, 신난다! 해야 하고, 내 생일에는 선물 포장을 뜯기도 전에 그것을 준 사람의 마음속에서 어떤 선물인지 다 들여다보고, 아버지의 머릿속에 모든 실마리의 위치와 모든 상품이 들어 있으니 보물찾기도 재미가 없고, 훨씬 더 어려운 것은 이를테면 우리 집 일층에 있는 사무실로 아버지를 만나러 갈 때인데, 자, 다 왔다, 그러면 들어가자마자 내 머릿속에 뭐가뭔지모를 잡생각

---

* 1949년 봄베이 근교에 개장한 축산단지 겸 유원지.

이 가득하고, 왜냐하면 아버지는 비서 앨리스인지 페르난다인지 아무튼 최근에 들어온 코카콜라 걸을 생각하는 중인데, 아버지가 머릿속에서 천천히 그녀의 옷을 벗기면 그 장면이 내 머릿속에도 그대로 들어오고, 그녀가 등나무 의자에 알몸으로 앉았다가 이제 일어서는데 엉덩이에 격자무늬가 선명하고, 그것은 아버지가, 다른 사람도 아니고 우리 아버지가 상상하는 장면이건만 정작 아버지는 야릇한 표정으로 나를 쳐다보면서, 얘 무슨 일이냐 어디 불편하니, 아냐 아빠 괜찮아 이제 나가볼게 빨리 가야 해 숙제가 있어서 아빠, 그러면서 밖으로, 아버지가 내 얼굴을 보고 눈치채기 전에 부리나케 도망치고(아버지는 내가 누워 있으면 언제나 내 이마에 빨간불이 깜박거린다고 했는데) ……이만하면 얼마나 어려운 상황인지 충분히 짐작하겠지만, 하니프 외삼촌이 와서 나를 레슬링 시합에 데려가면 혼비 방파제 근처의 발라바이 파텔 경기장에 도착하기도 전에 나는 벌써 마음이 슬퍼지는데, 우리가 군중 속에 섞여 판지를 잘라 만든 거대한 다라 싱과 타그라 바바를 비롯한 여러 선수들 밑을 지날 때 그의 슬픔, 내가 좋아하는 외삼촌의 슬픔이 내 마음속으로 밀려들고, 산울타리처럼 둘러친 명랑한 표정 바로 밑에서 한 마리 도마뱀처럼 살아 숨 쉬는 슬픔, 원래는 뱃사공 타이의 웃음이었던 쩌렁쩌렁한 웃음 속에 감춰진 슬픔, 그리고 맞붙은 레슬링선수들의 등판에서 투광조명이 춤을 출 때 우리는 좋은 자리에 앉아 있지만 나는 외삼촌의 슬픔에 사로잡혀 꼼짝도 할 수 없고, 그의 슬픔은 영화계에서의 입지가 자꾸 악화되기 때문인데, 실패에 실패를 거듭한 탓에 다시는 영화를 맡지 못할 가능성이 높고, 그래도 내 눈빛으로 슬픔이 새어나가게 하면 안 되는데 외삼촌은 벌써 내 생각을 꿰뚫어보고, 어이 팰완, 즉 어이 꼬마 레슬러, 왜 그렇게 시무룩하냐, 얼굴이 재미없는 영화보다 더 길어졌네, 차나콩 먹을래? 파코라? 그럼 뭐? 그러면 나는 고개를 저으면서, 아냐, 아무 것도 안 먹을래, 하니프 마무*, 그러면 안심한 외삼촌은 고개를 돌리고 고함을 지르기 시작하는데, 어이 이겨라 다라, 바로 그거야, 본때를 보여줘라, 다라! 그러다가 집으로 돌아오면 어머니는 아이스크림 제조기를 내려놓고 복도에 쪼그리고 앉아서 겉으로는 정말 태연한 목소리로, 애야 엄마 좀 도와다오 네가 제일 좋아하는 피스타치오 맛인데, 그러면 나는 손잡이를 돌리기 시작하지만 어머니의 내면의 목소리가 내 두개골 내벽에 이리저리 부딪히고, 그녀가 애써 일상적인 일들을 떠올리며 마음속 구석구석을 빈틈없이 채우려고 노력하는 모습이 훤히 들여다보이고, 이를테면 새다래 시세, 자잘한 허드렛일, 전기 기술자를 불러 거실 천장 선풍기를 고쳐야 하는데 등등, 그리고 남편의 각 부분을 사랑하려고 필사적으로 정신을 집중하는 모습도 보이지만 입 밖에 낼 수 없는 단어가 자꾸 밀고 들어오는데, 어머니가, 다른 사람도 아니고 **우리 어머니가** 그날 화장실에서 누설했던 세 음절, 나디르 나디르 나, 그리고 잘못 걸린 전화가 올 때마다 수화기를 내려놓기가 점점 더 힘들어지고, 내가 장담하지만 이렇게 아이가 어른들의 생각을 들여다보기 시작하면 머릿속이 아주 엉망진창이 되기 마련인데 하다못해 한밤중에도 편히 쉴 수가 없으니, 자정만 되면 메리 페레이라의 꿈이 내 머릿속으로 들어와서 잠을 깨우고, 밤이면 밤마다

---

\* '외삼촌'이라는 뜻.

어김없이 마법의 시간이 시작되고, 그 시간은 메리에게도 의미가 있어서 몇 년 전에 죽은 남자의 영상이 그녀의 꿈속에 자꾸 나타나는데, 조지프 드코스타, 꿈은 그렇게 이름을 가르쳐주고, 그 꿈속에는 내가 이해할 수 없는 죄의식이 가득한데, 그 죄의식은 그녀가 만든 처트니를 먹을 때마다 우리 모두의 마음속에도 스며들고, 여기 한 가지 수수께끼가 있지만 그 비밀은 그녀의 의식 전면에 있지 않아서 나도 알아낼 수가 없고, 어쨌든 조지프는 밤마다 나타나는데 때로는 인간의 모습이지만 언제나 그렇지는 않아서 때로는 늑대, 때로는 달팽이, 한번은 빗자루가 되어 나타나기도 했지만 우리는(메리는 꿈을 꾸고 나는 들여다보면서) 조지프라는 사실을 금방 알아차리고, 앙심 원한 분노를 품은 조지프가 그때그때의 모습에 따라 다른 언어로 메리에게 저주를 퍼붓는데, 늑대 조지프는 그녀를 노려보며 울부짖고 달팽이 조지프는 그녀의 몸에 끈적끈적한 진액을 남기고 빗자루 조지프는 그녀를 때리고…… 그러다가 아침이 되어 메리가 나에게 씻어요 닦아요 학교 갈 준비해요 시킬 때 묻고 싶은 말이 있어도 참아야 하고, 나는 겨우 아홉 살이건만 더위 속에서 마구 뒤섞여버린 남들의 번민에 시달린다.

 내 변화된 삶의 초창기에 대한 설명을 끝맺기 전에 한 가지 괴로운 고백을 해야겠다: 내가 새로 얻은 능력을 학업에 활용하면 부모님이 나를 대견하게 여길 거라는 생각이 들었다. 간단히 말해서 나는 학교에서 부정행위를 저질렀다. 다시 말하자면 우리 학교 선생님들과 공부 잘하는 급우들을 대상으로 내면의 목소리를 엿듣고 마음속의 정보를 캐냈다. 나는 선생님들이 시험문제를 낼 때 십중팔구는 이상적인 답안을 미리 생각해본다는 사실을 알게 되었고, 어쩌다가 선생님이 은밀한 애정생활이나 경제적 어려움 때문에 여념이 없는 경우에도 우리 반 천재 키루스 대왕의 조숙하고 비범한 머릿속을 들여다보면 금방 해답이 나온다는 것을 알았다. 내 성적이 급격히 올라갔다. 그러나 그들로부터 훔쳐낸 원본과 똑같은 답을 써내지 않도록 조심했으므로 지나치게 많이 오르지는 않았다. 텔레파시를 이용해 키루스의 영작문 숙제를 통째로 표절하면서도 몇 문장은 일부러 평범하게 썼다. 의심을 피하려는 목적이었는데 완전히 성공하지는 못했지만 발각되지도 않았다. 진실을 알아내려고 혈안이 된 에밀 자갈로의 매서운 시선 앞에서도 천사처럼 순진무구한 태도를 고수했고, 어리둥절하고 당혹스러워 고개를 절레절레 흔드는 영어교사 탠던 선생님 앞에서도 말없이 신의를 저버렸다. 내 실수나 부주의로 비밀이 탄로 나더라도 진실을 믿는 사람은 아무도 없을 테니까.

 간단히 요약하자면: 아직 유년기를 벗어나지 못한 우리나라의 역사에 결정적 순간이 닥쳤을 때, 5개년 계획이 수립되고 선거가 임박하고 언어 시위자들이 봄베이를 두고 싸움을 벌일 때, 살림 시나이라는 이름의 아홉 살 소년은 불가사의한 능력을 얻었다. 가난한 후진국이었던 조국을 위해 그 능력을 사용했다면 여러모로 중대한 공헌을 할 수도 있었겠지만 그는 자신의 재간을 감추고 시시한 관음증이나 치졸한 부정행위 따위에 써먹으면서 재능을 낭비했다. 솔직히 영웅적이라고 볼 수 없는 이런 행동은 도덕성—옳은 일을 하려는 욕구—과 대중성—남들이 좋아할 만한 일을 하고 싶어 하는 위험한 욕구—사이에서 늘 갈팡질팡하는 마음속의 혼란이 직접적인 원인이었다. 그는

부모의 배척이 두려워 자신이 변모했다는 사실을 감추었으며 부모에게 칭찬을 들으려고 학교에서 자신의 재능을 악용했다. 미숙한 연령을 감안한다면 이러한 인격적 결함도 부분적으로나마 용서할 법하겠지만 그래봤자 부분적인 용서에 그칠 뿐이다. 판단력의 혼란은 그의 생애에 크나큰 악영향을 미칠 수밖에 없었다.

나도 마음만 먹으면 나 자신에 대해 이렇게 냉정한 판결을 내릴 수 있다.

브리치 캔디 유치원의 평평한 지붕에—여러분도 기억하겠지만 버킹엄 빌라의 정원에서 담장 위로 올라가기만 하면 발밑에 내려다보이는 그 지붕에—우뚝 서 있는 것은 무엇인가? 처음 만들어질 때 맡겨진 기능을 더는 수행하지 못하던 그것, 한겨울에도 좀처럼 선선해지지 않던 그해에 말없이 우리를 내려다보던 그것은 무엇인가? 서니 이브라힘, 짝눈, 개기름, 그리고 내가 카바디 시합이나 약식 크리켓이나 세븐타일스\*를 할 때, 이따금 키루스 대왕이나 그곳에 놀러온 다른 친구들, 즉 뚱보 퍼스 피슈왈라와 털보 키스 콜라코 등이 합류하기도 할 때 무엇이 우리를 지켜보았던가? 호미 카트락의 집 꼭대기층에서 톡시 카트락의 간호사 비아파가 걸핏하면 고함을 지를 때마다: "요 망나니들! 시끄럽기만 하고 아무짝에도 쓸모없는 놈들! 조용히들 못 하냐!"……그래서 우리가 일제히 도망쳤다가 (비아파의 모습이 사라지면) 되돌아와 그녀가 서 있던 창을 향해 오만상을 찡그릴 때마다 그

---

\* 한 팀이 돌이나 나무토막 일곱 개를 탑처럼 쌓으면 상대팀이 공으로 맞히며 공격과 수비를 번갈아 하는 놀이.

현장에 무엇이 있었던가? 간단히 말하자면 높고 푸르고 너덜너덜한 그것, 우리의 삶을 굽어보던 그것, 그리 오래지 않아 우리가 긴 바지를 입게 될 때까지, 어쩌면 에비 번스가 등장할 때까지 당분간 묵묵히 때를 기다리는 듯했던 그것이 무엇이었나? 혹시 힌트가 필요하다면: 언젠가 폭발물을 숨겨놓았던 곳은? 조지프 드코스타가 뱀에게 물려 죽었던 곳은? ……몇 달 동안이나 내면의 고통에 시달리던 내가 마침내 어른들의 목소리를 피하려고 찾아낸 은신처는 바로 낡은 시계탑이었다. 역설적인 일이지만 애써 문단속하는 이도 없는 그곳에서, 시간이 쓸쓸히 녹슬어가는 그곳에서 나는 조심스럽게 첫걸음을 내디뎌 엄청난 사건들과 공인들의 삶에 연루되기 시작했고 그때부터 그런 생활에서 영영 벗어날 수 없었는데…… 그러다가 결국 '미망인'이……

아무튼 빨래통 금족령을 받은 나는 틈날 때마다 고장 난 시간의 탑에 남몰래 숨어들었다. 더위 때문에 원형광장이 비거나 때마침 지켜보는 눈이 없을 때, 아흐메드와 아미나가 카드놀이를 하러 윌링던 클럽으로 떠났을 때, 놋쇠 잔나비도 최근에 우상처럼 여기는 월싱엄 여학교의 수영 다이빙 팀을 구경하려고 집을 비웠을 때…… 다시 말해서 상황이 허락할 때마다 나는 비밀 은신처로 들어갔고, 하인방에서 훔쳐온 명석 위에 드러누워 두 눈을 감고 최근에 깨어난 내면의 귀를(모든 귀가 그렇듯이 코와 연결된 귀를) 열어 도시 곳곳을—때로는 동서남북으로 더 멀리까지—자유롭게 배회하면서 온갖 일들을 엿들었다. 내가 아는 사람들의 생각을 엿듣는 것은 부담스러워 견딜 수 없었으므로 내가 모르는 사람들을 대상으로 기술을 연습했다. 내가 인도의 나랏일에 관여하기 시작한 것은 그렇게 하찮은 이유 때문이었다. 가까운 사람들의 비밀을 너무 많이 알게 되어 짐스러웠기 때문에 우리의 작은 언덕을 벗어난 외부세계로부터 가벼운 위안을 얻으려 했던 것이다.

고장 난 시계탑에서 발견한 세상은: 처음에는 한낱 관광객처럼 내 전용 요지경상자의 놀라운 구멍 속을 들여다보는 어린아이에 지나지 않았다. 왼쪽(손상된) 귓속에서 작은북 소리가 다가닥다가닥 들려올 때 나는 설사병으로 고생하는 어느 뚱뚱한 영국 여자의 눈으로 타지마할을 처음 구경했고, 북쪽을 보았으니 남쪽에도 가보려고 이번에는 마두라이의 미낙시 사원으로 단숨에 내려가서 경전을 외우는 어느 승려의 희미하고 신비로운 의식(意識) 속에 들어가보기도 했다. 뉴델리에서는 어느 오토릭샤* 운전사의 모습으로 코노트 플레이스를 둘러보면서 승객들에게 휘발유 가격이 올랐다고 신랄하게 불평을 늘어놓았고, 캘커타에서는 하수관 속에서 노숙을 하기도 했다. 그때쯤에는 이미 역마살이 단단히 끼어 코모린 곶으로 훌쩍 내려가서 몸가짐은 헐렁헐렁하고 반대로 사리는 몸에 찰싹 달라붙게 휘감은 생선 장수 아낙네가 되어보기도 했는데⋯⋯ 세 바다**가 밀려드는 붉은 모래밭에서 내가 알지도 못하는 언어로 드라비다족 건달들과 시시덕거렸고, 그다음에는 히말라야 산맥으로 올라가서 완벽한 원형의 무지개 아래 콜라호이 빙하의 빙퇴석이 굽이굽이 펼쳐진 장관을 배경으로 어느 구자르족이 이끼를 덮어 만들어놓은 원시적인 오두막집에 들어가보기도 했다. 자이살메르의 황금빛 성채에서는 반짝이 드레스를 만드는

---

\* 모터사이클을 개조해 만든 삼륜차.
\*\* 벵골 만, 인도양, 아라비아 해.

여자의 내면생활을 맛보았고, 카주라호에서는 사춘기 시골소년이 되어 들판에 우뚝우뚝 서 있는 찬델라 왕조 때의 사원에 새겨진 색정적인 밀교(密敎) 조각상들을 둘러보며 몹시 당혹스러워하면서도 눈을 떼지 못했고…… 이렇게 신기한 여행이 아주 간단해지면서 나는 조금이나마 마음의 평화를 되찾을 수 있었다. 그러나 나중에는 관광도 그리 만족스럽지 않고 호기심도 시들해졌다. 그래서 이렇게 생각했다. '이 세상에서 실제로 어떤 일들이 벌어지는지 알아보자.'

나는 아홉 살 특유의 자유분방한 기질에 이끌려 영화배우들과 크리켓선수들의 머릿속으로 뛰어들었다. 『필름페어』에 실린 무희 비자얀티말라에 대한 소문의 진상도 알아냈고 브래본 경기장에서 폴리 우므리가르와 함께 뛰기도 했다. 그러다가 플레이백 가수* 라타 망게슈카르가 되어보기도 하고, 시빌 라인스 뒤쪽의 곡마장에서 어릿광대 부부(Bubu)가 되어보기도 하고…… 그렇게 닥치는 대로 이리저리 정신적 토끼뜀을 하다가 필연적으로 정치라는 것과 맞닥뜨리게 되었다.

한번은 우타르프라데시 주에서 지주가 되었는데 파자마 끈 위로 불룩한 뱃살을 늘어뜨린 채 농노들에게 남아도는 곡식을 불태우라고 명령했고…… 또 한번은 언제나 그렇듯이 식량 부족에 시달리는 오리사 주에서 굶주림으로 죽어갔는데 그때 나는 생후 2개월이었고 어머니는 젖이 말라버린 상태였다. 잠깐 동안이었지만 어느 국민회의당 직원의 마음속에 들어가 시골교사에게 뇌물을 주면서 곧 선거유세가

---

* 인도영화의 특징으로 배우들이 립싱크로 부를 노래를 미리 녹음하는 가수.

시작되면 간디와 네루가 있는 정당을 밀어달라고 부탁했고, 공산당에 투표하기로 결심한 케랄라 주 농부의 생각을 읽어보기도 했다. 나는 점점 더 대담해졌다: 어느 날 오후에는 우리 주(州) 총리의 머릿속에 계획적으로 들어가보았고, 모라르지 데사이\*가 날마다 '자기 소변을 마신다'는 말이 전국적인 웃음거리가 되기 20여 년 전에 내가 그 사실을 먼저 알게 된 것도 그 능력 덕분이었는데…… 모라르지가 거품이 둥둥 뜬 오줌 한 잔을 꿀꺽꿀꺽 들이켤 때 그의 머릿속에 있던 나도 그 따뜻함을 맛볼 수 있었다. 그러던 어느 날 마침내 절정의 자리에 올랐다: 액자 속의 편지를 쓴 장본인 자와할랄 네루 총리가 되었던 것이다. 나는 그 위대한 인물과 함께 수염이 덥수룩하고 잇새가 벌어진 점성술사들과 마주 앉아서 천체의 음악과 조화를 이루도록 5개년 계획을 수정했고…… 고위층의 삶은 사람을 들뜨게 한다. 나는 소리 없이 기쁨을 만끽했다. '나를 보아라! 나는 어디든지 마음대로 갈 수 있다!' 그런데 언젠가 조지프 드코스타의 증오심이 만들어낸 폭발물이 가득했던 이 시계탑에서 (장소에 어울리게 째깍거리는 음향효과까지 곁들여) 느닷없이 이런 말이 뇌리에 떠올랐다: '나는 봄베이의 폭탄이니…… 내가 폭발하는 모습을 보라!'

왜냐하면 어쩐지 내가 한 세상을 창조하고 있는 듯한 기분이 들었기 때문이다. 내가 들여다본 생각들이 곧 나의 생각이고, 내가 들어간 몸뚱이들은 내 명령에 따라 움직이고, 모든 시사 문제와 예술과 스포

---

\* 인도 정치가. 1952년 봄베이 주 총리가 되었고 이후 인도 총리(1977~79)를 역임했다. 실제 그는 치질 치료를 위해 자신의 소변을 마시기 시작한 후로 소변요법의 옹호자가 되었다.

츠 등등 일류 라디오 방송국의 풍요롭고 다채로운 정보가 내 안으로 쏟아져 들어오면서 어쩐지 내가 그런 일들을 만들어내는 듯했고…… 다시 말하자면 마치 예술가가 된 듯한 착각에 빠져 이 땅에 존재하는 온갖 현실을 내 재능의 미완성 원료로 여겼다. 나는 승리감에도 취했다. '나는 뭐든지 알아낼 수 있다! 내가 알아내지 못할 일은 아무것도 없다!'

낭비하고 잃어버린 세월을 오늘 되새겨보니 그때 나를 사로잡았던 과대망상증은 자기보존의 본능에서 비롯된 반응이었음을 알겠다. 내 안으로 쏟아져 들어오는 무수한 사람들을 내가 다스릴 수 있다고 믿지 않았다면 그렇게 모여든 수많은 자아들이 나의 자아를 완전히 삼켜버렸을 테니까…… 그러나 시계탑 안에서 기쁨에 취해 교만해진 나는 고대인들이 섬기던 달의 신, 신(Sin)이 되었다. (아니, 인도의 신이 아니라 내가 옛 하드라마우트\*에서 들여온 신인데, 멀리서도 힘을 발휘하여 세계의 조수간만을 조종한다.)

그런데도 메솔드 단지를 찾아온 죽음은 나를 놀라게 했다.

자산동결은 이미 오래전에 끝난 일이지만 아흐메드 시나이의 허리 아래는 여전히 얼음처럼 차가웠다. 언젠가 그가 '개새끼들이 내 불알을 얼음통에 처박았어!' 하고 외치고 아미나가 그의 불알을 따뜻하게 녹여주려고 어루만지다가 너무 차가워 오히려 손가락이 찰싹 붙어버렸던 그날 이후로 아흐메드의 성기는 1956년 러시아의 빙산에서 발

---

\* 남아라비아의 고대 왕국.

견된 털북숭이 코끼리처럼 줄곧 동면 중이었다. 아이들을 낳기 위해 결혼했던 우리 어머니 아미나는 자신의 자궁 속에서 아직 창조되지 않은 생명들이 썩어가는 것을 느꼈고, 티눈이니 뭐니 때문에 남편에게 별로 매력이 없는 여자로 비친 탓이라고 생각했다. 그녀는 메리 페레이라에게 비참한 심정을 토로했지만 보모는 '사내놈들'한테서 무슨 행복을 기대하겠느냐고 대꾸할 뿐이었다. 그들은 대화를 나누면서 피클을 만들었는데, 아미나가 실망감을 섞어가며 만든 매콤한 라임 처트니는 먹을 때마다 저절로 눈물이 났다.

아흐메드 시나이는 근무 시간에도 비서들이 알몸으로 받아쓰기를 하는 환상에 빠져들거나 실오라기 하나 걸치지 않은 페르난다 또는 파피가 엉덩이에 등나무 의자의 격자무늬가 찍힌 채 사무실 안을 활보하는 장면을 상상하며 시간을 보냈건만 그의 물건은 좀처럼 반응을 보이지 않았다. 그러던 어느 날, 진짜 페르난다 또는 파피가 집으로 돌아간 후 아흐메드는 닥터 나를리카르와 체스를 두다가 마귀들 때문에 혓바닥이 (아울러 장기 실력도) 다소 느슨하게 풀린 상태에서 어색하게 고백했다. "나를리카르, 아무래도 내가 거시기에 대한 관심을 아주 잃어버린 모양일세."

그러자 발광성(發光性) 산부인과 의사의 얼굴이 기쁨의 광채를 뿜어냈다. 피부색은 새까맣지만 환하게 빛나는 이 의사의 눈에서 산아제한 광신자가 불쑥 튀어나와 다음과 같은 장광설을 늘어놓았다: "축하하네!" 닥터 나를리카르가 외쳤다. "시나이 형제, 정말 잘된 일이야! 자네는—나도 그렇지만—그래, 자네와 나는 말이야, 시나이 형제, 우리는 보기 드물게 정신적 가치를 추구하는 사람들일세! 욕정에 사로잡혀 헐떡거리는 그 수치스러운 행위는 절대로 우리가 할 짓이 아니야. 자네한테 묻겠는데, 우리가 성행위를 삼가고―오늘날 우리나라를 이토록 가난하게 만든 엄청난 인구에 또 불쌍한 목숨 하나를 보태지 않고―그 대신 우리 국민이 살아갈 땅을 넓히는 일에 정력을 쏟는 것, 그거야말로 정말 보람 있는 일이 아니겠나? 여보게, 친구: 자네와 나에게는 테트라포드가 있지 않나: 우리는 문자 그대로 바다에서 육지를 만들어내는 거야!" 이 연설을 지지한다는 뜻으로 아흐메드 시나이는 술을 따랐고 아버지와 닥터 나를리카르는 네발 달린 콘크리트의 꿈을 위하여 건배를 했다.

"땅, 좋고! 사랑, 싫고!" 닥터 나를리카르가 조금 떨리는 목소리로 말했다. 아버지가 술잔을 다시 채웠다.

1956년 연말쯤에는 수천수만 개의 거대한 콘크리트 테트라포드를 이용하여 바다에 빼앗겼던 육지를 되찾는다는 꿈이―결빙기의 원인이 되기도 했던 그 꿈이―마침내 결실을 맺을 날도 머지않은 듯했다. 그러나 이번에는 아흐메드 시나이도 돈을 조심스럽게 사용했다. 이번에는 어떤 서류에도 이름을 남기지 않고 계속 배후에 숨어 있었다. 자산동결에서 얻은 교훈으로 이번에는 되도록 남의 이목을 끌지 않겠다고 단단히 결심했기 때문이다. 그래서 닥터 나를리카르가 그를 배신하듯이 죽어버렸을 때 아버지가 테트라포드 사업에 관여했다는 기록은 어디에도 없었고 아흐메드 시나이는 (지금까지 보았듯이 그는 불행한 일을 당했을 때 바람직하지 않은 쪽으로 반응하는 경향이 있으므로) 길고 구불구불한 몰락의 아가리 속으로 뛰어들었다. 그리고 말년에 가서 비로소 아내를 진심으로 사랑하게 될 때까지 그 내리막길에서 벗어나지 못했다.

메솔드 단지에 전해진 이야기에 의하면: 닥터 나를리카르는 마린 드라이브 부근에 사는 친구들을 만나러 갔고, 그들과 헤어진 후 그는 초파티 해변까지 걸어가서 벨푸리*와 야자 과즙을 사먹기로 했다. 해안 산책로를 따라 힘차게 걷던 그는 평화롭게 구호를 외치며 천천히 나아가는 언어 시위대 행렬의 꼬리를 따라잡게 되었다. 마침 자신이 직접 시 당국의 허가를 얻어 미래로 가는 길을 가리키는 이정표 같은 의미로 방파제 위에 놓아둔 상징적인 테트라포드 앞에 이르렀을 때였다. 그곳에서 그는 이성을 잃을 만한 광경을 목격했다. 여자 거지 몇 명이 테트라포드를 둘러싸고 푸자 의식**을 거행하는 중이었다. 그들은 테트라포드 밑에 등잔불 몇 개를 켜놓았는데 그중 한 명은 데트라포드의 직립한 다리 끝에 옴(唵) 기호까지 그려놓았다. 그들은 경건하게 테트라포드를 구석구석 닦으면서 기도문을 암송했다. 과학기술의 기적이 뜬금없이 시바 링감***으로 둔갑해버린 것이다. 다산을 반대하는 닥터 나를리카르는 노발대발했다. 그의 눈에 이 광경은 출산을 장려했던 고대 인도의 낡은 악습인 남근숭배의 세력이 생식과는 무관한 20세기의 콘크리트가 지닌 아름다움을 모독하는 장면으로 비쳤고…… 격분한 그는 맹렬한 빛을 내뿜으며 부리나케 달려가면서 공양 중인 여자들에게 욕설을 퍼부었다. 그리고 그곳에 도착하자마자

---

* 튀긴 쌀에 매콤한 타마린드 소스를 뿌린 음식.
** 신에게 꽃이나 음식을 바치는 의식.
*** 시바 신을 상징하는 남근상.

여자들의 작은 디아 등잔을 냅다 걷어찼다. 심지어 여자들을 밀어내려 했다는 말도 있었다. 아무튼 그러다가 언어 시위대의 눈에 띄고 말았다.

나를리카르의 험악한 언사가 언어 시위자들의 귀에 들어갔다. 시위대가 걸음을 멈추고 목청을 높여 나를리카르를 나무랐다. 주먹을 흔들며 욕지거리를 내뱉기도 했다. 그러자 분노 때문에 조심성을 잃어버린 의사가 군중을 향해 돌아서더니 그들의 대의명분과 그들의 교양과 그들의 자매들을 싸잡아 모욕했다. 침묵이 흘렀고 그 침묵이 효력을 발휘했다. 침묵에 이끌린 시위대의 발길이 테트라포드와 울부짖는 여자들 사이에 서 있는 산부인과 의사를 향했다. 침묵 속에서 시위대의 손길이 나를리카르를 향해 다가갔고, 깊은 적막 속에서 네발 달린 콘크리트에 죽자 살자 매달린 그를 잡아당겨 떼어내리려고 했다. 완전무결한 고요 속에서 두려움이 닥터 나를리카르에게 따개비 같은 힘을 주었고 그의 두 팔은 테트라포드에 찰싹 달라붙어 꼼짝도 하지 않았다. 이윽고 시위대도 테트라포드에 달라붙고…… 묵묵히 테트라포드를 흔들기 시작했다. 말없는 다수의 힘이 테트라포드의 무게를 이겨냈다. 섬뜩한 정적에 잠긴 저녁, 테트라포드가 기우뚱 움직이더니 바야흐로 동족들의 선봉에서 물속으로 뛰어들어 매립공사라는 위대한 과업의 서막을 장식할 준비를 했다. 닥터 수레시 나를리카르는 소리 없는 '아' 모양으로 입을 벌린 채 인광성(燐光性) 연체동물처럼 테트라포드에 매달리고…… 인간과 네발 달린 콘크리트는 아무 소리도 없이 떨어져내렸다. 이윽고 풍덩 하는 소리가 침묵의 마법을 깨뜨렸다.

물속에 빠진 닥터 나를리카르가 생전에 그토록 사랑하고 집착했던 물건에 깔려 목숨을 잃었을 때 시신을 찾는 일은 조금도 어렵지 않았다고 한다. 시신이 뿜어내는 횃불 같은 빛이 수면 밖에서도 훤히 보였기 때문이다.

"무슨 일이 있었는지 알아요?" "어이, 뭔데 그래?" 닥터 나를리카르가 독신생활을 하던 에스코리알 빌라의 정원 산울타리 주위에 나를 포함한 몇몇 아이들이 모여들었다. 릴라 사바르마티의 하인이 점잖고 엄숙한 표정으로 우리에게 말해주었다. "송장을 비단에 싸서 집으로 모셔왔더군요."
나는 허락을 받지 못해서 딱딱한 싱글침대에 누워 사프란 꽃에 둘러싸인 닥터 나를리카르의 시신을 직접 볼 수는 없었지만 결국 모든 것을 알게 되었다. 시신에 대한 소문이 그의 방 안에만 머물지 않고 순식간에 퍼져나갔기 때문이다. 나는 주로 단지 내의 하인들로부터 나를리카르에 대한 소문을 들었는데 죽음에 대해서는 다들 거리낌 없이 이야기했다. 그러나 삶에 대한 이야기는 너무 뻔하기 때문에 말을 꺼내는 일도 드물었다. 닥터 나를리카르의 하인은 시신이 바닷물을 많이 삼켜 물의 성질을 띠게 되었다고 말했다. 액체처럼 유동적이라서 빛의 각도에 따라 기쁘거나 슬프거나 무덤덤해 보인다는 것이었다. 호미 카트락의 정원사가 불쑥 끼어들었다. "송장을 너무 오래 들여다보면 위험합니다요. 그러다가 송장에서 뭐가 달라붙으면 문제가 생기거든요." 우리는 이렇게 물었다: 문제? 무슨 문제? 어떤 문제? 어떻게? 그러자 몇 년 만에 처음으로 버킹엄 빌라의 정원 수도꼭지 밑에서 일어난 고행승 푸루쇼탐이 말했다: "누가 죽으면 살아 있는 사람들은 자신을 너무 뚜렷이 바라보게 된다오. 그래서 시신 옆에 있다 보면 천성이 두드러지기 마련이외다." 이 비범한 말은 현실에 근거한 발언이었다. 왜냐하면 톡시 카트락의 간호사 비아파가 시신을 염습하는 일을 거든 후 예전보다 더 시끄럽고 더 심술궂고 더 무서운 여자가 되었기 때문이다. 정장 차림으로 안치된 닥터 나를리카르의 시신을 본 사람들도 모두 영향을 받은 듯했다. 누시 이브라힘은 예전보다 더 어리석어지고 더 오리를 닮아갔으며, 고인의 집 위층에 살고 시신이 안치된 방을 정리하는 일을 거들기도 했던 릴라 사바르마티는 줄곧 마음속에 잠복해 있던 바람기에 굴복하여 총알이 기다리는 막다른 길로 접어들었고, 그녀의 남편 사바르마티 중령은 콜라바에서 대단히 특이한 지휘봉으로 교통정리를 하게 되었고……

그러나 우리 가족은 시신 근처에 얼씬도 하지 않았다. 아버지는 문상마저 거부했고, 죽은 친구에 대해 이야기할 때도 이름을 입에 올리지 않고 반드시 '그 배신자'라고 불렀다.

이틀 후 사고 소식이 신문에 보도되자 별안간 닥터 나를리카르의 여자 친척들이 우르르 몰려들어 어마어마한 대가족을 이루었다. 그는 한평생 독신이었고 여성혐오자였지만 죽은 뒤에는 거대하고 소란스럽고 전능한 여자들의 홍수에 휩쓸리고 말았다. 그들은 도시 곳곳의 기기묘묘한 구석에서 줄줄이 기어 나왔는데, 아물(Amul) 낙농회사에서 우유 짜는 여자, 영화관 매표소에서 일하는 여자, 노점에서 소다수 파는 여자, 불행한 결혼생활을 하는 여자 등등 다양하기 그지없었다. 시위행진이 유난히 잦았던 그해에 나를리카르 일가의 여자들도 행렬을 지었는데, 특대형 여자들이 기나긴 장사진을 이루고 우리가 사는 이층집 높이의 언덕으로 끝없이 밀려들어 닥터 나를리카르의 집을 가득 채웠다. 나중에는 저 아래 길가에서 올려다보면 창문마다 삐죽삐죽 튀어나온 팔꿈치들과 베란다로 흘러넘친 엉덩이들이 보일 정도였다. 나를리카르 일가의 여자들이 통곡하는 소리가 천지를 뒤흔들어 일주일 동안 아무도 잠을 잘 수 없었다. 그러나 그렇게 울부짖는 와중에도 이 여자들은 생김새만큼이나 유능하다는 사실을 충분히 입증했다. 그들은 산부인과 경영을 떠맡고, 나를리카르의 거래내역을 샅샅이 조사하고, 지극히 냉정하고 침착하게 우리 아버지를 테트라포드 사업에서 완전히 배제해버렸다. 몇 년 동안이나 공을 들인 아버지에게 남은 것이라고는 텅 빈 호주머니뿐이었다. 여자들은 나를리카르의 시신을 베나레스로 옮겨 화장했다. 단지 내의 하인들이 나에게 귓속말로 전해준 이야기에 의하면 해질녘 마니카르니카 가트*에서 의사의 유골을 신성한 강가** 강물에 뿌렸다는데, 그때 유골이 가라앉지 않고 수면에 뜬 채 작은 개똥벌레들처럼 빛나면서 바다로 흘러갔으니 배를 타고 지나가던 선장들이 그 이상한 불빛을 보았다면 꽤나 놀랐을 거라고 했다.

아흐메드 시나이에 대하여: 맹세코 나를리카르가 죽고 여자들이 나타난 이후의 일이다. 아흐메드가 문자 그대로 희미해지기 시작했는데…… 피부가 점점 창백해지고 머리카락도 점점 색이 빠지더니 불과 몇 달 만에 검은 눈동자만 남고 온몸이 하얗게 변해버렸다. (메리

---

\* '가트'는 물가로 내려가는 계단이다. 베나레스의 마니카르니카 가트는 주로 화장터로 이용되어 갠지스 강변의 수많은 가트 중에서도 가장 유명하다.
\*\* 갠지스 강의 힌디어 명칭.

페레이라가 아미나에게 말했다: "나리 피가 싸늘하게 식어버려서 이젠 냉장고처럼 피부에 하얀 성에가 끼나보네요.") 솔직히 말하자면 아버지는 그렇게 백인으로 탈바꿈한 것이 걱정스럽다는 듯 병원에도 가보고 온갖 수선을 떨었지만 의사들이 문제의 원인을 설명하지도 못하고 치료법도 내놓지 못하자 내심 기뻐했다. 그는 오래전부터 유럽인의 피부색을 부러워했기 때문이다. 이윽고 다시 농담을 해도 괜찮을 만한 시기가 되었을 때(즉 닥터 나를리카르가 죽고 나서 상당 기간이 지난 어느 날) 칵테일 시간에 아버지가 릴라 사바르마티에게 말했다: "멋있는 사람들은 한 꺼풀만 벗기면 다 백인이죠. 나는 인도인 흉내를 그만뒀을 뿐이에요." 이웃들은 모두 아버지보다 피부색이 어두웠고, 예절바르게 웃어주기는 했지만 야릇한 수치심을 느꼈다.

　상황증거로 미루어 판단하자면 내가 흑단처럼 새까만 어머니에 이어 백설처럼 새하얀 아버지를 모시게 된 까닭은 나를리카르의 죽음이 가져온 충격 때문이라고 생각할 수도 있겠다. 그러나 (여러분이 어디까지 곧이들을지 모르겠지만) 나는 감히 또 하나의 설명을 내놓고 싶다. 내 시계탑에서 홀로 상념에 빠졌다가 세우게 된 가설인데…… 빈번히 심령 여행을 하는 과정에서 나는 좀 기이한 사실을 발견했다. 독립 직후의 9년 동안 우리나라의 사업가들 사이에는 이와 비슷하게 색소이상으로 고민하는 사람들이 많았다(기록상 최초의 환자는 쿠치나힌의 라니였다고 할 수 있겠다). 나는 인도 전역에서 훌륭한 인도인 사업가들을 종종 만나보았는데, 경제를 발전시키는 데 중점을 둔 제1차 5개년 계획 덕분에 다들 재산이 크게 늘었지만…… 한결같이 피부색이 몹시 창백해졌거나 점점 창백해지는 중이었다! 영국인들로부터 나라를 돌려받은 후 저마다 자기 운명의 주인이 되려고 엄청난(초인적이라고 해도 좋을 만한) 노력을 기울이느라 얼굴에서 핏기가 가신 듯한데…… 정말 그렇다면 우리 아버지도 비록 항간의 화제가 되지는 못했으나 인도 전역에 두루 만연했던 이 현상의 피해자였는지도 모른다. 인도의 사업가들은 백인으로 변해갔다.

오늘은 이 정도만 해도 생각할 거리가 충분하겠다. 그러나 에벌린 릴리스 번스가 점점 다가오고, 파이어니어 카페도 고통스러울 만큼 가까워졌고, 게다가—더욱더 중요한 일인데—자정이 낳은 다른 아이들, 이를테면 나의 분신, 치명적인 무릎을 가진 시바 같은 아이들이 코앞에 들이닥쳤다. 머지않아 균열이 더 벌어지면 그들이 탈출할 텐데……

그건 그렇고: 1956년 연말 즈음에 가수이며 오쟁이 진 사내인 위 윌리 윙키도 죽음을 맞이할 가능성이 높다.

## 봄베이의 사랑




람잔\*, 즉 금식의 달 동안 우리는 틈날 때마다 영화를 보러 갔다. 새벽 다섯시부터 우리를 흔들어 깨우는 부지런한 어머니의 손길에 눈을 떠 동트기도 전에 설탕을 넣은 라임수와 멜론으로 아침식사를 하고 나서, 특히 일요일 아침에는 어김없이 놋쇠 잔나비와 내가 번갈아가며(때로는 합창하듯 일제히) 아미나에게 다시 일깨워주었다: "아침 열시 반에 시작해요! 메트로 커브 클럽에 가는 날이에요, 엄마, 제바아알!" 그다음에는 로버에 올라타고 영화관으로 달려갔다. 그곳에 가봤자 코카콜라나 감자튀김도, 콸리티 아이스크림이나 포장지가 기름에 절어버린 사모사도 맛볼 수 없지만 적어도 냉방이 되었고, 우리 옷

---

\* 이슬람력의 9월로, 한 달 동안 일출부터 일몰까지 단식을 한다. 아랍어로 라마단.

에 커브 클럽 배지를 꽂아주었고, 각종 경연 대회도 열렸고, 어울리지도 않는 콧수염을 기른 사회자가 생일축하를 해주기도 했고, 마지막으로 영화도 볼 수 있었는데, 시작 전에는 '다음 상영작'이나 '개봉박두' 같은 소개말이 붙은 예고편들이 나오고 만화영화도 나왔다. ('잠시 후 본영화가 시작됩니다. 그러나 먼저……!') 영화는 아마도 〈퀜틴 더워드〉나 〈스카라무슈〉였을 것이다. "박진감 넘치는 영화!" "떠들썩하고 음란한 영화!" 우리는 박진감이나 음란함이 무슨 뜻인지도 모르면서 영화가 끝날 때마다 그렇게 영화평론가 흉내를 냈다. 우리 가족은 예배를 자주 드리지는 않았지만(이드 울 피트르[*] 때는 예외였는데, 그때는 아버지가 나를 금요성원에 데려가서 내 머리에 손수건을 묶어주고 내 이마를 바닥에 찍어누르며 축제일을 기념했고……) 영화를 좋아했기 때문에 언제나 기꺼이 금식을 했다.

에비 번스와 내가 의견일치를 본 사항은: 로버트 테일러야말로 세계 최고의 영화배우라는 사실이었다. 나는 톤토 역의 제이 실버힐스도 좋아했지만 그의 키모사비 클레이턴 무어는 론 레인저 역을 맡기에는 너무 뚱뚱하다고 생각했다.[**]

에벌린 릴리스 번스는 1957년 새해 첫날 홀아비 아버지와 함께 우리 언덕 아래쪽에 위치한 아파트에 입주했다. 이 건물은 우리도 모르는 사이에 뚝딱 지어진 땅딸막하고 꼴사나운 콘크리트 덩어리 두 개 중 하나였는데 그곳에는 묘한 인종차별이 존재했다. 미국인을 비롯한

---

[*] 람잔을 마감하고 이슬람력 10월 첫날부터 시작되는 사흘간의 무슬림 축제.
[**] 미국 텔레비전 시리즈 및 영화 〈론 레인저〉의 배우들을 가리킨다. 여기서 '키모사비'는 '믿음직한 친구'라는 뜻으로 주인공과 톤토가 서로를 부르는 애칭이다.

외국인들은 (에비처럼) 누르 빌라에 살았고 인도인 벼락부자들은 락슈미 빌라에 자리를 잡았다. 메솔드 단지에서 그들을 내려다보는 우리는 백인이든 인도인이든 가리지 않고 멸시했지만 에비 번스를 업신여길 사람은 아무도 없었다. 그러나 예외가 한 번 있었다. 누가 그녀의 콧대를 꺾어놓은 것은 그때 딱 한 번뿐이었다.

나는 긴 바지를 한 번도 입어보지 못한 나이에 에비를 사랑하게 되었다. 그러나 그해에는 사랑이 얄궂은 연쇄반응을 일으켰다. 시간을 절약하기 위해 우리 모두를 메트로 영화관의 객석 한 줄에 나란히 앉혀보겠다. 넋을 잃고 스크린을 바라보는 우리의 눈동자로 로버트 테일러의 모습이 어른거린다. 우리가 앉은 순서도 자못 의미심장하다: 살림 시나이는 에비 번스를 사랑해서 그 옆에 앉았고, 에비 번스는 서니 이브라힘을 사랑해서 그 옆에 앉았고, 서니 이브라힘은 놋쇠 잔나비를 사랑해서 그 옆에 앉았고, 놋쇠 잔나비는 통로 옆에 앉아서 굶어죽을 듯한 시장기를 느끼고…… 나는 에비를 향한 사랑에 내 생애의 6개월 정도를 바쳤을 것이다. 그로부터 2년 후 그녀는 어느 늙은 여자에게 칼부림을 하고 미국으로 돌아가서 소년원 신세를 지게 되었다.

이 시점에서 잠깐 감사 표시를 해야겠다: 만약 에비가 우리 동네에 와서 살지 않았다면 내 이야기는 시계탑에서의 관광여행이나 교실에서의 부정행위에서 한 걸음도 나아가지 못했을 테고…… 그랬다면 과부 합숙소에서의 클라이맥스도 없었을 테고, 나의 존재의미에 대한 명백한 증거도 찾지 못했을 테고, 노란색과 초록색으로 춤추듯 깜박거리는 네온 여신 뭄바데비가 지켜보는 가운데 연기 자욱한 공장에서 피날레를 장식하지도 못했을 테니까. 어쨌든 에비 번스는 (그녀는 뱀이었을까 사다리였을까? 대답은 자명하다: 둘 다였다) 우리 동네에 왔고 은빛 자전거도 가져왔는데, 내가 한밤의 아이들을 발견하게 된 것도, 그리고 봄베이 주가 결국 분할되고 만 것도 바로 그 자전거 때문이었다.

시작부터 차근차근 시작하자면: 그녀의 머리카락은 허수아비의 밀짚 머리카락 같았고 피부는 주근깨투성이였고 치아는 철창 속에 갇혀 있었다. 그 치아는 이 지상에서 그녀가 마음대로 다스릴 수 없는 유일한 존재인 듯했다. 그야말로 제멋대로 자라서 들쑥날쑥하고 이리저리 포개져 아이스크림을 먹을 때마다 통증이 극심했다. (여기서 한 가지 일반화를 시도해보겠다: 미국인들은 세계를 지배하고 있지만 자기들의 입속은 통제하지 못하는 반면, 인도는 무력하기 짝이 없지만 인도인들의 치아는 대단히 건강한 편이다.)

나의 에비는 치통에 시달리면서도 그 고통을 당당히 무시해버렸다. 한낱 뼛조각과 잇몸 따위에 굴복하기를 거부하고 어디를 가든 거리낌 없이 케이크를 먹어치우고 콜라를 들이켰다. 그러면서도 절대로 아픔을 호소하지 않았다. 에비 번스는 강인한 아이였고, 고통을 정복했다는 이유로 우리 모두의 우두머리 자리에 올랐다. 미국인들에게는 반드시 미개척지가 필요하다고 한다. 에비의 미개척지는 고통이었고 그녀는 끝까지 밀어붙일 각오가 되어 있었다.

한번은 내가 그녀에게 꽃목걸이(우리 '밤나리'에게 잘 어울리는 '밤의여왕'*이었다) 한 줄을 수줍게 내민 적이 있었다. 내 용돈을 들여 스캔들 포인트의 행상 아줌마에게서 사온 꽃이었다. "꽃 같은 거

걸기 싫어." 에벌린 릴리스는 그렇게 말하면서 쓸모없는 꽃목걸이를 허공에 던져 올리더니 땅에 떨어지기 전에 백발백중 데이지** 공기권총의 총알로 단숨에 꿰뚫어버렸다. 데이지로 꽃을 파괴함으로써 그녀는 모든 속박을 싫어하고 목걸이도 예외가 아니라는 뜻을 분명히 밝혔다. 그녀는 우리의 변덕스럽고 충동적인 '언덕나리꽃'이었다. 그리고 '이브'이기도 했다. 아담을 망친, 그러나 눈에 넣어도 아프지 않을.***

그녀가 등장한 순간은: 짝눈과 개기름 사바르마티, 키루스 두바시, 그리고 잔나비와 나는 메솔드 단지의 네 궁전 사이에 있는 원형광장에서 약식 크리켓을 하고 있었다. 새해 첫날의 시합이었다: 톡시는 쇠창살을 친 창가에서 손뼉을 치고, 비아파조차도 기분이 좋은지 단 한 번도 우리에게 욕을 하지 않았다. 크리켓은—약식 크리켓이라도, 심지어 아이들이 하는 경우에도—조용한 시합이다: 아마인 기름으로 성별(聖別)한 평화.**** 가죽과 버드나무의 입맞춤,***** 때때로 터져 나오는 박수갈채, 이따금 외치는 소리—"안타야! 안타라니까!"— "맛이 어떠냐?"—그러나 자전거를 탄 에비는 이런 평화를 용납하지 않았다.

---

\* 밤이 되면 크고 화려한 꽃을 피우는 선인장의 일종.
\*\* 장난감 권총 상표명.
\*\*\* 이 문단에서 살림은 에벌린 릴리스(Evelyn Lilith)라는 이름을 이용하여 언어유희를 늘어놓았다. '에벌린'은 밤(eve)과 이브(Eve)로, '릴리스'는 밤나리(lily-of-the-eve)와 언덕나리꽃(Lill-of-the-Hill)으로 발전한다.
\*\*\*\* 크리켓 배트의 강도를 높이기 위해 아마인유를 먹인다.
\*\*\*\*\* 크리켓 공은 코르크와 가죽으로, 배트는 버드나무로 만든다.

"야, 너희! 너희 전부 말이야! 야, 왜들 그래? 다들 귀머거리야 뭐야?"

내가 (란지* 처럼 기품 있게, 비누 망카드** 처럼 힘차게) 배트를 휘두를 때 에비가 두발자전거를 타고 언덕 위로 쏜살같이 올라왔다. 밀짚색 머리카락이 흩날리고, 주근깨가 이글거리고, 입속의 쇠붙이가 햇빛을 받아 불빛 신호를 보내듯이 번쩍거리고, 마치 은제 총알에 올라탄 허수아비처럼…… "야, 거기 콧물 질질 흘리는 애! 멍하니 공만 쳐다보지 말란 말이야, 인마! 내가 정말 볼 만한 걸 보여줄 테니까!"

에비 번스를 제대로 설명하려면 그녀의 자전거도 빠뜨리지 말아야 한다. 평범한 두발자전거가 아니라 지난 시대의 마지막 명품, 새것처럼 깨끗한 아르주나 인디아바이크였다. 보호 테이프를 감은 드롭 핸들바, 5단 기어, 인조 치타가죽 안장. 그리고 은색 뼈대…… (굳이 말할 필요도 없겠지만 론 레인저가 타는 말과 같은 빛깔이다.) 꾀죄죄한 짝눈과 단정한 개기름, 천재 키루스와 잔나비, 서니 이브라힘과 나—절친한 친구들, 메솔드 단지의 진정한 적자(嫡子)들, 상속권을 타고난 후계자들—두뇌가 집게에 눌려 우둔하고 단순한 서니와 남모르는 위험한 비밀을 간직한 나—그렇다, 미래의 투우사와 해군 장교와 기타 등등이 다 모인 그 자리에서 우리 모두가 입을 딱 벌리고 멍하니 바라볼 때 에비 번스가 자전거를 타고 달리기 시작했다. 더빨리더빨리더빨리, 원형광장 가장자리를 따라 빙글빙글…… "이거 봐라! 나 좀 보라고, 멍청이들아!"

---

* 토후국 나와나가르의 왕. 1907년 즉위 이전에 영국 크리켓선수로 활약했다.
** 인도 크리켓선수.

에비는 치타 안장 위에서 일어났다 앉았다 하면서 재주를 부렸다. 안장 위에 올라서서 한쪽 다리를 뒤로 길게 뻗고는 우리 주위를 빙빙 돌기도 하고 점점 속력을 높이다가 안장에 머리를 대고 물구나무를 서기도 했다! 앞바퀴 쪽에 엉거주춤 걸터앉아 후방을 바라보며 페달을 거꾸로 밟기도 하고…… 중력은 그녀의 노예였고 속력은 그녀의 천성이었다. 우리는 만만찮은 실력자가 나타났음을 알았다. 자전거를 탄 마녀에게 산울타리의 꽃들이 꽃잎을 뿌려주고 원형광장의 먼지가 구름처럼 일어나 갈채를 보내주었다. 원형광장도 그곳에 여왕이 나타났음을 알아차렸기 때문이다. 핑핑 도는 바퀴는 붓이었고 원형광장은 캔버스였다.

우리는 그때 비로소 우리의 여주인공이 오른쪽 허리춤에 찬 데이지 공기권총을 발견했고…… "아직 멀었다, 촌놈들아!" 그녀가 소리치며 권총을 뽑았다. 그녀의 총알이 돌 하나하나에 비행 능력을 선물했다. 우리가 1아나짜리 동전을 공중으로 던지면 그녀가 명중시켜 떨어뜨렸다. "표적! 표적이 더 필요해!" 짝눈이 애지중지하던 카드 한 벌을 군말 없이 내놓았고 치아 교정기를 낀 애니 오클리\*는 왕들의 머리를 차례차례 날려버렸다. 아무도 감히 그녀의 사격솜씨에 이의를 제기하지 않았다. 다만 고양이 대습격 때 딱 한 번 예외가 있었고 그것으로 그녀의 치세도 끝나고 말았지만 그때는 정상을 참작할 만한 사정이 있었다.

에비 번스가 땀을 뻘뻘 흘리며 상기된 얼굴로 자전거에서 내려 이

---

\* 미국의 유명한 여자 총잡이.

렇게 선포했다. "지금부터 새 추장님이 이 마을을 다스린다. 알았냐, 인디언들*? 불만 없지?"

불만 따위는 없었다. 나는 그때 이미 사랑에 빠져버렸음을 알았다. 에비와 함께 주후 해변에서: 그녀는 낙타 경주에서 번번이 우승했고, 코코넛 과즙을 우리 중 누구보다 많이 마실 수 있었고, 아라비아해의 따가운 소금물 속에서도 눈을 뜰 수 있었다.

겨우 6개월이 그토록 큰 차이를 만드는가? (에비는 나보다 반년 연상이었다.) 그 차이 때문에 어른들과 어깨를 나란히 하고 대화를 나눌 권리가 생긴단 말인가? 에비는 종종 이브라힘 이브라힘 노인과 잡담을 나누었고, 릴라 사바르마티에게 화장법을 배우는 중이라고 주장했고, 호미 카트락을 찾아가서 총에 대해 이야기하기도 했다. (열렬한 총기애호가였던 호미 카트락이 어느 날 총부리 앞에 서게 된 것은 비극적인 아이러니가 아닐 수 없는데⋯⋯ 아무튼 그는 에비에게 동료의식을 느꼈다. 에비도 어머니를 잃은 아이였지만 그의 딸 톡시와 달리 칼날처럼 예리하고 고양이처럼 영악했다. 에비 번스는 가엾은 톡시 카트락을 조금도 동정하지 않았다. 에비는 우리 모두에게 거리낌 없이 이렇게 말했다. "머리가 잘못됐어. 차라리 쥐새끼처럼 죽여버리는 게 낫지." 그렇지만 에비, 쥐들은 결코 나약하지 않다! 그리고 네가 그토록 경멸했던 톡시보다 네가 훨씬 더 설치류를 많이 닮았다.)

에벌린 릴리스는 그런 아이였다. 그리고 그녀가 등장하고 불과 몇 주 만에 나는 일련의 연쇄반응을 촉발시켰고 그것은 영원히 돌이킬

---

* 이 말은 '인도인'과 '아메리칸 인디언'을 모두 가리키는 이중적 의미로 사용되었다.

수 없는 결과를 낳았다.

문제의 발단은 서니 이브라힘이었다. 옆집 서니, 집게자국 서니, 내 이야기 속에서 묵묵히 때를 기다리던 서니. 그 시절 서니는 큰 상처를 받은 아이였다. 그를 짓누른 것은 집게만이 아니었다. 놋쇠 잔나비를 사랑하는 일은(고작 아홉 살짜리가 생각하는 사랑이더라도) 결코 쉽지 않았다.

앞에서도 말했듯이 예언도 없이 둘째로 태어난 누이는 모든 애정표현에 과격한 반응을 보이기 시작했다. 누이가 새와 고양이들의 말을 할 줄 안다고 누구나 믿었지만, 사랑이 담긴 다정한 말을 들을 때마다 그녀는 짐승처럼 분노를 터뜨렸다. 그러나 어리석은 서니는 경고를 무시하고 벌써 몇 달째 잔나비를 귀찮게 구는 중이었다. 예를 들자면, "살림 동생, 너 정말 화끈하구나!" 또는, "있잖아, 내 여자친구 안 할래? 너희 보모 아줌마랑 영화도 보러 가고……" 그 몇 달 동안 잔나비는 서니에게 사랑의 대가를 톡톡히 치르게 했다. 걸핏하면 서니의 어머니에게 온갖 험담을 했고, 실수인-척-고의로 흙탕물에 밀어버렸고, 한번은 신체적 공격도 마다하지 않고 그의 얼굴에 긴 손톱자국을 남겨 매 맞은 개처럼 시무룩하게 만들기도 했다. 그런데도 서니는 정신을 차리지 못했다. 그래서 잔나비는 마침내 가장 무시무시한 보복 계획을 꾸몄다.

놋쇠 잔나비는 네피언시 가에 있는 월싱엄 여학교에 다녔다. 이 학교에는 키도 크고 근육도 굉장히 발달한 유럽인 여학생들이 많았다. 그들은 물고기처럼 헤엄치고 잠수함처럼 다이빙을 했다. 여가 시간에는 지도처럼 생긴 브리치 캔디 클럽 수영장에서 뛰놀았는데, 우리 방 창가에서 그곳을 한눈에 내려다볼 수 있었지만 물론 우리는 출입금지였고…… 잔나비가 이렇게 인종차별적 특혜를 누리는 수영선수들을 따라다니며 일종의 마스코트가 되었다는 사실을 알았을 때 나는 아마도 난생처음으로 그녀에게 정말 실망했는데…… 그러나 말해봤자 소용도 없었고 그녀는 고집을 굽히지 않았다. 월싱엄 통학버스 안에서도 잔나비는 열다섯 살의 건장한 백인 소녀들과 함께 앉았다. 서니, 짝눈, 개기름, 키루스 대왕, 그리고 내가 아침마다 대성당 고등학교 버스를 기다리는 바로 그 자리에서 잔나비도 그런 암컷 세 마리와 함께 버스를 기다리곤 했다.

어느 날 아침, 무엇 때문이었는지는 잊었지만 그날 정류장에는 남학생이 서니와 나밖에 없었다. 어쩌면 전염병이 돌았는지도 모른다. 아무튼 잔나비는 메리 페레이라가 우리를 건장한 수영선수들에게 맡겨두고 떠날 때까지 기다렸다. 그때 나는 별다른 이유 없이 무심코 잔나비의 생각을 들여다보았는데, 순간 그녀의 음모가 머릿속에 훤히 떠올라서 "야!" 하고 소리쳤다. 그러나 이미 늦어버렸다. 잔나비가 날카롭게 외쳤다. "오빠는 상관하지 마!" 그러더니 건장한 수영선수 세 명과 함께 서니 이브라힘에게 덤벼들었고 노숙자들과 거지들과 자전거를 탄 점원들이 그 광경을 흥미진진하게 지켜보았다. 여자들은 서니의 옷을 하나하나 벗겨버리고…… "야, 인마, 그렇게 우두커니 구경만 할래?" 서니가 그렇게 고함을 지르며 도움을 청했지만 나는 움직일 수 없었는데, 누이동생과 친구 중에서 도대체 누구 편을 들어야 한단 말인가? 그러자 서니는 눈물을 흘리면서, "우리 아빠한테 다 이를 거야!" 그래도 잔나비는 아랑곳없이, "자꾸 헛소리하지 말랬지! 혼꾸멍이 나봐야 정신 차리지!" 서니의 신발이 날아가고, 셔츠도 사라지고, 하이보드 다이빙선수가 조끼까지 확 벗겨버린다. "시시한 연애편지도 쓰지 말란 말이야!" 이제 양말도 없어지고, 눈물이 펑펑 쏟아지고, "다 됐다!" 잔나비가 소리치고, 월싱엄 버스가 도착하자 누이와 공격조는 재빨리 올라타고 떠나버리는데, "꼴좋구나, 연애쟁이!" 그들은 그렇게 소리치며 멀어져가고, 길거리에 남은 서니는 치말케르 완구점과 리더스 파라다이스 서점 건너편의 인도 위에서 태어날 때의 모습 그대로 실오라기 하나 걸치지 않은 알몸을 선보인다. 머리에 바른 바셀린이 흘러내려 집게 자국이 물웅덩이처럼 반짝거리고 두 눈에도 눈물이 글썽글썽한 채 서니가 말했다. "쟤가 도대체 왜 이러는 거야? 난 그냥 좋아한다고 말했을 뿐인데……"

"나도 몰라." 나는 눈을 어디에 두어야 좋을지 몰랐다. "원래 희한한 짓을 잘하는 애잖아." 그랬지만 그녀가 나에게 더 지독한 짓을 하게 될 줄은 꿈에도 몰랐다.

그러나 그것은 9년 뒤의 일이고…… 아무튼 1957년 초부터 선거유세가 시작되었다: 잔 상\*은 신성한 소들이 늙어 편히 쉴 수 있는 요양소를 만들겠다는 공약을 내놓고, 케랄라 주의 E. M. S. 남부디리파드\*\*는 공산주의가 만인에게 음식과 일자리를 주리라 약속하고, 마드라스 주에서는 C. N. 아나두라이의 아나 D. M. K. 당\*\*\*이 지역주의의

---

\* 1951년 창설된 힌두교 정당. 정식 명칭은 바라티야 자나 상으로 1980년 창설된 인도인민당의 모태가 되었다.
\*\* 인도공산당 지도자. 케랄라 주의 총리직을 두 차례 역임했다.
\*\*\* 아나두라이가 남인도 드라비다족의 이익을 대변하기 위해 창설한 정당.

불길에 부채질을 하고, 국회는 힌두 여자들에게 평등한 상속권을 주는 힌두 상속법 개정안 같은 개혁 정책으로 반격하고…… 간단히 말해서 모든 사람이 저마다 자기주장을 내세우느라 바빴다. 그러나 나는 에비 번스 앞에서는 입도 뻥긋하지 못했고 결국 서니 이브라힘에게 내 대신 말 좀 잘해달라고 부탁해야 했다.

 인도인들은 예나 지금이나 유럽인들에게 약한 일면이 있는데…… 에비가 우리 앞에 나타난 지 겨우 몇 주가 지났을 뿐이지만 나는 벌써 유럽문학을 기괴하게 흉내 내는 일에 푹 빠진 상태였다. (우리는 학교에서 『시라노』 축약본을 읽었다. 나는 『그림으로 읽는 고전』이라는 만화책도 보았다.) 어쩌면 유럽이 인도에서 하나의 익살극으로 재현되었다는 말이 정확할지도 모르겠는데…… 에비는 미국인이었다. 그래도 마찬가지였다.

 "그래도 인마, 그건 아니지. 네가 직접 말하지그래?"

 "야, 서니, 너 내 친구 맞지?"

 "그건 맞는데, 넌 나를 도와주지도 않았으면서……"

 "걔는 내 동생이잖아, 서니, 그런데 내가 어떻게 도와줘?"

 "아니, 그럼 네 일도 네가 알아서……"

 "야, 서니, 인마, 너도 생각 좀 해봐. 생각을 좀 해보라고. 여자애들은 조심스럽게 다뤄야 돼, 인마. 잔나비가 걸핏하면 얼마나 발끈하는지 보란 말이야. 너도 경험해봐서 알잖아. 다 겪어봤으니까. 다음번엔 좀 더 조심해야 한다는 걸 알게 됐을 거야. 그런데 나는 아는 게 뭐냐? 어쩌면 에비가 나를 싫어하는지도 모르잖아. 나도 옷이 홀라당 벗겨졌으면 좋겠냐? 그래야 속이 시원하겠어?"

그러자 착하고 순진한 서니는, "⋯⋯글쎄, 그건 아니지만⋯⋯"

"그럼 됐어. 어서 가봐. 나 좀 칭찬해줘. 내 코는 신경 쓰지 말라고 해. 인격이 더 중요하니까. 할 수 있겠냐?"

"⋯⋯그으쎄에⋯⋯ 난⋯⋯ 알았어. 그 대신 너도 네 동생한테 말 좀 잘해줘, 알았지?"

"말은 해보겠지만, 서니, 내가 무슨 약속을 할 수 있겠냐? 잔나비가 어떤 앤지 너도 알잖아. 어쨌든 말은 꼭 해줄게."

아무리 꼼꼼하게 전략을 짜도 여자들은 단번에 모든 계획을 무너뜨리기 일쑤다. 선거유세에서 한 번 성공을 거두기 위해 두 번쯤은 실패를 맛보기 마련이고⋯⋯ 버킹엄 빌라의 베란다에서 나는 대나무 발의 틈새로 내가 선택한 유권자 앞에서 선거운동을 하는 서니 이브라힘을 훔쳐보았는데⋯⋯ 유권자의 목소리에 점점 콧소리가 심해지고, 에비 번스의 경멸 섞인 음성이 대기를 가른다: "누구? 걔? 가서 코나 좀 풀라고 하지 그러냐? 그 코찔찔이? 걔는 *자전거도 못 타잖아!*"

사실이었다.

그러나 더욱더 괴로운 일이 기다리고 있었다. 지금 (장면 전체가 발에 가려져 갈래갈래 쪼개지기는 했지만) 에비의 얼굴 표정이 점점 누그러져 따뜻해진 것이 정말인가?―그리고 (발 때문에 길게 조각난) 에비의 손이 내 선거운동원을 향해 다가간 것이 사실인가?―그리고 (손톱을 바싹 물어뜯어 생살이 드러난) 에비의 손가락이 서니의 집게 자국을 어루만져 그곳에 흘러내린 바셀린이 그녀의 손끝에 묻어난 것이 진실인가?―그리고 에비가, "그건 그렇고 너 참 *귀엽다*" 하고 말한 것이 과연 현실인가 아닌가? 인정하자니 가슴이 아프지만 정말이고 사실이고 진실이고 현실이었다.

살림 시나이는 에비 번스를 사랑하고, 에비는 서니 이브라힘을 사랑하고, 서니는 놋쇠 잔나비에게 푹 빠졌는데 잔나비는 뭐라고 말하는가?

"제발 구역질나게 하지 마." 내가 서니를 도와주려고 말을 꺼냈을 때—그가 나를 실망시켰다는 점을 감안한다면 가히 칭찬받을 만한 행동이 아닐까—누이는 그렇게 대꾸했다. 유권자들은 우리 두 사람 모두에게 반대표를 던졌다.

그러나 아직 포기할 수는 없었다. 에비 번스의 세이렌 같은 매력 때문에—그녀가 나를 좋아하지 않는다는 사실을 어쩔 수 없이 인정하면서도—나는 속절없이 몰락을 향해 치달았다. (그래도 그녀를 원망하지 않는다. 그렇게 몰락한 덕분에 비상할 수 있었으니까.)

시계탑에 혼자 있을 때 나는 인도 아대륙 여행을 잠시 중단하고 우리 주근깨투성이 이브의 사랑을 얻을 방법을 궁리했다. 그리고 이렇게 결심했다. '중매쟁이는 필요 없어. 내가 직접 나서야겠다.' 마침내 계획을 세웠다: 에비와 같은 관심사를 공유하고 그녀가 좋아하는 일을 나도 좋아해보자고…… 그러나 권총에는 매력을 느낄 수 없었다. 그래서 자전거를 배우기로 마음먹었다.

그 무렵 에비는 언덕 위에 사는 아이들의 열화 같은 요청에 못 이겨 자전거 기술을 가르쳐주었다. 그래서 내가 수강생 대열에 끼어드는 것쯤은 그리 어렵지 않았다. 우리는 원형광장에 모였다. 광장의 여왕 에비가 한복판에 서고, 비틀거리면서도 굉장한 집중력을 보여주는 자전거 수강생 다섯 명이 그녀를 둘러싸고…… 나는 자전거도 없이 그녀 곁에 서 있었다. 에비가 나타나기 전에는 바퀴 달린 탈것 따위에 관심도 없었고 그래서 자전거를 선물받지도 못했기 때문인데…… 나는 겸손하게 에비의 독설을 참아냈다.

"너는 도대체 어디서 살다 온 애냐, 왕코쟁이? 내 자전거를 빌려 타겠다는 거야?"

"아냐." 내가 착잡한 표정으로 거짓말을 하자 에비도 조금 누그러졌다.

"좋아, 좋아." 그녀가 어깨를 으쓱했다. "안장에 앉아봐. 소질이 있는지 어디 좀 보자."

그 은빛 아르주나 인디아바이크에 올라타는 순간 내가 정말 한없이 의기양양했다는 사실을 먼저 밝혀야겠다. 에비는 핸들바를 붙잡고 빙글빙글 원을 그리며 걸었고, "균형 잡았어? **아직도**? 나 참, 어느 세월에 제대로 탈래?" 하고 소리쳤고, 그렇게 에비와 함께 돌면서 나는…… 뭐라고 말해야 좋을까? ……행복했다.

빙글빙글또빙글빙글또빙글…… 마침내 나는 에비를 기쁘게 하려고 더듬거리며, "좋아…… 이제 나도…… 내가 타볼게" 하고 말하고, 그 순간 그녀는 마지막으로 힘껏 밀어주면서 손을 놓고, 은색 물체는 눈부시게 반짝거리며 걷잡을 수 없이 빠른 속도로 원형광장을 가로지르고…… 나는 에비의 고함 소리를 듣고: "브레이크! 빨리 브레이크 잡아, 이 멍청아!"—그러나 손이 움직이지 않고, 나는 널빤지처럼 뻣뻣하게 굳어버리고, 내 앞에 **조심햇**, 서니 이브라힘의 파란색 자전거가 나타나 충돌 코스로 달려오고, **저리 비켜 너 미쳤냐**, 서니는 안장에 앉아 자전거의 방향을 돌려 피해보려고 애쓰지만 파란색은 쏜살같이 은색 쪽으로 돌진해오고, 서니가 오른쪽으로 핸들을 꺾었지만 나도 그쪽으로 방향을 틀고, 으아 내 자전거, 은색 바퀴가 파란색 바퀴를 만나고, 자전거 뼈대와 뼈대가 입맞춤을 하고, 나는 핸들바를 넘어 서니 쪽으로 휘리릭 날아가고, 서니도 똑같은 포물선을 그리며 내 쪽으로 날아오고, 우당탕 우리의 발밑에서 두 자전거가 바닥에 쓰러지고, 서니와 나는 다정하게 얼싸안은 자세로 콰앙 허공에서 만나 순간적으로 정지하고, 서니의 머리가 내 머리에게 인사를 건네고…… 벌써 9년도 더 된 어느 날 나는 관자놀이가 불룩한 모습으로 태어났고 서니는 집게에 눌려 관자놀이가 움푹 꺼졌는데, 아무래도 세상만사에는 다 이유가 있다는 뜻일까, 지금 내 불룩한 관자놀이가 서니의 움푹한 관자놀이를 단숨에 찾아냈던 것이다. 완벽한 궁합이었다. 우리는 그렇게 머리를 맞댄 채 지상으로 떨어지기 시작했고, 다행히 자전거는 피했지만 철퍼덕, 그 순간 세상이 캄캄해졌다.

그때 에비는 주근깨에 불이 붙은 듯 이글거리며, "아, 병신 새끼, 콧물 바가지 같은 새끼, 너 때문에 내 자전거가……" 그러나 나는 그 말을 듣고 있을 여유가 없었는데, 왜냐하면 빨래통의 재앙으로 시작된 일이 원형광장의 사고로 마침내 완성되었고, 그리하여 그들이 내 머릿속에 등장했는데, 내가 그때까지 알아차리지도 못했던 잡음이 아니라 전면으로 나섰고, 동쪽 서쪽 남쪽 북쪽에서 그들 모두가 일제히 나-여기-있다는 신호를 보내기 시작했으니…… 그날 자정 직후의 한 시간 동안 태어났던 다른 아이들이 소리치고 있었다. "나", "나", "나", 그리고 "나."

"야, 야, 코흘리개! 너 괜찮냐? ……야, 얘네 엄마 어디 계시냐?"

혼란, 걷잡을 수 없는 혼란! 다소 복잡한 내 인생의 이질적인 부분들이 완전히 이성을 잃었는지 각자의 영역에 얌전히 머물기를 거부하고 제멋대로 날뛴다. 시계탑에서 뛰쳐나온 목소리들이 에비의 영토였던 원형광장을 침범하고—— 일찍이 똑딱똑딱이 낳은 놀라운 아이들에 대해 설명해야 하는 지금 이 순간에 나는 느닷없이 프런티어 메일에 올라타고—즉 우리 외조부모님의 무너져가는 세계로 납치되고—그래서 아담 아지즈가 내 이야기의 자연스러운 흐름을 방해한다. 그래, 좋다. 고칠 수 없는 병이라면 참는 수밖에 없으니까.

그해 1월, 내가 자전거 사고로 입은 극심한 뇌진탕에서 차츰 회복될 무렵 부모님은 가족 모임에 참석하기 위해 우리를 아그라로 데려가셨다. 그런데 이 모임은 저 악명 높은 (어쩌면 허구일 수도 있는) 캘커타의 블랙홀*보다 더 심한 난장판이었다. 우리는 에메랄드와 줄피카르가 (이때 그의 계급은 소장이었는데 꼭 '장군'으로 불러달라고 요구했다) 이런저런 이름을 들먹이는 소리, 그리고 자기들의 재산이 개인자산으로는 파키스탄에서 일곱번째라면서 늘어지게 자랑하는 소리를 장장 2주 동안 들어야 했고, 그들의 아들 자파르는 (딱 한 번이었지만!) 차츰 붉은색이 빠져가는 잔나비의 땋은 머리를 잡아당겼다. 그리고 공무원이 된 무스타파 외삼촌과 이란계 혼혈인 아내 소냐는

---

* 캘커타의 윌리엄 요새 안에 있던 영창. 1756년 6월 벵골 태수 휘하의 인도군이 요새를 점령했을 때 영국군 포로들과 민간인들을 그곳에 수감했는데, 좁은 공간에 146명을 몰아넣어 하룻밤 새 123명이 더위와 산소 부족으로 질식사하거나 압사했다고 전해진다.

이름도 성별도 알 수 없는 자식들에게 마구 주먹질을 하고 몽둥이찜질을 해서 아예 곤죽을 만들어버렸고, 우리는 겁에 질려 숨을 죽인 채 그 장면을 지켜봐야 했다. 그리고 노처녀 알리아의 쓰라린 원한이 공기와 음식을 오염시켰다. 그리고 우리 아버지는 저녁마다 일찌감치 방에 틀어박혀 마귀들과의 은밀한 전쟁을 시작했다. 그리고 더 심한 일, 그리고 더 심한 일, 그리고 더 심한 일.

어느 날 밤 열두시 정각에 깨어보니 외할아버지의 꿈이 내 머릿속에 들어 있었고, 그래서 외할아버지가 생각하는 당신의 모습을 나도 함께 볼 수밖에 없었는데, 그는 이미 무너져가는 노인이었고 빛의 각도가 적당할 때는 그의 가슴 한복판에 자리한 거대한 그림자를 분명히 알아볼 수 있었다. 젊은 시절에 힘이 되었던 신념들은 나이와 원장 수녀님의 악영향, 그리고 한마음이었던 친구들을 잃은 슬픔으로 시들어버리고, 일찍이 가슴 한복판에 뚫렸던 구멍이 다시 나타나서 그를 여느 노인과 다름없이 쭈글쭈글하고 허탈한 늙은이로 전락시키고, 그가 그토록 오랫동안 거부했던 하느님이 (그리고 그 밖의 미신들이) 지배력을 되찾기 시작하고…… 한편 원장수녀님은 그 2주 동안 당신이 경멸하는 여배우, 즉 하니프 외삼촌의 아내에게 온갖 자질구레한 방법을 총동원하여 굴욕을 주느라 여념이 없었다. 그리고 그 시기에 나는 아동극에 유령으로 출연하게 되었고, 외할아버지의 장롱 위에 놓인 낡은 가죽가방 속에서 침대보 한 장을 발견했는데, 좀이 슬어 여기저기 구멍이 뚫렸지만 제일 큰 구멍은 사람이 만든 것이 분명했고, 이 발견의 대가로 나는 (여러분도 기억하겠지만) 외조부모님의 분노를 사게 되었다.

그러나 얻은 것도 있었다. 나는 릭샤왈라 라시드와 친해졌는데 (젊은 시절, 옥수수밭에서 소리 없는 함성을 지르다가 나디르 칸을 아담 아지즈의 화장실로 안내했던 바로 그 친구였다) 그는 나를 자신의 품속에 거둬주고—사고를 당한 지 얼마 안 되었으니 보나마나 말리실 테니까 우리 부모님께는 말씀드리지 않고—나에게 자전거 타는 법을 가르쳐주었다. 그리하여 우리가 그곳을 떠날 때쯤에 나는 다른 비밀과 함께 또 하나의 비밀을 가슴에 품고 있었다. 다만 이 비밀은 그리 오래 감추지 않을 생각이었다.

……그리고 집으로 돌아가는 열차를 탔을 때 객실 바깥에 매달려 외치는 목소리들이 있었다: "여기요, 나리! 문 좀 열어주십쇼, 대인."—무임승차자들의 목소리와 내가 듣고 싶은 목소리, 즉 내 머릿속에 새로 등장한 목소리들이 한바탕 싸움을 벌였다. 그러다가 봄베이 중앙역에 도착하고, 다시 차를 타고 경마장과 신전을 지나서 집에 돌아오고, 이제 에벌린 릴리스 번스가 나에게 더 고상한 일에 정신을 집중하기 전에 자기가 등장하는 이야기를 마저 끝내달라고 요구한다.

"집이다!" 잔나비가 소리친다. "야호…… 봄베이로 돌아왔다!" (그녀는 아그라에서 장군님의 군화를 태워버리고 눈총을 받던 참이다.)

행정구역 개편 위원회가 1955년 10월에 이미 네루 씨에게 보고서를 제출했다는 것은 기록에도 남아 있는 사실이다. 그로부터 일 년 후 위원회의 권고 내용이 실행되었다. 인도는 14개 주와 연방정부가 직접 관할하는 6개 '직할주'로 새로 나뉘었다. 그러나 각주의 경계선은 강이나 산 같은 자연의 지형적 요소가 아니라 말의 장벽을 기준으로 그어진 선이었다. 언어가 우리를 갈라놓았다. 케랄라 주는 지구상에서 유일하게 회문(回文)* 이름을 가진 언어인 말라얄람어(Malayalam) 사용자들의 땅이었고, 카르나타카 주에서는 누구나 칸나다어를 써야 했고, 여기저기 잘려나가 작아져버린 마드라스 주—지금은 타밀나두로 이름이 바뀌었다—에는 타밀어 애호가들이 살았다. 그러나 약간의 부주의로 봄베이 주에 대해서는 아무런 조치도 없었고, 그리하여 뭄바데비의 도시에서는 언어 시위대의 행렬이 점점 더 길어지고 시끄러워지더니 급기야 정당으로 탈바꿈했고, 그래서 마라티어를 위해 싸우는 사뮸타 마하라슈트라 사미티는—즉 '마하라슈트라 통합당'은—데칸 고원 일대에 마하라슈트라 주를 만들어달라고 요구했고, 구자라트어의 깃발 아래 행진하던 마하 구자라트 파리샤드는—즉 '대(大) 구자라트 낭'은—봄베이 시 북쪽에서부터 저 멀리 카티아와르 반도와 쿠치 습지까지를 포함하는 새로운 주를 꿈꾸었고…… 내가 이렇게 재미도 없는 역사적 사실을 나열하는 이유는—그리고 카티아와르 반도와 늪지대에서 태어나 촉촉하고 말랑말랑한 구자라트어와 데칸 고원의 건조한 더위 속에서 탄생하여 메마르고 무뚝뚝한 마라티어 사이의 케케묵은 싸움을 다시 거론하는 이유는—우리가 아그라에서 돌아온 바로 다음날인 1957년 2월 어느 날, 구호를 외치는 인간들의 물결이 워든 가로 밀려들어 장마철 홍수보다 더 확실하게 메술드 단지를 도시로부터 차단해버렸다는 말을 하기 위해서다. 이 행렬은 너무 길어서 다 지나가는 데 꼬박 이틀이나 걸렸는데, 들리는 말로는

---

* 거꾸로 읽어도 같은 말이 되는 단어.

시바지의 기마 석상이 살아나서 행렬을 이끌었다고 한다. 시위대는 검은 깃발을 들고 있었다. 그중에는 가게 문을 닫고 나선 소매상인도 많고 마자가온과 마퉁가의 방직공장에서 일하다가 파업 중인 노동자도 많지만 우리 언덕 위에서 그들의 직업까지 파악할 수는 없었다. 어쨌든 개미행렬처럼 워든 가를 가득 메우고 끝없이 지나가는 언어의 물결은 전등불이 나방을 불러들이듯 우리 아이들에게는 못 견디게 매혹적인 광경이었다. 이번 시위는 규모도 엄청나고 열기도 대단해서 그 이전의 시위는 마치 없었던 일처럼 뇌리에서 깨끗이 지워져버릴 정도였다. 그러나 우리 모두는 절대로 언덕을 내려가지 말라는 엄명을 받은 터라 그 광경을 조금도 구경할 수 없었다. 우리 가운데 누가 제일 용감했을까? 누가 최소한 중턱까지, 즉 언덕길이 U자 모양으로 급격히 구부려져 워든 가를 내려다볼 수 있는 그 지점까지만이라도 내려가보자고 우리를 부추겼을까? 과연 누가, "뭐가 그렇게 겁나냐? 반쯤만 내려가서 살짝 **구경만** 할 건데" 하고 말했을까? ……불효막심한 인디언들이 눈을 휘둥그레 뜨고 주근깨투성이 미국인 추장님을 졸졸 따라갔다. ("나를리카르 박사님을 죽인 놈들이야. 시위대가 죽였잖아." 개기름이 떨리는 목소리로 우리에게 경고했지만 에비는 그의 신발에 침을 탁 뱉었다.)

그러나 나 살림 시나이에게는 다른 용무가 더 급했다. 나는 짐짓 태연한 어조로 조용히 말했다. "에비, 내가 자전거 타는 거 볼래?" 대답이 없었다. 에비는 눈앞에 펼쳐진 장관에 정신이 팔렸고…… 그런데 서니 이브라힘의 왼쪽 집게 자국, 거기로 흘러내린 바셀린에 여봐란 듯 선명하게 찍힌 저 지문은 혹시 에비의 것이 아닐까? 나는 조금 더 힘주어 다시 말했다. "나도 탈 수 있어, 에비. 잔나비 자전거를 타볼게. 한번 볼래?" 그러자 에비는 쌀쌀맞게, "저거 보는 중이야. 굉장하잖아. 그런데 내가 왜 너를 보겠냐?" 그래서 나는 조금 처량한 목소리로, "하지만 나도 배웠단 말이야, 에비, 그러니까 네가 꼭……" 그때 저 아래 워든 가 쪽에서 함성이 터져나와 내 목소리를 삼켜버렸다. 에비는 나에게 등을 돌린 상태였고 서니의 등도, 짝눈과 개기름의 등도, 그리고 키루스 대왕의 이지적인 뒷모습도 마찬가지였는데…… 누이도 그 지문을 보고 불쾌한 표정을 짓더니 나에게 충동질을 한다: "어서 타봐. 에비한테 보여줘. 자기가 뭔데 저래?" 그래서 누이의 자전거를 타고……"나 탄다, 에비, 이것 좀 봐!" 그 자리에 모인 아이들 주위를 빙글빙글 돌면서, "봤지? 너도 봤지?" 잠깐 동안의 기쁨. 그러나 곧 에비가 기를 팍 죽이는, 짜증이 가득한, 전혀 관심 없다는 목소리로, "야, 저리 안 비켜? 난 저걸 보고 싶단 말이야!" 손톱은 물론이고 생살까지 다 물어뜯은 손가락으로 저 아래 언어 시위대 쪽을 힘차게 가리킨다. 그까짓 사뮥타 마하라슈트라 사미티 시위대 때문에 나를 무시하다니! 그래도 잔나비는 충성스럽게, "이거 너무하잖아! 정말 잘 타는데!" 하고 외치지만—그리고 자전거 타기 자체는 신나는 일이지만—내 마음속에서 무엇인가 폭발해버리고, 나는 에비 주위를 더빨리더빨리더빨리 돌면서 걷잡을 수 없이 훌쩍거리면서 소리치는데, "그래, 도대체 네가 원하는 게 뭐야? 내가 무슨 짓을 해야 네가……" 그러나 그 순간 또 다른 일이 벌어지는데, 왜냐하면 굳이 에비에게 물어볼 필요도 없다는 사실을 깨달았으니까. 그냥 입속에는 쇠붙이가 가득하고 얼굴에는 주근깨가 가득한 그 머릿속을 직접 들여다보기만 하면 그 속에서 실제로 무슨 일이 벌어지는지 금방 알아낼 수 있으니까…… 그래서 자전거를 탄 채로 에비의 머릿속을 들여다보는데, 에비의 의식 전면에는 온통 마라티어 시위대가 가득하고 군데군데 미국 팝송 생각이 박혀 있을 뿐, 정작 내가 관심을 가질 만한 부분은 하나도 없고, 그래서 이제야, 겨우 이제야, 난생처음으로 이제야, 짝사랑의 서러운 눈물에 떠밀려 이제야 깊이 파고들기 시작하는데…… 에비의 방어막을 때리고 부수고 파헤치고…… 그렇게 비밀장소에 들어가 보니 그곳에는 그녀의 어머니가 분홍색 속옷 바람으로 작은 물고기의 꼬리를 붙잡아 들어 올리는 사진 한 장이 있고, 더깊이 더깊이더깊이, 도대체 어디냐. 어찌하면 에비의 마음을 움직일 수 있을까. 그런데 그때 에비가 별안간 움찔하더니 휙 돌아서서 나를 노려보고 나는 자전거를 타고 빙글빙글또빙글빙글또빙글빙글또빙글빙글또빙글……

"꺼져!" 에비 번스가 빽 소리친다. 두 손으로 이마를 가린다. 나는 자전거를 타고 글썽글썽한 눈을 하고 안으로안으로안으로: 그곳에는 에비가 미늘벽판자를 붙인 침실의 문간에 서 있고 한 손에는 뭔가, 한 손에는 뭔가 날카롭고 번쩍거리는 물체를 들었는데 거기서 붉은색이 뚝뚝 떨어지고, 그 방은 바로, 맙소사, 그리고 침대 위에는 한 여자가, 분홍색 옷을 입은, 맙소사, 그리고 에비는 그 물체를, 그리고 붉은색이 분홍색을 물들이고, 한 남자가 다가오는데, 맙소사, 그리고 아니 아니 아니 아니 아니……

"꺼져 꺼져 꺼져!" 어리둥절한 아이들이 절규하는 에비를 돌아보고, 언어 시위대는 까맣게 잊어버리고, 그러나 갑자기 다시 생각나는데,

왜냐하면 에비가 잔나비의 자전거 꽁무니를 낚아채더니 무슨 짓이야 에비 힘껏 밀어버리고 자 꺼져라 개새꺄 지옥으로 꺼져버려! 그러면서 에비는 있는 힘껏 나를 밀어버리고, 나는 통제력을 잃은 채 U자 모양의 굽잇길 모퉁이를 벗어나 언덕 비탈을 쏜살같이 달려 내려가고, 맙소사 시위대 밴드박스 세탁소를 지나고, 누르 빌라와 락슈미 빌라를 지나고, 으아아아아 행렬의 아가리 속으로, 수많은 머리 발 몸뚱이들 속으로, 내가 들이닥치는 순간 행렬의 물결이 좌우로 쩍 갈라지고, 나는 여아용 폭주 자전거를 타고 목이 터져라 소리치면서 역사 속으로 뛰어들고 만다.

이윽고 속력이 차츰 줄어들자 열정 넘치는 군중 속에서 수많은 손이 튀어나와 핸들바를 붙잡는다. 가지런한 치아가 돋보이는 미소들이 겹겹이 나를 둘러싼다. 그러나 우호적인 미소는 아니다. "보소 보소, 부자들만 사는 언덕에서 꼬마 도련님이 우리를 만나러 오셨구먼!" 내가 거의 알아듣지 못하는 마라티어, 학교에서 배웠지만 내가 제일 못하는 과목이다. 미소들이 묻는다: "S.M.S.에 입당하러 오셨나, 꼬마 왕자님?" 그리고 나는 무슨 말인지 간신히 알아듣기는 했지만 얼떨떨한 나머지 고개를 가로저어 진실을 밝힌다. 아뇨. 그러자 미소들은, "오호! 꼬마 태수께서 우리말을 싫어하신다네! 그럼 어떤 말을 좋아하실꼬?" 그러자 다른 미소가, "구자라트어겠지! 구자라트어는 할 줄 아십니까요, 나리?" 하지만 구자라트어 실력도 마라티어 못지않게 엉망이다. 카티아와르 반도의 습지 언어에 대해 내가 아는 것이라고는 하나밖에 없다. 그런데도 미소들은 자꾸 재촉하고 손가락들은 쿡쿡 찌른다. "어서 말해보소, 꼬마 도련님! 구자라트어로 말해보소!" 그래서 내가 아는 한 가지를 말해주었는데, 학교에서 털보 키스 콜라코에게 배운 짤막한 노래, 그가 구자라트어를 쓰는 아이들을 괴롭힐 때 써먹던 노래, 그 언어의 억양을 비웃으려고 만든 노래였다.

　　수 체? 사루 체!(Soo ché? Saru ché!)
　　단다 레 케 마루 체!(Danda lé ké maru ché!)

잘 있었냐?─별일 없다!─몽둥이로 때려주마! 시시한 말, 아무 뜻도 없는 말, 아홉 낱말로 이루어진 공허한 말장난…… 그러나 내가 그 말을 암송하자 미소는 폭소로 바뀌었고, 내 주위의 목소리들이 내 노래를 부르기 시작하더니 점점 더 멀리멀리 퍼져나갔다. 잘 있었냐? 별일 없다! 그리고 그들은 곧 나에게 흥미를 잃었고, "자전거 타고 빨리 가보소, 도련님!" 하며 놀려댔고, **몽둥이로 때려주마!** 내가 부리나케 언덕 위로 도망칠 때 나의 노래는 앞으로 뒤로 물결처럼 퍼져나갔고, 이틀이나 걸리는 행렬의 머리부터 꼬리까지 샅샅이 전해지면서 군가가 되었다.

　그날 오후, 사뮤타 마하라슈트라 사미티 시위대 선두는 켐프스 코너에서 마하 구자라트 파리샤드 시위대 선두와 마주쳤다. S.M.S.의 목소리들은 "수 체? 사루 체!" 하고 외쳤고 M.G.P.의 목구멍들은 분노의 함성을 토해냈다. 에어인디아 라자와 콜리노스 어린이의 광고판 밑에서 두 정당은 결코 만만찮은 전의를 불태우며 서로에게 덤벼들었고, 그렇게 내 짤막한 노래에 맞춰 시작된 최초의 언어 폭동으로 열다섯 명이 죽고 삼백여 명이 다쳤다.

이처럼 내가 직접적인 원인이 되어 발생한 폭력사태는 결국 봄베이 주의 분할로 끝을 맺었고 그 결과 봄베이 시는 마하라슈트라 주의 주도가 되었다. 나는 적어도 승자들의 편에 섰던 셈이다.

그런데 에비의 머릿속에서 보았던 그 장면은 무엇일까? 범죄일까, 꿈일까? 나는 끝까지 알아내지 못했다. 그러나 그 대신 다른 것을 알게 되었다. 누군가의 머릿속에 너무 깊이 들어가면 **그들도 내 존재를 알아차린다**는 사실이다.

그날 이후 에벌린 릴리스 번스는 나를 상대도 하지 않았다. 하지만 이상하게도 나 역시 상사병에서 해방되었다. (내 삶을 변화시킨 사람들은 언제나 여자들이었다. 메리 페레이라, 에비 번스, 자밀라 싱어, 그리고 마녀 파르바티가 지금의 나를 만들었다. 그 밖에 내가 마지막으로 소개할 '미망인'도 있고, 이야기가 끝난 다음에는 똥의 여신 파드마도 있다. 아무튼 여자들이 나를 만든 것은 분명한 사실이다. 그러나 어쩌면 그들의 역할이 결정적인 것은 아니었는지도 모른다. 차라리 여자들이 채워주었다면 좋았을 그곳을—일찍이 내가 외할아버지 아담 아지즈로부터 물려받은 가슴 한복판의 구멍을—너무 오랫동안 수많은 목소리들이 차지했는지도 모르겠다. 그리고 어쩌면—모든 가능성을 고려해야 하니까—내가 언제나 그들을 조금은 두려워했는지도 모르겠다.)

## 나의 열번째 생일

"아, 바바, 내가 무슨 말을 하겠어요? 모두 내 잘못이에요!"

파드마가 돌아왔다. 그리고 내가 중독상태에서 회복되어 다시 책상 앞에 앉은 지금, 그녀는 너무 흥분해서 입을 다물지 못한다. 돌아온 연꽃 아가씨는 거듭거듭 자신을 질책하고 묵직한 젖가슴을 두드리고 목청껏 울부짖는다. (몸이 허약해진 상태에서는 꽤나 피곤한 일이지만 나는 그녀를 조금도 원망하지 않는다.)

"어쨌든 하나만 믿어줘요, 바바, 내가 당신을 얼마나 끔찍이 생각하는지! 우리는, 우리 여자들은 자기 남자가 앓아누우면 자나깨나 한시도 마음을 놓지 못하는데…… 당신이 무사해서 얼마나 행복한지 모를 거예요!"

파드마의 이야기는 (그녀가 했던 말을 그대로 받아적어 그녀에게 읽어주었더니 또 하늘을 우러러보고 목청껏 울부짖고 젖가슴을 두드린다) 다음과 같다: "바보 같은 자존심과 허영심 때문이었어요, 살림 바바, 그래서 당신 곁에서 도망쳤던 거예요. 여기 일도 좋고 당신한테는 보살펴줄 사람이 절실한데도 말이에요! 하지만 곧 돌아오고 싶어 죽을 지경이었어요.

그래서 생각했어요. 나를 사랑하지도 않고 그 한심한 글쓰기에만 매달리는 사람한테 어떻게 돌아가면 좋을까? (미안해요, 살림 바바, 그래도 사실은 사실이잖아요. 그리고 우리 여자들한테는 사랑이 제일 중요하니까요.)

그래서 어느 성자님을 찾아갔더니 내가 할 일을 가르쳐주셨어요. 얼마 안 남은 돈으로 버스를 타고 시골로 내려가서 당신 물건을 깨울 수 있다는 약초를 캤는데…… 상상해봐요, 바바, 내가 이렇게 마법의 주문을 외웠어요: '약초야, 너를 뿌리째 뽑아버린 것은 내가 아니라 황소란다!' 그러고 나서 약초에 물과 우유를 넣고 갈면서 이렇게 말했어요: '강하고 원기왕성한 약초야! 일찍이 바루나께서 간다르바를 시켜 캐내셨던 약초야! 우리 살림에게 네 힘을 나눠다오. 인드라의 불과 같은 욕망을 다오. 수사슴처럼 힘이 넘치는 약초야, 아으, 금수 같은 정력과 인드라의 권능이 담긴 약초야.'\*

그렇게 약을 만들어 돌아왔더니 당신은 여전히 혼자였고 여전히 종잇장에 코를 박고 있더군요. 하지만 맹세코 질투심 따위는 버린 지 오

---

\* 인도인들이 약초를 캘 때 외우던 주문으로 고대 브라만교 경전 『아타르바베다』에 수록되었다. '바루나'는 사법(司法)의 신, '간다르바'는 제신을 모시고 음악을 연주하며 때로는 동물의 모습으로 나타나는 정령, '인드라'는 신들의 왕이며 전쟁의 신이다.

래예요. 질투심은 얼굴을 늙게 만들죠. 아, 나를 용서해줘요. 내가 당신 음식에 몰래 그 약을 넣었어요! ……그랬더니, 아이고, 하늘이 용서하시길. 하지만 성자님께서 시키시는데 나처럼 무식한 여자가 어떻게 이러쿵저러쿵 따지겠어요? ……어쨌든 당신이 무사해서 정말 다행이고 나한테 화내지 말았으면 좋겠어요."

파드마의 미약 때문에 나는 일주일 동안이나 인사불성이었다. 우리 똥-연꽃 아가씨는 (이를 빠득빠득 갈면서) 내가 널빤지처럼 뻣뻣해져 게거품을 물더라고 말했다. 열도 심했단다. 그리고 착란상태에서 뱀에 대해 헛소리를 했다고 한다. 그러나 나는 파드마가 절대로 뱀이 아니고 나에게 해코지를 할 생각도 없었음을 잘 안다.

파드마가 탄식한다: "이런 사랑은요, 바바, 이렇게 여자를 미치게 만들어요."

다시 말하지만 나는 파드마를 원망하지 않는다. 그녀는 서고츠 산맥 기슭에서 정력에 좋다는 약초 무쿠나 프루리투스와 페로니아 엘레판툼의 뿌리를 찾아 헤맸다. 그러나 그녀가 실제로 발견한 것이 무엇인지 누가 알겠는가? 우유에 넣고 잘 빻아서 내 음식에 섞었다는 그 약초, 그래서 내 창자를 '혼돈' 상태로 몰아넣은 그 약초의 정체가 무엇인지 누가 알겠는가? (힌두 우주론을 배운 사람이라면 누구나 알겠지만 인드라 신은 거대한 우유통 속에 태초의 혼돈을 집어넣고 마구 휘저어 온갖 물질을 창조했다고 한다.) 어쨌든 상관없다. 파드마의 노력은 숭고했으니까. 그러나 내 몸은 영영 되살아나지 못한다. '미망인'이 나를 그렇게 만들었다. 진짜 무쿠나도 내 성불능을 고칠 수 없고 진짜 페로니아도 내 몸에 '금수 같은 정력'을 심어줄 수 없다.

어쨌든 나는 다시 책상 앞에 앉았고 파드마도 다시 내 발치에 앉아 나를 재촉한다. 나는 균형을 되찾았다. 내 이등변삼각형의 밑변이 다시 튼튼하게 안정되었고 나는 그 꼭짓점에 올라앉아 과거와 현재를 굽어보면서 내 펜이 다시 거침없이 움직이는 것을 느낀다.

그러니 일종의 마법이 작용한 것만은 틀림없다. 그리고 사랑의 묘약을 찾아 나섰던 파드마의 나들이 덕분에 나는 이 시대의 사람들이 대부분 경멸하는 고대의 지식과 주술사의 민간요법을 잠시나마 맛보았는데, 죽음을 앞두고 그런 세계를 경험해본 것도 (복통과 고열과 게거품에도 불구하고) 기쁜 일이다. 그 일을 생각하면 잃어버렸던 원근감을 조금은 되찾을 수 있기 때문이다.

생각해보라: 내가 말한 역사에서는 1947년 8월 15일부터 새로운 시대가 시작되었다. 그러나 다른 형태의 역사에 의하면 이 불가피한 날짜도 암흑기 칼리유가*의 덧없는 찰나에 지나지 않는다. 이 시대는 인륜(人倫)의 소가 외다리로 위태롭게 서 있는 형국이다! 칼리유가는 ─우리나라가 주사위를 잘못 던진 시대, 모든 것이 최악인 시대, 재산이 인간의 지위를 결정하고 부(富)를 미덕과 동일시하는 시대, 욕정이 남녀를 묶어주는 유일한 끈이 되어버린 시대, 그리고 거짓이 성

---

* 고대 인도의 신화적 시대 구분에 따른 말세의 명칭. 인류의 유가는 4단계로 구분되는데, 그중 첫번째가 정법(正法)과 진실을 갖춘 황금시대로 사티아유가 또는 크리타유가라고 한다. 그 시대가 지나면 인류가 차츰 타락하는데, 트레타유가와 드바파라유가를 거쳐 암흑기 칼리유가에 이르면 인간이 인간을 죽이기 시작한다. 악마 칼리가 지배하는 '악의 시대' '불화의 시대'이기 때문이다. 네 시대를 합친 한 주기를 마하유가라 하며, 마하유가가 천 번 되풀이되면 1칼파, 즉 1겁(劫)에 해당한다. 이는 인류에게는 43억 2천만 년이지만 우주의 창조와 파괴를 주관하는 브라흐마에게는 단 하루라고 한다.

공을 부르는 시대…… (이런 시대에 나 역시 선과 악을 혼동하게 된 것이 과연 놀라운 일일까?)—기원전 3102년 2월 18일 금요일에 시작되었고 겨우 43만 2천 년 만에 끝나버린다! 그 정도만 해도 벌써 나 자신이 너무 작아진 듯한데 암흑기는 현재의 마하유가에서 네번째 단계에 불과하고, 마하유가의 전체 길이는 칼리유가의 열 배인데 그런 마하유가가 천 번이나 되풀이되어도 브라흐마에게는 단 하루에 불과하다니 내가 말한 원근감이 무슨 뜻인지 충분히 짐작할 수 있을 것이다.

이 시점에서 ('아이들'을 소개하기에 앞서 전율을 느끼면서) 이렇게 약간의 겸손을 표시하는 것도 그리 나쁘지 않다고 생각한다.

파드마가 당혹스러운지 몸을 꼼지락거리더니 살짝 얼굴을 붉히면서 묻는다: "지금 무슨 말을 하는 거예요? 그건 브라만\*이나 할 소리 잖아요. 그게 나하고 무슨 상관이에요?"

……무슬림 전통 속에서 나고 자란 내가 별안간 더 오랜 옛날의 지식을 대하자니 자못 기가 꺾이지 않을 수 없다. 그러나 지금 내 곁에는 내가 그토록 학수고대했던 파드마가 있고…… 나의 파드마! 연꽃의 여신, 똥의 여신, 그녀는 꿀과 같고 황금으로 빚어졌으며 두 아들은 '수분'과 '진흙'이라\*\*……

"아직도 열이 덜 내렸나보네요." 파드마가 킥킥 웃으며 훈수를 둔다. "내가 황금으로 빚어지다니 무슨 소리예요, 바바? 게다가 당신도 알다시피 나는 애도 없……"

---

\* 인도 카스트 제도에서 제1계급인 승려계급.
\*\* 인도 최고(最古)의 성전 『리그베다』에서 파드마(락슈미) 여신을 묘사한 여러 표현이다.

……파드마, 그녀는 대지의 신성한 보배를 뜻하는 마귀 약사*와 더불어, 그리고 신성한 강인 강가 야무나 사라스바티**와 더불어, 그리고 나무의 여신들과 더불어 생명의 수호신이며, 유한한 생명을 가진 인간이 마야***가 쳐놓은 꿈의 거미줄을 지나는 동안 그들을 위로하고 어루만지나니…… 파드마, 비슈누 신의 배꼽에서 피어난 연꽃이여, 브라흐마 신을 낳은 연꽃이여, 파드마, 시간의 원천, 시간의 어머니여! ……

"이봐요!" 이제 걱정스러운 목소리다. "이마 좀 짚어볼게요!"

……그런데 이와 같은 구도 속에서 내 자리는 어디인가? 나는(돌아온 파드마가 위로하고 어루만지는 나는) 한낱 인간에 불과한가, 혹은 그 이상의 존재인가? 이를테면—그래, 왜 아니랴—매머드 같은 코, 가네샤 같은 코를 가졌으니—'코끼리'****가 아닐까. 달의 신 신(Sin)처럼 물을 다스리고 비를 내리고…… 그의 어머니는 천지만물의 아버지이며 지배자인 거북인간 카시압의 왕비이라였고…… '코끼리'는 또한 무지개이며 번개이기도 한데, 그의 상징적 의미는 대단히 막연하고 불확실하다고 말할 수밖에 없다.

그렇다면 좋다: 나도 무지개처럼 알쏭달쏭하고 번개처럼 예측불가능하고 가네샤처럼 수다스러우니 어쨌든 고대의 지혜 속에서 내 자리

---

* 야차(夜叉). 베다에 등장하는 반신반귀로 신통력을 가졌다. 고대 인도에서는 악신이었으나 불교에서는 인간을 돕고 불법을 수호한다.
** 각각 동명(同名)의 강을 의인화한 여신들.
*** 환영(幻影)의 여신. 환상과 허위에 충만한 물질계, 즉 현상계를 상징하는 여신이다. 현상계가 허망함을 깨달으면 해탈의 경지에 이른다고 한다.
**** 인드라 신이 타고 다닌다는 하얀 코끼리 '아이라바타'를 가리킨다.

를 제대로 찾은 듯하다.

"맙소사, 머리가 불덩어리예요!" 파드마가 허둥지둥 달려가서 수건을 찬물에 적신다. "일단 눕는 게 좋겠어요. 이렇게 글짓기에 매달리긴 아직은 무리예요! 당신이 말하는 게 아니라 병 때문에 헛소리를 하는 거라고요!"

그러나 나는 벌써 일주일을 잃어버렸다. 그러니 열이 있거나 말거나 계속해야 한다. 왜냐하면 내 이야기에서 핵심을 이루는 환상적인 부분에 이르렀기 때문이다. 그런데 (지금 당장은) 옛 우화 같은 말투를 너무 많이 써버렸고, 그래서 평범하고 단도직입적인 문체로 한밤의 아이들에 대해 설명해야겠다.

내 말을 잘 이해하기 바란다: 1947년 8월 15일 최초의 한 시간 동안—즉 열두시와 한시 사이에—갓 태어난 독립국 인도의 영토 안에서 정확히 천 명하고도 한 명의 아기가 탄생했다. 이 사실 자체는 (물론 그 숫자의 울림이 신기할 정도로 문학적*이기는 하지만) 그리 특별하지도 않다. 그 시절 우리가 사는 이 땅에서는 시간당 출생자 수가 사망자 수보다 평균 687명쯤 많았기 때문이다. 다만 이 사건이 주목할 만한 이유는(주목할 만하다니! 이 얼마나 냉정한 표현인가!) 그 아이들의 특징 때문이었는데, 생물학적 돌연변이였는지 혹은 그 순간에 어떤 초자연적 존재가 개입했는지 혹은 쉽게 생각해서 순전히 우연이었는지는 모르겠으나 (물론 '동시성同時性'**이라고 해도 이 정도 규

---

* 아랍문학의 전통에서 '천 명하고도 한 명' '만 송이하고도 한 송이' 등의 표현은 『천일야화』나 '101가지 이야기'의 경우처럼 단순히 '많다'는 의미로 쓰인다.

모라면 C. G. 융 같은 사람도 깜짝 놀라겠지만) 그들 모두가 한 명도 빠짐없이 그야말로 기적적이라고 말할 수밖에 없는 특색이나 재간이나 능력을 타고났기 때문이다. 마치—내 힘이 닿는 한 앞으로는 되도록 평이하게 이야기하겠다고 약속하면서, 잠시 비현실적인 생각을 털어놓자면—마치 그 순간 우리의 역사가 바야흐로 가장 의미심장하고 희망찬 시대를 맞이하면서 일찍이 세계가 목격했던 현실과는 전혀 다른 미래를 위해 특별한 씨앗을 뿌리기로 마음먹은 듯했다.

국경선 너머, 즉 하루 전에 분할되어 떨어져나간 파키스탄에서도 비슷한 기적이 일어났을지는 나도 아는 바 없다. 내 감지력이 사라지기 전까지 확인한 바로는 아라비아 해와 벵골 만과 히말라야 산맥이 내 능력의 한계선인 듯했지만 펀자브와 벵골을 가로지르는 인위적 국경선도 장애물로 작용했다.

불가피한 일이지만 그 아이들의 상당수는 살아남지 못했다. 내가 그들의 존재 사실을 알게 되었을 때는 벌써 영양실조, 질병, 일상생활의 불운 따위로 자그마치 420명이 사망한 뒤였다. 그런데 이 '420'이라는 숫자는 까마득한 옛날부터 사기, 속임수, 책략 등을 연상시켰으므로*** 그들의 죽음에도 어떤 목적이 있었다고 가정해볼 수 있겠다. 그렇다면 이렇게 사라져간 아이들은 어딘가 부적합하다는 사실이 드

---

** 스위스 심리학자 카를 융은 우리가 흔히 '우연'이라 부르는 현상을 과학적 인과율(因果律)로는 설명할 수 없으므로 '의미 있는 우연의 일치'를 뜻하는 '동시성' 개념으로 이해하고자 했다.
*** 인도, 파키스탄, 방글라데시에서 이 숫자는 사기꾼, 협잡꾼, 책략가 등을 의미한다. 영국령 인도에서 분리독립한 이들 세 국가는 독립 당시 모두 동일한 형법을 사용했는데 그중 신용사기에 대한 규정이 420조였다.

러나서 제거되었고 따라서 진정한 한밤의 아이들이 아니었다고 말할 수도 있을까? 글쎄, 그런 가설은 우선 환상세계로 빠져버리는 또 하나의 탈선이 될 테고. 둘째로 지나치게 운명론적일 뿐만 아니라 야만적이라고 할 만큼 잔인하다. 또한 대답할 수 없는 질문이기도 하다. 그러므로 이 문제를 더 깊이 파고들어봤자 부질없는 짓이겠다.

　1957년까지 살아남은 581명의 아이들은 모두 열번째 생일을 앞두고 있었지만 대부분은 다른 아이들의 존재를 전혀 모르고 살았다. 물론 예외도 없지 않았다. 오리사 주 마하나디 강변의 바우드라는 소읍에는 그 근방에서 이미 전설적인 존재가 되어버린 쌍둥이 자매가 있었다. 둘 다 겁나게 못생겼는데도 만나는 남자들마다 꼼짝없이 사랑에 빠지게 만드는 능력이 있어 종종 자살하는 사람까지 속출했는데, 그들의 부모는 애물단지 같은 두 딸 중 한 명이나 심지어 두 명 모두와 결혼하겠다고 찾아오는 남자들에게 끊임없이 시달리느라 골머리를 앓았다. 구혼자들 중에는 연륜의 지혜마저 내팽개친 노인들도 있었고 매달 한 번씩 바우드에 들어오는 순회영화관에서 여배우들에게 넋을 잃어야 어울릴 법한 젊은이들도 있었다. 그러나 구애행렬보다 더 난처한 것은 쌍둥이 자매에게 홀려 자기 몸에 채찍질을 하거나 신체 일부를 절단하는 등 자해행위를 하다가 죽거나 심지어 (딱 한 번이었지만) 자기 몸을 제물로 바친 아들 때문에 저주를 퍼부으러 찾아오는 가족들의 행렬이었다. 그러나 이렇게 희귀한 몇몇 사례를 제외하면 대체로 한밤의 아이들은 균형이 안 맞는 다이아몬드 원석처럼 생긴 인도의 방방곡곡에 자기들의 진정한 형제자매, 즉 자기들과 함께 선택받은 동료들이 있다는 사실을 까맣게 모른 채 성장했다.

그러다가 나 살림 시나이가 자전거 사고로 큰 충격을 받으면서 그들 모두의 존재를 알아차리게 되었던 것이다.

혹시 사고방식이 너무 경직되어 이런 사실을 받아들이지 못하는 사람이 있다면 이렇게 말해주고 싶다: 어쨌든 실제로 그랬다고, 진실은 결코 양보할 수 없다고 말이다. 도저히 못 믿겠다는 사람은 불신하거나 말거나 그냥 내버려두는 수밖에 없다. 그러나 우리가 사는 인도땅에서 적어도 글을 읽을 줄 아는 사람이라면 지금 내가 설명하는 내용과 비슷한 종류의 이야기를 전혀 모르고 살 수는 없을 것이다. 전국지(全國紙)를 보는 독자라면 누구나—물론 수준은 낮은 편이지만—놀라운 신동이나 온갖 기형아에 대한 기사를 종종 보게 된다. 바로 지난 주만 하더라도 벵골의 어떤 소년이 라빈드라나트 타고르의 환생이라고 주장하면서 대단히 뛰어난 즉흥시를 읊어 부모를 놀라게 했고, 내 기억에도 머리가 둘 달린 아이들이나(하나는 인간의 머리, 하나는 짐승의 머리인 경우도 더러 있었다) 가령 황소뿔처럼 신기한 특징을 지닌 아이들이 있었다.

여기서 먼저 일러두고 싶은 것은 그 아이들의 재능이 모두 바람직한 재능은 아니라서 본인마저 싫어하는 재능도 있었으며 또 어떤 아이들은 살아남기는 했지만 자정이 선물한 특성을 잃어버린 경우도 있었다는 사실이다. 예를 들자면 (바우드의 쌍둥이 이야기와 짝을 이룰 만한 이야기인데) 델리의 거지 소녀 순다리 같은 경우가 그랬다. 그녀는 아미나 시나이가 람람 세트의 예언을 들었던 그 옥상에서 그리 멀지 않은 중앙우체국 뒷골목에서 태어났는데, 얼마나 지독하게 아름다웠던지 그녀가 태어나자마자 산모는 물론이고 분만을 도와주러 왔던 이웃 여자들까지 눈이 멀어버렸고, 여자들의 비명을 듣고 분만실로 달려간 아버지는 그들의 경고 덕분에 아슬아슬하게 화를 면했지만 자기 딸을 얼핏 보았을 뿐인데도 시력에 큰 손상을 입어 그때부터는 인도인과 외국인 관광객을 분간하지 못했는데, 구걸로 연명하는 비렁뱅이에게 이런 장애는 수입에 막대한 지장을 줄 수밖에 없었다. 그날부터 한동안 순다리는 넝마로 얼굴을 가린 채 살아야 했는데, 어느 날 늙고 무지막지한 고모할머니가 앙상한 팔로 그녀를 안아들더니 다짜고짜 부엌칼로 얼굴을 아홉 번이나 그어버렸다. 내가 그녀에 대해 알게 되었을 때 순다리는 벌이가 꽤 짭짤했다. 원래는 똑바로 쳐다볼 수도 없을 만큼 아름다웠을 얼굴이 그토록 잔인하게 훼손되어버린 소녀를 보고 연민을 느끼지 않는 사람은 아무도 없었기 때문이다. 가족 전체에서 그녀가 받아 오는 적선이 제일 많았다.

　자신의 재능이 탄생의 순간과 관련이 있으리라 짐작하는 아이는 아무도 없었기 때문에 나도 그 사실을 깨닫는 데 시간이 걸렸다. 자전거 사고 이후 (특히 언어 시위대가 내 가슴속에서 에비 번스를 몰아낸 후) 처음에는 내 정신적 시야에 갑자기 나타난 이 아이들의 놀라운 비밀을 하나하나 알게 되면서 나는 마치 아이들이 곤충채집을 하듯이, 또 어떤 아이들이 열차번호를 일일이 기록하듯이 탐욕스럽게 그들의 비밀을 수집하는 일에만 열중했다. 유명인사의 서명을 모으는 등 수집벽에서 비롯된 온갖 취미에 흥미를 잃어버린 나는 틈날 때마다 581명 하나하나의—전체적으로 보면 그리 어둡지 않은—현실 속으로 뛰어들었다. (우리 중에서 남자는 266명이었고 여자는 더 많아서 315명이었는데 그중 한 명이 파르바티였다. 마녀 파르바티.)

한밤의 아이들! ……케랄라 주의 어떤 소년은 거울 속으로 들어갔다가 반사되는 표면이 있는 곳이라면 국내 어디에서든 나타날 수 있었는데, 호수에서 솟아나기도 하고 (훨씬 더 어렵지만) 번쩍번쩍 광을 낸 자동차의 금속 차체에서 빠져나오기도 하고…… 고아 주의 어떤 소녀는 물고기의 수를 몇 배로 늘리는 능력을 가졌고…… 변신 능력을 가진 아이들: 닐기리 산맥에는 늑대인간이 있었고, 거대한 분수령 빈디아 산맥에는 몸 크기를 마음대로 늘이거나 줄일 수 있는 소년이 있었는데 벌써 (장난삼아) 사라졌던 거인족이 다시 나타났다는 소문과 함께 엄청난 공포를 불러일으켰고…… 카슈미르에는 눈이 파란 아이가 있었는데 그는(혹은 그녀는) 물속에 들어가기만 하면 성별을 마음대로 바꿀 수 있어 원래의 성별이 무엇이었는지 나도 알아낼 길이 없었다. 성별이 바뀌었다는 옛날이야기 중에서 어떤 이야기를 들었느냐에 따라 더러는 그 아이를 '나라다'라고 부르고 또 더러는 '마르칸다야'라고 부르고…… 건조한 데칸 고원의 중심부에 있는 잘나 근처에서 나는 지하 수맥을 찾아낼 수 있는 아이를 발견했고, 캘커타 변두리의 버지버지에는 입이 너무 거칠어 벌써 말로 상해를 입힐 수 있는 소녀가 살았는데, 그녀가 무심코 내뱉은 독설에 어른 몇 명이 피를 줄줄 흘리는 일이 벌어져 사람들은 그녀를 대나무 우리에 가두고 갠지스 강물에 띄워 순다르반 밀림으로 보내버리기로 결정했다. (그 밀림은 온갖 괴물과 귀신 도깨비들의 고향 같은 곳이니까.) 하지만 아무도 감히 그녀 곁에 접근하지 못했고, 그래서 소녀는 마음대로 활보했지만 두려움 때문에 동네가 텅 비어버렸고, 음식을 달라는 그녀의 요구를 거절할 만큼 용감한 사람도 없었다. 쇠붙이를 먹을 수 있는 소년도 있었고, 농사에 특별한 재능을 타고나 타르 사막에서 초대형 가지를 키워내는 소녀도 있었고, 기타 등등, 기타 등등…… 처음에 나는 아이들의 숫자와 각양각색의 놀라운 재능에 마음을 빼앗겨 그들의 평범한 일면에는 별다른 관심이 없었다. 하지만 우리에게 문제가 생길 때는 우리의 성격과 환경에서 비롯된 일상적이고 인간적인 문제이기 마련인데, 일단 싸움이 벌어지면 우리도 여느 아이들과 다를 바 없었다.

한 가지 놀라운 사실은: 탄생 시각이 자정에 가까울수록 더 큰 재능을 타고났다는 점이다. 그날의 한 시간이 끝나가던 마지막 순간에 태어난 아이들은 (솔직히 말하자면) 곡마단의 기형아보다 별로 나을 게 없었다. 수염 난 소녀들, 민물송어 마하시르처럼 완벽하게 기능하는 아가미를 가진 소년, 머리와 목은 하나인데 몸은 둘 달린 샴쌍둥이 ─머리는 하나였지만 목소리는 둘이었는데 하나는 남자, 또 하나는 여자였고 인도 아대륙의 모든 언어와 사투리를 마음대로 구사했다─ 등등. 그러나 아무리 놀라워도 그들은 불행한 아이들이었고 그 신비로운 한 시간이 만들어낸 희생자에 불과했다. 열두시 삼십분 전후에는 좀 더 유용하고 흥미로운 능력이 나타났는데, 기르 숲에는 환부에 손을 대기만 해도 병을 낫게 하는 마력을 가진 소녀가 살았고, 실롱에서 차를 재배하는 어느 부농의 아들은 한 번 보거나 들은 것은 그 어떤 것도 잊어버리지 않는 은총을(혹은 저주를) 타고났다. 그러나 그 60분 중에서 최초의 1분 사이에 태어난 아이들에게 시간은 인간이 일찍이 꿈꾸었던 능력 중에서도 최고의 능력을 몰아주었다. 파드마, 만약 그대에게 그들의 탄생 시각을 1초 단위로 정확하게 기록한 명단이 있다면 러크나우의 어느 위대한 가문에 (자정에서 21초가 지났을 때) 태어난 후손 하나가 열 살의 나이에 명맥이 끊어졌던 연금술을 완벽하게 익혀 오랜 전통에도 불구하고 몰락했던 자기 집안의 재산을 되찾았다는 사실을 확인할 수 있을 테고, 또한 마드라스에서 세탁부의 딸로 (열두시 17초에) 태어난 어떤 소녀는 눈을 감기만 해도 어느 새보다 높이 날아오를 수 있었다는 사실, 그리고 베나레스에서 은세공사의 아들로 (열두시 12초에) 태어난 어떤 소년은 시간여행의 능력을 타고나서 과거의 일을 밝혀내거나 미래를 예언할 수 있었다는 사실도 확인할 수 있을 텐데…… 당시 아이들이었던 우리는 그 소년이 이미 지나간 일에 대해 이야기할 때는 맹목적으로 믿으면서도 우리 자신의 최후를 경고할 때는 비웃기만 했고…… 어쨌든 다행히 그런 기록은 존재하지 않는다. 그리고 나도 그들의 이름은커녕 정확한 위치조차 누설하지 않고 진실을 가장하여 거짓 정보를 흘리지도 않겠다. 왜냐하면 그런 증거를 내놓으면 나의 주장이 완벽하게 입증되겠지만 온갖 고초를 겪은 한밤의 아이들이 지금이라도 편히 쉬면서 지난 일을 잊을 수 있도록 내버려둬야 하기 때문이다. 하지만 나는 (가망 없는 일이지만) 영원히 기억하고 싶은데……

마녀 파르바티는 올드델리에 있는 금요성원의 계단 주변에 형성된 빈민굴에서 태어났다. 그곳은 평범한 빈민굴이 아니었다. 성원 그늘에 제멋대로 생겨난 판잣집들은 낡은 포장상자와 물결무늬 함석판과 너덜너덜한 마대자루 따위로 얼기설기 지어진 여느 판자촌과 다를 바 없었지만…… 그곳은 마술사들의 집단 거주지였기 때문이다. 그렇다, 일찍이 들개들이 결국 구해내지 못한 허밍버드, 그래서 칼에 찔려 죽어간 허밍버드가 옛날에 살았던 바로 그곳인데…… 전국에서도 내로라하는 차력사와 마술사와 야바위꾼 들이 출셋길을 찾으려고 수도로 올라왔다가 이 마술촌으로 하나둘씩 모여들었다. 그들은 그곳에서 판잣집과 경찰의 횡포와 쥐 떼를 발견했고…… 파르바티의 아버지도 한때는 아우드*에서 으뜸가는 마술사였다. 파르바티는 돌이 농담을 늘어놓게 만들 수 있는 복화술사들과 몸을 자유자재로 구부려 자기 다리를 삼킬 수 있는 몸곡예사들과 불을 먹고 항문으로 뿜어내는 불곡예사들과 눈가에서 유리 눈물을 흘리는 슬픈 어릿광대들 사이에서 성장했다. 그녀는 아버지가 자기 목에 못을 박아도 깜짝 놀라는 관객 앞에 얌전히 서 있기만 했고 자기 주변의 야바위꾼들이 벌이는 눈속임보다 훨씬 더 뛰어난 재주를 지녔으면서도 줄곧 비밀을 지켰다. 왜냐하면 8월 15일 자정에서 겨우 7초가 지났을 때 태어난 마녀 파르바티는 속임수가 필요 없는 진짜 능력자, 이른바 '깨달음을 얻은 자'였으므로 실제로 온갖 마법과 주술을 마음대로 부릴 수 있었기 때문이다.

한밤의 아이들 중에는 이렇게 변신, 비행, 예언, 마법 등의 능력을 가진 아이들이 있었는데…… 우리 중에서 두 명은 열두시 정각에 태어났다. 살림과 시바, 시바와 살림, 코와 무릎, 무릎과 코…… 시바에게 그 시간은 전쟁의 재능을 주었다. (아무도 당길 수 없는 활을 거뜬히 당겼다는 라마의 힘, 아르주나와 비마의 용기, 아니, 고대의 쿠루족과 판다바**가 지녔던 천하무적의 용맹성을 모두 한 몸에 물려받았

---

* 인도 북부 우타르프라데시 주의 중심 지역.

던 것이다!) ……그리고 나에게는 가장 중요한 재능, 즉 사람의 머릿속과 가슴속을 들여다볼 수 있는 능력을 주었다.

그러나 지금은 칼리유가의 시대이며 우리는 하필 암흑기가 한창이었던 어둠의 시간에 태어났다. 그래서 쉽게 빛날 수 있었지만 선과 악에 대해서는 언제나 혼란을 느꼈다.

자, 이제 말해버렸다. 그것이 나의 정체였다. 우리의 정체였다.

파드마는 모친상을 당한 듯한 표정이다. 입을 벌렸다 다물었다 하는 모습이 마치 바닷가에 밀려온 새다래 같다. "오, 바바!" 마침내 그녀의 말문이 트인다. "오, 바바! 머리가 어떻게 됐군요. 도대체 그게 무슨 소리예요?"

아니, 그렇게 간단한 문제가 아니다. 나는 병을 핑계로 도망치지 않을 것이다. 지금까지 내가 말한 내용을 한낱 헛소리로 오해하지 말라. 외롭고 못생긴 아이가 상상 속에서 만들어낸 터무니없이 과장된 이야기라고 생각하지도 말라. 전에도 말했듯이 내 이야기는 비유적 표현이 아니다. 방금 내가 쓴 (그리고 놀라는 파드마에게 소리 내어 읽어준) 내용은 문자 그대로 한 치의 거짓도 없는 진실이다.

물론 현실이 비유적 내용을 내포할 수도 있지만, 그렇다고 현실성이 줄어들지는 않는다. 천 명하고도 한 명의 아이들이 태어났다. 일찍이 어디에도 존재하지 않았던 천 개하고도 한 개의 가능성이 나타났

---

** 『라마야나』와 함께 고대 인도의 2대 서사시로 불리는 『마하바라타』에 등장하는 쿠루족의 왕 판두의 다섯 아들을 한꺼번에 일컫는 명칭. 그중 아르주나와 비마 형제는 부왕이 죽은 후 왕궁에서 쫓겨났다가 큰아버지 드리타라슈트라가 낳은 백 명이나 되는 사촌 카우라바 형제들과 전쟁을 벌여 승리를 거둔다.

다가 천 개하고도 한 개의 막다른 길로 끝나버렸다. 한밤의 아이들은 보는 사람의 관점에 따라 다양한 의미로 풀이할 수 있다. 가령 그들은 신화가 지배하는 우리나라에서 시대에 역행하는 온갖 구태의연한 것들의 마지막 잔재였고, 따라서 근대화를 향해 나아가는 20세기 경제의 맥락에서 그들의 실패는 오히려 아주 바람직했다고 생각할 수도 있다. 혹은 그들이야말로 자유의 희망이었는데 이제 영영 사라져버렸다고 생각할 수도 있다. 그러나 횡설수설하는 한낱 정신병자의 기상천외한 망상이라고 생각해서는 안 된다. 그렇다: 처음부터 끝까지 병 따위는 없었다.

"알았어요, 알았어요, 바바." 파드마가 나를 달랜다. "왜 역정을 내고 그래요? 자, 이제 잠시라도 좀 쉬어요. 내가 원하는 건 그것뿐이에요."

물론 내 열번째 생일을 앞둔 며칠 동안은 확실히 환각적인 시기였지만 내 머릿속에 환각 따위는 존재하지 않았다. 우리 아버지 아흐메드 시나이는 닥터 나를리카르의 배신 같은 죽음과 점점 강력해지는 마귀토닉*의 힘에 쫓겨 혼란스러운 비현실이 지배하는 꿈의 세계로 도피해버렸는데, 그 기나긴 몰락의 과정에서 제일 얄궂은 측면은 남들이 그 상황을 오히려 정반대로 오해했다는 점이었으니…… 가령 서니의 어머니인 오리궁둥이 누시를 보라. 어느 날 저녁 그녀가 우리 정원에서 아미나에게 말한다. "다들 정말 기쁘겠어요, 아미나 자매, 요즘 부군께서 한창 전성기잖아요! 사람 좋겠다, 가족을 위해서 돈도

---

* djinn-and-tonic. 진토닉(gin-and-tonic)과 동일한 발음을 활용한 언어유희.

잘 벌겠다!" 누시는 아흐메드에게 들릴 만큼 큰 소리로 말한다. 아흐메드는 병든 부겐빌레아 덩굴을 어떻게 해야 좋을지 정원사에게 지시하는 체하지만, 그러면서 겸손한 표정으로 자신을 낮추는 체하지만 그런 태도는 설득력이 전혀 없다. 뚱뚱한 몸을 자기도 모르게 더 부풀리고 거만하게 걷기 시작했기 때문이다. 오죽하면 정원 수도꼭지 밑에 맥없이 앉아 있던 푸루쇼탐까지 당혹스러운 표정이다.

점점 희미해지는 아버지…… 거의 십 년 동안 아버지는 면도를 하기 전에 아침 식탁에 앉아 있는 동안은 늘 기분이 좋았다. 그러나 피부가 점점 희미해지고 수염도 희끗희끗해지면서 언제나 변함없이 행복했던 그 순간도 확신할 수 없게 되었다. 어느 날 그가 아침식사 때 처음으로 화를 냈던 것이다. 세금이 인상되는 동시에 과세 최저 한도액은 인하되던 날이었는데, 아버지가 난폭한 동작으로 〈타임스 오브 인디아〉를 탁 내던지더니 내가 알기로는 화가 났을 때만 나타나는 붉은 눈으로 주위를 사납게 둘러보았다. "이거 꼭 화장실에서 하는 짓 같잖아!" 아버지가 분통을 터뜨리면서 알쏭달쏭한 말을 내뱉었다. 달걀 토스트 홍차가 분노의 돌풍 앞에서 부들부들 떨었다. "셔츠는 올리고 바지는 내려라! 여보, 이놈의 정부가 우리를 모조리 화장실에 처박으려는 수작이라고!" 그러자 어머니는 검은 피부를 분홍색으로 물들이면서, "여보, 애들이 듣잖아요, 제발." 그러나 아버지는 발을 쿵쿵 구르며 나가버리고, 남은 우리는 요즘 우리나라가 똥통에 처박혔다는 사람들의 말이 무슨 뜻인지 확실히 이해하게 되었다.

그날부터 몇 주 동안 아버지의 턱은 아침마다 눈에 띄게 희미해졌고 우리가 잃어버린 것은 아침 식탁의 평화만이 아니었다. 아버지는 나를리카르가 배신하기 이전에 자기가 어떤 사람이었는지를 잊어버리기 시작했다. 우리의 가정생활에 존재했던 여러 관습도 무너지기 시작했다. 아버지는 아침식사에 불참하기 시작했고, 그래서 아미나는 남편에게서 돈을 뜯어낼 수 없었다. 그러나 그것을 보상이라도 하려는 듯 아버지는 돈 관리를 소홀히 하게 되었고, 그가 벗어던진 옷에는 루피 지폐와 동전이 가득해서 어머니는 호주머니만 털어도 그럭저럭 생활할 수 있었다. 그러나 이렇게 아버지가 가정생활에서 점점 멀어진다는 징후 중에서도 더욱더 우울한 것은 이제 취침 시간에 우리에게 이야기를 들려주는 일도 드물어졌고 어쩌다 한 번씩 해주더라도 상상력이 부족하고 설득력도 빈약해서 별로 재미가 없다는 사실이었다. 이야기의 내용은 여전해서 마법의 나라에서 벌어지는 모험담이었고 왕자 도깨비 날아다니는 말이 등장했지만, 아버지의 의욕 없는 목소리에서 우리는 녹슬고 시들어가는 상상력이 삐걱거리며 신음하는 소리를 들었다.

 아버지는 추상적인 세계에 푹 빠져버렸다. 나를리카르가 죽고 테트라포드의 꿈이 사라지면서 아흐메드 시나이는 인간관계란 결코 믿을 수 없는 것임을 깨닫고 그런 인연을 모두 끊어버리기로 마음먹은 듯했다. 그는 동트기 전에 일어나서 당시 고용한 페르난다 또는 플로리와 함께 아래층 사무실에 틀어박혔다. 창밖에는 나와 잔나비의 탄생을 기념하기 위해 아버지가 손수 심은 상록수 두 그루가 벌써 많이 자라서 아침이 되어도 햇빛이 별로 들지 않았다. 우리는 좀처럼 아버지를 방해할 엄두를 못 냈으므로 아버지는 깊디깊은 고독에 빠져들었는데, 인구가 너무 많은 우리나라에서 그런 고독은 대단히 희귀해서 비정상에 가까울 정도였다. 아버지는 우리 부엌에서 나오는 음식을 거부하고 비서 아가씨가 날마다 도시락에 담아 가져오는 쓰레기 같은 싸구려 음식으로 연명했다. 미지근한 파라타[*], 눅눅한 야채 사모사, 병에 든 탄산음료 따위였다. 사무실 문틈으로 이상한 냄새가 흘러나왔는데, 어머니는 탁해진 공기와 질 나쁜 음식에서 나는 냄새라고 생각했지만 나는 예전의 냄새가 더 진해졌을 뿐이라고 믿는다. 먼 옛날부터 언제나 아버지를 따라다니던 실패의 악취였다.

아버지는 봄베이로 건너왔을 때 헐값으로 사들여 지금까지 우리 가족의 살림 밑천이 되어주었던 연립주택 여러 채를 팔아치웠다. 인간들과의 거래관계도—심지어 쿠를라와 워를리, 마퉁가와 마자가온과 마힘에 세들어 살던 이름 모를 입주자들까지—모두 정리하고 전 재산을 유동자산으로 바꾸더니 금융투기라는 난해하고 추상적인 세계로 뛰어들었다. 사무실 안에만 틀어박혀 지내던 그 시절에 아버지가 바깥세상과 접촉하는 유일한 통로는 (가엾은 비서 아가씨들을 제외하면) 전화기였다. 아버지는 그 기계를 붙잡고 열심히 의논하면서 하루하루를 보냈다. 전화기는 아버지가 시키는 대로 이런저런 주식이나 요런조런 채권에 투자하기도 하고 국채나 약세장 투매주를 사들이기도 하면서 때로는 일찍 팔고 때로는 늦게 팔았는데…… 웬일인지 팔 때마다 그날의 최고가를 기록했다. 오래전에 어머니가 경마장에서 거둔 성공에 버금갈 만큼 행운이 잇따르는 가운데 아버지와 전화기는 증권거래소를 단숨에 장악했는데, 아흐메드 시나이의 음주벽이 꾸준

---

[*] 효모를 넣지 않고 프라이팬에 납작하게 구운 빵.

히 심해졌다는 사실을 감안한다면 더욱더 놀라운 쾌거가 아닐 수 없었다. 마귀 때문에 곤드레만드레 취한 상태에서도 아버지는 마치 연인의 작은 변덕에도 민감하게 반응하듯이 금융시장의 예측불가능하고 감정적인 기복과 변화를 낱낱이 읽어내면서 그 추상적인 파도를 능숙하게 타고 다녔는데…… 주가가 오를 때와 천장을 때릴 때를 미리 감지하고 언제나 주가가 떨어지기 직전에 빠져나왔다. 그래서 날마다 전화통에 매달려 추상적 고독 속으로 침몰하는데도 겉으로는 아주 멀쩡해 보였다. 날마다 현실로부터 꾸준히 멀어졌지만 경제적 성공이 그 사실을 감춰주었기 때문이다. 그러나 점점 늘어나는 재산의 이면에서 아버지의 상태는 꾸준히 악화 일로를 걸었다.

마침내 옥양목 치마를 입고 출근하던 비서들 중에서 마지막 아가씨가 그만두었다. 숨쉬기가 힘들 만큼 아슬아슬하고 추상적인 세계의 생활을 견디지 못한 탓이었다. 그러자 아버지는 메리 페레이라를 불러 이렇게 꼬드겼다. "우린 친구잖아, 메리, 안 그래, 당신하고 나?" 가엾은 메리는, "그래요, 나리. 저도 알아요. 제가 늙은 다음에도 보살펴주시겠지요." 그러면서 다른 비서를 찾아보겠다고 약속했다. 이튿날 그녀가 데려온 사람은 동생 앨리스 페레이라였는데, 그동안 별의별 상전을 다 모셔본 경험으로 남자에 대해서는 무한대에 가까운 인내력을 갖게 된 모양이었다. 앨리스와 메리는 조 드코스타 때문에 싸웠던 일을 잊고 화해한 지 오래였다. 하루 일과가 끝나면 종종 앨리스도 위층으로 올라와 우리와 함께 시간을 보내면서 다소 답답한 집안 분위기에 활력과 생기를 불어넣었다. 나도 그녀를 좋아했고 우리가 아버지의 가장 심각한 소행에 대해 알게 된 것도 앨리스를 통해서였는데, 잉꼬와 잡종개가 아버지의 희생양이었다.

7월 무렵 아흐메드 시나이는 거의 끊임없이 만취상태로 지냈다. 그러던 어느 날 앨리스는 아버지가 갑자기 차를 몰고 나가서 목숨을 염려하게 만들더니 난데없이 덮개를 씌운 새장 하나를 가지고 그럭저럭 무사히 돌아왔다고 보고했다. 아버지는 그 속에 새로 산 불불, 즉 인도나이팅게일 한 마리가 들었다고 말했다. 앨리스는 이런 말을 털어놓았다. "나리께서 불불에 대해서 얼마나 길게 얘기하셨는지 몰라요. 전부 노래가 어떻다느니 하는 동화 같은 얘기들이었죠. 어느 칼리파가 그 노래를 듣고 넋을 잃었다느니, 그 노래가 밤의 아름다움을 연장해준다느니, 아무튼 그 가엾은 분이 페르시아어와 아랍어로 인용까지 해가면서 주저리주저리 떠드는데 무슨 말인지 하나도 모르겠더라고요. 그러다가 덮개를 벗기셨는데 새장 속엔 웬 말하는 잉꼬가 들었더군요. 초르 시장*에서 어떤 사기꾼이 깃털에 페인트칠을 해놨던 거죠! 그런데 가엾은 나리께 어떻게 사실대로 말하겠어요? 한껏 흥분해서, '노래 좀 불러봐, 불불아! 노래 좀 불러!' 하시는데…… 너무 웃겼어요. 페인트 때문에 죽기 직전인 그 새가 나리께서 하신 말씀을 그대로 흉내 냈는데, 새처럼 깩깩거리는 소리도 아니고, 무슨 말인지 아시죠, 정말 나리와 똑같은 목소리였거든요: '노래 좀 불러봐! 불불아, 노래 좀 불러!'"

그러나 더 심각한 일이 기다리고 있었다. 며칠 후 내가 앨리스와 함께 하인방으로 올라가는 나선형 철제 계단에 앉아 있을 때 그녀가 말

---

*봄베이 남부의 대규모 벼룩시장. '초르'는 도둑이라는 뜻이다.

했다. "도련님, 요즘 아버님이 어떻게 되신 건지 모르겠어요. 온종일 멍하니 앉아서 개한테 욕지거리만 하시지 뭐예요!"

우리가 셰리라고 이름을 붙인 그 잡종 암캐는 그해 초에 이층집 높이의 언덕에 나타났고 메솔드 단지에서 동물의 삶이 얼마나 위험천만한 것인지도 모르고 우리를 주인으로 받아들였다. 그런데 술에 취한 아흐메드 시나이가 가문의 저주를 시험해볼 대상으로 기니피그 대신 셰리를 선택했던 것이다.

그 저주는 아버지가 윌리엄 메솔드를 기죽이려고 꾸며낸 허구였지만 아버지의 머릿속에 있는 출렁거리는 방에서 마귀들이 속삭였다: 저주는 가짜가 아니라고, 다만 아버지가 주문을 잊어버렸을 뿐이라고. 그래서 미쳐버릴 만큼 외로운 사무실에서 아버지는 오래도록 이런저런 주문을 시험해보았는데…… 앨리스가 말했다: "말 못하는 불쌍한 짐승한테 얼마나 지독한 말씀을 하시는지! 당장 쓰러져 죽지 않는 게 신기할 정도라니까요!"

그러나 셰리는 방구석에 앉아서 바보처럼 히죽히죽 웃기만 할 뿐, 안색이 시퍼렇게 변하지도 않고 온몸에 부스럼이 나지도 않았다. 그러던 어느 날 저녁, 아버지가 사무실에서 뛰어나오더니 어머니에게 온 가족이 혼비 방파제로 가야 하니까 운전을 하라고 명령했다. 셰리도 데려갔다. 우리는 어리둥절한 표정으로 방파제를 따라 이리저리 걸어 다녔다. 이윽고 아버지가 말했다. "다들 다시 차에 타." 그러나 셰리는 태워주지 않았고…… 이번에는 아버지가 운전석에 앉았는데 로버가 점점 멀어지자 셰리가 우리를 따라오기 시작했고, 잔나비는 아빠아빠 소리치고 어머니는 여보제발 애원하고 나는 겁에 질려 말도 못 하는 가운데 몇 마일이나 달렸고, 산타크루즈 공항*까지 거의 다 갔을 때 마침내 아버지는 자신의 주술에 굴복하지 않는 못된 암캐에게 앙갚음을 하게 되었는데…… 허겁지겁 달리다가 동맥이 터져버리는 바람에 셰리는 입과 꽁무니로 피를 뿜으며 죽어갔고 굶주린 소 한 마리가 그 광경을 물끄러미 내려다보았다.

놋쇠 잔나비는 (개들을 좋아하지 않으면서도) 일주일 내내 울음을 그치지 못했다. 탈수증을 염려한 어머니가 물을 몇 통이나 먹였는데 메리의 표현에 의하면 잔디밭에 물 주듯이 아예 퍼붓다시피 했다고 한다. 하지만 나는 아버지가―어쩌면 약간의 죄책감 때문이었는지도 모르겠다―내 열번째 생일에 사다준 새 강아지가 마음에 들었다. 강아지의 이름은 심키 폰 데어 하이덴 남작부인이었고 수많은 챔피언을 배출한 족보 있는 가문의 독일셰퍼드였는데, 나중에 어머니가 알아낸 사실에 의하면 그 혈통도 가짜 불불처럼 사기에 불과했고 아버지가 잊어버린 저주의 주문과 무굴제국 왕족의 혈통처럼 상상의 산물에 지나지 않았다. 그리고 6개월 후 강아지는 성병으로 죽었다. 그후 우리는 애완동물을 기르지 않았다.

내 열번째 생일을 앞두고 어렴풋한 꿈길을 헤맨 사람은 아버지만이 아니었다. 여기 메리 페레이라를 보라: 각종 피클과 카손디와 처트니를 만들기 좋아하는 그녀는 자나깨나 그 일에 몰두했지만, 그리고 명랑한 동생 앨리스가 곁에 있었지만 어쩐지 괴로운 표정이었다.

* 차트라파티 시바지 국제공항의 옛 이름.

"안녕하세요, 메리!" 파드마가 — 왠지 범죄자인 보모를 좋아하게 된 모양이다—오랜만에 무대 중앙으로 돌아온 메리를 반갑게 맞이한다. "그런데 그 아줌마는 웬 고민이 그렇게 많대요?"

바로 이것 때문이었다. 파드마: 조지프 드코스타에게 공격을 당하는 악몽에 시달리던 메리는 잠을 청하기가 점점 더 힘들어졌다. 어떤 꿈이 자신을 기다리고 있는지를 알기에 안 자려고 버티다보니 눈 밑이 검게 물들고 눈동자도 얇은 막이 덮인 듯 흐리멍덩해졌다. 그리고 이렇게 인지 능력이 흐려진 까닭에 꿈과 생시가 서로 닮아가서 아주 비슷해지고…… 그런 상태는 아주 위험하다. 파드마. 일에 지장을 줄 뿐만 아니라 꿈속의 괴물들이 탈출하기 마련이니…… 아니나 다를까, 조지프 드코스타가 흐릿해진 경계선을 넘어 버킹엄 빌라에 출몰하기 시작했는데 이제는 단순한 악몽이 아니라 어엿한 유령이었다. 그는 (그때까지만 해도) 메리 페레이라의 눈에만 보였는데, 우리 집에서 방마다 졸졸 따라다니며 메리를 괴롭히더니 나중에는 마치 자기 집인 듯 스스럼없이 행동해서 그녀에게 두려움과 수치심을 심어주었다. 컷글라스 꽃병과 드레스덴의 도자기 인형들이 놓이고 천장 선풍기의 그림자가 느릿느릿 회전하는 거실에서 메리는 푹신푹신한 안락의자에 드러누워 긴 털북숭이 다리를 팔걸이 너머로 뻗은 채 빈둥거리는 조지프를 보았다. 그의 두 눈은 달걀 같은 흰자위만 보였고 발꿈치에는 뱀에 물려 생긴 구멍들이 있었다. 어느 날 오후에는 아미나 마님의 침대 위에서 조지프를 발견했는데, 그는 잠든 우리 어머니 곁에 태연히 누워 있었다. 메리는 "야, 너! 당장 나가지 못해! 여기가 어디라고 네까짓 놈이 이따위 행패야?" 하고 소리쳤지만, 우리 어머니만 잠에서 깨 어리둥절한 표정을 지었다. 조지프의 유령은 말도 없이 메리를 괴롭혔다. 그러나 가장 견디기 힘든 것은 날이 갈수록 그 유령에게 익숙해지면서 오래전에 잊었던 애정이 다시 가슴속에서 꿈틀거리기 시작했다는 사실이었다. 그녀는 미친 짓이라고 자신을 타일렀지만 죽은 병원 잡역부의 유령을 볼 때마다 자꾸 향수 어린 사랑이 느껴지는 것을 어쩔 수 없었다.

그러나 그 사랑은 응답을 받지 못했다. 조지프의 달걀 흰자위 같은 눈은 무표정하기만 했고 입술은 그녀를 비난하듯이 냉소를 머금을 뿐이었다. 마침내 메리는 새로 나타난 이 유령도 (비록 그녀를 공격하는 일은 없었지만) 꿈속에서 만나던 조지프와 별반 다르지 않음을 깨달았고 그를 떨쳐버리기 위해서는 차마 생각할 수도 없는 일을 해야 한다는 것을 알았다. 즉 자신의 범죄를 세상에 알리는 수밖에 없었다. 그러나 그녀는 고백하지 않았는데, 이 또한 나 때문이었을 것이다. 마치 자신이 배 속에 품은 적도 없고 머릿속에 상상한 적도 없는 아들처럼 나를 사랑했는데, 그런 고백을 한다면 나에게 크나큰 상처를 줄 수밖에 없고, 그래서 나를 위해 양심의 유령을 묵묵히 견뎌내며 부엌에서 (어느 날 저녁 아버지가 마귀에 취했을 때 요리사를 내쫓아버렸으므로) 우리의 식사를 준비했고, 그리하여 우연찮게 내 라틴어 교과서의 첫 구절 '오라 마리티마'를 그대로 구현했다. '바닷가에서 보모가 식사 준비를 했다.' 오라 마리티마, 안킬라 케남 파라트(Ora maritima, ancilla cenam parat). 요리하는 보모의 눈을 들여다보면 교과서에서 배울 수 없는 것을 알게 되기 마련이다.

내 열번째 생일날, 많은 일이 한꺼번에 일어났다.

내 열번째 생일날, 1956년의 견딜 수 없는 폭염에 이어 이번에도 기상이변 때문에—구름 한 점 없는 하늘에서 우박과 폭풍우가 쏟아져 홍수가 났다—제2차 5개년 계획이 엉망이 되었다는 사실이 분명해졌다. 정부는—선거가 코앞에 닥쳤는데도 어쩔 수 없이—채권국들이 상환 기간을 무제한으로 해주지 않으면 더는 경제 개발 차관을 받을 수 없다고 전 세계에 발표했다. (하지만 이런 상황을 과장할 생각은 없다. 제2차 5개년 계획이 마감된 1961년에 철강 완제품 생산량은 240만 톤에 불과했고 그 5년 사이에 토지도 없고 일자리도 없는 사람들의 숫자는 오히려 증가하여 영국의 식민통치를 받던 시절보다 더 악화되었지만 소득도 적지 않았다. 철광석 생산량은 거의 두 배로 뛰었고 전력 생산량도 두 배, 석탄 생산량도 3800만 톤에서 5400만 톤으로 늘어났다. 그리고 해마다 45억 미터에 달하는 면직물이 생산되었다. 자전거, 공작기계, 디젤엔진, 전기펌프, 천장 선풍기 따위도 대량으로 생산되었다. 그러나 나로서는 비관적인 결론을 내릴 수밖에 없다. 문맹률에는 변함이 없고 인구는 계속 급증했으니까.)

내 열번째 생일날, 하니프 외삼촌이 찾아왔는데 느닷없이 우렁찬 목소리로 씩씩하게 소리쳐 메솔드 단지에서 크게 인기를 잃었다. "선거일이 다가옵니다! 공산주의자들을 조심하세요!"

내 열번째 생일날, 하니프 외삼촌이 그렇게 실언을 했을 때 우리 어머니가(그 무렵 걸핏하면 "장 보러 간다" 하면서 어디론가 사라지던 어머니가) 이유도 없이 심하게 얼굴을 붉혔다.

내 열번째 생일날, 나는 족보가 위조된 독일셰퍼드 강아지를 선물로 받았는데 그 녀석은 머지않아 매독으로 사망할 운명이었다.

내 열번째 생일날, 메솔드 단지에 사는 사람들은 모두 즐거운 체하려고 열심히 노력했지만 내심 똑같은 생각을 하고 있었다: '맙소사, 벌써 십 년이 지나다니! 그 세월이 다 어디로 갔나? 우리는 뭘 했지?'

내 열번째 생일날, 이브라힘 노인은 마하 구자라트 파리샤드를 지지한다고 선언했다. 봄베이 시를 차지하는 문제를 기준으로 본다면 패배한 쪽에 가담한 셈이었다.

내 열번째 생일날, 나는 그 홍조 때문에 의심을 품고 어머니의 마음속을 엿보았고, 그곳에서 발견한 생각 때문에 어머니를 미행하기 시작했고, 그래서 봄베이의 전설적인 명탐정 돔 민토처럼 용감무쌍한 탐정이 되었고, 그리하여 파이어니어 카페 안팎에서 중요한 발견을 하게 되었다.

내 열번째 생일날, 나를 위한 파티가 열렸다. 그 자리에는 즐거워하는 방법을 잊어버린 우리 가족, 부모가 등을 떠밀어 보낸 대성당 고등학교 급우들, 그리고 브리치 캔디 수영장에서 놀던 여자 수영선수들도 여러 명 참석했는데, 그 소녀들은 조금 따분한 표정으로 놋쇠 잔나비가 자기들 곁에서 알짱거리며 울퉁불퉁한 근육을 꾹꾹 눌러보아도 그냥 내버려두었다. 어른들 중에서는 메리와 앨리스 페레이라, 이브라힘 일가와 호미 카트락, 하니프 외삼촌과 피아 외숙모, 그리고 남학생들이 (호미 카트락까지) 한시도 눈을 떼지 못해서 피아 외숙모를 적잖이 불쾌하게 했던 릴라 사바르마티 등이 참석했다. 그러나 우리 언덕 패거리 중에서는 서니 이브라힘 한 명만 참석했는데, 앙심을 품은 에비 번스의 잔치 금족령을 무시하고 찾아온 그는 나에게 이런 말을 전해주었다. "에비가 너를 우리 패거리에서 빼버린대."

내 열번째 생일날, 에비와 짝눈과 개기름, 심지어 키루스 대왕까지 합세하여 나만의 은신처를 습격했다. 그들은 시계탑을 점거하여 내 피난처를 빼앗았다.

내 열번째 생일날, 서니는 당황한 표정이었고 놋쇠 잔나비가 수영 선수들 틈에서 빠져나오더니 에비 번스 때문에 노발대발하면서 나에게 말했다. "그 계집애를 혼내줄 거야. 걱정하지 마, 오빠. 내가 확실하게 본때를 보여줄 테니까."

내 열번째 생일날, 나는 한 무리의 아이들에게 버림받은 대신 나처럼 생일을 자축하는 아이들이 581명이나 있음을 알았다. 그래서 내가 태어난 시간에 얽힌 비밀을 깨닫게 되었고, 한 패거리에서 추방된 덕분에 직접 나의 패거리를 만들겠다고 결심하게 되었다. 그 패거리는 전국 방방곡곡에 흩어져 있었지만 그들의 본부는 내 머릿속이었다.

그리고 내 열번째 생일날, 나는 메트로 커브 클럽의—아울러 인도를 방문 중이던 영국 크리켓 팀[*]의—머리글자를 훔쳐 새로 탄생한 '한밤의 아이들 협회(Midnight Children's Conference)'의 머리글자로 삼았으니, 그것이 바로 나의 M. C. C.였다.

그리하여 내가 열 살이 되었을 때 내 머리 밖은 온통 분쟁뿐이었고 내 머릿속은 온통 기적뿐이었다.

---

[*] 말리번 크리켓 클럽(Marylebone Cricket Club).

## 파이어니어 카페에서

 온통 초록색과 검은색뿐 벽은 초록색 하늘은 검은색(지붕이 없으니) 별은 초록색 '미망인'도 초록색 그러나 그녀의 머리카락은 검디검은 검은색. '미망인'은 높디높은 의자에 앉았는데 의자는 초록색 좌석은 검은색 '미망인'의 머리카락은 가운뎃가르마 왼쪽은 초록색 오른쪽은 검은색. 하늘처럼 드높은 의자는 초록색 좌석은 검은색 '미망인'의 팔은 죽음처럼 길고 피부는 초록색 손톱은 길고 날카롭고 검은색. 벽과 벽 사이에 갇힌 아이들은 초록색 벽도 초록색 '미망인'의 팔이 뱀처럼 스르르 내려오는데 뱀도 초록색 아이들은 비명을 지르고 손톱은 검은색 손톱이 할퀴고 '미망인'의 팔은 더듬더듬 보라 아이들이 도망치고 비명을 지르고 초록색 검은색 '미망인'의 손이 아이들을 움켜쥔다. 이제 아이들은 한 명 한 명 으윽 숨이 막혀 조용해지고 '미망인'

의 손이 한 명 한 명 들어 올리는데 아이들은 초록색 피는 검은색 예리한 손톱에 잘려 솟구치는 피가 (초록색) 벽면에 까맣게 뿌려지고 한 명 한 명 움켜쥔 손이 아이들을 하늘 높이 들어 올리는데 하늘은 검은색 지금은 별도 없고 '미망인'이 웃는데 혀는 초록색 그러나 이는 검은색. 그리고 '미망인'의 손에 아이들은 두 토막이 나고 그 손이 토막 난 아이들을 데굴데굴 데굴데굴 작은 공처럼 똘똘 뭉치는데 공은 초록색 밤하늘은 검은색. 그리고 작은 공들이 벽과 벽 사이의 하늘로 휙휙 날아가고 아이들은 절규하고 한 명 한 명 '미망인'의 손이. 그리고 한구석에서 잔나비와 나는 (벽은 초록색 그림자는 검은색) 움츠리고 엉금엉금 드넓고 드높은 벽은 초록색 점점 물들어 검은색으로 지붕은 없고 '미망인'의 손이 내려와 한명한명 아이들은 비명 그리고 으윽 그리고 작은 공들 그리고 손 그리고 비명 그리고 으윽 그리고 뿌려지는 검은색 얼룩. 이제 잔나비와 나뿐인데 비명 소리도 그치고 '미망인'의 손이 내려와서 더듬더듬 더듬더듬 피부는 초록색 손톱은 검은색 점점 구석 쪽으로 더듬더듬 더듬더듬 우리는 구석에 더 바짝 달라붙고 우리 피부는 초록색 우리 두려움은 검은색 그리고 이제 그 손이 더 가까이 더 가까이 그리고 누이가 나를 밀어내면서 구석에서 밀어내면서 움츠리면서 그 손을 뚫어져라 바라보고 손톱이 구부러지고 비명 그리고 으윽 그리고 검은색이 하늘 높이 솟구치고 '미망인'이 깔깔 웃으며 찢어발기고 나는 데굴데굴 두 개의 작은 공이 되고 공은 초록색 그리고 밤하늘로 밤하늘은 검은색……

    오늘 열이 내렸다. 파드마가 (내가 듣기로는) 이틀 동안 밤새도록 나를 간호하면서 이마에 차가운 물수건을 얹어주고 '미망인'의 손이 나오는 꿈을 꾸면서 부들부들 떨 때는 꼭 껴안아주었다. 이틀 동안 그녀는 정체불명의 약초로 약을 지었던 자신을 책망했다. 나는 그녀를 안심시킨다. "이번 일은 그 약하고는 아무 상관도 없어." 나는 이 열병을 기억한다. 다른 무엇 때문도 아니고 바로 나의 내면에서 발생한 열이다. 악취처럼 내 균열 사이로 흘러나온 열이다. 나는 열번째 생일에도 똑같은 열병으로 병석에서 이틀을 보냈다. 이제 내 머릿속에서 다시 기억이 새어나오면서 예전의 열병도 다시 나타난 것이다. "걱정하지 마. 21년쯤 전에도 이런 병을 앓은 적이 있었으니까."

지금은 우리 둘만 있는 것이 아니다. 피클공장의 아침이다. 그들이 나에게 보여주려고 내 아들을 데려왔다. 누군가(누구인지는 몰라도 된다) 파드마와 함께 내 침대 옆에 서서 내 아들을 안고 있다. "바바, 차도가 있어서 다행이에요, 이렇게 앓는 동안 무슨 헛소리를 했는지 모를 거예요." 누군가 걱정스러운 목소리로 말하면서 때가 되지도 않았는데 내 이야기 속으로 비집고 들어오려 한다. 그러나 소용없는 짓인데…… 누구일까, 이 피클공장을 세우고 자회사로 입병(入甁)공장까지 세운 사람인데, 도무지 속을 알 수 없는 내 아들을 지금까지 돌봐준 사람인데, 마치 언젠가…… 잠깐! 하마터면 말해버릴 뻔했다. 열이 있거나 말거나 다행히 나는 아직 제정신이다! 그 누군가는 다시 물러나서 익명성으로 정체를 감추고 자기 차례가 될 때까지, 즉 내 이야기의 결말이 나올 때까지 기다려야 한다. 나는 그 여자로부터 파드마에게 시선을 옮겨 이렇게 충고한다. "열이 났다고 해서 내가 당신한테 말한 내용이 전혀 사실이 아닐 거라고 착각하지 마. 모든 일이 내가 설명한 그대로 일어났으니까."

파드마가 외친다. "맙소사, 밤낮없이 걸핏하면 이야기, 이야기! 그러다가 병이 난 거라고요! 가끔 좀 쉬기라도 하면 어디가 덧나요?" 나는 고집스럽게 입을 다문다. 그러자 파드마가 갑자기 태도를 바꾼다. "그럼 이제 말해봐요: 뭐 필요한 거 없어요?"

나는 이렇게 부탁한다. "초록색 처트니. 밝은 초록색, 메뚜기 같은 초록색."

그러자 이름을 밝힐 수 없는 누군가가 그 빛깔을 기억하고 파드마에게 (병실이나 장례식장에서만 그러는 조용한 목소리로) 말한다. "무슨 뜻인지 내가 알아."

……그런데 어째서, 하필이면 이 결정적인 순간에, 온갖 일들을 줄줄이 설명해야 하는 이 중요한 시점에—파이어니어 카페도, 그리고 무릎과 코의 경쟁관계도 가까이 다가왔는데—어째서 하필이면 이때 나는 한낱 양념장 따위를 입에 담았을까? (차라리—21년 전에 인도 국민 전체가 투표일만 손꼽아 기다렸던—1957년 선거에 대해 이야기한다면 또 모를까, 왜 하필 시시한 병조림 식품 따위로 시간을 낭비할까?) 왜냐하면 나는 쿵쿵거리며 공기를 들이마셨고 나를 찾아온 사람들의 걱정스러운 얼굴 뒤에서 강렬한 위험의 냄새를 맡았기 때문이다. 그래서 나 자신을 지킬 생각이었다. 그러기 위해서는 처트니의 도움이 필요했고……

지금까지 나는 낮 동안의 공장 모습을 보여주지 않았다. 아직 설명하지 않은 부분은 다음과 같다: 내 방에서 초록색 유리창 너머로 바깥을 내다보면 철제 통로가 있고 그 밑에 조리 작업장이 보이는데 그곳에는 부글부글 끓고 있는 구리로 된 대형 통이 여러 개 있고 튼튼한 팔뚝의 여자들이 나무 계단에 올라서서 자루가 긴 국자로 칼날처럼 톡 쏘는 피클 증기를 휘휘 젓는다. 한편 (반대쪽으로 고개를 돌려 초록색 유리창 너머로 바깥세상을 내다보면) 아침 햇살을 받아 둔탁하게 빛나는 철도가 보이는데 전력공급을 위해 일정한 간격으로 설치한 지지대가 얼기설기 어수선하다. 공장 문 위에는 우리의 노란색-초록색 네온 여신이 있지만 낮 동안에는 춤을 추지 않는다. 전기를 아끼려고 스위치를 꺼두기 때문이다. 그러나 전동차는 전력을 소모한다. 다다르와 보리블리, 쿠를라와 바세인 가 등을 경유한 노란색-다갈색 완행열차가 덜컹거리며 남쪽 처치게이트 역으로 달려간다. 열차마다 흰 바지를 입은 인간 파리들이 다닥다닥 달라붙었다. 공장 내벽에도 더러 파리가 붙어 있다는 사실을 부인하지는 않겠다. 그러나 그 대신 도마뱀도 있어서 천장에 거꾸로 매달린 채 꼼짝도 하지 않는데, 축 늘어진 목살이 카티아와르 반도를 떠올리게 하고…… 소리도 들어봐야 한다: 피클통이 부글거리는 소리, 팔뚝에 잔털이 수북한 여자들의 음담패설, 상스러운 욕지거리, 요란한 노랫소리, 코가 예민한 관리자들이 입을 앙다물고 있다가 한마디씩 꾸짖는 소리, 옆에 붙은 입병공장에서 끊임없이 땡그랑거리는 피클병 소리, 그리고 열차 달려가는 소리, 그리고 붕붕거리는 (드물지만 피할 수 없는) 파리 소리…… 한편 통에서 퍼낸 메뚜기 같은 초록색 처트니가 깨끗이 닦은 접시에 담겼는데 접시 가장자리에 노란색과 초록색 줄무늬가 있고 그 옆의 다른 접시에는 동네 이란 식당에서 사온 간식거리가 수북하다. 내가 이제야-보여준-것들도 평소와 다름없고 이제야-들려준-소리들도 여전한데 (온갖 냄새는 말할 필요도 없고) 내 사무실 침대 위에 혼자 누워 있던 나는 방금 나들이를 가자는 말을 들었다는 사실을 문득 깨닫고 화들짝 놀란다.

이름을 밝힐 수 없는 누군가가 말한다. "……건강이 더 좋아지면 하루쯤 엘레판타*에 다녀오면 어떨까 해요. 통통배도 타보고 석굴에 아름다운 조각상도 많잖아요. 아니면 주후 해변에서 헤엄도 치고 야자 과즙도 마시고 낙타 경주도 하든지. 아니, 아레이 축산공원도 좋겠네요!……" 그러자 파드마도: "신선한 공기, 좋죠. 꼬마 도련님도 아빠랑 같이 시간을 보내고 싶을 거예요." 그러자 누군가가 내 아들의 이마를 쓰다듬으면서: "물론 다 함께 가는 거예요. 즐거운 소풍, 즐거운 나들이. 바바 건강에도 좋을 테고……"

이윽고 하인이 처트니를 내 방으로 가져오고 나는 그들의 제안을 일언지하에 거절한다. "아뇨, 할 일이 있어요." 그러자 파드마와 누군가가 시선을 주고받고, 그것을 본 나는 과연 내 의심이 옳았음을 깨닫는다. 왜냐하면 예전에도 그렇게 소풍을 가자는 말을 들은 적이 있었으니까! 예전에도 거짓 미소와 더불어 아레이 축산공원에 놀러 가자는 말에 속아 문을 나서서 자동차에 올랐는데, 어느새 나를 붙잡는 손들이 있었고 병원 복도가 있었고 의사와 간호사가 나를 찍어눌렀고 마스크가 내 코를 막아버렸고 마취제가 흘러들었고 어떤 목소리가, 이제 세어봐, 열까지…… 나는 두 사람이 무슨 음모를 꾸미는지 다 안다. 그래서 이렇게 말한다. "의사는 필요 없어요."

그러자 파드마가, "의사라뇨? 누가 그런 말을 했다고……" 그러나

---

* 봄베이 동쪽의 작은 섬. 힌두교 석굴사원이 유명하다.

그 말에 속을 내가 아니다. 나는 어렴풋한 미소를 지으면서, "자요: 다들 처트니 좀 먹어봐요. 내가 중요한 이야기를 해야 하니까."

그리하여 처트니가—1957년 당시 내 보모 메리 페레이라가 완벽한 솜씨로 만들어주었던 바로 그 처트니, 영원히 그 시절을 연상시키는 그 메뚜기 같은 초록색 처트니가—그들을 내 과거의 세계로 데려가는 동안, 처트니가 그들의 마음을 어루만져 내 말을 잘 이해하게 만들어주는 동안 나는 조용하고 설득력 있는 목소리로 그들에게 이야기했고, 그렇게 양념장과 웅변을 함께 동원한 덕분에 백해무익한 돌팔이 의사들의 손에서 나 자신을 구할 수 있었다. 나는 이렇게 말했다: "내 아들은 이해할 거예요. 나는 지금 누구보다 저 녀석한테 들려주고 싶어서 내 인생 이야기를 하고 있어요. 그래야 나중에 내가 균열과의 싸움에서 패배하더라도 저 녀석이 다 알 수 있을 테니까. 윤리, 판단력, 성품…… 그 모든 것이 기억에서 시작되는데…… 그래서 내가 복사본을 만드는 거라고요."

초록색 처트니를 뿌린 칠리 파코라가 누군가의 식도를 타고 내려가고 메뚜기 같은 초록색이 묻은 미지근한 차파티가 파드마의 입속으로 사라진다. 나는 그들의 마음이 점점 약해지는 것을 알아차리고 더 힘껏 밀어붙인다. "나는 진실을 말했을 뿐이에요. 기억 속의 진실이죠. 기억 속에는 기억만의 특별한 현실이 있으니까요. 기억은 선택하고 생략하고 변경하고 과장하고 축소하고 미화하고 헐뜯기도 하지만 궁극적으로는 스스로 현실을 창조하는데, 각각의 사건에 대해 나름대로 복합적이면서도 대체로 일관성이 있는 해석을 내리는 거죠. 하지만 제정신을 가진 사람이라면 자기 의견보다 남의 의견을 더 신뢰하는 경우는 없어요."

그렇다: 나는 일부러 '제정신'이라는 말을 썼다. 두 사람이 무슨 생각을 하는지 알았기 때문이다. '아이들이 상상의 친구를 만들어내는 경우는 흔하지. 그렇지만 천 명하고도 한 명이라니! 미치지 않고서야!' 한밤의 아이들은 내 이야기에 대한 파드마의 믿음까지 흔들어버렸다. 그러나 나는 곧 그녀의 마음을 돌려놓았고 이제 나들이를 하자는 말은 쏙 들어갔다.

내가 그들을 설득한 방법은: 내 아들이 내 인생 이야기를 꼭 알아야 한다고 말했다. 기억의 여러 작용에 대해서도 설명해주었다. 그 밖에도 여러 가지가 있었는데 더러는 고지식할 정도로 정직한 방법이었고 또 더러는 여우처럼 교활한 방법이었다. "무함마드께서도 처음에는 당신이 미쳤다고 믿으셨죠. 저라고 그런 생각을 안 해본 줄 아세요? 하지만 선지자님 곁에는 하디자\*도 있고 아부바크르도 있어서 하느님의 소명이 진짜니까 안심하라고 말해줬어요. 그분을 배신하고 정신병원에 넘기려 한 사람은 아무도 없었단 말입니다." 그때쯤 두 사람은 초록색 처트니 때문에 옛일을 회상하고 있었다. 나는 그들의 얼굴에 죄책감과 부끄러움이 떠오르는 것을 보았다. "도대체 진실이 뭐죠?" 나는 힘차게 부르짖었다. "제정신이라는 게 뭡니까? 예수님이 정말 무덤에서 부활하셨나요? 파드마, 힌두교도는 이 세상이 일종의 꿈이라고 믿지 않나? 브라흐마 신의 꿈에서 우주가 창조되었고 그 신은 지금도 꿈을 꾸는 중이라고. 우리는 그 꿈의 거미줄, 즉 마야의 이

---

\* 무함마드의 첫째 부인.

면을 어렴풋이 들여다볼 뿐이라고 말이야." 그러고는 마치 강의를 하듯 도도한 태도를 취했다. "마야는 모든 환상을 의미한다고 정의해도 될 거야. 이를테면 속임수, 계략, 거짓 같은 것들 말이야. 유령, 도깨비, 망상, 야바위, 사물의 겉모습, 그 모든 것이 마야의 일부인 셈이지. 내가 이러저러한 일이 있었다고 말했는데 브라흐마의 꿈속에서 헤매는 당신이 내 말을 못 믿는다면 우리 둘 중 누가 옳은 거지? 처트니 좀 더 먹어." 상냥하게 말하면서 나도 듬뿍 퍼먹었다. "정말 맛있네."

파드마가 울기 시작했다. "못 믿겠다고 한 적 없어요. 물론 누구나 자기 이야기를 나름대로 진실하게 말하겠죠. 그렇지만……"

나는 단호한 어조로 그녀의 말을 끊었다. "그렇지만, 당신도 무슨 일이 있었는지 알고 싶잖아. 안 그래? 서로 닿지 않으면서 춤추는 손도 궁금하고 무릎도 궁금하지? 그리고 나중에는 사바르마티 중령의 신기한 지휘봉도 나오고 물론 '미망인'도 나올 텐데? 그리고 그 아이들은 또 어떻게 됐을까?"

그러자 파드마가 고개를 끄덕였다. 그리하여 의사도 정신병원도 물 건너갔다. 나는 다시 글을 쓸 수 있게 되었다. (내 발치에 앉아 있는 파드마와 함께 단둘이서.) 처트니와 웅변, 종교학과 호기심: 그것이 나를 구해주었다. 그리고 하나 더: 교육의 힘이라고 해도 좋고 출신계층 덕분이라고 해도 좋다. 메리 페레이라였다면 '가방끈이 길다'고 표현했을 것이다. 아무튼 나는 학식을 뽐내고 정확한 발음을 과시함으로써 두 사람이 나를 평가할 자격이 없음을 스스로 깨닫고 부끄러움을 느끼게 만들었다. 그리 점잖은 짓은 아니지만 길모퉁이에 병원차가 대기한 상황에서는 모든 일이 정당화되기 마련이다. (사실이다: 내가 그 차 냄새를 맡았으니까.) 어쨌든 귀중한 교훈을 얻은 셈이었다. 사물에 대한 자신의 의견을 남에게 강요하는 것은 위험한 짓이다.

파드마: 혹시 그대가 내 말을 반신반의한다 해도, 글쎄, 약간의 의심은 별로 나쁘지 않다. 오히려 확신이 넘치는 사람들이 끔찍한 만행을 저지른다. 여자도 마찬가지다.

그건 그렇고, 그때 나는 열 살이었고 어머니의 자동차 트렁크 속에 숨어들 방법을 궁리하는 중이었다.

그달은 고행승 푸루쇼탐이 (나는 그에게 나의 내면생활에 대해 아무 말도 하지 않았다) 마침내 붙박이 생활에 절망감을 느끼고 살인적인 딸꾹질을 시작할 무렵이었다. 이 딸꾹질은 꼬박 일 년 동안이나 그를 괴롭혔는데, 증상이 어찌나 심했던지 걸핏하면 몸이 허공으로 몇 센티미터쯤 뛰어올라 물방울 때문에 훌렁 벗어진 머리로 정원 수도꼭지를 호되게 들이받기 일쑤였고, 그러다가 결국 죽음을 맞고 말았다. 어느 날 저녁 칵테일 시간에 푸루쇼탐은 결가부좌를 튼 채 옆으로 기우뚱 쓰러졌고 어머니의 티눈은 영영 나을 가망이 없게 되었다. 그 무렵 나는 저녁에 종종 버킹엄 빌라 정원에 서서 하늘을 지나가는 스푸트니크 위성들을 지켜보면서 우주로 발사된 최초이자 아직까지 유일한 견공인 라이카처럼 쓸쓸하면서도 의기양양한 기분을 느끼곤 했다. (머지않아 매독에 걸릴 심키 폰 데어 하이덴 남작부인도 내 곁에 앉아서 독일세퍼드의 눈으로 반짝이는 점 같은 스푸트니크 2호를 바라보았는데, 그때는 우주 경쟁 때문에 개에 대한 관심이 지대하던 시절이었다.) 그 무렵 에비 번스 패거리가 내 시계탑을 점거했고 빨래통은 금지구역이기도 했거니와 내 몸이 커져 들어갈 수도 없었으므로 비밀과 제정신을 유지하기 위해서는 은밀하고 조용한 시간에만 한밤의 아이들을 만나야 했다. 그래서 매일 자정마다 (자정에만) 그들과 이야기를 나누었는데, 그 시간은 기적을 위해 마련된 시간인 동시에 어떤 의미에서는 시간을 초월한 시간이기도 했기 때문이다. 그리고—본론으로 들어가자면—그 무렵에 나는 우리 어머니의 의식 전면에 도사리고 있던 그 터무니없는 생각이 정말 사실인지 내 눈으로 직접 확인해야겠다고 결심했다. 빨래통 속에 숨었다가 그 남부끄러운 세 음절을 들은 다음부터 나는 줄곧 어머니에게 비밀이 있을 거라고 의심했는데, 어머니의 사고과정에 침투해본 결과 내 의심이 사실로 확인되었기 때문에 어느 날 방과 후 나는 강철 같은 의지를 품고 두 눈을 이글이글 불태우며 서니 이브라힘에게 도움을 청하러 갔다.

서니는 스페인 투우사들의 포스터가 즐비한 자기 방에서 혼자 시무룩한 표정으로 실내 크리켓을 하고 있었다. "야 에비 일은 정말 미안한데 인마 걔가 누구 말도 안 듣잖아 근데 인마 도대체 걔한테 무슨 짓을 한 거냐?"……그러나 나는 근엄하게 한 손을 들어 침묵을 요구했다.

"그런 얘기를 할 때가 아니야, 인마. 중요한 건 내가 열쇠 없이 자물쇠 여는 방법을 알아야 한다는 거라고."

서니 이브라힘에 대한 실제 사실: 그의 꿈은 투우사였지만 정말 천부적인 재능을 가진 분야는 기계공학이었다. 얼마 전부터 그는 메솔드 단지 내의 모든 자전거를 고쳐주는 대가로 만화책을 선물로 받거나 탄산음료를 얻어먹었다. 심지어 에벌린 릴리스 번스까지 애지중지하는 인디아바이크를 서니에게 맡길 정도였다. 그는 기계의 작동 부위를 어루만질 때 순수한 기쁨을 느꼈고 그렇게 따뜻한 손길을 거부할 수 있는 기계는 하나도 없는 듯했다. 다시 말해서 서니 이브라힘은 (순수한 탐구정신 때문에) 자물쇠 따기 전문가가 되었다.

　이제 나에게 충성심을 증명할 기회를 얻은 서니의 눈이 초롱초롱 빛났다. "자물쇠만 보여줘, 인마! 어디 있는지 가보자고!"

　우리는 혹시 지켜보는 사람이 없는지 확인하고 나서 서니가 사는 상수시 빌라와 버킹엄 빌라 사이의 차도를 따라 살금살금 걸어갔고, 이윽고 우리 집 로버 뒤쪽에 멈춰 섰다. 나는 트렁크를 가리켰다. "바로 이거야. 밖에서도 열고 안에서도 열 수 있어야 돼."

　서니의 눈이 휘둥그레졌다. "야, 무슨 짓을 하려는 거야, 인마? 몰래 가출이라도 하려고?"

　나는 입술에 손가락을 대고 의미심장한 표정을 지으며 엄숙하게 말했다. "그건 말할 수 없어. 일급비밀이거든."

　"와아." 서니는 길쭉한 분홍색 플라스틱 쪼가리 하나로 30초 이내에 트렁크를 열어 보였다. 서니 이브라힘이 말했다. "이거 받아, 인마. 나보다 너한테 더 필요하겠다."

　옛날옛날 한 옛날에 어떤 어머니가 있었는데 그녀는 어머니가 되기 위해 이름을 바꾸는 데 동의했고, 남편을 조각조각 나눠가며 사랑하는 일에 전념했지만 한 부분만은 도저히 사랑할 수 없었는데 신기하게도 그곳은 그녀가 어머니가 될 수 있게 해주었던 바로 그 부분이었고, 그녀는 티눈 때문에 다리를 절었으며 자꾸 쌓여가는 온 세상의 죄를 다 짊어지느라 어깨가 굽었고, 그녀가 사랑할 수 없는 남편의 그곳은 결빙기의 여파에서 회복되지 못했고, 남편처럼 그녀도 마침내 전화기의 신비에 굴복하여 잘못 걸려온 전화에서 흘러나오는 목소리에 한참 동안 귀를 기울이곤 했는데…… 내 열번째 생일 직후에(최근 거의 21년 만에 다시 찾아온 그 열병에 처음 걸렸다가 회복된 다음이었다) 아미나 시나이는 얼마 전에도 그랬듯이 다시 별안간 외출하는 날이 잦아졌는데, 급히 장을 보러 간다고 말했지만 매번 전화가 잘못 걸려온 직후였다. 그러나 그날은 아미나가 운전하는 로버의 트렁크 속에 밀항자가 있었다. 그는 은폐물 겸 보호 장비로 쿠션 몇 개를 훔쳐 다놓고 그 속에 숨어 있었는데 한 손에는 길쭉한 분홍색 플라스틱 쪼가리를 쥐고 있었다.

아으, 정의를 위해 감수해야 하는 괴로움이여! 수많은 멍과 혹이여! 덜거덕거리는 이빨 사이로 드나드는 고무 냄새여! 그리고 한 순간도 떨쳐버릴 수 없는 발각에 대한 두려움…… '혹시 엄마가 정말 장 보러 가는 거라면? 트렁크가 갑자기 벌컥 열린다면? 두 다리를 묶고 날개를 짧게 자른 닭들이 산 채로 트렁크 속에 던져지고 그놈들이 내 은신처로 파고들어 마구 퍼덕거리고 쪼아댄다면? 그러다가 엄마한테 들키면, 맙소사, 일주일 동안 한마디도 못하게 될 텐데!' 나는 두 무릎을 턱밑에 끌어당긴 채—무릎에 부딪히지 않도록 턱밑에 낡고 색 바랜 쿠션을 끼우고—어머니의 배신을 상징하는 자동차를 타고 미지의 세계로 달려갔다. 어머니는 운전을 신중하게 하는 편이었다. 언제나 천천히 달렸고 모퉁이를 돌 때도 조심스러웠다. 그런데도 나중에 보니 온몸이 시퍼렇게 멍들었고 덕분에 메리 페레이라에게 호된

꾸지람을 들어야 했다. "하느님 맙소사 이게 다 뭐야 어떤 놈들인지 모르지만 이 꼴이 됐는데도 산산조각이 안 난 게 신기하네요 맙소사 나중에 뭐가 되려고 이래요 도련님 나빠요 천하의 말썽꾸러기!"

덜컹거리는 어둠을 잊어보려고 나는 지극히 신중하게 어머니의 마음속으로 들어가 지금 운전을 담당하는 부분을 살펴보았고, 덕분에 우리가 지나가는 경로를 확인할 수 있었다. (아울러 습관적으로 질서정연한 어머니의 마음속에서 걱정스러울 만큼 무질서한 부분을 발견했다. 나는 그 시절에 벌써 내면의 정돈 상태에 따라 사람들을 분류하기 시작했는데, 내가 좋아하는 유형은 오히려 어수선한 쪽이었다. 그런 사람들의 생각은 꼬리에 꼬리를 물고 끊임없이 이어져 생계에 대한 심각한 고민을 하는 도중에 느닷없이 먹고 싶은 음식의 이미지가 떠오르기도 하고 정치에 대한 상념에 뜬금없이 성적 환상이 겹쳐지기도 해서 뒤죽박죽 혼란스러운 나 자신의 두뇌와 많이 닮았기 때문이다. 내 머릿속에는 모든 생각이 엉망진창 뒤섞인 가운데 의식의 하얀 점이 미친 벼룩처럼 이리저리 뛰어다니고…… 아무튼 아미나 시나이의 경우에는 근면성실하고 정리정돈을 좋아하는 천성 때문에 두뇌도 비정상에 가까울 만큼 가지런해서 혼란의 정도를 기준으로 분류한다면 지극히 희귀한 유형이었다.)

우리는 북쪽으로 달리면서 브리치 캔디 종합병원과 마할락슈미 신전을 지나고, 혼비 방파제를 따라 북상하면서 발라바이 파텔 경기장과 하지 알리의 무덤이 있는 섬을 지나고, 계속 북쪽으로 달려 한때는 (즉 초대 윌리엄 메솔드의 꿈이 실현되기 전에는) 봄베이 섬이었던 지역을 벗어났다. 우리는 수많은 연립주택과 어촌마을과 방직공장과 영화촬영소 따위가 마구 뒤섞여 어디가 어디인지 알 수 없는 곳으로 들어갔는데, 이 도시에서도 이 북부지역은 (여기서도 그리 멀지 않다! 지금 내가 완행열차를 내다보며 앉아 있는 이곳에서도 그리 멀지 않은 곳이다!) ……그 시절만 하더라도 내가 전혀 모르는 지역이었다. 나는 금방 방향감각을 잃어버렸고 그곳이 어디쯤인지 전혀 모른다는 사실을 인정할 수밖에 없었다. 이윽고 하수관 노숙자들과 자전거 수리점들이 즐비하고 누더기를 걸친 남자들과 소년들이 우글거려 별로 호감이 안 가는 어느 샛길로 접어든 후 마침내 차가 멈추었다. 어머니가 차에서 내리자 아이들이 우르르 몰려들었다. 파리 한 마리도 쫓지 못하는 어머니가 그들에게 잔돈을 나눠주는 바람에 군중의 규모가 엄청나게 불어났다. 어머니는 가까스로 빠져나와 길을 따라 걸음을 옮겼다. 한 소년이 애원조로 말했다. "쉐차해드릴까요, 마님? 파리도 미끌러쥐게 번쩍번쩍 다까놀 수 있는데요, 마님? 오쉴 때까지 차도 쥐켜들릴게요, 마님? 쥐키는 일이라면 자쉰 있으니까 아무한테나 물러보세요!"……나는 조금 당황해서 어머니의 대답에 귀를 기울였다. 저 녀석이 차를 지키고 있으면 이 트렁크에서 어떻게 빠져나간담? 당혹스러운 일이기도 하겠지만 내가 불쑥 나타나면 길거리에 일대 소동이 일어날 텐데…… 어머니가 말했다. "아니다." 그녀가 거리 저쪽으로 멀어져갔다. 세차원 겸 경비원을 자청했던 녀석도 결국 단념했다. 잠시 모든 사람이 고개를 돌리고 두리번거렸다. 혹시 다른 차가 나타나지나 않을까, 그래서 땅콩 나눠주듯 동전을 나눠주는 귀부인을 한 명 더 내려놓지나 않을까 싶어서였다. 나는 그 틈을 타서 (그때까지 몇 사람의 눈을 통해 기회를 엿보다가) 분홍색 플라스틱 쪼가리를 써서 순식간에 트렁크를 빠져나왔다. 굳은 표정으로 입을 꾹 다물고, 내미는 손바닥들을 모조리 무시하면서, 내 심장이 있어야 할 곳에서 요란하게 둥둥거리는 북소리를 들으면서, 사냥개 같은 코를 가진 소년 탐정은 어머니가 걸어간 방향으로 출발했고…… 몇 분 후 파이어니어 카페에 도착했다.

창문에는 더러운 창유리, 테이블 위에는 더러운 유리잔. 이 도시에서도 좀 더 화려한 지역에 자리 잡은 게일로드나 콸리티 같은 카페에 비하면 파이어니어 카페는 정말 초라하고 허름한 곳이었다. 군데군데 페인트칠한 널빤지에 환상적인 라시, 천상의 맛 팔루다, 봄베이식 벨푸리 따위를 적어놓고 금전출납기 옆의 싸구려 라디오에서는 시끄러운 영화음악이 울려 퍼지는 곳, 좁고 긴 초록색 실내에 네온등이 깜박거리고 이가 부러진 사내들이 무표정한 눈으로 방수포를 덮은 테이블에 둘러앉아 구깃구깃한 카드를 돌리는 곳, 한마디로 들어가기조차 싫은 세계였다. 그러나 이렇게 낡고 지저분해도 파이어니어 카페는 수많은 꿈이 모여드는 곳이었다. 매일 이른 아침부터 이곳은 시내에서 제일 잘생긴 놈팡이들로 발 디딜 틈이 없었는데, 지금은 비록 불량배나 택시 운전사나 소규모 밀수업자나 경마장 정보원 따위에 불과했지만 오래전에 이 도시에 입성할 때만 하더라도 영화배우로 성공해 터무니없이 통속적인 집에 살면서 암흑가의 돈까지 긁어모으겠다는 꿈에 부풀었던 사람들이었다. 그들이 이곳에 모이는 이유는 매일 새벽 여섯시만 되면 주요 영화사들이 파이어니어 카페에 말단 직원을 파견하여 그날의 촬영에 필요한 엑스트라들을 모집하기 때문이다. 그래서 아침마다 D. W. 라마 영화사, 필미스탄 영화사, RK 영화사 등이 사람을 고르는 반 시간 동안 파이어니어는 이 도시의 모든 야망과 희망이 집중되는 곳이었다. 이윽고 영화사 스카우트 담당자들이 그날의 행운아들을 데리고 떠나버리면 카페는 다시 텅 비어 여느 때처럼 네온등만 깜박거렸다. 그러다가 점심시간을 전후해서는 또 다른 종류의 꿈들이 카페 안으로 들어와서 카드와 '환상적인 라시'와 질 나쁜 비리*를 앞에 두고 구부정하게 앉아서 오후를 보냈다. 다른 사람들, 다른 희망들: 그때는 몰랐지만 오후의 파이어니어는 공산당 소굴로 악명이 높았다.

지금은 오후였다. 나는 어머니가 파이어니어 카페 안으로 들어가는 것을 보았지만 감히 따라 들어가지는 못하고 길거리에 남아서 거미줄이 덕지덕지 붙은 지저분한 유리창 한 귀퉁이에 코를 들이밀고 뒤통수에 쏟아지는 호기심 어린―왜냐하면 비록 트렁크 안에서 때가 묻기는 했지만 풀을 먹여 다림질한 흰옷을 입었고, 비록 트렁크 안에서 헝클어졌지만 머리에는 기름을 듬뿍 발랐고, 비록 많이 닳았지만 부잣집 아이들이 신는 운동화를 신었으니까―시선들을 애써 무시하면서 어머니의 뒷모습을 지켜보았다. 그녀는 티눈 때문에 절뚝거리면서 낡아빠진 테이블과 눈빛이 험악한 남자들 사이로 머뭇머뭇 걸어가다가 이 좁다란 동굴의 반대쪽 끄트머리에 있는 그늘진 테이블에 앉았고, 그 순간 자리에서 일어나 그녀를 맞이하는 남자가 보였다. 얼굴에 살이 겹겹이 늘어진 것으로 보아 한때는 뚱뚱했던 사람이고 이가 물든 것으로 보아 판을 씹는 모양이었다. 그는 단춧구멍을 따라

---

* 필터가 없고 독한 인도산 담배.

러크나우 자수\*를 놓은 깨끗한 흰색 쿠르타를 입었다. 시인의 머리처럼 길고 축 처진 장발이 귀를 덮었지만 정수리 부분은 빛나는 대머리였다. 내 귓가에 금단의 음절이 메아리쳤다. 나. 디르. 나디르. 내 마음은 차라리 따라오지 말았어야 했다고 몹시 후회하고 있었다.

옛날옛날 한 옛날에 지하실에서 살다가 사랑이 담긴 이혼 선언문을 남기고 도망쳐버린 남편이 있었다. 들개 떼 덕분에 목숨을 건진 바 있는 그는 운율도 없는 시를 쓰는 시인이었다. 그로부터 십여 년의 세월이 흐른 후 어디선가 다시 나타났는데 예전의 뚱뚱했던 모습은 어디로 가고 겹겹이 늘어진 살만 추억처럼 남아 있었다. 그리고 옛날옛날 한 옛날의 아내처럼 그 역시 이름을 바꿨는데…… 나디르 칸은 이제 카심 칸이었고, 공식적인 인도공산당의 공식적인 입후보자였다. 일명 랄 카심. 빨갱이 카심. 의미가 없는 일은 아무것도 없다. 홍조가 붉은 데에도 뜻이 있었다. 하니프 외삼촌이 '공산주의자들을 조심하세요!' 하고 외쳤을 때 어머니의 얼굴이 새빨개졌고, 그 순간 그녀의 뺨에서는 정치와 감정이 하나가 되었으니…… 파이어니어 카페의 창밖에서 나는 지저분한 정사각형 유리 스크린으로 아미나 시나이와 이제는-나디르가-아닌-나디르가 연기하는 사랑의 명장면을 지켜보았다. 그들의 연기는 진짜 아마추어들처럼 어색하기 짝이 없었다.

방수포를 덮은 테이블 위에는 담배 한 갑: 스테이트 익스프레스 555. 숫자에도 의미가 있다: 420은 사기꾼을 뜻하는 숫자, 1001은 밤

---

\* 모슬린에 흰 면실로 수놓는 인도 전통자수.

과 마법과 대체현실을 뜻하는 숫자—그래서 현재와 다른 세상은 모조리 위협으로 여기는 정치가들은 다 싫어하고 시인들은 다 좋아하는 숫자—그리고 555는 몇 년 동안 내가 가장 불길하다고 믿었던 숫자, 즉 악마, 마왕, 샤이탄*을 뜻하는 숫자! (키루스 대왕이 그렇게 말했고 나는 설마 그의 말이 틀렸을 줄은 상상도 못 했다. 하지만 틀렸다. 악마를 뜻하는 진짜 숫자는 555가 아니라 666이다. 그러나 오늘날까지도 세 개의 5자를 떠올리면 어두운 기운이 느껴진다.) ……내가 잠시 흥분했다. 여기서는 나디르-카심이 좋아하는 담배가 앞서 말한 스테이트 익스프레스였다는 사실, 담뱃갑에는 5자 세 개가 적혀 있었다는 사실, 그리고 제조회사는 W. D. & H. O. 윌스였다는 사실만 짚고 넘어가도 충분하겠다. 나는 차마 어머니의 얼굴을 볼 수 없어 그 담뱃갑에 정신을 집중했다. 두 연인이 등장하는 장면은 포기하고 니코틴만 극도로 클로즈업했던 것이다.

하지만 그때 손들이 화면 속으로 들어오는데—처음에는 나디르-카심의 손, 예전에는 시인의 손처럼 부드러웠지만 요즘은 여기저기 굳은살이 박인 두 손이 방수포 위에서 촛불처럼 너울거리며 슬금슬금 앞으로 기어 나오다가 후다닥 물러나고, 다음에는 여자의 손, 칠흑처럼 새까만 두 손이 우아한 거미처럼 앞으로 나아가다가 문득 방수포 위로 떠오르는가 싶더니 세 개의 5자 위에서 잠시 머물다가 아주 이상한 춤을 추기 시작하는데, 올라갔다 내려갔다, 서로 마주보며 돌다가, 서로 들락날락하다가, 그렇게 접촉을 갈망하는 손들, 내미는 긴장

* '사탄'의 아랍어.

하는 떨리는 요구하는 손들, 그러나 매번 마지막에는 후다닥 물러나고 손끝이 손끝을 피해버리는데, 왜냐하면 지금 내가 더러운 유리 스크린으로 보고 있는 이 장면도 결국 인도영화이므로 혹시라도 꽃다운 인도 젊은이들을 타락시킬까 저어하여 신체 접촉을 금하고 있어서다. 그리고 테이블 밑에는 발들이 있고 테이블 위에는 얼굴들이 있는데, 발은 발을 향해 나아가고 얼굴은 얼굴을 향해 슬며시 다가가지만 어느 잔인한 검열관이 삭제라도 한 듯이 별안간 후다닥 물러나고…… 둘 다 태어나면서 받은 이름이 아닌 예명을 쓰고 있다지만 지금은 마치 남남끼리 만나서 그리 탐탁지 않은 배역을 연기하는 듯하다. 이윽고 나는 영화가 끝나기 전에 영화관을 떠나서 세차도 안 되어 있고 지키는 사람도 없는 로버의 트렁크 안으로 다시 들어갔는데, 차라리 보지 말았어야 했다고 생각하면서도 처음부터 다시 보고 싶은 마음을 억누를 수 없었다.

    내가 마지막으로 본 장면은: '환상적인 라시'가 반쯤 남은 유리컵을 들어 올리는 어머니의 손, 그리운 듯이 얼룩무늬 유리를 살포시 누르는 어머니의 입술, 나디르-카심에게 잔을 건네는 어머니의 손, 그리고 유리컵 반대쪽에 가닿는 시인의 입술. 인생은 형편없는 예술을 모방하는 법, 하니프 외삼촌의 누님은 네온등이 깜박거리는 파이어니어 카페의 음침한 초록색 공간에서 이렇게 간접 키스의 에로티시즘을 재현했다.

    간추리자면: 선거유세가 한창이었던 1957년 한여름, 어쩌다가 인도공산당이 언급되자 아미나 시나이가 영문 모르게 얼굴을 붉혔다. 그녀의 아들은—그의 복잡한 머릿속에도 강박관념이 하나 더 들어갈

자리는 있었으니. 열 살짜리의 두뇌는 온갖 집착을 얼마든지 수용할 수 있기 때문이다—어머니를 따라 도시 북부로 건너갔다가 무력한 사랑이 연출하는 고통스러운 장면을 훔쳐보았다. (이제 아흐메드 시나이가 꽁꽁 얼었으니 나디르-카심에게는 성적 불이익도 없는 셈이었다. 그러나 사무실에 틀어박혀 잡종개를 저주하는 남편과 한때 다정하게 타구 맞히기 놀이를 하던 전남편 사이에서 갈등하던 아미나 시나이는 어쩔 수 없이 유리에 입맞춤을 하고 손으로 춤을 추는 신세가 되고 말았다.)

문제: 그날 이후 내가 분홍색 플라스틱 쪼가리를 다시 사용했을까? 엑스트라들과 마르크스주의자들의 카페에 다시 가보았을까? 어머니의 가증스러운 과오를 면전에서 따졌을까? (왜냐하면 도대체 무슨 엄마가—옛날옛날 한 옛날에는 어찌했든 간에—하나뿐인 아들이 빤히 보는 앞에서 어떻게 그럴 수가 어떻게 그럴 수가 어떻게 그럴 수가!)
정답: 안 썼고 안 갔고 안 따졌다.

내가 한 일은: 어머니가 '장 보러' 나갈 때마다 어머니의 생각을 들여다보았다. 내 눈으로 증거를 확인할 필요가 없으니 어머니의 머릿속에 들어앉아 도시 북부로 따라갔고, 그렇게 아무도 흉내 낼 수 없는 암행 수법으로 파이어니어 카페에 앉아 빨갱이 카심의 선거 전망에 대한 대화를 들었고, 비록 육체에서 분리되었으나 분명히 그곳에 존재하면서 카심의 선거유세에 동행하는 어머니를 미행했다. 두 사람은 그 일대의 연립주택을 두루 돌아보았는데 (혹시 그중에는 최근에 아버지가 입주자들을 운명의 손에 맡기고 팔아버린 연립주택도 있었을까?) 어머니는 카심이 상수도를 고쳐달라고 할 때 옆에서 거들기도

하고 각종 수리나 소독을 요구하며 집주인들을 귀찮게 하기도 했다. 아미나 시나이는 공산당을 위해 빈민들과 어울렸는데 본인도 그 사실에 매번 놀라움을 금치 못했다. 어쩌면 자신의 삶이 점점 빈곤해졌기 때문에 그런 일을 했는지도 모르지만 당시 열 살이었던 나는 어머니의 마음을 헤아려줄 기분이 아니었다. 그래서 내 방식대로 복수를 꿈꾸기 시작했다.

전설적인 칼리프 하룬 알라시드*는 신분을 감추고 바그다드 백성들 사이에 섞여 돌아다니기를 즐겼다고 한다. 나 살림 시나이도 내가 사는 도시의 골목골목을 남몰래 쏘다녔지만 그리 재미있었다는 말은 못 하겠다.

기이하고 색다른 일은 담담하게 묘사하고 반대로 일상적인 일은 고상하고 화려하게 묘사하는 방식은 마음가짐의 표현이기도 하다. 나는 한밤의 아이들 중에서도 가장 막강한 아이로부터 그 기법을 훔쳤는데—혹은 흡수했는데—그 아이는 바로 나의 경쟁자, 나와 함께 바꿈질을 당한 동료, 위 윌리 윙키의 호적상의 아들, 즉 '왕무르 시바'였다. 그의 경우, 의식적인 노력도 없이 그런 기법을 사용했는데—이를테면 당시 시궁창 같은 신문을 메우기 시작했던 (그리고 시체가 시궁창을 메우기 시작했던) 참혹한 매춘부 살인사건들에 대해서는 지나가는 말처럼 아무렇지도 않게 내뱉고, 특정한 카드 패처럼 사소한 일에 대해서는 세부적인 내용까지 설명하면서 한참 동안 열변을 토하는 식

---

* 아바스 왕조의 제5대 칼리프로 『천일야화』의 등장인물로 유명하다.

이었다―이런 태도는 이 세상을 놀라울 정도로 단순해 보이게 만들었다. 시바에게는 카드놀이에서 지는 것과 죽는 일이 매한가지였고, 따라서 그는 무시무시한 폭력을 태연하게 휘둘렀으며 막판에 가서는…… 아니, 시작부터 차근차근 시작하자면:

물론 내 탓이라는 점은 인정하겠지만 혹시 나를 한낱 라디오에 불과하다고 생각했다면 진실을 절반만 이해했다고 말할 수밖에 없다. 생각은 언어로만 이루어지는 것이 아니고 종종 영상으로 나타나거나 순전히 상징만으로 표현되기도 한다. 그리고 어차피 한밤의 아이들 협회의 동료들과 대화를 나누고 그들을 이해하기 위해서는 내가 하루빨리 언어적 단계를 넘어설 필요가 있었다. 그러자면 얇은 막처럼 의식의 전면을 차지한 생각들, 즉 알아들을 수 없는 언어로 된 생각들을 뚫고 더 아래로 내려가야 했는데, 그때는 당연히 (일전에도 확인했듯이) 그들도 내 존재를 알아차리기 마련이었다. 에비 번스가 내 존재를 간파했을 때 얼마나 극적인 반응을 보였는지를 상기하면서 나는 진입의 충격을 최소화하려고 적잖은 공을 들였다. 일반적으로 내 얼굴의 영상을 제일 먼저 전송했는데, 나로서는 그럭저럭 상냥하고 자신만만하고 지도자답고 상대방을 안심시킬 만하다고 생각했던 미소 띤 얼굴이었다. 그다음에는 우정의 표시로 악수를 청하는 손을 전송했다. 그러나 처음에는 문제가 좀 있었다.

내가 그들에게 보내는 내 모습이 외모에 대한 자의식 때문에 몹시 왜곡되었음을 깨닫기까지 조금 시간이 걸렸다. 내가 사념파(思念波)에 실어 보내는 내 초상화는 체셔 고양이처럼 능글맞게 웃는 표정이었는데, 코는 어마어마한 크기로 확대되고 턱은 아예 안 보이고 양쪽 관자놀이에는 거대한 얼룩이 있어서 초상화치고는 섬뜩하기 짝이 없는 몰골이었다. 그러니 걸핏하면 환영 인사 대신에 공포를 표시하는 정신적 외마디 소리를 듣게 되는 것도 무리가 아니었다. 나 역시 열 살 먹은 동료들의 자아상을 보고 비슷하게 경악하는 일이 비일비재했다. 우리가 그런 상황을 알아차렸을 때 나는 회원 한 명 한 명에게 거울이나 잔잔한 수면을 한번 들여다보라고 일일이 권했고, 그리하여 저마다 자신의 참모습을 재확인할 수 있었다. 그 과정에서 사소한 말썽이 생기기도 했다. 케랄라에 사는 회원 하나가 (기억하겠지만 거울을 타고 여행할 수 있는 그 친구가) 실수로 뉴델리에서도 비교적 고급스러운 지역의 어느 레스토랑 거울에서 빠져나갔다가 황급히 되돌아와야 했고, 카슈미르에 사는 눈이 파란 회원은 실수로 호수에 빠지는 바람에 또 성별이 바뀌어, 들어갈 때는 소녀였는데 나올 때는 아름다운 소년이 되고 말았다.

　내가 시바에게 나를 소개할 때 그의 마음속에서 발견한 그의 자아상은 이를 줄칼로 갈아 뾰족하게 만든 쥐새끼 같은 얼굴에 세계 최대의 무릎을 가진 소년으로 비록 키는 작지만 정말 무시무시했다.

　그렇게 비율이 전혀 안 맞는 기괴한 모습을 보게 되자 내 환한 미소가 저절로 조금은 지워졌고 내밀었던 손도 움찔거리며 움츠러들기 시작했다. 내 존재를 감지한 시바도 처음에는 격렬한 분노의 반응을 보였다. 펄펄 끓는 노여움의 파도가 연달아 밀려들어 내 머릿속이 확 익어버릴 뻔했다. 그러나 곧, "야―너―내가 아는 놈이잖아? 메솔드 단지에 사는 부잣집 애 맞지?" 그래서 나도 똑같이 놀라면서, "윙키 아저씨 아들―짝눈의 눈을 멀게 했던 애구나!" 그러자 그의 자아상이 자랑스러운 듯이 성큼 부풀어 올랐다. "그래, 친구, 바로 나야. 누구든지 나한테 까불면 가만 안 둬!" 상대방을 알아보게 되자 나도 모르게 진부한 말이 튀어나왔다: "그래! 너희 아빠도 안녕하시지? 요즘 안 오시던데……" 그러자 시바는 왠지 안도감 같은 감정을 드러내면서, "우리 아버지? 죽었어."

순간적인 침묵, 그다음은 어리둥절한 느낌—이제 분노는 사라지고—시바가 말했다. "어이, 친구, 이거 아주 근사한데, 어떻게 하는 거냐?" 나는 늘 하던 대로 설명하기 시작했는데 잠시 후 그가 내 말을 가로막았다. "그래! 있잖아, 우리 아버지가 그랬는데 나도 정확히 열두시 정각에 태어났대. 무슨 뜻인지 모르겠냐? 그러니까 내가 너희 조직의 공동 두목이 돼야 한다는 거지! 열두시 정각이 제일 좋은 거 맞지? 그러니까—다른 애들은 우리가 시키는 대로 해야지!" 그 순간 내 눈앞에 제2의, 그러나 더욱더 기세등등한 에벌린 릴리스 번스의 영상이 떠오르고…… 하지만 나는 이 고약한 발상을 뇌리에서 얼른 지우고 이렇게 설명했다. "내가 구상한 협회는 그런 게 아니야. 나는 좀 더, 뭐랄까, 평등하고 자유로운 동맹관계랄까, 누구나 자기 의견을 자유롭게 표현하고……" 그때 격렬한 코웃음 같은 소리가 내 두개골 내벽에 메아리쳤다. "그건, 인마, 다 쓸잘머리 없는 생각이야. 그런 조직을 어디다 쓰냐? 조직에는 두목이 있어야지. 내 경우만 보더라도—"(다시 자랑스럽게 몸을 부풀리면서) "여기 마퉁가에서 벌써 이 년째 두목 노릇을 하고 있다고. 여덟 살 때부터. 나이가 더 많은 애들도 있는데 말이야. 어떻게 생각하냐?" 그래서 나도 모르게, "너희 조직은 어떤 일을 하는데? 규칙도 있고 그래?" 내 귓속에 시바의 웃음

소리…… "그래, 부잣집 꼬마야. 딱 한 가지 규칙이 있지. 내가 시키는 대로 하지 않으면 똥 나올 때까지 무릎으로 쥐어짠다!" 나는 시바의 마음을 돌려 나처럼 생각하게 만들어보려고 필사적으로 노력했다. "중요한 건 말이지, 우리가 태어난 데는 틀림없이 어떤 목적이 있다는 거야. 그렇게 생각하지 않니? 내 말은 뭔가 이유가 있을 거라고, 안 그래? 그래서 생각한 건데, 우리가 다 함께 의논하면서 그게 뭔지 궁리해보고, 그다음엔, 뭐랄까, 우리 인생을 바쳐서……" 그때 시바가 버럭 소리쳤다. "부잣집 꼬마, 넌 아무것도 몰라! 목적은 무슨 목적이 있다는 거야, 인마? 이 썩어빠진 세상에 이유는 무슨 이유냐? 도대체 무슨 이유로 너는 부자고 나는 가난하냐? 굶주리는 데 무슨 이유가 있어, 인마? 이놈의 나라에 사는 멍청한 새끼들이 몇 억이나 되는지 아무도 모르는데, 인마, 너는 여기에 무슨 목적이 있다고 생각한단 말이지! 인마, 내 말 똑똑히 들어. 갖고 싶은 게 있으면 빼앗아서 실컷 쓰다가 돼지면 그만이라고. 그게 이유란 말이야, 부잣집 꼬마야. 나머지는 다 웃기는 개소리라고!"

나는 한밤중에 침대 위에서 부들부들 떨기 시작했고…… "하지만 역사가 있는데, 그리고 총리가 나한테 편지를 보냈는데…… 도대체 너는 그런 것도 안 믿고…… 우리가 어떤 일을 할 수 있는지……" 그때 나의 분신 시바가 말을 가로챘다. "어이, 꼬마—너는 그렇게 말도 안 되는 생각에 푹 빠진 것 같은데, 아무래도 이건 내가 접수해야겠다. 다른 돌연변이 새끼들한테도 그렇게 전해!"

코와 무릎, 무릎과 코…… 그날 밤부터 시작된 적대관계는 두 개의 칼날이 아래로아래로아래로 휘리릭 떨어질 때까지 끝나지 않을 운명이었고…… 오래전에 칼에 찔려 죽은 미안 압둘라의 사상이 내게로 스며들어 자유로운 동맹관계에 대한 발상을 심어주는 동시에 칼날에 쉽게 상처를 받도록 만들었는지도 모르겠지만 그 시점에서 나는 상당한 용기를 발휘하여 시바에게 말했다. "너는 우리 협회 회장이 될 수 없어. 내가 없으면 다들 네 말을 듣지도 못할 테니까!"

그러자 시바가 선전포고를 재확인했다. "부잣집 꼬마야, 다들 나에 대해 알고 싶어 할 거야. 어디 방해하기만 해봐!"

나는 이렇게 대꾸했다. "그래, 어디 해보자."

파괴의 신 시바는 여러 신들 중에서도 가장 막강하다. 가장 위대한 춤꾼 시바, 황소를 타고 다니는 시바, 어떤 힘으로도 당해낼 수 없는 시바…… 한편 소년 시바는 아주 어릴 때부터 살아남기 위해 싸워야 했다고 우리에게 말했다. 그러다가 일 년쯤 전에 아버지가 목소리를 완전히 잃어 노래를 못하게 되었을 때 시바는 부성애에 대항해 자신을 지켜야 했다. "아버지가 나한테 눈가리개를 씌웠어, 인마! 넝마로 내 눈을 가리고 연립주택 옥상으로 데려가더라니까! 아버지가 한 손에 뭘 들고 있었는지 알아? 씨팔, 망치였어, 인마! 망치! 그 인간이 내 다리를 뭉개버릴 속셈이었다고! 너 같은 부잣집 애는 모르겠지만 언제든지 동냥질로 돈을 벌게 해주려고 부모들이 자기 자식한테 그런 짓을 한단 말이야. 몸이 많이 망가질수록 돈을 더 잘 버니까! 그래서 옥상 위에서 나를 쓰러뜨리더니……" 그러더니 그 어떤 경찰관의 무릎보다도 굵고 튼튼해서 손쉬운 표적이었던 시바의 무릎을 향해 망치가 떨어지고, 그 순간 두 무릎이 움직였는데—떨어지는 망치의 숨결을 느꼈으므로―번갯불보다 빠르게 좌우로 쫙 갈라졌고, 망치는 여전히 아버지의 손에 쥐어진 채 두 무릎 사이로 내리꽂혔고, 다음 순간 두 무릎이 두 주먹처럼 다시 합쳐졌다. 망치가 콘크리트 바닥에 맥없이 나뒹굴었다. 위 윌리 윙키의 손목은 눈을 가린 아들의 무릎 사이에 붙잡히고 말았다. 고통스러워하는 아버지의 입에서 거친 숨결이 터져나왔다. 그래도 두 무릎은 안으로안으로안으로 조여들고, 더 세게, 더 세게, 그러다가 마침내 뚝 소리가 났다. "씨팔, 손모가지를 꺾어버렸어, 인마! 본때를 보여준 거지. 멋있지 않냐? 멋있고말고!"

시바와 나는 염소자리가 떠오를 때 태어났다. 그 별자리가 나에게는 아무것도 하지 않았지만 시바에게는 선물을 주었다. 점성술사라면 누구나 알고 있듯이 염소자리는 무릎을 다스리는 별자리다.

1957년 선거일에 국민회의당 최고위원회는 큰 충격에 휩싸였다. 선거에 승리하기는 했지만 공산주의자들이 1200만 표를 얻어 제일 야당이 되었고, 봄베이에서는 보스 파틸의 노력에도 불구하고 많은 유권자들이 신성한 암소와 젖 빠는 송아지를 그린 국민회의당의 상징에 십자 표시를 하지 않고 그보다 덜 감동적인 사뮤타 마하라슈트라 사미티와 마하 구자라트 파리샤드의 그림을 선택했다. 우리 언덕 위에서 공산당의 위험성에 대한 토론이 벌어질 때마다 어머니는 계속 얼굴을 붉혔고 우리는 봄베이 주의 분할을 각오했다.

한밤의 아이들 협회의 회원 한 명이 그 선거에서 작은 역할을 담당했다. 윙키의 호적상의 아들 시바가 어느―글쎄, 정당의 이름은 밝히지 않는 편이 낫겠지만 어차피 거액을 쓸 수 있는 정당은 하나뿐이었다—아무튼 동원되었고, 투표일에 그가 자칭 카우보이파라는 조직을 거느리고 도시 북부의 어느 투표소 앞에 서 있는 모습이 목격되었다. 더러는 길고 튼튼한 몽둥이를 들고 더러는 짱돌 몇 개로 손재주를 부리고 또 더러는 칼끝으로 이를 쑤시면서 유권자들에게 부디 신중하고 슬기롭게 투표권을 행사하시라고 간곡히 권했는데…… 투표가 끝난 후 투표함 봉인이 훼손되었을까? 부정표를 잔뜩 넣었을까? 어쨌든 개표가 끝났을 때 빨갱이 카심은 근소한 차이로 의석을 얻는 데 실패했고 내 경쟁자를 고용한 사람들은 기뻐했다.

……그런데 지금 파드마가 조심스럽게 묻는다: "그날이 며칠이었어요?" 나는 생각해보지도 않고 대답한다: "어느 봄날이었지." 그 순간 내가 또 실수를 저질렀음을 깨닫는다. 1957년 선거는 내 열번째 생일보다 나중이 아니라 먼저였다. 그러나 머릿속을 아무리 쥐어짜도 내 기억은 사건의 순서를 바꾸려 하지 않고 완강하게 버틴다. 걱정스러운 일이다. 무엇이 잘못되었는지 모르겠다.

파드마가 헛되이 나를 위로하려고 애쓴다: "왜 그렇게 시무룩한 표정이에요? 그렇게 사소한 일은 누구나 잊어버리기 마련이잖아요?"

그러나 사소한 일을 잊어버리기 시작하면 곧 중요한 일도 잊어버리게 되지 않을까?

## 알파와 오메가

 선거가 끝나고 몇 달 동안 봄베이는 혼란의 도가니였다. 그 시절을 떠올리면 내 마음도 혼란스럽다. 지난번의 그 실수 탓에 한동안 몹시 착잡했으니 지금이라도 평정을 되찾으려면 당분간 낯익은 메솔드 단지에만 머무르는 것이 좋겠다. 한밤의 아이들 협회의 역사는 잠시 접어두고 파이어니어 카페에 대한 번민도 잠시 덮어둔 채 에비 번스의 몰락에 대해 이야기하겠다.
 나는 이번 일화에 다소 특이한 제목을 붙였다. 이 지면에 적힌 '알파와 오메가'라는 말이 나를 빤히 쳐다보며 설명을 요구하는 듯하다. 내 이야기의 중간 지점에 배치하기에는 좀 야릇한 제목이기 때문이다. 차라리 중간을 의미하는 제목이라면 또 모를까, 이렇게 뜬금없이 처음과 끝을 암시하는 제목이라니.* 그러나 나는 후회하지도 않고 이제 와서 제목을 바꿀 생각도 없다. 물론 대안이 될 만한 제목은 많다. 예를 들자면 '잔나비와 원숭이' 또는 '돌아온 손가락' 또는—좀 더 은유적으로—'백조'. 물론 마지막 제목은 '함사' 또는 '파라함사'라고 부르는 신화 속의 새를 가리키는 것으로, 물질계와 정신계, 땅과 물의 세계와 공기와 비행의 세계처럼 서로 다른 두 세계에서 살아갈 수 있는 능력을 상징한다. 그러나 '알파와 오메가'가 낫다. 그냥 '알파와 오메가'로 하자. 왜냐하면 그 속에 여러 시작이 있고 온갖 끝이 있기 때문이다. 어쨌든 내 말이 무슨 뜻인지 곧 알게 될 것이다.

파드마가 혀를 차며 짜증을 낸다. "또 그렇게 괴상한 소리만 늘어놓네요." 그녀가 투덜거린다. "에비 얘기는 할 거예요, 말 거예요?"

······총선이 끝난 후 중앙정부는 봄베이의 미래를 놓고 설왕설래만 계속했다. 봄베이 주를 분할해야 한다, 하지 말아야 한다, 그러다가 또 분할론이 고개를 드는 식이었다. 봄베이 시에 대해서도 마하라슈트라 주의 주도(州都)로 하자, 마하라슈트라 주와 구자라트 주의 공동 주도로 하자, 아니다, 별도의 주로 만들자······ 정부가 대체 어찌 하면 좋을지 몰라 쩔쩔매는 동안 시민들은 결정이 빨리 나도록 재촉하기로 마음먹었다. 폭동이 빈발하고 (그 소음을 뚫고 마라티어 시위대의 군가 소리가 여전히 들려온다: 잘 있었나? 별일 없다! 몽둥이로 때려주마!) 설상가상으로 날씨까지 혼란을 한몫 거들었다. 극심한 가뭄이 들어 도로가 쩍쩍 갈라지고 시골에서는 농민들이 기르던 소를 잡을 수밖에 없었다. 그리고 크리스마스 날 (기독교계 학교를 다니는 데

---

* 알파(A)와 오메가(Ω)는 각각 그리스어 자모의 첫 글자와 마지막 글자이기 때문이다.

다 가톨릭교도인 보모의 보살핌을 받는 소년이라면 그날의 의미를 모를 리 없건만) 왈케슈와르 저수지 쪽에서 요란한 폭음이 연달아 들리더니 도시의 생명줄과 다름없는 상수도 본관들이 마치 거대한 강철 고래처럼 여기저기서 분수 같은 물줄기를 뿜어 올렸다. 신문들은 이 파괴행위를 대서특필했는데, 범인들의 정체나 정치적 관련성에 대한 추측 기사와 거듭되는 매춘부 살인사건에 대한 기사가 서로 지면을 차지하려고 다투는 형국이었다. (나는 그 살인자의 기이한 '범행 특징'을 알게 되면서부터 각별한 관심을 가졌다. 화류계 아가씨들은 모두 교살되었다. 그들의 목에는 멍 자국이 있었는데 손가락의 흔적이라 보기에는 너무 컸고, 아마도 초자연적인 힘을 가진 거대한 무릎으로 짓눌렀다고 봐야 옳을 듯싶었다.)

내가 잠시 곁길로 빠졌다. 파드마의 찡그린 표정은 도대체 그런 일들이 에벌린 릴리스 번스와 무슨 관계가 있느냐고 따지는 듯하다. 나는 얼른 정신을 차리고 즉시 답변을 내놓는다: 이 도시의 상수도 시설이 파괴된 후 봄베이의 집 없는 고양이들이 여전히 물이 비교적 풍족한 지역, 다시 말해서 집집마다 옥상이나 지하에 물탱크를 설치한 부유층 지역으로 모여들었기 때문이다. 그래서 메솔드 단지가 있는 이 층집 높이의 언덕에도 목마른 고양이들이 대거 침입했다. 원형광장에도 고양이들이 우글거리고, 부겐빌레아 덩굴을 타고 기어올라 거실로 뛰어들기도 하고, 식물 썩은 물을 마시려고 꽃병을 쓰러뜨리기도 하고, 화장실에 죽치고 앉아 변기에 고인 물을 핥아먹기도 하고, 아무튼 윌리엄 메솔드의 궁전마다 부엌까지 고양이들로 몸살을 앓았다. 단지 내의 하인들이 고양이 대습격을 물리치려 해봤지만 실패로 끝났고 단지 내의 여자들은 어쩔 줄 모르고 공포의 비명을 지를 뿐이었다. 딱딱하게 말라붙은 벌레 같은 고양이똥이 사방에 즐비했다. 고양이 떼의 압도적인 숫자로 정원도 엉망이 되었고 밤마다 달을 우러러보며 목마르다고 울부짖는 고양이 대군의 합창 때문에 도저히 잠을 이룰 수 없었다. (심키 폰 데어 하이덴 남작부인은 고양이들과 싸우려 하지 않았다. 벌써 증세가 나타나기 시작해서 머지않아 죽고 말 터였다.)

누시 이브라힘이 어머니에게 전화를 걸어 이렇게 말했다. "아미나 자매, 말세가 왔나봐요."

그 말은 틀렸다. 왜냐하면 고양이 대습격의 세번째 날 에벌린 릴리스 번스가 한 손에 데이지 공기권총을 가볍게 쥐고 단지 내의 건물을 차례차례 찾아다니며 현상금을 대가로 고양이들의 재앙을 순식간에 끝내주겠다고 제안했기 때문이다.

그날 메솔드 단지에서는 에비의 공기권총 소리와 고양이들의 고통스러운 울음소리가 온종일 끊이지 않았다. 에비는 고양이 대군을 상대로 한 마리씩 사냥해 부자가 되었다. 그러나 (역사에서 흔히 볼 수 있듯이) 위대한 승리의 순간 속에는 종종 마지막 몰락의 씨앗이 깃들기 마련이다. 아니나 다를까, 에비가 고양이들을 박해한 일이 놋쇠 잔나비에게는 더는 참을 수 없는 최후의 일격이 되었다.

잔나비가 살기등등하게 말했다. "오빠, 내가 저 계집애 혼내주겠다고 했지? 드디어 때가 온 거야."

대답할 수 없는 질문들: 내 누이가 새뿐만 아니라 고양이의 언어까지 배웠다는 말이 사실이었을까? 그녀가 그렇게 발끈한 이유는 고양이를 좋아하기 때문이었을까? ······어쨌든 고양이 대습격 당시 잔나비의 머리는 갈색으로 변한 상태였고 신발을 불태우는 버릇도 없어진 뒤였다. 그러나 무엇 때문인지 몰라도 그녀에게는 우리 가운데 누구에게서도 찾아볼 수 없는 사나운 기질이 있었다. 그런 그녀가 원형광장으로 나가서 목청껏 소리쳤다: "에비! 에비 번스! 어디 있는지 모르지만 너 지금 당장 이리 나와!"

고양이들이 이리저리 도망치는 가운데 잔나비는 에비 번스를 기다렸다. 나는 일층 베란다로 나가서 상황을 주시했고 다른 베란다에서도 서니와 짝눈과 개기름과 키루스가 구경하고 있었다. 우리는 베르사유 빌라의 부엌 쪽에서 나타난 에비 번스를 보았다. 그녀가 총구에 피어오르는 연기를 훅 불었다.

에비가 말했다. "너희 인디언들은 내가 있어서 천만다행이라고 하늘에 감사해야 돼. 안 그랬으면 다들 고양이 밥이 될 뻔했으니까!"

우리는 에비가 잔나비의 무시무시한 눈빛을 보고 입을 다무는 것을 보았다. 다음 순간 잔나비가 쏜살같이 에비에게 덤벼들었고, 그렇게 시작된 전투는 꼬박 몇 시간 동안이나 계속되는 듯했다(그러나 실제로는 몇 분 만에 끝났을 것이다). 원형광장의 자욱한 먼지 속에서 그들은 데굴데굴 구르며 차고 할퀴고 물어뜯었다. 먼지구름 속에서 머리카락이 한 주먹씩 날아올랐고 이따금 팔꿈치와 때 묻은 흰색 양말과 무릎과 드레스 자락 따위가 구름을 뚫고 튀어나오기도 했다. 어른들이 달려나오고, 하인들이 두 사람을 뜯어말리려 했지만 실패하고, 결국 호미 카트락의 정원사가 그들을 떼어놓기 위해 호스로 물을 뿌리기 시작했는데…… 이윽고 놋쇠 잔나비가 조금 구부정한 자세로 일어나더니 흠뻑 젖은 드레스 자락을 툭툭 털었다. 아마 시나이와 메리 페레이라가 벌을 주겠다고 소리쳤지만 잔나비는 들은 체도 하지 않았다. 원형광장의 흙탕물 속에 에비 번스가 쓰러져 있었는데 치아 교정기는 망가져버리고 머리는 먼지와 침으로 뒤범벅이 되었으며 그녀의 기백과 우리를 지배하던 권력은 영원히 끝장나고 말았다.

몇 주 뒤 에비의 아버지가 그녀를 고국으로 아주 보내버렸다. 그러면서 이렇게 말했다고 한다. "이런 야만인들 틈에서 벗어나 제대로 된 교육을 받게 해야지." 그후 나는 그녀에 대한 소식을 딱 한 번 들었다. 6개월이 지났을 때 그녀가 나에게 뜻밖의 편지를 보내왔다. 당시 고양이를 공격하는 데 반대했던 어느 노부인을 칼로 찔렀다는 내용이었다. 에비는 이렇게 썼다. '내가 따끔하게 혼내줬지. 네 동생한테 운이 좋았을 뿐이라고 전해.' 나는 미지의 노부인에게 감사인사를 보낸다. 잔나비를 대신해 대가를 치렀으니까.

에비의 마지막 전갈보다 더 흥미로운 것은 지나간 시간의 터널을 들여다보는 동안 문득 뇌리에 떠오른 한 가지 생각이다. 먼지 구덩이 속에서 뒹굴던 잔나비와 에비의 모습을 보고 있자니 그들을 필사적인 싸움으로 내몰았던 원동력이 무엇이었는지 이제야 알 것 같다. 단순히 고양이를 괴롭혔기 때문이 아니라 훨씬 더 심오한 동기가 있었다: 그들은 나 때문에 싸웠던 것이다. 에비와 누이는 (여러 면에서 그들은 별로 다르지 않았다) 표면적으로는 한낱 목마른 고양이 몇 마리의 운명을 걸고 발길질을 하고 할퀴면서 싸우는 듯했지만 어쩌면 에비의 발길질은 나를 겨냥한 것이었고 내가 그녀의 머릿속을 침범한 데 대한 분노에서 비롯된 폭력이었는지도 모른다. 그렇다면 잔나비가 보여준 힘은 남매간의 정에서 나온 힘이었고 그녀의 호전적인 행동은 오히려 사랑의 표현이었는지도 모른다.

그날 원형광장에는 피가 흘렀다. 이 몇 페이지의 제목으로 삼으려다가 퇴짜를 놓은 것들 중에는—알아둬서 나쁠 건 없다—'피는 물보다 진하다'라는 말도 있었다. 물이 부족했던 그 시절, 에비 번스의 얼굴에서도 물보다 진한 것이 흘렀다. 핏줄에 대한 충성심이 녹쇠 잔나비를 움직였다. 그리고 도시의 길거리에서는 폭도들이 서로의 피를 쏟게 했다. 유혈참극이 잇따랐다. 이렇게 피비린내 나는 목록에는 어울리지 않을지도 모르겠지만 우리 어머니의 두 뺨에도 피가 확 몰렸다. 그해에 투표용지 1200만 장이 붉은색으로 물들었는데 붉은색은 피의 빛깔이다. 그리고 머지않아 또 피가 흐를 것이다: 혈액형 A와 O를, 알파와 오메가를—그리고 또 하나, 제3의 가능성까지—기억해둘 필요가 있다. 그리고 다른 요소들도 기억해야 한다: 접합성[*], 켈[**] 항체, 그리고 피의 속성 중에서도 가장 신비로운 속성이며 원숭이의 일종이기도 한 리서스[***]가 있다.

찾아내려고만 하면 모든 것에 일정한 유형이 있다. 형식은 결코 피할 수 없다.

그러나 피에 대해 이야기하기 전에 나는 우선 (마치 어떤 환경에서 다른 환경으로 훌쩍 떠날 수 있는 파라함사 백조처럼) 훨훨 날아올라

---

[*] 생물에서 배우자의 결합으로 형성되는 세포 접합자(接合子)의 유전적 상태.
[**] 혈액형 분류법 중 하나.
[***] 리서스(Rh) 혈액형 분류법. 리서스원숭이(붉은털원숭이)의 항원 연구 과정에서 발견되었다.

잠시나마 나의 내면세계에서 벌어지는 일을 살펴봐야겠다. 왜냐하면 에비 번스가 몰락한 덕분에 언덕 아이들의 따돌림이 끝나기는 했지만 나는 아직 그들을 쉽게 용서할 수 없었고, 그래서 한동안 혼자 떨어져 지내면서 내 머릿속에서 일어나는 사건들과 한밤의 아이들의 모임이 펼쳐가는 초기 역사에만 전념했기 때문이다.

솔직히 말하자면: 나는 시바를 좋아하지 않았다. 거친 말투도 싫었고, 유치한 사고방식도 싫었고, 더구나 그가 끔찍한 범죄를 몇 번이나 저질렀다고 의심하는 중이었고, 그런데도 그는 한밤의 아이들 중에서 유일하게 언제든지 마음만 먹으면 자신의 생각을 감출 수 있어 그의 생각 속에서 증거를 찾아낼 수도 없었고, 그래서 더욱더 그 쥐새끼처럼 생긴 녀석을 싫어하고 의심할 수밖에 없었다. 그러나 나는 공정성을 빼면 껍데기만 남는 사람인데 다른 회원들로부터 시바를 격리시킨다면 공정하지 않은 처사일 터였다.

여기서 나의 정신적 능력이 점점 발달하면서 생긴 변화를 설명해야겠다. 나는 아이들의 전송 내용을 수신하고 내가 하고 싶은 말을 방송할 뿐만 아니라 (어차피 라디오에 대한 비유를 버리기도 어려울 듯싶어서 하는 말인데) 스스로 일종의 전국적인 방송망으로 변신할 수도 있었다. 나의 변형된 정신을 모든 아이들에게 개방하여 그곳을 하나의 토론장으로 만들고 그들이 나를 통해 서로 이야기를 나눌 수 있게 했던 것이다. 그리하여 1958년 연초부터 매일 자정에서 새벽 한시까지 한 시간 동안 581명의 아이들이 내 머릿속의 록 사바, 즉 국회의사당에 모였다.

열 살 먹은 아이들이 581명이나 한자리에 모였으니 생김새도 성격도 각양각색인 데다 시끄럽고 무질서하기 그지없었다. 다들 천성적으로 원기왕성하기도 했지만 서로를 발견한 흥분이 겹친 탓이었다. 그렇게 꼬박 한 시간 동안 서로 목이 터져라 소리치고 재잘거리고 아옹다옹하고 킬킬거리고 나면 나는 완전히 기진맥진해서 그대로 픽 쓰러져 악몽조차 찾아올 수 없는 깊디깊은 잠 속으로 빠져들었고, 그렇게 자고 나서도 두통이 가시지 않았다. 그런데도 싫지 않았다. 깨어 있는 동안은 어머니의 배신과 아버지의 몰락, 우정의 덧없음, 그리고 학교에서 당하는 온갖 학대 따위로 다각적인 고통에 시달려야 했다. 그러나 잠자리에서는 일찍이 그 어떤 아이도 경험하지 못한 흥미진진한 세계의 중심에 내가 있었다. 그래서 시바가 있거나 말거나 취침 시간이 더 좋았다.

 자신이(또는 그와 내가) 열두시 정각에 태어났기 때문에 당연히 자기가(그리고 내가) 우리 모임의 우두머리가 되어야 한다는 시바의 신념에도 한 가지 강력한 명분이 있다는 사실은 나도 인정할 수밖에 없었다. 당시 내가 보기에는—지금도 그렇게 보이지만—아닌 게 아니라 자정의 기적이 본질적으로 대단히 위계적인 듯해서 탄생 시각이 자정에서 멀어질수록 아이들의 능력도 급격히 약화되었다. 그러나 이런 관점조차도 뜨거운 논쟁에 휘말렸는데…… "도대체 그게 무슨 소리냐 어떻게 그런 말을 할 수가 있냐!" 아이들이 일제히 소리쳤다. 그중에는 기르 숲에 사는 소년도 있었고(그는 두 눈과 콧구멍과 입 들어갈 자리만 빼고 얼굴이 완전히 밋밋해서 이목구비를 자기 마음대로 바꿀 수 있었다), 바람처럼 빠르게 달리는 하릴랄이라는 아이도 있었고, 그 밖에 또 몇 명이나 들고일어났는지 모르겠지만…… "어떤 능력이 다른 능력보다 낫다는 건 누가 판단하지?" 그리고, "너희들 하늘을 날 수 있어? 나는 날 수 있는데!" 그리고, "맞아, 그리고 나도 그래. 너희들은 물고기 한 마리를 오십 마리로 불릴 수 있어?" 그리고, "오늘 나는 내일로 시간여행을 다녀왔어. 너희들도 그렇게 할 수 있니? 그렇다면야—"…… 이렇게 항의가 빗발치자 시바조차도 태도를 바꿀 수밖에 없었다. 그러나 그는 곧 새로운 목표를 세우게 되는데, 이번에는 훨씬 더 위험한—다른 아이들에게도 그렇고 나에게도 위험한—발상이었다.

왜냐하면 나 역시 우두머리 자리의 유혹에 면역성이 없음을 깨달았기 때문이다. 애당초 누가 아이들을 발견했나? 누가 이 협회를 조직했나? 누가 그들에게 회의 장소를 제공했나? 나도 공동 최연장자가 아닌가? 그러니 나이 순서로 따지더라도 존경과 복종의 대상이 될 자격이 충분하지 않은가? 게다가 클럽 회관을 제공한 사람이 클럽을 운영하는 것이 당연하지 않을까? ……그러자 시바가 말했다. "집어치워, 인마. 클럽이니 뭐니는 너 같은 부잣집 애들이나 들락거리는 데잖아!" 그러나 그의 의견은—잠시나마—묵살되었다. 델리에서 마술사의 딸로 태어난 마녀 파르바티가 (세월이 흐른 후 내 목숨을 구해주었듯이) 내 편을 들고 이렇게 선언했다. "아니, 다들 내 말 좀 들어봐: 살림이 없었다면 우리가 이 자리에 모이지도 못하고 이렇게 이야기를 나누지도 못할 테니까 그 말이 맞아. 살림을 회장으로 세우자!" 그래서 나는, "아니, 회장까지는 필요 없고, 나를 그냥…… 맏형 정도로 생각해줘. 그래, 우리는 일종의 가족이잖아. 나는 그저 우리 중에서 맏이일 뿐이고." 그러자 시바도 반론을 내놓지 못하고 비웃듯이 대꾸했다: "좋아,

큰형님. 그럼 이제부터 우리가 뭘 해야 하는지 말씀해주실까?"

그 시점에서 나는 줄곧 나를 괴롭히던 고민을 회원들에게 털어놓았다: 목적과 의미에 대한 문제였다. "우리가 무엇 때문에 태어났는지 생각해봐야겠어."

여기서 나는 회원들의 대표적인 의견을 충실히 기록해보겠다. (다만 곡마단 기형아들은 빼고, 얼굴에 칼자국이 생긴 거지 소녀 순다리처럼 자기 능력을 잃어버리고 마치 잔치에 참석한 가난뱅이 친척들처럼 대체로 토론에 참여하지 않고 침묵만 지키는 아이들도 제외해야겠다.) 회원들이 내놓은 철학이나 계획 중에는 집단주의도 있고—"우리가 모두 한곳에 모여 사는 게 좋지 않을까? 우리한테는 다른 사람들이 필요 없잖아?"—개인주의도 있고—"다들 '우리'라고 하는데 우리 전체는 별로 중요하지 않아. 중요한 것은 우리 한 사람 한 사람이 어떤 재능을 가졌고 각자 자신을 위해서 그 재능을 활용할 수 있다는 거지"—효심도 있고—"우리가 할 일은 어떻게든 엄마아빠를 도와드리는 거야"—어린이 혁명론도 있고—"이제야 우리가 부모 품에서 벗어날 수 있다는 걸 모든 아이들한테 보여줄 때가 온 거라고!"—자본주의도 있고—"우리가 어떤 사업을 할 수 있는지 한번 생각해봐! 우리 모두 굉장한 부자가 될 거야!"—이타주의도 있고—"우리나라에는 유능한 인재가 많이 필요해. 우리 능력을 어떻게 활용할지 정부에 문의해보자"—과학도 있고—"우리를 잘 연구해보라고 해야겠지"—종교도 있고—"우리가 있다는 사실을 세상에 알려 만인이 하느님을 찬양하게 하자"—용기도 있고—"파키스탄을 정복하자!"—비겁도 있었다—"맙소사, 우린 꼭꼭 숨어 살아야 돼. 누가 알면 우리한테 무슨 짓을 할지 생각해봐. 마녀니 뭐니 하면서 돌로 때려죽일 거라고!" 더러는 여성인권을 부르짖고 더러는 불가촉천민의 처지를 개선하자고 호소했다. 토지가 없는 아이들은 토지를 꿈꾸고 산속에 사는 아이들은 지프차를 꿈꾸었다. 그리고 권력에 대한 환상을 가진 아이들도 있었다. "아무도 우리를 막을 수 없어! 우리는 마법을 부리고 하늘을 날고 마음을 읽고 사람들을 개구리로 둔갑시키고 황금이나 물고기를 만들어낼 수도 있으니까 다들 우리를 사랑하게 될 테고 게다가 거울 속으로 사라지거나 성별을 마음대로 바꿀 수도 있으니…… 어떻게 우리를 당해내겠니?"

내가 좀 실망했다는 사실은 부인하지 않겠다. 그러나 실망할 일이 아니었다. 특별한 재능을 제외하면 그들도 평범한 아이들에 지나지 않았기 때문이다. 그래서 사고방식도 평범했다: 아버지 어머니 돈 음식 땅 재산 명성 권력 하느님 등등. 나는 회원들의 생각 중에서 정작 우리 자신처럼 획기적인 생각은 하나도 발견할 수 없었는데…… 따지고 보면 나 자신도 길을 잘못 들어 헤매는 중이었고 남보다 명석한 판단을 내리지도 못했다. 심지어 시간여행자 수미트라가 "내 말 잘 들어!—이거 다 쓸데없는 짓이니까— 우린 뭘 시작하기도 전에 끝장나고 말 거야!" 하고 말했을 때도 우리 모두는 그를 무시해버렸다. 어린이 특유의 낙관주의 때문에—한때 우리 외할아버지 아담 아지즈가 걸렸던 병과 똑같지만 훨씬 더 강력한 형태의 낙관주의병 때문에—우리는 한사코 어두운 측면을 보지 않으려 했고, 그래서 '한밤의 아이들'의 존재이유는 모조리 전멸하기 위해서라고, 우리 모두가 멸망하기 전에는 아무 의미도 없다고 말하는 아이는 우리 가운데 단 한 명도 없었다.

그들의 사생활을 지켜주기 위해서라도 누가 어떤 말을 했는지 일일이 밝히지는 않겠다. 거기에는 다른 이유도 있다. 한 가지 이유는 충분히 성장한 581명의 개성을 이 자리에서 모두 언급하기란 불가능하기 때문이고, 또 하나는 비록 그 아이들의 재능이 놀라울 만큼 다양하고 저마다 독특하기는 했지만 내 마음속에서 그들은 여전히 바벨탑처럼 수많은 언어로 지껄이는 머리 여러 개 달린 괴물의 일종이었기 때문이다. 그들은 그야말로 다양성의 진수를 보여주었는데, 이제 와서 그들을 일일이 구분하는 것은 별로 의미가 없다고 본다. (그러나 예외도 없지 않았는데, 특히 시바가 그랬고 마녀 파르바티도 그랬다.)

……운명, 역사적 사명, 신령(神靈): 열 살 먹은 아이들이 소화하기에는 너무 거창한 것들이었다. 어쩌면 나도 마찬가지였는지 모른다. 어부의 손가락질과 총리의 편지가 늘 경고하는데도 나는 일상생활에서 일어나는 온갖 자잘한 일 때문에 냄새로 알아낸 놀라운 일들을 자꾸 잊어버리곤 했다. 예를 들자면 배가 고프거나 졸음이 쏟아질 때, 잔나비와 장난을 칠 때, 영화관에 가서 〈코브라 우먼〉이나 〈베라 크루즈〉를 볼 때, 긴 바지에 대한 갈망이 점점 커질 때, 그리고 학교 친목회가 다가오면서—그날은 존 코넌 대성당 남자 고등학교의 남학생들이 자매학교의 여학생들을 만나서 박스 스텝이나 멕시코 모자춤을 출 수 있는데, 이를테면 평영 챔피언 마샤 미오비치와 (털보 키스 콜라코가 "히히!" 웃었다*) 엘리자베스 퍼키스와 재니 잭슨 등등, 맙

---

\* breast-stroker(평영 선수)라는 단어에서 '유방(breast)을 쓰다듬다(stroke)'를 연상한 것.

소사, 엉덩이 가볍고 키스 잘해주는 유럽 여자애들!—허리띠 밑에서 까닭 모를 열기가 느껴질 때도 그랬다. 간단히 말해서 고통스러우면서도 매혹적인 성장기의 번민 때문에 끊임없이 주의가 흐트러질 수밖에 없었다.

상징적인 백조도 언젠가는 지상으로 내려와야 한다. 마찬가지로 지금의 나도 (그 시절에도 그랬듯이) 언제까지나 신기한 일에 대해서만 이야기할 수는 없는 노릇이다. 그래서 다시 (전에도 자주 그랬듯이) 일상적인 일에 대해 이야기해야겠다. 여기서 유혈이 낭자한 사건이 벌어진다.

살림 시나이의 첫번째 신체훼손 사건은 1958년 초의 어느 수요일에 발생했고 두번째도 금방 잇따라 발생했다. 그 수요일은 앵글로스코티시 교육협회의 후원으로 우리가 학수고대하던 친목회가 열린 날이었다. 다시 말해서 그 사건은 학교에서 일어났다.

살림의 가해자는: 잘생겼고 다혈질이고 미개인처럼 콧수염이 텁수룩하다. 걸핏하면 펄펄 뛰고 머리카락을 쥐어뜯는 에밀 자갈로 선생님을 소개하겠다. 그는 우리에게 지리와 체육을 가르쳤는데 그날 아침 뜻하지 않게 나를 위기에 빠뜨렸다. 자갈로는 자신이 페루인이라고 주장하면서 우리를 밀림 인도인이나 구슬광(狂)이라고 즐겨 불렀다. 그는 뾰족한 양철 투구를 쓰고 쇠붙이 바지를 입고 근엄한 표정으로 땀을 뻘뻘 흘리는 어느 군인의 사진 한 장을 칠판 위에 걸어놓고 화가 날 때마다 그 사진을 손가락질하며 고래고래 소리쳤다. "저 싸람 뽀이나, 이 야만인들아? 저 싸람은 문명인이야! 네놈들은 저 싸람을

알파와 오메가 481

존경해야 돼. 칼을 갖고 있잖아!" 그러면서 회초리를 휘둘러 돌벽으로 둘러싸인 공기를 획획 갈랐다. 우리는 그를 파갈자갈, 즉 미치광이 자갈로라고 불렀다. 걸핏하면 야마*니 정복자니 태평양이니 하면서 떠들었지만 우리는—소문 특유의 확고부동한 신념으로—그가 사실은 마자가온의 어느 연립주택에서 태어났으며, 그의 어머니는 고아 주태생으로 인도에서 철수한 해운업자에게 버림받은 몸이라고 믿었기 때문이다. 따라서 그는 '외국인'일 뿐만 아니라 아마도 사생아일 터였다. 그런 사실을 알았기에 우리는 자갈로가 일부러 라틴계 말투를 쓰는 이유도 이해했고, 툭하면 화를 내는 이유도, 그리고 교실 돌벽에 주먹질을 하는 이유도 이해했다. 그러나 그런 사실을 안다고 두려움이 사라지지는 않았다. 그리고 그 수요일 아침에 우리는 곧 말썽이 생길 것을 짐작했다. 왜냐하면 선택과목인 대성당 예배가 취소되었기 때문이다.

  수요일 아침의 두 시간짜리 수업은 자갈로의 지리 시간이었다. 그러나 그 수업에 들어가는 녀석들은 아주 고집 센 부모를 둔 아이들이나 얼간이들뿐이었다. 왜냐하면 우리는 그 수업을 듣는 대신에 이열종대로 성 도마 대성당을 향해 출발할 수도 있었기 때문이다. 우리는 그야말로 온갖 종교가 다 모인 집단이었지만 수요일마다 길게 늘어서서 학교를 탈출하여 고맙게도 선택이 가능한 기독교인들의 하느님의 품에 기꺼이 안겼다. 자갈로는 몹시 화를 냈지만 그로서는 어찌할 도리가 없었다. 하지만 오늘은 그의 눈이 음산하게 번쩍거렸다. 조회시

---

\* 낙타과 동물 '라마'의 스페인어.

간에 꽥꽥이가(즉 크루소 교장선생님이) 대성당 예배는 취소되었다고 발표했기 때문이다. 꽥꽥이는 마취당한 개구리 같은 얼굴을 하고 목구멍을 긁는 듯 거친 목소리로 우리를 두 시간짜리 지리수업과 파갈자갈의 손아귀에 던져주었고 모두 경악을 금치 못했다. 설마 하느님도 선택권을 행사할 줄은 아무도 몰랐기 때문이다. 우리는 시무룩하게 자갈로의 소굴로 들어갔다. 부모의 결사반대로 대성당에 가지 못하던 불쌍한 얼간이들 중 하나가 심술궂은 목소리로 내 귓가에 속삭였다. "두고 봐라. 너희들 오늘 정말 큰일 났다."

파드마: 정말 그 말대로였다.

우울한 얼굴로 교실에 앉아 있던 아이들은: 털보 키스 콜라코, 뚱보 퍼스 피슈왈라, 아버지가 택시 운전사로 일하는 장학생 지미 카파디아, 개기름 사바르마티, 서니 이브라힘, 키루스 대왕, 그리고 나였다. 다른 아이들도 있었지만 지금은 설명할 때가 아니다. 왜냐하면 지금 미치광이 자갈로가 기쁨에 겨워 눈을 가늘게 뜨고 우리에게 조용히 하라고 소리쳤기 때문이다.

자갈로가 말한다. "인문지리학. 그게 뭐냐? 카파디아?"

"죄송한데요 선생님 모르겠습니다 선생님." 여기저기서 손이 올라가는데—다섯 개는 성당에 갈 수 없는 얼간이들, 여섯번째는 언제나 빠지지 않는 키루스 대왕의 손이다. 그러나 오늘 자갈로는 피를 원한다: 신앙심 깊은 자들이 고통을 받으리라. "밀림 쓔레기!" 자갈로가 지미 카파디아에게 그 말을 내뱉더니 다짜고짜 한쪽 귀를 비틀기 시작한다. "가끔은 교실에 남아서 공부 쫌 해라!"

"아야 아야 아야 네 선생님 죄송합니다 선생님……" 여섯 개의 손

알파와 오메가 483

이 흔들리지만 지미의 귀는 금방이라도 떨어져나갈 위기에 봉착한다. 그 순간 내 의협심이 발동하고…… "선생님 죄송한데요 그만하시죠 선생님 지미는 심장이 안 좋은데요 선생님!" 그 말은 진실이지만 진실은 위험한 법이다. 자갈로가 이번에는 나를 노려보았기 때문이다. "그래, 쥐빵울만 한 놈이 따진단 말이지?" 나는 머리끄덩이를 붙잡힌 채 교실 앞으로 끌려나간다. 동료 학생들의 안도감 어린 시선 앞에서 —내가 아니라서 천만다행이다!—나는 붙잡힌 머리카락의 고통으로 몸부림친다.

"그럼 내 질문에 대답해빠라. 너는 인문지리학이 뭔지 아나?"

머릿속에 고통만 가득 차서 텔레파시를 이용한 부정행위조차 생각나지 않는다. "아야야야 선생님 몰라요 선생님 아이고!"

……그 순간 자갈로의 얼굴에 스쳐가는 장난기가 관찰되고 이 장난기는 그의 얼굴을 잡아당겨 미소 비슷한 것을 만들어낸다. 그의 손이 엄지-검지를 뻗으면서 쏜살같이 튀어나오는 것도 보이고, 그 엄지-검지가 내 코끝을 움켜쥐고 아래로 잡아당기는 것도 보이고…… 코가 움직이면 머리도 따라갈 수밖에 없고, 마침내 내 코는 교실 바닥을 향하고, 내가 젖은 눈으로 자갈로의 샌들 신은 발과 더러운 발톱을 내려다보는 동안 자갈로는 재치를 과시한다.

"빠라, 쌔끼들아—이게 뭔지 알겠나? 자, 이 원씨적인 쌩물의 썸뜩한 얼굴을 빠라. 이걸 뽀면서 뭐가 떠오르나?"

그러자 열성적인 답변들이 터져나온다. "선생님 악마요 선생님." "저요 선생님 우리 사촌형요!" "아니에요 선생님 뿌리채소예요 선생님 뭔지는 모르겠지만요." 이윽고 자갈로가 그 소음을 뚫고 소리친다.

"조용! 원숭이 같은 쌔끼들! 여기 이 물건이"—내 코를 잡아당기면서—"요게 빠로 인문지리학이다!"

"어째서요 선생님 어디가요 선생님 뭐가요 선생님?"

자갈로는 이제 껄껄 웃으면서 이렇게 말한다. "다들 모르겠나? 네 놈들은 이 못쌩긴 원숭이 쌍판대기에 그려진 인도 전국지도가 뽀이지도 않나?"

"보여요 선생님 모르겠어요 선생님 가르쳐주세요 선생님!"

"이거 좀 **빠라**—여기 축 처진 이거이 데칸 반도!" 다시 아이고내코.

"선생님 선생님 저게 인도 지도라면 저 얼룩은 뭐예요 선생님?" 털보 키스 콜라코가 제법 대담해졌다. 급우들이 낄낄거리고 키득키득 웃는 소리. 그러자 자갈로가 질문을 거뜬히 받아넘긴다: "이 얼룩은 파키스탄이다! 오른쪽 귀에 있는 이 점은 동파키스탄, 왼쪽 뽈따구니에 있는 이 꼴싸나운 얼룩은 서파키스탄! 명씸해라, 이 멍청한 쌔끼들아: 파키스탄은 인도의 얼굴에 쌩겨난 오점이란 말이다!"

"하하!" 반 전체가 폭소를 터뜨린다. "정말 기막힌 농담이에요, 선생님!"

그러나 이제 내 코가 더는 견딜 수 없는 지경에 이르렀다. 내가 시키지도 않았는데 제멋대로 엄지-검지의 횡포에 반란을 일으켜 자기만의 무기를 발사하는데…… 왼쪽 콧구멍에서 큼직하고 끈적끈적하고 빛나는 액체 한 덩어리가 자갈로 선생님의 손바닥에 철퍼덕 떨어져버린 것이다. 뚱보 퍼스 피슈왈라가 소리친다. "그거요, 선생님! 코에서 떨어진 그 콧물 말예요, 선생님! 그건 **실론 섬**인가요?"

손바닥이 콧물로 더럽혀지자 자갈로의 장난기가 싹 사라진다. "짐쑹 같은 쌔끼!" 욕설을 내뱉는다. "이게 무쓴 짓이냐?" 자갈로의 손이 내 코를 놓아주고 머리카락으로 돌아간다. 가지런히 빗어 가르마를 탄 머리에 콧물을 쓱쓱 문지른다. 그러더니 다시 내 머리끄덩이를 낚아챈다. 이번에도 손은 잡아당기고…… 그러나 이번에는 위로, 그래서 내 머리도 위로 홱 젖혀지고 내 발은 발돋움을 하고, 자갈로는, "네 정체가 뭐냐? 네가 뭔지 말해빠!"

"선생님 짐승입니다 선생님!"

손이 더 힘껏 더 높이 올라간다. "다씨." 나는 이제 발톱으로 일어서서 목청껏 소리친다: "아야야야 선생님 짐승 짐승입니다 선생님 제발 아야야야!"

그러자 더 힘껏 그리고 더 높이…… "한 뻔 더!" 그러나 그때 갑자기 상황이 종료된다. 내 발이 다시 바닥에 완전히 닿았고 아이들이 쥐 죽은 듯 조용해졌다.

서니 이브라힘이 말한다. "선생님, 쟤 머리가 다 뽑혔어요, 선생님."

그다음은 불협화음: "보세요 선생님, 피예요." "머리에서 피가 나요, 선생님." "죄송한데요 선생님 제가 양호실로 데려갈까요?"

자갈로 선생님은 내 머리카락을 한 주먹 움켜쥐고 석상처럼 우두커니 서 있었다. 한편 나는—충격이 너무 커서 고통조차 못 느끼면서—자갈로 선생님이 삭발한 수도사처럼 뺑 뚫어놓은 머리를(살점까지 둥그렇게 떨어져나가 두 번 다시 머리카락이 자랄 수 없는 그 부분을) 만져보았고, 그 순간 내가 태어날 때 받았던 저주, 나를 내 조국과 하나로 연결시켰던 그 저주가 또다시 예기치 못한 방식으로 나타났음을 깨달았다.

이틀 후, 꽥꽥이 크루소가 안타까운 소식이 있다면서 에밀 자갈로 선생님이 개인적 사유로 우리 학교를 떠나게 되었다고 발표했지만 나는 그 사유가 무엇인지 알고 있었다. 뿌리째 뽑혀버린 내 머리카락이 영원히 씻을 수 없는 핏자국처럼 그의 손에 철썩 달라붙었는데 그렇게 손바닥에 머리카락을 달고 다니는 교사를 원할 사람은 아무도 없기 때문이다. 털보 키스가 즐겨 하던 말이 있다. "광기의 첫번째 징후가 바로 그거야. 두번째 징후는 머리카락이 어디로 갔나 찾는 거지."

자갈로가 남겨준 것은: 삭발한 수도사 같은 머리, 그리고 그보다 더 견디기 힘들었던 것은 그날 우리가 친목회를 위해 옷을 갈아입으려고 집까지 데려다줄 통학버스를 기다리고 있을 때 친구들이 나에게 던진 새롭고 다양한 조롱이었다. "코찔찔이는, 대머리래요!" 그리고, "코홀쩍이 얼굴은 지도오-책!" 버스를 기다리는 줄에 키루스도 합류했을 때 나는 "키루스 대왕은 1948년, 접시 위에서 태어났대요!" 하는 노래로 아이들의 표적을 바꾸려고 해보았지만 내 수작에 넘어가는 아이는 아무도 없었다.

그리하여 이제 대성당 고등학교 친목회 때 일어난 일을 이야기할 때가 되었다. 그 자리에서 불량배 같은 녀석들이 운명의 앞잡이가 되었고, 손가락이 분수대로 둔갑했고, 전설적인 평영선수 마샤 미오비치가 까무룩 기절해버렸고…… 나는 양호선생님이 감아준 붕대를 머리에 감은 채 친목회에 참석했다. 게다가 가지 말라는 어머니를 설득하느라 지각까지 했고, 그래서 내가 깡마른 보호자들이 던지는 노련한 의심의 눈초리를 한 몸에 받으며 리본과 풍선으로 장식한 강당 안으로 들어갔을 때는 이미 제일 예쁜 여자애들은 저마다 우스꽝스러울 만큼 우쭐거리는 파트너와 함께 박스 스텝이나 멕시코 모자춤을 추는 중이었다. 당연한 일이지만 반장들이 최우선권을 가지고 숙녀들을 선택했다. 나는 뜨거운 질투심을 느끼면서 구즈더와 조시와 스티븐슨과 루슈디와 탈리아르칸과 타야발리와 주사왈라와 와글레와 킹을 노려보았다. 파트너가 바뀔 때마다 끼어들려고 해봤지만 여자들은 내 붕대와 오이 같은 코와 얼굴의 얼룩을 힐끔 쳐다보고는 웃음을 터뜨리며 등을 돌릴 뿐이었고…… 가슴속에 증오심이 싹텄다. 나는 감자튀김을 우적우적 씹어 먹고 버블업*이나 빔토를 마시면서 자신을 타일렀다. '저 멍청이들, 내가 어떤 사람인지 알면 꽁지 빠지게 도망칠 놈들이!' 그러나 빙글빙글 도는 유럽 여자애들을 향한 다소 추상적인 욕망보다는 나의 참모습을 드러내는 데 대한 두려움이 더 컸다.

"얘, 살림 맞지? 얘, 너 어쩌다 이랬니?" 쓸쓸하고 쓰라린 상념을 (하다못해 서니에게도 춤 상대가 있는데…… 그러나 그에게는 집게자국이 있고 속옷도 입지 않아서 나름대로 매력적인 편이다) 깨뜨린 것은 내 왼쪽 어깨 너머에서 들려온 목소리였는데, 낮고 걸걸해서 매우 희망적이면서도 조금 위협적이었다. 여자 목소리였다. 약간 움찔하면서 돌아보니 그야말로 환상적인 아가씨였다. 황금빛 머리카락, 풍만하고 멋들어진 젖가슴…… 맙소사, 저애는 열네 살인데 왜 나한테 말을 걸었을까? ……환상적인 아가씨가 말했다. "내 이름은 마샤 미오비치야. 네 동생을 몇 번 만났지."

---

* 탄산음료 상품명.

그랬구나! 잔나비가 우상처럼 여기는 월싱엄 여학교 수영선수들이 교내 평영 챔피언을 모를 리 없으니까! ……나는 말을 더듬었다. "나도…… 나도 네 이름 알아."

그녀가 내 넥타이를 바로잡아주었다. "나도 네 이름을 아니까 공평한 거네." 그녀의 어깨 너머에서 털보 키스와 뚱보 퍼스가 부러워서 침을 질질 흘리며 우리를 지켜보았다. 나는 뒷등을 꼿꼿이 세우고 어깨를 활짝 폈다. 마샤 미오비치가 내 붕대에 대해서 다시 물었다. "아무것도 아니야." 나는 일부러 굵은 목소리를 내려고 애썼다. "운동하다가 다쳤어." 그리고 나서 침착하게 말하려고 필사적인 노력을 기울이면서, "혹시 나랑…… 나랑 춤출래?"

"그래," 마샤 미오비치가 대답했다. "키스는 하지 말고."

살림은 키스 따위는 않겠다고 다짐하면서 마사 미오비치와 함께 춤추러 나갔다. 살림과 마샤가 멕시코 모자춤을 추고 마샤와 살림이 최고의 선남선녀들과 함께 박스 스텝을 춘다! 나는 거만한 표정을 굳이 감추지 않는다. 봐라, 반장이 아니라도 이렇게 여자애를 차지할 수 있다! ……이윽고 춤이 끝났다. 나는 여전히 의기양양한 기분으로 이렇게 말했다. "산책하러 안 갈래, 저기, 안뜰로?"

마샤 미오비치가 친밀한 미소를 짓는다. "음, 그래, 잠깐 걷자. 하지만 손장난은 안 하기다, 알았지?"

살림은 손장난 따위는 않겠다고 다짐한다. 살림과 마샤가 산책을 즐기는데…… 아, 기분 좋다. 살맛 난다. 잘 가라 에비, 어서 와 평영선수 아가씨…… 그런데 안뜰 그늘에서 털보 키스 콜라코와 뚱보 퍼스 피슈왈라가 나타난다. 둘 다 킬킬거린다. "히히!" 그들이 우리 앞

알파와 오메가

을 가로막자 마샤 미오비치가 어리둥절한 표정을 짓는다. 뚱보 퍼스가 말한다. "호호. 마샤, 호호. 데이트 상대 잘 골랐는데." 그래서 내가, "입 닥쳐라, 너." 그러자 털보 키스가, "얘가 어쩌다가 저런 전상(戰傷)을 입었는지 알아, 마샤?" 그러자 뚱보 퍼스가, "히이 흐으 하아." 마샤는, "너절하게 굴지 마. 운동하다가 다쳤대!" 뚱보 퍼스와 털보 키스는 즐거워서 어쩔 줄 모른다. 퍼스 피슈왈라가 단숨에 사실을 폭로해버린다. "자갈로가 교실에서 머리카락을 확 뽑아버렸어!" 히이 흐으. 그러자 키스가, "코찔찔이는, 대머리래요!" 그러더니 이번에는 둘이 동시에, "코훌쩍이 얼굴은 지도오-책!" 마샤 미오비치의 얼굴에 어리둥절한 표정이 스쳐간다. 그러더니 다른 무엇이 나타나는데, 성적 매력을 이용한 장난기랄까…… "살림, 애들이 너한테 너무 무례하잖아!"

"그래, 그냥 무시해버려." 나는 마샤를 데리고 그 자리를 빠져나가려 한다. 그러나 그녀는 단념하지 않는다. "저런 애들을 그냥 놔둘 거야?" 벌써 흥분해서 윗입술에 땀방울이 보송보송 맺히고 혀끝이 입가를 핥는다. 마샤 미오비치의 눈동자가 이렇게 말한다. 넌 뭐니? 네가 남자야 생쥐야? ……그 순간 평영 챔피언의 마법에 걸린 내 머릿속에 다른 무엇이 떠오른다: 천하무적 무릎의 영상. 나는 다짜고짜 콜라코와 피슈왈라에게 덤벼든다. 그들이 낄낄거리며 한눈을 파는 사이에 무릎으로 털보 키스의 사타구니를 강타하고 그가 쓰러지기도 전에 비슷한 무릎 동작으로 뚱보 퍼스까지 바닥에 눕힌다. 그리고 나서 나의 연인을 돌아보자 그녀가 조용히 갈채를 보낸다. "그래, 아주 잘했어."

그러나 영광의 순간은 지나가버렸다. 뚱보 퍼스가 몸을 일으키고 털보 키스는 벌써 내 쪽으로 다가오고…… 나는 남자다운 체하는 허세 따위는 깨끗이 포기해버리고 곧바로 돌아서서 도망친다. 그러자 두 불량배도 나를 쫓아오고 그 뒤에서 마샤 미오비치가 소리친다. "어디로 가는 거야, 꼬마 용사?" 그러나 지금은 그녀에게 신경 쓸 여유가 없고, 저놈들에게 붙잡히지 않으려면 제일 가까운 교실로 뛰어들어 문을 닫아야 하는데, 그때 뚱보 퍼스가 발을 쑥 들이밀고, 이제 둘 다 교실 안으로 들어와버렸고, 그래서 황급히 오른손으로 문짝을 붙잡고 억지로 다시 열려고 하는데, 도망칠 수 있으면 도망쳐봐라, 그들은 문짝을 밀어 닫으려 하고, 그러나 나는 공포의 힘으로 죽어라 잡아당겨 간신히 몇 센티미터쯤 열었는데, 내 손이 아직 문짝을 붙잡고 있을 때 뚱보 퍼스가 체중을 고스란히 실어 몸을 던지고, 문이 너무 빨리 움직여 미처 손을 뺄 겨를도 없이 그대로 닫히고 만다. 쿵. 한편 바깥에서는 마샤 미오비치가 막 도착하여 바닥을 내려다보다가 실컷 씹다 버린 풍선껌처럼 떨어져 있는 내 가운뎃손가락 첫 마디를 발견한다. 그녀가 기절해버린 것은 바로 그때였다.

고통은 없다. 모든 것이 아득하기만 하다. 뚱보 퍼스와 털보 키스가 도움을 청하려는지 숨으려는지 허둥지둥 달려간다. 나는 순전히 호기심 때문에 내 손을 내려다본다. 손가락이 분수대로 둔갑했다. 심장 박동의 리듬에 맞춰 붉은 액체가 펑펑 솟는다. 손가락 하나에 이토록 많은 피가 들었을 줄이야. 예쁘다. 양호선생님이 나타난다. 걱정 마세요, 선생님. 조금 다쳤을 뿐이에요. 너희 부모님께 연락하는 중이야. 크루소 교장선생님이 자동차 열쇠를 가지러 가셨고. 양호선생님이 잘린 부분에 큼직한 솜뭉치를 붙인다. 붉은 솜사탕처럼 금방 젖어버린다. 그때 크루소가 나타난다. 어서 차에 타라, 살림, 어머님은 병원으로 곧장 오신다고 하셨어. 네, 선생님. 그런데 잘린 토막은, 누가 그 **토막도** 잘 챙겼나? 네, 교장선생님, 여기 있어요. 고마워요, 양호선생님. 아마 소용없겠지만 그래도 혹시 또 모르니까. 내가 운전하는 동안 네가 갖고 있어라, 살림…… 그리하여 나는 다치지 않은 왼손에 잘려나간 손가락 토막을 움켜쥐고 소리가 메아리치는 밤거리를 따라 브리치 캔디 종합병원으로 달려간다.

병원에서: 하얀 벽 들것 한꺼번에 떠들어대는 사람들. 내 주위에서 분수처럼 쏟아지는 말들. "하느님 맙소사, 우리 달덩어리가, 도대체 그놈들이 너한테 무슨 짓을 한 거니?" 그러자 늙은 크루소가, "헤헤. 시나이 부인. 가끔 사고가 생길 수도 있죠. 사내 녀석들이 다 그렇잖아요." 그러나 어머니는 노발대발한다. "무슨 학교가 그 모양이죠? 카루소 선생님? 우리 아들 손가락이 결딴났는데 그런 말씀을 하시다니. 그렇게 넘어갈 일이 아니잖아요. 아니고말고요." 그리고 크루소가 "사실 제 이름은 카루소가 아니고—로빈슨 크루소 아시죠—헤헤" 하고 지껄일 때 의사가 다가와 질문을 던지는데 그 질문에 대한 대답 때문에 세상이 송두리째 뒤집히고 만다.

"시나이 부인, 혈액형이 어떻게 되십니까? 아이가 피를 많이 흘렸거든요. 수혈을 해야 할지도 몰라서요." 그러자 아미나는: "저는 A형이고 제 남편은 O형이에요." 그러더니 슬픔을 견디지 못하고 울음을 터뜨린다. "아, 그럼 혹시 아드님 혈액형은……" 그러나 의사의 딸인 그녀도 그 질문에는 대답할 수 없음을 인정할 수밖에 없다: 알파냐 오메가냐? "흠, 그럼 간단한 검사를 해보죠. 그런데 리서스(Rh)는?" 어

머니는 계속 울면서: "남편도 저도 리서스 양성이에요." 그러자 의사는, "흠, 적어도 그건 다행이군요."

그러나 내가 수술대에 올랐을 때—"그대로 있어라, 애야, 국부마취를 해야 하니까, 아뇨, 부인, 아이가 쇼크 상태라서 전신마취는 불가능하죠, 자 그럼 애야, 손가락을 들고 가만히 있기만 하면 되는데, 자네가 도와줘 간호사, 금방 끝날 테니까"—의사가 잘린 부위를 꿰매고 손톱 뿌리를 이식하는 기적 같은 수술을 하고 있을 때 마치 몇백 킬로미터쯤 떨어진 듯 까마득한 곳에서 갑자기 소동이 벌어지는데—"시나이 부인이 두 명이었나?"—잘 들리지는 않지만…… 아득히 먼 곳에서 어렴풋이 들려오는 말들…… 시나이 부인, 정말 확실합니까? O형과 A형? A형과 O형? 두 분 다 리서스 양성이고…… 그런데 A형도 아니고 그렇다고…… 죄송한데요, 부인, 혹시 아드님이…… 입양을 하셨다거나…… 그때 까마득히 먼 대화와 나 사이에 간호사가 끼어들었지만 달라질 것은 없다. 왜냐하면 어머니가 목청껏 소리쳤기 때문이다. "당연히 제 말을 믿으셔야죠, 선생님! 맙소사, 당연히 친아들이죠!"

A형도 O형도 아니다. 그리고 리서스 인자는: 있을 수 없는 일이지만 음성이다. 그리고 접합성 검사에서도 실마리를 얻지 못한다. 그리고 혈액에서 희귀한 켈 항체가 발견된다. 그리고 어머니는 울고, 울고-또-울고, 더 울고…… "이해할 수가 없네요. 의사 딸인 저도 이해할 수가 없어요."

알파와 오메가가 내 정체를 폭로한 것인가? 리서스 인자가 반박할 수 없는 손가락질을 하고 있는가? 그렇다면 메리 페레이라도 어쩔 수 없이…… 나는 베니션 블라인드가 있는 하얗고 시원한 방에서 눈을 뜨고 올 인디아 라디오의 방송을 듣는다. 토니 브렌트\*의 노래: 〈석양에 물든 붉은 돛〉.

위스키에 취하고 지금은 더욱더 독한 무엇에 사로잡힌 아흐메드 시나이가 베니션 블라인드 옆에 서 있다. 아미나가 소곤소곤 이야기한다. 다시 몇백 킬로미터 밖에서 드문드문 들려오는 목소리. 여보 제발. 내가 이렇게 애원하잖아요. 아니, 그게 무슨 소리예요. 당연히 맞죠. 당연히 당신이. 어떻게 내가 그런 짓을 할 거라고 생각할 수. 그럼 내가 누구와. 제발 그렇게 우두커니 서서 노려보지 말고. 맹세코 우리 엄마 목을 걸고 맹세해요. 이제 쉿 아이가……

토니 브렌트의 다른 노래가 시작되는데 오늘따라 섬뜩할 정도로 위 윌리 윙키의 곡목과 비슷하다: 〈창가에 있는 저 강아지 얼마예요?〉가 전파를 타고 흐른다. 아버지가 침대로 다가와서 나를 내려다보는데 내가 한 번도 본 적이 없는 표정이다. "아빠……" 그러자 그는, "내가 진작 알아차렸어야 했어. 자, 보라고. 저 얼굴에 내 모습이 어디 있느냔 말이야. 저 코. 내가 진작……" 아버지가 홱 돌아서서 나가버린다. 어머니도 따라 나간다. 이제 너무 심란해서 속삭이지도 않는다: "안 돼요, 여보, 나를 그런 여자로 생각하다니 도저히 참을 수 없어요! 차라리 죽어버리겠어요! 차라리 내가……" 그때 문이 닫힌다. 바깥에서 어떤 소리가 들린다. 손뼉 치는 소리. 아니면 따귀 때

---

\* 1950년대 주로 활동한 봄베이 태생의 영국 가수.

리는 소리. 우리 인생에서 가장 중요한 일은 대부분 우리가 없는 곳에서 일어난다.

토니 브렌트가 최신 히트곡을 부른다. 정상적인 귀에 들려오는 고운 선율이 내 마음을 어루만진다. 〈먹구름은 곧 물러가리니〉.

……그리고 나 살림 시나이는 바야흐로 과거를 이미 경험한 자의 지혜를 잠시나마 당시의 나에게 빌려주려 한다. 내가 훌륭한 문학작품에 필수적인 관례와 일관성을 포기하면서까지 그에게 앞으로 벌어질 일을 미리 알려주는 이유는 순전히 그가 다음과 같은 생각을 하게 만들기 위해서다: '아으, 안과 밖의 영원한 대립이여! 한 인간의 내면세계는 결코 완전하지 않고 결코 균일하지 않아서 온갖잡다한것들이 뒤섞여 있기 마련이고, 따라서 한 순간에는 어떤 사람이었다가 다음 순간에는 또 전혀 다른 사람이 되기 일쑤다. 반면에 육체는 언제나 균일하다. 육체는 거룩한 신전이며 말하자면 하나로 이어진 옷과 같아서 조각조각 나눌 수 없다. 따라서 몸 전체를 온전히 유지하는 것이 대단히 중요하다. 그런데 손가락을 잃어버림으로써(롤리의 어부가 수평선을 가리키던 그 손가락이 바로 이 사건을 예고했다고 생각할 수도 있겠다) 그리고 일정량의 머리카락을 빼앗김으로써 그 일이 수포로 돌아갔다. 그로 인해 우리는 그야말로 혁명적인 변화를 겪게 되었는데, 그 변화는 역사에도 크나큰 영향을 미칠 수밖에 없다. 그렇게 육체의 마개를 뽑아버렸을 때 어떤 것들이 빠져나가는지는 아무도 모른다. 별안간 우리는 영원히 예전과는 다른 사람이 되어버리고 세상도 돌변하여 부모가 더는 부모가 아니고 사랑이 증오로 바뀔 수도 있

다. 그러나 이런 것들은 개인적인 삶에 일어나는 변화에 불과하다는 사실을 명심해야 한다. 앞으로 확인하게 되겠지만 사회적 차원에서도 그 사건의 영향은 지대하며 지대했으며 지대할 것이다.'

 마지막으로, 잠시 빌려주었던 선견지명을 도로 거둬들이면서 나는 손가락에 붕대를 감고 병원 침대에 앉아 있는 열 살짜리 소년의 모습을 보여준다. 그는 피와 손뼉치는듯한소리와 아버지의 표정을 곰곰이 생각한다. 나는 서서히 줌아웃을 하여 롱숏으로 전환하고 사운드트랙의 볼륨을 높여 내 목소리가 차츰 음악 속에 묻히게 한다. 왜냐하면 지금 토니 브렌트 메들리의 마지막 곡이 흘러나오는데 이 피날레도 윙키가 즐겨 부르던 노래이기 때문이다. 제목은 〈잘 자요, 아가씨들〉이다. 노래는 경쾌하게 흐르고, 흐르고, 흐르고……

 (페이드아웃.)

(2권으로 이어집니다)

〈롤리의 소년 시절〉, 존 에버렛 밀레이(1870)

## 문학동네 세계문학전집 발간에 부쳐

세계문학은 국민문학 혹은 지역문학을 떠나 존재하는 문학이 아니지만 그것들의 총합도 아니다. 세계문학이라는 용어에는 그 나름의 언어와 전통을 갖고 있는 국민문학이나 지역문학의 존재를 인정하면서 그것을 넘어서는 문학의 보편적 질서에 대한 관념이 새겨져 있다. 그 용어를 처음 고안한 19세기 유럽인들은 유럽문학을 중심으로 그 질서를 구축했지만 풍부한 국민문학의 전통을 가지고 있는 현대의 문학 강국들은 나름의 방식으로 세계문학을 이해하면서 정전(正典)의 목록을 작성하고 또 수정한다.

한국에서도 세계문학 관념은 우리 사회와 문화의 변화 속에서 거듭 수정돼왔다. 어느 시기에는 제국 일본의 교양주의를 반영한 세계문학 관념이, 어느 시기에는 제3세계 민족주의에 동조한 세계문학 관념이 출현했고, 그러한 관념을 실천한 전집물이 출판됐다. 21세기 한국에 새로운 세계문학전집이 필요하다는 것은 명백하다. 우리의 지성과 감성의 기준에 부합하는 세계문학을 다시 구상할 때가 되었다.

문학동네 세계문학전집은 범세계적으로 통용되는 고전에 대한 상식을 존중하면서도 지난 반세기 동안 해외 주요 언어권에서 창작과 연구의 진전에 따라 일어난 정전의 변동을 고려하여 편성되었다. 그래서 불멸의 명작은 물론 동시대 세계의 중요한 정치·문화적 실천에 영감을 준 새로운 작품들을 두루 포함시켰다.

창립 이후 지금까지 한국문학 및 번역문학 출판에서 가장 전문적이고 생산적인 그룹을 대표해온 문학동네가 그간 축적한 문학 출판 경험을 바탕으로 새로운 세계문학전집을 펴낸다. 인류가 무지와 몽매의 어둠 속을 방황하면서도 끝내 길을 잃지 않은 것은 세계문학사의 하늘에 떠 있는 빛나는 별들이 길잡이가 되어주었기 때문이다. 우리가 자부심과 사명감 속에서 그리게 될 이 새로운 별자리가 독자들의 관심과 애정에 힘입어 우리 모두의 뿌듯한 자산이 되기를 소망한다.

문학동네 세계문학전집 편집위원
민은경, 박유하, 변현태, 송병선, 이재룡, 홍길표, 남진우, 황종연

세계문학전집 079

한밤의 아이들 1

1판 1쇄 2011년 10월 10일
1판 16쇄 2025년 7월 10일

지은이 살만 루슈디 | 옮긴이 김진준

책임편집 김경은 | 편집 임선영 오동규 | 독자모니터 이태균
디자인 윤종윤 최미영 이주영 | 저작권 박지영 형소진 오서영 조경은
마케팅 정민호 서지화 한민아 이민경 왕지경 정유진 정경주 김수인 김혜원 김예진 나현후 이서진
브랜딩 함유지 박민재 이송이 김희숙 박다솔 조다현 김하연 이준희
제작 강신은 김동욱 이순호 | 제작처 영신사

펴낸곳 (주)문학동네 | 펴낸이 김소영
출판등록 1993년 10월 22일 제2003-000045호
주소 10881 경기도 파주시 회동길 210
전자우편 editor@munhak.com
대표전화 031) 955-8888 | 팩스 031) 955-8855
문학동네카페 http://cafe.naver.com/mhdn
인스타그램 @munhakdongne | 트위터 @munhakdongne
북클럽문학동네 http://bookclubmunhak.com

ISBN 978-89-546-1534-1 04840
      978-89-546-0901-2 (세트)

잘못된 책은 구입하신 서점에서 교환해드립니다.
기타 교환 문의 031) 955-2661, 3580

www.munhak.com

1, 2, 3 안나 카레니나  레프 톨스토이 | 박형규 옮김
4 판탈레온과 특별봉사대  마리오 바르가스 요사 | 송병선 옮김
5 황금 물고기  J. M. G. 르 클레지오 | 최수철 옮김
6 템페스트  윌리엄 셰익스피어 | 이경식 옮김
7 위대한 개츠비  F. 스콧 피츠제럴드 | 김영하 옮김
8 아름다운 애너벨 리 싸늘하게 죽다  오에 겐자부로 | 박유하 옮김
9, 10 파우스트  요한 볼프강 폰 괴테 | 이인웅 옮김
11 가면의 고백  미시마 유키오 | 양윤옥 옮김
12 킴  러디어드 키플링 | 하창수 옮김
13 나귀 가죽  오노레 드 발자크 | 이철의 옮김
14 피아노 치는 여자  엘프리데 옐리네크 | 이병애 옮김
15 1984  조지 오웰 | 김기혁 옮김
16 벤야멘타 하인학교-야콥 폰 군텐 이야기  로베르트 발저 | 홍길표 옮김
17, 18 적과 흑  스탕달 | 이규식 옮김
19, 20 휴먼 스테인  필립 로스 | 박범수 옮김
21 체스 이야기·낯선 여인의 편지  슈테판 츠바이크 | 김연수 옮김
22 왼손잡이  니콜라이 레스코프 | 이상훈 옮김
23 소송  프란츠 카프카 | 권혁준 옮김
24 마크롤 가비에로의 모험  알바로 무티스 | 송병선 옮김
25 파계  시마자키 도손 | 노영희 옮김
26 내 생명 앗아가주오  앙헬레스 마스트레타 | 강성식 옮김
27 여명  시도니가브리엘 콜레트 | 송기정 옮김
28 한때 흑인이었던 남자의 자서전  제임스 웰든 존슨 | 천승걸 옮김
29 슬픈 짐승  모니카 마론 | 김미선 옮김
30 피로 물든 방  앤절라 카터 | 이귀우 옮김
31 숨그네  헤르타 뮐러 | 박경희 옮김
32 우리 시대의 영웅  미하일 레르몬토프 | 김연경 옮김
33, 34 실낙원  존 밀턴 | 조신권 옮김
35 복낙원  존 밀턴 | 조신권 옮김
36 포로기  오오카 쇼헤이 | 허호 옮김
37 동물농장·파리와 런던의 따라지 인생  조지 오웰 | 김기혁 옮김
38 루이 랑베르  오노레 드 발자크 | 송기정 옮김
39 코틀로반  안드레이 플라토노프 | 김철균 옮김
40 어두운 상점들의 거리  파트릭 모디아노 | 김화영 옮김
41 순교자  김은국 | 도정일 옮김
42 젊은 베르테르의 슬픔  요한 볼프강 폰 괴테 | 안장혁 옮김
43 더블린 사람들  제임스 조이스 | 진선주 옮김
44 설득  제인 오스틴 | 원영선, 전신화 옮김
45 인공호흡  리카르도 피글리아 | 엄지영 옮김
46 정글북  러디어드 키플링 | 손향숙 옮김
47 외로운 남자  외젠 이오네스코 | 이재룡 옮김
48 에피 브리스트  테오도어 폰타네 | 한미희 옮김
49 둔황  이노우에 야스시 | 임용택 옮김
50 미크로메가스·캉디드 혹은 낙관주의  볼테르 | 이병애 옮김
51, 52 염소의 축제  마리오 바르가스 요사 | 송병선 옮김
53 고야산 스님·초롱불 노래  이즈미 교카 | 임태균 옮김

54 다니엘서 E. L. 닥터로 | 정상준 옮김
55 이날을 위한 우산 빌헬름 게나치노 | 박교진 옮김
56 톰 소여의 모험 마크 트웨인 | 강미경 옮김
57 카사노바의 귀향·꿈의 노벨레 아르투어 슈니츨러 | 모명숙 옮김
58 바보들을 위한 학교 사샤 소콜로프 | 권정임 옮김
59 어느 어릿광대의 견해 하인리히 뵐 | 신동도 옮김
60 웃는 늑대 쓰시마 유코 | 김훈아 옮김
61 팔코너 존 치버 | 박영원 옮김
62 한눈팔기 나쓰메 소세키 | 조영석 옮김
63, 64 톰 아저씨의 오두막 해리엇 비처 스토 | 이종인 옮김
65 아버지와 아들 이반 투르게네프 | 이항재 옮김
66 베니스의 상인 윌리엄 셰익스피어 | 이경식 옮김
67 해부학자 페데리코 안다아시 | 조구호 옮김
68 긴 이별을 위한 짧은 편지 페터 한트케 | 안장혁 옮김
69 호텔 뒤락 애니타 브루크너 | 김정 옮김
70 잔해 쥘리앵 그린 | 김종우 옮김
71 절망 블라디미르 나보코프 | 최종술 옮김
72 더버빌가의 테스 토머스 하디 | 유명숙 옮김
73 감상소설 미하일 조셴코 | 백용식 옮김
74 빙하와 어둠의 공포 크리스토프 란스마이어 | 진일상 옮김
75 쓰가루·석별·옛날이야기 다자이 오사무 | 서재곤 옮김
76 이인 알베르 카뮈 | 이기언 옮김
77 달려라, 토끼 존 업다이크 | 정영목 옮김
78 몰락하는 자 토마스 베른하르트 | 박인원 옮김
79, 80 한밤의 아이들 살만 루슈디 | 김진준 옮김
81 죽은 군대의 장군 이스마일 카다레 | 이창실 옮김
82 페레이라가 주장하다 안토니오 타부키 | 이승수 옮김
83, 84 목로주점 에밀 졸라 | 박명숙 옮김
85 아베 일족 모리 오가이 | 권태민 옮김
86 폭풍의 언덕 에밀리 브론테 | 김정아 옮김
87, 88 늦여름 아달베르트 슈티프터 | 박종대 옮김
89 클레브 공작부인 라파예트 부인 | 류재화 옮김
90 P세대 빅토르 펠레빈 | 박혜경 옮김
91 노인과 바다 어니스트 헤밍웨이 | 이인규 옮김
92 물방울 메도루마 슌 | 유은경 옮김
93 도깨비불 피에르 드리외라로셸 | 이재룡 옮김
94 프랑켄슈타인 메리 셸리 | 김선형 옮김
95 래그타임 E. L. 닥터로 | 최용준 옮김
96 캔터빌의 유령 오스카 와일드 | 김미나 옮김
97 만(卍)·시게모토 소장의 어머니 다니자키 준이치로 | 김춘미, 이호철 옮김
98 맨해튼 트랜스퍼 존 더스패서스 | 박경희 옮김
99 단순한 열정 아니 에르노 | 최정수 옮김
100 열세 걸음 모옌 | 임홍빈 옮김
101 데미안 헤르만 헤세 | 안인희 옮김
102 수레바퀴 아래서 헤르만 헤세 | 한미희 옮김
103 소리와 분노 윌리엄 포크너 | 공진호 옮김

104 곰 윌리엄 포크너 | 민은영 옮김
105 롤리타 블라디미르 나보코프 | 김진준 옮김
106, 107 부활 레프 톨스토이 | 박형규 옮김
108, 109 모래그릇 마쓰모토 세이초 | 이병진 옮김
110 은둔자 막심 고리키 | 이강은 옮김
111 불타버린 지도 아베 고보 | 이영미 옮김
112 말라볼리아가의 사람들 조반니 베르가 | 김운찬 옮김
113 디어 라이프 앨리스 먼로 | 정연희 옮김
114 돈 카를로스 프리드리히 실러 | 안인희 옮김
115 인간 짐승 에밀 졸라 | 이철의 옮김
116 빌러비드 토니 모리슨 | 최인자 옮김
117, 118 미국의 목가 필립 로스 | 정영목 옮김
119 대성당 레이먼드 카버 | 김연수 옮김
120 나나 에밀 졸라 | 김치수 옮김
121, 122 제르미날 에밀 졸라 | 박명숙 옮김
123 현기증. 감정들 W. G. 제발트 | 배수아 옮김
124 강 동쪽의 기담 나가이 가후 | 정병호 옮김
125 붉은 밤의 도시들 윌리엄 버로스 | 박인찬 옮김
126 수고양이 무어의 인생관 E. T. A. 호프만 | 박은경 옮김
127 맘브루 R. H. 모레노 두란 | 송병선 옮김
128 익사 오에 겐자부로 | 박유하 옮김
129 땅의 혜택 크누트 함순 | 안미란 옮김
130 불안의 책 페르난두 페소아 | 오진영 옮김
131, 132 사랑과 어둠의 이야기 아모스 오즈 | 최창모 옮김
133 페스트 알베르 카뮈 | 유호식 옮김
134 다마세누 몬테이루의 잃어버린 머리 안토니오 타부키 | 이현경 옮김
135 작은 것들의 신 아룬다티 로이 | 박찬원 옮김
136 시스터 캐리 시어도어 드라이저 | 송은주 옮김
137 고독한 산책자의 몽상 장자크 루소 | 문경자 옮김
138 용의자의 야간열차 다와다 요코 | 이영미 옮김
139 세기아의 고백 알프레드 드 뮈세 | 김미성 옮김
140 햄릿 윌리엄 셰익스피어 | 이경식 옮김
141 카산드라 크리스타 볼프 | 한미희 옮김
142 이 글을 읽는 사람에게 영원한 저주를 마누엘 푸익 | 송병선 옮김
143 마음 나쓰메 소세키 | 유은경 옮김
144 바다 존 밴빌 | 정영목 옮김
145, 146, 147, 148 전쟁과 평화 레프 톨스토이 | 박형규 옮김
149 세 가지 이야기 귀스타브 플로베르 | 고봉만 옮김
150 제5도살장 커트 보니것 | 정영목 옮김
151 알렉시・은총의 일격 마르그리트 유르스나르 | 윤진 옮김
152 말라 온다 알베르토 푸겟 | 엄지영 옮김
153 아르세니예프의 인생 이반 부닌 | 이항재 옮김
154 오만과 편견 제인 오스틴 | 류경희 옮김
155 돈 에밀 졸라 | 유기환 옮김
156 젊은 예술가의 초상 제임스 조이스 | 진선주 옮김
157, 158, 159 카라마조프가의 형제들 표도르 도스토옙스키 | 김희숙 옮김

160 진 브로디 선생의 전성기 뮤리얼 스파크 | 서정은 옮김
161 13인당 이야기 오노레 드 발자크 | 송기정 옮김
162 하지 무라트 레프 톨스토이 | 박형규 옮김
163 희망 앙드레 말로 | 김웅권 옮김
164 임멘 호수·백마의 기사·프시케 테오도어 슈토름 | 배정희 옮김
165 밤은 부드러워라 F. 스콧 피츠제럴드 | 정영목 옮김
166 야간비행 앙투안 드 생텍쥐페리 | 용경식 옮김
167 나이트우드 주나 반스 | 이예원 옮김
168 소년들 앙리 드 몽테를랑 | 유정애 옮김
169, 170 독립기념일 리처드 포드 | 박영원 옮김
171, 172 닥터 지바고 보리스 파스테르나크 | 박형규 옮김
173 싯다르타 헤르만 헤세 | 권혁준 옮김
174 야만인을 기다리며 J. M. 쿳시 | 왕은철 옮김
175 철학편지 볼테르 | 이봉지 옮김
176 거지 소녀 앨리스 먼로 | 민은영 옮김
177 창백한 불꽃 블라디미르 나보코프 | 김윤하 옮김
178 슈틸러 막스 프리슈 | 김인순 옮김
179 시핑 뉴스 애니 프루 | 민승남 옮김
180 이 세상의 왕국 알레호 카르펜티에르 | 조구호 옮김
181 철의 시대 J. M. 쿳시 | 왕은철 옮김
182 카시지 조이스 캐럴 오츠 | 공경희 옮김
183, 184 모비 딕 허먼 멜빌 | 황유원 옮김
185 솔로몬의 노래 토니 모리슨 | 김선형 옮김
186 무기여 잘 있거라 어니스트 헤밍웨이 | 권진아 옮김
187 컬러 퍼플 앨리스 워커 | 고정아 옮김
188, 189 죄와 벌 표도르 도스토옙스키 | 이문영 옮김
190 사랑 광기 그리고 죽음의 이야기 오라시오 키로가 | 엄지영 옮김
191 빅 슬립 레이먼드 챈들러 | 김진준 옮김
192 시간은 밤 류드밀라 페트루솁스카야 | 김혜란 옮김
193 타타르인의 사막 디노 부차티 | 한리나 옮김
194 고양이와 쥐 귄터 그라스 | 박경희 옮김
195 펠리시아의 여정 윌리엄 트레버 | 박찬원 옮김
196 마이클 K의 삶과 시대 J. M. 쿳시 | 왕은철 옮김
197, 198 오스카와 루신다 피터 케리 | 김시현 옮김
199 패싱 넬라 라슨 | 박경희 옮김
200 마담 보바리 귀스타브 플로베르 | 김남주 옮김
201 패주 에밀 졸라 | 유기환 옮김
202 도시와 개들 마리오 바르가스 요사 | 송병선 옮김
203 루시 저메이카 킨케이드 | 정소영 옮김
204 대지 에밀 졸라 | 조성애 옮김
205, 206 백치 표도르 도스토옙스키 | 김희숙 옮김
207 백야 표도르 도스토옙스키 | 박은정 옮김
208 순수의 시대 이디스 워턴 | 손영미 옮김
209 단순한 이야기 엘리자베스 인치볼드 | 이혜수 옮김
210 바닷가에서 압둘라자크 구르나 | 황유원 옮김
211 낙원 압둘라자크 구르나 | 왕은철 옮김

212 피라미드 이스마일 카다레 | 이창실 옮김
213 애니 존 저메이카 킨케이드 | 정소영 옮김
214 지고 말 것을 가와바타 야스나리 | 박혜성 옮김
215 부서진 사월 이스마일 카다레 | 유정희 옮김
216 사람은 무엇으로 사는가 레프 톨스토이 | 이항재 옮김
217, 218 악마의 시 살만 루슈디 | 김진준 옮김
219 오늘을 잡아라 솔 벨로 | 김진준 옮김
220 배반 압둘라자크 구르나 | 황가한 옮김
221 어두운 밤 나는 적막한 집을 나섰다 페터 한트케 | 윤시향 옮김
222 무어의 마지막 한숨 살만 루슈디 | 김진준 옮김
223 속죄 이언 매큐언 | 한정아 옮김
224 암스테르담 이언 매큐언 | 박경희 옮김
225, 226, 227 특성 없는 남자 로베르트 무질 | 박종대 옮김
228 앨프리드와 에밀리 도리스 레싱 | 민은영 옮김
229 북과 남 엘리자베스 개스켈 | 민승남 옮김
230 마지막 이야기들 윌리엄 트레버 | 민승남 옮김
231 벤저민 프랭클린 자서전 벤저민 프랭클린 | 이종인 옮김
232 만년양식집 오에 겐자부로 | 박유하 옮김
233 이상한 나라의 앨리스 루이스 캐럴 | 존 테니얼 그림 | 김희진 옮김
234 소네치카·스페이드의 여왕 류드밀라 울리츠카야 | 박종소 옮김
235 메데야와 그녀의 아이들 류드밀라 울리츠카야 | 최종술 옮김
236 실종자 프란츠 카프카 | 이재황 옮김
237 진 알랭 로브그리예 | 성귀수 옮김
238 말테의 수기 라이너 마리아 릴케 | 홍사현 옮김
239, 240 율리시스 제임스 조이스 | 이종일 옮김
241 지도와 영토 미셸 우엘벡 | 장소미 옮김
242 사막 J. M. G. 르 클레지오 | 홍상희 옮김
243 사냥꾼의 수기 이반 투르게네프 | 이종현 옮김
244 험볼트의 선물 솔 벨로 | 전수용 옮김
245 바베트의 만찬 이자크 디네센 | 추미옥 옮김
246 나르치스와 골드문트 헤르만 헤세 | 안인희 옮김
247 변신·단식 광대 프란츠 카프카 | 이재황 옮김
248 상자 속의 사나이 안톤 체호프 | 박현섭 옮김
249 가장 파란 눈 토니 모리슨 | 정소영 옮김
250 꽃피는 노트르담 장 주네 | 성귀수 옮김
251, 252 울프 홀 힐러리 맨틀 | 강아름 옮김
253 시체들을 끌어내라 힐러리 맨틀 | 김선형 옮김
254 샌프란시스코에서 온 신사 이반 부닌 | 최진희 옮김
255 포화 앙리 바르뷔스 | 김웅권 옮김
256 추락 J. M. 쿳시 | 왕은철 옮김
257 킬리만자로의 눈 어니스트 헤밍웨이 | 정영목 옮김
258 오래된 빛 존 밴빌 | 정영목 옮김
259 고리오 영감 오노레 드 발자크 | 이철의 옮김
260 동네 공원 마르그리트 뒤라스 | 김정아 옮김
261 앨리스 B. 토클러스의 자서전 거트루드 스타인 | 윤희기 옮김
262 댈러웨이 부인 버지니아 울프 | 민은영 옮김

**263** 인간 실격 다자이 오사무 | 홍은주 옮김

● 문학동네 세계문학전집은 계속 출간됩니다